免俗

李小艾 著

LI XIAOAI
WORKS

上

北京联合出版公司
Beijing United Publishing Co.,Ltd.

图书在版编目（CIP）数据

免俗：全两册 / 李小艾著 . —北京：北京联合出版公司，2021.9

ISBN 978-7-5596-5441-0

Ⅰ . ①免… Ⅱ . ①李… Ⅲ . ①长篇小说—中国—当代 Ⅳ . ① I247.5

中国版本图书馆 CIP 数据核字（2021）第 138339 号

免俗

作　　者：李小艾
出 品 人：赵红仕
选题策划：雁北堂（北京）文化传媒有限公司
责任编辑：李艳芬
特约策划：施玉环
特约编辑：高雪静
封面设计：八牛·设计
版式设计：冉冉工作室

北京联合出版公司出版
（北京市西城区德外大街 83 号楼 9 层　100088）
北京博艺印刷包装有限公司印刷　新华书店经销
字数 395 千字　880 毫米 × 1230 毫米　1/32　19.25 印张
2021 年 9 月第 1 版　2021 年 9 月第 1 次印刷
ISBN 978-7-5596-5441-0
定价：82.00 元（全两册）

版权所有，侵权必究
未经许可，不得以任何方式复制或抄袭本书部分或全部内容
本书若有质量问题，请与本公司图书销售中心联系调换。电话：（010）82896433

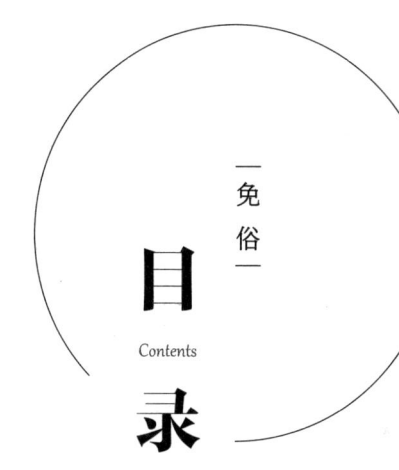

免俗

目录

Contents

第一章

人情是一座围城　　001

第二章

欢喜冤家初相遇　　070

第三章

一地鸡毛　　134

第四章

上有老下有小　　200

第五章

中国式饭局　　246

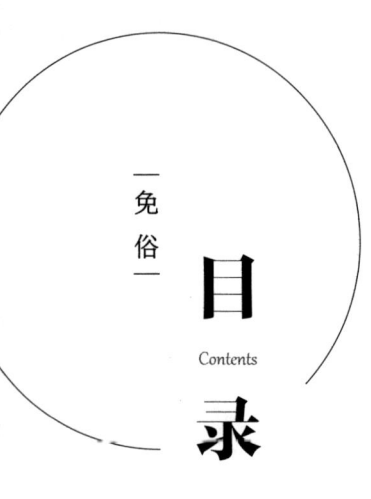

—免俗—

目录
Contents

第六章
起跑线上的焦虑   *309*

第七章
明日之星正在卖微商   *367*

第八章
惊心动魄的生日夜   *429*

第九章
红玫瑰与黄豆芽   *496*

第十章
人间有情   *555*

第一章　人情是一座围城

国庆长假第一天，大街小巷国旗飘扬，彩旗招展，广场上花团锦簇，花坛中立着一个巨大的"四季花篮"，篮体镶嵌着"祝福祖国"和"欢度国庆"的字样。广场上人们欢声笑语，处处洋溢着一派喜乐祥和的节日气氛。陆琛一家老小也沉浸在其中，却是喜忧参半。

一大早，陆琛就开车带着老婆孩子出发了。受节日气氛影响，他忍不住在车里欢唱着："我们走在大路上，意气风发斗志昂扬。共产党领导革命队伍，披荆斩棘奔向前方。向前进，向前进……"

妻子叶赛君紧急提醒："别前进了，前面好像堵车了。"

刚过七点钟，国庆第一天就这么堵起来了，两人很是郁闷，转头齐看向陆可儿，只见她正百无聊赖地摆弄着手里几个大红喜包。

陆琛打趣道："哟，可儿这小嘴都噘一路了，再噘都能挂油

| 免俗 |

瓶了。"

"梦里我马上要吃到彩虹糖了,就被你们一大早叫起来了,真是的!"陆可儿抱怨起来,说着还打了个哈欠。

叶赛君笑了:"对不起可儿,今天爸妈事儿实在是多,有好几个人情礼要随呢,不得不赶早。"

陆可儿看向前方哼了下:"你看这么早出门,不还是堵路上了?"

"乖宝贝,委屈你了。你看你妈都感冒了,不也硬挺着出门了嘛。"陆琛挥手赞扬道,"啊,咱们说说这是什么精神,这是长征精神,这是革命英雄主义精神!这……"

叶赛君嗔怪道:"行了,少贫了你。乖可儿,你在车里眯会儿吧,继续梦里吃你的彩虹糖。"

陆琛则兴致勃勃要给她们唱歌听,被母女俩一番嫌弃,陆可儿拱了下手:"爸,请饶命,我还是做梦吃彩虹糖比较好。"

"就是,别唱了,真心求放过。"叶赛君说着就想笑,"真想不到就你这破锣嗓,还有过歌星梦。"

"笑话人不是?"

"猪!"陆可儿一脸惊喜地喊道。

"可儿,咱可不能骂人啊!"陆琛说。

"没骂人,马路上真有猪,你们看!"

陆琛和叶赛君愣住了,他们顺着女儿手指的方向看去,果然有十几头猪正在公路上闲散地游荡。

叶赛君感到奇怪:"还真是呢,这大马路上怎么会有猪呢?"

原来拉猪的货车准备超过前面的车时,不慎发生了碰撞,导致铁质栅栏被损坏，里面的猪就全跑了出来。陆琛观察了下念叨着："怪不得堵车了，还好人没事儿，"他看到两位司机都站在那儿，"不然我得上前帮忙去了。"

"人没事就好。"叶赛君想了下，笑着说，"这要是让你爸看到这些猪，肯定觉得很亲。"

陆爸在肉联厂养了一辈子的猪，说到这儿，叶赛君突然想起一件往事。那时她和陆琛还没结婚，陆爸第一次去她家时，她妈妈严重怀疑陆爸其实是养老虎的。因为她家原来有只小狗，可厉害了，见人就吼，但是那天见了陆爸，突然就老实地趴在那儿，也不吼也不咬了。叶赛君说笑着把这事讲了出来，逗得车上的爷儿俩哈哈大笑，陆可儿拍手称赞，直夸爷爷气场强大。

一家人正在车里说笑，一位交警拿着扩音器边走边维持秩序："各位，非常抱歉，前面出现意外情况，这一路段暂时被封锁，不能走车了……欸，我说那辆奥迪婚车，你怎么还往里钻呢？！"

陆琛下车回头看，这才发现后面已经排起了长龙，车流里能看到好多迎亲车队："嚄，就这么一段路，至少有三四家办喜事的。"

"真不知什么时候这'黄金周'成了'结婚周'的？"叶赛君落下车窗，伸头瞧了一眼。

话刚说完，新郎官甲苦着脸跑到交警跟前："警察同志，这得等到什么时候啊？"

"我们正在做紧急处理，要是那些'二师兄'能配合，那就快了。"

"我急着去接新娘呢！"

免俗

新郎官乙眉头拧成了一团,喘着粗气也跑了过来:"交警同志,我这快要来不及了!现如今娶个老婆容易嘛,这三十六拜都拜了,就差这一哆嗦了。"

"就是啊,咱可别砸这'二师兄'手里啊!"同病相怜的新郎官甲附和道。

交警看上去五十多岁了,他安慰道:"晚点儿去,算晚婚,晚婚光荣!"

"哎哟大叔,时代不一样了,现在早婚光荣,晚婚可耻!"新郎官乙哭笑不得。

喇叭声四下里响起,一些司机纷纷探出头来抱怨。

"我这急着赶飞机,去参加战友聚会呢!"

"我也赶着去参加朋友公司的开业庆典呢!"

"我得去闺密家吃喜面,她刚生了个大胖小子,我可不能缺席!没想到提前一小时从家里出来的,却让一群猪崽子绊了路!"

"我赶着去给领导温居贺喜呢!耽误了,那可了不得喽!"

…………

听了大家说的,陆琛无奈地笑了下,他正准备坐回车里,这时交警敲了下他的车玻璃:"你们这是怎么回事?!"交警惊奇地打量着他们的车——车门把手上绑着一根竹竿,竹竿上面还挂着输液瓶。

叶赛君赶紧抬了抬打针的手,歉意道:"对不起啊交警同志,我感冒了,着急赶路,才……"

"再着急,也得好好挂完针再上路啊,有什么能比身体健康还重要啊。"

"脸面啊!"陆琛苦笑了下,"不瞒您说,我们今天有三份人情礼要随。光婚礼就两场,早一场,晚一场;这不刚听说一朋友生了二胎,现在我们是着急随礼金去,时间上怕来不及。这失了礼,丢了面子,比感冒还难受呢!"

"行了,我也体谅下,大过节的就不处罚你们了。不过这样太危险了,赶紧收起来吧。"

"好的,谢谢您。"叶赛君说。

"真的非常感谢,我马上收。"陆琛赶紧解绳收竿。

"下不为例啊。"说着交警手机响了,他按下了接听键,"……这让我很为难啊,不能认为我在这个位置上,就觉得有熟人好办事……嗯嗯,好,先这样吧。"他转身见到陆琛和叶赛君对他抱以同情的笑。

陆琛感同身受道:"中国式人情!"

交警无奈笑着点了点头。这时对讲机里传来指令,接着他拿起扩音器:"各位,刚接到指令,感谢'二师兄'的大力配合,现在可以走车了!注意安全,慢慢开!节日快乐!"

接着响起一片大家开心的欢呼声:"谢谢,节日快乐!"

几位新郎官也是喜笑颜开,向大家撒喜糖,场面欢乐又喜庆。陆琛接过糖说道:"你们快接新娘子去吧,祝新婚快乐!"

两位新郎官大笑着回应:"谢谢!"

陆可儿美滋滋地吃着喜糖。

"这比梦里的彩虹糖还甜吧?"叶赛君笑问。

陆可儿笑着点头。

陆琛也发动了汽车:"咱们也出发喽!"说着和可儿击了下掌,"节日快乐!"

"节日快乐!"陆可儿一脸灿烂的笑。

这一天可真把陆琛和叶赛君忙成了陀螺,连陆可儿都累得不行,晚上还不到八点,一家人便早早地睡了,因为明天还有人情礼要随。刚进入梦乡,突然陆琛一激灵坐了起来:"坏了,坏了!好像还有一份人情没有随!"

叶赛君被惊醒,也赶紧坐了起来:"不会是你们超市的领导吧?"

"不是。"陆琛说着赶紧打开手机看了下:"是刘军他爸爸过世了。我说呢,总觉得心里还有件事!"说着他赶紧穿衣服。

"你喝酒了不能开车,我开车,咱俩一块儿去吧。"叶赛君提醒他。

陆琛点头:"你赶紧收拾,我去叫醒可儿,把她先送到咱爸妈那儿去。"

陆爸陆妈住在幸福里小区,离他们不算远。两人一通忙活,十多分钟后,陆可儿被送到了爷爷那儿。陆琛打开门,看到陆爸正在给陆妈梳头发,好以此来按摩头部,促进血液循环。陆妈中风偏瘫,生活不能自理,事事需要人照顾。

"爸,您休息会儿吧,回来我给妈做按摩。"叶赛君说。

"昨天你都帮你妈按过了,不用了,今天你们也都挺累的。"陆爸是个不苟言笑的人,活得一板一眼,就连衬衫上的扣子也是一个不落地一直扣到领口。他微皱眉想了想,提醒道:"丧礼错过就错过了,礼金千万不要补随了,人家会不高兴的,这不像喜事儿。"

陆琛恍悟:"爸,幸亏您提醒得及时。"

"是啊,您要不说,我们还真不懂这些规矩。"叶赛君说。

陆爸起身,随他们一同走到门口,有些难为情道:"刚刚你李叔叔打来电话,非要我明天去参加他儿子的婚礼……看样子,还真得要麻烦一下赛君妈妈了。"

"爸,您别这么客气,都是一家人。"说着叶赛君转头对陆琛说,"我早就对我妈说过这事了,她正好没事,可以帮着照看下咱妈。"她看向陆爸,"爸,您就放心去参加战友儿子的婚礼吧。"

"是啊爸,您和李叔叔很多年没见了,也借此好好叙叙旧。"

陆爸点点头:"那好吧。"

陆琛和叶赛君正要踏出门,这时陆可儿精神起来,欢喜道:"呀,有坚果大礼包,真好!"

陆爸想了起来:"对了,今天下午你三堂弟又来了,还提来这么多东西。拉扯了老长时间让他拿走,他就不肯,这不,放下东西就走了。"

陆琛和叶赛君往桌上看了一眼,有酒、有牛奶,还有老家煎饼什么的,都在那儿堆着。

"还是为那件事?"叶赛君问。

陆爸点点头。

"爸,你没告诉三堂弟啊?"陆琛说。

| 免俗 |

"我都说了!我说赛君幼儿园里的学生早就满园了,没名额了。"陆爸蹙紧了眉。

陆琛看向叶赛君:"真的就没有别的办法了?"

"真没名额了。其实现在老家镇上的幼儿园也挺不错的,不像以前,城乡师资力量差距很大,现在哪儿的幼儿园都挺好的。"叶赛君实事求是地说。

陆爸说:"他们两口子像钻了牛角尖,为了孩子,年初就来城里打工了。他们总觉得城里的学校就是比镇上的好,非要上赛君你那个阳光幼儿园。"

叶赛君犯了难:"今年,我们园的孩子真的已经满满的了,床都塞不下了。不是不帮堂弟,是真帮不了,局里一位退休老局长的孙女想进都没进来呢。"她一转头,大叫一声,"可儿,别拆啊!"

已经说晚了,陆可儿"嘎嘣嘎嘣"吃得正香,叶赛君气坏了:"我们还得给人家送回去呢,你这孩子怎么就吃上了呢!"

一颗腰果含在陆可儿嘴里,她嚼也不是,不嚼也不是,可怜巴巴地看向爷爷。

陆爸被逗笑了:"可儿吃吧,不要紧的。"说完他看着儿子和儿媳,"行了,没事了,回头我再给老三两口子好好说说,你们赶紧忙去吧。"

陆琛看着桌上的礼品:"东西再送回去,三堂弟肯定也不会收,干脆找时间把他们请来家里吃顿饭吧。"

叶赛君点头同意,她回头看了眼婆婆:"妈,我们走了。"

婆婆神情黯然地点了点头。因中风有了后遗症,她的嘴有些

008

歪斜，说话一阵一阵的会有些含糊不清，所以老人平日里话不多。

坐进车里，叶赛君感慨："咱妈以前是个爱说爱笑的人，自从得病以后，整个人情绪一直很低落。以后只要有时间，咱们就得多陪陪她老人家。"

"老婆，你真好。"陆琛感动地握着叶赛君的手，"真是个好媳妇，能娶到你我真是太幸福了！"

"知道就好，以后少气我。"

"以后就听老婆大人的话！"

"少贫嘴！"叶赛君说着发动了汽车。

车子一路开向老城开发区，七拐八拐，终于平稳地停在了刘军爸爸的家门口。两人刚要下车，陆琛突然看到一个人影，他立刻按住了叶赛君，结巴起来："那……那不是刘军他爸爸嘛！"

"是……是啊……"楼前的灯虽然昏黄，但不难看清一个人的面目，叶赛君吓得汗毛直立，"怎……怎么回事？"一时间觉得四下里变得阴森可怕起来。

陆琛赶紧拿出手机，揉了揉眼睛，重新仔细地看了下信息："错了错了，我看花眼了，是刘军他爷爷过世了！"

叶赛君气得捶了他一下："你可真行，差点吓死我了！"说着她抚着胸口，长舒了口气。

接回可儿，回到家已经快十点了。收拾完后，陆琛和叶赛君躺在床上睡不着，陆琛念叨着："这七天净随礼了——生二胎的有三个，温居礼一个，光婚礼就五场。我刚算了下，整整

免俗

5600块。"

"这么多啊!这个月的房贷还没有还,真是要喝风吃土了。我本来还计划着给妈换一个好点儿的轮椅,给你买一件新的衬衫,给可儿买个学习机,这下好了,没想到收到这么多'红色炸弹'。"

"你不知道,现在我一听到手机响就发怵,真怕冷不丁地再接到几发。"陆琛打着哈欠刚说完,紧接着他的手机居然就真响了!夫妻俩对视一眼,刚有的睡意一下子全没了。陆琛瞪大眼看着手机来电:"陌生号?!"两人思虑着,似乎嗅到了"炸弹"的味道。

手机一下子变得很烫手,陆琛赶紧把手机甩给叶赛君:"你接!"

"我不接!你接!"

陆琛实在不想接。

"接吧,万一还钱的呢!"叶赛君给他一个白眼,"你以为我不知道,你背着我经常借钱给别人的事?真是的,自己日子过得马马虎虎,还装大方接济别人。"

陆琛嗔怪地笑了下:"还说我,你不也一样,也是见不得别人有难处啊!咱俩半斤八两,谁也别说谁。"

"快接吧!"叶赛君催促着。

陆琛按了接听键,未等他说话,里面就传来了一个中气十足的男声:"琛,我是王兵啊!"陆琛边思量边应答:"王兵啊,真是好久不见了啊。"

"是啊,咱哥儿俩得有三四年没见了吧?啊……之前我的手机丢了,这不,几番打听,刚从另一朋友那里得到你的号码。这次你得祝贺我了,我后天要结婚了!"

叶赛君听到了,在一旁捶胸顿足。

陆琛哭笑不得:"那真得恭喜你啊!"

"琛,电话里不多说了,咱们后天见,好好畅饮,不醉不归!"

"好的好的。"陆琛刚挂断电话,叶赛君就把他们的结婚礼金账本搬了出来,看看要回他多少礼金合适。

陆琛找到了,惊呼起来:"我去!这家伙当时打了白条!他说,白条等他结婚时可抵红包用!"

叶赛君断然喝道:"发什么愣啊,赶紧找白条啊!"于是两人深更半夜撸起袖子翻箱倒柜地找白条,都快要掘地三尺了。

"爸妈,你们在寻宝吗?"陆可儿眯缝着眼睛站在门口,翻东西的声音吵醒了她。她看到妈妈坐在箱子上,爸爸爬高趴在衣柜上,一条丝袜正搭在爸爸头上,大笑起来:"爸爸,你太搞笑了!"

叶赛君回头一看,也跟着笑了起来:"陆琛,我的丝袜怎么上你头上去了,快拿下来!"

陆琛一把抓了下来,他笑哈哈地看着丝袜,他也不明白怎么顶在头上了。

"你们在找什么?我也帮你们找吧,我有鹰之眼呢!"陆可儿来了精神。

"不行不行,可儿快去睡觉,穿这么少,别感冒了。我和爸爸也不找了,都收拾起来,大家都去睡觉!"

陆可儿失望地噘着嘴。

"听话!"叶赛君命令道。

| 免俗 |

"那你们再找东西记得告诉我,我眼真的可尖了。"

"好好。"陆琛过来笑着把女儿抱回房间。

当他哄完女儿回来时,看到叶赛君高兴得手舞足蹈起来。

"找到了?!"

叶赛君指缝间夹着一张白条,在他眼前晃:"找到了!"

两人高兴地抱着跳了起来,接着叶赛君手指放在唇边"嘘"了下:"别吵着可儿了。把白条放好,我们也睡吧,明天还有一堆事呢。"

陆琛点头,突然想起来:"对了,感冒药你还没吃呢吧?"

"不吃了,被'红色炸弹'炸得已是神清气爽!"

陆琛无奈地笑了,他拿来药和水:"赶紧吃了吧。"

叶赛君吃完药,关灯睡觉。陆琛带着讨好的笑搂过叶赛君,叶赛君很明白,她想了想,体谅地说道:"知道你要面子,要不在里面多少包上点钱吧。"

"嘿嘿,200?似乎少点儿。"

"300?数儿不吉利。"

"那只能400了。"

"过节就是过劫啊!"

夫妻二人同时沉重地叹了口气。

第二天,陆琛先要去接丈母娘,快到楼下时,叶赛君给妈妈丁巧云打去电话:"妈,妈……"接通了,但对方却不说话。

陆可儿十分自信道:"姥姥一定正在朗诵诗歌呢,念完才听你电话。"

手机里果然传来了姥姥抑扬顿挫的声音："河上有桥,如你所愿的那么悦目。然而横跨在苍穹的长虹,却比树梢更高。而建筑一条通行天际的道路,比这些更为美好。"

叶赛君抬腕看表："妈,妈,您听到了吗?我们马上就到楼下了,您快收拾下吧。"

"知道了。"姥姥声音甜腻。

陆可儿在一旁低声和陆琛说笑："不知姥姥又会怎么惊艳到我们呢!爸,我告诉你,我和爷爷一致认为,姥姥就是行走的货架子。"

叶赛君把手机装包里,嗔怪道:"你们说什么呢!"

"没什么没什么。"父女俩摇头齐说。一家人都下了车等姥姥。

不一会儿,姥姥下楼来了,一身紫色衣裙,上面镶满了亮片,耳朵上、手上、脖子上能戴首饰的地方都戴齐了,总之全身闪闪亮。除此之外,她头顶一顶色彩艳丽的羽毛礼帽,帽子遮住了半张脸,没看到眼睛,倒是一张烈焰红唇甚是显眼。明媚阳光下,姥姥迈着优雅的小碎步向他们走来。

陆琛赶紧迎了上去,不好意思地说:"妈,真是麻烦您了。"

"不麻烦,反正我也没有事情做,给你妈读读诗歌挺好。"姥姥笑盈盈道。

"姥姥,我奶奶应该更喜欢麻将声。"

大家循声望去,姥姥紧皱眉:"哎哟哟,我的小公主怎么又想爬树了!"说着她走到树下去拉陆可儿,"你爷爷怎么竟教你这

| 免俗 |

些？咱们是公主，得优雅，姥姥教你的得记住！"她捏捏陆可儿的脸，满脸疼爱，"想姥姥没有？"

"想！"陆可儿盯着姥姥的帽子看，"姥姥，您这是把咱家鸡毛掸子插上面了吗？"小姑娘口气有些惋惜，"我还想着用来做个鸡毛毽子呢，没想到您抢先一步。"

"小东西，胡说八道，那鸡毛掸子好好的呢。"

姥姥一身的亮片，在阳光照射下很是刺眼，叶赛君用手遮了遮眼睛："妈，咱赶紧上车吧，您身上的亮片快闪瞎我眼睛了。"

"好看吗？今年流行亮片装。"

叶赛君言不由衷："好看好看！"

大家都上了车，姥姥很不理解："真不知你们怎么会有那么多人情可随，真是死要面子活受罪。要搁我，我就用微信给他们朗诵一首诗歌以表祝福。"

"不错，到时人家再回您一首儿歌。"叶赛君打趣道。

陆可儿捂着嘴笑。

姥姥懒得争论，可还是忍不住提醒他们："放假这几天，没事还是少出去乱逛。指不定就有那八百年不联系的人，一看到你们，两眼放光，突然就热情似火了呢。"

陆琛笑了："我觉得，咱妈说得有道理。"

叶赛君正在刷朋友圈，不禁感慨着："感觉整个朋友圈都在结婚。大家不是在喝喜酒，就是在去喝喜酒的路上。"

陆可儿抱头"哎呀"一声，很是苦恼："结婚，下请帖，办酒席，实在太麻烦了！妈妈，我可不想结婚！"

第一章 人情是一座围城

"不行!"姥姥立刻发声,"你爸妈随出去的钱,怎么往回收啊?这随出去的份子就相当于活期存折。"

大人们又是一阵苦笑,只有陆可儿不明就里。

车子开进了幸福里小区,到了陆琛家楼下,叶赛君怕时间来不及了:"妈,咱们赶紧上楼吧,我公公还等着您呢。"

进到电梯里,姥姥对陆可儿说:"你瞧瞧你妈妈,也不打扮打扮,穿这么素就去参加婚宴?像只灰麻雀似的。"边说边重新戴好帽子。

叶赛君笑了起来:"我要是灰麻雀,那您就是热带鸟。"说着话就来到了家门口。

"这比喻好像很恰当。"陆可儿做思考状,"我见过热带鸟,都花里胡哨的。"

陆爸刚好打开了门,不明就里地问:"什么鸟儿?"

"妈妈说姥姥……"陆可儿刚要说给爷爷听,被陆琛制止了。他大声岔开话题:"可儿,抓紧时间,咱们该走了!"

陆可儿吐了吐舌头,进屋跑到奶奶跟前:"奶奶,我姥姥来了。"

陆爸赶紧把姥姥让进屋:"赛君妈妈,不好意思,真是有劳你了。"亮片装看上去让人有些不舒服,他下意识地眯了眯眼睛。

"不用这么客气,都是一家人。"姥姥向陆妈打招呼,"嫂子,今天我来陪你。"

陆妈轻笑了下,点了点头。

| 免俗 |

陆爸跟着赔笑脸:"你看你这文化馆出来的,就是和我们不一样。你看我们,一看就是车间里下大力的。"

姥姥摘了帽子:"少恭维我了。"她看着陆爸穿着一身军装,从头到脚都收拾了一遍,"真精神啊!战友儿子的婚礼?"

陆爸笑着点了点头。

姥姥指了指表:"时候不早了,那你们都快忙去吧!一切交给我,放心好了。"

陆爸指了指桌上的杯子:"茶水我已经沏好了。对了,一小时后,庆芳要吃一个苹果,还有……"

姥姥忙摆手:"行了,赛君都已经交代给我了,你们就放心地去吧。"说着她把他们都推到了门外,关上了门。

来到楼下,陆可儿半自语地盘算着:"爷爷参加战友婚礼,爸爸参加同事婚礼,妈妈参加同学婚礼,我跟着谁好呢?"

陆爸说:"可儿,跟着我吧。"

陆可儿想了想:"算了爷爷,我不给你添麻烦了,我还是跟妈妈吧。"

叶赛君笑道:"瞧嘴甜的你。"

陆琛嗔怪:"老爸还不知你那点小心思。你是知道妈妈要去参加白马湖的户外婚礼,那里风景可是美极了。"

陆可儿抓抓辫子,大家都笑了。

叶赛君催促:"时间不早了,你赶紧送爸去车站吧,我们娘儿俩打车走。"

陆爸上了车,陆琛落下车窗,戏谑道:"帮我向老同学乔园园再一次,哦,准确地说是第三次,转达我的新婚祝福!"

陆琛送完他爸上了车,便立刻直奔桃花源大酒店去参加同事的婚礼。一进酒店大堂,他四下里张望,发现差不多有十多对新人在这儿举办婚礼。他暗想:"坐错酒席不可怕,千万别随错了红包。"

正这么想着,一个长相敦厚的大头男远远地伸出手,笑着向他走来。陆琛下意识回头看,发现后面没人。

"琛哥!"声音透着无比热情,这让陆琛瞬间想到了丈母娘提醒过的话。

陆琛礼节性笑着伸手与他相握,此时他的脑浆正拍打着脑壳,仔细地搜寻着这人到底是谁。就觉得似曾相识,可怎么也想不起来是谁!

"你看琛哥,你怎么想得这么周到呢!这满月酒我本不想办来着,二胎嘛,"大头嘿嘿一笑,"没想到您来了,真是太荣幸了。"

陆琛一时有些蒙了,但他很快调整好情绪,笑着点点头:"喜事嘛,该办还得办。"脸上带笑,心里很苦,不得不掏个红包意思一下,心想着,200块钱不多不少。

刚要往外拿,又听这大头哭丧着脸说:"喜不喜的也只有自己清楚。一胎是个男孩,想着二胎再来个闺女,没想到来了一对小子!"说着便是一声沉重的叹息。

陆琛听他这么一说,有些于心不忍,手指头一哆嗦便多动了两下,又多加了200块钱,心生同情地安慰着:"儿子有儿子的

| 免俗 |

好，将来都争着孝敬你们。"

"谢谢哥安慰我，不瞒您说，这两天听的全是这些话。"他看着递过来的红包，不好意思地揉搓着手，"你看，哥你人来了，我就很高兴，不能要你红包了。"

"添丁总是喜事，拿着吧。"

"这多不好意思。"

"拿着吧。"

"哥，那我就不客气了。"说着，大头把钱揣进了口袋里。

"你先忙，我还有别的事。"

"你不在这儿吃饭了啊？"

"不吃了，我还有别的事呢。"

"那好，哥，改天我请你吃饭。"说着他转身远远地招呼来一个人，从这人手里拿过一个塑料袋，"里面是红喜蛋，老家的习俗。"

"那好，我收下了，你忙去吧。"陆琛向他挥了挥手。

大头刚走了没几步，又跑了过来，痛心又无奈道："哥，你可要吸取我的教训。"他语气真诚，很是掏心掏肺，"我这一切全都是因为买到了假的避孕套！当时想，怀了就怀了吧，没想到来了一对小子！这假避孕套可不像别的，弄不好，就会搞出人命来啊！哥，你等着，等我忙过这两天，我得去那个超市讨个说法！"

陆琛赶忙问："你在哪个超市买的？"

"就是那个乐华大超市！"

这时那边有人在叫大头，他边说边走："哥，我先招呼亲友去了，回见！"

此时陆琛心里已是七荤八素的,他呆呆地立在那里,还没理出个头绪,就又被人热情高涨地拉扯起胳膊。

"走走,陆经理,这边呢,您怎么在那儿站着呢。"

"你……你是谁啊?"陆琛都有些怕了,大堂里一片喧闹,他被这人拉着往里走,赶紧问了句,"是生鲜部小刘的婚礼吧?"

"是是,错不了,我认识您。您是我们乐华大超市的陆经理,我是新来的促销员小赵。"

陆琛长舒口气:"怪不得不认识你呢。"

二人走到签到台,负责收礼金的人问:"您是交现金,还是微信转账?"说着这人指了指桌旁立着的婚纱照上面的微信二维码,"转账的话,扫这里就可以。"

白马湖公园,绿草鲜花、风景宜人,婚礼现场布置得唯美又浪漫。叶赛君领着陆可儿走进现场,人声喧闹、气氛喜庆。陆可儿忍不住赞叹:"好漂亮啊!妈妈,这里简直太漂亮了!我也想结婚!"

叶赛君笑:"别着急,等你长大了,会有这一天的。"她看到了朋友,挥手招呼道,"夏虹!"

夏虹也向她们走来:"赛君,你怎么才来啊?"

叶赛君无奈道:"路上堵车了呗。"

陆可儿见人有礼貌:"阿姨好!"

夏虹摸摸可儿头:"可儿好,小丫头又漂亮了!"

陆可儿嘴甜地回敬:"还是阿姨更漂亮。"

免俗

夏虹被逗乐了:"这小嘴儿真会说话,真不愧是陆琛亲生的。"她看向叶赛君,"陆琛不来了?我还想问问他,我那超市摊位调位的事呢。"

叶赛君摆了下手:"来不了,今天我们全家都有事。"她环顾四周,"怎么没看到今天的新娘乔园园?"

"别提了,她一声大笑,把婚纱给撑破了,正找人缝呢。"

"又胖了啊她!"叶赛君摸钱包,"礼金随了没?"

"没有呢,一块儿吧。"

两人向婚礼签到台走去。

"你随多少?"叶赛君拿出钱包,"咱俩名字别挨得太近,你这董事长大千金随的多,显得我多难堪。我先来,你压轴,你在后面镇着场子。"

"行了吧,要不是看在你的面子上,我根本不会把奔驰车借给乔园园用呢。"

"谢谢你给我面子哈。"

"咱俩客气什么。你多少,那我也多少。"

"和前两次一样,都 800 吧。这个月我们家事儿太多了,想给多也给不了了。"

"我的天,乔园园都结三次婚了!真能折腾。"

签到台人挺多,负责登记礼金的有三个人,除了一位伴娘外,还有婆家请来的两位年长的礼金负责人。他们一位负责收钱,一位负责登记,伴娘脖子上挂着一块二维码牌子在旁边站着。叶赛君和夏虹来到签到台前,伴娘对她们说:"现金在那边,移动支付扫这里。"说着,她扯了扯脖子上的那块二维码牌。

"我转账。"夏虹说着打开手机。伴娘伸长了脖子,把牌子往一边扯了扯。

年长的负责人问叶赛君:"男方亲友还是女方亲友?"

"女方。"叶赛君把钱递了过去。

负责人收了钱,唱票般唱了起来:"女方亲友,礼金800元整。"

陆家客厅,姥姥翻着相册和陆妈聊家常。那是本老相册,里面有陆妈和陆爸年轻时的工作照片。他们都曾在肉联厂工作,2002年肉联厂改制重组,成为股份制民营企业,更名为"满口香食品有限公司",董事长就是夏虹的爸爸。姥姥忍不住感慨着:"这些老照片看着真好!这几页全是你和大哥的工作照啊,嫂子,你看!"说着指给陆妈瞧,"大哥笑着抱着新出生的小猪崽,像抱孩子一样。"

陆妈微微一笑。

"看,这张你真英气啊!"照片上,陆妈在车间里笑着举刀,正准备分割一扇猪肉。

陆妈敷衍着笑了下。

"还有,这几张真好!"姥姥兴致勃勃地翻看着。

陆妈看了眼,那是她在车间里洗猪大肠,还有一张是在手工水饺车间,她和同事开心地笑着工作。陆妈有些难过,姥姥并没有发现。

"哟,这张是你和大哥去哪儿旅游了啊?拍得不错嘛。"

| 免俗 |

陆妈看到那是她和陆爸退休那年,去南京旅游拍的留念照。那时她身体健康、腿脚灵便,照片里笑得非常开心。那时她眼里看什么都是明亮的,儿子儿媳孝顺,还有个乖巧的孙女,老两口退休了,可以四处旅旅游,好好享受退休生活。没想到她突然生病了,从此她眼里看什么都是晦暗的……想到这儿,陆妈一下子哭了出来,这让姥姥有些惶然无措:"嫂子你不要哭啊,快别哭了。"说着赶紧拿毛巾帮她擦眼泪,"来来,咱们吃苹果吧。"

吃完苹果后,姥姥声情并茂地给陆妈朗诵诗歌:"假如生活欺骗了你,不要悲伤,不要心急,忧郁的日子里需要镇静。相信吧,快乐的日子将会来临……"

陆妈耳朵里没听进几句,真被可儿说对了,她本是粗人一个,听不来这么雅致的东西。其实现在要是和她说说超市什么东西搞特价了,什么半价处理了,或者打麻将的各种趣事,她兴许还能打起几分精神来,也还能搭上几句话。她看着姥姥自得其乐地朗诵诗歌,心里又忍不住难过,暗想:"我怎么就活到轮椅上来了?真是给孩子给老伴添麻烦!"

一阵爽朗的笑声传来,不用回头看就知是乔园园。她走来看到叶赛君正和她表姐热聊:"赛君,你怎么和我表姐这么熟啊?"

"你说呢?"叶赛君笑着反问。

乔园园恍悟,笑哈哈地一点也不避讳:"也是,我都结三次婚了,能不认识嘛!"

夏虹装作生气地调侃道:"你可别再结了,让人喘口气行吗?"

"就是啊。"叶赛君挽住夏虹胳膊,"让人家这一次婚都还没结的人,情何以堪啊!"

"好好,就听你们的,反正我也折腾够了。"乔园园四下张望,"怎么陆琛没来啊?"

"他倒想来着,可这黄金周都成结婚周了,喜事太多,来不了了。"叶赛君无奈地笑了下。

乔园园点点头,想了起来:"咱高中同学差不多都结婚了吧?哦,也不是,前两天我好像听说,时广徽还没结婚呢。"

叶赛君打趣道:"他高三就留学美国了,估计不回来了。难不成你还惦记着人家?"

乔园园笑了:"哎哎,不许提那事啊。再说惦记有什么用?确实听说人家要定居美国了。真是的,又帅又有才,怎么能便宜那帮美国妞儿呢!"

夏虹没好气地说:"美国有什么好?在国外混得不如意的比比皆是,谁知道他在那儿到底干什么?说不定在餐馆端盘子呢!"

叶赛君想起来了,这两家有点过节儿,便向乔园园使了个眼色:"不能聊。"

"有仇啊?"乔园园小声问。

叶赛君点了点头。

夏虹看到新郎官向她们走来,便故意说道:"新娘子,你接着刚才的那谁继续聊啊!"

乔园园笑着拍了她一下:"去你的。"

新郎崔立山站到了她们跟前。

"大家认识一下,这是我老公。没什么可介绍的,不富不官,就是一当老师的。"接着乔园园笑哈哈地向老公做介绍,"这都是我最好的朋友。这位是阳光幼儿园的叶园长,叶赛君。"

"你好,叶园长。"

叶赛君窘迫地连连摆手:"副的,副的。"

"在这里,先给我们未出生的孩子报个名呗。"乔园园挤了挤眼。

"有了啊?好好。"叶赛君笑着答应。

乔园园继续介绍夏虹:"这位不得了,满口香食品有限公司董事长的千金,夏虹。"

"你好,你好。"

"那辆奔驰车就是她借给咱们的。"

"谢谢,非常感谢。"新郎说。

"不用谢,好好待我们老同学。"

"那是当然。谢谢你们的到来,一会儿吃好喝好。"新郎说着凑到乔园园耳边,低语了几句。

乔园园瞬间变了脸色,有些紧张和惶然。她掩藏起慌张,挤了丝笑容:"亲爱的,我们先失陪下,你们玩。"

"快去忙吧。"叶赛君说。

看着他们的背影远去,夏虹双手抱臂:"乔园园眼光是怎么了?找的这长相一个比一个惊险。"

"还好吧,不算丑,看上去挺忠厚老实的,只要对乔园园好就行。我现在越发觉得,找对象长相真不重要,重要的是能对你知

第一章 人情是一座围城

冷知热。"

"不要对我说这个啊,我可是不相信爱情的。"夏虹撇了撇嘴。

"对对,我给忘了。但我觉得总有一天,你会相信这世上是有爱情存在的。"叶赛君笑着对她眨眨眼。夏虹嗔怪地还她一白眼。

叶赛君回头找陆可儿,发现她口袋里已经装满了巧克力糖:"不许吃那么多糖!"

"我不吃这么多,我想分给我的好朋友。上次林晨晨给了我巧克力,这次我也给她。"陆可儿边说边紧紧按住口袋,生怕被妈妈夺走。

"小孩子都知道人情往来了。"叶赛君勉强同意,"那好吧。"说着和夏虹坐回了餐桌前。

叶赛君环顾四周,感慨道:"草坪婚礼简直太美了,怎么样,是不是有结婚的念头了?"

夏虹一脸不屑:"每每参加婚礼都被人问这问题,你知道现在我都怎么回他们的吗?"

"怎么回?"

"难道你参加别人的葬礼,会有想死的念头吗?"

叶赛君扑哧一笑,打了下她的手,嗔怪道:"你这张利嘴啊!"

陆爸见到了战友很是高兴,但就在随礼金时,让他有些窝火。他看着年轻人一个个都用手机转账:"怎么能这样呢?这还有人情味儿吗?"

战友也看不惯:"瑞义老哥,现在和我们那个时代都不一样了。"

| 免俗 |

"我倒是见过去市场买根葱也用手机支付的,没想到婚礼贺喜也这样。时间长了,这些年轻人怕是都不知道钱长什么样了吧!"

"这是科技赋予的时代特色,"旁边一个年轻人边扫二维码边说,"礼金怎么给都是一个意思。微信转账更方便、更快捷。"

陆爸和战友无奈地摇了摇头。没多时,战友们一个个陆续到来。大家相见分外亲,相拥在一起,不禁泪光闪闪。岁月沧桑,战友们多了白发,添了皱纹,但那份激情、那份热忱,那颗怦怦跳动的心依然犹如年轻时一样。回忆的话题一个接一个,问候的话语怎么也说不完,重逢的喜悦写在每个人的脸上,深深的情谊留在每个人的心里。

真是说不完的战友情,忆不尽的兄弟意。看着祖国越来越强大,他们身为党员和老兵,感到格外自豪和骄傲。老战友们都有一个心愿,那就是等到建军100周年时,他们还要相聚在一起!

叶赛君和夏虹正闲聊,突然签到台那儿传来怒吼声:"这成什么了?!脖子上拴个二维码收礼金?这不让人笑话吗!快拿下来!"说话的不是别人,正是乔园园的婆婆汪霞。

叶赛君惶然地站起身:"我过去看看,别闹大了。"

"你去吧,我不去,我在这儿和可儿玩自拍。"夏虹不想管那闲事。

汪霞指着伴娘训斥道:"你们说,还有点人情味儿吗?!"

伴娘吓得瑟瑟缩缩,不知所措。旁边两位负责收礼金的年长者无奈地摇摇头,埋头整理着东西,嘴角现出一丝嘲笑和得意。

乔园园惶窘："快摘下来吧。"说着帮伴娘把二维码牌摘了下来，"妈，您别生气。我们准备这个二维码，没别的意思，就是为有些没带现金的宾客准备的，并没有讨要礼金的意思。"她讨好地笑了下，"这也是时代潮流嘛，现在年轻人出门都不带现金了，所以方便了别人也方便了自己。而且这样不会记错账，也不会收到假钞啊。"

年长的礼金负责人甲一听不乐意了："你这叫什么话，我们可是你婆婆请来帮忙的！既然来帮忙，我们就要认真负责，绝不会登记错一条账目。"

负责人乙附和道："对，也不会收到一张假钞的。"

汪霞连忙道歉："两位大叔真是对不住了，看在我的面子上，别计较。"

乔园园也赶紧解释："两位长辈您误解了我的意思，我只是……"

崔立山打断乔园园："你就少说一句吧。"他看向汪霞，"妈，二维码牌子已经摘了，您就别生气了。我都快一年不带现金了，出门只带手机。这礼金怎么给都是给嘛。"

汪霞瞪眼："这和你出门买棵菜一样吗？这是结婚！脖子拴块二维码吊牌让宾客直接转账，这也太功利了吧？哪儿还有点人情味儿？让那些亲朋好友怎么看？再与时俱进，也要合规矩，懂礼节！"

乔园园委屈得快哭了："妈，我真没考虑别的，那二维码就是为有些没带现金的宾客准备的。"

| 免俗 |

汪霞叹了口气:"唉,今天算是在亲友面前丢尽了脸。"

乔园园难过地咬紧了嘴唇。

叶赛君来了,她安慰地拍了下乔园园的肩膀,小声道:"没事没事,别难过,小心你肚子里的宝宝。"

乔园园抓着她的手,眼泪一下子流了出来。

叶赛君对崔立山使了个眼色,崔立山立刻心领神会,把乔园园拉到一边去哄。

叶赛君递给汪霞一杯水:"阿姨您喝点水,我是园园的同学。真是对不起,我们年轻人考虑事情欠周到,惹您生气了。"

"真是太丢人了,礼金怎么能那么个收法呢!"

这时司仪跑来了,他是个年轻小伙子,好像这种场面也是第一次遇到。他弱弱地插了一句:"各位,仪式马上就要开始了啊。"

"好好,知道了。"叶赛君点点头,继续劝慰长辈,"阿姨您说得对,是有些不妥。您别生气了,这么多人瞧着也不好,毕竟今天是家里的大喜事,您多担待点。有什么事,咱回家再说。"

"我是个通情达理的人,"汪霞看上去心情平稳了些,"行,我听你劝,先把喜事办了。"

叶赛君高兴地笑了,然而就在这时,乔园园的妈妈乔乐岚气势汹汹地拉着乔园园冲了过来。

叶赛君的笑容顿时僵住了,围观的人眼见着也越来越多。

乔乐岚讥笑了下:"怎么?汪教授,您这是打算欺负我们孤儿寡母啊!孩子把牌子已经摘下来了,这事就完了呗,可您还这么不依不饶的,您真把这儿当课堂了?走哪儿都上堂政治教育课?

我闺女还没进门就这样,这往后您还不知怎么对待我闺女呢。"说着她挥了下手,"有一点是肯定的了,那就是我闺女在您那儿,永远都毕不了业!"

司仪一脸焦虑:"大家别吵了,真的没时间了,仪式要举行了啊。"

汪霞气结:"你催什么催!"说完横眼看向乔乐岚,"您别不讲理,我怎么欺负你们孤儿寡母了?"

叶赛君觉得不能让她们再吵下去了,便上前去劝乔妈妈,刚叫了声"阿姨"就被乔妈妈挥手堵了回去。这一挥手差点让她摔倒在地,乔园园连忙扶住叶赛君:"赛君,没事吧?真是太对不起了。"

"没事,别管我,赶紧让两位妈别吵了。"叶赛君提醒小两口赶紧拉架,各劝各妈。

崔立山苦着脸去拉汪霞:"妈,别吵了!"

叶赛君帮乔园园去拉乔乐岚,乔园园也苦着个脸:"妈,你少说一句吧!"

乔乐岚挺直了腰:"该说的一句都不能少!"

汪霞梗着脖子:"您什么意思?说我是个恶婆婆吗?我可是大学的荣誉教授,是个接受过高等教育的人!"

乔乐岚悠然地甩了下头:"那我和您比不了,我就是个卖拖鞋的小贩儿,粗人一个。"说着她拿起二维码牌,"说实话,我真觉得只是收礼金的形式不同而已,这和您请的那两位登记收红包的是一样的。不挂这么个二维码,在场有哪位宾客是白吃白喝的?

所以,您并非和人民币过不去!"她眯眼想了下,冷笑道,"难道是因为钱没进您口袋,您不高兴了?"

汪霞气得结巴起来:"你……你……简直胡说八道!"

乔乐岚回击:"那你就是胡搅蛮缠!"

天色忽地阴沉了,狂风突现,黑云滚滚。司仪急得要跳脚,他跑到后台对婚庆负责人说:"这马上要下雨了啊,怎么办?不管我说什么,他们都不听啊,还在那儿吵个不停,快要打起来了!"

婚庆负责人赌气道:"还没完了?!不管了,放音乐,让他们吵去吧!"说着欢快的音乐骤然响起。

这边原本就吵得像锅粥似的,再一听见《今天是个好日子》,汪霞气得眉毛都要歪了:"这,这怎么还起音乐了呢?!"

乔乐岚晃了晃肩膀:"这吵起来更有节奏感啊!"

乔园园苦笑了下:"赛君,我们别管了,随她们吵去吧。"

叶赛君想到乔园园怀有身孕了:"那好吧,先把你照顾好,天好像要下雨,你可不能感冒了。来,我送你去休息的地方。"

"不用了,你去看看可儿吧,真的谢谢你了,赛君。"乔园园感激道。

"和我客气什么呀。"说着话,叶赛君眼见崔立山过来挽乔园园的胳膊,她便放心地去找可儿了。

突然一阵急风狂雨,天空彻底黑了下来。现场一片混乱,红毯上的彩色花瓣和红白两色的纱帐随风飘舞,彩色气球纷纷飞起,看上去既魔幻又美丽。大家都四散着跑去躲雨,汪霞和乔乐岚也无心再吵了,也都抱头去躲雨。猝不及防间,一把被风刮起的雨伞向她们扑面而来,把两人都吓一跳。慌乱中两人抱在了一起,对视一看,接着尴尬地嫌弃放开。

刮飞的红色纱帐,不偏不倚地飘落在了崔立山和乔园园身上,把两人裹在了里面。崔立山撑开纱帐,看着新娘乔园园,两人相视一笑,动情相吻。

在桃花源大酒店走廊里,陆琛打了两个电话。一个是给陆爸,嘱咐他等坐上客车时就给自己打电话,自己好去车站接;另一个电话打给可儿姥姥,问了问陆妈的情况。姥姥说她们都吃过饭了,现在天放晴了,外面空气不错,准备待会儿推陆妈去公园转转。她没有说陆妈哭的事,免得陆琛担心。

挂断电话,陆琛回到包厢,都下午一点半了,还没吃上一口饭,真是活受罪。在场的每个人都饿得前胸贴后背,桌上的各种点心被宾客全吃光了,就连一盘小咸菜也没剩一丝。好不容易上来一道菜,转一圈甭想转第二圈,一圈不到就被大家吃得光光的。

陆琛索性拿上包就去酒店对面的拉面馆吃面去了。一进店,他发现来吃面的人可真多,大概都和他一样,是从婚宴席上下来的。等面时,他想起包里还有十个喜蛋,他边剥边在心里苦笑:"莫名其妙花了400块钱换来的,太冤了,到现在都想不起那人到底是谁。"

当他抬起头时,发现对面坐了一个嘻哈少女,身着迷彩印花夹克、超短裙,更酷的是她一头的脏辫儿,硬挺挺地四下里朝天散开,跟八爪鱼似的。她一脸淡漠不羁,戴着耳机闭着眼睛摇头晃脑地听音乐。陆琛暗想:"她要是和可儿姥姥站一块,别人肯定以为是一组合。"

面来了,他正要低头吃,"八爪鱼"的辫子戳到他头皮了。是的,他给她取了一个可爱的代号。

陆琛连说带比画:"姑娘,你这辫子戳我头皮了。"

酷 girl "八爪鱼"二话没说,把头发换了个角度掰了掰,果然无碍了。陆琛刚要挑起面条吃,一下子碗里甩来一顶黑灰假发套。

"八爪鱼"的辫子像钩子一样钩住了邻座老头儿的假发套,浑然不知的她猛一甩头,发套正好不偏不倚地甩进了陆琛的面条碗里。

老头儿双手捂着惨兮兮的光头,看上去无辜又可怜:"我的……我的假发!"

"对不起您了,"陆琛眼看着"八爪鱼"从他的面条碗里小心翼翼地将发套捞起,"我给您清洗一下。"

"算了,真是倒霉!"老头儿气哼哼地走了。

陆琛指了指面。

"八爪鱼"意会到了:"一会儿我的面上来,你先吃我的吧。"

陆琛无奈地摊开袋子,就在他正要再吃一个鸡蛋时,突然有人大叫:"小偷!他偷我手机!别让他跑了!"

只见"八爪鱼"闻声而起,抓起几个鸡蛋就往外跑。

陆琛大喊:"我的蛋!"

"借用下!""八爪鱼"头也不回地说。

陆琛也跟着跑了出来。他看到"八爪鱼"追向小偷,并拿鸡蛋砸向那人。陆琛发现失主是名孕妇，她情绪很紧张，于是他追上"八爪鱼"："你去照看孕妇，小偷交给我！"

"八爪鱼"见他甩开膀子，一个箭步狂追了出去，立刻返回去照看有身孕的失主。孕妇身边围了一群人，有人大喊着："这里谁是医生！有医生吗？"她赶紧跑上前，发现孕妇出现眩晕、呼吸困难，她推测可能是低血糖引起的。她扶住孕妇，对周围人说："赶紧打120！谁有糖果？"

周围人的眼神有些发呆，大概是惊奇她的这一身装扮，怎么看都没个医生的样子，对她有些半信半疑。最后一位奶奶从口袋里拿出两三块糖来。

追了一个路口，陆琛便将小偷抓在手了，他气狠狠道："跑啊！怎么不跑了？！"

"饿了，没劲了！"

两人都跑得气喘吁吁。

"我也饿着呢，这到嘴边的面条没捞着吃一口，刚吃的一个鸡蛋也快被你消化完了。"说着陆琛腾出另一只手搜失主手机，在对方的裤兜里翻到了。他死死抓牢小偷，把他扭送到失主面前。

"空气流通不好，都散一散！"围着的人散开了。陆琛惊奇地看到，原来说话的这人正是"八爪鱼"！

陆琛不敢相信："你是医生？怎么看都不像啊？""八爪鱼"不搭理他，她好心提醒道，"你行不行啊？人命关天，你可别乱来！"

"八爪鱼"扭过脸，甩来一句："你行你上啊！"

| 免俗 |

陆琛撇了撇嘴,把手机递给孕妇:"大姐,小偷抓住了,手机还给你。你身体好点了吗?"他看向围观群众,"打120了吗?"

围观群众纷纷点头,说道:"打了,打了!"

孕妇接过手机,她看上去精神好多了:"谢谢大哥,我身体好多了。也多亏了这位姑娘,谢谢。今天我遇到的都是大好人。"

这时120来了,车上下来了医生周丽和护士乔菲,还有一名男医生。护士乔菲一脸吃惊:"天哪,苏扣扣?你不知道下午要去医院办理实习手续吗?"

原来"八爪鱼"叫苏扣扣,今年二十二岁,医学专业的学生,马上将成为市人民医院急诊科的一名实习医生。

周丽是她的带教老师,此刻正生气地瞪眼看她:"赶紧的,快把病人送上车!"

苏扣扣看了眼乔菲,吐了吐舌头。

陆琛在一旁摁着小偷,防止对方趁乱跑掉,他念叨着:"原来她是名实习医生啊。"

孕妇上了救护车,苏扣扣也跟了去。关门时,她回头看向陆琛:"不好意思了,欠你一碗面条!"

陆琛刚要回应,门关上了,车子紧急开动了。小偷借机想溜,陆琛使劲地用两手钳住他。小偷也是又饿又累,他一屁股瘫坐下来,陆琛只好跟着也坐了下来。这时,一位老大爷竖着大拇指赞赏道:"小伙子好样的,再坚持会儿,有人打过110了,一会儿警察就来了。"

陆琛笑着点点头。见小偷已经躺在地上坐都坐不起来,他腾出一只手拿出一个鸡蛋,在小偷脑袋上磕了一下,教训道:"年纪轻轻的,怎么不学好?!"鸡蛋放在小偷嘴前,"给你,自己剥皮。"他放开小偷的手,周围群众立刻上前紧紧堵住小偷的退路,"在警察来之前,先吃个鸡蛋垫垫吧,进去有你的牢饭吃。好好改造,重新做人。"鸡蛋噎得小偷说不出话来,陆琛瞄了眼手表,已经快两点了。

这时姥姥也刚刚看了下表:"快两点了。嫂子,咱们出去亲近大自然吧,晒晒背、洗洗肺,多好。"说这话时,她刚刚给陆妈剪完头发。

话说刚才吃完午饭后,两人稍稍休息了下,姥姥看着陆妈头发有些长了,她忽然心血来潮,便要给陆妈剪头发。她自信满满地说:"保证给你剪得精精神神的。"

她的确很认真地剪了,可她哪里学过理发,剪得像狗啃的一样。这哪是什么精神,分明是神经。但以她的审美来看,她一点都不觉得难看。

"出门前咱得打扮下,美美的。咱们虽坐轮椅了,但也不要悲伤,振作起来,改变生活态度,让日子充满阳光和色彩,开开心心过好每一天。"姥姥莺声燕语地边说边拿出自己的化妆包,毫不吝啬地给陆妈的脸扑粉,嘴抹红,头上还扎了块红头巾,打量了一番,觉得还差了点什么,便把自己正戴的那条大红珠子项链挂在了陆妈脖子上,最后又给陆妈戴了一副大黑墨镜。

陆妈一脸淡漠和无所谓,任由姥姥随心所欲。姥姥打扮完后,

| 免俗 |

仔细端详了下，满意地打了一个响指："完美！"

市人民医院急诊大楼前，苏扣扣下了车想赶紧溜，周丽一把抓住她："瞧瞧你这样子，在车上，当着病人的面，我没好意思说你，你看看你头发弄得跟八爪鱼似的！你是不是又去你们那乐队唱歌去了？"原来苏扣扣上高一时，和几个爱音乐的同学成立了"喜乐街"乐队。

苏扣扣嘿嘿一笑："周老师，您这神情和口气，跟我爸简直一模一样。"

"我是你爸苏医生的朋友，也是你的带教老师，有责任管教你。一会儿手续办完，你马上就成为一名实习医生了，你能不能端正点态度？"

"我没忘办手续的事，有朋友请我们乐队去婚礼上唱歌助兴，我赚了400块钱，想着可以给我爸买双新皮鞋了。他那双鞋太破了，还舍不得换。"

"你少让我们苏医生操点心，比什么都强。"

"周老师，我已经够听我爸的话了！从小我就有音乐梦，没有医学梦，最终还不是听了我爸的话，学了医。"

"你这孩子，你爸全是为了你好！你妈去世得早，你爸又当爹又当妈的，不容易！"

"我知道！亲爱的周老师，您是不是还想着，把您那美若天仙的表妹介绍给我爸啊？"

周丽哭笑不得："你这孩子。"

第一章 人情是一座围城

苏扣扣手机响了,拿出一看:"说谁,谁到。"

电话接通,手机传来爸爸苏修的声音:"扣扣,你上午干什么去了?中午给你留的饭也没回来吃,你现在到没到医院?"

"爸,我到了。"

"实习手续办完了吗?"

"正在办呢。"说着,苏扣扣冲周丽吐了吐舌头。

周丽无奈地笑着摇头。

苏修语重心长:"临床毕业实习是医学教育的一个重要阶段,是理论联系实际,进一步学习巩固医学基础理论知识,熟练基本技能和培养独立工作能力的综合性训练,所以你要认真对待……"

苏扣扣不想听了,把手机从耳朵上拿开,捂住手机,悄悄对周老师说:"我爸昨晚值班,到现在没见着我呢,唠叨死我了!周老师,我现在同意您把您那表妹介绍给我爸,来个能量转移,让我爸体内的洪荒之力都用来谈情说爱去吧。"

周丽笑着嗔怪:"贫嘴。"

苏扣扣不再捂手机,继续听电话。

"你有没有在听啊?我一会儿就到院了!"苏修说。

"爸,我一直在听呢。"苏扣扣赶紧双手捂手机,问周丽,"我爸下午还有手术啊?"

周丽想了下:"好像有两台吧。谁不知你爸是肿瘤专家啊,有些病人忍痛都要等你爸来手术呢。"

苏扣扣点了点头,对着手机说:"爸,那一会儿您来找我吧,看看你女儿穿着白大褂正式成为一名实习医生,和老爸一起战斗

| 免俗 |

的样子吧。我猜,你一定高兴得合不拢嘴。"

苏修开心地笑了起来:"那是当然!"

苏扣扣再出现时,已是一头顺发,眉目秀丽、干净清爽的样子了。她身穿白大褂,从容又有些小紧张地随着其他四名实习生,跟在周丽后面,一行人脚步有力、斗志昂扬地走来。爸爸苏修的话在她耳边回响:"能和女儿成为战友,没有比这更让老爸高兴的了,我的好女儿,一会儿见!"

苏扣扣笑了下,脚步更加自信有力。

陆妈俨然变身 "摩登老太",姥姥推着她,两人来到了龙山河公园。

有路人对着陆妈指指点点地低声说笑。姥姥气恨起来:"有什么好笑的!你们这帮年轻人,太不懂得尊重人了,等你们老了指不定成什么样呢!真是的!"

金秋十月,雨过天晴,公园里美景多多。姥姥站在一棵垂柳树下看着远处,忍不住又开始了诗歌朗诵——"多美好的一天啊!在花园里干活儿,晨雾已消散,蜂鸟飞上忍冬的花瓣。世界上没有任何东西我想占为己有,也没有任何人值得我深深地怨;那身受的种种的不幸我早已忘却,依然故我的思想也纵使我难堪,不再考虑身上的创痛,我挺起身来,前面是蓝色的大海,点点白帆。"

陆妈喜怒不语,姥姥陶醉在自己的诗情画意中,很久才回过神来。她推着陆妈,在公园里四处游走,欣赏着美景,很快她就

第一章 人情是一座围城

又像一只翩飞的蝴蝶般欣欣然起来。

转过一大片菊花园,便看到前面一拨人在小广场那里跳交谊舞。她也便跟着节奏跳,跳着跳着,便跳入那人堆儿里去了,还有了一个临时男舞伴……一曲结束,等她转身看时,却发现陆妈不见了!

苏扣扣刚一坐下,急诊室便进来一个民工老伯,手指被钢筋刺伤。她还没包扎完伤口,陪同老伯一起来的一个年轻人,轻蔑地随口说了句:"一看就是实习的,包得真难看!"

苏扣扣想反驳几句,想了想还是闭了嘴。写完一份病历,还没见爸爸来,于是便跑到一边给爸爸发了条微信语音:"爸,你那双鞋太老旧了,我在网上刚给你买了一双皮鞋,比你脚上那双舒服多了,你一定会喜欢的。"这时同事在叫她,"爸,不和你说了,来急诊了,一会儿来看我一眼吧!"

病房里,几位家属和病人正翘首以盼,他们都在等待苏医生。

"苏医生呢?"一位正等待手术的病人问。

另一位病人家属想咨询手术情况,也在问:"是啊,苏医生怎么还没来?"

一位年轻医生神色匆忙地撂了句:"苏医生出事了!"

病房里所有人都大吃一惊,不知道苏医生出什么事了!

急诊室,苏扣扣准备跟着带教老师抢救伤员,她万万没想到,躺在轮床上的这人正是自己的爸爸!刚刚一个小时前他们还通过话,第一眼看到爸爸时,她整个人像傻掉了一样,怔怔的,之后便撕心裂肺地痛哭起来："爸，爸！……"

带教老师周丽很是吃惊："怎么是苏医生？！"

"苏医生跳河救人来着，没想到出了意外。"急救车上的随车医生说。

"快抓紧时间抢救！"

好几个医生轮番上阵对苏修做心肺复苏，全力抢救。苏扣扣泣不成声，瘫软在地，她被同事抱到一边。这是她第一天来医院实习，她曾想过会遇到怎样可怕又麻烦的情况，但万万没想到，竟然会是这般恐惧和无助。

陆妈也被送到了急诊室，姥姥对刚发生的一切依然惊魂未定。她惶然无措地赶紧给女儿叶赛君打电话，此时叶赛君和可儿正坐在回家的出租车上。

"赛君，出事了！你婆婆跳河了！"

"什么？！"叶赛君大惊失色，她挂断电话后，紧接着给陆琛打去电话。

小偷交给警察后，陆琛又累又乏，看袋子里还剩下五个鸡蛋，便就着车里剩的半瓶矿泉水将就着吃了。还剩了一个没吃掉，没有水实在太噎人了。不知怎的吃完就开始打嗝，叶赛君来电话时，他还在不停地打着嗝。他本打算一会儿去车站接爸爸，挂断电话，立刻掉头赶往市人民医院。他刚到医院大厅，叶赛君领着陆可儿也到了。

陆可儿叫着："爸爸！"

陆琛抱了抱女儿，他不停地打嗝，叶赛君问："你怎么还吃撑

第一章 人情是一座围城

了啊？"

"吃撑了？我还没正儿八经吃口饭呢！"陆琛抚着胸膛。

此时恨不得火烧眉毛了，叶赛君也无心问他为什么没吃饭，两人匆匆奔向急诊科。

陆妈身体无大碍，她看到自己家人来了，便歪斜着嘴呜呜呀呀地哭了起来，像个孩子一样。叶赛君抓着陆妈的手："妈，别哭了，没事儿。"陆琛看到妈妈被打扮成那样，心里有些不悦。叶赛君从他的眼神里意会到了，但现在不是说这事的时候。

陆琛看向姥姥，一脸焦急："妈，这到底怎么回事？"

姥姥有些无辜："我们在公园里玩得好好的，一不留神，没想到嫂子她自己推着轮椅，便要投河自杀，后来被路过的一位医生救起来了。"

陆琛赶紧问："那……那位医生呢？"他还在不停地打嗝。

姥姥咬了咬嘴唇，感觉像做错事的孩子一样："他在抢救室呢。"她打开包打算拿水给陆琛，"你怎么老打嗝，看着怪让人难受的，喝点水吧。"

陆琛哪有闲心喝水，说着他看向叶赛君："你在这儿照顾妈，我去看看救命恩人！"

叶赛君点点头："你快去吧！希望恩人平安无事！"

陆琛刚到抢救室门口，轮床上一人被盖着白布推了出来，所有的医护人员都一脸悲伤——经过半小时的全力抢救，还是没能挽回苏修医生的生命。

| 免俗 |

带教老师周丽很不忍心:"扣扣,看你爸爸最后一眼吧。"

一时间苏扣扣无法接受这个悲惨事实,祸从天降,劈头盖脸地朝她猛一阵重击。她脑袋一片空白,感觉一切像在梦里。

陆琛看到这场景,突然就不打嗝了。他感到无比痛心和愧疚,此时此刻无法用言语表达内心感受,更不知如何来安慰恩人的女儿。

"对不起。"陆琛跪地向恩人磕头,又向恩人女儿表示感谢。

苏扣扣回头看。

同事提醒道:"这是被救人家属。"

声音听上去像是很遥远,苏扣扣和陆琛认出了彼此……正在这时,走廊那头,叶赛君听说了消息,她推着陆妈过来了。

苏扣扣看到爸爸救起的是一个中风偏瘫的老年人,只见她哭着,嘴角歪斜,含混不清地向她说着什么。

叶赛君替陆妈解释:"对不起,妈妈知道恩人走了,心里很惭愧……对不起……"

苏扣扣冲到陆妈跟前,痛心地大声问道:"你为什么不好好活着?!为什么要跳河?!为什么?!"

"对不起,对不起。"陆琛和叶赛君一个劲儿地表示歉意,此时此刻他们深深感到,任何言语真是太苍白无力了,现在说什么好像都没用。陆妈恼恨自己,挥手打自己耳光,叶赛君赶紧摁住她的手:"妈,您别这样。"

陆妈哭了起来,陆琛见状,让叶赛君先推着妈妈离开。

大家要把苏医生拉走,苏扣扣死死抱着轮床不让爸爸离开,悲伤的泪水决堤而下:"爸爸,你扔下我一人,你让我怎么办啊?我没有妈妈也没有爸爸了,我该怎么办啊!爸,我刚给你买了双新鞋,你还没穿上呢!"

大家都跟着伤心不已,轻声宽慰着苏扣扣。

"扣扣,听话别哭了,你爸是英雄!好好的,别哭坏了身子。"周丽拍着苏扣扣肩膀安慰着,接着她难过地对同事说,"把轮床拉走吧!"

大家把苏扣扣拉到一边,她跳着脚使劲挣扎,可怜地哭喊着:"爸爸,爸爸!让我再看一眼爸爸!我再也没有爸爸了!"声声撕裂人心,陆琛已是泪流满面。他拉住苏扣扣,试图给她力量和安慰,可她挣扎着不要爸爸走,急如困兽的她猛地抓起陆琛的胳膊咬了上去。陆琛咬着牙默默承受着,任凭她咬,他知道,与痛失亲人相比,他这点疼痛根本算不了什么。

陆爸到了车站没看到儿子,就自己打车回来了,刚到家,才知道家里出了那么大的事!他背着手,在屋里来回走,不停地念叨着:"怎么会这样?怎么会这样?"接着他叹了口气,惋惜道,"还是个医术精湛的医生,对不住啊,真是太对不住了,走!"说着他对陆琛挥了下手,"我得当面向苏医生家人表示歉意和感谢,这会儿不管出力还是出钱,看能不能帮得上忙。咱得报答人家啊,这恩情一辈子也报答不完的!"

陆琛拦住他爸:"爸,暂时先别去了。苏医生家就只有他女儿了,我刚见过她,她现在还沉浸在悲伤中,我们暂时先别去打扰

| 免俗 |

她了。"

"苏医生妻子呢?"叶赛君问。

"我听说是早年得病去世了。"陆琛在医院里听苏扣扣同事说的。

姥姥叹息道:"真是可怜的孩子。"

陆爸语气坚定:"咱们得帮着苏医生照顾好他女儿,以感激他的救命之恩,这样他的在天之灵也会感到些欣慰!"

这时卧室里传来陆妈焦躁的声音,一家人赶紧跑过去。原来她睡不着也不想睡,执意要起来。

陆妈看到陆爸便哭了起来,陆爸安慰她:"不哭不哭,没事儿了。"他看着老伴的一头短发,还有那张涂脂抹粉的脸,知道一定是姥姥干的,但又不好说什么。

陆琛把妈妈抱上轮椅,推到客厅来,叶赛君拿了条薄毛毯盖在婆婆身上,然后她进到卫生间,拿了块湿热毛巾赶紧帮婆婆擦干净脸。

一家人沉闷地坐着,姥姥起身想走时,叶赛君张口问了句:"妈,我婆婆为什么要跳河自杀?"这个问题是所有人都想知道的,但也只有她叶赛君来问了。

姥姥看着一屋子的人都在看她:"你们都问我,我怎么知道!"

这时陆妈呜呜呀呀地又哭了起来,姥姥又急又无奈,疾步走到陆妈跟前:"嫂子,你别光哭啊,你快给家人说说你为什么跳河!你不说,我就被冤枉成罪人了!"

"赛君妈,言重了,怎么可能拿你当罪人呢。"陆爸说。

第一章 人情是一座围城

叶赛君轻声细语地对陆妈说:"妈,您想说什么就说吧,别给自己压力,把心里话全说出来,我们一同解决。"

陆妈哭得更加厉害了,一把鼻涕一把泪,她含混不清地说着:"我不想连累你们了,我这样,没得好,白让你们受累。"说着她指了下姥姥,"赛君妈照顾得我很好,我跳河,和她没有关系。"

一语落地,姥姥如释重负地长舒口气:"我就说吧,我把嫂子看得好好的。我给她打扮了下,让她换换心情。我们一起在公园里漫步,我还给她朗诵了诗歌。"

陆可儿很好奇,忍不住问:"姥姥,你都给我奶奶朗诵了什么诗歌呀?"

"《假如生活欺骗了你》,还有一首《多美好的一天》,全是正能量的诗歌啊!"

陆爸完全没有责怪之意,实事求是地说:"你嫂子洗了一辈子猪大肠,听惯了猪嚎叫声,耳朵听不来这些,粗人一个。你还不如给她讲讲今天鸡蛋多少钱了,肉多少钱了,超市又搞什么大降价活动呢。"

姥姥皱着眉:"我对这些可不感兴趣,也讲不来。"说着她起身要走。

叶赛君看到桌子上那条大红珠子项链,是她从婆婆身上取下来的,她赶紧递给姥姥:"妈,拿走你的项链。"

姥姥看了眼陆妈:"嫂子,你要喜欢就送你了。"

陆爸接话:"她可戴不了这个,还是你戴最合适。"

"那好吧。"姥姥戴在了脖子上,她握了下陆妈的手,劝慰道,

| 免俗 |

"儿子、媳妇这么孝顺,大哥照顾得你又这么好,你不能想不开。你以为你死了,就是为他们好了?还是好好活着吧,生活是多么美好。"

最后一句说得声情并茂,叶赛君生怕妈妈朗诵的兴致又上来了,便赶紧提醒道:"妈,您的帽子!"

"差点忘了。"姥姥接过拿在手上。

陆琛挽留道:"妈,今天真是辛苦你了,要不就留下一块儿吃晚饭吧?"

"就是啊赛君妈,辛苦一天了,吃完饭再走吧。"陆爸说。

"不了,我要回去休息。"

"你开车送送你妈。"陆爸对儿子说。

陆琛正要拿车钥匙,姥姥摆手:"不用这么客气了,我自己回去。"说着看了眼叶赛君,"你们快照顾你妈吧。"

晚饭后,天刮起了风,陆爸便催他们赶快回去。一路上,陆琛都黑着个脸,一句话都没和叶赛君说。她知道他在想什么,当着孩子的面,她不想和他争论,到了家,辅导完孩子作业,他们也便洗洗睡了。感觉真是长夜漫漫,他们脑中全是苏医生和她的女儿,又怎能睡得着呢!

叶赛君看着陆琛背向她,便一下坐了起来:"别老黑着个脸了,有什么不痛快你就说吧。"

陆琛不搭腔,装作没听见。

叶赛君赌气道:"我知道,你在埋怨我妈,觉得是我妈造成了今天发生的这一切！"

陆琛转过身，也坐了起来："我妈虽然有病了，瘫在轮椅上了，但也是有尊严的！你看你妈把我妈弄成什么样子？你不是没看到！"

"可我妈完全没有恶意，我爸宠了她半辈子，这么大年龄了，还像个少女似的。她真的就是想给妈换换面貌，让她更精神更坚强些！"

"我妈平日好好的一个人，怎么会想自杀？我妈一定是感受到羞辱才想自杀的！还害得苏医生没了命！"

"你胡说！你说的是人话吗？我妈好心好意地来帮忙照顾，你却这样说她！"

"那你说，我妈上个月还对我说，等明年春天咱们全家去星河湾逛逛，这像是有自杀念头的吗？"

"下午你妈说了，这一切和我妈没关系，你不是没在跟前！"

陆琛赌气道："肯定有隐情，只是我妈不肯说。"

叶赛君气急："陆琛，你到底什么意思？你也太混蛋了！"

"我没有说别的，我只是觉得很奇怪！"

他们两人吵了起来，越吵声音越大。陆可儿听到了，抱起床头电话一阵拨号："爷爷，我害怕！爸妈他们在吵架，很凶，很厉害！"说着孩子哭了起来。

不一会儿，陆爸电话打来，劈头盖脸把陆琛骂了一顿："你这浑小子，为什么和赛君吵架？！你是不是想急死我？还嫌家里不够乱吗？！"

"爸,你怎么知道的?"陆琛有些蒙。

"可儿打给我的,把孩子都吓哭了。你小子别给我惹是生非,听到了没有?"

"爸,我知道了。"挂断电话,他们赶紧跑向女儿房间,看到孩子蒙着被子蜷缩在里面哭,很是心疼,也很后悔不该吵架。哄睡女儿后,两人回到大卧室,彼此情绪都平和下来。陆琛主动向老婆道歉:"对不起,都是我的错。"

叶赛君气消了一大半:"咱们互相体谅吧。"夫妻没有隔夜仇,这场架算是吵过去了,两人躺在床上,还是睡不着,她想了起来,"你中午怎么没吃饭?"

陆琛无奈地叹口气,双手枕在头下:"说来话长,因为苏医生的女儿。"

"越说我越不明白呢?怎么,你们早就认识?"

陆琛把发生的一系列事情,前前后后说给老婆听了。

叶赛君听了感慨道:"她欠你一碗面条,可我们欠她一份父爱啊!"

"是啊,"陆琛若有所思,"你说咱们一天到晚,忙着随各种人情礼,临了临了,出了这样的事情。欠下了天大的一个恩情,想还都不知怎么还。"

"是啊,难报的恩情,以后我们拿她当妹妹吧,多多照顾她。"

"咱爸不是都说了嘛,以后我们拿她当家人一样。"

叶赛君叹了口气:"也不知苏扣扣怎么样了,心里挺挂念她的。"说着突然她想了起来,"对了,明天你那个打白条的朋友王兵,他的婚礼你还去吗?"

陆琛叹了口气:"家里都这样了,我还有心去吗?明天我在家陪陪妈。"

这一晚,陆家人都没有睡好觉。

苏扣扣谢绝了所有人陪伴她的好意,她独自回到家,家里的一切,都还有着爸爸的味道。打开冰箱,里面有爸爸没喝完的牛奶、没吃完的豆腐乳。她看到下面一层,还齐齐地码着爸爸为她剥好的各种坚果,她一盒盒地抚摸着,不禁泪流满面。桌子上,茶杯里有爸爸没喝完的茉莉花茶,中午她没回家吃饭,爸爸做了她最爱吃的红烧带鱼,留了很多,用盘子盖着放在桌子上……看着家里所有一切,她不敢碰,担心一碰就不是爸爸在的样子了。

从没想过生别死离就在不经意间。以前总惹爸爸生气,似乎每一天都让他操心,总想着有的是机会报答爸爸,没想到老天这么绝情,一点机会都不给她,就那么猝不及防地带走了爸爸。刚给他买了双新皮鞋,都还没穿到脚上……

苏扣扣哭着哭着在迷糊中睡着了,等她醒来,已是半夜。月亮又大又亮,她起来看向窗外,月光明朗地照着小区里的房子和树,像梦中的白天一样。恍惚中,她觉得一切就像做了一场噩梦,从梦里醒来,她下床像是很庆幸地叫着:"爸!爸!你回来了没有?"她跑到爸爸房间——爸爸不在,她回到自己房间,忽然看到枕头上有爸爸的手表,顿时号啕大哭起来。原来发生的一切不

| 免俗 |

是梦！手表是她从爸爸手腕上取下来的，想留着做个念想。

她多么希望自己刚从噩梦里醒来，一睁眼就看到爸爸。她看到阳台上爸爸帮她洗了衣服，哭着哭着，又笑了起来。她看到那条膝盖有破洞的牛仔裤，被爸爸缝上了口子，严丝合缝的。

第二天，陆爸一见到陆琛，便把他拉到一边嘱咐道："昨晚我问你妈了，是她自己想死，和你丈母娘没关系。"

"我以为丈母娘把我妈打扮成那样，我妈受了什么屈辱，才想不开要寻死的呢。"

"不是，你妈知道姥姥是好意。这次我们都外出有事，你妈突然觉得自己很没用，成了累赘，要知道你妈可是个要强的人，所以一时想不开了。"

陆琛明白地点了点头。

"可不许跟人家赛君再吵了。"陆爸再次嘱咐。

"知道了。"

"家里没什么可忙的，你们现在赶紧去看看苏医生女儿，看看我们能为她做点什么。"陆爸说着叹了口气，一脸的愧疚。

这时叶赛君走了过来："爸，我们正要去呢。"

他们辗转打听，找到了苏扣扣的家，原来她就住在他们小区对面的康都小区。可苏扣扣根本闭门不开，用一种冷漠而又客气的语气，隔门说道："我谢谢你们了，但我现在只想一人清静地待着，不想见任何人，也不需要你们的同情和感谢！你们走吧！"

叶赛君和陆琛能够理解她的心情，没办法，只好无奈地先离

第一章 人情是一座围城

开了。

首都国际机场,一位戴黑框眼镜、身穿休闲装、长相清秀的男士疾步走向出口,和他一起的还有一个小卷毛。

"时子昂,再走快点儿。"他看上去火急火燎的。

小不点儿很懂事:"知道了,舅舅。"他一头卷发,萌萌的,很是可爱。

一辆出租车停靠过来,司机下车问:"您是从美国回来的时广徽先生吧?"

他点点头:"是,我是。"

行李放进车,人也进了车里。时广徽有些着急地对司机说:"师傅,麻烦您直接带我们去菊池园殡仪馆。"

"好。"司机应答。

"那是什么地方?为什么去那里?"小卷毛很好奇。

"因为姥爷死了。"时广徽一脸哀伤。

"什么是死?"小卷毛紧追着问。

时广徽想了想:"就像机器一样,启动装置坏掉了,再也无法启动了。"他是人工智能研发高级工程师,以他的职业思维解释着死亡。

小卷毛很忧伤地说:"是不是像德瑞一样,我一直都很怀念它。它是舅舅给我做的第一个机器人,它也死了。"

时广徽点点头,疼爱地摸摸小卷毛的头。他看着窗外,十月的城市如画般静美,他却无心享受。车子一路向北疾驰,人生漫

| 免俗 |

漫路上，生离死别，无一幸免，一切都在路上伺机守候。

今天是苏修医生出殡的日子，陆琛本来不想叫陆妈去的，怕她去了情绪激动，对身体不好，但陆妈执意要去。

陆爸早早换好衣服，系好最后一颗扣子："今天我们全家都去，送恩人最后一程！"

陆琛把陆妈抱进车里。在放置轮椅时，陆爸一拍手："忘记给你妈拿水杯了。"说着赶紧上楼去拿。

陆琛放好轮椅坐进车里，叶赛君"哎哟"了一声。

陆可儿问："妈妈怎么了？"

叶赛君感觉屁股底下有什么东西坐碎了，她拿出一看："是个塑料袋，怎么里面还有个熟鸡蛋啊？"她打开塑料袋看着，"还是个红色喜蛋。"她回想着，"前两天没听说你要吃谁的喜面啊，谁生孩子了？"

陆琛有些为难："谁啊，我也不知道是谁！"

"你可真行！"叶赛君气得数落他，"认识不认识的你都随人家礼金，你有钱啊？这月都吃土了，你不知道啊！"

坐在后面的陆妈担心他们吵架，轻拍了下叶赛君肩膀，言语着："赛君，别生气。"

叶赛君回头歉疚道："妈，我知道了，没事儿。"

陆可儿冲爸爸吐了吐舌头："爸，快道歉吧。"

正在这时，陆琛惊喜大叫着："对！就是他！就是这个大头！"一男子骑着送外卖的快递车，在陆琛车旁停了下来。当他

第一章　人情是一座围城

摘下头盔时,陆琛一眼便认出了他,得意扬扬道:"在我掏礼金的那一刻,他的样子便深深地印在了我的脑海里,融化在了我的血液中!"

叶赛君哭笑不得地给他一白眼,然后又看了看外卖员:"是他啊。"

"我就觉得面熟,不知是谁了。"

"隔壁单元新搬来的。"叶赛君提醒他,"上次你和朋友在这小区门口饭店吃饭,你喝醉了,没回家,睡在爸妈这儿。没走两步,歪倒在单元门口起不来了,是人家扶你上楼的。要不是人家,那晚非冻死你不可。"

陆琛仔细回想着:"好像是有这回事。"

"我来给你送换洗衣服时,看你当时那个感激涕零啊,搂着人家,一口一个'兄弟'地叫着。"

"我说有些面熟呢,当时就是想不起来了。这小伙子也是个实在人,我去参加婚宴,碰到了我,误以为我来吃他的喜面呢!我也不能拿话把他噎回去啊,就这么着随了个礼。"

叶赛君火气一下子没了:"算你礼金没随错。他是一胎啊,还是二胎啊?"

"二胎。之前有一个儿子了,意外怀孕,没想到来了一对双胞胎小子。"

叶赛君倒吸一口凉气:"三个儿子啊!"内心暗暗深表同情。

陆琛叹了口气:"过两天,他会去超市找我理论的,甚至会骂我。"

叶赛君很是不解,随口一说:"为什么骂你?孩子又不是你的?"

"那个……"陆琛欲言又止起来。

"什么呀?爸爸。"陆可儿充满了好奇心。

陆琛拍了下她脑袋:"少儿不宜。"转过身对叶赛君说,"回头给你说。"

正在这时,陆爸拿着水杯来了,两人便结束了话题。

陆爸叹了口气:"真是没想到啊!"

"出什么事了,爸?"叶赛君头皮一阵发麻,很担心再出什么意外。

"刚才接了我们厂一老伙计的电话,说会计王秀兰她老公死了。"

"时广徽他爸爸?"陆琛问。

陆妈情绪有些激动:"时继海?"他们和王秀兰都在食品公司上班,和时继海也都认识。

陆爸对老伴点了点头:"对,是这个家伙。"他回想着,"半月前老时住院,我还去瞧过他。终于能手术了,可没下来手术台……老时也是今天出殡,咱们一块儿去悼念下吧。"

"好的,爸。"陆琛说着发动了汽车。

车走走停停,开了快一小时才到殡仪馆。下车后,陆爸拉过儿子悄声说道:"这话别让你妈听到,刚才在车上我没敢说。"

"怎么了,爸?"陆琛看爸爸眉头紧锁。

"我听说那天下午老时要手术,本来给他主刀的应该是苏医生。"

第一章 人情是一座围城

陆琛愣在了那里,叶赛君见状走了过来,在知道缘由后,她也是一阵沉默。

早上八点,苏扣扣捧着爸爸的遗像来到了殡仪馆。她回想到,十年前,妈妈去世,她捧着妈妈的遗像,跟随着爸爸来到殡仪馆,现在她来送爸爸。走进追悼厅,整个追悼会会场摆满了黄白两色的菊花扎成的花圈,层层叠叠,衬托得气氛隆重而肃穆。

九点一刻,追悼会开始,追悼厅的人多了起来。人群里,苏扣扣无意间抬头,看到了被爸爸救起的轮椅老太,不知怎的,她心里难过无比,内心一阵抽搐。此时,爸爸单位的领导正在向众人介绍爸爸生平,听着爸爸同事及好友的致辞,看着相片里爸爸慈祥的笑容,她悲从中来,待到众人向遗体告别,与家属握手时,她已哭成了泪人。

泪眼模糊中,有人握住她的手,温暖地用力地握着。她抬头一看,是被救者家属,他们一家老小都来悼念爸爸了。陆爸真诚又歉疚地说道:"孩子啊,伯伯对不住你了,苏医生的恩情,我们一辈子都不会忘记,以后有什么困难尽管来找我们。"

陆妈呜呜呀呀地哭了起来。

叶赛君把一小纸条塞进她口袋:"这上面有我们的手机号。"边说边给她擦了下眼泪。

"有什么事情尽管找我们。"陆琛说。

苏扣扣低头痛哭,没说一句话。

今天同来悼念苏医生的,还有市见义勇为基金会的负责人。

| 免俗 |

苏修医生跳河救人却不幸溺水身亡的英勇事迹,经过报道后,引发社会各界广泛关注。他的救人行为已被认定为见义勇为,基金会负责人前来慰问苏修家人,并送上慰问金。

苏扣扣声音嘶哑着,充满了痛苦,向他们说着:"谢谢。"

这几天她听得最多的话就是"节哀顺变,保重身体"。她说得最多的话就是"谢谢"。

陆琛打听到时广徽爸爸的追悼仪式在2号悼念厅。陆爸说:"赛君你不用去了,在这儿看着你妈和孩子,我们一会儿就出来了。"

陆琛跟在陆爸身后,刚走几步,迎头遇到了夏虹。

"陆叔好。"

"夏虹来了啊。"

"是啊,我爸让我来的,也是看在王会计的面子上。她人不错,当年在公司也很敬业,毕竟这么多年的老员工了。"

"是啊,有些事也不能计较太多,毕竟人死为大。"陆爸摆了下手,"夏虹,我们先进去了,给你爸、我们的老领导带个好。"

"谢谢陆叔,一定带到。"夏虹看了眼陆琛,"陆经理干嘛躲我?"

"哪有啊?"陆琛一脸冤枉。

"那陆经理,别忘了我说的那事,老同学你得帮帮忙啊。"夏虹提醒陆琛。

陆琛知道,夏虹要说的是关于超市摊位的事,她觉得他们"满口香"的位置不是绝佳的,老觉得同行位置更好,要求调换。

这个让陆琛有些头疼:"回头我们再聊。"

第一章 人情是一座围城

夏虹去找叶赛君了,叶赛君有些意外:"我还以为你不会来参加时广徽他爸的追悼会呢。"

"我代表公司来的。本来是不想来的,全看在他妈妈的面子上,王姨毕竟也是公司老员工了。"

要说夏家和时家这两家人的过节儿,可有些年头儿了。当年"满口香"公司西区的养猪场墙体倒塌,偏巧把时广徽的爸爸时继海被砸伤了。时继海索要 50 万人民币作为赔偿款。夏虹她爸觉得这就是存心讹诈钱财,时继海不是公司员工,只是路过那儿,怎么就这么巧单单把他砸伤了?所以夏虹她爸觉得这是时继海为把儿子送到美国留学而上演的一出苦肉计。老夏找来时广徽的妈妈王秀兰,也就是当时公司的会计,让她劝说一下自己的老公。没想到时继海性格执拗,时妈根本劝说不了。当时限于没有监控设备,无从查证,被惹恼的时继海打算把公司告上法庭,并扬言西区养猪场属于违章建筑,让上级领导彻查。夏虹她爸觉得多一事不如少一事,便找陆爸从中协调,最终赔了时继海 5 万块。没想到,转眼一年不到,新的市委书记上任,西区养猪场还是作为违章建筑被强制拆除,夏虹她爸那个气啊!

"看到时广徽了?"叶赛君问。

夏虹一脸不屑:"一眼扫过,他有什么了不起的。"除时继海那件事外,时广徽和夏虹之间也有过节儿。因为都是高中同学,一次校园大扫除,老师让他们清理花坛中的砖块,时广徽扔砖块时,无意间砸伤了夏虹的额头。到现在夏虹还一直耿耿于怀,她边说边抚摸了下那块疤痕:"当年他时广徽没把我毁容,我已是万

| 免俗 |

分感谢了。"

叶赛君调侃道:"你别气,越气,你额头上的那块疤痕就越显眼。"

夏虹扬扬下巴:"显眼了好,我扎他眼珠子,看他忘了没!"

悼念厅已没多少人了,时妈王秀兰心痛地向儿子哭诉着:"你爸一直是由苏医生负责的,他对你爸的情况了如指掌。谁不知道他是肿瘤专家,医术高明啊!我现在想,要是苏医生没出意外,也许你爸手术就会成功,就会平安醒来,还能一顿饭吃一个大馒头。"

"妈,不要这样想,任何手术都是有危险的,即使对医术高明的苏医生来说,也是一样的。"时广徽劝慰自己的妈。

时妈喃喃道:"没想到苏医生没了,你爸也跟着去了。"

娘儿俩的话声声进了陆家父子耳朵中,让他们百感交集,父子俩赶紧走到娘儿俩跟前。

陆爸劝慰道:"秀兰妹子,节哀顺变,别哭坏了身体。"

"我们老时没福气啊!要是苏医生做手术,老时肯定有口气活着!"王秀兰像钻了牛角尖一样,"听说被救的是一中风偏瘫的老婆子。"看样子,时妈还不知道被救的那老婆子正是陆琛他妈。

陆爸的脸一阵红一阵白,他想张口告诉她,可觉得还是算了吧。

陆琛听了心里很不好受,他打算赶紧离开这里,忙伸手与时广徽相握:"节哀顺变。"

"谢谢老同学,真是好久不见了。"

第一章 人情是一座围城

"是啊,你从高中就留学美国,差不多十多年没见了吧,听说要打算定居美国了?"

"是啊,"时广徽点点头,"生活和事业全都扎根在那儿,已经习惯了那里。"他轻叹了口气,"本来打算等爸爸手术后,接他们跟我一起去美国,没想到……"

陆琛正不知怎么安慰他时,突然时妈大声道:"现在你爸没了,我不会跟你去美国了,更不会同意你定居在那儿,我陪着你爸哪儿也不去!死也要死在这里!"

时广徽很是窘迫:"妈,回家再说这事儿行吗?"

"我不要,在哪儿都是说。我现在反悔了,不同意你定居美国,你必须给我回国!走得远有什么用!你看陆琛,陪在父母身边才是孝顺。"

引火上身了,陆琛赶忙说道:"秀兰姨,我是没出息才在家里混日子。广徽有能耐,读书都读到美国去了,这是光宗耀祖的大好事儿。"

陆爸也在一边劝:"大妹子,别着急,有话慢慢说,儿子出息,你应该高兴才对。"

"表面上是很风光啊,可外人谁知其中的苦!当初我们是砸锅卖铁供他读书,读得是真够远,都有时差了。他爸生病,白天黑夜都是我一人照顾着,我不敢生病啊,我病了,老时死得就更快了。半夜想喝杯水,都没人倒啊!"她伤心地摇着头,"死了,成一把灰了,才回来,没用啊!"

"妈,是我不孝,对不住您和爸。我没想到我爸的情况这么严重，当时我想回来照顾爸，可您没同意让我回来啊！"

"所以说当父母的就是贱啊，我还不是怕耽误你工作？"

"那我以后加倍孝顺您，您跟我去美国，那里医疗条件好，空气又好，我照顾您。"

"我不去！语言不通，一个认识的人都没有，想说话都找不到人，不跟坐监狱一样吗？"时妈口气坚决，"总之我不会再让你回美国了！不然我现在就死给你看！正好和你爸葬在一块儿，省得你再回一次国，那么不容易的。"

时广徽头痛无比："妈，您说的这叫什么话！"

"我不管，你爸的魂儿还在，今天当着他的面，我要你答应我，回国！"时妈急得脸红脖子粗。

陆爸父子俩见他们娘儿俩吵，根本插不上话，这走也不是，不走也不是。只听时广徽抱着极大的耐心问时妈："妈，您有没有想过昂昂？他上一年级了，已经适应了美国教育，他现在……"

没等他话说完，时妈反驳道："这么大一个中国，我就不信教不了他文化知识！"

时广徽一脸无奈，虚张着嘴，不知说什么好，吐出一句："您简直不可理喻，我和您无法沟通了！"

时妈更加气愤："是啊，我们让你读书读得太多了！"说着，她便抬手想打儿子。

陆家父子俩赶紧把他们拉开。

陆爸劝时妈："大妹子，别激动，有话慢慢说。儿子一个人在国外奋斗也不容易，况且他又不是那种不孝顺的孩子，有话慢慢说嘛,别动气。"

陆琛把时广徽拉到一边:"冷静冷静,你妈也真是不容易。你爸没了,她心里难受,现在她说什么你就先听着,等缓过一阵,再慢慢和她谈。"

时广徽点点头:"好,我知道了。"

这时小卷毛跑了过来:"姥姥,舅舅,我拉完臭臭了。"孩子就是孩子,他还太小,对死亡没有深刻的认识。孩子的出现,让他们停止了争吵,和陆家父子一起走出了悼念厅。

夏虹公司有事,五分钟前离开了。在车旁,叶赛君看到他们出来了,便推着婆婆向前迎了几步过去,和他们说着节哀保重的话。这么多年时广徽不常回家,就是回,也是春节才回来,这要走在大街上,叶赛君真是不敢认。

大人们在说话时,陆可儿很友好地拿出棒棒糖给了小卷毛,两个小家伙你一言我一语地聊了起来。待时广徽他们走后,陆爸便提醒陆琛去看看苏扣扣走没走。

"爸,刚才我们说话时,我看到她和亲友一块儿坐车走了。"

陆爸叹了口气:"真不知道我们该为这孩子做点啥好啊!"

叶赛君安慰道:"爸,您的心思我们都知道,这会儿我们还是先别打扰她了。"话音落,便听到陆妈呜呜咽咽地又哭起来。

"妈,快别哭了。"陆琛推动轮椅,"我们快走吧。"

回家的路上,陆可儿吃着棒棒糖不经意道:"那个小孩儿,叫时子昂,他说他从美国纽约来的。爸爸妈妈,那里离我们这儿很远吗?"

陆琛点头:"不算近,好好学习,等你长大了,可以去那里瞧一瞧。"

陆可儿一脸不乐意:"爸爸,我在问远不远的问题,你又开始训导我了,什么事都要扯上'好好学习'这四个字。"她看向爷爷,委屈道,"爷爷,我都听恶心了。"

叶赛君训道:"你这孩子,大人说一句,你好几句等着。"

陆爸给孙女讲道理:"好好学习的同时,也要好好玩嘛!再说学生时代就要好好学习,你不好好学习将来就没有前途,没有工作,不是有句话说,'少壮不努力,老大徒伤悲'嘛。"

陆可儿捂着耳朵抓狂道:"爷爷,你快别说了,你说的比我爸还多。"

"好,我不说了。"

叶赛君见陆可儿手上全是糖汁,便拿出湿纸巾帮她擦,边擦边问陆琛:"那个小男孩是谁呀?"

"管广徽叫舅舅,那就应该是他姐姐的儿子吧?怎么没见他姐一起回来?"陆琛说。

陆爸揉了揉眼睛:"来不了了,得癌症没了,去年的事。"

陆琛和叶赛君倒吸一口凉气。

时广徽的姐姐时广阳,真是命途多舛。她远嫁美国不久便因家暴离异,然后又被一个有家室的渣男欺骗,之后她独自生下这个孩子。也不知怎的,老天爷像是在打瞌睡没睁眼似的,在孩子三岁时,她又患上了乳腺癌……现在人已成一把灰了,没了这肉身，天上掉下的刀子也终于插不住了。

听陆爸说完时广阳这坎坷的一生，陆琛和叶赛君不由得扼腕叹息，浑身发冷。回到家，刚吃完饭，叶赛君的手机响了。

陆琛问："谁？"

叶赛君看了眼手机抬头说："是夏虹。"

陆琛心里一紧："肯定是他们公司摊位的事，可能让你当说客。"

叶赛君不以为然："都是老同学，能帮的就帮下呗。"

陆琛有苦难言："这没你想的这么容易……"铃声还响着，跟催命似的，"你快接吧。"

叶赛君刚按下接听键，夏虹气急的声音咆哮而来，叶赛君下意识地躲闪了下。

"你说乔园园真是的，好心借给她车用，也不嘱咐嘱咐那些人都爱惜着点！"

"怎么了？"叶赛君说着并向陆琛摆了摆手，示意他并不是摊位的事。陆琛凑过来听，只听见夏虹气恨的声音从手机里传来。

"我那真皮座椅被烟头烫了个洞！！"

"怎么会这样？"

"司机也是马虎了，接车时没仔细检查，到今天才发现，刚刚给我打了电话。"夏虹喘了口气，意味深长道，"本来吧，今晚我要去你们家和陆琛说点事儿来着，这下好了，车被送到4S店修复去了，直接出不了门了。"

叶赛君和陆琛相视一眼，他们完全意会到了夏虹这番话的用意。

陆琛在一旁使眼色，叶赛君领会地说："你看这事真是不好意思啊，那修复的钱我们来出。"

夏虹打断她："赛君，你这么说真是见外了，咱俩谁跟谁啊！这么多年的好姐妹了，当初要不是因为她乔园园托你来借车，我才不借呢。"

"这我知道的。"

"你给乔园园打电话，这钱应该她来出！"

叶赛君有些为难："多不好意思啊！她刚新婚，正在度蜜月呢，说这事是不是有点不合时宜啊？"

夏虹更正道："这有什么不合时宜啊！是她借用的车，我们不找她找谁？再说她又不是小姑娘头一次结婚，蜜月也该不咸不淡的了吧？"

叶赛君咬了下嘴唇："你先告诉我，需要多少修复费呢？"

"咱俩之间还用得着说这话吗？"夏虹客套地提醒她，"这修复费要是你出，我可不要。我宁愿自认倒霉，也不能让你来出这钱。"

挂断电话，陆琛哭笑不得："得，这么早就让我们来还她人情了。你听出来了吧，明显是用那摊位的事来还。"

叶赛君像是没听到，她在思考着："真怕一个电话打给乔园园，会生出不必要的麻烦和难堪来。"

"怎么会？乔园园找你向夏虹借车，她应该是欠你一个人情来着。"

"我要说的是,她会不会有疑虑。都好几天了,夏虹才发现真皮烧洞了,到底是不是他们搞坏的还不一定,万一因这事扯起皮来,到时杵在中间为难的人是我。况且乔园园已经怀有身孕,激动不得,万一出了事,我们可担待不起啊!"

"我也存疑,这洞到底是不是乔园园那边烧坏的?难道是夏虹因为摊位的事而想出的计策?"陆琛痛苦地摇了摇头,"这事不能往深了想,得全凭个人良心了。"

叶赛君皱起眉:"真头疼……"她轻叹了口气,犹疑着,"要不这钱我们来出?"

"咱家有钱啊?想想房贷,这月都要吃土了。"陆琛把叶赛君说过的话重新说给她听,并端来一杯水,"来,喝杯凉白开,镇静下脑子。"

叶赛君一口气喝下,长舒口气,看上去镇静了不少,感慨着:"腰里没钱心似铁啊!"说着拿起手机打给乔园园。

陆琛坐到一边,拿起报纸看了起来,电话正在接通,叶赛君不经意地瞥了眼报纸上的一张照片,觉得看上去有些熟悉。

电话接通了,乔园园欢笑着问:"赛君,什么事啊?"

"哦,那什么……"叶赛君吞吐着,就在这时,她突然想起报纸上那人是谁来了,接着话锋一转,脸上堆起笑,"没什么,就是想问问,你蜜月过得一定很开心吧?"她边说边伸长脖子瞅报纸上的文字。

"是啊,我们在巴厘岛呢,一会儿照片发朋友圈,你看看。"

"那一定会引发羡慕嫉妒恨啊。"叶赛君眼睛一直在报纸上没

| 免俗 |

移开过,看得她眼睛发起亮光来,而报纸那边的陆琛则完全没有发现。叶赛君尽量说得很自然:"对了,我想起来了,园园你不是怀孕了嘛,我这儿正好有一个护腰枕,今年春天朋友送的,当时她以为我要生二胎来着。"

陆琛一听,猛地从报纸那端伸出头来,眼睛睁得大大的,满脸问号地看着叶赛君。

"你真不要二胎啊?"乔园园当真地问。

"现在生活压力这么大,我可没想好要不要生呢,现在你怀孕了,正好给你了。"

"那真是谢谢了。"

"客气什么,没别的事了,祝你们玩得开心。"叶赛君看看陆琛有些抓狂了,她赶紧挂断电话。

陆琛很是不明白:"钱没要来,怎么还搭进去一个什么护腰枕?!我怎么不知道有人送过你这个?"

"这不是听上去显得自然些嘛,刚才有些激动,差点还想着要送你们超市那新西兰进口的绵羊孕妇奶粉呢。"

"你瞎激动什么呀?"陆琛坐了过来,顺手摸了下她额头,"没烧啊!"

"去你的。"叶赛君把那报纸拿过来,指着那篇新闻神气十足道,"知道他是谁吗?"

"谁?"

"乔园园她老公!"

陆琛又仔细看了眼那篇报道:"她老公叫崔立川?"

第一章 人情是一座围城

"错不了,这模样百分百就是她老公!"说着叶赛君拿出手机,从乔园园微信朋友圈里找到她老公的照片,"看,是不是他?"

陆琛仔细对照了下:"还真是啊!"

"婚礼那天,我就听着乔园园一直叫她老公'崔老师崔老师'的呢。"

陆琛两眼放光:"他马上就是可儿学校的校长了!"

"是啊,你说那事我能说吗?"

陆琛叹服:"坚决不能!"这会儿轮到他情绪高涨起来,"老婆,你真是太英明了,一念间就挽救了女儿的未来啊!我可听同事们讲,小学二年级就开始分什么'精英班'了。"

"这么早就要分班了?我们那时初中才分呢。"

"你整天在幼儿园当然不知道了,现在什么都提速了。到时我们得托崔校长这人情,一定让孩子进到'精英班'里去,给孩子一个好的积极的学习氛围。"陆琛说得有些激昂上脸。

叶赛君听得也相当激动了,她留恋地看着那张报纸,忍不住赞叹:"这回乔园园可真争气,看来我们都没白随她这么多份子钱啊。"

陆琛戏谑地说:"是啊,这回她可捞着了,真不容易,三婚了。"

叶赛君有些不理解:"不过,他们这也太低调了,这么大的好事,乔园园竟然没走漏一丝风声。"

"你没发现越成功的人就越低调吗?再说,四处张扬的话,那不是给自己找麻烦吗?"说着陆琛站起身,"到时各路人情都找上门来了,想躲都躲不掉,谁这么傻啊!"

| 免俗 |

叶赛君连连点头："说得有道理。"

最终两人商量了下，给夏虹转了一千块钱，谎称钱是乔园园给的。

睡觉前，叶赛君刷了会儿微博。她没想到，让他们一家浑身发冷的事，正在网络上火热蔓延着——苏医生救陆妈的事上了微博热搜！有网友把两个生命的价值放在天平上去衡量，以功利主义的思维去评判，救人行为到底值不值，从而引发了社会价值观的集体讨论。叶赛君的心咚嗦起来，她赶紧叫陆琛过来看。陆琛看完，瞬间热血上头天旋地转，他看到网上直接炸开了锅，评论中一片争议。

网友直言：一个医生牺牲掉性命，跳河救了一个想要自杀的中风偏瘫老婆子，真是太不值得了！

又一网友说：听说还是一名医术非常高明的医生，本来他的手术刀能救下很多人的命，能给无数个家庭带来欢笑和幸福，却被一个想要自杀的轮椅老太毁掉了！

更有网友恶毒道：这瘫婆子要死就利利索索地去死，自己没死成，害别人没了命，这种人还有脸活在世上？简直就是老不死的害人虫！

后面有很多网友点赞跟帖留言：赶紧去死吧！

…………

看到这些，陆琛和叶赛君的内心激愤不已，觉得有些网友说得实在太过分了，两人气得手都有些发抖。除这些评论外，也有不少网友发表了比较理智的言论。

有人留言：以生命挽救生命值不值，本就无须讨论。生命无价，任何人遭受威胁时，旁人都有救助的义务，这是人类的本能，是中华民族的美德，更是社会生存发展的基础。这种牺牲与奉献精神在任何时代都不可缺少。

还有网友说：苏医生在病床以外的任何地方，都在表达着他对生命的尊重和敬畏。

一条点赞最多的留言是：生命不是算术题，道德也不能用加减乘除来换算。如果救人时还要算值不值得，那这个社会将变得非常可怕。难道说应该先救有钱的、位高权重的、年轻的，而那些没钱的、无能的、年老的、残疾的就可以不救或后救？人类社会之所以有"崇高"这个词语，不仅仅是因为有对生命的尊重，还有舍生忘死、临难不苟等超越生命之上的东西。

网络时代，真是说什么的都有，什么样的人也都有，陆琛和叶赛君真切地体会到了什么是风口浪尖。到了晚上，微博评论和转发量都达到十万以上了，他们不敢再点开微博看了。直到接到夏虹的电话，他们才知道自己已被网友人肉搜索了，有人把他们的个人信息全部公开发布在网上了。

陆琛和叶赛君又气又无奈，他们深深感觉到，这个网络时代，简直能把人活埋掉！幸好父母不看手机，他们可不敢让父母知道这件事，特别是陆妈，她现在已经对此很愧疚、很自责了。

第二章　欢喜冤家初相遇

苏扣扣起初并不知道这个微博热搜事件,是后来在朋友口中得知的。她给爸爸网购的那双皮鞋到货了,她看着那双皮鞋,又是一阵痛哭。

送走爸爸之后那段日子,她什么人都不想见,包括她乐队的那几个朋友。她整天过着晨昏颠倒的日子,不看手机不看电脑,吃点东西睡觉,醒来再吃,吃了再睡。阳台上的泡沫塑料箱里是爸爸种的韭菜,一小垄一小垄绿油油的,她没事就盯着看,爸爸走了,它却长得旺旺的。她和爸爸一样都爱吃韭菜,那天她炒了一盘,明明是很香的,吃到嘴里却是那么苦涩。

网络时代,每天都有新鲜劲爆的新闻发生,很快苏医生救人事件被人淡忘了,取而代之成为实时热搜的,是当红女明星出轨的八卦新闻。绯闻总是受关注的,于是这就顺理成章地成为大家茶余饭后津津乐道的谈资。

第二章 欢喜冤家初相遇

休假结束之后,苏扣扣不想再去医院实习了,因为她一出现在急诊科,就会条件反射地想到爸爸被抢救的那一幕,只要一想起就五内俱焚。带教老师周丽一直不停地给她打电话,好不容易她才接通。

"那你还要不要毕业证了?"

"不要了。"

"你就这么放弃了?这么多年你白学了啊!你对得起你爸吗?"周丽一连三问。

"我爸都没了,一切还有什么意义!"苏扣扣的声音透着无比绝望,"谢谢你了,周老师。"说着,她便狠心地挂断了电话。

后来周老师又去家里劝她,她躲起来不听不见,几次之后终于伤透了周老师的心。苏扣扣此举实属无奈,她也于心不忍,实在不想让别人为她操心费神,如今举目无亲,真像了一个自由如风的女孩。她以前曾对朋友放言:想做风一样的女孩,也柔也烈,东西南北自由自在。现在确实自由了,想去哪儿就去哪儿,想干什么就干什么,却是一种孤零零的自由。这天她出门就不停地走,漫无目的地走,真像被风吹着随意飘了十多里,竟然走到了郊外……她驻足停歇,看着不远处,两树之间拉起了一根铁丝,上面晾着一件白衬衫,随风飘荡,很自由很寂寥,就像她……都说回头是家的方向,她回头,却再无家。

往回走的时候,苏扣扣看到一个戴鸭舌帽骑着自行车的人,背影看上去真像爸爸,身材像,骑自行车的样子也像!她的泪水瞬间夺眶而出,立刻追上去,欢喜地喊着:"爸,爸!"追上了,

| 免俗 |

她看着车后座上捆着一卷被子,"爸,你带着床被子干什么去?"

大伯愣住了,这时她也看清了大伯的脸,愣住了,恍然中回过神来,知道这不是爸爸。大伯看着泪流满面的她,关切地问了句:"孩子,你没事吧?"

苏扣扣拼命摇头,鼻子又一酸:"没事没事。"

"快回家去吧。"大伯骑上自行车,不放心地回头看了她一眼,她看着很像爸爸的那个人渐行渐远了,心拉扯般地疼。她蹲在路边旁若无人地哭了起来——爸爸没了,家不再像家。

这天时妈找上门来,陆爸打开门一看她冷着个脸,顿时就知道没什么好事,果然她一屁股坐在沙发上,气鼓鼓地瞪着这家人。

陆妈却浑然不觉,见她来了,笑着拿起一个橘子递给她:"吃吧。"

时妈接过,赌气地放在了果盘里。陆妈心一沉,有些不解,只见时妈坐到她面前,皱着眉一脸不悦地问:"原来苏医生救的人是你啊!"微博搜索事件之后,有天时妈去市场买菜,听别人对她说的,她这才知道。

陆妈慌张地看向陆爸,陆爸端着一杯茶过来,放到时妈跟前:"大妹子,先喝口水。"

"我不喝!"王秀兰有些焦躁起来,"你们知道吗?苏医生是我们老时的主治医生!他医术很精湛的,那天手术也本来是由苏医生来做的。"她看着陆妈,"你说你为什么就不好好活着!你寻什么死啊!!"

陆妈一听,委屈又愧疚地哭了起来。陆爸赶紧给老伴擦眼泪:

"别哭别哭,没事儿。"

时妈见陆妈哭了,心里有些难为情起来。

陆爸理解道:"大兄弟走了,我知道你心里不好受,谁都不想看到这样的事发生,你说两句就说两句吧,我们不怪你。"

时妈怨气撒出来不少,她眼里含着泪,叹了口气:"老时哪怕残了,不能动了,像老大姐这样也行啊!我天天伺候着,只要他有口气……可老天真是绝情,就没让他上来那口气啊!"

陆妈接过话茬儿,一激动说得更加含混不清:"老时那是心疼你,不让你受累。"她气恨自己,咬牙拍了拍自己的腿,"你看我,时时需要人照顾,废物一个,真不如让我死了算了!"

时妈急得像要跳脚:"你可不能再这样寻死觅活的了!你还让大哥活吗?好赖能活着就好!"

陆爸给老伴擦眼泪:"听到了吧?以后别胡思乱想了,两口子怎么能说是添麻烦呢,只要你有口气陪着我,我就心满意足了。"

陆妈哭得像个孩子似的。

"就是啊,老伴老伴,老来做伴,可我们老时却……"时妈说着,眼泪又流了出来。

这时门开了,进来的是陆琛和叶赛君,他们回家陪爸妈来了,见时妈坐在那儿,他俩知道这是"兴师问罪"来了。陆妈跳河自杀这件事看上去就像是不经意间推倒了第一块多米诺骨牌,引起了一系列连锁反应,间接导致了时继海的死。这么说的话,其实也有些牵强,手术台上的事,谁又能保证百分百平安无事呢?这事细究的话,实在是微妙又无解。

| 免俗 |

陆琛和叶赛君总是识大体的人,他们并没有恼火,毕竟死者为大,他们对此抱着极大的同情和惋惜。正不知该说些什么时,门铃响了,陆琛打开门一看,原来是时广徽。他最终顺了时妈的意愿,结束了美国的一切,正式回国定居了。他进门后,一个劲儿地向陆家人道歉,并拉着他妈要离开这儿:"妈,你这是做什么?你这样有些不讲理了!"

"我就是心里堵得慌,我得说出来!"时妈带着哭腔。

时广徽一脸无奈又觉难堪。

"我心里老是有个疙瘩,如果你庆芳姨没跳河,苏医生就不会出现意外,这样你爸也就平安无事了……我只要一这么想,头脑就要炸了似的,心里堵得难受!"

时广徽抱着极大的耐性:"妈,你跟人家说得着吗?早就劝过您,手术都是有风险的,就算是苏医生来做,他也不能保证我爸就能平安地下来手术台!人各有命,谁都争不过!"

时妈肩膀耷拉下来,无声地哭了。

陆琛和叶赛君像傻了一样,陆爸提醒他们:"快让你秀兰姨别哭了。"两人这才反应过来,赶紧上前劝慰了两句。

场面乱糟糟的,陆爸回头一看,却发现老伴不见了!他大声焦急道:"陆琛,快去看看你妈!"说着他最先跑到了卧室,他担心老伴又要自杀。这念头一直悬在老伴心间挥之不去,就像草,怕是扎了根,不用等春风,随时都会生长。

瞬间陆琛汗毛直立,他想到了刀和剪子之类的利器,便立刻跑到了厨房。叶赛君跑到了阳台,她好像记得那里还有一瓶灭蟑螂的药，不知收起来没有。

这会儿时广徽和时妈也都有些害怕了，真担心陆妈又自寻短见，要真出了意外，往后时妈可真是要在愧疚中度过了。还好陆爸在卧室里找到了陆妈，原来她尿急，见他们都不得空，也没好意思说，一着急尿裤子了。

时广徽和时妈都长舒了口气。

时妈上前拉住陆妈的手："我的好姐姐，你可吓死我了！我今天来没别的意思，不管说深了浅了的，你和大哥别放心上。"

陆妈不带表情地点了点头，陆爸回应道："没事儿。"随后陆琛也说道："秀兰姨，没事的，我们都理解。"

时广徽很不好意思："真的给你们添麻烦了，对不起。"说着他拉着妈妈赶紧离开。出来陆家门后，他忍不住又埋怨起时妈来，时妈也觉得自己太冲动了，对此她无话可说。

叶赛君赶紧给婆婆换上干净衣服，光给她脱衣服就出了一身汗。

时妈来这里哭哭闹闹一场，刺破了自己心头的脓包，挤出的血水却溅在了陆家人的心上。特别是陆妈，陆琛和叶赛君看她情绪十分低落，双眼无神，只怕她又会胡思乱想，更加自责，把是错不是错的全揽到自己身上。他们觉得以后更要好好看紧陆妈了。

国庆七天长假就这么红红火火恍恍惚惚地过完了，自家里出事之后，陆琛和叶赛君把该随的红包都随了，人不到场，只要礼金到账也就行了。

| 免俗 |

节后第一天上班,要处理的事情很多。陆琛和叶赛君假期里紧张又忙碌,一波未平一波又起,根本没机会得什么节后综合征。

幼儿园刚放完学,叶赛君在办公室里加班写一份报告,揉了揉眼睛正要接杯水喝,这时听到门外传来激烈的争吵声:"老师解决不了,那只能找园长了,你们园长呢?!"

另一个声音也不甘示弱:"谁怕谁!你以为你有理啊?是你家孩子先动的手!"

叶赛君打开门,只见中二班老师后面晃着三位家长,他们气哼哼地涌了进来。

中二班老师一脸无奈地对家长们说:"这是我们叶副园长,你们有什么问题可以说了。"

这句话像起跑线上的一声枪响,双方家长争先恐后地试图先声夺人。叶赛君听着七嘴八舌的声音,顿时一阵头疼:"各位家长能不能一个个说?"这时她认出了其中一位家长正是邻居大头,大头也认出了她,这时候两人不方便打招呼,便意会地点了点头。

原来大头儿子把王同学的眼睛打红了,家长回到家发现了,便找到幼儿园来了。于是老师把大头也叫来了,想协商解决好这件事。没想到事态不可控,双方情绪都太激烈,眼看就要打起来了。

叶赛君走到王同学跟前蹲下:"小朋友,眼睛疼不疼?"

同学点点头:"有点。"他妈妈也来了,拿着个冰袋帮他敷眼睛,并气恨道:"真是的,下手怎么这么重!"

叶赛君问大头儿子:"小鹏同学,你为什么打人啊?有同学打你,一定要先告诉老师啊。"

第二章 欢喜冤家初相遇

"我爸爸说,有人打我,我就要打回去!"大头儿子一本正经道。

"听听,这是什么家长!"王同学爸爸一脸鄙夷地插言道。

"我什么家长?也不看看你们什么家长!还讲不讲理?!别忘了,是你家孩子先动手欺负的我们!"大头不甘示弱。

一言激怒了对方家长,叶赛君看王同学的爸爸站了起来,想要打架似的。大头自己来的学校,老婆在家照顾两个吃奶的孩子,真打起来他势单力薄。于是她赶紧拉开,劝慰大头:"小孩子互相打打闹闹很正常的,可能王同学当时也不是故意的,毕竟现在咱们孩子打了人家的眼睛,你少说一句,道个歉,领人家去医院看一看。"

"我道过歉了,可他们总是说不好听的。还有,叶副园长,我本意是想培养孩子坚毅勇敢的性格,别在学校成受气包,可我没让孩子去打小朋友的眼睛。"

王同学妈妈冷哼一声:"现在出事了,你这么说了!谁知当初你是怎么教育孩子的?真打坏了眼睛,你负得起责任吗?真是什么样的家长,就有什么样的孩子!"

话音未落,王同学爸爸又冒着火气道:"看你们这些送快递的,一个个都被惯得越来越没素质了!路上乱闯乱停的都是你们这些人!"

"我孩子怎么了?我又怎么没素质了?"大头恼羞成怒,他攥紧了拳头。叶赛君赶忙拉住他:"不要乱来!都冷静下,来这里是解决问题的!"又提醒对方家长,"你们也少说一句,大家都消消气,现在最紧要的是带孩子去医院看下!"

大头表示同意,本来眼看事情解决了,双方都没什么意见。可走出办公室,王同学爸爸碎嘴地说了一句:"看吧,不好好学习,以后就像他爸爸一样没出息地送快递!"

大头当即抡起了拳头,王爸爸转身就跑,他们围着园内大型梦幻组合滑梯追着打了起来。那位妈妈见爸爸吃了亏,便扔下孩子也张牙舞爪地追了上去,加入了混战。叶赛君神色慌张地跑去叫保安,等她回来时,看到大头头朝下从滑梯上滑了下来,很滑稽的样子,惹得两个孩子破涕为笑。大头还没起身,这时愤然追来的王同学爸爸一气之下也"哧溜"滑了下来,两人重重压在了一起,这时两个小朋友笑声更欢快了。

大人们看着两个孩子,像什么事都没发生一样地手拉手合好了,这让他们哭笑不得,尴尬地起身去追打自家的熊孩子了。叶赛君也是哭笑不得,看着他们无奈地摇了摇头,感觉园里热闹得快赶上马戏团了。

叶赛君准备坐公交车下班回家,没想到陆琛也刚下班,便拐了一个路口来接老婆一起回家。两人先去陆琛父母家看了看,知道没事才放心回来。然后再去姥姥那儿接可儿回家,自陆妈得病以后,陆爸无法接送孩子放学,他们两个有时下班没点儿,便只好麻烦姥姥了。

陆可儿坐进车里,便报怨起来:"爸妈,姥姥老是朗诵诗歌,还让我和她一起来,我都有些烦了。"

陆琛不以为然："诗歌多么美好啊！"

叶赛君看着女儿："就是啊，你这年纪多读读诗歌有好处的。它能陶冶情操，让人情感丰富，对你写作文有好处的。"

陆可儿看着他俩，二对一，于是便偃旗息鼓，随后摆出一副苦大仇深的样子来。

叶赛君想了起来："原来大头的儿子在我们幼儿园啊。"

陆琛不明白："怎么了？"他想自己也快要和大头见面了，有点头疼。

叶赛君便简单描述了下午发生的事。由此陆琛想到了一个问题，便问女儿："可儿，如果有同学打你，你会不会打回去？"

"不，他们打我，是因为他们爸妈没教育好，我跟他们不一样！"陆可儿一脸傲娇。

陆琛和叶赛君相视一笑，备感欣慰。陆琛想了会儿，还是有些不放心："不过可儿，到时要真有坏学生欺负你，你一定要告诉老师和爸妈，不能一味忍让他们，最多礼让三分！"说着看了眼叶赛君，"现在校园霸凌问题很严重啊，特别是中小学，要不咱让可儿练练散打、跆拳道什么的？"

"我可不想让她以暴制暴。"

陆琛纠正："是防卫，人若犯我，我必防卫，我是这意思。何况练练这些，也能长长个儿什么的。"

"那我没意见，只要可儿喜欢。"

陆可儿想了下："好吧，等我哪天有兴趣了就告诉你们。"

过了一会儿，叶赛君想起陆琛对她讲的关于大头说的避孕套事件,她幸灾乐祸起来:"估计大头很快就要去找你了!"

"我已经深深地预感到了。"陆琛仰天长叹。

吃完饭,累了一天,叶赛君泡脚时顺便刷了下朋友圈,随口道:"乔园园他们两口子度蜜月回来了。"

陆琛一听,便精神抖擞起来:"赶紧请他们来家里吃顿饭吧。"

"真积极。"叶赛君嘲笑道。

"这事关我们可儿的前途,能不积极吗?"说着陆琛担心女儿听到,顾忌地看了眼书房,见门紧闭着,这才放下心来,突然他回过味儿来,"是谁说的还要送人家什么东西来着?还笑我?最可笑的人是你好吧!"

话音未落,两人都一脸惊奇地互看对方,异口同声道:"护腰枕!"

他们这才想起还没有买护腰枕呢!

"明天你在你们超市选一个就好。"叶赛君说。

"我哪懂这个!这是买来送人的,万一买不好,岂不白花了钱?"

叶赛君想了下:"好吧,明天我抽空去买。"她对着手机敲了几行字,之后合上手机抬起头,"行了,人已经约好了,明天晚上来我们家吃饭。"

计划不如变化大,第二天中午叶赛君急急地给陆琛打去电话:"陆琛,护腰枕我买不了了,还得你买。"

"怎么了?"

"前几天你三堂弟不是又来找过我嘛,说进不了我们幼儿园,

第二章　欢喜冤家初相遇

那就上西区的师范附小幼儿园。正好我朋友在那儿,就求人打听了下,这不人家刚打来电话,好不容易挤出个名额呢,我得请人家吃饭表示感谢啊。"

"哦,这样啊,那行吧,我买。"

叶赛君再三叮嘱:"你可千万别忘了,今天务必买到!晚上人家就来咱家呢!"

"忘不了,我能拿女儿的前途开玩笑吗?我这就去买!"挂断电话,陆琛立刻来到了孕婴卖场。

导销员一听陆琛是要"孕妇用的护腰枕",便笑了起来:"陆经理,您老婆怀孕了啊?要生二胎了?"

"不是不是,送给朋友的。"

导销员"哦"了声,然后便意味深长地笑了下。

陆琛见她这样笑,心里有些不舒服,怕被她误会些什么,便又不放心地解释道:"不是你想的那样。"

导销员忍着笑,一脸无辜道:"什么?陆经理,我可没多想啊。"

陆琛不再理会,也不打算请她帮忙选了,直接选了一个贵的。刚从超市出口出来,一句话让他停住了脚步。

"大哥,你这是也中招了?这东西我认得,是护腰枕,我媳妇怀孕时也用过。"

陆琛抬头一看,原来正是大头。他看着大头,觉得自己的头也立刻大了两倍,暗想:"怪不得右眼一直跳,果然来了!"他忘记大头问的问题了,竟然稀里糊涂点了下头。

大头惶然:"大哥,你是有意生二胎还是怎么的?我不是提

081

| 免俗 |

醒过你嘛，这超市里卖假避孕套，今天我就是找他们来了！咱俩一起吧，人多气势壮！"大头说话总是一股脑说完，容不得陆琛插话。

陆琛打算稍后解释，他哭笑不得："兄弟你先去，我先把这东西放车里，一会儿就到！"

"好的，大哥。"

"你叫什么名字来着？"陆琛转身问。

"我叫刁宁。"

"小刁。"话出口，陆琛觉得有些别扭。

大概好多人都觉得这么叫有些别扭，大头也是习以为常了，他笑了下，直率道："大家都叫我大头，大哥你也叫我大头吧。"

陆琛心想："早就这么叫你了。"他点了点头。

陆琛还没回到办公室，在走廊里就听到大头激愤的声音："这么大的超市竟然卖假冒伪劣产品，这可不像别的！是会搞出人命来的！你们超市怎么会让这种假冒产品进入卖场？这实在是太缺德了！这么大的超市都这样，真不知道还有老百姓值得信任的地方吗？！"一想到老婆奶水不足，俩孩子还要喝奶粉，他一个快递员不光要赚奶粉钱、尿不湿钱，一家老小生活费、房租也是由他来扛，他忍不住愤怒地拍了下桌子，"你们经理呢？我进门这么长时间了，还没见着人影儿呢！这样的经理就该撤了！"

陆琛疾步向办公室走去，突然听到一个陌生人的声音，很有领导腔调："你先别发火，有理慢慢说。今天这事情如果处理不好，我就同意你说的，把这经理给开了！"

"你是谁啊？"大头问。

"你说话客气点，这是我们新上任的店长！"陆琛听出来了，这是同事小张的声音。

大头喜出望外："店长啊，太好了！我一朋友也遭遇这事了，他马上就到！让他也跟您说说。"

陆琛站在门外很是抓狂，除此之外更多的是不安，之前他听说新店长不久就会到任，没想到提前那么多天，而且连声招呼都没打，实在让人有些措手不及。来不及多想，他硬着头皮一脚迈进办公室，他看着新来的店长，发现不是生人，但也让他备感意外。刚想张嘴说话，这时什么都不知道的大头雀跃地拉过陆琛的胳膊，激动道："大哥，你可来了！咱这事有希望了！店长刚才都发话了，处理不好这事，直接让经理走人！"

陆琛的脸红一阵白一阵，他先不理这茬儿，赶紧伸手和店长相握："王兵，没想到啊！"

王兵敷衍一笑："陆琛，好久不见啊。"

陆琛笑道："是啊，好久不见。"忽然觉得不妥，连连改口，"应该叫王店长才对。"

"哪里哪里，初来乍到，还请陆经理多多指教呢。"王兵挺胸整理了下领带。

大头一脸蒙圈地看着他俩聊。

"不敢不敢，您太谦虚了，早听说有新店长要来，没想到是你啊！"

"没惊扰到你们吧？我婚假没休完就跑来这里了。"

| 免俗 |

"哪有哪有。"陆琛的脸又一阵红,他立刻想到,他当时真的打算包个红包去参加王兵婚礼的,虽然王兵当初给他打的是一张白条,"真是抱歉,那天家里出了点事,乱糟糟的,你的婚礼也没参加成。"他实事求是地说,一着急似乎脸更红了。

也许在王兵听来,这可能是虚情假意,他挥了下手,不露声色道:"没事儿。"

陆琛赔笑:"回头请弟妹一起……"

"吃饭"两字还没说出口,王兵便打断他,提醒道:"陆经理,现在上班时间,该说正事了!"

陆琛只好收起笑,点点头。

王兵指了指大头和陆琛:"你们是怎么回事?刚才他说你也遭遇此事了?"

"哪里哪里,是误会。"陆琛说着看向大头。

大头有些清楚了:"大哥,原来您是这儿的经理啊。"

"真是抱歉了,"陆琛拍了拍大头的肩膀,"虽然我们是邻居,可互相还是不那么熟悉。现在正式认识一下,我是乐华大超市的经理陆琛。"

大头伸手过去,机械地说道:"我叫刁宁。"

"来,现在我们开始处理这件事。"

王兵抬脚往外走:"陆经理你先忙,我希望彻底查清这件事。"他神态威严、口气加重,"谁的错谁负责,绝不姑息,一定给消费者一个满意答复!"

"一定一定!"陆琛恭送走了王兵,这才长长地舒了口气。

大头煞有介事地问:"负责?那店长的意思,是让你给我那俩儿子当干爹?"

陆琛苦笑着,显得有些无可奈何。他给大头端来一杯水,又让同事小张赶紧通知供应商,并让他们把 D 公司负责人叫来。

"吃喜面见你之后,我就一直等着你来找我呢。"陆琛从桌上拿过大头带来的那盒安全套,看了下外包装,"购物小票还保存着吗?"

"都多长时间了,孩子落地都一个月了,小票早就找不到了,当时谁也没想到会出这种事啊!"

"按理说,购物小票没了,无法证明这产品是从我们这里买到的。"

大头急了:"真的就是在这儿买的!"

"行行,先不说这些,一会儿公司负责人就来,让他来看看,到底是不是假冒伪劣产品。"

"肯定是假的,孩子都出来了……再说我从网上查了,外包装根本就不一样,百分百假货!"大头气得脸红脖子粗,顿了下,实话实说起来,"要是怀一个,我也不找了,一来来俩,还都是小子!我老婆奶水还不足,他们就要喝奶粉,便宜的不敢买,好的又太贵。再说尿不湿吧,也不少花钱。现在买什么都是双份的,一睁开眼,好几张嘴要吃饭,还要交房租,真恨我就长了两只手啊!"

陆琛很是同情:"放心吧兄弟,这产品要真是假的,我一定帮你维权到底!"说着话,超市供应商和产品公司负责人全都来了。

供应商拍着胸脯说:"如果这产品真是在我们这里买的,我不用看，绝对假不了。"

"对天发誓就是在这里买的！"大头昂着头。

陆琛任他们争论，他静心等待D公司负责人的检验结果。不多时，负责人发话了，坚定地说："这产品不是假的，顾客您质疑外包装不同，是因为公司从今年开始，已经启用新LOGO和新包装了。"

"是真的话，那我老婆怎么还怀孕了呢？"

"没有一种避孕方法能提供百分百保障，如果正确使用我们的产品的话，可以帮助避孕及降低传染性疾病的机会。"

"这什么意思？您是说我用法不当？"

D公司负责人讪笑了一下。

供应商打了个哈哈，口气有些不耐烦："我就说我没卖假货吧？真是虚惊一场。"

大头不知该如何是好，陆琛拉过大头，诚恳道："对于这位负责人的结论，如果你还存疑的话，我可以叫他们公司总部的人来辨别真伪。当然你也可以走法律途径，我这边会全力支持与配合的。"

大头拿起那盒安全套，皱着眉，自语道："不是假的？"

D公司负责人很肯定地说："对！"

供应商笑哈哈地插了句："我们产品现在升级了，可以说是全球最薄、最安全的，欢迎您再次体验。"

大头摇着头自嘲道："别别，到最后又稀里糊涂生一炕的孩子，真要了我老命了。"大家不禁地笑了起来，他叹了口气，"那这事就算我倒霉呗？"

D 公司负责人又解释起来："如果正确使用是不会出现意外的。当然还是那句话,没有一种避孕方法能提供百分百保障。刚才陆经理也说了,如果你不甘心,可以打官司。"

"打官司?两个孩子张着嘴嗷嗷叫呢,我得忙着去赚奶粉钱,可没那闲工夫!"大头垂头丧气。

事情最后谈判的结果,就是陆琛帮大头再和总公司联系下,看是否能出于人道主义,给大头争取一些资助。不管有没有希望,他想试一下。

叶赛君接可儿回到家,看到陆琛还没回来,便有些着急了,打电话催促道:"陆琛,你到哪儿了?真是急死人了你,这乔园园两口子马上要到咱家!"

"快了,还一个路口。"

"护腰枕确定买了吧?"

"买了买了!"

…………

停好车,陆琛抱着护腰枕健步跑入电梯,可谓争分夺秒。直到进到家里,他才松了口气,连口茶都没喝,赶紧去厨房帮忙。叶赛君正在择菠菜,陆琛收拾鱼,他想到了今天王兵的出现,就像突然"地震"了一下,这一下午陆琛心里"余震"不断:"还记得我那许久不联系的朋友王兵吧?"

"记得啊,就是婚礼给你打白条的那个。"叶赛君漫不经心地说。

"真没想到，他就是我们新上任的店长！"

叶赛君惊呆了："不会吧？"她想了下，"惨了，你没去参加他的婚礼，也没随红包！你看这事闹的，本来我们是真心想去的！"

"没事，来日方长，以后找机会弥补吧。"

"他不会给你穿小鞋吧？"

"不至于吧？"

正说着话，门铃响了，乔园园夫妇来了。

可儿和人礼貌地打过招呼后，就回到书房写作业去了。陆琛和叶赛君忙着泡茶端水果，寒暄一阵后，乔园园随叶赛君去了厨房，陆琛陪她老公喝茶聊天。

"你少忙活些菜。"乔园园指着砂锅，"这里面做的是什么呀？"

"陆琛最拿手的莲藕黄豆排骨汤，你喝最好了，一点也不腻。"叶赛君说着从冰箱里拿出麻酱，"我再做一个麻酱菠菜，补钙也补血，也最适合你吃了。"

乔园园很期待地点点头："真是麻烦你了，本来我们应该请你们吃饭的。"

"客气了。"

乔园园想了起来："路上遇到了夏虹，她看上去不太高兴啊？好像是我惹着她了，我刚从巴厘岛回来，没碍着她什么事啊？"

叶赛君心咯噔一下，若无其事道："没事儿。"

"不对，一定有事。赛君，我没什么知心的朋友，也就你了，有什么事就告诉我。"

"真没事。"叶赛君守口如瓶。

"天底下最不会撒谎的就是你了,我了解你,你一说谎,脸就红。说吧,到底怎么了?我必须得知道。"

"我就说了吧,免得你以为是什么大事。其实这事都已经过去了,就是夏虹借你们的那辆婚车,真皮座椅被烟头烧了个洞,已经修补了,没事儿了。"

乔园园若有所思道:"不可能啊,坐那辆车的人没有抽烟的啊。"

叶赛君让她放心:"别去想这事了,反正已经过去了。"

"不行,我去问下老公,证实下到底有没有人抽烟?"

叶赛君赶紧拦住她:"听我的,别去问了,不然会越来越复杂。"

乔园园犹疑着:"会不会是夏虹搞错了?"

"这事你让我怎么说呢?"叶赛君暗想,正如她之前所料,这事只会把她杵在中间难做人,大家也都会因此不开心。

乔园园不好意思起来:"不管怎么说,赛君,真是对不住了,这事本就我欠你一个人情,是你帮我张嘴借的车。"

"没关系,咱们不是朋友嘛!"

"修补费多少钱?不能让你又欠人情又搭钱的。"

"没多少钱的。"叶赛君开玩笑道,"你少结次婚就行了。"

乔园园笑喷了:"好好,改天请你们吃饭。"喘了口气后,接着她鄙夷道,"夏虹人家千金大小姐,从上学时走路就头扬得高高的,她拿眼皮夹过谁?"

叶赛君笑着冲她挤了下眼:"马上你不就扬眉吐气了?到时别人心里、眼里全是你和崔老师,哦,不,应该叫崔校长!"

乔园园以为是玩笑话,摆手笑了下:"当校长他还不够格,还要再努把力。"

"行了吧老同学,我们俩之间你还藏得这么深?"

乔园园一脸不解:"我藏什么了?赛君,怎么越说我越不明白你在说什么呢?"

叶赛君笑盈盈地拿出那张珍藏的报纸来:"瞧,不用我说了吧?是不是你们家的崔校长!"

乔园园快速浏览着报纸,哑然失笑起来。

她的神情让叶赛君有些蒙了,接下来乔园园的话更是让她大吃一惊。

"这不是我老公!"

"怎么会?这明明就是一个人啊!"叶赛君从乔园园手中拿过报纸,"你看多像!"

这时,陆琛和乔园园老公也进厨房里来了。

乔园园把报纸拿给她老公看:"立山,你大哥高升了,当校长了。"

叶赛君内心很是惊悚,陆琛像是知道了所有,他安慰地轻拍了下老婆的肩膀。

乔园园老公看了一眼,轻笑着点点头:"恭喜大哥啊。"

乔园园解释道:"这是他大哥崔立川,他们是双胞胎。"她尴尬地笑了下,"兄弟俩都是好人,可就是自小不投脾气。"

叶赛君和陆琛两人的心坠到底了,但还装作若无其事,频频笑着点头。

乔园园笑得没心没肺,指给他们看:"你们看,他嘴角哪儿有痣?"

陆琛和叶赛君看着报纸上的照片,果然是有颗痣。为缓和气氛,陆琛搞笑地在报纸上作势抠了下:"不会是印刷时漏的墨点子吧?"

大家都笑了起来,叶赛君心里百感交集,问了句:"那崔老师在哪儿任教啊?"

乔园园老公一本正经道:"我在聋哑学校任教。"

叶赛君与老公相视一眼,叶赛君连连点头:"不错不错,非常有意义,也非常伟大。"

吃完饭要走时,乔园园喜滋滋地抱起护腰枕,陆琛和叶赛君下楼笑着挥手和他们说"再见"。等他们走后,叶赛君问:"那护腰枕多少钱?"

陆琛咬了下嘴唇,识时务地少说了200块:"400。"说完,他看着叶赛君没咆哮,很是佩服自己的英明决定。

叶赛君长舒口气,抱臂抬头望星空,苦笑了下:"觉得我们很可笑。"

陆琛搂过老婆,抬头也望着星空:"我觉得也是。"

两人都笑了起来,桂花飘香天满月,借着很美的夜色,他们在小区花园的长椅上坐了会儿,两人感慨着,成天忙东忙西地瞎忙,连抬头看一眼天的时间都没有。

叶赛君郁闷道:"多久没来次说走就走的旅行了?"

"想念诗和远方。"陆琛哭丧着脸附和道。

"是谁说的来着,你有诗和远方也没用,生活对你虽远必诛。"

正说着陆琛手机响了，里面传来可儿的声音："爸爸，马桶堵了！"

叶赛君看着陆琛"发囧"的脸，哈哈大笑起来。

大头那事儿，最终在陆琛的协调下，D公司了解到大头的家庭经济情况，出于人道主义，资助了两个孩子一年的奶粉钱。事件结果算是皆大欢喜，大头非常感激陆琛，非要请他吃饭，陆琛谢绝了。大头心里过意不去，带了点家乡特产来家里感谢，陆琛只好收下。随后叶赛君给大头找了些可儿小时候的衣服，质量不错，都还能穿。临走时，他们两口子又让大头拎上一桶花生油和一些水果，弄得大头更是不好意思。

"自从养了仨孩子，我现在成了所有人同情的对象。和同事、朋友什么的要是有点摩擦，大家一想到我那仨孩子，都不再计较了。"大头无奈地笑。

"大家都知道你不容易，趁年轻把孩子养好，什么都别想。"陆琛笑着拍了下大头的肩膀。

叶赛君也跟着宽慰："就是啊，将来你们两口子就只管享清福吧。"

大头苦哈哈道："但愿吧。"

新店长王兵的到来，让大家脑袋里都绷紧了一根弦。他正式上任的第一天，就把采购主管、一个副经理给开除了，搞得大家人心惶惶，特别是陆琛。这天下班后，陆琛想请王兵一起吃饭，化解掉因礼金而结的疙瘩。

第二章 欢喜冤家初相遇

"王店长忙一天了,一起吃个饭吧,我知道有一家饭馆做菜不错!"

"吃饭就不必了,你看这个店这么一大摊子事,我得身先士卒,刚来这里,各个方面都要熟悉。"王兵客气地拒绝了,他的怪腔怪调让陆琛心里更郁闷了。

回到家,他把这事对叶赛君叨叨了一番:"你说咱们这么多年,该随的人情都随到了,单单就是这一出,真是闹心啊!"陆琛很烦恼。

叶赛君想了下:"其实咱也不欠王兵的,他当初也是给我们打的一白条啊!是不是他忘记了?"

"不知道,钱不钱的先不说,当时人家是热情邀约,最终我们有事没去捧人家的场。"

叶赛君连连叹气:"真是没想到他成了你上司,真是够寸的。"她又一想,扬了扬眉毛,"他要为这事给你小鞋穿,那他这人品可不怎么样!"

陆琛无奈地撇了撇嘴。

下班后,夏虹走出办公室,突然想起了什么,拿出手机:"爸,晚上我不和您去奶奶家吃饭了,我刚从电视上看到,我同学老公成实验小学校长了,前两天还和这同学有点小摩擦,今天晚上我请他们吃饭,得把这关系稳固稳固……我不是想着,以后搭人情用嘛。那天我还听咱们那大客户盛华集团老板说,他的小孙女马上要上小学了呢……"

| 免俗 |

六点一刻，富丽堂皇的"港森大酒店"里，乔园园和老公略有不安地坐在602包厢的餐桌前。

叶赛君刚回到家，看到手机有乔园园电话，便回了过去，接通之后，她听到乔园园急切又很忧虑的声音："夏虹说要一起吃个饭，我以为她也叫上你了呢，所以想问问你，她这是要干什么？是不是还是那座椅的事？"

"这我不太清楚呢。"叶赛君确实有所不知。

"不管是不是我们搞坏的，我都想着要给她打个电话说声'对不起'的，可怀孕后老是爱忘事。"这时她老公扯了下她胳膊，指了指门外，乔园园听到门外脚步声，便急急收了线，"不说了赛君，她来了。"

可儿要吃糖醋排骨，陆琛麻溜地做好。一家人刚要吃饭，叶赛君手机又响了，一看是夏虹，她略迟疑了下才接通，只听夏虹说道："快开门！"

叶赛君很是诧异，心想："她不是和乔园园两口子在一起吃饭呢吗？"

陆琛问："谁啊？"

"夏虹，你去开下门。"

陆琛打开门一看，夏虹提着一个很大的食品袋，他有些不明白地看着她。

"瞧你那眼神，像是我提着一包炸弹似的。"夏虹说着，给了陆琛一记白眼。

第二章　欢喜冤家初相遇

叶赛君迎了上去："你这是？"

"别提了！"夏虹悻悻地走到餐桌前，从袋子里拿出打包餐盒，一盒盒地摆满了桌，"港森大酒店，全都是好吃的菜。"

可儿闻到了香味，咧嘴笑了起来："谢谢阿姨。"

夏虹挤眼对她笑："不客气，多吃点。"

陆琛一本正经道："夏老板，你这是怎么回事？我先说下，你那摊位的事，我暂时真帮不了你，况且新店长已到任……"他正打算好好给她说道说道，夏虹手一挥："行了陆经理，先不聊这事了，我心里已经够堵的了。"

"行行。"陆琛点点头。

从夏虹进门，叶赛君就一直在想，这究竟发生了什么事。夏虹看着桌上那盘卖相极好的糖醋排骨："一看就知是陆琛做的，好长时间没尝你的手艺了，我都饿了，咱们快吃饭吧？"

叶赛君赶紧回过神来："哦哦，还有一个西红柿鸡蛋汤马上就好，我去加点香菜就上桌。"

夏虹随着她一起进到厨房，叶赛君能猜个大概，但还是装作什么都不知道："到底怎么回事？没来由地打包了那么多菜。"

夏虹叹了口气："别提了，我真还以为这回乔园园给咱们争了口气，眼光不错，老公成校长了，兴冲冲地请他们吃饭，结果闹半天不是！"

"然后你就当场把人两口子从饭桌上赶了下去？"叶赛君半开玩笑道。

"没有没有。"这时陆琛也进来了，夏虹忍不住想笑，"我跟你

| 免俗 |

们说，乔园园说完那座椅的事，看着一桌子的菜，然后指着她老公，很是难为情地说：'他真不是那小学校长！你看这些菜，我们一口都没动，你慢慢吃，这顿饭我们请。'"

陆琛和叶赛君面面相觑。

夏虹又说："我才知道，原来她老公叫崔立山，那校长叫崔立川。"

"俩人是双胞胎。"叶赛君在盛鸡蛋汤，随口便说了出来。

夏虹惊异道："你们知道啊？"

"没有没有。"叶赛君有些窘迫。

陆琛轻咳了下，装作什么都不知："模样长得又像，名字就差一个字，这不是和尚头上的虱子——明摆着吗。"为避免夏虹多想，他赶紧让她继续讲，"然后呢？"

"当时搞得我也挺难为情的，乔园园说她不舒服，想要回家，还执意让她老公去结账，我说账我早就结过了，然后两人便走了。"夏虹耸耸肩，"我有什么办法？我一人在那儿瞪眼看着这一桌子菜，想打电话叫你们来，可我知道就你陆琛肯定不来啊！"

"那是啊，吃人嘴软，拿人手短。"陆琛笑着回道。

"所以啊，我就打包上门来了。"

"行了，你俩别聊了。"叶赛君拿着碗，"蛋汤好了，夏虹不都饿了嘛，咱们吃饭吧。"

大家坐回餐桌，叶赛君看着可儿，正大快朵颐地吃着大闸蟹，笑着轻打了下她的手："你不是嚷着要吃糖醋排骨的吗？"

"阿姨不是最爱吃我爸做的这排骨吗？我全让给阿姨吃了。"

第二章　欢喜冤家初相遇

"可儿真好。"夏虹笑着坐在了可儿旁边。

"还有海参呢。"陆琛举起筷子迟疑着。

"野生的。"夏虹揶揄道,"别怕,陆经理,你就踏实地吃,不会让你吐出来的。"

"谢谢夏老板。"

叶赛君看着他俩直想笑:"你俩别闹了,快吃吧。"刚说完,她手机响了,是乔园园打来的。她没有告诉夏虹,故作自然地回卧室里接听电话。

一上来就听到乔园园很失落的声音:"赛君,我是不是让你们都失望了啊?"

叶赛君心里咯噔了下:"怎么这么说呢?"

"夏虹前两天还因为座椅的事生我们的气呢,今晚却大摆宴席请我们吃饭!我有自知之明,她肯定错把我老公当成是新任的小学校长了!真是让她失望了,菜上桌,我们一口都没吃就回来了。"

说这话时,叶赛君正觉牙齿不舒服,有肉丝进了牙缝——乔园园没吃的菜,现在叶赛君他们正在吃,心里顿时有些不得劲儿,见乔园园心情不好,她便开始劝慰:"园儿,我们怎么会对你失望呢!我觉得是你想多了,同学之间哪能计较这么多?真的没什么,你不要多想,想多了对身体不好……"

总算一席话没白说,乔园园心情好很多:"也不知怎么的,自怀孕之后,我老爱胡思乱想。"

叶赛君笑着嗔怪道:"闲的!"

| 免俗 |

苏扣扣又遭遇了人生中让她特别难过的事情——喜乐街乐队要解散了。成员林九九遇到了爱情,追随爱情去了内蒙古。离别这天大家都很伤心难过,最后一餐也都喝得泪光点点、醉眼蒙眬。深夜,苏扣扣他们四人勾肩搭背穿行在马路上,一首接一首地唱着他们喜爱的歌,走过一条又一条的街,最终都撑不住了,一个个抱头痛哭。

其实最不想看到苏扣扣难过的正是陆家人,在陆家牵挂的人里,早就多了一个叫苏扣扣的姑娘。

每次回父母家,陆琛总听到陆爸念叨着苏扣扣,不过他们每谈到这话题时,都会小心地避开陆妈。这个周末回家,陆爸又惦念起她来:"孩子一人怪可怜的,我们应该多关心她。要不让孩子来家里吃顿饭吧,自己一人在家,也不知三餐能按时吃不?"口气就像一个父亲在牵挂着自己的孩子。

听到这儿,陆琛和叶赛君相视一眼,不知该怎么对爸爸说。其实他们去找过苏扣扣好几次,门始终敲不开,手机更是不接。有次好不容易门开了,倏然从屋内窜出一股呛人的烟味,压迫感冲他们扑面袭来。

苏扣扣蓬头垢面,气色灰败,一脚门里一脚门外地把他们挡住。

"你抽烟了?"陆琛有些吃惊。

苏扣扣不理这茬儿,漠然而又带着距离感地客气说道:"我直说了吧,看到你们,我就想起我爸,心里会更加难受。我很好,谢谢你们的好意了,请你们不要出现在我的生活里,我只想一个人自由清静地生活！"说着她便想关门。

叶赛君赶紧解释："我们不是有意来打扰你的，这些东西你收下。"他们买了一些营养品和一些零食给她。

"你们拿走，我不要！"苏扣扣想哭，因为她看到了那盒稻香村糕点。不管多大品牌的糕点她都不爱吃，独独钟情稻香村的，在外地上学时，爸爸一个月给她邮寄两次。

陆琛突然又闻到一股酒味："你还喝酒了？你才多大啊，你不能再这样下去！"

"你们不要自作多情好吗？凭什么跑来对我指手画脚的，我和你们有一毛钱关系吗？"

叶赛君小心翼翼地劝慰："我们没别的意思，只是想多关心下你。我们去医院找过你，听同事说你放弃实习了。"

"这是我的事，我的事！"苏扣扣焦躁起来。

"好好，你别急。"叶赛君低声哄道。

陆琛觉得这样下去很危险，便语重心长道："知道是你的事情，可我觉得你父亲是不希望你这样的吧？你得赶快振作起来，你还年轻，以后的路还很长，将来不管遇到什么麻烦，我们都和你一起面对！"

苏扣扣并不领情，冷笑了下："你们为报恩情，对我好，你们心里是好受了，可我呢？你们出现在我的生活里，对我是种折磨，我不需要同情和关心，不想见你们，咱们两不相欠！你们走吧，拿着东西！"

"你听我们说……"

| 免俗 |

叶赛君话还没说完,苏扣扣恼怒道:"请你们尊重我的意愿!"说着"嘭"的一声关上了门。

....

陆琛陷在回忆里不知所措,叶赛君扯了下他的胳膊,提醒道:"爸问你话呢。"

陆琛回过神来,想来想去他不打算把苏扣扣现在糟糕的状态告诉爸爸,他老人家知道了肯定会担心和难过。于是他云淡风轻地说道:"爸,您放心吧,苏扣扣她现在挺好的,我和赛君会常去看她的。"

陆爸想了想:"估计叫她来家里吃饭,她会觉得不自在,不会来的。"

叶赛君安抚道:"等时间长了,和我们熟悉了就好了。"

陆爸严肃认真地叮嘱道:"做人一定要逢恩不忘,知恩图报。你俩再忙,也要对她多些关心和照顾。"

"知道了爸。"陆琛和叶赛君应声答道。

只是他们没有想到,八个小时之后就见到了苏扣扣,而且竟然是在派出所里!

下午苏扣扣去找朋友,没想到找错了地方,来到了科技园。当她离开园区时,看到外卖送餐车旁站着一个小男孩,一看就知道是帮爸爸看餐盒的,她内心感慨着人人都活得那么不容易。起风了,她抱臂缩肩继续低头往前走,这时小男孩叫住了她。

"姐姐,你掉东西了!"

第二章　欢喜冤家初相遇

苏扣扣回头看，原来她的滴眼液掉地上了。最近这段时间老是流眼泪，导致眼睛很干涩，所以她平时都把它随手装在口袋里。

小男孩上前跑了两步捡起，腼腆地笑了下，递到她手里。

苏扣扣感激道："谢谢你，小朋友。"

小男孩笑着摇了摇头，然后赶紧退回到电动车旁，向入口张望了下。一阵大风刮过，苏扣扣看着他缩起脖子："小朋友，冷了吧？"说着上前帮他竖了竖衣领，"和爸爸一起送餐觉得苦不苦？"

"没有啊，觉得还挺好玩的。"

苏扣扣看着男孩幸福的样子，半自语道："有父母在，怎么都是幸福的。"她想到了小时候，妈妈去世后，她和父亲相依为命的日子。那时候条件艰苦，但感到非常快乐。

"我爸爸回来了！"男孩高兴地叫着。

苏扣扣转身看到外卖小哥一脸焦急地走了过来。

"爸爸怎么了？"小男孩不知发生了什么事。

"这地址不详细，顾客手机还一直打不通，老占线。"说话的这位外卖小哥不是别人，正是大头，他一边看订单一边说。

苏扣扣很想帮他一下："给我看看。"

大头递了过去，他哭丧着脸说："我跑上跑下找了三个地方了，都不对，眼看快超时了。"说着他挥手擦了把汗。

苏扣扣把这模糊的地址百度了下，然后出来一家叫"先锋科技"的公司名字，然后再百度这家公司，看有没有联系方式，果然找到了前台电话。她试着拨了过去，电话接通了，她赶忙问道："你们公司有一个叫时广徽的人吗？"

| 免俗 |

"有的,请问您有什么事?"前台小姐问。

苏扣扣笑着对大头和男孩打了一个胜利的手势,父子俩很是高兴。接着她变了脸色,没好气地冲手机说:"麻烦您让他下楼来一趟,有人找,在 C 座喷泉旁。"说着她便挂断了电话,解气地对大头说,"让他自己来拿!"

大头顾虑起来:"其实问下地址,我再给他送上去就行。"

"不行!留的什么地址,电话还一直占线,这人什么素质?!就该让他下来吹吹冷风!"

大头不想让事情搞得太复杂,便苦着一张脸:"真的没事儿,我就是吃这碗饭的,跑跑腿没事的。"

争执中,时广徽出现了。他不知什么人找他,听前台小姑娘说是个女的,他刚回国不久,认识的人非常少,更何况还是女性找他,让他觉得非常不可思议。他来到 C 座喷泉旁,四下张望起来,并轻声嘀咕着:"哪有人找我?"

苏扣扣听到了,断定他就是时广徽了,省略问话,一腔怒气劈头盖脸直接喷了出来:"你眼瞎啊,没看到你的外卖到了?!"

时广徽扶了扶眼镜,他感到惊愕:"你是在对我说话吗?"

大头不想让事情变糟糕,他赶紧向时广徽道歉:"对不起时先生,都是我的错。我没找到您的地址,这是您的外卖。"说着,他把手中的外卖食品递给他。

时广徽正一手拿着手机,一手提着笔记本电脑,于是他赶紧把手机放进口袋里,腾出手来接食品袋,并气呼呼地问大头:"她是干什么的?怎么这种素质?!"

第二章 欢喜冤家初相遇

大头刚想要帮苏扣扣解围,话还没说出口,只见苏扣扣气急地走上前,说话像钢炮一样:"我还想问你什么素质呢?!留的什么破地址,园区这么大,你让人往哪儿找去?电话还打不通!这大哥楼上楼下找了好多次都找不到!快超时了,超时就要扣他钱,你知不知道?!"她指着小男孩,"这大哥带着孩子送餐,多不容易,你看把孩子冻的!要是冻感冒了,赚你这点钱都不够吃药的!"

时广徽恍悟,他看着孩子的脸被风吹得都红了,自己被苏扣扣鼓起的怒气一下子瘪下去不少。他对大头感到抱歉:"对不起,我刚回国,对这里还不太熟悉,地址可能写得不是很详细,真是对不起了。"

大头爽朗一笑:"没事儿没事儿,"接着他劝慰苏扣扣,"谢谢你了小妹妹,咱们都少说两句吧。人家也是刚回国不熟悉,这事让你生气了,都怪我!我说声'对不起'了。"说着他看了下表,赶紧把孩子抱上车,"对不住各位,我还要赶着给别人送外卖呢!"

"好的,耽误您时间了,再次说声抱歉了。"时广徽诚恳地说。

大头笑着摆了摆手,骑上车走了。可他的车轮还没转几圈,就发现两人又掐起架来。不知苏扣扣又说了什么,只听时广徽鄙夷道:"你简直粗鄙不堪!我不想和你说话,你别拿手指人!"

"我就指了!就指了!你以为你是谁啊,我还不想和你这种人说话呢!"苏扣扣故意挑衅,轻蔑道,"看样子,你是在国外混不下去了吧?"

"说什么呢你!"时广徽觉得简直不可理喻。

大头赶紧下车,很无奈地劝着两人:"都消消气!全赖我,求求你们了!"

可两人视他如空气,拉扯中,苏扣扣手一挥,时广徽的笔记本电脑便重重地摔在了地上,她心里一震,暗吸一口凉气。只见时广徽疼惜地大叫:"我的电脑!"此时他根本顾不得指责她,赶紧拿起来查看,很不幸——开不了机了。大头也傻眼了。

苏扣扣有些得意,鸣金收兵,转身一走了之。

时广徽上前去追,情急之下无意间手碰到了她的胸部,苏扣扣大叫:"你耍流氓啊!"

时广徽要抓狂:"就算……就算天底下只剩你一个女人,我都不会对你感兴趣的!"他指着电脑,"你不能走!你把我的电脑摔坏了,里面有我的重要资料!"

这时饭店老板急如星火的电话打来,大头只好先去送餐了。他在半路上迎到了警车,内心思量着可能是开向科技园的——对,时广徽无奈选择了报警。

派出所里,不一会儿,苏扣扣抬头蓦地看到了陆琛,她感到奇怪,心想:"他怎么来了?"

陆琛见角落里晃着一个脑袋,定睛一看心里惊叫:"苏扣扣?!"

"陆琛。"时广徽波澜不惊地叫了他一声。

苏扣扣明白了,原来是时广徽把他叫来的,俩人认识。

时广徽想了一圈,也只能叫陆琛来了,幸好不久前刚存了他的手机号。陆琛走到跟前问:"这怎么回事?"

时广徽说了事情经过:"她恶意摔坏我电脑,还不承认,所以我只好报警了。"

"你怎么不说你非礼我?"苏扣扣横眼看着时广徽。

时广徽又气又急:"你简直胡说八道!"

"谁胡说八道,说我恶意摔坏你电脑?你这是讹诈、碰瓷!明明你自己没拎好掉地上了,还怨别人,看来这美国人民没教你点好啊。"

"你,你……"时广徽气得结巴起来,也不知说什么好了。

"我什么我,你没理了吧?心虚了吧?"苏扣扣牙尖嘴利。

时广徽无奈地叹了口气:"真是太没家教了!"

陆琛内心一惊,紧张地看着苏扣扣,觉得这话会直插她心口——果然是这样。

"对对,是没家教,我妈早死了,我爸,我唯一的亲人也死了。"苏扣扣气恼地含泪嚷道。

时广徽愣了下,他没想到会是这样。但一想她的所作所为,真是觉得她可怜又可气。他没再搭话。

陆琛看了眼电脑,问时广徽:"损坏得严不严重?还能修吗?"

"不好说,这需要检测一下。"时广徽实话实说。

陆琛点了点头,走到苏扣扣跟前,压低了声说:"这事你别管了,交给我吧。"

时广徽还是听到了,他有些惊异:"你们认识?"

"认识。"陆琛点点头。

时广徽不赞同:"谁的错就要谁来承担,她已经步入社会,是

105

成年人了,要对自己的行为负责,凭什么让别人来为她的错误买单?"

苏扣扣梗着脖子:"不是我摔的,我就不赔!你非礼我,我还想告你性骚扰呢!"

时广徽恼羞成怒:"我没非礼你,要非礼,我也得找个漂亮的,那也值得!"

苏扣扣正要回击,被陆琛拦下:"行了,大家都少说一句,没多大的事儿。"

苏扣扣看着陆琛,不领情地说:"你打算赔他钱,那是你的事,我可先说下,这事我没错!你愿意赔你就赔,这是你自己的事,和我没关系,我可不想稀里糊涂欠你一个人情。"

陆琛无奈地安抚她:"好好,和你没关系。"

他们三人刚从派出所里出来,迎面便遇上了大头,原来他有些不放心,便立刻赶来。陆琛这才知道,这事的开头是从他那里开始的。还没说几句话,陆琛便赶紧转头找苏扣扣,想着送她回家,只见她跳进一辆出租车里,关门扬长而去,他无奈地摇了下头。

陆琛请吃饭,大头说他还要送餐,就匆忙走了。

在"泰山人家"酒店,时广徽一再表示:"你要是替她付这笔钱,我是不会收的。是谁的错就要谁来承担!"

陆琛没有搭话,给时广徽杯里倒满酒。

"刚才没好意思问你,"时广徽想了起来,"你和那苏扣扣什么关系?为什么要这么帮她?"

陆琛神情黯然，顿了下："她爸爸就是苏修医生。"

时广徽内心一震："就是本来要给我爸做手术的那位名医？"

"对。"陆琛心情沉重，"我不说你也知道，苏医生跳河救了我母亲，这恩情大过天。做人嘛，逢恩必报。"

"你说的我赞同，我也觉得这姑娘挺可怜的，让人同情。"

陆琛想到第一次见苏扣扣："要说她这人心地是善良的，乐于助人。苏医生没出事前，我和她打过照面，她竟然帮着陌生人去抓小偷！这次还帮大头找地址……"

时广徽点点头："人是个好人，可就是那张嘴太利了。说我对她性骚扰，这简直就是诬蔑！"

陆琛轻笑了下，举起杯："行了，不说这事了，说说你吧，你就这么放弃美国的一切了？"

"一直想和你聊聊，"杯中酒下肚，时广徽苦不堪言，"不放弃能怎么办？"

听他这么一说，陆琛才知道，原来时妈竟然以死相逼，让儿子彻底放弃美国，重新回到中国。陆琛劝道："你爸走了，你妈越来越老，身边没个人，觉得孤冷，没安全感，你多理解她吧，人越老越像小孩子一样。"

"后来我也不坚持了，索性顺从了她意思。"时广徽叹了口气，"妈就一个，我不想做后悔的事。既然她不愿意跟我去美国，那我只好回来陪她。"

"你现在在哪儿工作？像你这种资历高深的海归，还不都争着抢你呢。"

| 免俗 |

"我现在在'先锋科技',这是一家专注于互联网技术、虚拟现实技术以及人工智能领域的高新科技公司。"

陆琛不太懂这些,接不上话,只好点头。

"创始人是我的大学同学,他三年前回国创业,成立了这个公司。现在他听说我回国不走了,便邀请我成为他公司的合伙人。"

"不错不错!"陆琛端起酒杯,"来,干杯,祖国人民欢迎你们这些栋梁之材!"

时广徽和他碰杯,并由衷地说道:"回到祖国,确实感觉很亲切。"

陆琛夹了一筷子清口的豆苗菜,随意地问了句:"回国之后有什么不适应的地方吗?"

他以为时广徽会说饮食啊、空气啊什么的,没想到时广徽很无奈道:"实在受不了这中国式人情!"

陆琛略一想,便感同身受地点了点头:"你才回来几天啊,就感受到了?"

时广徽深深地点点头,此时他觉得耳边仿佛还回响着那一大帮亲戚叽叽喳喳的声音,直搞得他头疼欲裂。他是月初的时候去美国办理各种各样的手续,对工作和生活做一个彻底告别,可见他心情有多么沉重。就这样,他那一大帮熟悉的、不熟悉的亲戚,居然还兴致勃勃地要他帮忙代买东西!也许是知道他一两年内不会再回美国,他们便火速上网查了今年美国值得购买的东西,从小件到大件列了满满一张Ａ４纸,大到炒锅小到牙刷,除化妆品外,里面竟然还列有卫生巾。

第二章 欢喜冤家初相遇

他简直抓狂得要吐血了,很气愤地对他妈说:"这是要让我把一个超市带回来啊!我拉的又不是集装箱!"

"就帮他们买吧,都是亲戚,张开嘴了,总得让他们合上吧。"妈妈坐下来念叨着,"你留学时,你大姨借给我们的钱最多,可别忘本;至于你舅家三个表嫂她们,你就看在你舅面子上,你舅对咱家可是没话说,还有……"

时广徽求饶地赶紧说:"妈,我知道了,别说了。买买买,一个都不落!"

"多念念人家的好,就都过去了。"

"你看这里面有好些我都不认识的亲戚呢!"时广徽指给他妈看,"谁是倪伟啊?"

他妈一想:"好像是你姨奶奶的孙子。你姨奶奶嘴巧,认识的人多,爱说媒拉线的,到时让她留心帮你挑一个可心的女朋友。"

时广徽不同意:"别别,我可不要她说媒介绍。"他又看到了一个不认识的亲戚,"那李洁呢?"

"这个是你大舅姥爷的闺女,听说在妇产科当医生。到时你娶了老婆,有了孩子托付给她就万事清心了。"

还有一个叫杨吉凤的人,他妈也不清楚是谁,后来才知道,是和他二姑一块儿跳广场舞的大妈。

…………

到了美国,时广徽处理完自己的事情后,便马不停蹄地四处奔走,帮着亲戚到各大商店采买东西。这时他才发现,这买东西,根本不是想象中的那么简单——堂妹甩来一张她自拍的红唇照

| 免俗 |

片，让他对着颜色买口红；表嫂让他买 Dior 遮瑕膏，告诉他型号是 A4，他坐车半小时，又步行十分钟，穿过地下通道好不容易找到专柜，服务员告诉他根本没这色号，他深深怀疑这表嫂是不是迪奥、奥迪分不清了；还有一个，让他开视频直播，好方便她远程挑选化妆品，叽叽歪歪有半小时，最后一套也没买，原因是觉得每套都没省下来 500 块钱的……

照这样下去，非把他逼疯不可，他只好托朋友的朋友找来一个人帮忙。人家看着这清单，也是很无可奈何，大概也是碍于朋友情面又不好说什么。

总算总算，东西全部买到，时广徽打算好好请这位朋友吃饭，可是人家累得不想去。他只好买了一个礼物送给人家，以表感谢，这样他找帮忙的中间人朋友也有面子。

去时一个行李箱，回来是两个，为节省更多空间，时广徽从美国带回的自己的东西少得可怜，只占箱子的四分之一。行李超重了，商品价值也超限额了，在海关那里又补交了税。行李箱塞不下的，他直接人肉背了回来，左肩一个炒锅，右肩一根棒球杆，累成狗的时广徽，当时很想挥杆打人。

他以为东西都帮亲戚买回来了，总该是皆大欢喜吧，没想到又生出一堆的烦心事。回来之后，亲戚来认领东西，一堆人讨论，说什么还没香港便宜呢！

那几个表嫂知道东西被征税了，便象征性地多给了点钱。结果她们转头就跟其他亲戚抱怨起来，说好贵哟，不是亲戚真的就不想要了。

大姨也不高兴了,她要了十盒营养品,一看没了包装:"广徽,我是要送人的,你怎么把盒子都给扔了呢?"

时广徽觉得很冤枉:"大姨,我当时问过您的,我说箱子装不下了,把包装盒扔掉节省些空间,您同意的啊。"

大姨一脸不悦:"我以为怎么外面也得有个小包装盒呢!这样光秃秃地送人,人家肯定会觉得是假的啊!"

在妇产科当医生的那位则直言问道:"买这么多东西,一点折扣也没有吗?"一小时不到,她居然甩过一张截图,"我朋友圈有做代购的,比你买的还便宜60块钱呢。"

更让他欲哭无泪的是,堂妹又是发图又是发语音,诲人不倦地给他科普口红色号,为的是下次不会买错。

没有来拿东西的亲戚,理直气壮地让他打车送家里去。之后话听上去倒是很大度爽快:"都是亲戚,算这么清干什么呀,剩下的钱不要了。"时广徽心里那个苦啊,明明还欠50多块呢!

就一个心满意足不挑毛病的人,就是那个姨奶奶的孙子。他要了一块美国老牌手表,不到2000块,最后说要分期还款给时广徽。

这件事后,时广徽真是烦透了,一些亲戚麻烦起别人来理所当然,之后也毫无感激之心,还暗地里觉得自己吃了大亏。他气恼地对陆琛说:"你说上哪里讲道理去?我当时真的要怒了,想和他们好好理论理论,被我妈拦了下来,说都是亲戚,别把关系弄僵了,全都得罪了,把路堵死了,以后求人办事没活路。我真的很不理解这话,在咱们国家,是不是事事都要搭人情?是不是不求人就办不下事来?"

| 免俗 |

陆琛苦笑了下:"确实,生老病死都要求人——生得好要求人;病了,治得好要求人;死了,葬得好要求人;上学要求人,找工作要求人,就连今天咱们在这儿吃饭,也求了人。因为服务员说没位子了,找了个熟人便有了。"他说着无奈地耸了耸肩,指了指周围,"今天周末,你发现没有,就咱们吃饭的这地儿,有几个是家庭聚会的?都是来搞应酬,攀各种人情关系的。"

时广徽很不理解地摇头:"外国人都把周末留给家人,很理所当然啊!周末就是用来休息的,是让人快乐放松的。"恐怕一时半会儿,他不会理解周末才是中国式人情社会的浓缩,爆满的高档餐厅里有数不清的世故、交易甚至暗战。

陆琛看着大厅里的食客:"我告诉你,在中国,真正的社会竞争,其实是在周末。大家都在编织人际关系网,网越大,遇事越好办。"接着他嘿嘿笑了下,"不过,把自己网住,深陷其中也是身心俱疲、身不由己啊。但是,"陆琛神色一凛,"如果没网,只会更疲更绝望!"

"很不理解,明明能通过正当途径办成的事情,为什么大家都还要去求人?"时广徽想不通。

"不是给你说了嘛,中国是一个讲人情的地方,你回国慢慢适应吧。在中国就这样,每个人都逃不了人情世故,所幸你是搞科技研发的,和人打交道不多。"

"我不擅长求人,也不会去求人。"时广徽下定决心。

陆琛笑了下,举起杯:"希望你能独善其身吧。"吃喝差不多了,他摸了下口袋,"我去下卫生间。"

时广徽点点头。

不一会儿陆琛回来了,时广徽说:"咱们走吧。"说着他向服务员挥手,"买单。"

服务员笑盈盈道:"谢谢!先生,这账单已经付过了。"

时广徽见陆琛在笑,便明白了,他不可思议道:"什么时候把账结的?你刚才不是去卫生间吗?"

陆琛嘿嘿一笑,搂过他的肩膀:"行了,走吧。"

"今天你帮了我忙,我应该请你才对。"

"下次你请。"

两人说着朝门口走去,路过吧台,看到四五个壮汉围在那儿,个个都急赤白脸地互相拉扯着。时广徽以为他们是在打架:"没事吧他们?要不要报警?"

陆琛笑了:"没事,都是抢着要买单的,以后你就见怪不怪了。"

时广徽哭笑不得:"看样子,在咱们国家买单这件事,不光要拼脑力,也要拼体力。"

出来饭店,前面转角处是"月亮湾"酒吧。陆琛和时广徽站在不远处正等代驾,突然陆琛不经意地一瞥,脱口而出:"苏扣扣?!"只见她穿着超短裙,化着浓妆,一脸风尘相,显然也喝多了酒,走路脚底下软绵绵没了根,整个人轻飘飘的。一个男的扶过她,借势把她拉入怀中。陆琛看到这男的手开始蠢蠢欲动,不怀好意地在她腰间上下乱摸。

陆琛三步并作两步上前,从背后扳过这男的肩膀,一拳便打了上去，接着把苏扣扣拉到了一边。

这男的捂着鼻子，愤然大骂起来："你丫谁啊?!"

陆琛听声音觉得是熟人，他定睛一看，感到相当意外："王兵?!"

王兵也认出了他，咬牙怒目道："你没事吧你?!"

"真是对不起，对不起。"

这时苏扣扣醉嘻嘻道："这是我今天刚认识的兵哥，你打了我兵哥。"说着踉跄着走上前，"兵哥，你没事吧？"

"没事。"王兵整理了下衣服，为挽回面子，他不服气道，"要打架，他可不一定打得过我。"说着看向陆琛，"陆琛，你说是不是？"

陆琛赔笑："当然，当然，我比不上你魁梧，我知道自己几斤几两的。"顿了下，他尴尬道，"要不要去医院看下？"

"不用！"王兵看了眼苏扣扣，"你们什么关系？"

苏扣扣站都站不稳，抱住旁边一棵树："我们没关系，我根本不认识他。"

王兵一听，有些费解了："陆琛，你小子冷不丁地打我一拳什么意思？"

陆琛苦着脸："不是不是，我不是故意打你的，我认识她，她也认识我。"

苏扣扣醉笑起来："其实我们的关系就是，我爸跳河救了他妈，"她又哭了起来，"然后我爸就死了。"

王兵有些怔住。这时他手机响，他对着电话温柔道："好，我马上就到家了。"很显然，打电话的人是他老婆。

陆琛去拉苏扣扣胳膊："走，我送你回家。"

王兵见状索性对陆琛说道:"既然你们认识,那你送她回家吧。"

陆琛点点头,他看着王兵急匆匆走向停车坪。

苏扣扣抱着树不走,大叫大嚷着:"我不要你管,你走开!为什么老是来打扰我的生活!"

代驾来了,时广徽让对方稍等下。此时,他实在看不下去了,上前帮陆琛一起把苏扣扣塞进车里。苏扣扣一看是他,大着舌头丧气道:"见鬼,怎么又是你?"

"我唯恐避之不及!"时广徽很是无可奈何。

"那你离我远点,省得什么东西又摔了,还赖我。"苏扣扣讥讽他。

时广徽气结,也懒得搭理她。

坐在副驾驶座位上的陆琛,看着苏扣扣这样子很是痛心:"你怎么跑这酒吧里来了?一个女孩子,穿成这样喝酒泡吧,没有一点自我保护意识,这样很危险的!"

"我说了,我不要人管,你们也管不着!"

"你为什么要这样?别忘了,你是一名实习医生,你看看你现在什么样子!"陆琛真是气急。

"你干嘛吼我?你是谁啊?说多少遍了,我和你们没有任何关系,用不着你们管我!"

"为什么要自甘堕落?你这样,我们看着很难受、很痛心!"

苏扣扣赌气地冲口而出:"我就是要这样!"

"她整个人就像一堆乱码,横冲直撞,做的都是无意义的事。"时广徽鄙夷道。

| 免俗 |

"你少说风凉话,我也想开机重启一次,你告诉我,能回到过去吗?我爸能回来吗?要能回来,我头让你当球踢我都愿意!"苏扣扣拍打着车玻璃闹腾着,"停车,停车,我要下车!"

陆琛悲痛地怒吼道:"我到底怎样做才好?!我把命给你行不行!求求你了,别这样!"口气透着无可奈何,说着他眼圈红了起来。

苏扣扣被震慑得一句话也说不出来了。

到她家楼下了,代驾只收现金,陆琛身上零钱不够,时广徽口袋里没有现金。代驾不耐烦起来,嚷嚷着他要赶着去接别的活,让他们抓紧时间给钱。陆琛只好叫上代驾,一起先去门店里换现金,他回头对时广徽嘱咐了句:"她睡着了,别感冒了。广徽,你帮我先把她扶上楼。"

时广徽看了眼睡得正香的苏扣扣,真的很不情愿:"陆琛给我的这任务也太难办了。"这时他听到苏扣扣迷迷糊糊地说道:"我渴,我要喝水。"

苏扣扣瘫睡如泥,时广徽有些无从下手,很是头痛:"我怎么弄你上楼啊?回头你再告我耍流氓!真是的,这要不是因为陆琛,我才懒得管你呢!"见她像摊烂泥巴一样站都站不住,没办法,时广徽只得抱她上楼。见她穿的裙子那么短,只好把自己的外套裹在她身上,心想:"这一天过得真是太戏剧化了!几个小时前对她恨得咬牙切齿的,现在居然要抱她上楼?"

刚到电梯门口,苏扣扣半睁了睁眼,醉笑着嫌弃道:"要是个可爱的美男子抱我就好了。"

第二章　欢喜冤家初相遇

时广徽气恼:"那我松手了。"

"松吧,我可以告你故意伤人罪。"说着,苏扣扣打了一个嗝。

气味让时广徽难以忍受:"没见过你这样的女孩子!"接着他很担忧道,"你可别吐啊。"

苏扣扣捂嘴欲吐,接着使了使劲:"好,我咽回去了。"

时广徽听到"咕咚咕咚"的声音,更觉得恶心得不得了,看到电梯开了:"几楼?"

"402!"

一进家门,时广徽便把她扔在卫生间,她爬向马桶就是一泻千里。

陆琛把代驾打发走便上来了,他见苏扣扣躺回了床上,想着倒点水给她喝,发现暖瓶里一口热水都没有。陆琛去烧水,时广徽在接小卷毛打来的电话,让他赶紧回家给自己讲睡前故事。

"广徽,你回去吧,今天真是麻烦你了。"陆琛不好意思道。

"没事儿,我不也麻烦你了嘛!"时广徽想到了派出所里的那一幕。

陆琛笑了下:"孩子找你,那你赶快回去吧,一会儿赛君就来。"

正说着话,时广徽手机又响了起来,小卷毛在催他。"也好,有事打我电话吧。"

他刚走出电梯,迎头便遇上了叶赛君,她把陆可儿送爷爷那儿就赶到这里来了。他告诉赛君:"人已上楼了,没事了。"

"谢谢,"叶赛君很歉意,"我听陆琛说电脑摔坏了,需要多少钱,到时你告诉我们就行。苏扣扣她年龄还小,你别怪她。"

| 免俗 |

"没事儿。我知道,你和陆琛都是好人,我很敬佩你们。"时广徽由衷地说。

"你可别这样说,苏医生的大恩大德,我们再怎么报答也都觉得不够。"叶赛君想了起来,"对了,你以后不回美国了,那咱们有时间多聚。"

"好。"时广徽看着叶赛君上楼去了,他发现她一点都没变样,一笑还是眉眼弯弯的。恍惚间,他一下子回到了那段青春记忆里……

上了楼,叶赛君又是喂苏扣扣喝水,又是帮她擦洗脸和手,陆琛则帮着收拾卫生,把所有垃圾都扔了下去。苏扣扣见他们忙这忙那,并不领情:"我让你们走,你们走!"

"等你稍好点,我们就走。"叶赛君不和她生气。

"我活成什么样是我自己的事情,与你们没一点关系!你们干嘛要出现在我的生活里?你们这样心里是舒服了,可我,我心里呢?"

陆琛苦心解释:"我们没别的意思,不是来打扰你生活,我们是想帮你,让你别放弃自己的人生,走好每一步。"

"真的,我们担心你误入歧途。你整天浑浑噩噩的,你爸在天之灵也不希望看到你这样。"叶赛君很真诚地说。

"别提我爸!"苏扣扣大叫。

"好,不提不提!"陆琛劝慰。

接着苏扣扣又吐了,胃也跟着难受起来。她把陆琛和叶赛君两个折腾到后半夜,直到确定她没事了,两人才放心离去。

第二章 欢喜冤家初相遇

下了楼,叶赛君坐进车里,边系安全带边忧心道:"你刚才说看见她和王兵在一起?他俩怎么认识的?"

陆琛叹了口气:"不知道。"

叶赛君揉了下眼睛:"以后多加小心吧,看样子一不留神你就会被炒鱿鱼。"

去接可儿,两人都没敢对陆爸说苏扣扣的事,除了徒生焦虑外,没一点意义。回到家,躺在床上,二人筋疲力尽,可就是睡不着。叶赛君拉过毛毯蒙头裹脚,强迫自己数羊……500只羊"咩咩咩"地黑压压闹哄哄朝她扑来,可一点睡意也没有。

陆琛揶揄道:"羊在说,我们一共有10亿只,慢慢数呀,咩咩!"

叶赛君气得蹬了他一脚。

"对了,"陆琛想起来了,"时广徽不回美国了,我们也帮着他留意留意,看有没有合适的姑娘介绍下。"

"要求一定很高吧,我认识的那些,怕是他看不上。"

"我认识的条件不错的,又没结婚的,就是夏虹了。"陆琛思忖着。

"哪壶不开提哪壶,你又不是不知道,他们两家不太和睦,俩人也有小过节儿。"

"也是啊!"陆琛回忆起了青春往事,忍不住笑了,"你还记得吗?上学那会儿,大家都传时广徽喜欢乔园园,弄得乔园园立志要减肥,一天只吃一顿。可还没减下半斤,时广徽就去美国了。"

"还不都是从你嘴里传出来的?"叶赛君嗔怪他。

陆琛想想就笑:"当年我是看了时广徽画的那张素描画,随口乱说的。"

叶赛君打了个哈欠:"也不知他画的是谁?"

"问过,他不说,以后我再问问他。"陆琛说着笑嘻嘻地关掉壁灯,撑起毛毯一把将叶赛君压在身下,叶赛君又气又笑:"讨厌,我都困了。"

此时,窗外的星星一眨一眨地亮闪闪。

这晚时广徽也没睡着。不知为什么,今夜他有种甜蜜的感觉缭绕在心间,说不清道不明,大概他也回想到了一些青春往事吧。有些感觉和回忆是不死的,是生着芽带着根的,一不小心,就如花绽放,暗留芬芳。

他回到家,哄小卷毛睡着后,就问他妈:"妈,我那一箱子名著书没扔吧?"

"怎么能扔呢?"时妈说着帮他找出来。

"好,知道了。"时广徽说着把妈妈请出房间。他关上门,从一本《水浒传》绘本里面翻出一张少女素描画,巧了,居然正好夹在孙二娘那页里——圆柔的少女对着剽悍的勇妇,一时有种说不出的喜感。

当年,他刚画完,就被陆琛发现了,抢来一看,哈哈大笑起来:"画的谁呀?乔蛋饼?广徽,你的审美都像一道高深的数学题,让人很懵懂、很服气。"

乔园园的外号叫蛋饼,因她脸大体胖而得之。

时广徽一笑,夺回那张画。其实当时他紧张极了,无论如何也不能说他画的是叶赛君，因为他知道陆琛喜欢叶赛君。一时间，他竟然有些庆幸自己没有画画的天赋，画得简直惨不忍睹，从心到纸，真是山路十八弯啊。

陆琛的一句玩笑话，让大家都信以为真，特别是乔园园，她当场就受宠若惊，以为时广徽真的喜欢自己呢。她开始狠心减肥想要变美，没想到他两周之后就去美国了。同时，时广徽也自知这一去便是远隔山海，所以走前打算勇敢地来次真情告白。他写了封告白信给叶赛君，款款真情洋洋洒洒写了三页信纸，最后，一不留神，被他妈误以为是废纸，拿去包猪大肠了……

早上醒来，叶赛君提醒陆琛，去看下苏扣扣有没有事，顺便带点早餐过去。

陆琛买好早餐，敲门无人应，这时身后传来苏扣扣的声音。

"别敲了。"

陆琛看到苏扣扣这是跑步刚回来："好点了没有？我给你买了豆浆和包子，你趁热快吃吧。"

苏扣扣很敷衍地说："谢谢。"说完挡在门口，并没有让陆琛进去的意思。

陆琛看出来了："你快吃吧，我走了。"刚走了两步，接着他又转身回来，"你这会儿酒醒了，我要提醒你，要远离王兵，他是有家室的人。"

苏扣扣冷笑了下："真老帽，有家室就不能成为朋友了？你不还有家室嘛，老往我这儿跑干什么？该远离的人是你！"

| 免俗 |

"你看不出来那王兵对你心怀不轨?"

"没看出来。"

"……还有,你以后不要去那酒吧唱歌了。你一个女孩,太危险了。"

"说完了没有?"

陆琛苦口婆心起来:"你这样是不对的。"

"凭什么你说的就是对的?"

"我年龄比你大,社会经验比你丰富,知道人心险恶。"

"行吧,你爱说就站在那儿说吧。"苏扣扣关上了门。

时广徽差点睡过头,吃完早饭他就出门了。没到公司,而是去找专业人士修复手提电脑,花了七百块钱,所幸里面的资料和数据都还在。起初他是打算一定要让苏扣扣来赔偿,但现在一想到她,他就头皮发麻,觉得她这人实在太可怕了,也就打消了这念头。他可不想再自找麻烦和痛苦,眼下小卷毛上学的事,就已经够让他头痛的了……刚想到这儿,时妈的电话追来了,还是那个问题——到底是让小卷毛上国际学校,还是公立学校?电话里,他和时妈说了十多分钟,依然没有什么结果。

伴君如伴虎,陆琛一上班,就在超市楼上楼下忙了大半天了,刚有点空,屁股还没挨着椅子,王兵就冲进办公室,当着其他同事的面,大声斥责道:"陆经理,你是不是不想干了?!"

"店长您消消火,怎么了?"陆琛不知他的邪火从哪里来。

"那就是不支持我工作了?"

"不敢不敢!"

王兵吹毛求疵道:"你发现没有,咱们工作人员的专业知识太欠缺了,难道没有对他们进行培训吗?还有部分商品管理不专业,陈列上形式也太单一!"

"好好,店长,我这就去落实!"

王兵拂袖离去,同事和陆琛深深地长舒口气。同事惶惑问道:"陆经理,你哪里得罪这王店长了?邪火直冲你喷啊!"

"好好工作,说不定下个喷的就是你!"只有陆琛知道,王兵这是为昨天陆琛打他的那一拳头而喷的火气。

这边叶赛君也上了火,她以为陆琛三堂弟家的孩子已经满心欢喜地进了师范附小幼儿园,她终于可以长舒口气了。没想到今天接到朋友打来的电话,她才知道三堂弟始终没带孩子去幼儿园报名,已经过了约定好的报名时间,朋友看在她的情面上,依然给留着名额。

叶赛君为这事生了满肚子火,知道陆琛最近工作不顺心,本来不想告诉他的,没想到,晚上她刚回到家鞋还没换,陆琛劈头上来就问:"你是不是不想让三堂弟家的孩子上你们幼儿园啊?"

"你什么意思?不是告诉你们了吗?没名额!没名额!"叶赛君气得加重语气。

"今天三堂弟打电话来了,他说……"陆琛很是不快。

叶赛君气愤打断:"我都不想提他!"被气得脑仁疼,忍不住

| 免俗 |

吐槽起来,"真是太气人了!我掏钱请朋友吃饭,这你知道的,好不容易求来一个入学名额,今天我才知道,你三堂弟又不想让孩子去了!我那朋友还不知道,顶着压力和各路人情关系,坚持给他留住那个名额。我当时立刻给你三堂弟打电话问怎么回事,结果人家说得轻描淡写,像没事儿人一样!你不去,至少得告诉人家一声啊!或者给我说一下也好,让人家把名额好留给别人。他倒好,不吭不哈地,像没事儿人一样!这下好了,我那朋友也生气了,我算是把人给得罪了。"

"这下你清心吧,三堂弟也不会再找你了,人家已经找到门路,可以进你们那幼儿园了。"

"什么意思?"叶赛君眼神凌厉地看着陆琛,"瞧你那样,是不是也觉得,我故意不帮他?要是我们园真有名额,我能不帮忙吗?我还至于掏钱请附小幼儿园的朋友吃饭,费劲巴拉地去求人,我图什么呀?"

"我又没说什么,反正人家自己找好关系了,不会再麻烦我们了。"

"好吧,我能力有限,他们本事大,随便吧,以后你们家亲戚的事别来麻烦我!"

陆琛抬了抬眼皮:"你也没给人家帮上忙啊,人家这不是凭自己的能力搭上关系了嘛。"

叶赛君若有所思:"他找的哪路神仙我不清楚,我清楚的是,这事儿让你这当哥的,感觉很没面子!我没能让你脸上贴金!"

陆琛不耐烦:"根本不是这意思!"

第二章 欢喜冤家初相遇

"你说你什么态度?!我劳财伤神的,一句感谢的话没听到,反落一身不是,你给我说清楚!"叶赛君拿起包打向他。

"我上一天班,够烦的了,你让我清静下行吗?"

"好好,就你烦。"叶赛君说着,换鞋进厨房准备做饭。

陆琛坐在沙发上,电视开着,他根本无心看,脑袋里回想着下班时,他看到苏扣扣当着他的面,笑哈哈地坐进了王兵的车里,两人扬长而去。

吃完饭,叶赛君想起要给陆爸陆妈买些日用品,上次她回家发现洗发水和洗衣液都不多了。路上,她见陆琛神思不定:"你怎么回事,我们去超市,你走哪儿去了?"

"哦哦。"陆琛意识到走错路了,赶紧掉头。

"你可真是的,因为三堂弟那点事,都让你神思不定的。"

"不是因为那事。"

叶赛君惊恐地说道:"你不会被王兵开除了吧?"

"没有。"陆琛叹了口气,"下班后,苏扣扣坐王兵的车走了。"

"他们要去哪儿?"

"不知道,我真怕出什么事。"陆琛有些愁闷。

他们从超市买回来东西,给爸妈送上楼去,下来便看到时广徽陪小卷毛在小区公园里玩机器人。陆可儿看到雀跃起来,她也想玩。

走近了,才看到时妈也在。

"阿姨也在啊。"陆琛和叶赛君和她打招呼。

时妈笑着点了下头:"你们来给爸妈送东西啊?"

"是啊。"叶赛君回应。

"真好,真孝顺。"时妈带着羡慕的口气说,接着横眼看向儿子,"广徽你也学着点,赶紧先给我领回个儿媳妇来。"

时广徽羞赧又无奈地笑了下。

时妈嘱咐陆琛和叶赛君:"你们也留心点,有合适的不错的姑娘,给我们广徽介绍下。"

叶赛君满口答应道:"一定一定,阿姨您放心吧。"

"我们广徽要能找到和你一样的媳妇,那真是太好了。"

叶赛君被时妈夸赞得有些不好意思了。

时广徽更是哭笑不得,他暗想:"要不是当初您错拿情书包了猪大肠,兴许还真有机会呢。"他看着叶赛君笑得眉眼弯弯,如一弯澄亮的新月,挂在天边,也亮在他心里。

叶赛君见陆琛神思游离,便用胳膊肘捣了他一下,提醒他说话,别傻站着令人尴尬。陆琛在担心苏扣扣这个丫头,他真怕出现什么意外。

"子昂的学校选好了没有?"陆琛看了眼不远处陆可儿和小卷毛正玩得开心,便随口一问。

时广徽也回过神来,一脸愁容:"正头痛着呢。"

时妈没好气地说:"我还是觉得子昂去公立学校上就行,让他学点中国文化。"接着她鼻子冷哼一声,"选那个国际学校,成天哇啦哇啦地讲外语,一点中国话都不会说了。再说,那西方教育就有那么好?"

"西方教育会培养孩子的自主能力和自我学习、自我培养兴趣的能力,可是咱们中国的应试教育只会让孩子缺乏想象,缺乏独立思考,缺乏创造性。"时广徽无奈地解释,看样子他不止说一遍了。

"你高中才留学美国,到现在不也挺好的嘛。"时妈见儿子欲辩白,便手抚额头,作头疼状,"行了,不和你吵了。"说完她看着陆琛和叶赛君,"这几天我们娘儿俩就孩子入学问题,来来回回讨论好多回了,吵得都乏了。"她抱起胳膊,"我上楼看会儿电视,你们聊吧。"

"行,阿姨。"陆琛说。

叶赛君提醒时妈:"天黑,您慢些走。"

时妈走了,陆琛摇了摇头,问时广徽:"看样子,你是决定让孩子去国际学校上了?"

"也没有完全想好。"

叶赛君帮着分析了下:"其实让孩子上公立学校也没什么不好,让孩子学习和感受下我们国家悠久的历史和灿烂的文化,这是有好处的。再有呢,公立学校是由政府扶持,学费便宜,教学质量也很不错,考大学也较容易。"

时广徽赞同地点点头:"我是这么考虑的,子昂呢,他在美国上过一年级,接触的是西方教育,如果让他进入国际学校,那么可能接触中文以及受传统文化熏陶的时间就少。如果他进入公立学校,可能无法再接触到西方教育理念了。"顿了下,他立刻补充道,"我当然也很愿意他接受中国传统教育和文化,但我又希望可以得到西方教育理念,所以真不知该如何是好了,成了一件很棘手的事。"

| 免俗 |

陆琛思虑着:"我觉得小学还是打基础最重要,感觉国际学校的教育和国内教育相比,简直像在放羊!是不是对孩子太没有压力了,也不好?"

时广徽不置可否:"这就是东西方教育形态大相径庭,可谓处于两个极端,西方教育给孩子较大的自由发展空间,讲究轻松学习,寓教于乐。"

叶赛君点点头:"是啊,两种教育理念完全不同,各有利弊。这就像鱼和熊掌不能兼得,确实不太好选。"

"是啊,真怕选错了学校,误了孩子。"时广徽很苦恼。

这时小卷毛和陆可儿笑哈哈地跑了过来,小卷毛高兴地说:"舅舅,我想去陆可儿那个学校上学!"

陆可儿帮腔:"叔叔,让他去我们学校吧,我们学校可好了!他这么可爱,卷发萌萌哒,老师同学肯定都会喜欢他的!"

大家都笑了起来,时广徽笑着摸摸可儿头:"听说你还是学习委员?"

"是啊,我可以帮他进步,有事找我就行。"陆可儿拍了拍胸脯,像个小大人一样。

"我会考虑下,到时可真是要麻烦你哟。"时广徽开玩笑地说。

"不用客气。"陆可儿转头看向爸妈,"爸爸妈妈,我们再玩会儿行吗?"

"当然可以。"陆琛应允。

叶赛君看这俩孩子跑得有些远,便追了过去:"你们别跑远,就在这里玩!"

第二章 欢喜冤家初相遇

陆琛对时广徽建议道:"你真可以考虑下实验小学,优质教育,各方面也都不错。"

时广徽思量着:"行,我明天找些资料仔细看下。"他看着叶赛君在和俩孩子一起玩,不禁感叹道,"回国之后,经常会回想到上学那时候的事,真是光阴似箭啊!"

"是啊,我有时也会回忆,那真是人生最美好的时光。什么时候咱们回母校去看看?也纪念我们逝去的青春。"

"好啊,去操场上打打球!"

叶赛君走了过来:"你们在聊什么啊?这么开心!"

"我们在聊逝去的青春。"陆琛想起了什么,哈哈大笑起来,"对了广徽,你出国留学快走时,画的那张素描画是谁啊?我至今记得上面你还画了一颗红心,不会真的是乔蛋饼吧?"说完他看向叶赛君,"那晚我和赛君还想到这事来着。"

时广徽的脸不由得红了,他觉得自己此刻一定像块红布,幸好是晚上,不那么显眼。他装作云淡风轻的样子:"我就是随便瞎画着玩的,没想到你还记得呢。"

叶赛君打了下陆琛,对时广徽说:"都怪他开玩笑,你去了美国,害乔园园失落了一个多月呢。"

时广徽轻笑了下,他不知该说什么了。

回到家,叶赛君洗完孩子的衣服,敷着一脸的面膜在客厅里看电视。见陆琛哄完女儿睡觉,她招呼陆琛:"一会儿我把面膜洗了,你帮我捏捏后背,有些疼。"

| 免俗 |

陆琛像是没听到,一副坐立不安的样:"我觉得我得去找找苏扣扣!"说着从桌上拿起车钥匙就急急地往外走。

叶赛君不以为然:"你是不是有点神经质了?我们得给她个人生活空间和自由,再说她是成年人了,应该不会出什么事的吧?"

"要是出什么意外,我们后悔就来不及了!"

叶赛君还想说什么,门"砰"地关了起来。

果然还是在那酒吧门前,陆琛看到了王兵的车,不一会儿,苏扣扣被王兵扶着出来了。两人说说笑笑,苏扣扣转身,依稀看到陆琛的身影闪现。陆琛赶紧躲到一棵树后面,看着两人驾车驶离了酒吧,他坐回车里,随后跟上。

车子到了南外环条水涧路段,突然靠边不走了。这里僻静幽深,不着村不着店,晚上这个点儿,过路的车也很少了。陆琛一下子就想到苏扣扣会不会遭遇不测,他立刻下车想上前阻止一切的发生,可刚一下车,他觉得他这么横冲直撞上去有些不妥,于是他想了个办法,打110报警。

"喂,有人涉嫌酒驾,我要报警!"

很快一辆警车开了过来,民警对王兵做了酒精测试,倒是排除了酒驾嫌疑,不过仔细一查,发现他竟然有嫖娼记录!警察不得不多看了眼苏扣扣,见她浓妆艳抹、着装暴露,对她的身份产生了怀疑,所以两人都被带回了派出所调查。暗中观察的陆琛不知道他们为什么被带去了派出所,他以为真被他猜着了,王兵酒驾被带走了。

第二章 欢喜冤家初相遇

派出所里,苏扣扣大叫大嚷:"你们竟然怀疑我是失足妇女?简直开玩笑!我哪点像了!"

"不要嚷,为了维护社会安宁,每个公民都有义务配合我们调查。一会儿核实完身份,没问题就可以走了。"民警说。

这晚苏扣扣像吃了苍蝇一样恶心,她回到家快过零点了。她发现了陆琛的车,气冲冲地奔上前,愤然道:"我在酒吧门口就看到你了!是不是你一直跟着我们,还报了警?你什么意思?成心羞辱我是吧?他们都把我当成失足妇女了!这下你开心了吧?"

陆琛怔住,他没想到事情是这个样子:"怎么会这样?"

苏扣扣鄙夷道:"看来我一点没猜错,果然真的是你报的警!你当时真该直接去派出所看我笑话!你太让我恶心了!"

"不是,我不明白,他们为什么把你当成失足妇女了?"

"明天直接去问你领导啊!对了,明天我就告诉兵哥,是你报的警,你好自为之吧!"

陆琛坦然道:"这我倒不怕,大不了也就是工作丢了,无所谓。倒是你,我真为你痛心,我得提醒你,你应该是一名医生啊!你瞧瞧你颓废成什么样!"

"我就要堕落给你们看!明天我就陪他睡觉!"苏扣扣歇斯底里地嚷道。

陆琛气得上前便打了她一巴掌:"为什么这样作践自己?!"打了她,陆琛就后悔了。

此时苏扣扣像一头发疯的小兽:"我就故意作践自己!我就想着让你们都不好过!"说着,她手捂着脸跑上楼。

| 免俗 |

剩下陆琛怔怔地大喘着气，此时他心中五味杂陈，震惊、失望、沮丧、难过，搅作一团，让他感到一阵窒息。

苏扣扣昏睡了整整一天，直到肚子有些饿，她才起来，不然她想一直这样躺尸下去。点了碗麻辣烫，很快外卖来了，苏扣扣打开门，头也没抬地从送餐员手中接过餐盒，觉得不对，讶然道："我没点鸡腿和茶叶蛋啊！"

送餐员不是别人，正是大头，他憨笑了下："我送你的。你要多吃点有营养的东西。"

苏扣扣这才仔细认出是大头："原来是你啊！"

"上次我还是从琛哥那儿知道你的名字，真巧，接到了你这单。"

苏扣扣从口袋里掏钱："我给你钱。"

"不用不用，你上次帮过我，让你吃个鸡腿算什么，趁热吃吧，我走了。"大头说着头也不回地走了。

苏扣扣也没追上，她刚才准备掏钱时，发现口袋里有一个硬纸片，她以为是钱。这衣服是爸爸的，等餐时，她忽然觉得冷，便从衣柜里找到爸爸的一件羊毛开衫穿在身上。她看着这张硬纸片，竟然是那年暑假，她和朋友在"剪云山"搞的那场草地音乐会的入场券！之前爸爸是竭力反对她搞音乐会的……

"原来爸爸当时就在会场里面啊。"她瞬间泪流满面，把票贴在胸口哽咽着，"爸，我想你啊！爸！"

吃完饭，苏扣扣下楼去扔垃圾，上来时，看到陆琛站在门口。

她没好气地看着他:"怎么,又想打我了?"

"对不起,都是我的错。"陆琛很是后悔。

苏扣扣不想让他进屋,但陆琛还是进来了。她看着他什么都没说,从包里拿出一件衣架撑着的白大褂。

苏扣扣不明白:"你拿这个干什么?"

"我从医院那里给你拿回来了。"说着陆琛把凳子搬进她卧室,他还专门带来一个挂钩,踩上凳子,高高地把那件白大褂挂在她卧室的墙上,"这样你翻个身就能看见,睡不着时,好好想想。"

"你可真是煞费苦心,可惜对我没用。"

"有用没用,先这样挂上。"

晚上躺在床上的苏扣扣,心绪不安,辗转反侧,眼神总是不经意地被牵扯着,脑里眼里全是墙上的白大褂。在它身上,她仿佛看到了有爸爸在的幸福时光,但也像紧箍咒,时刻提醒着她应该回到工作岗位,努力成为一名好医生……

她受不了了,抓狂地坐了起来,无畏地直视着白大褂。昏暗的房间,那种白倒生出几分庄严肃穆的气氛来,像是对她现在浑浑噩噩的生活表示着一种哀悼。她气恨地想扯掉,刚跳下床,脚趾磕在了椅子上,痛得她龇牙咧嘴,此时耳边回响起她对陆琛说过的话:"你可真是煞费苦心,可惜对我没用。"

这下自打耳光了,她赌气不摘了,就让这白大褂在上面挂着。她要忘记它的存在,不会让它形成震慑力。总之,那一夜她都没敢翻身。

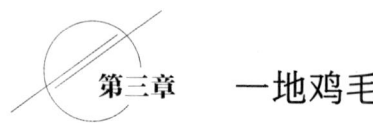

第三章　一地鸡毛

时广徽觉得小子昂的西方教育已经具有了一定的基础,在这个条件下,可以多学习一些中国文化。最终他做了大量的调查之后,选择了陆可儿上的那所实验小学。

时广徽带着时子昂去学校报名,工作人员上来第一句便问:"是谁介绍你来的?"

时广徽很不理解:"对不起,我不明白,这难道还需要别人介绍吗?我就给孩子报个名,来这里上学。"

工作人员顿时怔住了,接着敷衍道:"倒是也不需要。"没一会儿,她合上文件夹,礼貌又抱歉地说,"对不起,刚才我看了下,我们学校暂时没有名额了,您请回吧。"

"没名额了?"

"对,很抱歉啊。"

回到家,时妈埋怨起儿子来:"我就说了吧,就该提前找熟人的。"

"通过正当途径能解决的事情,为什么还要去求人找关系?不行,我得写信向教育局反映这情况!"时广徽气得果真立刻给教育局有关部门写信。他实在不明白,孩子上学也竟然要托关系走后门。

这天早上,陆琛和叶赛君送可儿上学,顺路拐弯给父母送了些水果上去。下了楼,开车正准备走,门口看到时广徽和小卷毛出去跑步刚回来。

"给孩子报上名没有?"陆琛问。

"是啊!"叶赛君也很关心。

时广徽无奈地摇了下头:"学校说名额已满,人家暂时不接收了。"

陆可儿从车窗里探出头来,听到小卷毛可怜巴巴地对她说:"我可能和你成不了校友了。"

"找找关系呀。"陆可儿脱口而出。

时广徽无奈地笑了下:"连小孩子都知道要找关系找熟人了。"

陆琛调侃他:"看来你想独善其身是不可能的了。"

时广徽苦笑着点点头。前两天他给教育局写信反映问题,很快有关部门给了反馈。他们表示已经做了调查,实验小学确实名额已满,最后他们建议可以让孩子去龙山小学就读。

可时妈和时广徽都觉得那里没有实验小学好。于是有关部门表示他们就没办法了,因为并没剥夺孩子上学的权利——推荐你

| 免俗 |

们去的学校,你们自己不乐意去。时广徽很是烦心,没想到好不容易选定了学校,竟然又出了意外,真是按下葫芦浮起瓢,麻烦一波接一波。

"好学校名额都有限,看样子,真得找熟人帮忙了。谁都不愿意求人,可是不全都为了孩子嘛。"叶赛君劝慰他。

时广徽听劝地点点头:"行,我知道了。"

这时后面有车催促地按喇叭,陆琛回头看了眼后面的车:"挡人道了,我们得走了。"

时广徽挥了下手:"好,你们赶紧送孩子上学去吧。"

陆琛嘱咐道:"还是得想想办法,回头我们再聊。"

陆琛好几天没见苏扣扣和王兵混在一起,觉得可能是白大褂起了作用,认为她正在自我反省。然而此刻,"花好月圆"餐厅里,王兵和苏扣扣正对桌而坐,两人谈笑风生。突然王兵看到一个熟悉身影站在两步开外处:"老婆,你怎么在这儿?"他咧嘴一笑,装作若无其事。

"不可以吗?"王兵老婆说着走到了跟前,有些敌意地看了眼苏扣扣。

王兵眼珠一转,对苏扣扣说:"给你男朋友陆琛赶紧打电话呀!我这客人都到了,他还没到,真是的!"

苏扣扣内心大叫:"什么?给陆琛?"此时她也有些慌了,从没见识过这种场面。虽然她觉得自己不是小三,只是拿王兵当比较谈得来的朋友,可说这些王兵老婆会相信吗?眼下这气氛真有点火药味，实在是像电视剧里正室斗小三的场景。她来不及多想，也顾不了面子，直接按拨了陆琛的手机号。

陆琛接到苏扣扣的电话很是吃惊，因为她从没主动给他打过电话，每一次都是他打给她，她还多数是不接。

陆琛刚按了接听键，里面便传来苏扣扣温柔又生硬的声音："我在你们超市对面的'花好月圆'餐厅，你快过来吧，兵哥都等急了。"

陆琛就像被人蒙头打了一棒，暗想："这什么情况？"不明所以，挂断电话他只好前往。

来到餐厅，他看见餐桌上除了苏扣扣和王兵外，还有一位挺富态的女人，直觉告诉他，这一定是王兵的老婆，他有些明白了。

王兵见陆琛来了，便装作若无其事的样子，笑哈哈地说："陆经理，你可来了！看样子你这是不得不让我在会上表扬你啊，对工作真是尽职尽责。"

陆琛笑笑："不敢不敢，还请店长多多指教。"说着他注意到了富态女人那双凌厉的眼睛，感觉像有子弹擦着他的头皮呼啸而过，他不禁大喘口气。

"我正式介绍下，"王兵对老婆说，"这是我们超市的经理——陆琛，旁边这位是他女朋友苏扣扣。"

陆琛心里一惊，差点没站稳，王兵给他使了一个眼色，他只好演技上身，不敢马虎地配合演戏。

苏扣扣冲陆琛甜蜜一笑，笑得她自己都觉得难堪。陆琛能从她的眼神里看出惶然与无助，此时的她就像一只需要被解救的羔羊。

王兵老婆笑着点头，和他们一一握手。

陆琛赶紧伸手相握，客套地恭维道："还是我们店长有眼光啊！一看王太太人不光漂亮，还带着旺夫相。"

王兵老婆笑了下，意味深长道："你女朋友倒是真年轻啊。"

"谢谢，"陆琛一笑而过，"来，我们都坐下吧。"

"不了，你们吃吧，我和闺密一起来的，我们还要去别处逛逛，碰到王兵也是巧了。"

陆琛点点头。

"她现在闻不了油腻的味道。"王兵内心急切地希望老婆赶紧走。

"是的，你们吃吧，我先走了。"

王兵赶紧上前一步，体贴又温柔地说道："要不要我送你？"

"不用。"王兵老婆拉过老公，到一边轻声说起悄悄话。

陆琛看着苏扣扣，苏扣扣不敢看他，一言不发地低头喝水。

陆琛失望道："你说这叫什么事，我还以为这几天你反省好了，白大褂起作用了呢。知不知道，刚才有多危险，一不留神就会引发一场暴风雨啊。"

"我和兵哥什么都没有！"

"我相信，可他老婆相信吗？到时损害的是你的名誉，你还年轻，要长远地想想以后该走的路。"

"我先声明，给你打电话，不是我的意思，是兵哥让我给你打的。"苏扣扣昂起头，"还有，上次你报警那事，我不是顾及你才

第三章 一地鸡毛

没告诉兵哥，我是不想让他难堪！毕竟……他那曾经嫖过娼的事也不太光彩。"

"什么？"陆琛睁大了眼睛，倒吸一口凉气，随即若有所思道，"哦哦，是不光彩。"

"你可不能到处乱说啊！小心给你小鞋穿！"

陆琛没好气地："我谢谢你提醒！"他声明道，"你被怀疑是失足妇女那事，不怪我，怪你这个兵哥。"

"谁一生不会犯点错误啊！你能保证你没犯过吗？"

"不能保证，刚刚我就犯了一个错误——我就不该来！就该让某些人碰碰壁，尝尝痛的滋味。"

苏扣扣看着他，不屑地冷笑了下："我爸走了，最大的痛我都尝过了，剩下的痛对我来说，就如同蚊子叮咬而已。"

一句话说到陆琛的痛点上了，一时间让他无话可说。他转头看了眼王兵，此时王兵的老婆正拽着王兵的耳朵进行着一番训话。

"什么他女朋友？我搭眼一看就知道是情人！有了家庭还这样，你要远离那个陆琛，小心被带坏了！路边的野花可采不得，听到了没！"

王兵连连点头。

苏扣扣偏过头看了他们一眼："这顿饭我看作是和他的最后晚餐。"

陆琛不明白地看着她，正要问时王兵回来了，他又哄又保证地把老婆送走了。回到餐桌旁，他笑了下，但也不失领导威严："多谢江湖救急。"

"没事儿。"陆琛想要离开这儿。

"老婆怀孕了,这不,不上班了,时间闲了,整天疑神疑鬼的……你来了,我就省了好多解释的话。"

陆琛装作理解地点点头,轻咳了下:"那好,我该走了,家里还有事呢。"

王兵不乐意了,板着脸:"陆琛,你这样什么意思?我让你烦啊?"他在努力给自己挽回面子,毕竟刚才的局面实在有些难堪。

"不是不是。"

"不是就坐下,咱俩之间就没话可说了吗?"

"哪能啊,我一直想找机会和您吃顿饭,一来呢请您指点我工作中的不足,二来呢顺便叙下旧,咱们真是好多年没见面了。"陆琛当然知道,王兵是怕他老婆半道杀回来,到时他更是说不清了,所以也就只好无可奈何地留下陆琛一起吃饭——其实彼此心里都明白,只是不好说破而已。

王兵轻笑着点点头,带着嗔怪的意思说:"本来想着我结婚那天,咱们一起好好叙旧的。"

"我也是这么打算的,没想到后来我家里出事了。"陆琛说的是实话,相不相信随他了。

这时苏扣扣冒出一句:"我作证,他家真出事了,他妈跳河自杀了。"

王兵思忖着点点头:"不说这些了。"

"这顿饭我请!"陆琛向服务员挥了下手,"服务员点菜!"

饭吃到一半,王兵就被老婆夺命连环电话给叫走了,剩下了

第三章　一地鸡毛

陆琛和苏扣扣。

苏扣扣拿纸巾擦了下嘴，陆琛看到她脸上带着讥诮的笑意："你这是什么笑？刚才我有哪句话说得不得体吗？"

她口气有些嘲讽："今天真让我见识了你说话滴水不漏、八面玲珑。哎，处世圆滑是不是就是说的你这种人啊？"

"我一向与人为善，你刚才说那些还真是抬举我了。"

"行了，别谦虚了，咱俩不是一个段位，我这人就爱有一说一，说话耿直从不拐弯抹角。"

"我怎么听着，你这是在拐弯骂我呢？"

苏扣扣得意一笑："有吗？"

陆琛想了起来："说说吧，为什么这顿饭是你和他最后的晚餐？"

"嫖娼这事儿挺恶心人的，一下子让我对王兵好感减半。虽然我们很聊得来，可我也不傻，清楚他的那点小心思。我还是有防范和保护能力的，不像你想的那样。"

"行了吧，你年龄还是小，社会经验不足，以后真的要远离这些有妇之夫。"

"也包括你。"苏扣扣顺着他话说。

"我和他们不一样，我不是坏人。"

"先不说坏不坏，你看你成天纠缠我，你老婆不会想多吧？"她换一种很傲娇的口气，"你看，我这么青春有活力。"

陆琛打断她，鄙夷道："你脑子成天想什么？！"顿了下，"你老这么混日子也不行，生活得有一个目标啊。"

"我有啊。"苏扣扣耸了耸肩很轻松道,"我要当歌星!"

陆琛感到相当意外:"什么?当歌星?!我没给你在墙上挂麦克风啊。"

"我给你说过,那对我根本没用。一直以来,当歌星才是我的梦想,当医生则是顺从了我爸的意愿。现在人人都讲梦想,国家还有梦想,我个人就不配有梦想吗?"

"不是,我不是那意思,有梦想当然好啊。"陆琛赶紧解释。

"你知道我那唱歌的酒吧,原先谁在那儿驻过唱吗?"苏扣扣一脸神秘。

"谁?"

"我今天才知道,是奇奇!"

"她很有名吗?"

"天哪,她不是有名,是相当有名!真不知你成天上网都关注些什么?"

陆琛感慨:"和你比,真觉得自己老了,不服不行啊。"

苏扣扣自嘲道:"我们90后现在都已经是中年人了。"

陆琛一脸惊讶:"还没结婚生子就步入中年危机了?那我这80后,岂不成土埋半截的老年人了?"

"所以你更得接触新鲜事物了,别活得像老古董一样。"

陆琛思虑了下:"行吧,我支持你追梦,不管怎样,你总算是打起精神了。你说说,你对实现歌星梦有什么打算?"

"如果能认识音乐公司的人就好了。"

"我觉得首要的就是,要找专业的音乐老师对你进行指导和培训。"

"那当然是好啊,特别是要找一些好的音乐老师才行。"

陆琛记在了心上:"我帮你找找看。"然后举起杯,"有梦想就要敢于追求,你总算是振作起来了。"

苏扣扣也举起了杯:"我以为你会反对呢!然后balabala地劝我放弃。"

"怎么会?有梦无罪!干杯!"

"干杯!"

陆琛感慨道:"这是我们第一次能够心平气和地坐下来一起交流。"

苏扣扣窘迫道:"那天我梦到我爸了,我爸责怪我,不该那种态度对你们……梦里我也说了我想继续唱歌,我爸什么都没说,像没听到一样就走了。"

"我们会支持你的。"气氛有些压抑,陆琛转话题,他看着一桌的泰国菜,"这里的饭菜我还真吃不习惯。"

"我记得还欠你一碗面条,我这人向来不愿欠人情。"苏扣扣说着站起身,"走吧,请你去吃面。"

"好啊。"陆琛跟着去了。

还是那家拉面馆,还是那个位置,两人坐在那张桌前,脑海里都翻腾着从前的事——苏扣扣的"八爪鱼"小辫儿把老大爷的假发套勾住了,一摇头甩到了陆琛的面条碗里……两人相视一眼,都忍不住笑了起来。

吃完面,陆琛看时间还早:"一会儿我请你去唱歌,请未来歌

| 免俗 |

星一展歌喉。"

苏扣扣开心地笑了起来。陆琛看着她笑,内心很是欣慰,恍然间他想到了五岁时在庙会走丢的妹妹——灵灵。妹妹也该这么大了,不知她在哪儿,过得开不开心,一想到这些,他心里就很难受。

糖果 KTV 包间,陆琛和苏扣扣正合唱一首歌,陆琛不知道他的手机正一遍遍地响,打电话的人正是叶赛君。她刚哄完女儿睡觉没一会儿,胃炎又犯了,疼得她满头大汗。陆琛的电话接不通,实在没办法,她给夏虹打电话,一听夏虹在应酬,她谎称没事挂断了电话。想来想去,只好求助时广徽了。

时广徽从电话里听出叶赛君疼得厉害:"你别说话了,我立刻去帮你买药,三九胃泰对不对?你先喝点热水,我一会儿就到!"

不到二十分钟,他就把药送来了,并帮叶赛君喝下,还找来一个热水袋,灌上热水让她敷在身上。

"真是麻烦你了。"叶赛君不好意思道。

时广徽笑了下:"没事儿,举手之劳。"

喝下药,加上热敷,叶赛君感觉好多了。

时广徽见她起身要动:"你别动啊,好点儿了吗?还疼不疼?"

"不疼了,我吃上这药就管用,你喝咖啡还是茶?"叶赛君歉疚地笑了下,"咖啡只有速溶的。"

"给我来杯绿茶就好。"

"那行。"

第三章 一地鸡毛

时广徽环顾着房间四周:"陆琛和朋友吃饭去了?"

"是啊,给他打好几个电话都没打通,没准下午开会,把手机调静音了,到现在没设置回来。"叶赛君沏好茶端了过来。

时广徽正随意翻看桌上的一本小说:"我记得上学那会儿,你爱写小说、诗歌什么的。"

叶赛君笑:"你还记得啊。"

"现在还写吗?"

"早就不写了。"叶赛君把茶杯放到他跟前,"尝尝,明前茶。"

"谢谢。"

"倒是你,大名鼎鼎的无敌学霸,那时我们对你可都是羡慕嫉妒恨啊!恨自己怎么没长你那么个脑袋,真是的。"

"人各有长处,其实我真的挺羡慕陆琛的。"时广徽喝了一口茶。

叶赛君觉得很逗:"他有什么值得你羡慕的?"

"其他先不说,就说他完成了娶妻生子的人生大事,日子过得幸福美满,这就足够人羡慕了。还有,他娶了初恋女友……"时广徽看着叶赛君笑眼弯弯,又补充道,"应该你们都是彼此的初恋吧,这能不让人羡慕吗?"

叶赛君忍住笑,更正道:"上学那会儿,我可是没搭理他,是他死皮赖脸追求我。"

"我知道,那时候我经常看到,陆琛偷偷钻桌底下去牵你的手。"

叶赛君回想着:"是啊,他那时候坏极了。"她回过神来,"对了,你谈过几个女朋友?是不是都挑花眼了?"

| 免俗 |

"哪有挑花眼,一直忙于工作,也没时间谈恋爱。在美国总共谈过两个女朋友,全都无疾而终。"时广徽苦笑了下,回想道,"当初父母送我出国留学很不容易,我不想辜负他们对我的期望。从那时起我努力让自己变得优秀,没有过抽烟喝酒泡吧的习惯,也就在那时变得很自律,自控能力超强,确保对自己一切的控制,确保自己能准确地活在通往目标的那个程序里。"

"现在你已经成功了。"

"就是还没遇到属于自己的爱情,是不是很不幸?"

"这事没有幸或不幸之说,都随缘吧,有情自会相逢。"

"有情自会相逢。"时广徽饶有意味地重复了一遍。

"嗯。"叶赛君不明所以地点点头,然后帮他茶杯里加水,"你喝茶呀。"

时广徽心里暗想:"如今我又回来了,多年后,我又遇到了你……"

叶赛君见他神游天外,挥手在他眼前晃:"想什么呢你,这么入神?"

时广徽回过神来:"没有没有。"他赶紧端起茶杯喝了一口茶,奈何太热,烫了他的嘴。

他们聊那些青春时光,聊同学聊老师,特别是那些老师,现在回想起来,一个个都很可爱。

"还记得我们那物理老师吧?胖胖的,性格放达,不拘小节。天热时,他来上课,脖子上都是搭条毛巾。"叶赛君想想那情景就想笑。

第三章 一地鸡毛

"对对！很有意思的！还有我们数学老师，中午该放学了还在那讲题，她女儿没带钥匙让她回家开门……"

叶赛君掩口笑："我记得，当时我们长舒口气，觉得终于可以回家了，没想到老师居然把钥匙直接从楼上扔了下去！我们刚舒的一口气又提了起来，都能听到同学们一片丧气的叹息声。"

"你还记得那体育老师吧？"

"记得呀，黑瘦黑瘦的。"

"有次体育课，新铺的跑道有股浓重的塑胶味，老师不满地说，'就这质量还进口的呢！'我们忙问，从哪里进口的？你猜老师说哪儿？张家口！"

经年之后，还如昨日。叶赛君和时广徽说笑着，仿佛一下子回到了校园时光。书声琅琅，鸟语花香，冬青一排排阴沉沉地绿着，阳光在红灿灿的合欢花上刷出金线；操场上的新月，做不完的试卷，解不出的数学题，恼人的青春痘，单车上的笑声，新出的流行歌曲，老师的咆哮声……

青春走了多远？曾经大家很认真地说着"友谊天长地久"，可到后来，有些人再也没有见过面。青春的时光，也旧，也美好。

糖果KTV洗手间，苏扣扣洗完手，不小心一甩手，水溅到了刚进来的夏虹的衣服上。对，夏虹今晚也在这里陪客户唱歌。

"你怎么回事，知道我这衣服多少钱吗？！"夏虹气势汹汹。

"对不起，我没看到你。"

夏虹对苏扣扣不卑不亢的态度有些不满意："瞧你那样儿，生怕别人不知你穷得只剩下尊严了。"

"我应该向你下跪吗?"苏扣扣立刻火了,"告诉你,粉扑得再厚,也遮不住你脸上的皱纹!告诉你,我不光剩下尊严,我还有青春呢,比你青春!"说着,她气昂昂地走出来。

"你这死丫头,怎么说话呢?!"夏虹气得在后面追着要打她。

两人追到了包厢外,夏虹一耳光正要打到苏扣扣脸上,这时陆琛一把攥住她的手:"夏虹,怎么回事?"

"陆琛?正好,帮我收拾下这小姑娘,太嚣张了!"正说着,夏虹惊奇地看到,苏扣扣得意地闪到陆琛身后。

苏扣扣抱臂一脸不屑:"原来这位暴发户是你朋友啊?"

"陆琛,她是谁?"夏虹咬牙切齿,"简直太没家教!"

"她是苏医生的女儿。"陆琛息事宁人,"你们都少说一句!"他转过身对苏扣扣说,"你先进去!"说着,他上前劝慰夏虹消消气。

这时站在包厢门口的苏扣扣又说:"我劝您赶紧先去尿尿,年龄大了,更不能憋尿,要保护好膀胱哟。"说着便关上了门。

夏虹怒冲冲:"你这死丫头!看我不打你!"

陆琛使劲拦住她:"夏虹,你冷静下,她是好意提醒你的,她原本是一名实习医生。"

"什么好心?她是说我老了!"

"我们本来就不年轻了啊。"陆琛耿直道。

夏虹有些抓狂:"简直要被你气死。"

"消消气,我代她向你道歉。"

第三章 一地鸡毛

"陆琛,今天看你面子上,我不和她计较,不然……"

"我知道,我知道。"

夏虹看向包厢:"你俩在这儿唱歌?"

"是啊。"

"我可提醒你,你别思想开小差,做对不起赛君的事。"

"你说的这都哪儿跟哪儿!!"

"总之你知道就好。"夏虹理了理头发,转身就走。

陆琛笑着提醒她:"你别忘了先去下卫生间。"

"去你的!"夏虹佯装生气。

快十一点了,陆琛才回到家,叶赛君正收拾桌子,不满地责怪道:"你干什么去了?打电话也不接,我胃炎犯了,家里没药了。"

"我没听到。"陆琛又惭愧又惊慌,立刻问,"还疼吗?现在我去买!"说着便要出门。

"别买了,我已经吃过药了。没办法,只能麻烦时广徽了,让他帮我买的。"

陆琛一脸惭愧,嘴凑向老婆脸上,撒娇式道歉:"老婆,真是对不起。"

"行啦。"叶赛君用手指狠狠戳他脑门。"叮咚"一声,微信有消息提醒,她一看,"夏虹的。"

陆琛一听,以为夏虹要说一些捕风捉影的事。只听手机里传来夏虹的语音:"赛君,你今晚打电话找我真没事吧?我本来打算

| 免俗 |

应酬完再去找你的,可我实在爬不动了……"顿了下,她有些吞吐地问道,"陆琛在家吗?"

陆琛觉得夏虹有些可笑,他见叶赛君笑着回应夏虹:"我没事,陆琛刚回来,你找他有事?"

"没事,晚安。"夏虹回。

叶赛君放下手机,对陆琛说:"可能她又想再催你调整摊位的事。"

"可能吧。"陆琛随口一说,没当回事,他重新坐好,"广徽说没说子昂上学那事?有门路了吗?"

"正四处打听托人情呢。"

陆琛若有所思:"我们也不能看着不管啊,到时也得帮他们想想办法。"

"先等等广徽的消息吧,别都四下找人。就怕托人太多,都托乱了。"

陆琛点点头:"有道理。"

叶赛君把桌上那杯绿茶倒掉:"我们回忆了些青春里的事儿,现在讲讲,还挺有意思的。"

陆琛扬扬得意:"那是,没少讲我吧?我人生最得意的事全在青春里。"

叶赛君哭笑不得:"别自我感觉良好了,好吗?不和你扯了,我睡觉去了。"

陆琛拉过叶赛君:"别呀,我们聊会儿。"他口气郑重,"我问你,你还有梦想吗?"

第三章 一地鸡毛

叶赛君瞪着大眼看他:"怎么?你中了500万?!"

"扯哪儿去了,就是问你还有没有梦想?"

"梦想?大学之前都做完了。"

"你说的那是梦吧?"

"有时候不切实际的梦想,不就和梦一样嘛!有一阵儿我还梦想着要嫁给陈坤呢,这算不算梦?"

"算,白日梦。"陆琛朝她脑门上弹了一下,"这么说我赢了陈坤?"

叶赛君随手拿起阳台上收进来的衣服叠了起来,叹了口气:"现在哪儿还有什么梦想,有梦想也是你和孩子,还有希望我们家人都健健康康、平平安安,哦,还有房贷赶快还完。"她抬起头,揶揄道,"怎么,你心中还有那伟大的歌星梦想呢?"

陆琛惨淡地笑了下:"没了,没了。"他想起来了,"上学那会儿,我最爱唱歌给你听了,还给你写过原创情歌。"

叶赛君笑着给了他一粉拳:"算是被你那破锣嗓音骗到手了。"

陆琛狡黠一笑:"所以说,即使我没成为歌星,我也是赚了。"他若有所思道,"我记得你的梦想是当一名编剧吧?"

叶赛君如临大敌,赶紧去捂陆琛的嘴:"别说别说,现在听着怪丢人的。"

陆琛笑哈哈:"这有什么。"仔细一想,"真是,年轻那会儿光明正大地谈梦想,个个都睁亮眼睛放开胆量,都激情澎湃着呢!梦想也都是金光闪闪的……"

"现在都被生活磨灭了,死灰一摊。"

陆琛收起笑容，黯然感慨道："好像我们大学一毕业，转身就成了中年人。每天睁开眼，就得上紧了发条，推开家门就是沙场，为了房子、车子、票子、妻子、孩子，活得像抽风的陀螺！什么田园……"他话还没说完，这时手机响了，两人同时心惊肉跳起来，不约而同地齐看向墙上的表——已经过十点了，他们最害怕这时来电话了。

"你妈还是我妈？"陆琛紧张地问。

叶赛君拿起手机看了眼，松了口气："都不是，是手机闹铃。肯定是可儿玩我手机，乱设置的。"

陆琛长长舒了口气："最害怕超过十点父母来电话了。"

叶赛君撇了撇嘴："看吧，还谈什么'梦想'，好好工作多多赚钱才是正道。"说着她打着哈欠，"行了，睡吧，真不知今晚你发什么神经，大谈什么'梦想'！你要谈，明天跟女儿谈，她最合适了。"

"再聊会儿啊。"陆琛还意犹未尽。

叶赛君不搭理他，抱起一摞叠好的衣服："每天的日子都跟走钢丝一样……我要睡了，养好精神明天还要继续战斗呢。你要还亢奋，就把地擦下，再把马桶刷下。"

快走到卧室门口，她转过身，脸上带着倦意的笑嘲弄道："真不会是你又想当歌星了吧？"

"不是我，是苏扣扣。"陆琛很随意地说出口。

叶赛君困意全无："什么？你今晚见着她了？"

"不光见着她，还和她一块吃的饭。"陆琛把整个过程和她说了一遍，"吃完饭，又陪她去KTV唱歌……"

叶赛君打断他："我胃疼给你打电话时，你和她正在KTV啊。"

"是，所以没听到。"陆琛看着叶赛君的脸色有些不对，"你不高兴了吧？"

"没有啊。"叶赛君多少心里有些不舒服，但装作若无其事。

陆琛理解叶赛君的心情，老婆胃疼难受，他不在身边，却陪着别人去唱歌，这事搁谁身上心里都不太好受："以后不会这样了。"

叶赛君宽慰他："我真没事。"

"那就好，那现在咱们聊下你对她的歌星梦是什么看法。"

叶赛君摇了下头："我不太赞同。这歌星也不是随随便便想当就能当的呀！"

"她不是从小喜欢唱歌嘛，苏医生一直没同意，她是随了她爸的意愿学了医。"

"可热爱未必代表有天分啊！若没有天分真的是寸步难行。特别是对拥有明星梦的普通人来说，真的很现实，要么你有背景，要么你有资本、有后台。"

"有梦想毕竟是好事啊！话说回来，那王宝强、赵丽颖也没有背景和高学历啊，他们都是草根出身。"

"那真的就像中大奖一样，千千万万个人里不一定有一个。"

"就算明星梦不现实，但艺术道路是值得追求的，让她体验体验并不是坏事吧？"

"我觉得对苏扣扣来说，最理智最正确的人生方向，就是让她回到医院重新做一名医生，这也是她爸爸期盼的愿望。"

"可她想要去实现梦想,我觉得我们该尊重她,支持她。这又不是杀人放火,追梦而已,我不知你为什么会这么反对!"

"有梦想谁都了不起,但是梦想也要现实,不是每一个梦想都会实现,不是所有有梦想的人都应得到支持。"叶赛君忧心道,"就怕万一实现不了,她心灰意冷,浮躁焦虑,始终回不到现实,不管什么工作,都不能脚踏实地地干下去,那就真的毁了她了。"

"你说得严重了,不过是追求梦想而已。"

"但愿吧。"叶赛君催促他,"赶紧洗洗睡吧。"

陆琛去洗澡了,叶赛君听到他手机响了,两人又是一阵紧张,陆琛大叫:"快看看是谁打的电话!"

叶赛君拿起手机,一看心里像堵了块大石头:"你三堂弟!"

"你接,问他什么事?"

"我才不接!要接你接!"叶赛君想起上次那事来就气。

陆琛裹着浴巾出来了,半自语道:"可能告诉我,孩子已经进到你们幼儿园去了,让你多关照下。"

叶赛君给了陆琛一白眼,抱起他的脏衣服去了阳台。不一会儿,她听到陆琛接电话那一惊一乍的声音,不屑地冷哼道:"真是的,高兴装成这样也太夸张了吧?"

她回到客厅,看到陆琛已经打完电话了,一块毛巾搭在头上,正胡乱地擦着头发。她冷笑一声:"就算真的进了我们幼儿园,也不必喜成这样吧?瞧你刚才扬风岑毛的劲儿。"

陆琛自顾地埋头擦头发,没吱声。突然叶赛君想起来了:"三堂弟拜的哪路神仙啊?我真想知道下,简直通天的本领啊!"她看陆琛起身,"怎么,要去楼下放鞭炮为你堂弟庆祝啊?"

"庆祝什么?三堂弟被骗了!"陆琛气恼地叹了口气。

叶赛君怔了下。

"为了进你们幼儿园,他听信了骗子的话!那人哪有什么门路,就是专门骗他们这些家长钱的,收到钱就玩消失。"

"我就说吧,说过没名额没名额,你们都不信啊,搞得好像我没有真心实意帮忙似的。"叶赛君埋怨完后,同情地问,"骗了多少?"

"4800。"

"赶紧报案啊!"

"报了,派出所那边说,被骗数额达不到诈骗罪的立案标准,5000块才能立案。"

"这骗子也太狡猾了,真可气!"

第二天,送可儿上学后,叶赛君觉得还是有必要说下:"我觉得关于苏扣扣那歌星梦,你还是认真考虑下吧。我觉得她现在很需要有人来正确引导她的人生方向和生活态度。"

"我就是觉得她太可怜了,什么都没有了,就剩下这么一个梦想。我觉得支持她,也没什么不好吧?"

叶赛君有些无奈:"我不管了,反正话我也说了,随便你吧。"

陆琛脑子里还不停地转着叶赛君的话,来到单位,忙完手头上紧要的工作,接着就要来业绩报告。他看到"满口香"这月的业绩还不错,觉得可以调到2号摊位,也就是夏虹认为的绝佳位置。

刚调整完,夏虹来了,笑得春风拂面:"谢谢陆经理了。"

"我也终于可以喘口气了。"

夏虹坏笑道:"不会是我看到你和苏扣扣深夜唱歌,你心虚了吧?"

陆琛有些气恼:"我就知道你会这么说,你要这样认为,那我现在立刻再调回去!"

"我不是开玩笑吗?"

"这玩笑一点也不好笑!苏医生对我们家有着天大的恩情,我们全家把苏扣扣都当自家人对待。还有,我已经把你想对赛君说的话都如实跟她说了,免得你再费口舌。"

"陆琛,我可不是乱嚼舌头的人啊。"

"我知道,可有些事从我嘴里说出来,比从你嘴里说出来要好一些。"

"我怎么听着这么别扭啊!"夏虹若有所思,"你这是损我的吧?"

陆琛手机响了,他看了眼:"王兵给我打电话了。"

"不会是他有意见吧?"

"有可能……"

"我一直对这人没好感,要是实在不行的话,你中午组个饭局,我来会会他。"

陆琛点点头。他接起电话,走向王兵办公室——果然是因为摊位调整的事。

"我听说夏经理和你是同学关系,你没有以权谋私吧?"王兵眯了下眼。

"没有没有，我和她是同学关系，很早她就想调摊位，我没同意。考虑到这关系到其他供应商，要公平对待嘛！现在我看他们'满口香'营业额排前，而且它也是咱们本地的主力品牌，深受老百姓喜欢，所以可以适当调整下。"

王兵对陆琛这番话似乎不买账，他颇有深意地一笑："其实我懂，谁没有个人情什么的呀，我不能不给你这个面子。"他咂了下嘴，为难道，"可其他供应商有不满意的了。"

"可是……"

陆琛刚要解释，却被王兵摊着两手幽幽地打断："你说的我都明白，咱们觉得是一视同仁，做到了公平公正，可他们不觉得。"

陆琛一下子明白了王兵的心思，他抬腕看了下表："您看，这也到吃饭的点了，夏经理说她一直想和您聊一下，要不一起简单吃个饭？"

"那怎么行，我成什么人了？"

"不是，她是想和您说下他们公司的一个食品创新计划，他们准备打造成网红食品，这对我们超市来说也是好事啊。"

王兵笑了下："听着不错。"

饭局还是订在了那家"港森大酒店"，酒桌上夏虹频频向王兵敬酒，几杯之后，王兵红着脸拍着胸脯："不用管那些供应商，我说了算！"

晚上陆琛下班回家等红灯，刚好见到时广徽，他正骑着一辆自行车。

"真巧,是你啊,广徽。"

"陆琛啊。"

"那天你帮赛君买了药,真是感谢你啊。"

"不用客气。"

"你这真够低碳环保的呀。"

"长期老坐着,颈肩都不舒服,骑自行车运动运动。"

"你该买辆车了。"

"正有这打算,到时送子昂上学得用啊。"

陆琛关心道:"学校那事有门路了没?关系找得怎么样?"

时广徽摇摇头:"没找对人。我刚回国,认识不了几个人,真不知找谁帮忙啊。"

"那你一会儿来我家吧,带上子昂,一起来吃饭,咱们想想办法。"

时广徽和小卷毛去陆琛家吃饭,门是陆可儿开的,她笑盈盈地热情道:"叔叔好,子昂好!"她学大人客套,边说边接过时广徽的包,"您来就来吧,还带什么东西啊!"

时广徽有些不好意思,尴尬一笑,他没带什么东西,那是他的电脑包,随身携带是为了方便及时回复工作邮件什么的。

陆琛和叶赛君从厨房里出来了,他们都听到了,很是尴尬,嗔怪可儿:"你这孩子,这样不太礼貌啊!"

"家里来客人,你们不都这样说吗?"可儿一脸无辜。

陆琛一脸无奈,又不知该怎么对孩子解释:"行了,你和子昂去书房玩机器人吧。"

"别介意啊，小孩儿不懂，乱说话。"叶赛君说。

"没事没事，是不是我应该买些礼物什么的啊？"时广徽问。

陆琛赶紧解释："不用不用，没那么多事。你也别多想，小孩子说话哪能当真啊！"

"没事就好。"时广徽这才放心下来。

陆琛和时广徽聊了两句，回到厨房，叶赛君不禁笑了起来，她轻声和陆琛说："刚才真是太逗了。"

"广徽在国外待的时间长，中国式人情这一套太难为他了。"

"谁说不是。"

饭间，陆琛坏笑了下："广徽，你上学那会儿画的画儿真的不是乔蛋饼？我告诉你，要是她，这事可能好办些。"

"什么意思？我，我都说了就是随便画着玩的。"时广徽有些结巴了。

陆琛眉毛一扬："咱能不能说，就是她？"

时广徽连连摆手，急促道："不能不能！"

叶赛君看不下去了，责怪陆琛："你可真行！"

"这不是为了好办事嘛！"

"你们在说什么呀？我怎么听不明白？"时广徽一脸困惑。

叶赛君直言道："乔园园老公的哥哥是实验小学的校长。"

时广徽明白地点了点头："真要那么说吗？"

"别听他的，小心被他带坏了。"叶赛君忠告道。

| 免俗 |

"不就开个玩笑嘛，这也是为了求人好说话呀。"陆琛笑着解释。

叶赛君思虑着："我心里有些打鼓。"她看着陆琛，"上次你不也听到了，乔园园说他们这兄弟俩性格不合，话都说不到一块儿，我怕……"

"我觉得这校长哥哥怎么也得给他弟一个面子吧？"陆琛看向叶赛君，"要不你先打电话试下，先投石问路。"

叶赛君拿出了手机。

"谢谢。"时广徽感激道。

求人真是件很难为情的事，陆琛促狭地笑着补充道："你一说时广徽，她可能就眉飞色舞起来，到时使上的劲儿就大，事情可能就好办多了。"

叶赛君看了眼时广徽，他脸有些红了，她嗔怪陆琛："你可真讨厌！"说着她跑到一边，硬着头皮给乔园园打了个电话，没想到这通电话让她更加心塞。陆琛和时广徽见她走了过来，脸色十分不好。

陆琛问："怎么了？魂飞魄散的。"

"乔园园，她离婚了。"

"为什么呀？"

"自从有人知道她老公的哥哥是校长后，都通过她托关系办事，对此她老公很不满，急了，两人大吵一架，没想到肚子里的孩子流产了！两人彼此怨恨加深，一拍两散，就这么闪离了。"

"你没说是时广徽的事吧？"陆琛问。

第三章 一地鸡毛

"我什么都还没来得及说呢,一听她都这样了,那还提这干嘛?"

"就是啊,看来是没希望了。"时广徽有些颓丧。

叶赛君犹疑道:"要不找夏虹帮帮忙?看她有没有认识的人?"

陆琛点头:"也好,反正她那摊位刚给她调了。"

时广徽一听"夏虹"这名字,肩膀便立刻耷拉下来:"她不可能帮我的,我们之间有过节儿。"

"不告诉她不就行了?"叶赛君说。

"这样不好吧?"时广徽很过意不去,"算了,也真是难为你们了……"他愁容满面地叹了口气,"可能子昂真的无缘那学校。"

陆琛索性道:"也行,不找夏虹,欠她的人情比较难还,稍等,让我想想。"接着他一副若有所思状,不多会儿,他激动地拍了下手,"有了,我怎么没想起他来呢!"

陆琛想起同事小张来,他记得他有个同学的舅舅在教育局安全科当科长,这事他应该能帮上忙。电话打过去后,小张有些为难,因为他和同学好几年不联系了,同学应该不会给他面子的:"我那同学现在在检察院工作,我什么人啊,超市小员工一个,上学时玩得再好,都不值一提了。"

空欢喜一场,陆琛没有为难小张,他觉得小张说得有道理。现在求人办事,对方会考虑这人值不值得动用资源去帮忙,该给谁面子,给多大面子。这就是当下人与人交往和办事时,内心世界运作的原理。

这时叶赛君思量起来:"安全科科长?好像有个姓贾的科长,

| 免俗 |

不过快退休了吧?前段时间,他还来我们幼儿园检查工作呢。"

陆琛和时广徽眼前一亮,陆琛赶紧问:"你和贾科长熟吗?"

叶赛君摇了下头,她想了下:"估计我们老园长应该和他熟。"

"那麻烦老园长帮忙联系一下啊!看人家领导哪天方便,我们好过去坐坐,大家一起吃个饭。"陆琛让她赶紧打电话。

叶赛君看着陆琛那着急样,揶揄道:"真是皇上不急太监急,人家广徽还没催我呢。"

时广徽不好意思地笑了下:"我怎么好意思催啊!"

陆琛笑着附和道:"就是,现在广徽好多中国事儿都弄不明白呢,我得帮他。"

叶赛君给老园长打了个电话,老园长答应帮忙问问。没一会儿,电话打了回来,老园长说,贾科长出差了,过两天就回来。那就等两天吧,他们把一切希望都寄托在了贾科长身上。

两天过去了,叶赛君问老园长:"贾科长出差回来了吗?"

"回来是回来了。"

叶赛君一听,很是高兴:"回来就好,那赶紧约个时间吧,我们好去拜访一下。"

"你们只能去医院见面了。"

叶赛君的两条眉毛快拧成疙瘩了——原来贾科长回来那天摔了一跤,脑部受伤,当即送医做了开颅手术,术后还没苏醒过来呢。

"那我们入学名额的事情,贾科长知道吗?"

第三章 一地鸡毛

"都还没来得及说呢,贾科长最后回我的信息是,有事等他回去再说。"老园长又继续说道,"我和贾科长的爱人是老乡,她希望能把上海那位著名的脑科医生陈仲华教授请来,当面会诊一下。"说着她难为情地看了眼赛君,"所以,这事还得求你们帮忙啊。"

叶赛君哭笑不得:"老园长,您没搞错吧,这事我们能帮上忙?我们根本不认识那陈教授啊!"

老园长羞赧地搓了下手:"您不认识,可苏修医生的女儿认识啊。贾科长家属那边了解的信息是,这个陈医生和苏修医生是同窗好友,俩人关系非常非常要好。我们大家也都知道,你们一家人都在照顾苏修医生的女儿,所以……"

"我明白了,您是想让我帮忙,让苏修医生的女儿去说情,把陈医生从上海请来,对吧?"

"对对!这样一来,治好了贾科长的病,也就欠我们一人情,可能就会帮我们争取到一个入学名额,这不皆大欢喜吗?"

老园长说得兴高采烈,叶赛君却愁眉苦脸起来,她想了想:"术后本身就有一个恢复期,家属要耐心等待,说不定过几天,贾科长就醒过来了呢。"

"是啊,医生告诉家属了,可他们不放心,就想请名医来给看一下。说实话,这让我在中间还挺为难的。"老园长面露难色。

叶赛君能体谅到老园长的难处,可谁能体谅她的难处呢?晚上回到家,她正好对陆琛说这事时,时广徽来了,叶赛君索性就一五一十地说了出来。陆琛和时广徽听完,俩人面面相觑,陆琛

| 免俗 |

只觉头顶有数只乌鸦嘎嘎飞过:"得,要求的事儿还没向贾科长说明,倒要先搭一人情进去,我们这不是找事儿吗?"

叶赛君长长叹了口气:"该怎么办呢?怎么向苏扣扣说呢?真是张不开嘴,怎么也没有想到,这事会把她牵涉进来。"

陆琛苦笑起来:"人托人,绕了一大圈,最后绕自己身上来了。"

"我听着头就大了,这托人情找关系,可比我写编程累多了。"时广徽干脆道,"陆琛、赛君,我不想给你们添麻烦了。再说我和那苏扣扣水火不容,她也不会帮我这个忙的。所以,干脆照章办事,听从安排,让子昂去龙山小学就读。我打听了,那学校还真不错,唯一遗憾的就是不能和可儿在一个学校了。"

叶赛君说:"先别急着做决定,再等等看吧。"说着她便起身去厨房,准备做饭了。

这时陆可儿听到了,从书房里跑了出来:"广徽叔叔,我可是非常希望小卷毛和我在一个学校上学。"

时广徽无奈地笑了下:"我也希望啊。"

"可儿,快回房间写作业,我们一定想办法让你们在同一个学校。"陆琛把可儿赶回了书房,他担忧道:"现在这情况,让人有些进退两难。现在这贾科长还在昏迷,这事我们要不帮忙吧,显得我们不近人情,也让赛君很没面子,还让老园长觉得我们不给她面子,让她在贾科长那儿丢了面子,就算是最后苏扣扣肯帮忙,那也得看陈教授给不给她这个面子。反正不帮的话,最后人家会觉得我们就是利己主义者。"

"不会吧?琛,我觉得你想得太多了,没必要给自己这么大压力。你刚才讲'面子'这个词就说了四次,太要面子很累人啊!再说,开颅术后没苏醒,这也很正常啊,本身就有一个恢复过程。"

"但家属着急啊!有最好的医疗救治,他们总想着能得到。"

时广徽耸了耸肩:"我们不求贾科长人情了,也不进实验小学了,不就 OK 了?"

"广徽,你想得太简单了,这不像你搞计算机,敲一个结束键,就完了。"陆琛说。

"我还是不赞同,我认为你把事情搞复杂了,我们完全可以直接拒绝,明确地 say no!在国外直接表达意见就是一种美德。"

"这可是在中国啊!我以前不是给你讲过嘛,人活于世,免不了人情,人情复杂了,就难免世故一些,谁不想简单轻松一些呢?可有些事你还就离不了人情关系,它让你又爱又恨,所以人与人之间就是互相麻烦着过日子,那种关起门来朝天过,活成一座孤岛也是挺悲哀的……"陆琛煞费苦心地对他大讲中国式人情。

叶赛君做好了饭,留下时广徽一起吃晚饭。也许是因为他喝了点红酒,临走时他带着壮士断腕的勇气说:"全都因我的事而起,我去找苏扣扣求情去!"

陆琛和叶赛君听了,一脸惊讶,接着两人相视而笑,陆琛打趣他,去之前,提前拨打 110。他们没把时广徽的话当真,觉得到时真要向苏扣扣求情,还得他们去。

过日子就是这样,没有谁家日日大晴天,这天陆琛家里出事

| 免俗 |

了——陆爸病了!

陆爸感觉身体不舒服,以为躺会儿就好了,便给儿子打电话,让他回来给陆妈做饭吃。偏偏陆琛上午出短差去了天津,还有半小时才到家,他只好让老婆赶紧回家看看什么情况。叶赛君接到电话便急匆匆出办公室门,差点撞上了值班老师。值班老师喘着粗气,惊慌失措道:"叶副园长,出事了!"

阳光幼儿园门口,正值放学时,家长都来接孩子,乌泱乌泱的。这时一学生家长突然站在高处,两手高举着写有"学校虐待孩子!"的大条幅。叶赛君赶到时,看到一个老太太正大声宣扬着:"大家别把孩子放这幼儿园里了,老师不负责!太没师德!"

这时围观的人里三层外三层,叶赛君努力镇静自己,正要上前叫下这位家长,这时她手机响了,是老园长打来的——也不知是谁,把这事拍成了视频,发到了家长群里。老园长看到了,电话里她口气有些焦急:"这影响太不好了。赛君,抓紧时间处理好这件事!我在外面开会,回不去,一切交给你了!"

"园长放心吧,我会处理好的!"叶赛君收起电话。

学校紧临公园,人来人往,此时围观的人越来越多。值班老师一脸惶然地看着她:"叶副园长,怎么办呢?"话音刚落,只见叶赛君登高上前,站到老太太身边,微笑着问:"大姨,胳膊酸了没?"

老太太不理会,给她一白眼。

"那您向我说说出了什么事呗,我一定帮您解决。"

"你是谁?"

第三章　一地鸡毛

"我是这学校的副园长，我叫叶赛君。"

"说话管事？"

"管事！"

"那你把那个叫尹婷婷的老师开除掉！"

叶赛君拍胸脯："那我也得知道究竟是因为什么吧？"说着，她伸手去搀扶老太太，"您老年纪大了，别在上面站着了。来，去我办公室说，今天一定把问题给您解决了。"

老太太倒也听劝，叶赛君帮她收起条幅，扶她下来。老太太浑不吝，冲着围观的人嚷道："看什么看，还不都赶快回家给孩子做饭去！"这一嗓子还真管用，人都开始往外走了。

办公室里，叶赛君把小尹老师也叫了过来。老太太一看到她来，一个恶狠狠的眼神冲她剜了过来。小尹老师看上去二十来岁，她委屈得红着脸直咬嘴唇。老太太一屁股坐下，瞪着眼气呼呼道："我就是想中午时进幼儿园喂孩子吃午餐！我家孩子吃饭都是我来喂的，我不喂他不吃。"指着小尹，"她就是横竖不肯啊，说幼儿园有规定，不让家长进！"

"对，我们园是有规定的。"叶赛君说。

小尹很无辜："我们是想让孩子学会自己吃饭。"

老太太突然站起身，把手拍得很响："我家宝贝才多大？"

叶赛君本想把老太太拉一边好好劝慰下，可奈何她人高马大，叶赛君快要打提溜了："大姨，您听我说……"

话还没说完，声音便被淹没了，老太太大着嗓门道："你们是不是太残忍了，每回我接孩子放学，都看着他没有神采，准是饿

| 免俗 |

的，你们又不帮忙喂。"

"我们鼓励他自己吃饭，他也吃了啊。"小尹老师争辩。

"吃了？那怎么宝贝吃晚饭，我一勺一勺地都喂不上他吃，饿得像小老虎一样。"老太太说着说着，心疼得哽咽起来，"我怕你们不管他，就给他口袋里放饼干，怕他饿着，回回饼干都吃得光光的！他爸妈都在上海工作，我不想让孩子受任何委屈。"

叶赛君递给她纸巾："我们都理解您的心情，大姨，您也要理解我们。我们目的是要让孩子慢慢懂得自己的事情自己做，要培养孩子独立自主的能力。"

老太太手一挥："先不说这个了，还一件事。"说着拿出手机来，"自从那次我说你两句后，你就对我家孩子不管不问了。"

"我没有啊。"小尹很委屈。

"有视频为证，我都保存下来了。"老太太说着从手机里将视频翻找了出来，给叶赛君看，"你看看，这是上周二下午课间活动。那个时段温度是28度，孩子早上穿来的厚外套，到下午太阳底下还穿着，所有孩子外套都脱了，就单单我们家的孩子没脱，热得孩子小脸通红，到了晚上就感冒发烧了，到现在才好点。他爸妈又不在家，孩子一发烧，我头皮都发紧，害怕啊！"

叶赛君看完视频，生气道："小尹，这是怎么回事！怎么不给孩子脱外套！"

"园长，当时我给孩子脱外套来着，孩子说他冷，死活不脱！还踢我咬我，他说奶奶告诉他，我是个坏老师！"

"你好不好，自己还不清楚吗？"老太太斜睨着看她。

第三章 一地鸡毛

"行了,大家都少说一句,情况我都了解了。"叶赛君让小尹先回避下,"小尹,你先出去吧!"

老太太不依不饶:"她没结婚,没孩子,没当过妈,当然体会不到这种疼孩子的心理!瞧她描眉画眼的,一看就是个勾引别人老公的骚狐狸!"见小尹要走,她狠狠地背后放箭。

叶赛君觉得老太太说话太难听了,愤然道:"咱有问题解决问题,别把话说得太难听了,这样有失体面!"

小尹气得要流泪:"我怎么了,你这么侮辱人?孩子有你这样的奶奶,早晚给毁了!"

老太太气恨地咬牙切齿猛地冲上前,小尹猝不及防地挨了一巴掌,整个人跌倒在地,膝盖撞在了台阶上,鼻子流血,额头磕破。

叶赛君恼怒:"这位家长,你真是太过分了!哪有你这样欺负人的!有理说理,你怎么还打人啊!"她赶紧扶起小尹送去医院,身后传来老太太声音:"我就知道你们袒护自己人,等着吧,我去教育局举报你们!"

到了医院,叶赛君跑上跑下挂号缴费,陪着小尹清理完伤口。因为腿部骨裂加头晕,医生建议留院观察。这时叶赛君手机铃声大作,一看是陆琛来电,她一拍脑袋:"糟了!"

小尹见状:"园长,您赶紧忙去吧,我这儿有刘老师呢。"

同来的刘老师也让她走:"您赶紧忙去吧,我在这儿。"

"那好,有事打电话!"叶赛君说着走出门口,接听陆琛电话,一上来,就闻到了浓浓的火药味。

"你在哪儿?!"陆琛劈头就问。

叶赛君抱歉道:"对不起,我准备走时,园里出了点紧急情况,你现在在哪儿?咱爸没事吧?"

陆琛无可奈何叹了口气:"我爸进了ICU。"声音带着悲痛。

叶赛君挂断电话,立刻找了上来。

陆琛怒视着她:"你看看我给你打了多少个电话!"

"对不起。"叶赛君真的没有听到,全被那位家长震耳的声音吞没了。

陆琛很生气,埋怨着:"你有事你说一声啊,我好找别人去帮忙。"

"对不起对不起,咱爸没事吧?"叶赛君忐忑不安地往ICU那儿张望。

"你说呢,突发心脏病,再晚来一会儿命就没了!"

叶赛君一脸惶然,倒吸了一口冷气:"我没想到会是这样。"此时她内心又急又悔。

"你眼里就只有你的工作、你的幼儿园!"

叶赛君满腹委屈:"这次情况不同,我们园老师被家长打了,园长不在,我不能不管!"

陆琛冷笑了下:"我知道,老园长快要退了,看来我爸的命,不如园长的位置重要!"

"混蛋!"叶赛君十分恼怒,拿包狠狠地砸向他,"我没想到咱爸的情况这么严重!你不知道,当时出了紧急情况,园门口围了很多的人，我不能一走了之！"

这时有医生从重症监护室里出来，边走边摘下口罩："吵什么吵？！"

两人一激灵，赶紧迎上前，同问："医生，我爸情况怎么样？"

"病人抢救过来了。还好情况不是特别严重，明天差不多就可以转入普通病房，再观察两天就可以出院了。"

两人长舒口气，向医生表示感谢。

过了一会儿，叶赛君突然想起，惊叫一声："咱妈谁看着呢？不会她自己在家吧？！"

"怎么敢让她自己在家？我托广徽妈——秀兰阿姨帮忙照顾着呢。"

叶赛君把包往肩上背了背："不能麻烦人家这么长时间，我回去，你在这儿守着，有情况打电话！"说着她转身就走。

"赛君，"陆琛语气带着歉意，"对不起，刚才我太着急太害怕了。"

"没事，我理解，我们是一家人。"叶赛君抱了抱他。

"你路上小心点，别走神，犯糊涂什么的。"

"我知道，这时候咱俩谁都不能、也不敢出任何意外，一家老小都在肩上呢。"

陆琛百感交集，说不出话来，只是又一次用力抱了抱老婆。望着医院幽深的走廊，他暗想活着真的不是一件容易的事，得小心翼翼地过日子，好怕上帝的骰子一下丢到自己身上。有了孩子更是如此，每天默默祈祷父母、孩子、家人一切平安健康。

| 免俗 |

路上叶赛君接到姥姥电话,问她来不来吃排骨。"妈,我去不了了,我公公住院了。可儿先在您那儿吧。"

"哎哟哎哟,严不严重啊?"姥姥大惊失色道。

"目前没多大事了。"

"真够你受的,嫁到陆琛家,还没过一天舒心日子呢。"姥姥有些心疼女儿。

"妈,您就别说了,过日子不就是这样嘛!"

姥姥突然想了起来:"对了,在专柜,我相中了一款羊绒连衣裙,小V领,大红色,很软糯,很漂亮,可就是没我穿的号了。M号我穿有些小,你穿还行,一会儿我把照片发你,你看看怎么样?"

叶赛君已是焦头烂额了:"行了妈,我快到家了,我得赶紧上去看看我婆婆。"

没想到一波未平,一波又起。她进到家里,和时妈没说几句话,在门口送人家走的工夫,等她回到卧室,惊愕地发现婆婆竟然吞了安眠药!那一瞬间她吓得脊背直冒冷气,血液全部涌上头顶。她大口喘着粗气,赶紧从包里找手机拨打120,手哆嗦得像过筛子一样。那一刻,她根本顾不得想这些安眠药是怎么来的。

这时姥姥电话又进来了:"赛君,照片看了吗?好看吧?"

叶赛君欲哭无泪:"妈,我哪有时间听这个?"

"你就不能活得诗意一些?"

"我婆婆吞安眠药了!妈,您怎么就不知道体谅人呢?!"叶赛君生气地挂断了电话。公公前脚入院,后脚婆婆又进去了!

第三章 一地鸡毛

还好发现得及时，陆妈洗过胃之后，情况基本平稳下来，但还要在急诊室观察 48 小时。陆琛和叶赛君忙上忙下，真的连悲伤的时间都没有。晚上，叶赛君留在急诊室陪护陆妈，陆琛守在 ICU 门口陪护陆爸，生怕出意外，不敢离开寸步。

到了晚上 11 点，叶赛君累得趴在床边不小心睡着了，她不知道婆婆醒来了，更不知婆婆又在企图自杀。由于陆妈的半边身体不听使唤，她咬着牙，艰难地挪动着身体拼命往床下掉。

叶赛君被惊醒了，惊然看到婆婆掉到了床下，她慌张又自责："妈，您怎么了？是不是要上厕所？都怪我睡着了。"说着，她便扶起婆婆，急切问道，"妈，摔疼了吧？哪里疼告诉我。"

婆婆冷着个脸，使了使劲一把推开她，叽里咕噜说着："别管我，我要摔死我这老不死的！让我死行不行！"说着，她像孩子一样在地上打滚撒泼。

叶赛君差点摔倒，她哀求道："妈，您别这样行不行？别闹了妈，来我抱您上床。"她试着抱起婆婆，可实在抱不动，怎么使劲也抱不动，焦急又为难的她突然哭了起来，眼泪在脸上哗哗地淌，无奈只好叫陆琛下来。

陆琛一看妈妈躺在地上正像孩子一样乱踢乱蹬，赶紧跑了过去："妈，您怎么了？"

"我要死！谁让你们救我！我要死！"陆妈气恨道。

"妈，您干嘛这样？"说着陆琛上前张开手臂，抱陆妈上床。她哭着挣扎着，用手狠狠地打儿子的后背，陆琛觉得生疼。他突然觉得妈妈因病因老，有点退化成小孩儿了。

| 免俗 |

"我知道外面一些人是怎么看我的,我知道该死的人是我,我害了苏医生,我该死!我该死!"陆妈眼神幽怨,声音发颤。

陆琛心里一阵酸楚:"妈,这都是你自己胡思乱想的。"

叶赛君也劝:"妈,您别这样钻牛角尖,别这样折磨自己。"

陆妈被抱上了床,看样子她火气还没撒完,随手拿起一个杯子砸了出去,正好砸中叶赛君的额头,登时就渗出了血。

陆琛又急又悲痛:"行,咱们都死!一个也别活了!明天我就去买老鼠药!"

叶赛君责怪他:"你说什么气话!"

陆妈看着儿媳额头上的伤口,眼神里闪过心疼和自责。叶赛君赶紧拿纸巾按住,笑了下,大大咧咧地劝慰婆婆:"妈,没事没事。"

陆琛跪到床边,苦苦哀求道:"妈,咱能不能别闹了!我爸至今还在重症监护室,还没出来呢,您就算体谅体谅我们,行吗?"

陆妈总算镇静下来,直挺挺地躺着,不再说一句话,睁着空空的眼睛。

伤口不严重,叶赛君的额头贴了一条创可贴。陆琛难过又心疼,抓过老婆的手放在脸上,不一会儿叶赛君觉得手上有泪在滴,她伸手去给他擦泪,并鼓励地握紧了老公的手。两人没说一句话,却又像说了很多,他们不知道以后的生活会是怎样的,但他们清楚肩上的担子越来越重,他们相信会携手渡过一切难关。

陆琛担心陆妈又要闹腾,便想和叶赛君换一下,让她去十楼守护陆爸,他在一楼照顾陆妈,叶赛君没同意。暗夜无边,那晚

第三章 一地鸡毛

大概是他们经历得最漫长的一夜。

第二天,姥姥送可儿上学后,买了一束花和一些水果,花枝招展地来医院看望陆爸和陆妈。叶赛君让姥姥看会儿陆妈,她借机赶紧去了趟卫生间,顺便把额头上的创可贴撕掉了,伤口拿头发盖了下,她不想让妈妈看到。到了三十岁,她才知道,有些痛不能让父母知道,因为他们比自己更疼。

从卫生间出来后,她看到姥姥把所有窗户都打开了,她赶紧关上:"我的妈呀,我婆婆和您不一样,受不得凉风,只能开一点窗。"

姥姥撇了撇嘴:"那也得通通风啊。"见陆妈还在睡着,她压低了声音,生气道,"她怎么老是寻死觅活的啊?!隔段时间就劈头给人猛来一棒,幸好昨天你没让我来她家看护她,不然我又说不清了。"

"妈,您说什么呢?"

"不说了。"姥姥想了起来,眯眼笑着拿出手机,让她看那件大红色小V领羊绒连衣裙,"怎么样,好不好看?要是有我穿的号了,咱俩一人一件。"

叶赛君敷衍地看了一眼:"妈,我穿不了,还是您比较适合。"

姥姥不禁眉飞色舞:"我穿上当然好看了,你觉得配什么颜色的披肩好看呢?"

叶赛君一脸头痛状:"什么颜色都好看!妈,这里没事了,您回家休息会儿吧。对了,这两天天气多变,别让可儿感冒了。"

"放心吧。"姥姥心疼地看着女儿,叹了口气,然后又问,"你公公怎么样?我得去看看他。"

"刚从重症监护室转入普通病房,十楼右手边 22 床。"姥姥正要走,叶赛君想起来了,"我婆婆住院,先别告诉我公公。"

"我知道。"

姥姥来到了十楼,见到了陆琛和陆爸,开了几句玩笑,聊了一小会儿天,临了临了走时,还是不小心说漏了嘴。她站在门口劝慰陆琛:"别难过,一切都会过去的。我刚从下面上来,你妈很好,估计比你爸出院还要早呢。"

陆爸听到了,抻着脖子惊讶地问道:"陆琛,你妈怎么了?!"

姥姥很难为情,用手打了下嘴。陆琛担心爸爸心脏病又犯,就赶紧回过身来安抚:"爸,我妈没事,真没事。"

"快说!你想急死我呀!"陆爸焦急道。

"怪我多嘴。陆琛你就说了吧,不说你爸更担心,反正你妈现在也没事了。"姥姥说。

"我妈昨天偷偷吃安眠药了。"

陆爸心里一惊,眉毛紧蹙。

姥姥宽慰他:"不过你放心,真的没事了,嫂子明天可能就能出院。"

陆爸点了点头,接着叹了口气:"你妈怎么这样呢?"

"爸,我妈怎么来的那么多安眠药啊?"

"是啊。"姥姥也问。

陆爸垂下目光,自责起来:"你妈老说睡不着觉,我看着她心焦气躁的，心里也不好受，就一次给她一片。后来她说一片不怎么管用了，就要两片……原来她都藏在手里，攒了起来。"

陆琛和姥姥明白了。

陆爸抬起头来："陆琛，你下楼看看你妈去吧，赛君一人照顾着很累，我自己在这儿没事的。"

陆琛想了下："那行，爸，你有事叫我，我一会儿再上来。"

"我也回去了，可儿要吃鱼，我去市场买一条来。早上起床时，她吵着要来看爷爷奶奶，我不让她来，流感这么严重，小孩子不能随便进出医院的。"

"对对，"陆爸赞同，"你告诉可儿，没几天我们就回家了。"

"妈，让您受累了。"陆琛说。

"我就是心疼赛君。"姥姥看向陆爸，"嫂子整天寻死觅活可不行，是不是非得把我女儿累出病来，她才甘心？"

"大妹子，真是对不住了。"陆爸满脸歉意。

陆琛看出姥姥这话说得让陆爸心里很不得劲儿，家有病人谁都不希望这样，他内心长叹口气。

送走姥姥后，陆爸不放心陆妈，便随陆琛一起来看下，他们进门就看到大头提着礼品前来探望。陆琛一家人很是过意不去，连连向他表示感谢。

陆爸走到床边看着陆妈，握着她的手，眼里又是责怪又是心疼。陆妈睁开眼看了眼陆爸，两人什么都没说，但都明白对方心里要说的话。

大头很实在:"琛哥,晚上我可以来帮你照顾老人。"

"不用不用。"叶赛君不想给别人添麻烦。

陆琛感谢道:"谢谢大头,明后天,我爸妈就都出院了,放心吧,没事。"他知道大头工作不能耽误,便让他赶紧回去忙。陆爸见大头要走,提醒陆琛让他把拿来的牛奶和水果带走,回去给孩子们吃,大头坚决不拿。

陆琛和叶赛君把大头送到门外,刚要转身,就看到时广徽来了,还带着鲜花和果篮,叶赛君赶紧接了过来。他们看到他鼻梁、嘴角都贴着创可贴,一副狼狈又滑稽的样子,双双不厚道地笑了起来。陆琛问:"这是真被苏扣扣挠了?"

叶赛君停住笑:"你真去找她了?"

时广徽一脸委屈,接着他悲怆地嚷道:"我告诉你们,这个苏扣扣竟然会吹口哨!一个女生!吹口哨!简直太不可思议了!"

"怎么,这口哨杀伤力这么厉害,把你脸都吹破了?"

叶赛君忍住笑,打了下陆琛:"你正经点好吧。"说着她问时广徽,"这到底怎么了?"

原来时广徽真的去找苏扣扣了,可没到她家楼下,他就发怵,腿像灌了铅一样迈不动步。最后这次他终于到她家门口了,可怎么也抬不起手敲门,在门口徘徊好一阵,忽然听到门在响动,是苏扣扣要出门。他老鼠一样蹿向楼梯,以百米冲刺的速度飞逃,然后又不由自主地一路跟着她向夜市方向走去。苏扣扣注意到有人在跟着她,由于晚上看不清楚人的相貌,她误以为是被一猥琐流氓尾随了,于是灵机一动,冲着前面正在走路的少女,吹了一

第三章 一地鸡毛

声流里流气的口哨。

尾随在后的时广徽很是惊讶:"天哪,姑娘家的还会吹口哨!"内心里暗暗嘲笑一番。苏扣扣自得其乐地声声吹着,哨声里带着弯儿带着钩儿,痞气越来越浓烈。

少女旁边的男友发现有人在调戏女友,便回头怒视,瞅到了苏扣扣后面的时广徽,便张牙舞爪地扑上来重重给他一拳:"竟敢调戏我女友!我让你吹口哨!让你吹!"

"不是我吹的啊,不是我!"时广徽被打得眼冒金星。

"时广徽?!"苏扣扣听出是他的声音了。

这时一旁的少女委屈地莺声道:"臭流氓!臭流氓!"

"君子动口不动手!"时广徽气恼道。

"谁给你论君子!"

这男的长得人高马大,时广徽根本不是他的对手。苏扣扣不想让事态发展严重,便上前去拉架。

时广徽更气,愤激地指向她:"就是她吹的口哨!"

那男的看了眼苏扣扣,苏扣扣见时广徽居然不领情,便立刻故意表现出一副娇柔的样子,像是快要哭出来。男的冷哼一声,瞪向时广徽:"你在侮辱我的智商!我四肢发达,头脑可不简单,就她?能吹出那么流氓的口哨?开什么国际玩笑!"

"她真的会吹啊!就是她!你怎么不相信?!"时广徽很抓狂。

苏扣扣嘤嘤地掩面哭:"你真是奇怪,为什么推到我身上嘛。"

男的愤然道:"做了不敢承认,让一个女的为你顶包,还算男人吗?"说着挥手又是一拳。

| 免俗 |

时广徽一声惨叫,苏扣扣见他嘴角流血了,觉得玩笑有点过了。她脑瓜一转便抓起一把沙土猛地撒到男的脸上。她拉起时广徽,两人趁机逃离,幸好路边有一辆出租车停靠,两人跳上车绝尘而去。

车上,苏扣扣看他脸上的伤:"下手真重啊,看样子那男的像是练过散打。"

时广徽怒不可遏:"还说呢,还不都怪你?"

"怪我?是你自己找事!谁让你鬼鬼祟祟跟着我?简直像个变态流氓!再说,我哪知道是你?要不是你那嗷嗷惨叫声,我还真不知是你!"苏扣扣质问道,"说!为什么跟着我?"

"我……我……"时广徽结巴起来。

苏扣扣狡黠一笑:"该不会上次抱我上楼之后,见我是一如此花容月貌、美艳动人的可爱少女,你便对我有了非分之想吧?"

时广徽作呕吐状:"我看你是对'花容月貌''美艳动人''可爱'这些词,有什么误解吧?"嘴角伤口有些疼,他痛苦地咧了下嘴。

苏扣扣鼻里哼了声:"那你是为什么?"

"事情因我而起,只好我来向你说。能不能请你帮忙,让上海的名医陈仲华教授来一下?"时广徽一五一十全都说了出来。

苏扣扣想了下:"按道理,你这顿揍不能白挨,我得帮忙,至于陈叔叔给不给我面子,那我就不知道了。毕竟我爸不在了,有些事还真不好说。"

时广徽长舒口气,暗暗觉得,这顿揍还是值得的。突然脸上伤口又疼了。苏扣扣让司机前面转弯,让时广徽去她家里,她有医药包,帮他处理下伤口擦点药。

时广徽讲完后,叶赛君脑袋奇妙地闪过一个念头——时广徽和苏扣扣不打不相识,两人会不会成为一对欢喜冤家?她不禁问:"广徽,你为什么最后没去苏扣扣家,让她帮你处理伤口?"

陆琛又坏笑起来,开玩笑说:"这还用问吗?他怕苏扣扣家有手术刀,两人再一言不合,真怕再多一处伤口。"说完,他们都笑了起来。

送走了时广徽,陆琛接到小张发来的微信,说因为他请假没去上班,王店长早上开会都急了。陆琛叹了口气:"急就急吧,没办法。"

叶赛君忧虑起来:"要不你去上班吧,新官上任三把火,不知什么时候就烧到你屁股上。"

"不行。"陆琛也担心起她来,"你幼儿园没事吧?昨天出了情况,一会儿你去上班吧。"

"你一人怎么行?我请好假了,没事。"说着叶赛君想到了小尹老师,"再说小尹老师也住在这医院里,她有什么情况给我打电话,我离得近,还能及时处理下。"

正说着话,一些邻居、朋友听说后都前来看望陆爸陆妈。他们带来的感动和能量,让陆琛和叶赛君觉得心里暖极了——人活着不就活这么个人情味儿嘛。

苏扣扣也知道陆琛父母都住院了,是当时时广徽随口提了句,

| 免俗 |

可当她听说陆妈又想自杀了,便有些气恼,爸爸为什么要付出生命的代价去救她?既然活下来,就应该珍惜生命,好好活下去,这才是对爸爸最大的尊重和感恩!

还没到中午,幼儿园来电话,让叶赛君下午无论如何都要赶回学校,因为教育局的领导要来学校突击检查。陆琛知道后,有些担心:"不会是和昨天那个孩子的奶奶闹事有关吧?"

叶赛君若有所思:"应该不是,她要告我们就去告吧,我们正好也追究她打人的责任呢!我们老师不能就这样白白挨打了,我已经电话通知孩子的爸爸妈妈了。"

"有理说理,打人总是不对的。我现在越来越觉得,你们那职业也挺危险的,现在什么家长都有,一个个都把孩子当小皇帝、小公主一样宠溺着。"

"不过讲理、有素质的家长还是挺多的。"

陆琛看了下表:"那你赶紧走吧。"

"那你一人怎么办?要不请个护工吧?万一把你累病倒了,怎么办!"

"现在护工哪有让人舒心的,到时再给爸妈添堵,更不划算了。"

幼儿园的电话又来了,叶赛君左右为难。

"没事,你上班去吧,超市那边暂时还没有火烧到眉毛上的事,我还能扛一会儿。你先去上班,别到时咱俩都失业了,就更麻烦了。"上有老下有小的年纪,真是不敢失业,不敢生病。

叶赛君狠了狠心:"那好吧,有时间我就来替你。"说着她就

第三章 一地鸡毛

往外走,接着转过身,心有不忍,但又很无奈,她嘱咐道,"你别忘记吃饭,不想吃也得吃!"

"我知道,你也要吃饭。"陆琛笑了下,他一手握成拳,做了个"加油"的手势。

叶赛君也给了他一个"加油"的手势,两人相视一笑。

双亲入院,让他们真是心力交瘁。路上,叶赛君流泪了,她想象得到陆琛一人在医院里,一楼、十楼跑上跑下的情景。

不用想象,事实就摆到眼前,叶赛君走后,陆琛像被抽起的陀螺,楼上楼下不停地跑来跑去……走一段楼梯时,一着急他脚下踩空,差点整个人滚下去。虚惊一场,他暗暗提醒自己,他是家里的顶梁柱,千万不能出意外,要小心再小心。

下午四点,急诊室医生觉得陆妈可以回家了,陆琛一时却犯了难,因为陆妈要是离开医院的话,他更没办法照看她,该怎么办?

想来想去,陆琛只能带着陆妈来到陆爸的病房,陆爸还有吊针要打。陆琛知道陆妈长时间在轮椅上坐着,也是很累人,于是他见旁边病床上没人,便把妈妈抱到床上,让她能躺着休息下。

他坐在两张床间的马扎上,看着左手边的爸爸,看着右手边的妈妈,想起小时候,他生病的时候,床边围着爸爸妈妈,对他无微不至地照顾,现在轮到他来照顾他们了……

可能是太疲累了,陆琛不知不觉趴在床沿上睡着了,突然听到一人大着嗓门怒气冲冲喊道:"谁啊这是?怎么躺我床上来了?"

陆爸坐起身，赶紧道歉："这是我老伴，对不起啊。"

那人像是没听到，依然冷着个脸。

陆琛醒了："对不起，我想让我妈休息会儿来着，真对不起！"说着他赶紧把陆妈抱上轮椅。

"小伙子，你真是的，你又不是不知道这床上有人，弄脏了我怎么睡啊！"对方一个劲儿地埋怨着。

陆琛赔笑："真对不起，要不我去找护士，帮您换一床新床单吧？"

"不用了！"这人没好气地说。

陆妈看着儿子因为她受委屈，心里很不好受："都给你道歉了，干嘛还吼我儿子！"

那人扭了扭脸："我也没说别的呀。"

陆琛息事宁人："没事没事。"他给那人茶杯里倒上热水，"您喝水。"

那人心立刻软了半拉，眉眼柔了一些，和陆家人慢慢地聊开了天，他这才知道了他们家的情况。他们也知道了他是个退休干部，子女有五个，两个在国外，一个在外省，两个在本地，还都没时间来照顾他。他夸奖陆琛是个孝顺的好儿子，动了恻隐之心的他，让陆妈晚上在他床上睡，他说自己家离医院很近的，他可以回家睡。陆琛和陆爸表示感谢，这样陆妈晚上就有地方休息了。

陆琛去医院楼下超市买卫生纸，电梯在三楼停了，抱着新生儿小被子的人喜气洋洋地走出电梯。负责按电梯的阿姨说："只有这一层是开心的。"陆琛内心里叹了口气，心想："在这里，真是生老病死一站式人生体验。"路上,他接到了二舅的电话。

他回到病房,对陆爸说:"刚才我二舅来电话了。"

陆妈眼神紧张了下。

陆爸赶忙问:"你二舅有事?"

"没说什么事。"陆琛随口道,"就是二舅来这边办事,路过咱家,想上来瞧瞧,发现家里没人。"

"你没说我和你妈都在医院里吧?"陆爸不安地急切问道。

"没说。"

陆爸放心地点点头:"千万别让亲戚知道。知道了,人家就得跑来看望,又不是什么要死的病,别给人家添麻烦。"

"爸,我当然知道,我没说。"陆琛回应爸。这时他手机响了,是叶赛君打来的。

叶赛君听老园长说,贾科长醒了,脑伤也在恢复中,家属终于放心了。因为贾科长要休养一段时间,所以今天去他们幼儿园检查的是新来的代理科长。老园长转达了贾科长家属的意思,就是不需要再麻烦上海的陈教授来了,毕竟谁都不愿意欠那么大的一个人情。

"脑伤恢复期挺长的,估计等贾科长休养好,也差不多就到退休的日子了。人家也是觉得,到时欠下的人情就不好还了。"叶赛君说。

陆琛点头:"对对,理解。看来学校的事,还要再想其他办法啊。"

"那你赶紧给时广徽说下情况,让他给苏扣扣说下,不用麻烦陈教授来了。求人办事难开口,正好不用给她这压力了。"

陆琛笑说:"行。不过,广徽那顿揍是白挨了。"

叶赛君也笑了起来:"你觉得他俩有戏吗?"

陆琛被惊了下:"什么?!他俩?没看出有戏来,有仇倒是看出来了。"

叶赛君撇了撇嘴,笑着挂断了电话。一个小时后,她赶回了医院,买了二老爱喝的荷叶粥,还有两样清淡可口的菜。一进病房就开始忙活,湿了毛巾给婆婆擦脸和手。

陆爸不好意思,歉疚道:"这两天让赛君也跟着受累了,爸好了,就不麻烦你们了。"

"爸,您怎么这么说呢,这都是我们当儿女应该尽的义务。"

陆琛把饭菜摆好:"爸妈你们快吃吧,这都是赛君专门为你们买的。"

见爸妈吃着,叶赛君把外套脱下:"晚上我留在医院,陆琛你回家吧,回去洗个澡,好好睡一下。"

"不行,你上班也够辛苦的,还是你回家吧,我在这里。"

陆爸抬起头:"赛君还是你回去吧,反正我们就待这一个晚上了。"

叶赛君询问地看向陆琛,陆琛回应道:"刚才医生来过,说咱爸明天上午就能出院了。"

叶赛君很欣慰。这时陆爸又说:"要不你俩都回去吧,我身体已经没事了,我和你妈在这儿,你们都回去好好休息。"

陆琛有些急:"那怎么行!我留在这儿,赛君你回家!"

"我留在这儿,你们都回去吧!"

大家回头一看,原来是大头。

"大头,你怎么来了?"陆琛感到意外。

叶赛君见他工作服都没换,脸上还汗津津的:"你还没回家?"

"没有,路边随便吃了点东西就过来了。"大头说着挥袖擦汗。

"快坐下,孩子。"陆爸递来一杯水,"喝点水。"

"谢谢大伯。"大头喝了一口水,看着陆琛和叶赛君,"我知道你们肯定忙不过来,所以就来帮帮忙。我替你们值夜班,你们赶紧回家睡个觉。"

"这怎么行,你家里仨孩子,大的不大,小的太小,你老婆看一天孩子够累的了,你赶紧回家吧。"陆琛不同意他帮忙。

大头憨笑:"不用,我爸妈来了。"

叶赛君为他高兴:"是吗?那挺好的,你们两口子可以喘口气了。重要的是,爸妈在身边,心里就是踏实啊!"

大头叹了口气:"就是觉得自己没本事,让爸妈跟着一起受苦受累的。"

陆爸很认真地劝慰道:"孩子,你可别这样想,我也是当父母的,没有哪个父母会嫌弃自己的孩子没本事。日子再穷再苦,只要一家人在一起,比什么都强。再说人只要努力,就会有希望的,好日子一定会来的。"

大头感激地点头:"谢谢大伯,我知道了。"

最终叶赛君回家,大头陪陆琛留下来。陆琛让大头后半夜就

| 免俗 |

走,别影响第二天工作,万一出点麻烦陆琛心里过意不去,大头答应了。两人聊聊天说说话,时间倒也不显得枯燥和漫长。

回到家,叶赛君一刻也没闲着,简单吃了碗泡面,就赶紧打扫卫生,想干干净净地迎接公婆回家。卧室床上铺的盖的全都换了一遍,冰箱里变质的果蔬,该扔的扔,擦桌子擦地板,洗洗涮涮两个多钟头,屋子立刻显得光亮整洁起来。晾完所有洗过的衣物,她提着两大包垃圾,顶着月亮,拖着疲惫的身子投靠她妈那里去。

一进家门,姥姥见到女儿这副形容憔悴的样子,很是心疼,赶紧去厨房给她做碗鸡蛋羹,软糯嫩滑,还易消化。

可儿听到妈妈来了:"妈妈!"她兴奋地赶紧从床上下来。

"可儿,妈妈的乖女儿!"叶赛君看到女儿的那一刻,身上的疲惫感好像全都一扫而光,满血复活一般,"走,上床去,别着凉了。"她欢喜地抱着女儿上床,娘儿俩亲昵地搂抱在一起说悄悄话。

"爸爸呢?我想他了,也想爷爷奶奶了,他们什么时候回家啊?"

"明天就回家了。"

"太好了!"

姥姥端着鸡蛋羹进来,见娘儿俩都睡着了,她担心女儿身体被熬坏,便狠心把她叫醒,让她吃下鸡蛋羹再睡。

姥姥看着女儿吃鸡蛋羹,在一旁朗诵起诗歌:"正如花会凋谢,正如青春消逝,生命的每一个阶段,亦复如是。生命会在每一个阶段召唤我们,心啊,预备告别过去,重新开始!心啊,勇

第三章 一地鸡毛

敢地寻找，寻找新的境地……"她回头一看，见女儿趴在桌上睡着了，她无奈地摇摇头，"真是的，这么美的一首诗歌，赛君竟然听睡着了。"

早上，叶赛君请好了上午假，和陆琛一起接公婆出院。来到医院之后，她收拾东西，陆琛便去办理出院手续，当他回到病房时，发现一大帮亲戚都来探望陆爸陆妈了。

陆爸责怪陆琛："不是不让你说的吗？"

"爸，你可冤枉我了，我真没说。"陆琛无辜地笑说。

二舅说话了："昨天我去家里，怎么敲门都没人应声，就给陆琛打了个电话，问你俩没事吧？刚打完，就碰到你们邻居了，是他告诉我的。"说着他看向陆琛大舅和三舅，"回去我就给大哥和三弟说了下，就这么着，我们一块儿来了。"

大舅和三舅点头笑了下。

正说着话，这时大伯、三叔还有几个堂哥、堂弟也都来了，病房里热闹起来。叶赛君和陆琛招呼着亲戚坐，可地方小，也没地可坐。

陆爸看着他们，不解地笑问大伯和三叔："哥、三弟，你们怎么知道的？"

大伯笑了下，指了下陆琛三堂弟："这不老三因为孩子上幼儿园那事，又去麻烦赛君了。没想到赛君没在学校，听其他老师说，赛君在医院。"

陆琛和叶赛君相视一眼，他知道叶赛君这会儿头肯定又大了。

189

何止头大，叶赛君都有些害怕了，暗想："这是又怎么了？"这时，三堂弟歉疚地对她和陆琛笑了下，知道长辈们在说话，暂时不方便说自己的事。

陆爸有些过意不去："你看，让你们这么远地跑来，又不是什么大病。"

"瞧你说的，见你俩没事，我们不也就放心了嘛。"说话声音脆生生的，一听就是大姑，众人往门口看去。

"大姑！"陆琛和叶赛君异口同声，两人赶紧上前迎上大姑，陆琛接过大姑手里的东西。

三堂弟拉过陆琛和叶赛君到一边："嫂子，上次那事真是对不起，你可别生气。"

"没事，不生气。"叶赛君强颜欢笑了下。

"也就你嫂子，换别人，真是懒得管了！"陆琛说。

"哥，我知道，谁让咱是一家人嘛！不管怎样，我们还得麻烦嫂子。"

"你这次又想怎么折腾？再回附小幼儿园？"

三堂弟猛摇头："不回了不回了！不能那样难为嫂子。"

还挺有自知之明，这让叶赛君大大松了口气，因为这事，她算是把那位朋友给得罪了。她开口问道："你还是想让孩子在我们园上？"

三堂弟很不好意思地搓着手："对对，我等名额等机会，一切交给嫂子看着办，再也不乱听别人的话了，恨死那个骗子了。"

叶赛君点点头："我尽量争取吧，一有名额我就告诉你。"

第三章 一地鸡毛

陆琛提醒道:"到时可别再出尔反尔的了!"

"这次绝对不会!"三堂弟举手保证。

"真的,不是我夸你嫂子,换别人,真的不会管你这事了。"陆琛说着给三堂弟一个眼神,"看你嫂子人漂亮,重要的是还善良、大度。"

三堂弟领会地说:"那是,我们几个兄弟,还就属琛哥最有眼光了。"

叶赛君看着两人一唱一和的,想气又憋不住笑:"行了你俩。"

三堂弟掏出钱来:"嫂子,这是1000块钱,上次你请人吃饭,花了不少吧。"

"没花多少。"叶赛君哪好意思要,重新把钱塞回他口袋,"赶紧收起来。"

"都是一家人,别这么客气了,听你嫂子的吧。"陆琛上前把钱结结实实地塞回堂弟包里。

这时陆爸出来了:"陆琛,咱们走吧,这里没坐没站的,让亲戚都回家喝口热茶,坐下慢慢聊。"说着看向一帮亲戚,"中午大家都别走了,在这儿吃饭。"

亲戚都说着:"不用了,不麻烦了。"边说边涌出门外。

陆琛车里坐着陆爸陆妈,还有二舅和大伯。大伯看着车窗外:"这两年起的高楼可真不少啊。"

陆爸点头:"这片原先是旧屋,现在全都被拆毁重建,看着一座座新楼拔地而起,"他叹了口气,"我都会担心地想,咱老宅那片地,是不是也这样到处拆啊、挖啊?"

"听说圈起的那块地要建钢铁厂。"大伯说。

"不污染环境吗?周边还有不少村子呢。"陆琛问。

"反正村子的人都走光了,就剩下老弱病残了,谁管啊。"

陆爸有些气,思虑着:"建钢铁厂那可不行!这不草菅人命嘛!老人就不是人了?"

陆妈知道他那倔脾气,嘟囔道:"你少管闲事!"

二舅接话:"只怕到时反对也没用,胳膊拧不过大腿的。"

大伯附和:"就是。"

陆爸愤慨:"政府总该要为人民服务,不能昧着良心不管老百姓死活啊,我就不信没'包青天'了!"

话说圈这块地的公司正是"满口香",这是陆爸没想到的。

陆琛担心陆爸为这事急火攻心,心脏病再犯了,就赶紧岔开话题:"二舅,你们那房价怎么样?"

"快一万了,你说到处都是楼,房价却越来越高。"

"就是啊,高得吓人。"陆琛应声。

"琛,你们那房子算买着了吧?"大伯问。

"买时一万,听说现在涨到一万六了。"

"这不,前面这小区就是。"陆爸指向窗外。

大伯赞赏道:"陆琛新家咱还没去过呢,看上去真气派啊。"

陆爸说:"他搬进去也还没一年呢,要不上去瞧瞧?"

"行啊。"大伯点头。

二舅四下里望去:"一看就知道是高档小区,住里面的人都混

第三章　一地鸡毛

得不错，我外甥可以啊！"

陆琛笑了下："二舅，你可真抬举我，别人可能混得不错，反正我是苦哈哈地背着房贷呢。"

"他是驴粪蛋子表面光。"陆爸挖苦道。

这时陆琛手机响了，是叶赛君的，她坐在后面那辆出租车里，上面同坐的还有大姑、大舅和三舅，电话里她问："怎么路口左转了？"

"哦，二舅和大伯想要去咱们新家瞧瞧。"

叶赛君回头看了下："那你开慢点，堂弟开的那面包车被红灯拦住了，你给他打电话说一下。我先走你前面，上去赶紧烧点水泡上茶。"

不一会儿，出租车停在了小区门口。叶赛君上楼便是一通忙，先烧上热水，洗杯子，洗水果，先上来的大姑、大舅、三舅各个房间、里里外外都瞧了个遍，不停地夸赞房子好，装修好。

"大姑、大舅、三舅，水一会儿就开，先吃水果。"

大姑吃了一个橘子，说："赛君不用忙活，我们一会儿就走了。"正说着话，后面一大帮亲戚也到了。

趁大家说话聊天的工夫，陆琛赶紧简单洗了个澡，换了身干净衣服，好几天没换洗，身上都有臭味了。等他从房间里出来时，只听二舅提议道："择日不如撞日，我看就今天给你们温温居吧？"

大伯也赞同："就是，趁今天大家都聚在一起了。"

大姑好像有些不乐意，脸稍耷拉了一下，接着又强挤出个笑

| 免俗 |

脸:"也是啊,趁这机会嘛。"

"不用不用。"陆爸连连摆手。

"就是,真的不用。"陆琛和他爸一个意思。

"这也是乔迁之喜啊,应该贺一贺。"大堂哥说。

叶赛君把陆琛叫进卧室,关上门,她焦虑道:"别让亲戚给咱们温居了,让大家花钱不说,也太麻烦了。这两天我们都没休息好,要是招待不周,更让我们心不安啊。"

陆琛若有所思地点点头:"我也不想啊。"

正在这时,陆爸进来了:"要不温就温吧。你大伯说,人情就是债,属咱家事少,他越来越老了,能还一点是一点。"

陆琛不以为然:"大伯也真是,都自家人,分这么清干什么?"

陆爸无奈:"我也是这么说你大伯的。"

叶赛君抻着脖子往门外听了下,她忧心忡忡道:"刚听到几个长辈正打电话,四下里通知呢!看来今天温居是定了,问题是,不知这个点儿,大饭店还能订到桌吗?"

陆琛也疑虑着:"是啊,我赶紧给那饭店当主管的朋友打个电话问问,让他留出三桌来。"

"也不知来多少亲戚,万一来多了,再去找位子,可就不好找了。"叶赛君提醒他。

陆爸决定:"那就先订六桌预备着。"

陆琛点点头:"我觉得差不多够了,我和赛君都不请朋友的。"

"对对,就咱这些亲戚就行了。"叶赛君叮嘱陆琛,"千万别走漏风声。"

"我知道。"

两人商量好之后,便分头行动。叶赛君去买烟、饮料、酒水,陆琛去联系饭店。

姥姥刚接可儿放学,知道亲戚要给他们温居,便如临大敌,双眉紧蹙地挥着两手:"麻烦死了,麻烦死了。"

来到酒店门口,见到陆琛和叶赛君正在门厅恭迎亲戚到来,她头痛地对赛君说,"最不喜欢折腾这种事了,你们真不嫌累啊。"

叶赛君有些无奈:"我们根本也没打算温居来着。"

说着话,只见陆家亲戚呼啦啦地从一辆接一辆的车上下来,扶老携幼,很是壮观地齐涌向饭店。姥姥不禁担忧道:"陆琛,你订的桌够不够啊?"

陆琛心里没底了:"里面已经坐满三桌了。"

三叔和三堂弟负责收记礼金。

姥姥见浩浩荡荡一行人涌向礼金台:"这是陆琛什么亲戚啊?"

"大表姐,"叶赛君看着背影说道,"一家人全来了,儿子儿媳、女儿女婿、小孙子、小外孙。"

"八口全来了,还不得甩给你们个大红包啊。"姥姥看着他们上完礼金要走了,她也正要拿出钱包走向礼金台。

"妈,您就别给我们了,您留着钱养老用吧。"

"别管了,我有钱。"说着姥姥来到了礼金台,她经心地看了眼账本最后一个礼金数额,让她大跌眼镜,竟然只有200块!第一眼真以为少看了个"0"。她上完礼金,转身听到不远处,陆琛很不好意思地:"表姐,让你们花钱,真是过意不去啊,吃好喝

| 免俗 |

好哈。"

大表姐笑:"表弟客气,也就是大家到一块儿图个乐呗,谁还在乎吃啊!"

姥姥听了直翻白眼,走到叶赛君跟前:"听听他那大表姐说的!陆琛恐怕还不知道呢,人家来了八口人,就随了200块钱!你说,就是他们自己去饭店吃,也远远不够饭钱啊!她倒是图乐了,可让别人吃大亏了。"

叶赛君根本没时间理会这些,因为她一回头,猛然看到陆琛的同事来了,还有他们的几个朋友,个个都嗔怪起来:"温居这么个喜事,打个电话说声,有什么不好意思的嘛。"原来饭店当主管的这位朋友,认识他们其中的一个,然后就这样你传我、我传他,就全知道了。

陆琛笑着拱手感谢:"实在不想给大家添麻烦。"说着送他们往里走。

这时,大头和时广徽也来了。

陆琛和叶赛君感到奇怪,叶赛君实在不明白:"我们谁都没说,你们怎么知道的啊?"

大头笑了下:"我的钥匙掉了,物业刘大爷捡到了,他和我说的。"

叶赛君疑惑地看向陆琛:"你回家了?"

陆琛想了起来:"咱爸让我回家拿几瓶陈年好酒,碰到刘大爷了,他问我,拿这么多酒,家有什么喜事啊?我就随口一说,亲戚要给我温居,就这么着。"

第三章 一地鸡毛

时广徽看了眼大头:"大头和刘大爷聊天时,我妈就在跟前,所以我也知道了。"

叶赛君明白地点了点头:"原来这样啊。"

"刘大爷来不了,让我捎来两百块钱,他说多少是个心意。"大头手里攥着钱。

"你看,刘大爷想得可真周到,这钱就不上账了。"

叶赛君也赞同:"就是,不能要,给刘大爷送回去。"

大头干脆道:"盛情难却,你们就收着吧。"他向礼金台看去,"那我们先过去了。"

"你们两个就别掏钱了。"

叶赛君赞同:"是啊,老人住院,你们都花过钱了。"

陆琛真诚道:"这次就当我请你们吃饭,大家一起热闹下。"

大头笑眯眯:"琛哥,和我们就别客气了。"

时广徽跟着点头说:"就是啊。"

大头先进去了,陆琛想起来了,他赶紧问时广徽:"你给苏扣扣说了吗,不用麻烦陈教授来了。"

"说了,差一点她就给陈教授打电话了。"

陆琛和叶赛君相视一眼,两人暗暗长舒口气。

陆琛拍了下时广徽的肩膀,安慰道:"咱们再想其他办法吧。"

时广徽叹了口气。

果然人多坐不下,又没桌可加,姥姥安排到了表姐那一桌,可儿想奶奶,和陆妈坐在了娘家席上,由大舅妈照顾着。陆爸和

| 免俗 |

陆琛、叶赛君没入席,他们让服务员在走廊里帮忙支了一张小方桌,随便点了两个菜,只有一把椅子,陆爸坐着,他们两个都蹲在走廊里吃饭。说是吃饭,也就是胡乱扒拉几口,先垫垫肚子,因为一会儿还要去向亲朋好友敬酒致谢。两人互相鼓劲打气,只要再熬过两个小时,客走主安,一切就万事大吉了。

他们万万没想到,刚开席没多久,姥姥就在宴席上开撑大表姐。

"哟,怎么还带着些塑料袋啊?"她发现大表姐的儿媳屁股底下压着一卷塑料袋。

大表姐道:"家里有只狗,带点菜回去给它吃。"她咳嗽了下,被辣椒辣到嗓子眼了。

姥姥看着他们家人个个埋头狠吃,轻蔑一笑:"应该把狗带来,这样你们一家人就整整齐齐坐满一桌了。200块钱来吃这1500块的酒席,可不就图个乐嘛!"说着她起身悻悻离去,此时大表姐脸色白一阵红一阵。

姥姥出来,看到陆琛和叶赛君蹲在一角吃饭,想笑又很心疼:"我回家了,不吃了。"

正当他俩感到奇怪时,大表姐追了出来:"陆琛,你丈母娘这是嫌我们家人来多了,我们走就是了!"幸好陆爸去大堂沙发那儿休息去了,不然他看到这场景,心脏又该激动了。

"我就不明白,要是你们一家人下个馆子,200块钱够吗?"姥姥一脸鄙夷。

陆琛明白了,但他能和大表姐掰扯这个吗?大表姐脸红了:

第三章 一地鸡毛

"我们是亲戚,亲戚哪计较这么多,再说谁还靠这个敛财致富啊。"

"你这话说得可真有意思。"姥姥拉开架势,打算和她好好理论一番。

叶赛君见状,立刻把姥姥拉走,小声恳求道:"妈,求求您了,您还嫌我不够累吗?咱们先走吧。"

姥姥作罢,嘟囔着:"陆琛家怎么会有这样的亲戚,真是太丢人了,连吃带拿。"

陆琛上前劝大表姐:"表姐,都怪我,别生气。"

大表姐冷哼一声:"敢情我们这是花钱来买气生啊。你妈是我姑,你是我表弟,我们有血缘关系,是一家人,你说她一个外人凭什么指手画脚?"

陆琛只好一个劲儿地道歉:"表姐,真是对不起了,您赶紧回包间继续吃,一会儿我去给您和姐夫敬酒,我自罚三杯!"

好话说尽,大表姐没再闹,总算回包间了。临走,陆琛又从吧台拿了一条400块的烟塞给姐夫,没敢让叶赛君知道。

第四章　上有老下有小

一天的迎来送往，陆琛和叶赛君彻底累瘫了，送陆爸陆妈上了楼，他们一动也不想动了，索性在爸妈这儿住一晚。叶赛君喝了一杯茶，随手拿过礼金账本看了起来："亲戚随的礼金都差不多，老大和老二都是600块，唯独这个三堂弟，这回真大方，给了1000块。"

陆琛随口说："他心里又不是没数，你没少帮他忙。"看叶赛君眉开眼笑的样儿，"瞧你那见钱眼开的样儿，这人情往来，就是收的时候开心，还的时候也挺痛心。"

叶赛君讥笑了下："谁还不知道！"她继续往下看，忍不住冒火，"这老吕真是的，他国庆节刚温了居，我给的是600，他怎么就回了200呢？"她见陆琛眯眼瘫躺在沙发上，"我说话你听到了吗？"

陆琛没睁眼，有气无力道："听到了，那能怎么办，再找他理论去?"

叶赛君气:"这些人都不看礼金账本吗?!"说着她又往下看,"想不到广徽还随了 400 块,外加一个礼盒。"

"什么礼盒?"

"你没看中午吃饭时,可儿玩的那个萌虫机器人吗?那是广徽自己的创意小制作,一个小爬虫,两只萌萌的大眼睛很可爱,可儿可喜欢了。"

"看来广徽也慢慢适应了中国式人情啊,我以为他会按国外的方式来呢!国外像温居这种事,大都送一束鲜花啊、一瓶红酒,或者一套餐具什么的,哪像咱们中国人,直接送钱,越多越好,显得有面子。"陆琛轻咳了下,"这主人看账本时,就喜笑颜开的。"

叶赛君听出他话里有话,笑骂道:"去你的!"接着她说,"大头给了 600 啊。"

"他怎么给这么多啊,吃喜面时,我给了他 400。"

"大头条件不好,拉家带口的,正需要钱的时候,有空了,你给他送回去。"

"行,仨孩子呢,太不容易。"

"物业刘大爷那钱怎么办?家里就他一人,平常人家也没什么事。"

"咱爸了解刘大爷脾气,把钱给他送回去,他会生气的,咱爸让我提两瓶老家的酒送过去。"

"行!"叶赛君越翻账本越气,"这个,他八年前搬新家,我们当时给了一套茶具和100块钱,他现在竟然又还了100块,那时酒席多少钱,现在多少钱……还有这个,人没在这儿吃饭,给了140,感情这是把饭钱扣除了吧。"

"我劝你别看了,越看越焦躁,搞得晚上失眠更难受。"陆琛劝道。

叶赛君举着账本:"看到了吗,这就是我们在朋友心中关系远近的一把尺子。"她没好气地把账本扔一边,猛地又看到了一包旺旺礼包,"这谁呀?还给了一包旺旺。"她看了眼包装,"天哪,竟然是过期的。"气得她赶紧扔进了垃圾桶。

陆琛打了个哈欠:"早告诉你了,不要看账本,你偏看。"

叶赛君平了平气:"饭店酒席钱还没结呢吧?"

"没事,我给那朋友说了,明天去结,今天太累了。"

叶赛君扫了眼朋友发来的对账单:"其他先不算,光饭店酒席钱就将近一万块呢!想想你那大表姐真有意思,一家人满满当当坐一桌,才随礼金200块。"

陆琛有些不耐烦了:"都是亲戚嘛。"

叶赛君白他一眼:"我也没说别的啊。"说着突然她从对账单上发现了问题,"不对啊,我们没有在酒店吧台拿过烟啊,我是去烟草专柜买的啊,这账单明细里怎么有一条400块的烟?"

陆琛脸红了,吞吐起来:"可能是记错了吧,回头我去问问他们。"

叶赛君感觉事情不对:"你撒谎了!说!到底怎么回事!"

陆琛不想吵架,怕爸妈听到跟着闹心,索性他便承认了:"是我拿的，送给表姐夫了。"

"为什么？"

"还不因为可儿姥姥啊，把事闹的！"

"我妈那是心疼我们，看不下去就说了两句！随200块，来一大家子，我们也就不计较了，你怎么又搭了条烟？敢情我们算是倒找钱，请大表姐一家来吃饭，最后还落得一身不是。"

"你小声点，我爸刚出院。"陆琛满腔怨气地说，"还怪我，你以为我愿意这样吗？所以，以后让可儿姥姥少管我们家的事！"

叶赛君一听勃然大怒，压着声音："陆琛，你有良心吗？我妈给了6000块，没吃你一口饭，回家自己吃方便面，告诉你，要不是我妈，咱们要倒贴钱进去了！"她用力地把礼金账本扔到他身上，"收的礼钱，不算我妈给的那份，还不到6000，你自己看吧！"说着便回了房间。

陆琛心一惊，他没想到会这么少，他翻看了下礼金账本，便臊眉耷眼起来。本来困得不得了，这一吵架，精神了好多。

陆爸见儿子提着一箱奶要出门："忙一天了，还要出去啊？"

"大头给的钱有点多，我给他送回去，正好他爸妈也来了，我过去坐坐。"

陆爸点头："对对，快去吧。"

陆琛来到大头家，他们一家人正在吃饭。一顿饭吃了快一个小时了还没吃完，不是老三拉臭臭了，就是老二把老大的书撕了，老大把他打哭了，家里相当热闹。

"不是说你父母来了吗?"陆琛没有看到大头父母。

"我爸妈回家有点事,下午刚走。"大头说。

吃完饭,大头媳妇带孩子去卧室准备睡觉了,关上门,屋里确实清静了不少。大头不好意思地笑,赶紧把沙发上的玩具和衣服全都清理到一边,让陆琛坐下,并端来一杯茶水,两人在客厅里说话。

陆琛拿出钱放到桌上:"大头,拿着,你经济不宽裕,还要养仨孩子。"

"哥,你这样就见外了,这点钱我还觉得拿不出手呢,你可别嫌少。"

"我一点不嫌少,你的情况我比谁都了解,把钱拿回去,给孩子买点好吃的。"

"这不行,咱中国讲究美德,来而不往,非礼也。"大头把钱塞到陆琛手里,"不能因为我养了仨孩子,就处处迁就我。该有的礼数得有,何况哥你帮我那么大忙,我很是感激,钱多少是我的一个心意,别不收。"

陆琛见他说得坚决又诚恳:"那行吧,我留200,剩下你拿回去。你给孩子买点好吃的,算我的心意。"

"哥,你这样让我心里不得劲儿啊。"

"你不收下,我心里才不得劲儿呢。你还要攒钱买房交首付,咱们之间就别推来让去的了。"

大头拿过陆琛手里的200块,坚决又爽快道:"哥咱俩换下,我留200,这400你拿着。就这样了,不能再推让了,不然你就是看不起你兄弟。"

陆琛无奈地笑了下："好好，依你吧。"

大头笑着随口说了起来："今天王店长在哪桌啊？我怎么没看到，还想借此敬他杯酒呢，毕竟上回那事，他也帮我说了句公道话。"

陆琛端起茶杯："他没来，我没给单位任何人通知，他不知道。"

大头迷糊了："可我在酒店看到他了，还和他打招呼，他问我在这儿有事啊，我说我是来参加琛哥的温居宴。对了，他旁边还有一个女的，哦，他叫她夏老板。"

陆琛知道那是夏虹，他神色恍惚了下，听到这些自然心里有些不得劲，很快他回过神来，云淡风轻地"哦"了声，暗想："这王兵和夏虹，这俩人在搞什么事情？"

"我想王店长一定有事抽不开身。"大头觉得自己的无心之话，给陆琛添了堵，便起身给陆琛杯里续热水，并赶紧岔开话题，"我爸妈来了，能帮我们带带孩子，这样我媳妇也能出去工作了。孩子一天天大起来，用钱的地方多，最主要的是赶快攒钱交个首付，你说是吧，琛哥。"

"对对，你这么想算是明白人，我买我们那房子，真是深有体会——看一年房，涨一年价，盼一整年能降个价，临了，"他拍了下手，"还是涨价，所以甭指望房子降价，趁早买，你们准备在哪儿买房啊？"

"前两天这房东说，他打算把这房卖了，我们打算留下，哥你觉得怎么样?"

"行啊,这位置不错,生活条件便利,离医院、学校也都挺近的。"

陆琛这么一说,让大头顿时有了迫切的紧张感:"那我们得赶快凑些钱了,说不好哪天人家房东就要赶我们走了。"

陆琛不禁动了恻隐之心:"首付你还差多少?"

大头抓了抓头皮,窘迫道:"首付差不多要二十多万,我存款没多少,真是差的不是一点半点。说实话,我爸妈这次回家,就是去筹钱了。"

"我日子也好过不到哪里去,也有房贷,借不了你多少,救救急,五万吧,你先把首付款凑齐。"

大头感动得快要掉泪了:"谢谢哥,我都不知说什么好了。"

"不用谢,没借你多少,再说谁没有点难事儿啊,把房子买下心里就踏实了。"

"是啊,不用担心哪天老婆孩子流落街头了。"大头叹了口气,"都说大城市好,来了才知道根本没有说的那么好,可,可也回不去了。"

陆琛对此感同身受,从本质意义上讲,他和大头都是失去家乡而又永远无法抵达远方的人。

他从大头那儿回来,看到陆爸还在等着他,一进门,就听到陆爸问:"扣扣这孩子,这段时间生活得怎么样?你和她有没有联系?我还挺挂念她的。"

第四章 上有老下有小

陆琛还是报喜不报忧："还不错。"

陆爸脸色大变："别骗我了，我住院时，怎么听说她不在医院工作了？"

陆琛惶然，虚张着嘴不知该怎么说了。

陆爸急了："你给我说实话，这孩子到底怎么了？咱不能对不起苏医生啊，他是咱们家的大恩人啊！"

"爸，我没对不起苏医生。"陆琛觉得没必要隐瞒了，于是干脆实话实说。

陆爸听完了，也感到意外："要当歌星啊？"

"有时间，我们一起听她唱歌。"

陆爸摆摆手，讪笑着："我和你妈听了一辈子猪嚎叫，让我们听音乐，这么高雅的事，实在不在行。"

陆琛跟着笑。

陆爸思量着："不当医生挺可惜的，不过有梦想也不是坏事。怎么实现歌星梦，我真不懂。你呢，多帮帮她，没了爹没了妈，咱不能不管这孩子。"

"行，我知道了爸，时候不早了，睡觉吧。"陆琛回到卧室。

叶赛君气还没消，拉过被子赌气地转过身。陆琛开始向老婆道歉，他知道赛君最怕有人挠她腋窝痒痒肉了，一挠就笑。看着老婆笑了，接受他道歉了，他也开心了。

叶赛君要睡了，可是见陆琛还不睡，在那儿摆弄着手机，便坐起身扫了一眼手机屏，接着瞪大了眼："你登手机银行干什么？"

陆琛讨好地笑着："老婆——"

| 免俗 |

叶赛君头皮发紧,一看他这副样子,就知道准是又答应借给朋友钱了:"又见不得人遭难了?陆琛,你不是大富豪,你借出去的钱,有几个往回还的?"

"老婆,这次不同,这次是借给大头。我刚才去他家了,他租的那房子,房东要卖,他想买,先救急凑个首付款,就借给他五万。"他亲昵地抱着叶赛君,"我老婆比我还心善,一定见不得别人流落街头。"

叶赛君气得无可奈何:"我真是烦你了,每次都来这一套!"她郑重道,"陆琛,你能不能以后别再这样了,你考虑考虑自己的经济条件!你要是大土豪,随你怎么发你的善心,我都不管,可你毕竟不是啊!现在我们上有老下有小,双方父母都老了,时不时地就要往医院跑,一进医院,钱花得如流水,到时你拿不出钱给老人看病,那才真是丢人丢到家!"

"我知道,这不就是救急嘛。再说大头上次还去医院帮我们陪护,现在人家有难了,咱不得多少帮下,还个人情吗?"

"我知道大头是好人,可你看了吗,那银行卡上的钱就只剩下五万了。"

"我记得有八万的吧?"

叶赛君简直要抓狂了:"什么脑袋啊,你仔细看看!"

陆琛一看果然是,有些傻眼了。

叶赛君蹬了他一脚:"我看你怎么办?!"

"我来想办法吧。"

"陆琛,我告诉你,这也就是大头,要换个别人,我坚决不让

第四章 上有老下有小

你往外借钱。还有,以后不能再这样了!"

"行,我保证这是最后一次借钱了。"陆琛关掉灯,嬉皮笑脸地把叶赛君搂进怀里。

叶赛君没有心情:"别闹了。"她心事重重道,"咱妈怎么办?老寻死觅活的,咱得想想办法啊。"

陆琛凉了热血,叹了口气:"是啊,该怎么办呢?"他手枕在头下,"咱爸知道了苏扣扣的情况,知道她不在医院实习了。"

叶赛君"嗯"了声。

陆琛想了起来,他想说大头在酒店里看到王兵和夏虹了,话到嘴边,又咽了回去。两人一脸惆怅地瞪着无尽的黑夜……

第二天早上还没到六点,陆琛和叶赛君都没起床呢,叶赛君听到有人敲门,便推着叫醒陆琛:"陆琛,醒醒!"

真是吓怕了,陆琛以为爸妈又出什么意外了,猛地坐了起来,急忙问:"爸妈怎么了?!"

叶赛君想笑又笑不出来:"不是爸妈,我听着外面有人敲门。"

陆琛松了口气:"谁啊?这么早。"说着打了个哈欠。

这时他们听到,早起来的陆爸去开了门。

两人凝神静听:"听说话声音,像是我二舅。"说着陆琛便赶紧穿衣服。

"二舅?昨天不刚来了吗?"叶赛君思忖着,"是不是落什么东西了?"说着她也赶紧穿衣服出去。

原来二舅没落东西,是来借东西的,他窘迫道:"昨天亲戚太

| 免俗 |

多，我没好意思张嘴。"听到这儿，陆琛和叶赛君心里都"咯噔"一下，现在他们一听"借钱"就发怵。二舅继续说："昨天不是收了一笔礼金吗？能不能借我一下？"

陆爸一听，担心起来："出什么事了？"

二舅赧报一笑："没出什么事，涛子娶媳妇时花老鼻子钱了，欠了些债，人家催着要来着。"

陆爸点了点头，接着注意到二舅头上："你这是干什么去了，头上怎么还有干草？"说着帮他拿下来。

"我想着第二天还得坐车来，就找了个公园凑合了一晚上。"二舅说着拍了拍膝盖上的土。

"你说你！来家里住就行啊！"陆爸责怪道。

陆琛和叶赛君相视一眼，他们知道二舅担心他们今天把钱存银行里，所以一大早堵上门来。

陆琛问二舅："二舅，你需要多少？"

二舅啜嚅道："昨天我听说，不是收了一个数嘛。"他心事重重，双手来回地在腿上摩挲着。

叶赛君难为情地忍不住说道："是啊二舅，昨天是收了一个数，到现在陆琛还没去饭店结账呢，光饭店都要支出快一万呢。"

"这么多钱啊？"陆爸睁大了眼。

二舅想了想："确实，陆琛太要面子了，好烟好酒好饭店，看那饭店多高档，哪哪都铺着红地毯，上个厕所还有人递毛巾，更别说那饭菜了。"

陆琛看了下表："赛君，叫可儿起床吧，再做点饭让二舅在这儿一块儿吃。"

"行,我去做。"叶赛君说着,表情沉重地看了眼陆琛。

陆琛当然明白叶赛君在想什么,昨晚刚答应借大头五万,现在二舅又来借一万,虽然钱不多,但确实让他们挺为难的——爸妈刚从医院里出来,住院费、医药费花了快六千块,房贷,孩子上学,柴米油盐,人情消费,日子过得也挺紧巴的。但看二舅瑟缩为难的样子,他心有不忍,咬了咬牙:"今天本来要去饭店结账的,二舅,你先拿去。"说着从包里拿出一万块钱。

"你饭店还没结账,要不我少借点,剩下的再去别处借借。"二舅推让。

"不用不用,二舅你拿着吧。"

叶赛君全听到了,她有些不高兴,觉得陆琛连商量都不和她商量下,一人就决定把钱借了,饭店的酒席钱怎么办?另外,她本来想着还给可儿姥姥温居给的那六千块。

陆爸对二舅说:"陆琛让你拿着,你就拿着吧。"说完他看向陆琛,"当年我买这房子,也借过你二舅的钱,亲戚就是要互相帮衬。另外酒席的钱我出,你们还要还房贷,这次我和你妈住院,都是你们掏的钱。"

陆琛哪能让爸爸掏钱:"不用,爸你别管了。"

热汤热饭吃完,二舅拿上钱心满意足地走了。

陆琛当然看出叶赛君不太高兴,但大早上当着父母面,不想说破这事,两人眼看时间紧迫,便赶紧忙活着送可儿上学,一路上当着孩子的面,叶赛君也不想和他吵。

| 免俗 |

送完可儿后,两人开始短兵相接了。陆琛见叶赛君还冷着个脸:"钱还没焐热就没了,不高兴了?"

叶赛君不搭理他。

"二舅有难处了来借钱,总不能一分不借吧?"

叶赛君气呼呼,像上了膛的子弹:"你眼里有我吗?你都不和我商量下!"她冷笑了下,"也对,往外借五万都没和我商量下,更别提这一万了。你别忘了,你借出去的那一万的礼金里面,有一多半是我妈给的!"

"你什么意思?"

"没什么意思。"

"你为我想过吗?二舅昨晚没走,在公园里猫了一晚,借钱这事有多难为情,这我不用说了。他这么大年纪了,我这当外甥的总不能一分钱不借就让他这么走了吧?况且二舅以前对我们家也有帮助,我心狠不上来!"

"陆琛!你第一天认识我吗?说得我就像冷血无情似的!我从来没说不能借给二舅钱,旁人外姓都能借,何况自己的亲舅!我只是觉得你该问一下我,我本来打算把我妈给的六千块温居钱还给我妈!还有,今天我一块儿说了,你从来都没关心过我妈!比起我这做儿媳妇的来,你这女婿当的不称职!"叶赛君很气恼,越说越气,从钱上吵到对父母的态度问题上。

"我怎么没关心你妈?前段时间我开车两小时,带你妈去看话剧,书店里看到了不错的诗歌集,也想着买来给你妈……"陆琛觉得委屈。

第四章　上有老下有小

"早上你爸给你钱,你不要,那你凭什么要我妈给的那六千块?!父母都是一样的,我妈退休金也不多,平时还要吃药什么的,那些钱也是省吃俭用攒下来的!"

陆琛很冤枉:"我没想要你妈的钱啊!"

叶赛君昂头回击道:"可你也没打算立马还回去!"

陆琛恍然,又失望又生气:"我明白了,你是觉得我爸该出这饭店的钱,对吧?"

叶赛君也来气了:"陆琛你讲不讲道理,我那么说了吗?"

"我都这么大人了,好意思伸手花老人的钱吗?"

"不好意思,你就在外面少逞英雄!打肿脸充胖子你还上瘾了!"叶赛君见陆琛还要辩白,"行了,我不和你吵了,最该气的就是咱们太穷了!"说着她晃了下手里的银行卡,"一会儿我转账给你一万,你赶快把饭店的钱结了。父母的钱咱都不要,我把我妈那六千也还了。要借给大头的钱,趁这机会,你把以前借给那些朋友的钱都给我要回来!有的五六年了,也该还了吧?"

"人家有钱了能不还吗?看来还是没钱。"

"你那都是些什么朋友?都拿你当傻子的吧?有个叫强子的,用着最新款的苹果手机,时不时地吃个大餐,这样的,还差你那万把块钱啊?你不去要,人家怎么想得起来你的这点小钱?"

陆琛皱眉苦着脸。

"你不好意思要,我去要!"

"好好,我去我去。"陆琛怅然而又无可奈何。

叶赛君抬头一看:"到了到了!"车子已经开过幼儿园门口

213

| 免俗 |

了,她忍不住还是提醒道,"你路上开车小心点。"

叶赛君被陆琛气得有些胃疼,刚进办公室,就赶紧吃了片药。老园长来了,见她脸色不好看:"赛君,你怎么了?身体不舒服吗?"

"没事。"她赶紧做出精神饱满的样子,帮园长倒了一杯水,"我正想和您说下小尹老师那件事。那孩子的爸妈已从上海赶来了,我和他们约定好九点见面。"她在医院里见小尹老师郁郁寡欢,决定一定要查明事情真相,谁的错就谁来负责。她查看了一些监控视频,向同班老师及小朋友了解了一些情况,觉得打人的那位老人确实误会了小尹老师。她主动联系孩子家长,并把情况一一告知。

"好,这件事情一定要处理好,不要矛盾激化,不要委屈了任何一个人,有理说理,有问题解决问题,我们都是为了孩子。"

"放心吧园长,我会处理好的。"

"那行,我先去局里开会,有事打电话给我。"

"好的园长。"园长刚走,叶赛君就接到那位家长的电话。

医院里。这两位家长来看望了小尹老师,并替老人致以歉意。看得出他们也都是知书达理的人,意识到隔代教育确实存在很大问题,他们也很头疼老人如此袒护溺爱孩子,非常赞同学校老师的做法,让孩子学会自己的事情自己做。又说到脱外套的事,他们问了孩子,原来是孩子口袋里有奶奶给他装的夹心饼干,他担心脱了外套,饼干会丢了,所以死活不脱……

"总之是误会了小尹老师,再一次向老师表示歉意。"孩子爸爸很不好意思。

妈妈拉过小尹老师的手:"真是对不起,让你受委屈了。"

小尹老师动容地眼含热泪:"没事没事,知道我不是个坏老师,我就很开心了。"

"你们放下工作,从上海赶来,也感谢你们的诚意和理解,我代表学校向你们表示感谢。"叶赛君由衷地说。

"哪里哪里。叶副园长,您太客气了。"孩子妈妈说。

叶赛君真诚道:"我多说一句,孩子现在是成长关键期,父母的陪伴不可或缺,要尽量多给予孩子爱和温暖。"

孩子爸爸很赞同:"您说的对,这次我们决定了,不论多么困难,都要把孩子带到身边,看着他长大。"

"孩子要转学了?"叶赛君问。

"是啊,教育不好孩子,赚再多的钱有什么用?这次回来,我们把孩子带走。"孩子妈妈口气里带着自责。

叶赛君点点头:"父辈对孩子的那种疼爱,我们都能理解,老人吧,就觉得别的孩子都是父母在身边,所以她就想加倍地给孙子更多的爱,其实这已经是溺爱了,对孩子成长不利。况且父母的爱,是无可替代的。"

孩子爸妈听了叶赛君的话,连连点头。正在这时,奶奶带着孩子也来医院了,奶奶真诚地表达了歉意,并让孩子送给老师一枝花,孩子奶声奶气道:"希望小尹老师开心起来!"

误会终于涣然冰释,有着风过云流、春来花发般的美好,灿亮的阳光扑进窗,病房里充满了阳光和欢乐。叶赛君觉得一切真美好,瞬间她的心情也跟着好起来。

早会前,陆琛巡视完整个卖场,正要去会议室开会时,在楼梯口遇到了王兵。

王兵严肃地批评道:"你可算来了!"

"店长,真是对不起了,最近家里事太多了。"陆琛一脸赔笑地承认错误。

"太影响工作了!下次注意!"王兵四下里瞧了眼,看没别人,就换了副脸色,开始不露痕迹地说重点,语气柔和起来,"陆琛啊,自从上次和你吃完饭,我觉得苏扣扣像变了个人似的,对我这朋友客气又疏远,让人真不得劲儿。"

陆琛装作不知道:"是吗?最近家里事多,我也好几天没见她了。可能上次被弟妹碰到,让她觉得不能给你惹麻烦吧。"

王兵诡笑了下:"行吧,也可能是那阵势真的把她吓着了。"顿了下,他阴阳怪气起来,"我就是喜欢她那性格,和她在一起好玩、开心。我们本是忘年之交,什么事都没有,最怕有人在中间搅浑水,弄得大家都挺尴尬的。"正当陆琛不知该怎么接话时,王兵的手机响了,他往前一步接听电话。

陆琛暗想:"把自己的龌龊想法说得如此清新脱俗,真是让人恶心!"他也直骂自己没用,只能在心里暗撑上司,不敢骂出来。

王兵接完电话,陆琛赶紧岔开话题:"我这几天请假,多谢店长担待,今晚我请你吃饭。"

"没空,夏虹约我吃饭。"接着王兵明知故问,嘴角隐现一丝嘲笑,"她没叫你吗?"

"没有。"陆琛大方干脆地说。

"那一起吧!"王兵得意尽现。

陆琛看着王兵惺惺作态,连连摆手:"不了不了。"

两人一起走向会议室,陆琛暗暗思忖,看来以后夏虹就绕过他这个经理,有事直接找王兵拍板了。她攀上一根粗藤,倒是省了他不少麻烦,可仔细咂摸一下,心里多少不是个味儿,有种被抛弃、被忽视的感觉。真是被麻烦惯了,一下子不来麻烦了,多少还是有些不习惯。这么想着,陆琛不禁苦笑了下。人其实就在麻烦与被麻烦中,你来我往中增进感情,体现彼此价值。

和陆琛预料的一样,早会上,王兵就他请假一事,当着同事的面,狠狠地毫不留情地批评了一番,那惨烈场面简直就是直接把他架在火上烤。陆琛攥紧拳,他很想给王兵一拳,再指着他鼻子大骂:"你有什么呀!一没过人的才能,二品行极为不端,不就是靠着岳父才当上这店长的嘛!你牛什么牛啊!"可他最终还是憋屈着,没有拍桌子潇洒帅气地直接走人,仿佛一过三十岁,几乎要把"忍忍算了"这几个字用加粗字体写到脸上。

散会后,小张替他抱屈:"他要是这么骂我,我早就拍桌子走人了!此处不留爷,自有留爷处!"

陆琛苦笑了下,什么都没说。二十二岁的小张理解不了而立之年的憋屈与无奈,中年人也是分分钟想辞职的,可又分分钟被现实打击得不敢动弹。上有老下有小,有车有房有贷款,是可以

| 免俗 |

往死了骂的,往痛了捶的。他们像一块软塌塌的抹布,存得住苦水,插得住毒针,完全被生活扼住了喉咙,自然深知成年人的责任比脸面更重要。

幼儿园小朋友的转学手续当天就办好了,终于空出了一个名额,叶赛君便向老园长求情,把这名额留给了三堂弟家的孩子。办完这件事,她心里像一块大石头终于落了地,让她轻快不少。她赶紧给陆琛打电话,让他转告一下三堂弟,电话却占线,是陆琛正给苏扣扣打电话,想请她来家里吃顿饭。

"我爸妈都挺惦记你的,一直想请你来家里吃顿饭。"

苏扣扣不想去,不想看到陆妈,一看到她,那些名为"难过"的触角,就在她心中四下里扎。她毫不犹豫地拒绝了,只是没像以前说话那样冲了:"谢谢长辈的心意,我最近没空。"她胡乱搪塞过去。

陆琛发现她的态度温和了一些,不再刺刺的,这让他感到欣慰:"那好吧,另外我打算找位好的音乐老师,来帮你指点下。"

苏扣扣平静地应声:"谢谢,没什么事了吧?"

陆琛难为情道:"这几天我太忙了,没顾得上问你,关于上海陈教授那边,我们没给你添麻烦吧?"

"没有。"

"那就好。"陆琛拿捏着分寸,"我给你转点生活费吧,还有你生活中需要些什么,告诉我,我从超市里直接买了。"

"不需要,没事我就挂了。"苏扣扣挂断了电话,她觉得自己像是靠爸爸的命来换钱，如寄生虫一样。

陆琛生怕她会多想，把关心当成浅薄的同情，最后还是出现了这样的结果。他有时真的会把她当成走丢的灵灵，想给她家人般的爱和保护，不知妹妹现在何处，过得好不好，如果妹妹遇到了难处，相信也会有人像他一样给予关心和帮助吧。

叶赛君的电话终于打了进来，陆琛听说后，赶紧把这好消息告诉三堂弟。他不禁又想到了小卷毛上学的事还没着落，叶赛君便打趣他："你操的心真多，快赶上联合国秘书长了，还有大头那五万块，我看你怎么办！"

陆琛嘿嘿一笑："都是朋友嘛，活着就图个人味儿。"

下班路上遇到了时广徽，陆琛问起学校的事。时广徽说，他公司合伙人托朋友帮他寻了一条门路，陆琛建议还是先等等那边的消息再说，因为求人办事，不是越托的人多越好，都各找人情关系，会越托越乱。他想起了一件事，有朋友四下撒网，托了很多朋友去派出所捞人，本来差不多能办取保候审的，可是各路关系和人情都涌到领导这边。领导光接各种人情电话就接烦了，彻底怒了，吩咐手下人，赶紧把人关进去再说！

这个周末，陆琛一家三口回爸妈那儿吃饭。小区里的电梯投放了新的广告，三面墙，左边女人整容，右边男人植发，中间孩子补课，简直中国式家庭的真实写照。陆琛一家三口刚好站在对应的位置上，很是应景。叶赛君很郁闷："本来累一天了，回家坐个电梯还要被贩卖焦虑。"

| 免俗 |

陆琛不禁调侃道:"地上再来个中老年保健品,整个'焦虑全家桶'啊。"

陆可儿一听"全家桶",眼里有了神采:"我要吃肯德基全家桶。"

"就知道吃,这个月测评卷考多少啊?"陆琛刮了下她鼻子。

"可儿,学习上你可不能松懈啊,今晚好好整理下错题本。"叶赛君提醒道。

陆可儿要抓狂了:"你们知道吗,妈妈长皱纹、爸爸掉头发都是唠叨出来的。"

两人哭笑不得,电梯开了,他们笑着追打陆可儿。

吃饭时,陆爸拿出了三万块钱,非让他们小两口收着,知道他们最近花了不少钱,还要还房贷。陆爸说:"都是一家人分这么清干什么,我知道,过日子人情世故也是一笔不小的开销。老话说,'人情不是债,急时把锅卖。'该挡的人情就是自己不吃不喝,也得挡过去。"

叶赛君觉得暂时借用,过渡一下也好,可陆琛当即便向她使眼色,不让她接受老人的钱,并哈哈笑着:"爸,我们有钱,您快收起来吧。"

从父母家回来,叶赛君有些不理解:"我们就只是暂时借用一下,又不是啃老。"

"这你不懂,我不想给父母添麻烦,这样只会让他们更加担心。"

既然这样,叶赛君只好催他赶紧向那些朋友讨债去了,正如她所预料,结果一分钱都没要来。一进门,陆琛耷拉着脑袋:"听他们一说,个个过得比我还惨,我实在张不开嘴要钱啊。"

"是让你去要债,你看你那样子,倒像是去借钱。"叶赛君横眼看他,不放心地问,"你没头脑一热,又许诺借给人家钱来吧?"

"都没钱了,拿什么借?"

叶赛君想了下,建议道:"要不然咱们少借点给大头。"

"我话都说出去了,你让我怎么收?大头在这个城市没几个朋友,咱尽量帮帮人家,谁都有难处不是。"

"打肿脸充胖子!"叶赛君气得不想和他说一句话,端起桌上的水果,拿到厨房给可儿榨果汁去了。

陆琛伸了个懒腰想看会儿电视,隐约听到书房有游戏声,便轻轻推开门,一看让他有些上火:"陆可儿,好啊你玩游戏,写完作业罚你干家务!"

"爸,我就再玩一会儿。"陆可儿央求道。

"不行,赶紧学习!"

"妈妈训你,你把火气都撒我头上了,这公平吗?"

"你作业没写完就玩游戏,不该说你吗?"

"我说了,就一会儿还不行吗?"陆可儿冲老爸嬉皮笑脸,"通融下。"

陆琛毫不犹豫:"没二话,赶紧写作业!"

陆可儿眼见无望:"好,这可是你说的,你可别后悔啊!"

"笑话,我有什么后悔的。"

| 免俗 |

话刚说完,只见陆可儿抻长脖子,扯着嗓子冲门外大喊:"妈,我爸有钱,他藏私房钱了!"

陆琛惊慌了:"你怎么知道的?"他赶紧捂住她的嘴,"我的小姑奶奶,别嚷嚷,明天我给你买哈根达斯冰激凌!"

"晚了!"陆可儿吐了吐舌头。

叶赛君听到,火速跑到了书房:"钱藏哪儿了?"

陆可儿毫不留情地揭发道:"君子兰花盆底下。"

叶赛君果然从花盆底下翻出了钱:"好啊你陆琛,还藏私房钱!"她数了数,"六百块,说说吧,你藏钱干什么?"

"打算给你买礼物送惊喜的。"陆琛搔了搔后脑勺。

陆可儿提醒:"妈,别信。"

"不用你说,我才不信,除了惊吓,哪儿给过惊喜?"

陆琛苦笑了下:"我这不正悔改中嘛,就被你发现了。"

"快说,你藏钱到底干什么?"叶赛君声音提高了八度。

陆琛见形势严峻,便只好实话实说:"就是和朋友吃吃饭什么的。"

"没收了!"叶赛君把钱装进了口袋里。

陆可儿看着老爸一脸痛苦的样子,她得意地冲他扮鬼脸。

只听叶赛君边走出书房边盘算道:"正好明天给可儿买些练习题做,各科的都买些,可能还给个批发价。"

陆可儿一听,惶然地张大了嘴。

轮到陆琛幸灾乐祸起来:"对,可儿你要好好学习,别像你爸似的,赚不来大钱,没出息地还藏私房钱。"他坏笑着拍了拍女儿肩膀,"加油哟。"

"你们怎么这么讨厌!"陆可儿托着下巴噘着嘴,一副生无可恋的样子。

孩子睡了,衣服洗了,紧张忙碌的一天过去了,叶赛君终于可以放松一会儿,等陆琛洗完澡,她也想在浴缸里泡个澡。

"泡个花瓣浴多美呀,唉,家里也没有什么花。"

"有葱花要吗?"陆琛擦着头发。

叶赛君给她一白眼:"再撒点料酒、孜然、十三香,对吧?"

"那真是香喷喷的!"

"去你的!"陆琛出去了,叶赛君美美地泡着澡,想起了夏虹,便想和她诉诉这几日心中的苦。

"这几天真是郁闷,公婆住院,亲戚都来医院看望了,没想到他们想一块儿帮我们温居。"

"啊,你们办温居宴了啊,怎么没通知我呢?还拿不拿我当朋友了?"

"我们谁都没通知,本来我们就不愿意办,都是些公婆的亲戚。重点不是这个,我要说的是,我们刚收了一万块礼金,饭店的钱还没去结账,陆琛他二舅第二天一大早就堵我们家门口,要借走这一万。"

"老话说得对,富不还乡,穷不走亲。所以我们从不回老家,也切断和那些穷亲戚的来往,他们可是个个都张着血盆大口,吓人得很。"

"最让我头疼的是，陆琛又许诺借给别人钱了。"

"之所以那么多人爱向你们家借钱，就是陆琛太傻了。这年头谁还往外借钱，都是有去无回的买卖。再说这都什么年代了，他身上怎么还有江湖老大哥的习气，幸好他不是大富豪，要不然非得被人借空不可。"

陆琛听到她们的聊天了，坐不住了，一下子进到卫生间，一脸怒色地比画着让她挂掉电话。挂掉之后，她有些不解："怎么了？"

"你跟夏虹聊这些干嘛？她只会暗暗笑话我们！"

"你偷听我们聊天？"

"我还用偷听啊，聊得那么欢，声音那么大。"

"她是我朋友，也是你朋友啊，我向她诉下苦怎么了？"

"还朋友，你可拉倒吧！人家根本没拿你当回事！"

"凭什么这样说，她就是有点千金小姐的毛病而已，我觉得我们关系还不错的。"

陆琛一脸鄙夷："我一直没告诉你，上回我们办温居宴，夏虹和王兵也去那酒店吃饭，只是没有包间了，被我们都订没了。大头正好认得王兵，随口说了我们在那儿办温居宴，当时夏虹就在跟前！王兵不来我不怪，夏虹自始至终就没问过我们一句。刚才电话里，她还怪我们，这不倒打一耙吗？"

叶赛君愣住了，倒吸一口凉气，不知该说什么。

"我摊位帮她调了，她也笼络住店长了，我实在没用了。她这人就是用着你靠前，用不着你靠后，你还拿她当真朋友？在她眼里，只有永远的利益，没有什么朋友情谊。我们和她是有阶层之分的，她不会和我们平起平坐，她理解的朋友，只是分有用的和待用的，这就是夏虹！"陆琛激动地一气说完，末了想起来了，"对了，他还说我傻，我这叫活得有人情味儿，她呢，成了金钱的奴隶！"说着，他悻悻转身要走。

叶赛君幽幽地说道："我们成了人情的奴隶。"她深深吸了口气，一下子沉入水中，她这才知道，原来夏虹轻薄了她们之间的这份情谊。而她是那种重情感性的人，对待朋友的心意，一如明月松间的青石流水，如少年一般，不带功利之心，所以和夏虹认识这么多年，她没有向她开口借过钱，求过什么帮助，可还是被对方看轻了。她从水里冒出头来，大口大口地喘着气，一下子，她释然了——轻就轻吧，也没什么大不了的。

这时陆琛进来了，还端来两杯红酒，递给她一杯："这年头谁还没有个塑料花友谊啊，来，干杯！"

叶赛君笑了："好，为我们的塑料花友谊干杯！"

喝完酒，她吹干头发，正要去睡觉，突然想起手机该充电了，于是去包里拿充电器。当她拉开侧兜时，突然发现里面有三万块钱，还有一张纸条，原来陆爸把钱偷偷放在包里了。她看着纸条上的字："赛君，我了解我儿子，他不想给我添麻烦，怕我担心，就自己逞强。可过日子哪那么容易，万一有个急用还能顶一顶。当父母的最不想看着自己的孩子作难，我和你妈很知足了，有你这么个好儿媳妇，你们把日子过好了，我们就踏实了。另外，别说这钱是我给的。"

| 免俗 |

叶赛君鼻子发酸，眼眶红红的。天底下最无私最伟大的莫过于父母的大爱了，他们总是先子女之忧而忧，后子女之乐而乐。这时，她听到陆琛在叫她，她赶紧擦擦眼泪回房睡觉了。

这几天里，陆琛最怕遇着大头或者他来电话，看样子，他倒像个欠钱的了。叶赛君打算先不告诉陆琛那三万块钱的事，借此机会让他去要要那些陈年旧账，当然她对此一点也不抱希望。至于那三万块钱，她想好了，就说是时广徽借给的，再从他们卡里拿出两万，正好能帮大头凑齐五万块。

叶赛君见陆琛抓起钥匙出门，便刺挠道："你卖肾去啊？"

"肾先留一留吧，还有几个朋友那儿没去，我再去要要看。"

叶赛君来气了："陆琛，你到底往外借了多少钱啊！"

"不多，我又不是大老板，挣的钱有数，还能借多少？"陆琛说着门关走了出去。

叶赛君掐着腰对着门咬牙切齿。陆琛说的倒是实话，工薪阶层，不买不卖的，没有什么副业，一月到手的钱都是有数的，但是要问他借朋友的钱都从哪里来，答案就是他炒股所得。那两年股市行情还不错，赚了些钱，叶赛君呢，对股票不感兴趣，所以不闻也不问。

叶赛君想着要出去透透气，排解下心中郁闷。天有些冷，路过一家咖啡店，她便进去买杯热咖啡喝，恰巧遇到了时广徽，原来他在这儿相亲。

见到叶赛君，时广徽无奈地笑了下："没办法，我得顺着我妈的意思来。"

叶赛君笑着说:"理解理解。"

"一会儿能不能帮个忙?"

"你说。"

"等女方来后,差不多五分钟你就给我打电话,我好借口离开。"

叶赛君迟疑着:"这行吗?再说我打电话说什么呀?"

时广徽想了下:"就说公司有急事,要我回去处理。"

叶赛君挖苦道:"想不到啊,你挺会耍滑头的嘛。"

时广徽求饶地一笑。

叶赛君坐到了靠窗的一张桌前,以助时广徽顺利逃脱。

万万没想到,她还没打电话,女方电话竟然先响了起来,之后,就是人家先他离去。一脸挫败的时广徽坐到了叶赛君桌前,两人相视一眼,都忍不住笑了起来。他给赛君点了一份甜点,给自己重新换了杯咖啡,他关心地问:"你的胃没再不舒服吧?"

"还好。"

"我听同事说起过一个食疗方法,很养胃,回头我让他把方子写给我。"

"真是谢谢了。"

"这段时间,你和陆琛真是够辛苦的。"

"而立之年嘛,上有老下有小,肩上扛着责任。"这时窗外有一群风华正茂的学生,他们书抱胸前,说笑着结伴同行。叶赛君看向他们:"真是什么样的年龄,看什么样的风景。就像青春的他们,眼里只有诗和远方,而我们,就只剩柴米油盐了。"

"是啊,青春真好,突然好想回母校去看看。"

"是啊,我们老是说,可都忙得定不下时间。"叶赛君想了下,"看哪个周末适合,我们大家一起去吧。"

"好啊!"

这时,叶赛君看到时广徽包里带了本书:"你经常看书啊?"

"有时间就翻翻,习惯了。"

"真好,我都好久没看书了,真是惭愧。"

时广徽回想:"记得上学时你特别爱看书,看的全是言情小说吧?"

"是,有次上课还偷着看呢,被数学老师发现罚站,还把我写的小说扔到窗外。"叶赛君说着说着笑了起来,现在她能风轻云淡地讲这件事,可当年对她来说,是一件很痛心很羞辱的事。

时广徽帮她回忆:"我记得那次陆琛让我帮他放哨,他把数学老师的自行车座位给卸了。"

叶赛君已是笑得直捂嘴:"没一会儿,就传来老师那震耳欲聋的咆哮声——'谁干的?!'这魔性的咆哮声久久回荡在我耳边。"

"当时他气得假牙都掉出来了。"

"对对,"叶赛君笑得眼泪都出来了,"咱们数学老师当时可是很宠你的,你还帮着我们一起对付他。"

时广徽轻笑了下,心想:"因为当时我也喜欢你。"这话他不能说出口,他只好说:"我觉得老师不该扔你写的小说。"

叶赛君收起笑,叹了口气:"我现在也成了一名教育工作者,倒是真能体会到当年老师的一片苦心了。"她喝了口咖啡，"我的糗事全被你说出来了，在你印象里，我是不是就是个学习一般、还爱看闲书的学生。"

时广徽猛摇头："不不，你是个文艺女青年，你喜欢拿着本书，靠在咱们学校的那棵大合欢树下看。"

"对，特别是当它开了花，我就喜欢在树下看书。"叶赛君回想着那棵开花的合欢树。

"让我印象最深的是，夕阳西下，合欢开着花，你一身白裙在树下看书，衬着周围一切都很静美。"

叶赛君托腮神往："被你说得可真美，不知道的，还以为你是个浪漫诗人呢。"

爱能激发人的诗性。时广徽不以为然地笑了："我是实话实说而已，青春时光本来就是美好的。"大概从那时起他开始注意她，喜欢她。她在树下看书，看风景的人远看着她，书装饰了她的梦，她装饰了别人的梦。

似乎这梦又回来了似的。

叶赛君苦哈哈地煞起了风景："我们都回不去了。"

时广徽开玩笑地问："假如要是回去了，你会选择另一种人生吗？"这是一个没有任何意义却令人深思的问题。

叶赛君陷入沉思，喃喃地像是自问："为梦想而活吗？"正深入地思考时，一人端着咖啡路过她身边时，不小心溅到了她身上，她猛地恍如梦醒！

一块暗黄色咖啡渍在珠白的衣袖上，甚是醒目刺心。

229

"对不起。"路人小心地道歉。

"没关系。"叶赛君虽然内心里很介意,但也只能无所谓地说"没关系",就像梦想早被现实肆无忌惮地碾轧成灰,梦想还要大度地说"没关系",实际上,现实连声"对不起"都不会说。

时广徽赶紧递给她纸:"擦一擦,别担心,用苏打水就能洗掉。"

"没事儿,救不回就救不回吧。"叶赛君内心感慨着,人生这条路,遗憾的事情总是太多。

一时间两人静默下来,好像不知说什么了,叶赛君便随口说了句:"你脸上的伤,倒是一点也看不出来了。"

时广徽无奈地笑着摇了摇头:"千万别提'苏扣扣'这三个字。"

"我招你惹你了?!"突然一个清脆的声音从头顶传来。

他们抬头一看,竟然是苏扣扣。时广徽一脸愕然:"你怎么在这儿?"

"关你什么事!"苏扣扣准备去酒吧唱歌,路过来这儿买杯咖啡。去酒吧唱歌,一能练歌,二能赚点生活费,她等咖啡有一小会儿了,一直瞅着他俩在这儿说说笑笑。

叶赛君见她化着浓妆,衣着打扮得有些妖艳,便不放心起来:"扣扣,这大晚上的,你是要出门还是准备回家啊?"

"我出门。"

"你要去哪儿啊,安不安全?"

"我又不是小孩儿了,当然可以。"苏扣扣拿到咖啡了,说着她推门出去,"你们继续聊吧。"

叶赛君还是不放心,想追出去,时广徽笑着劝她坐下:"不用担心她,她比谁都厉害着呢,你就放心吧。"

叶赛君叹了口气:"我们欠了苏医生天大的恩情,真是恩情难报。"

时广徽体谅地点点头。

叶赛君突然想起来一件重要的事,就是陆爸给的那三万块钱,到时她会对陆琛说,是他借给的。

时广徽听明白了整件事情:"放心吧,不会穿帮的。"

"我断定陆琛今晚一分钱都要不回来的。"叶赛君很了解她老公,心肠软,爱面子。

时广徽直言道:"陆琛是个好人,可帮别人得考虑自己的实际情况,不能超出能力范围。帮是情分,不帮是本分,得更多地为家庭负责,为家人着想。"

"对啊,本来帮助别人是一件快乐的事,被他搞得我很焦虑。幸好这次是帮大头,要是别人,我坚决不答应他。"

"以后我提醒他下。"

叶赛君看了眼时间:"广徽,咱们改天再聊,我得去接闺女了,她在我们小区的同学家玩呢。"

"那好,一起走吧。"

经过门口,咖啡馆服务员提醒,他们正搞周年庆活动,顾客可以免费抽奖。

"你来抽吧。"时广徽让叶赛君抽。

| 免俗 |

"好吧。"叶赛君抽到了二等奖。

服务员说:"可以要咖啡杯或是书。"

"书!"两人异口同声,说完相视一笑。

叶赛君回到家,检查完女儿作业,打发她上床睡觉。然后坐在沙发上,看着从咖啡馆带回来的那本书。她抠着衣袖的那块咖啡渍,回想着时广徽那个问题:"会不会选择另一种人生?"

高中时爱看言情小说的她,有着一个编剧梦想,考大学时,家人想让她学金融,像她表姐一样在大银行上班,工作稳定赚钱也多,最终她不顾家人反对,报考了艺术学院中文系。毕了业走上社会,才知道工作有多难找,还不如技校生就业率高。

后来她去了一家影视公司做文案,工作干得不错,领导有意要培养她成为公司编剧,让她去上海戏剧学院接受培训,这个梦想重燃的机会让她高兴又珍惜。正当她铆足劲儿去创造自己美好未来时,没想到怀孕了,最后只能放弃这个机会和梦想,然后结婚生子。慢慢孩子大点,她又出来重新工作,赚奶粉钱和生活费,既而也沦为房奴。穷,这个紧迫的现实问题,以其无情的铁腕,逼使她降志就范。孩子小,合适的工作并不好找,既能照顾孩子,还能有份工作,所以她选择去了幼儿园。

现在仔细想来,自从结婚有了家庭,婚后生活简直就像失重了一样,完全被一路裹挟,成为生活的奴隶,根本没有机会喘口气去想想人生还有梦想这回事。她凝神细想,如果她当初没有选择家庭生活,选择了事业,会不会人生有很大不同?在人生这道

第四章　上有老下有小

选择题上,到底哪一个才是最好最完美的答案?

　　从老刘家出来,陆琛后悔自己不该来。六年前,他借给老刘八千块钱,当时老刘老婆要生孩子,现在孩子都上一年级了,钱一分都没还。这么多年过去了,他以为老刘应该过得挺好了,没想到还是老样子。他一来,老刘就知道来意,没等他张口,老刘就提那八千块钱的事,心里也是过意不去,转身便去了房间,等再出来时,陆琛看到老刘手里攥了一些钱,零零碎碎凑了一千块。陆琛看着这些钱,心里很不好受,他拿也不是,不拿也不是。

　　最后他决定不拿,为免去彼此的难堪,他口是心非起来,说自己不是来要钱的,只是路过顺便上来看看。

　　从老刘家出来后,陆琛便去"泰山人家"酒店找王胖子,他是那儿的厨师。上次和时广徽吃饭,服务员说没桌了,当时就是找的王胖子帮的忙。这王胖子欠他一万块钱,当时还说好要给陆琛利息的,现在两年多了,别说利息,本金一毛也没还过。

　　到饭店门口,他刚下车,没想到遇到陈磊了!这家伙让陆琛很是难找,现在终于找到了。五六年前,陈磊做生意失败,欠银行很多钱,自己连吃饭的钱都没有,陆琛借给了他一万五千块钱。现在看着他从一辆宝马车上下来,听说他生意做大了发财了,看来真是。

　　陆琛见是一家人聚会,便把陈磊拉到一边,窘促道:"恭喜你发达了,我不耽误你时间,咱长话短说,你看咱能不能把……"

　　陈磊若有所思地"哦"了声,然后爽朗一笑:"明白明白,可咱哥儿俩一见面就谈这个,好意思吗?来,先喝酒,什么都好说。"

陈磊小女儿不认生,抬着手腕,口气很天真:"叔叔,你看我的新手表,好看吗?"

"真好看,哟,还是卡地亚的呢。"陆琛认了出来。

"是啊,要很多很多钱呢。"小女孩瞪大了眼,表情夸张地表达着。

她话还没说完,就被妈妈打了下手,她一脸不开心和不理解。妈妈挤出了一丝笑,对陆琛说:"不值钱的,几百块钱而已。"

小女儿"哇"地哭了起来:"你们骗人,大骗子!"

一下子气氛尴尬起来,搞得陆琛很难堪。

他喝了三杯酒后,陈磊便耍起赖皮来,说好的还钱,到最后一分钱都没给他。他真体会到欠钱的是大爷,要债的是孙子,心口窝了一团火,正想着拍桌子,大骂一句:"老子这钱不要了!"正这么想着,这时他手机响了,他借此离开。

这是一个陌生人来电,因为陆琛喝了些酒,脑袋有些晕,一时没听清,重复地问:"你再说一遍,谁出事了?!"

"苏扣扣!"

"你谁啊?!逗我玩的吧?"

"骗你是孙子!"

陆琛嘿嘿一笑:"我自个儿刚当了回孙子,不稀罕!"

"不去,你会后悔的!"

电话断了,陆琛拍了拍脑袋,努力让自己清醒起来。

第四章　上有老下有小

时间调回到一个小时前,"月亮湾"酒吧,苏扣扣刚来没多久,王兵就和朋友一起来了。他听信了朋友的计策,今晚准备表演一场英雄救美的戏码,来打动苏扣扣的芳心,进而消除隔阂,让彼此的关系更近一步。

苏扣扣刚唱完一首歌,下来休息时,这戏便上演了。当王兵正要大显英雄本色勇救美女时,忽然涌上来一伙不明身份的人,开始叫嚣着殴打他们,场面乱成一锅粥。

王兵的朋友摸着被打的后脑勺:"哥,这是啥情况?你加戏怎么不告诉我们啊?"

王兵也蒙了,惨兮兮道:"加什么戏啊,我也不知道什么情况啊!"说着他一抬头,看到苏扣扣正看着他们,"完了完了,露馅了!"

苏扣扣狠狠地瞪着王兵,觉得他真是太无聊了。

这时,一个肉鼻子肉脸、长得像牛魔王一样的人叫嚣着:"敢在这里称王称霸,也不瞧瞧今儿谁在这里?"他抓过苏扣扣的胳膊,"小丫头!还愣着干嘛?赶紧给我们六爷唱一首《大王叫我来巡山》,我们六爷最爱听了!"

苏扣扣很害怕,怔怔地看着他。

"唱啊!""牛魔王"凶狠一吼。

苏扣扣吓得魂飞魄散,只好顺从他的意思,哆哆嗦嗦地唱了起来:"大王……王……叫我来……巡巡巡……"

她在台上看着台下两伙人混战互殴,有气雾自动喷出,云山雾绕起来,在音乐声中,他们拳打脚踢、哀号一片,感觉好魔幻,她也哭也笑,觉得像是身处一场人间喜剧。一曲还没唱完,她看到王兵他们抱头鼠窜。

六爷让苏扣扣陪他喝酒消遣,她不肯,想溜走,可胳膊却被六爷死死钳住,火辣辣的疼,疼得她嗷嗷直叫。

"泰山人家"饭店的对面,正是"月亮湾"酒吧。王兵自知闯了祸,不好意思给陆琛打电话,便让他朋友打。陆琛接完电话,便疾步冲向酒吧,随手抄起环卫工人放在路边的一把大竹扫帚,扫帚用的时间长了,扫把尖根根都磨得很锋利了,像钢针一样。

"放开她!"

苏扣扣抬起头,见陆琛挥舞着一把大扫帚就进来了。

六爷嘲笑道:"哪来的?还想冒充哈利·波特?!"一群人起哄地哈哈大笑起来。

"放开她!"陆琛怒吼着,"你们还讲不讲道理了?!欺负一个女孩子算什么本事!"

苏扣扣看出陆琛喝酒了。

牛魔王挑衅道:"你是干什么的?少管闲事啊!"

"我就管了,怎么着?"

"哟,口气还挺硬啊,你什么来路啊?"六爷很不屑。

苏扣扣趁机挣脱开他的手,赶紧躲到陆琛身后,紧紧地抓着他衣服。

"说呀,六爷问你话呢,你什么来路?"

陆琛在陈磊那儿就窝了一肚子火气,他愤然道:"我就不明白,人怎么都越活越下流,越活越没人味儿了呢?!"

第四章　上有老下有小

"胡说八道什么，谁没人味儿啊？今天让你闻闻什么是人味儿！""牛魔王"坐在那儿，轻轻动了动小指头，一群人接令，挥舞着拳头把他们团团围住。

陆琛挥舞着钢针般的扫把，驱赶着像群恶兽一样的地痞流氓："苏扣扣，你赶快走！"

"不行，一起走！"

"牛魔王"讥笑着："我看你们都别走了！"

一场混战开始了，陆琛当然打不过他们。

苏扣扣见陆琛被他们打倒在地，于是随手拎起一个酒瓶，往地上一磕，瓶子龇牙咧嘴地露着锋利。她不管不顾地往他们身上扎去，大叫着："警察来了！"

趁他们不留神，她扶起陆琛："快跑，跟我走后门！"她知道往里走，左侧有面镜子，那就是个后门！

苏扣扣拉起陆琛的手，赶快逃离，身后传来酒吧经理发怒的声音："苏扣扣，求求你，以后别来这里唱歌了！"

他们从后门跑了出来，蹲在一个角落，陆琛凝神静听："不好，听声音好像他们又追来了！"说着拉起苏扣扣，两人继续往前跑。

跑了没五十米，他们发现眼前立着一面墙，陆琛想了起来："对，爬过这道墙就安全了！"他说着蹲下身体，"踩着我，快上！"

苏扣扣迟疑着，她有些不忍心。

陆琛急了："快点，他们马上就追来了，没时间了！"

"好！"苏扣扣踩着他的肩膀爬过了墙。

这时那伙人真的追到眼前来了，此时陆琛像被钉在了墙上，两条腿耷拉着，上也上不去。他已经没力气了，只有死死抓紧墙头，不让自己掉下去。那些人去拽他的腿，他就使劲踢他们，他们故意扯掉他的裤子，还把裤子撕烂，叫嚣着："光着屁股跑啊！"

墙这边的苏扣扣听见陆琛挣扎的一声惨叫，知道他快没力气了，要是掉下去，肯定被他们揍成肉饼，她焦急地转圈："怎么办？怎么办？"

那伙人狞笑着起哄："哟，还是条红色内裤嘿！"

"本命年吗哥们儿？"

"屁股好性感啊！"

苏扣扣不知该怎么办，陆琛眼见自己支撑不住了，他大声吼道："苏扣扣，你别管我了！"说着陆琛索性跳了下去，打算和他们拼了。置之死地而后生，他猛地抬腿重重地踢向一人的头部，这人踉跄倒地，流氓头头见自己人吃了亏，便一拥而上，对着他就是一阵拳打脚踢。

苏扣扣急得跳脚，正在这时，她突然听到好像有人跑来，焦急地报信："不好了，不好了！六爷晕过去了！这小丫头太贼了，偷换了酒杯，六爷喝的那杯才是下了迷幻药的，现在癫痫发作了！"

"算你走运！"这群人扔下陆琛，呼啦啦跑着都去看六爷了。

苏扣扣很担心陆琛，隔墙问道："你还好吗？"

"行，没什么大事。"陆琛咧嘴忍痛地挣扎着站起来，他先把裤子穿上，虽然被撕得不成样子，但好歹能遮挡下。

第四章 上有老下有小

"你等着,我翻墙过去扶你!"

"不用。"陆琛这才发现墙北边其实有个小门,一时间都气笑了。

苏扣扣看到他一瘸一拐地从门里出来了,她赶紧跑过去:"伤得厉害吗?"

"没事,一点皮肉伤。"陆琛身上的裤子已经不能叫裤子了,透风撒气的,他下意识地弓着身子两手遮掩,像只滑稽的大虾,"你还是转过脸去吧。"

苏扣扣不当回事:"别忘了,我可是学医的!只要人身上长的器官,我什么没见过?真是的!"

陆琛一想也是,但也还是不好意思。他轻咳了下,语调清凉:"不错,还记得自己是名实习医生。"

苏扣扣不屑地耸了耸肩。

"你以后可真不能来这里唱歌了,太危险了!"陆琛苦口婆心道。

"我知道了,就算我想来,人家也不要了啊!"苏扣扣耳边回响着酒吧经理的话。

"得亏你机智,还知道换酒杯,想想真是后怕。"陆琛嗔怪。

"对了,还没问你呢,你怎么知道我在这儿遇到麻烦了?"苏扣扣感到奇怪。

"我也不知道,是一个陌生人给我来电话,"陆琛思虑着,"我也纳闷这人到底是谁。"

苏扣扣若有所思地"哦"了声,然后冷笑了下:"不用猜了,

| 免俗 |

肯定是王兵,估计让他朋友给你打的。"

"他为什么不直接给我打?"

"他没脸呗。"

"怎么回事?"

"我不想说,你问他去吧,我对他失望至极,以后再也不想看到他!"

"懒得问,没一点正经事!"

"要不要先去下医院?"

"没事,不用。"

"你确定?"

"当然。"

"你等我一下。"不一会儿,苏扣扣手里拎着东西回来了,语气揶揄道,"我寻思着好歹给你找条花裤衩穿吧,还没有,"说着她扬了扬手里提着的东西,"哎,委屈你了,只有这个了。"

"这什么呀?"陆琛睁大了眼睛。

苏扣扣两手还撑不起,随便抖了下,原来是一个加菲猫卡通道具服。她语调清凉:"看来你只能穿这个了,别发愣了。"她把道具服塞他手里,"有点冷了,赶紧穿上,咱们走吧。"

"行吧,今晚过得可真够疯狂的。"陆琛穿上后,苏扣扣笑个不停,他看着她笑,他也很开心,"难得你这么开心,我就舍命陪君子了。"

街上,一个姑娘和一只"加菲猫"走上天桥,他们要去马路对面打车,走过的路人纷纷侧目,指指点点小声说笑。

第四章　上有老下有小

两人有一搭没一搭地说着话。

"你车呢?"

"饭店门口呢,今天喝酒也开不了了,明天来开吧。"

"怎么想的,扛着一把竹扫把就进来了,刚才那六爷说你冒充哈利·波特的时候,我就想笑,可笑不出来。"

"什么哈不哈的,我还想扛着一把斧头进去呢!"

"是吗?"

陆琛来了个大喘气:"路边有个大学生兜售玩具,有光头强的一把斧头,还带亮灯的呢。"

苏扣扣笑得前仰后合:"你可真逗!"她回想着,"你刚出现时,我一看就觉得你喝了酒,而且好像还受了什么刺激似的。"

"看出来了?"

苏扣扣"嗯"了下:"怎么了?"

陆琛刚要说,叶赛君打来电话了,不放心地问:"怎么还不回来?难不成钱都要回来了?要不要我送个麻袋去装?"

陆琛哭笑不得,冲苏扣扣挤了下眼,对着手机说:"差不多我就在麻袋里了吧。"

苏扣扣捂嘴笑,叶赛君慌了,没听出陆琛这句是玩笑话:"怎么了你,被人绑了?钱,咱不要了还不行吗?我已经凑齐了。"

陆琛笑了下:"没事没事,开玩笑呢,你怎么凑齐了?"

"广徽借给的。"

"真是又麻烦哥们儿了,改天请他吃饭,谢谢他。"

"对了,今晚我在咖啡馆看到扣扣了,大晚上她一个人出去,

| 免俗 |

挺让人担心的。"

苏扣扣听到了,她羞愧地吐了吐舌头。

"没事,我知道了,你先睡吧,我一会儿到家。"陆琛说。

挂断电话,苏扣扣帮他收起手机:"让你们都担心了,真不好意思。"

"我们照顾你是应该的。"

"想不到那时广徽还这么大方。"

"他人很不错的,真不知你们彼此怎么会有这么深的误解。"

苏扣扣摆了下手:"不提他了。原来今晚你是去讨债,对方耍赖皮没给你吧?"

"当初好心好意借给他们。"陆琛叹了口气,"不说了,人心不古啊。"

"人心换人心,换不来就死心呗。"

"做人还是讲良心好,这样活得坦荡舒泰。"

"听着今晚你是催讨了好几份债,看来你是急用钱啊,一般催债不是快过年的时候吗?"

"大头买房子交首付款,钱不够,我多少帮着凑一下,他在这边没几个朋友。"

"哦,那个大头哥人倒是挺实在的,值得交。"

"所以,我就想帮一下。"

苏扣扣感慨道:"我发现,人有情就会活得很累,各种人情来往,要面面俱到。"说着她耸了耸肩,"相反,无情则一身轻。"

陆琛苦笑了下:"人情社会不可避免嘛,你生活中是不是面对的人情世故少？"

"比起你来，是少很多，"苏扣扣长叹一口气，缀了句，"世态本炎凉，人情薄如纸。"

"你年龄不大，感悟颇深啊。"

"我爸医术精湛，以前找我爸帮忙的人很多，个个热情地都跟自家亲戚似的，"她冷哼一声，"现在我爸没了，他们也随之消失不见了，在大街上若恰巧碰上，他们都远远地躲着我走。当然，我一点也不需要他们的同情和关心。"

陆琛听了心里不得劲儿，只得劝慰她："对，这样心里也落得轻省，起码不欠人情啊。"说着他左右张望起来，"邪门了，出租车怎么这么难打啊。"

话音落，他看到苏扣扣瑟瑟发抖："冷啊？冷就往我这儿靠一靠，别把我当人，"他往身上一拍，"把这毛茸茸的道具服，当成一条直立行走的被子。"

苏扣扣被逗乐了，觉得他担心多余："我才不怕你，孝顺的人，再坏也坏不到哪儿去。"说着她靠近他怀里取暖。

陆琛像棵大树一样一动不动。

扑面的温暖，让苏扣扣泛起一阵心酸——她又想到了爸爸。小时候到了穿棉裤的时候，她脚脖处总是露着肉，爸爸每次都把手伸进裤管里将秋裤拽舒展，然后用袜子筒把它扎结实，以免进风受凉；早上的棉裤冷得像张铁皮，爸爸总是早早把棉裤放在暖气片上烘一下，烘得暖暖的；自己逐渐长大了，开始追求时尚，大冬天的连秋裤都不穿，只穿露脚踝的裤子，爸爸总在后面追着唠叨,这样不好,会受寒。可自己哪儿听他的话,其实真的真的挺冻人的,不经意间被爸爸发现自己冷得不行,爸爸便无奈一笑,搓热手心一把握住她的脚踝,瞬间冰凉的脚踝处就感受到了那贴心暖肺的融融父爱……

苏扣扣努力克制自己,没有放声大哭,她不想让陆琛再跟着难受,这是她第一次顾及陆琛的感受。

但陆琛都知道,他知道她心里一定很难受。人除了每逢佳节倍思亲外,天冷时,更想念亲人,他知道她在思念爸爸。孤冷无亲在偌大的城市里一个人成长,一个人哭泣,对此他很抱歉,真的很抱歉,他用力抱了抱她。

第二天上班,陆琛没有看到王兵,一直到下午他才出现。陆琛去向他汇报工作,见他左手掌缠着纱布。

"你手受伤了啊?千万别感染了。"

"还是赶紧汇报工作吧。"王兵装作一副很忙的样子,不曾抬头与陆琛对视,似乎有意在躲闪。他左抽屉拉一下,右抽屉拉一下,再不就翻弄下文件夹,听陆琛汇报完,他装腔作势地回了句:"工作一定要细致到位!"

陆琛点头,正当他转身离开时,王兵问了句:"你的脸怎么肿了?"微妙的精心假装透着些不在意。

陆琛暗想,看来这苏扣扣猜得一点没错,他偏不说实话:"昨晚掉下床了,摔了一下。"

王兵"哦"了声,他暗想:"难道昨晚他没有去救苏扣扣?"

第四章 上有老下有小

等陆琛关上门时,他赶紧给苏扣扣打了个电话。

苏扣扣一看是王兵来电,便没好气地回他:"我还没死!"

"你……你这是什么意思?"王兵有些心虚。

"行了,不觉得无聊吗?昨晚你也出现在酒吧了,然后惹下祸事就一跑了之,不对吗?"

"谁告诉你的?"

"我耳不聋,眼不瞎!"

"不是你想的那样,你有时间出来,我好好和你解释一下……"

他话还没说完,苏扣扣一下子挂断了电话。

第五章　中国式饭局

陆琛去给大头送钱,家里敲不开门,大头手机也打不通,这让陆琛有些奇怪——没钱的时候怕遇着大头,现在有钱了,却联系不到他。他倒也没多想,觉得大头可能着急去处理什么事了。这个周末的晚上,他请客吃饭,主要是感谢时广徽慷慨解囊,也叫上了苏扣扣,能把这对冤家请到一起很不容易。

他们看到时广徽把新车提回来了,陆琛高兴地说:"真是巧了,借这机会一块儿给你贺车。"

时广徽没听明白:"贺车?什么意思?"

叶赛君笑了下:"广徽在国外真是待太久了,贺车就是恭喜你买车了,朋友聚到一块儿,一起祝你一路顺风。"

苏扣扣看也不看时广徽,一脸鄙夷道:"意义和你娶媳妇差不多。"

时广徽觉得不可思议:"不就是买了个代步工具嘛,很平常的

第五章 中国式饭局

一件事,不至于吧?"

"在中国买车买房,算是添了个大物件,得庆贺下。"叶赛君说。

"他这个物件可不算大,几万的车而已。"苏扣扣冷笑了下。

陆琛不解地问:"广徽,你怎么不买一辆 SUV,看上去多霸气,空间也大。"

时广徽摇摇头:"我觉得没必要,就是个代步工具而已。"

"我发现,我们在国内买车都讲究大气,恨不得车像坦克才好,开出去场面啊。"叶赛君说。

"可它排量也大啊,很污染环境的。现在雾霾这么严重,更不能买那种车。"时广徽很严肃地说。

苏扣扣斜睨时广徽:"要让别人听了,肯定觉得你在装,他们会觉得明明就是你自己买不起。"

时广徽不急不躁地认真解释:"我不是在装,也不是买不起,真的是觉得太污染环境了。"

"对对,"陆琛点头,"我们就没想到这些。你说治理环境人人有责这道理,没有人不赞同不明白的,可真要下手买车时,还是会考虑买我们喜欢的'坦克'。"说着,他们进到了酒店包厢。

服务员问:"现在开始点菜吗?"

"可以。"陆琛让时广徽和苏扣扣点菜。

时广徽很快点完了,苏扣扣看着他点的几道菜,一脸黑线:"这是打算兔子开会吗?"

时广徽反驳:"我点的都比较清淡,健康又营养,对肠胃负

| 免俗 |

担小。"

叶赛君提议:"那咱们有素有荤,搭配着来吧。"说着她看向苏扣扣,"扣扣,你再点几道你爱吃的菜。"

"这没油没盐、滋味寡淡的饭菜,实在难以下咽。"苏扣扣说。

陆可儿和小卷毛在一旁玩着机器人,陆可儿听到了:"对,我也吃不下,我要吃肉和鱼!"

小卷毛附和:"对,我也是,我要吃红烧肉!"他想了下,高兴地冲口而出,"我还想吃水饺!胡萝卜馅儿的!"

"好嘞,就听你们两个宝贝的,有鱼有肉有饺子!"苏扣扣笑眯眯道,"小卷毛,是不是就属中国菜好吃啊?"

小卷毛使劲点点头:"好吃!"

"好,回头带你俩小鬼,吃香的喝辣的去!"

两个小家伙振臂欢呼起来。

等菜的时候,时广徽想了起来:"赛君,那个养胃的方子我问到了,刚刚发给你了。"

叶赛君打开手机看了下,她自顾念着:"不加盐,放红枣和山药,小火炖母鸡六小时,喝汤吃肉。"她几乎要崩溃,"天哪,一点盐都不能加,这吃得下去吗?"

"没办法,这方子就是这样,重要的是它很管用。"

叶赛君哭笑不得起来:"我怕我吃吐了。"

苏扣扣在一旁假装认真地刷手机,看他们开心地聊着天,突然她有一种感觉,从时广徽看叶赛君的眼神里,她感觉出他好像喜欢赛君……正这么出神地想着,这时陆琛从卫生间回来了:"你们在聊什么呢?这么开心。"

时广徽笑了下:"正好,到时让陆琛陪你一块儿吃。"说着他和叶赛君哈哈笑了起来。

菜上来后,陆琛举杯向时广徽表示感谢:"谢谢广徽!"

时广徽笑着摆摆手:"客气了。"说着他看向叶赛君,两人会心一笑。

大家有说有笑地吃吃喝喝,吃得差不多了,苏扣扣起身去逗俩小鬼,叶赛君不经意间看到她裤子上沾了血迹,知道这是"大姨妈"突然来访了,她悄悄把她叫了出去。

"你去洗手间等我,我去给你买卫生巾。"

"赛君姐,不用,我自己就行。"

"没事儿,你去那儿等我,我一会儿就来。"说着叶赛君旋即离开了。

苏扣扣看着她的背影,心里很是感动,她乖乖地去了卫生间,坐在马桶上等。不一会儿,叶赛君回来了,两人相视一笑,叶赛君把一包卫生巾递到她手里:"快去吧。"

等苏扣扣出来后,叶赛君扯下自己的披肩要给她围系在腰间,苏扣扣躲闪一边:"不行不行,这样会把你的披肩弄脏的,我用自己的衣服就行。"

"你脱了衣服会冻感冒的,我的披肩也不是新的,脏了就脏了。"说着叶赛君抓过苏扣扣的手,苏扣扣很过意不去,但也不好再推辞,只见腰间一环,叶赛君几下就打了个漂亮的蝴蝶结。

| 免俗 |

"谢谢。"有一股暖流静静地流进了苏扣扣的心里。

"不客气,咱们回去吧。"两人并肩一起走,叶赛君想了起来,"我听说了你的歌星梦,有梦想就该追求一下,我们正在帮你找专业的音乐老师呢。"

"太谢谢你们,现在想想我当初对你们的态度,真是太不友好。"

"唉,其实,我们都能理解。"

"真的没想到,我和你们的缘分是这样的,其实你们并不欠我什么,没必要对我这么好。"

"做人逢恩必报,我们拿你当亲妹妹一样待,往后你也不用和我们客气,有什么事尽管说。"

两人回到包间,陆琛不明所以:"你们这是干什么去了?"

"就是啊,这荷叶肉都端上来了。"时广徽指了指桌上。

苏扣扣脸红了,不知怎么说,这时叶赛君说:"刚刚碰到个老亲戚,问候了下。"

苏扣扣觉得这话说得实在是妙,冲叶赛君挤了下眼,并悄悄竖了个大拇指。这时时广徽随口来了句:"哪里的老亲戚,请来一块儿吃吧。"

叶赛君和苏扣扣相视一眼,两人都憋着笑。叶赛君摆了下手:"人家走了,来来,我们吃荷叶肉。"

话题就此打住,两位男士没听出任何蹊跷,他们扭脸继续他们的话题了,叶赛君和苏扣扣相视而笑。随后,小卷毛和陆可儿很快就吃完了,他们想去酒店一楼的儿童乐园区玩一会儿,苏扣扣想带他们去玩,被叶赛君按在了座位上,让她好好吃饭。

第五章 中国式饭局

叶赛君和孩子们走后,陆琛和时广徽聊起小卷毛上学的事情,陆琛问:"广徽,上次你说的关系,托上人了吗?有消息吗?"

时广徽摇摇头:"没消息,我听别人说,可以花钱交点赞助费,这样就能买个入学名额。我想能花钱解决的,就别到处欠人情了。再说时间上我们也耗不起,不管多少钱,我出就是了。"

陆琛提醒他:"广徽,你可要慎重,小心别上当啊!现在好多骗子,就是瞅准了家长的急切心理,专门骗钱财的!"

"是吗?你不提醒,我真不清楚呢。"

"前不久我三堂弟就上了这么个当……"

陆琛话还没说完,苏扣扣拍了下手掌:"停!停!你俩唠叨得好烦人,不就是上学的事嘛,我倒有个熟人在实验小学里,兴许能帮上忙。"

陆琛和时广徽怔住了。

苏扣扣看了眼时广徽,揶揄一笑:"你那顿揍也不能白挨啊,对不对?"

时广徽的脸顿时窘住。

陆琛赶忙问:"他是校长还是副校长?"

时广徽扶了扶眼镜,也急切问道:"这人在学校里什么职务?"

苏扣扣故作高深道,口气幽幽:"他在学校职务不高。"

"他到底是干什么的呀?"陆琛和时广徽异口同声地问。

"在食堂里,负责打扫卫生。"

陆琛和时广徽立刻失望了。

"你有点同情心好不好?我这都急死了。"时广徽责怪她乱开

| 免俗 |

玩笑。

"扣扣,这你就不对了,真拿我们当礼拜天过啊。"陆琛嗔怪。

"你们不是在找和实验小学有关的熟人吗?"苏扣扣一脸无辜,"别小看这个老头儿,他能耐得很,和副校长关系不错!"

"你开玩笑吧?"时广徽不相信。

"他虽然是打扫卫生的,可也懂些穴位按摩什么的,副校长没事就去找他按摩几下。两人又是老乡,所以不免有时会一起喝喝小酒吃吃饭。"

"仔细一想,倒是靠谱些。"陆琛思忖着。

时广徽半信半疑:"你是怎么认识这人的?"

"这大伯是我邻居,关系不错。现在他住在学校里了,今年刚把房子给租出去了。"

陆琛笑着:"广徽,我觉得希望很大。"

"是吗?"时广徽也高兴起来,看向苏扣扣,"那我得谢谢你了。"

"先别,谢早了,万一事情没戏,你岂不要骂我?"

"我素质有那么低下吗?上次你摔坏我笔记本,也是我自己花钱修的,我都没同你计较。"

"拜托,那不是我的错,是你自己没拿好,好吗?"

"我怎么会……"

陆琛制止他们:"行了,你俩见了就掐,真是不是冤家不聚头。"

吃完饭,大家准备回家,时广徽喝酒了没法开车,陆琛得知苏扣扣有驾照,便让她开车送时广徽和小卷毛回去,反正她住的小区就在对面,离得很近。可是时广徽不敢坐她开的车,宁愿等

第五章 中国式饭局

代驾来。

"你这人真是的,好心送你回家,你还这么矫情,况且我可是有五年驾龄的老司机了!"苏扣扣很气愤。

这时小卷毛一脸恳求:"姐姐,我想坐你开的车回家。"说着便去拉时广徽上车,"舅舅,我们快点上车吧!"

陆琛和叶赛君笑着挥手说:"一路顺风!"

苏扣扣发动车子,一个转弯,车子稳稳地驶向出口,时广徽可怜巴巴地回头望着他俩。

叶赛君看到乔园园发的朋友圈,说她要去英国了,明天早上10点的飞机。于是叶赛君给夏虹打电话,问要不要一起为她送行。

夏虹嘲笑起来:"她是不是想着再去英国傍个大款回来?也不看看自己的条件,真是太天真、太可笑了。"

叶赛君真觉得夏虹的话有些刺耳:"她就是想在那边工作生活一段时间,权作散心吧。"

夏虹不去为乔园园送行,她还嘱咐赛君,以后关于乔园园的任何事都别再给她打电话了。

陆琛埋怨叶赛君多此一举,不该给夏虹打这个电话:"我敢打赌,她挂断电话,就会把乔园园所有的联系方式全部删除。"

叶赛君给他一白眼:"对你不也一样?人家和店长交上朋友,以后也用不着求你办事了。"

陆琛装作满不在乎:"更好,我也清静。"

果然被他猜中,夏虹立刻把乔园园所有的联系方式都删除了,

| 免俗 |

在她心里横着一把算盘，白天黑夜打得噼啪响，她眼里的友谊，都暗地里标好了价；她把人际关系更是分为有用的、没用的和留待观察的，现在的乔园园就属于没用的。

第二天早上9点半，机场大厅，乔园园东张西望，不见有人来，一脸落寞。正当她提着行李准备过安检时，突然听到有人叫她，她听出是赛君的声音，惊喜地回头一看，发现除了陆琛、叶赛君和可儿冲她挥手笑，还看到了一位男士。

陆琛神秘一笑，问乔园园："还认识他吗？"

乔园园定睛一看，大感意外："是时广徽？！"

"对，就是他！他回国了！"叶赛君说。

时广徽笑了下："谢谢你还认得我。"

乔园园很激动，她伸开双臂："我要和我的男神抱一下。"

时广徽上前和她拥抱。

陆可儿笑了："原来广徽叔叔是男神啊。"

"是啊，他可是我们班的学霸呢。"乔园园说。

"那我爸呢？"陆可儿问。

乔园园大笑："你爸是你妈的男神。"

大家都笑了，叶赛君笑着打了乔园园一下："别对孩子瞎说。"

乔园园想着要和男神多聊几句，她赶紧问："你不是要定居美国吗？怎么，不再回去了吗？"

时广徽点头："对，不走了。"

陆琛调侃："乔园园，你要不要把机票退了，现在一切都还来得及，广徽也还没结婚呢。"

第五章　中国式饭局

时广徽跟着笑,他知道陆琛就爱开玩笑。

乔园园哭笑不得,嗔怪道:"陆琛,你就别再开玩笑了,上学那会儿就被你搞惨了,我竟然相信了广徽画的那是我,现在想想还挺好笑的。"现在说起当年那事,一切都成了笑谈,她很好奇也很想知道,他画的到底是谁,于是便急切地问,"广徽,你那时画的到底是谁啊?我知道一定是咱们班里的。"

时广徽惶然,差点结巴:"没……没谁,我瞎画着玩的。"

幸好这时广播喇叭响起,叶赛君上前抱了抱乔园园,眼眶湿湿的:"也不提前告诉我们,好为你设宴饯行啊。"

"等我回来为我接风吧。"乔园园抹着眼泪,依依不舍地和大家说"再见",大家也向她挥手,致以最诚挚的祝福。

又是一天过去了,大头还是没有联系上,电话处于关机状态。叶赛君问过大头的孩子所在的班级老师,当时是大头一大早在班级群里发的请假信息,并没有说请假原因。他们感到奇怪,也很担心,不知大头家里究竟发生了什么事。

叶赛君劝陆琛:"别想了,可能大头明天就回来了,一切平安无事。"

"希望如此。"陆琛打了个哈欠,便上床了,可一躺在床上却睡不着了。

叶赛君开腔了:"我在帮苏扣扣找专业的音乐老师呢。"

这话正说到陆琛心里去了,刚才他就在想这事,他坐了起来,有些不敢相信:"你不是反对她的歌星梦吗?"

| 免俗 |

"有梦想就要努力去实现。"叶赛君说得认真又诚恳。

陆琛看着她,想到上次她那么强烈反对,他有些疑惑,搞不明白她这个弯是怎么转过来的:"你托谁找的音乐老师?"

"我妈不是有一个朋友是音乐学院的教授嘛,看能不能请她来给指导下。"

陆琛喜不自禁:"真是太好了!"顿了下,他难为情道,"咱妈向来不爱求人,这次难为妈,也更难为你了,你一定给妈说了不少好话吧?"

"没有,我一说这事,我妈就答应了,她知道你是在报恩,她觉得她也该出份力。如果苏扣扣真有天分,我们就该支持她追梦。"

陆琛面露感激:"谢谢老婆,谢谢咱妈。"说着他抻长脖子去吻老婆。

叶赛君扭了下脸:"别闹。"她正捧本书专心看。

陆琛漫不经心道:"怎么看起书来了?养生的吧?最近这是哪位养生大师又火了?"

叶赛君听了很是气恼,没好气地说:"是小说!"

陆琛有些意外,他看了眼封面:"《等风的人》,"接着谄媚一笑,"真是好久没见你看小说了。"

叶赛君翻了个白眼:"还说呢,你以前还经常给我买小说来看!"

陆琛想了下:"是啊,那时只要看到有畅销的小说就买来给你,还有每期的《小说月报》也是一期不落。"

叶赛君合上书,也跟着回想:"不知从什么时候,你不买了,我也没想着再看了，竟然也没觉得少了些什么。"她不觉心惊，看向陆琛，"这就是麻木！好可怕啊。"

陆琛揶揄道："那你现在是怎么觉醒的？"

"这还要感谢广徽呢。"

陆琛讶然。

叶赛君继续说："不知为什么，我看到广徽，就觉得我们还是在上学那会儿似的。他像是面镜子，让我看到了青春时的我、有梦想的我、激奋上进的我。"

陆琛有些吃醋，急切地问："那我呢？我让你看到了什么？"

"你啊，就像一面哈哈镜，把我照得像丑八怪，我还要笑下去。"

"有吗有吗？"陆琛说着开玩笑地揉捏叶赛君的脸。

叶赛君嗔怪："当然有啊，我在你身上，看到了我怀胎十月，看到了不分昼夜围着屎、尿、奶转，看到了一天三顿围着锅台转，看到了工作、家庭、父母之间连轴转……"

陆琛打断她，搂过她肩膀笑道："老婆，咱别转了，我都快晕了。"

叶赛君悲惨地总结道："我也知道，迟早要转成黄脸婆。"

"我可从来没这样想，"陆琛识时务地哄道，"你在我心里永远都是美丽聪慧、知书达理的青春美少女。"

叶赛君哭笑不得："你少贫嘴吧。"说着她继续看书。

陆琛意犹未尽："聊会儿天呗。"

"有什么可聊的？听你瞎贫啊。"叶赛君从书里抬起头，"别闹，让我安心看会儿书吧。"

| 免俗 |

陆琛看着她,刚才那话像根细针扎了他一下,内心怅然若失,有生气,有醋意,突然嗓子有些紧,说不出话来,轻咳了一下问:"你不会梦想重燃了吧?"

叶赛君不置可否,头没抬地说:"只是希望未来能够遇见更美好的自己。"

陆琛冒着酸气:"时广徽的力量可真够大,让你一下子回春了。"他想了起来,"对了,他还仔细打听,帮你找来养胃的好方子,真是感人,我这老公当得太不称职了!"

叶赛君听他阴阳怪气的,她抬起头来:"听你这话像吃醋了?"

"我以为你对苏扣扣歌星梦这件事,之所以态度大转变,是因为你体谅我了,看来不是,是我自作多情了。是时广徽唤醒了你,让你从苏扣扣身上看到了当年的你,你当年不就是放弃了梦想,拐道走了现在这条路吗?"

叶赛君为之愕然,觉得陆琛简直不可理喻。

"我全说对了吧?"陆琛恼羞道。

叶赛君火气撩拨了上来,索性道:"对,你说对了!我放弃梦想是因为谁啊?都怪我当年那晚纵容了你,不然我能怀孕吗?我能失去那个来之不易的上海培训机会吗?"

"你早就后悔了吧?这事是不是一直在你心里如鲠在喉!"

叶赛君气得不行:"对,是后悔了!怎么着吧?"

"我能怎么着,我要有本事,造架时光机把你送回去,让你重新再选择一次!"

"净说些没用的废话!"

第五章 中国式饭局

"你以前就爱听我瞎贫,刚才你说,我们没什么可聊的了?我到现在都还懵懵的呢,怎么我们之间突然就成这样了?"

"我那不是在看书吗?就随口一说。"

"我知道自己就是个在超市打工的,没学历,没情趣,没看过世界,很无聊。"

叶赛君两眼灼灼,提醒他:"你再这样聊下去,可就真无聊了!"

陆琛识趣地不言语了,叶赛君换了个姿势重新坐好,想把问题好好和他说说:"你看看你自己,自从家里出了那件事,你很多心思和时间都用在苏扣扣身上。"陆琛张嘴欲辩解,被她挡了回去,"我知道,咱们要报苏医生恩情,这是应该的,也是必须的,不光你,连我也应当尽心尽力去照顾她、关心她。可我有时候觉得你做得有点过分,我胃疼给你打电话,你和她KTV唱歌到深夜,你让我怎么想?我也是女人啊!这次又是酒吧打架,我听了吓得要晕过去,我不是反对你去救她,是觉得你怎么不去报警,寻求警察帮助,那些地痞流氓都是些不要命的人。你做事能不能考虑下我们娘儿俩,万一那晚你要真有了意外,你让我们怎么活?"

陆琛听了肩膀耷拉了下来,很自责很愧疚:"老婆,我知道了,有时我确实忽略了你们的感受。"他拉过她的手,深情道,"我对你关心不够,以后我改。我希望那个懂你、爱你、欣赏你的人是你老公我,而不是别人。"

叶赛君忍不住笑:"当然是你,哪有别人,瞎吃醋,广徽的醋你也吃?"

"本能反应嘛。"陆琛嘿嘿一笑,一个翻身把老婆压在了身下。

| 免俗 |

夫妻没有隔夜仇,床头吵架床尾和。

突然门开了,陆可儿穿着睡衣站在了门口,她这是又做噩梦了:"爸爸,你在干什么?"

叶赛君想笑。陆琛装得一本正经:"外面刮风了,我怕你妈刮跑了,压住她。"

陆可儿觉得有趣,跑了过来:"好,我也来。"说着她一下子趴在了爸爸背上。陆琛哭不得笑不得,叶赛君又气又笑地大喊:"你们都给我一边去!"

苏扣扣办事效率就是高,她已经和牛大爷联系好了。这天时广徽接上陆琛和苏扣扣,打算他们一起去拜访牛大爷。车子刚要启动时,陆琛接到了大头电话,他喜出望外,这小子可算有消息了。

大头看到陆琛给他打了那么多电话,便想着消失这么多天报个平安,免得让朋友为他担心,没想到电话一通,听到朋友关心的话,他便控制不住,难过地痛哭流涕起来。陆琛一听,觉得大头家里是真的出了大事,他挂断电话,对他俩说:"我不能去了,我得去大头家看下,他家里出事了!"

"那你真得去看看!"时广徽说。

苏扣扣问:"你不去了,那牛大爷那儿怎么办?"

陆琛赶忙说:"你们去啊,已经约好了人家,不能再变了,现在就去!"

"就我和她?"时广徽有些惶然。

苏扣扣给了他一白眼:"怎么说话呢?不相信我的能力啊?"

第五章　中国式饭局

时广徽苦笑了下:"我……"

陆琛接过话茬儿:"广徽,你就放心吧,她人小鬼大,机灵着呢。"

"那好吧,代我向大头问好。"时广徽说。

苏扣扣也说道:"也代我问好。"

陆琛点点头,下了车。

就这样,时广徽和苏扣扣去拜访了牛大爷。他们先去了超市,不能肩膀扛个脑袋去拜访,得买点上门的礼物,苏扣扣知道牛大爷平日就爱喝点小酒。

两人去看酒,恰巧碰见了苏扣扣前同事护士乔菲。乔菲上下打量着仪表堂堂的时广徽,把他看得都不好意思了。

乔菲冲苏扣扣挤了下眼,笑道:"你男朋友不错啊。"

"不是我男朋友,"苏扣扣不加考虑自作主张,"你要吗,乔菲?他刚回国不久,还没女朋友呢,"说着她转头问时广徽,"对吧?"

时广徽不知所措,只能勉强笑了下。

乔菲凑到苏扣扣耳边:"那你给我留着,我刚认识了一个老师,不知有没有结果呢。"

苏扣扣看了眼时广徽,提醒乔菲:"那好啊,你可快点,过了这村可就没这店了。"

时广徽听了心里直发毛。

乔菲走了,苏扣扣看着时广徽,忍不住笑:"看你那样,好像我要把你拐卖了似的。"

"也差不多嘛,也不问问我,就自作主张把我介绍给别人。"

苏扣扣大言不惭:"怎么了?我这是关心你的人生大事!"

时广徽拱了拱手,言不由衷道:"操着我妈的那份心,真是谢谢你了。"

苏扣扣暗笑:"客气了。"

两人买了几瓶好酒,坐进车里,时广徽发动车子驶离超市。

苏扣扣狡黠一笑:"你是不是喜欢叶赛君?我知道你们三个都是高中同学。"

猛不丁被她这么一问,时广徽"唰"地脸红涨起来,内心很是慌乱:"你怎么这么问?"

苏扣扣看他那样儿,笑得更欢了:"你瞧你的脸,都成一块红布了。"

时广徽额头出汗了,看她笑,内心更是发怵,他结巴道:"我,我没有喜欢她。"

"那么慌张干什么,我就是觉得,你看她的眼神有些不同。"

"怎么不同了?"

"带着温度和柔情。"

"我看谁都一样。"

"拉倒吧。"

"如果你希望我那么看你,那我就那样看你。"

"别了,怪瘆人的。"苏扣扣百无聊赖拿出手机看了眼,等她抬起头时,她尖声惊叫,"红灯!红灯!"

时广徽猛地踩刹车,苏扣扣身体往前倾,幸好没有撞到人,两人长舒口气。

第五章　中国式饭局

陆琛带上那五万块钱就去了大头家。一进门，就感受到家里一片愁云惨淡，冷冷清清。见到大头，他胡子拉碴，面容憔悴，整个人都瘦了一圈。原来大头的爸爸去世了，那几天，大头是回老家办丧事去了。见陆琛来了，便向他诉说起了丧父之痛。

"大叔是怎么回事？"陆琛一脸惊惶。

大头说了起来："前段时间，我说我爸妈回老家帮我凑些首付款去了嘛……"

"对，我知道。"

"他们刚到我们家乡车站，正准备过马路时，我爸就被一辆刹车失灵的水泥罐车卷到了车底下。"大头边说边哭。

人这一辈子，唯一知道一定会发生的事情就是死亡，不知道哪句话就成了人生的最后一句。大头爸爸说的最后一句就是"使使劲，多凑些钱，帮儿子把房子买了。"

"听我妈说，在回家的客车上，我爸自责了一路，觉得没给儿子挣下家业，让儿子在城市里活得憋屈难受。你说这刚下来车，就掉下这么个祸，老天爷真是没睁眼啊！我要知道这样，无论如何都不会让爸妈回老家这一趟。"

"大头，别自责，这不是你的错，我知道你心里很难受，但你要好好振作起来。"说着陆琛从包里拿出五万块钱。

他话还没说完，大头便先说："哥，我真心谢谢你，这钱我不要了，用不着了。"

"怎么？你跟我别客气！"

"我不买房了，就是因为房子才要了我爸的命！"

这时大头妈从房间里走了出来,她老人家眼睛都哭肿了,陆琛起身,扶过她:"阿姨,您保重身体啊。"

"谢谢,"说着大头妈妈抹了把眼泪,"真是飞来横祸啊!你帮我劝劝我儿子,他爸的赔偿款有90多万,交上这些钱,再少贷些款,就可以把房子买下来了,可他就是不肯,不想买了。你说老的老、小的小,没个房子,哪天要是被人家房东赶出门,他们连个去处都没有啊!"

大头眼泪横流,心痛道:"这是我爸用命换来的钱,我不能用,我心里难受啊!"他捶着自己的胸口说。

"钱就是王八蛋,就是用来花的,你放着不花,还想给你爸烧去啊!"大头妈急了。

"您留着养老,怎么都行。"大头说。

"你怎么这么不听劝呢!"大头妈气急败坏。

陆琛劝慰起来:"大头,你妈说得对,钱就是王八蛋,咱花就花在该花的地方。把房子买下来,打起精神,日子过得好起来,这样你爸在天之灵也会心安,不然他会更伤心、更难过。"

大头声音哽咽:"哥,我……我一想到我爸……那死时的惨状,我就心疼啊!"

"我知道你心里难受,"陆琛递给他毛巾,"别哭了,把房子买了吧,也了了你爸的一个心愿,他不是一直都希望能帮你买上城里的房子吗?"

"每分钱都沾着我爸的血啊!"

"你听劝吧儿子,把房子买了,你爸也能合上眼。"大头妈说。

第五章 中国式饭局

"人死不能复生,活着的人还要继续活下去,"陆琛搂着大头肩膀,"打起精神,好好的,这个家你得撑起来,一家老小还要靠你养呢。"

生活就是这样,需要你经历的一点都不会少,从不能接受到坦然面对再到克服解决,人生每一步的成长,都是撕着皮连着肉的疼。

苏扣扣带时广徽成功顺利地见到了牛大爷,聊过一阵家常后,苏扣扣说了他们的来意。牛大爷很热情,人也很爽快,当即联系了实验小学副校长,并成功约出。

饭局上,酒过三巡,烦琐的敬酒、让酒礼节让时广徽头痛不已。更让他着急的是,从坐下大家胡聊乱侃,从来都没说一句孩子上学的正事,这让他心有不安。

苏扣扣见时广徽想张口明问,便用脚踢了他一下,示意他不要说,时广徽很不理解。

终于等到副校长和牛大爷都去卫生间后,时广徽憋不住了,急切地问:"怎么还不说正事呀?光聊雾霾问题了,我们又不是首脑会晤。"

"一坐下来就说正事,太不礼貌了,有些事没说,但大家心里都清楚,好吗?"

时广徽还是有些不能理解,摊着两手。

"这中国饭局是有讲究的,不怪你,你在国外待久了,什么都不知道。"

时广徽点点头:"对,我不清楚也不理解饭局里的一些潜规则。"

正说着副校长和牛大爷回来了,接下来还是没聊一句上学的事,时广徽一颗心一直悬吊着。

直到吃完饭,从饭店里出来,副校长和牛大爷谢绝了时广徽开车送他们,他们坚持走路回去,可以消消食。临走,副校长轻描淡写地说了一句:"周一带孩子来学校一趟吧。"

时广徽一颗心总算落了地。目送他们远走之后,两人上了车,时广徽高兴地问:"这事儿真的就这么成了?"

"差不多吧。"苏扣扣拿出手机,在查附近有没有大型商场,"咱们去青岛路。"

"干什么?"

"你真不知道?"

"不知道啊。"

"去买空气净化器,买了,事情才算百分百成了。"

"为什么要买空气净化器?他什么时候说的,我怎么没听到?"

"这还用明说啊,真是个呆子。"

时广徽目瞪口呆:"好像刚才我没在里面一样,真的什么都没听懂。"顿了下,他不解地问,"他完全可以直说啊。"

"直说?多难堪啊!你在国外待久了,习惯了思维直来直去,我告诉你,中国人的思维是'易经'思维,是拐弯的,一阴一阳之谓道,你把这个智慧搞清楚了,就万事大吉了。"

"佩服,你真是个小人精啊!"

苏扣扣拍着他肩膀头儿:"学着点儿。"她想了起来,"对了,给人家送去时，不能说是买的，说是你在美国的朋友送你的，你暂时用不着。"

"这不骗人吗？"

"你不这样说，人家好意思收下吗？"

时广徽服气地点点头。

陆爸去买油旋儿饼吃，市场里"老胡家"这家饼店，他经常来买，经营的是一对老夫妻，老胡做饼，老伴卖饼。这两天，陆爸发现他们老是问顾客："能不能付现金啊？"陆爸忍不住便问了他们原因。

"现在不都兴手机支付了嘛，我们老两口什么都不懂。"老胡指了指摊前的二维码牌子，"都是我大孙子给弄的。"说到这，老胡和他老伴都叹了口气。

陆爸明白了："钱都到大孙子手里了，他不给你们，对吧？"老两口无奈地点了点头，刚刚卖了两个小时的饼，就陆爸和另一位顾客付的现金，其他都是手机支付。

陆爸回到家，陆琛见他一脸气呼呼的样子，感到很奇怪。

"真是气死我了，哪有这样的孙子？！"

听陆爸这话，陆琛和叶赛君好奇地凑了上来，陆琛贫嘴道："爸，您不就是出去买个饼嘛，怎么还带回这么复杂又曲折的故事啊？孙子？爸，您这是哪年犯的错啊？"

叶赛君用手肘杵了他一下："别臭贫，让爸说说怎么回事。"

陆爸激动道："以后你们去老胡家买油旋儿饼都带现金，别手

| 免俗 |

机支付!"他把老胡的遭遇说完后,陆琛他俩也忍不住为老胡夫妇抱不平:"这两个老人辛苦一天,收的钱全跑孙子那里去了,还不给他们,这到底谁是谁孙子啊!"

"买面的钱总得给吧?这孙子太差劲了!"叶赛君说着便去房间里找记号笔,"爸,您要的记号笔在这儿。"他们一起帮老胡做了个牌子,并根据老胡的意思在上面注明:现金支付有优惠。从此以后,他们一家不光去老胡那儿买油旋儿饼用现金支付,看到别的摊主是老年人的,也自然而然地选择现金支付,担心他们会有老胡那种遭遇。

陆琛一上班,供应商老艾就来找他了,一上来便抱怨起来:"陆经理,咱不能这样啊,不能因为您和夏老板是同学关系,哦,还有您父母是'满口香'的老员工,您就眼里只有他们没有我们啊,您得公平对待!"

陆琛不明白老艾为什么这样说:"艾老板,我怎么不明白你在说什么呢?"

"还让我怎么说啊,'八戒食品'走了,那么大一个摊位全部给了'满口香'。我这边摊位本来就有些小,您也是知道的,就不能分一半给我?"

陆琛恍悟,这才想到夏虹原来在王兵那里要来了这么个便利:"艾老板,这事我真不清楚。"

老艾不相信,不满地嘀咕着:"合着我这是没给您送礼啊,您就别遮掩了,谁不知你们的关系啊。"

第五章 中国式饭局

"您可冤枉我了,这事我真不清楚,夏老板她没找我。"

"您这样就没意思了,不是你给她的,难不成是店长啊?"

"对,就是我给她的!"

两人回头看,艾老板一张脸苦笑着:"店长,您来了啊。"然后睁大了眼一脸惊异道,"店长,您手怎么受伤了?"

王兵有些窘迫,陆琛随口帮他解围:"店长这是见义勇为受的伤。"

艾老板立刻恭维起来:"那我得给咱市文明办打电话,让他们来采访采访您,这是做好人好事啊,值得表扬!"

王兵不耐烦地挥了下手:"行了!说正事!"他态度果决,"夏老板扩大摊位这事是我同意的,人家夏老板公司又创新了一款新品,准备打造成网红食品。她的'满口香'能给超市带来业绩,我没有理由不支持啊!"

艾老板不服气地暗想:"我们业绩也不差啊,怎么就全给她了?"他脸上堆着笑,意味深长道:"看来我得像夏老板好好学习了。"

陆琛一言不语,在一旁听他们说。王兵稍挺了挺腰板,一通冠冕堂皇的话:"提高超市收益是权衡一切的金科玉律。"

接着,他装得很谦逊,嘴角扯了一点笑,问艾老板:"艾老板,你有什么理由让我把摊子撤回,尽管说,咱们绝对公平公正对待。"

艾老板暗想:"得了吧,我找那个不痛快?"胳膊拧不过大腿的道理他还是懂的,他强颜欢笑:"一切店长说了算,超市全靠您掌舵呢。"他手一挥,"得嘞,您忙,陆经理忙,我走了。"

| 免俗 |

看到艾老板走了,王兵责怪起来:"你刚才说我见义勇为,什么意思,故意笑话我呢?"

陆琛赔笑:"哪敢,那我该怎么说?总不能说您和别人打架打的吧?"

王兵的脸红一块白一块,他清清嗓子,没好气地问:"我要的库存明细表整理出来了吗?还有这次的促销活动落实了多少?"他边说边向楼梯口走去。

"已经整理出来了。"陆琛说着话,突然他瞥见超市出口,两名保安正推搡着一位瘦小的中年妇女,吵吵嚷嚷的,引得顾客一阵围观。

"店长,我去处理下!"

"赶紧的,马上顾客多起来了。"

陆琛把他们叫到了监控室了解情况,原来是中年妇女在超市偷了东西,有鸡腿、一小袋玉米面,还一本《唐诗三百首》。保安队长见陆琛来了,便指着桌上的东西说:"经理,报警吧?"

陆琛摆了下手,他拿起那本儿童读物,若有所思。一年级开学时,他给陆可儿也买过一本。超市里抓过很多小偷,但偷书的很少。中年妇女说,她从老家带孩子来这里看病,孩子肾脏有问题,因为没钱住院,他们晚上租住在一个几平方米的小房间,总共带来的三千元,也是跟亲戚借的。因为今天是孩子的生日,一早孩子就说要礼物,说想吃鸡腿,还想要一本《唐诗三百首》。说着说着,妇女掩面哭了起来:"我打算买点玉米面,做成粥给她消肿,结果看到有鸡腿和《唐诗三百首》,可我身上只有五块钱,我拿起又放下，放下又拿起，最后还是犯了糊涂……"

店长办公室里，王兵很是生气："你把那小偷放走了？不光没报警，没处罚她，你还给她五百块钱？"

陆琛解释道："一分钱难倒英雄汉，我看她太可怜了，孩子还有病。我孩子和她孩子差不多大，都是当父母的，我听她那样说，心里很不得劲。"

"行，你高尚，你伟大，你是救世主！"

对于王兵的训话，陆琛左耳进，右耳出。

继上次吞安眠药自杀失败后，陆妈开始以故意尿湿裤子来折腾人，直接把陆爸折腾得感冒了。起初他们以为陆妈得了尿失禁，去医院检查后，医生排除了这种可能，没办法，他们只好买来成人尿不湿，可陆妈不穿，就是穿上她也不尿，只要脱了，就开始折腾。好不容易给她刚换上新的裤子，尿湿的还没拿去洗，一个转身的工夫，她又尿湿了。

陆琛有些急，埋怨起来："妈，您别这样行吗？您还要我们怎么样？！"

陆妈面无表情，脸像刷了一层糨糊，一副事不关己的样子。

叶赛君扯了下陆琛，嗔怪道："你就不能好好给妈说话？"接着她又拿出干净的裤子，重新给陆妈换上，宽慰道，"妈，您别总胡思乱想，无论怎样，我们都不会嫌弃你的。"

"我爸感冒了不舒服，他心脏还不好，妈，我求求您行吗？咱们一家人都好好的。"陆琛难过得想哭，"白天去上班，在单位我

| 免俗 |

也是提心吊胆的,生怕家里会出事。"他看着陆妈那样,又是心疼又是无奈。

陆妈一言不语,就那么眼神空洞地呆坐着。

陆琛不知怎么办好了,垂头丧气地两手抓着自己头发。

这时陆爸从卧室里走了出来,叹了口气:"你妈要强一辈子了,我清楚,她是不想麻烦人,不想给家人给孩子添麻烦。"

叶赛君理解地点点头:"爸,我们不怪妈,能体谅妈的苦楚,可妈好像不明白我们的心思。"接着她转身对陆妈说道,"妈,不管怎样,一家人在一起就是幸福的,别再胡思乱想了。"

陆琛起身去扶陆爸:"爸,您还是回屋再躺会儿吧,有我们在这儿,您休息去吧。"

陆爸又躺了回去。叶赛君抱起婆婆换下来的裤子去阳台上洗,陆琛打开电视调到戏曲频道,坐在一旁陪陆妈看。坐了一会儿,他去阳台上,叶赛君正晾衣服,他愁眉苦脸道:"我们应该带妈去看下心理医生了。"

"和我想到一块儿去了,妈的精神包袱太重了,得让医生好好帮忙疏导下。"叶赛君平展着手中的衣服。

陆琛思虑着:"还有,我觉得我们要搬过来住了。"

叶赛君停住手,想了下,认同道:"是啊,爸妈一天比一天老,搬过来照顾起来方便些,省得在那边,整晚提心吊胆睡不好觉。"

陆琛感激地搂住她肩膀:"辛苦你了,老婆。"

叶赛君看着他,抚慰一笑:"我们也有老的那一天啊。"

随后,陆琛和叶赛君真的带陆妈去看心理医生了,还没见到医生呢，陆妈单单看到"精神科"几个字，便疯了般吵闹起来，医生来了，她也不肯配合，还打医生，最终这次心理咨询以失败告终。

回到家好不容易平复好陆妈的心绪，两人也累得筋疲力尽了，躺在床上，叶赛君想了起来："临走那心理医生给你说什么了？"

"按医生的建议，让关键的一个人来和我妈聊一聊，或许能化解郁结在心的疙瘩。"

"谁？"

"苏扣扣。"

为方便照顾父母，陆琛和叶赛君搬回了幸福里小区，物业刘大爷知道了，他鼓掌欢迎，连连夸赞他们都是孝顺的好孩子。中午，陆琛做了油焖大虾，让陆可儿给刘大爷送去一盘。虽然这是一个老小区，物业管理上比不得高档小区，但这里处处透着人情味儿，看到这里的人，听他们说的话，心里很惬意、很舒适。

大头也振作起来了，大家由衷地为他高兴。他最终还是听劝了，买下了房东的房子，就是用他父亲的那笔赔偿金交的首付款，这样他把陆琛借给的那五万块钱送了回来。

陆琛去还时广徽借给的三万块钱，他见时广徽傻愣了下，便笑他："怎么，这不是你的钱啊？接着啊。"

时广徽一时蒙了，待他回过神来："对对，是我借给你的钱，今天把我忙傻了。"他暗暗长舒口气，心想："可得帮叶赛君守好这个秘密，不能穿帮。"今天他得到消息，等过几天办完入学手续，时子昂就可以去实验小学上学了，而且和陆可儿分到一个班里。

陆琛听了很是高兴，他觉得今晚大家该聚一聚，时广徽赞同，他也想好好感谢下苏扣扣，陆琛还叫上了大头。饭桌上大家都安慰着大头，希望他赶快从悲痛中走出，对他的悲痛，苏扣扣和时广徽他们俩最能感同身受。大头很感动，向大家表示感谢，说着说着就想掉泪，他一掉泪，势必引得苏扣扣和时广徽心里更加难受。

菜上来了，陆琛活跃下气氛，起身做开场白："今天咱们喜事不少，大头把房东的房子买了下来，从今天起，人头在这个城市就有了属于自己的家。"

大家鼓掌恭喜大头。

大头羞赧一笑："成功挤入房奴的队列中了。"

陆琛又说："曾经让广徽头痛无比的一个麻烦，就是子昂上学的事，现在已经完美解决了！"

"子昂听说他和可儿一个班里，可高兴了，"叶赛君学小卷毛抱拳的样子，"'可儿姐姐，以后请多指教！'可儿回他，'OK，子昂小弟。'"

大家听了，都笑了起来。

时广徽忍不住感慨："真是想不到啊，在食堂打扫卫生的老大爷竟然把这事给办成了，真是不可思议。"

"所以说，你大爷还是你大爷。"苏扣扣说。

叶赛君笑了下："主要还是扣扣面子大。"

时广徽举杯，看向苏扣扣，真诚地说道："谢谢你。"

苏扣扣有些窘："还真有点不适应呢。"

大头看着时广徽和苏扣扣，想到了上次那事，两人都闹到派出所去了："你们俩现在……"

陆琛知道大头在奇怪什么："他俩现在已经成朋友了。"

苏扣扣鄙夷道："谁和他是朋友？只不过认识而已。"

时广徽看向大头，无奈点头："她说什么就是什么。"

苏扣扣昂着头："本来就是。"

陆琛苦笑："俩人见面就掐。"

大头傻笑了下，说话忒耿直："跟谈恋爱的节奏差不多嘛。"

叶赛君早就想点明了，只是没好意思，现在借大头这么一说，她随即附和道："对呀，你俩说不定还真有戏。"

陆琛笑了起来："我看行。"

时广徽叫苦："你们可真会开玩笑。"

苏扣扣讥笑："我和他谈恋爱？那得是太阳从西边出来！"说着她横眼看向时广徽，"我不是他喜欢的类型，他也不是我喜欢的那一款。"

陆琛和叶赛君一脸讶然，陆琛揶揄道："哟哟，你们才认识多长时间，你就知道广徽喜欢什么样的？"

叶赛君看了眼陆琛，赞同道："是呀，我们真还不知道呢！"她笑笑看向时广徽问，"广徽，你最钟情什么样的女孩啊？"

时广徽神色惶然，知道自己的脸已像火烧云般那样红了。这时他感觉到桌底下苏扣扣踢了他一脚，他看着她，她正憋着笑，一副事不关己的样子,他知道自己被捉弄了,暗暗咬牙切齿。大家都还在等他回答,他索性道:"也没什么,"说着抬眼皮看了眼苏扣扣,"反正就是除了她这样的都行吧。"

苏扣扣顿时如狮子鬃毛一般,冷哼一声:"那我可谢谢你了!"说罢,引得大家哈哈大笑。

吃完饭,陆琛起身去结账,大头也抢着去结,两人拉拉扯扯的,时广徽气定神闲地在一旁坏笑:"我已经结过了。"

两人回头看,陆琛一点也不知道:"什么时候结的?"

"就是啊。"大头也问。

"我说'我去卫生间'的时候。"时广徽讪笑。

"嘿,谁知你小子学会了啊。"陆琛意想不到。

"我们之间何必这样客气!"大头嗔怪。

"我也该请你们吃顿饭了,你们不要跟我客气了,"时广徽徒然一笑,"在咱们国家买单都要斗智斗勇的,还真有些不习惯。"

"上道儿了就习惯了。"苏扣扣带着点嘲笑说。

叶赛君接话,问时广徽:"听说国外不光朋友AA,很多夫妻也奉行AA制生活呢。"

"是啊,很正常,我听说咱们国内夫妻也有AA制生活的。"时广徽说。

叶赛君撇撇嘴:"我觉得挺别扭的。"

陆琛也摇头:"缺少人情味儿,分得这么清还是两口子吗?"

"就是啊。"大头拥着时广徽,大家一起往外走,"兄弟,你从美国回来真好,还是咱们国家最讲感情,有人情味儿。"

时广徽点头称是。

正如一位名人曾说过的一句话:世界上只有一种英雄主义,就是看清了生活的真相之后,依然热爱它。

大头妈帮忙照看孩子,正式成为城市里的老漂一族。陆琛帮大头的老婆小杨在超市找了份保洁工作。物业刘大爷还有一些邻居也都知道了大头爸爸去世的事,大家都抱以同情和惋惜,谁家有小孩子不穿的衣服、鞋子都给大头送来。刘大爷有时应应急,也帮大头妈照看下孩子。人与人之间,因为爱变得亲近、和谐,生活因为爱而变得美好。

第二天晚饭后,时广徽给叶赛君打电话,他要把那三万块钱交还给她,于是两人又去了家附近的那个咖啡馆。

叶赛君把钱装进包里,很是感激地说:"广徽,谢谢你了。"

"没事的,"时广徽已经点好了饮品,"赛君,你胃不太好,没给你点咖啡,给你点了杯红茶拿铁。"

"想得真周到,谢谢。"叶赛君端杯喝了一小口。

"我猜想,那养胃的方子还没试过吧?想想真是让人难以下口的。"时广徽笑了下。

叶赛君不好意思地笑:"主要是还没抽出时间呢,有时间一定试下,不能辜负你的好意。"

"别勉强,"时广徽看到店内抽奖活动还在进行,便想了起来,"那本书看完了吗?"

"快完了,是一本很不错的书。"

| 免俗 |

"我喜欢看的书,除了和工作有关的,就是一些人物传记,这些估计你不会喜欢。不过,在国外时,我听说有一部畅销书叫《摆渡人》,你有时间可以看下。"

叶赛君点点头:"好,我记下了。"她咬了下嘴唇,刚想说话,这时时广徽也要说话,两人都笑了。

"你先说。"时广徽说。

"广徽,谢谢你,是你让我觉醒了,我想重拾我的梦想,开始写小说。"叶赛君说这些时,有些不好意思,像是穿了件压箱底的旧衣衫,还带着樟脑味。

时广徽很激动:"这和我想的一样,我刚才就是想说这个的。赛君,我支持你,你完全可以!"

"真的吗?"

"真的,我支持你!"

每个人在做自己喜欢的事情的时候,不只眼里有光,整个人都在发光。时广徽看着她笑,眉眼弯弯,像一湾清澈湖水,恍惚间,让他一下子跌落了进去,仿佛像回到了青春时光……猛然间,他回过神来,叶赛君的手机铃声响起,是陆琛打来的。

叶赛君接完电话,她拍了拍包:"这次真的谢谢你了。"

"今晚你说的'谢谢'太多了。"时广徽很开心,两人秘密地合力完成一件事,是一件很快乐的事情。

叶赛君笑:"是吗?"说着她站起身,"我得赶紧回家,把钱还给老人。"

两人一块离开了咖啡馆。回到家,叶赛君就把三万块钱交还到

第五章　中国式饭局

陆爸手里,陆爸不要。她向陆爸解释,这钱本来是要借给大头买房的,现在大头不需要了,所以这钱她应该再交还回来。在她再三恳求下,陆爸勉强收下了,特意嘱咐她,有困难一定再来找他要。

周末,叶赛君和陆琛去超市采购,叶赛君发现"满口香"的摊位又大又显眼,她意味深长地看了眼陆琛,陆琛无所谓地耸了耸肩,接着两人都笑了笑,继续采购。突然,陆琛远远地看到一个熟悉的身影,他拍了下叶赛君,叶赛君转身看,原来是苏扣扣。只见她提着两个馒头和一包榨菜,正在排队准备结账。

陆琛给她打电话:"今天周末,来家里吃饭吧,都说了好久了。"

"我没空啊,和朋友正吃火锅呢。"苏扣扣电话里回他,口气轻松愉快。

陆琛心略一沉,快步迎上前,叶赛君也跟了过去,苏扣扣看到他们,有些惶然。陆琛拉她胳膊:"走,跟我们回家吃饭!"他心里很难受,深以为她遭受的苦都是因他家而起,他有责任来保护她不受委屈。

"不麻烦了,我自己吃点就好。"苏扣扣说。

叶赛君看着馒头和榨菜,心里很不是滋味:"扣扣,你就吃这个吗?这太没营养了啊!走,咱们先买点吃的去。"

"不用了,赛君姐。"

"你是不是没钱了?"

"我有。"苏扣扣表现得很坚强。

陆琛拿出手机,要给她转账:"这次无论如何你都要收下!"

| 免俗 |

苏医生留给苏扣扣的积蓄没有多少。20万元的见义勇为奖金,苏扣扣也一分没花在自己身上,她用来给爸爸选了一块好墓地。知道爸爸清苦辛劳了一辈子,她想让爸爸好好安息,并把妈妈的坟墓也迁了过来,两人合葬在一起。苏扣扣现在没正经工作,没有稳定收入,穷到连朋友叫她参加聚会她也会百般推辞,因为吃了别人的,要回请的,所以她不好意思去。

"我不要!"苏扣扣很是难为情。

"和我们就别客气了。"叶赛君为打消她的顾虑,只好说,"你先拿着,算是借给你的可以吧?等你成了明星加倍还我们。"

苏扣扣想了下:"好,算我借你们的,我一定会还的!"

陆琛笑了:"回头我找个小本子记上,到时你成了大歌星,我可得加倍要回。"

见苏扣扣被逗乐了,叶赛君说:"和我们回家一起吃顿饭吧,我爸妈挺挂念你的。"

陆琛想了起来:"正好吃完饭,去见音乐老师,你赛君姐已经联系好了。"

苏扣扣点点头,不好意思道:"谢谢赛君姐,让你费心了。"

"以后别说'谢'字,好不好?"叶赛君嗔怪道。

苏扣扣笑了下:"不能!该谢就得谢。"就这样,她跟着他们一起回家吃了饭。虽然从内心里讲,她不想去,看到陆妈,就会想到爸爸,会想起从前和爸爸有关的好多幸福的事,可她知道,这次要再拒绝的话,大家心里都不得劲儿。一路上,苏扣扣都在想,见了陆妈会发生怎样的情景。

第五章 中国式饭局

陆琛和叶赛君不由得相视一眼,两人都心照不宣,他们都想到了心理医生的话,如果苏扣扣见到了陆妈,两人能有交流的话,让陆妈放下沉重的精神包袱,那真是皆大欢喜的事情。可他们这么一想,就觉得往日对苏扣扣的关心和照顾,都像虚情假意似的,一切像是带有了目的性。

陆妈见到了苏扣扣,情绪异常激动,差点从轮椅上摔下来,她狠狠地自打耳光,嘴里含混不清地说着:"我该死,我该死!"

苏扣扣着实被吓着了,虚张着嘴,一句话也说不出来。叶赛君上前搂过她肩膀,安慰道:"别害怕,没事的。"

陆琛攥着陆妈的手,恳求道:"妈,你这是干什么?扣扣来看你了。"

姥姥知道苏扣扣来家里吃饭,特意过来帮忙做饭,这时她和陆爸闻声从厨房里跑出来,姥姥先安抚了下苏扣扣:"孩子,没事的。"接着她去劝说陆妈,直言道,"嫂子,你这样就不对了,人家孩子来看你,你这样都吓着孩子了。"

陆妈像是没听到似的,还在闹腾着:"我该死,该死!你们让我死,行不行?!"

陆爸一脸愁容,看向苏扣扣,无奈道:"孩子,她是看到你感到很愧疚。"

叶赛君把苏扣扣拉到一旁,递给她纸巾:"我妈一直被一种很深的负罪感折磨着,她觉得自己不该活着,活着对她来说是耻辱。她对不起苏医生,对不起你,也觉得给我们家人添负担,所以一

| 免俗 |

直以来,她总是想方设法地在寻死。"

苏扣扣不知道陆妈是这样在折磨着自己,她走向前,蹲在轮椅旁看着陆妈,泪流满面地说:"阿姨,你这样,我爸不就白死了吗?阿姨,你就好好活着吧,没有人怪你。"

"对啊,人家丫头都这么劝你了,你就听话吧嫂子。你再成天寻死觅活的,就是死了,那苏医生也回不来了啊!"姥姥心直口快地说道。

"阿姨你好好活着,我爸在天之灵才会感到欣慰,不然他会伤心难过的,我爸……"苏扣扣悲痛不已,她哽咽起来,喘过一口气,"我爸他是医生,他的职责就是救死扶伤,不管在手术台上,还是其他地方,他已经完成了他的使命,我们大家都为他感到骄傲。所以您更得好好地活下去!不然一切都没了意义!"

人都有私心,苏扣扣心里对陆妈一直有心结,一触就会痛,不能想也不能见,看到她就想起爸爸,那感受难以言说。可要说恨陆妈,其实也谈不上恨,但多少有些怨气。真是度人度己,她在劝说陆妈的同时,似乎也在化解自己郁结在心的疙瘩。

一个人的穷通祸福自有命数,既然被救的活了下来,那就尊重逝者,好好活着。时间既是魔鬼也是上帝,让我们学会承受,承受生命里的许多东西。

陆妈镇静了下来,用她另一只有知觉的手握住苏扣扣的手,什么都没说,只是紧紧地握着,然后低着头流眼泪。后来陆琛把陆妈推进卧室休息,陆爸难为情地说:"孩子,让你受惊了,快坐吧。"

第五章　中国式饭局

"没事。"苏扣扣擦擦眼泪，靠着沙发坐了下来。

陆爸端来一杯水："孩子，你有什么需要帮忙的，尽管来找我们，别什么事儿自己一个人担着，记住了吗？"

苏扣扣感激地点点头。

吃过饭后，陆琛和叶赛君便带苏扣扣去见音乐教授，姥姥已经提前帮着约好了。

本来叶赛君也想跟着一同去的，没想到幼儿园有事情被急电召回，她只好回园处理工作去了。苏扣扣带着陆爸的鼓励，跟着陆琛和姥姥一同去见音乐教授。

叶赛君回到幼儿园，才知道发生了怎样一件事。十多个学生家长围在办公室门口，她看到里面竟然还有大头！他们是从家长群里吵吵到学校里来的，引起他们争论的焦点就是：孩子到底该不该学识字、拼音和算术等内容。

"孩子在这儿学的东西太少了，我们邻居孩子在私立幼儿园上的，不光识字，都会写字了！也学拼音了，简单加减法也会做，可我们孩子呢，在人家跟前跟个傻瓜似的！"甲家长忍不住抱怨道。

乙家长帮腔："就是啊，你看吧，等孩子上小学了更让人着急。什么都不会，没一点基础，一步跟不上，步步跟不上！"

"说的就是啊！"丙家长接话，"很快孩子就会有挫败感，失去自信，慢慢就厌学了啊！不爱上学，再后来就逃课，去社会结识坏孩子，走上歧路，这孩子一生不就毁了嘛！"

| 免俗 |

这时持反对意见的丁家长发声了:"说的真是让人哭笑不得,因为孩子上学前没学拼音,就把孩子一生给毁了,这什么神仙逻辑?"

叶赛君注意到,这是一位年轻的家长,戴着眼镜文质彬彬的,她扶了下眼镜:"你们真是太浅薄了,那样只会适得其反,会扼杀孩子的想象力!"

戊家长赞同,他帮腔道:"对!孩子上幼儿园,就是要让孩子玩。过早学习了小学课程,违背了幼儿的认知规律,后果相当于拔苗助长!"

大头实在忍不住了,焦虑地抱怨起来:"可我们孩子不学,其他孩子都在学,到时我们孩子怎么去参加重点小学的入学考试和面试?"说完他不好意思地看了眼叶赛君,担心她会生自己的气。

"就是啊!"一位很富态的暴发户大姐拧起眉头道,"我们孩子去了跟个傻瓜似的,去了准成炮灰,上重点?连门都没有!"她看着叶赛君,"叶副园长,说句不好听的,你们这样成天让孩子玩,什么都不教,你们学校倒是轻松了,可我们家长却愁住了!"

叶赛君见大家都说完了:"我也有孩子,作为家长我非常能够理解大家望子成龙的心情,但我们确实有规定,不能提前教孩子小学内容。提前学确实违背了幼儿的身心发展特点,也违背了教育规律,相反会让孩子失去学习的兴趣。就像刚才那位家长所说,真的会扼杀孩子的想象力和创造力!到时孩子就成了一个呆板的学习机器,有什么用?真的,这得不偿失啊!"

"就是！！"赞同的家长有些得意地在一旁拥护。

反对的家长一个个不服气不甘心地嚷嚷着。

叶赛君向家长们反复解释着："我们教育还是要以人为本，这个时候培养孩子丰富的情感和健康的人格最为重要……"这时办公桌上电话响，"我就不留各位家长了，请你们回去好好考虑考虑，总之我们一切为了孩子。"

家长只好散去，有满面春风的，有一脸愁云的。出了办公室门，这两派人走着走着又争论起来，叶赛君看着他们，无奈地摇了摇头。

之后大头又折了回来，很不好意思道："嫂子，你可别怪我，跟着这些家长一起来学校里给你找麻烦。"

"没事的，我理解，大家都是为了孩子嘛。"叶赛君让他放心。

在音乐教授的工作室里，教授让苏扣扣唱了两首歌给她听。教授是个高且瘦、气质优雅、性格沉静的女人，和姥姥差不多同岁。唱完后，陆琛紧张地问："教授，您看她声音条件怎么样？"

苏扣扣随之一颗心提了起来，她咬着嘴唇，两手紧紧绞在一起。姥姥也是带着一脸的询问看着教授。

教授一脸沉思："声音也还行吧，但功力不够，毕竟她还不是专业歌手。"他们点点头，静听教授继续点评，教授看着苏扣扣："刚才我让你唱了两首风格不同的歌，第一首显然是你很拿手的，唱法还算游刃有余，但让人觉得是在卖弄高音技巧。第二首歌的风格和你自己的嗓音差异大，就出现了用力过猛，有些破功。"

| 免俗 |

苏扣扣受教地点点头,不好意思道:"教授,您点评得对,我的歌路较窄。"

教授伸出手,示意大家这边走,她边走边说:"会用气的人才会唱歌,一般来说,一个歌手根据自己的音色特点去唱歌,找到气息特点、节奏转变就能很好地把握歌曲,而唱歌时要调动胸腔共鸣等因素控制气息,通俗地讲,就是肺活量越大,声音越大,气息越强。"

苏扣扣认真地往心里记,陆琛和姥姥似懂非懂地点点头,他们跟着教授来到了另一个房间里喝茶。教授提壶要给他们倒茶,被陆琛抢了过来:"教授,我来我来。"

壶在陆琛手里,又被苏扣扣抢了过来:"还是我来,属我小,你们都是长辈,我来倒茶。"

陆琛没再争执,给了她一个向教授表示感谢的机会。

茶水倒好了,教授端起来喝了一口,总结性地说了句:"总之,除了先天声带条件外,后天对声音的锻炼也非常重要。"

姥姥看向苏扣扣,鼓励道:"想成事,哪有不下苦功夫的?"

苏扣扣深深地点点头。

陆琛赶紧追了句:"那还请教授以后多多指教。"说着他提醒苏扣扣,"扣扣,还不赶紧给教授倒茶?"

教授摆摆手:"指教谈不上,说的也是我一家之言而已。"

苏扣扣倒好茶,端给教授:"教授,您喝茶。"

教授接过,点头致谢。

陆琛指着一面墙上的各种奖杯和证书:"教授,您可真是太谦虚了,瞧瞧这满屋的荣誉。"

姥姥接话夸赞道:"我这朋友就是这样,人太谦虚不爱张扬,也与人无争。"

教授笑笑:"快别这样夸我。"接着她转过头问陆琛,"我听说,你有个朋友是海归,现在也还没对象呢?"

苏扣扣在一旁静静地听,低头喝茶暗想:"呀,这不是在说时广徽吗?"

陆琛答道:"是,我们也是同学。"他有些蒙,不知这教授怎么知道的,转头看见姥姥讪笑,便都明白了。

姥姥笑言道:"那天我和教授聊天,聊着聊着就聊到了现代年轻人找对象难这个话题。教授的一个侄女也还没对象呢,我记得你不是有个朋友刚回国嘛,所以就顺嘴说了下。"

教授忍不住插了句:"我这个表侄女自身条件不错,所以眼光有些高,一直没有找到合适的男朋友。家人也有些发愁,作为长辈,我也想着帮她找找看。"

陆琛觉得这是件好事:"好啊,可以介绍他们认识,要是能促成一桩好姻缘,那也是一件积德行善的事。"

教授欣然地点点头:"我这表侄女的具体情况,我就先不说了,到时他们若互生好感的话,就让他们互相去了解。"

陆琛同意:"这样好!"

姥姥不禁感慨:"真是,世界那么大,人那么多,可人与人的缘分却那么少。"

"就是啊,我发现现在剩男剩女真的是太多了,我们那会儿,

| 免俗 |

还真没这样。"教授无奈摇头。

陆琛笑着应道:"你们那时没智能手机,现在大家眼睛都用来看手机了,自然人与人的缘分就少了。"

这句话让姥姥和教授大为赞同,两人都忍不住吐槽起"低头族"来。

教授先说:"现代人的生活只和手机有关联,那天听我邻居上初中的孩子说,手机已经成了他们的另一个器官,说得真是好吓人啊。"

姥姥想了起来:"这就是严重的手机依赖症,看看!现在不管大人还是孩子,手里捧着的都不是书而是手机。明知虚度光阴,却还乐此不疲。"

陆琛也忍不住说两句:"确实是,咱们出门放眼一看,每个人几乎都在看手机。就说去哪儿玩,和什么人聚会,其实都已经没什么意义了,差不多就是换了个地方看手机而已。"

姥姥和教授惋惜地点点头。

陆琛见苏扣扣不说话,一副神游天外的样子,便用胳膊捣了她一下,小声问:"想什么呢?"

苏扣扣回过神来:"啊,没有没有。"说着她端起茶壶给大家倒茶水。其实她在暗想,时广徽到底同不同意来见教授的侄女?她觉得这就是相亲了,他一定会很反感的吧?

苏扣扣的这份担心还真不是多余,时广徽新买了一台咖啡机,托人购得最纯正的曼特宁咖啡豆,他请陆琛、叶赛君和苏扣扣来

第五章 中国式饭局

他的工作室品尝咖啡,陆琛顺便说了这事。

时广徽听说后,一脸的不乐意:"不好意思,我不想去,你们的心意我领了。"

苏扣扣心里冷哼。

时广徽把咖啡端给大家,他对赛君说:"赛君,你放心喝,这是经过深度烘焙的咖啡,对胃比较温和,其中的活性物质可减少胃酸产生,降低对胃的刺激。"

"好的,"叶赛君尝了一口,"味道不错。"

陆琛笑:"广徽懂得真多,我不管喝什么咖啡,都觉得一个味——苦。我就爱喝茶。"他继续追问,"怎么不去?你有女朋友了?"

时广徽讪笑:"没有。"

"那是为什么?"陆琛不理解。

叶赛君替他说:"广徽不喜欢相亲,"说着她便想笑,"上次他在咖啡馆相亲,我恰巧遇上,他还让我帮他逃脱呢。"

苏扣扣讥笑地看了眼时广徽,两人眼神相遇,时广徽忙避开,他知道苏扣扣在想什么。

陆琛拍着时广徽的肩膀无奈地笑,时广徽也跟着笑。

苏扣扣劝慰地来了句:"那万一这次遇到的是你喜欢的姑娘呢?你岂不错过了?劝你还是去见一见!"

"就是,扣扣说得对,缘分不知在什么时候就会出现,去见一面怕什么?不投缘,人家也不会赖上你。"叶赛君说。

陆琛手机响,是大舅打来的,电话里大舅问:"琛,你和人民医院姓马的眼科医生熟不熟?"

"马医生？不熟。大舅，怎么了？"

"我小孙子眼睛有点充血，今天带他来看病，听说那马医生看得好，可是没预约上，所以就托你打听下，"说着大舅干笑一声，"我以为都在一个城市差不多就认识呢。"

说得陆琛也跟着笑："大舅，这城市太大了……"

这时苏扣扣轻声问："是人民医院的那位马医生？"

陆琛点点头。

苏扣扣对他打了个"OK"手势，拿出手机跑到一边去联系了。

陆琛举着电话对大舅说："大舅我托人打听下那位马医生，你们就在医院门口等着，我马上就到。"挂断电话，他对叶赛君说，"咱们得去接大舅他们，他们今天回不去了，要在咱家住一晚，明天还得继续给小孙子看病。"

叶赛君点点头："那我得回去收拾下。"

这时苏扣扣打完电话过来了，一脸欢欣："搞定了，明天直接去找马医生！"

时广徽赞叹道："你这关系网还挺厉害的！"

"以前这马医生和我爸关系不错，我找他，多少还是给点面子的吧。"

"真是谢谢了。"陆琛很高兴。

"小孩儿看病不容易，能约到个好医生更是不易。"叶赛君也一脸感激地看着苏扣扣。

苏扣扣摆了下手："不用谢，你们不是也帮我找了位音乐教授吗？我这也是举手之劳。"她看了下表，提醒道，"你们还要去接

第五章　中国式饭局

人,这会儿去医院那条路还不算堵。"

陆琛点头:"那行,我们先走了。"他不忘提醒,"真的,广徽,你好好想想,该去见见那教授的表侄女。你的婚姻大事解决了,我们也好心安。"

叶赛君笑了:"你好好考虑考虑。"时广徽难为情地一笑。

临走时叶赛君不忘嘱咐道:"对了,广徽,麻烦你回头送下扣扣。"

"好的,你们路上慢点。"时广徽应道。

苏扣扣带点嫌弃:"我不用你送。"

陆琛和叶赛君走了,她拉开架势,责问起来:"教授的侄女又不是恐龙,各方面条件都不差,你为什么不去见一下?"她越说越气。

"我就是不想去!你不要强人所难,好吧?"时广徽很不高兴。

苏扣扣不能理解地看着他:"难不成你兴趣转移了?开始喜欢男人了?"

时广徽鄙夷道:"从你嘴里怎么就没多少好话听呢?"

苏扣扣语气幽幽,直接使出撒手锏:"你不能心里再想着赛君姐了,她已经结婚了,是你好哥们儿的老婆!"见时广徽被惹恼,她及时补了句,"别急啊,忠言都逆耳!"

"你……你胡说八道!你可什么都……都敢说!"时广徽结巴起来,"我见不见是我个人的事情,你跟着瞎起什么哄?!"

"你怎么就不明白?这音乐教授是琛哥请来的,现在人家音乐教授在给侄女物色相亲对象,你若不去见,琛哥脸上就没面子,"

| 免俗 |

苏扣语调软了下，难为情地轻咳了下，"当然，教授不痛快了，那我也得跟着不痛快。"

时广徽恍悟："里里外外其实全是在为自己考虑啊！"

"这也不全是为我啊，刚才不都说了吗？你不去，琛哥没面子啊！"苏扣扣快要哄他了，"你就不能牺牲下色相，去和人家见一面？"

时广徽犹豫着。

苏扣扣眨巴了下眼睛，阴阳怪调起来："哎呀，我刚帮某些人解决了一个大麻烦，这还没过多长时间啊，就过河拆桥，不好使了？"

时广徽听得懂这刺打人的话，他摆摆手："好好，说来说去不就是为了人情面子嘛，你别说了，我去见！你要成不了歌星，真是太对不起我了！"

"得了吧，你抱得美人归，要感谢的第一个人就是我。"

"有照片吗？"

苏扣扣取笑道："哟，这么快就开始抱有希望了？"

"不是！"时广徽被气到，无可奈何道，"提前心里有个数，到时好歹知道是哪位啊，免去不必要的麻烦！"

"急什么呀，照片没有，教授说现在照片都是修过的，看了也白看。"

时广徽不想和她说话，便自顾自地工作起来。苏扣扣走了过来，往电脑前凑了凑："你能赋予机器人感情吗？"

时广徽懒得回答她。

第五章 中国式饭局

苏扣扣嘲笑道:"估计你也研制不出来,你自己就是个感情不丰富、淡漠、过分理智,而且还相当无趣的一个人。"

"还有吗?"

"有啊!"

"好像你认识我有几十年了一样!"时广徽嗤之以鼻。

"不和你这无趣的人聊天了,"苏扣扣看向窗外,看到他工作室所在的这条街转角处开了一家奶茶店,"我去喝奶茶了。"

"劝你少喝,吃多了甜的,人会变傻。"

苏扣扣大笑起来:"你这是哪儿来的歪理邪说?真可笑!"

"我今晚要加班,你想回家的时候告诉我,我答应了陆琛要送你回家。"

"不用!"

"受人之托,忠人之事。"

苏扣扣下了楼,刚到奶茶店,排队时不经意回头看,发现身后那位竟然是时广徽:"你怎么来了?"

原来他妈妈托人给他介绍的相亲对象正准备来工作室找他。本来租这间工作室就是为了清静和自由,他知道这一切肯定是小卷毛给姥姥告密的:"真是哪里都不清静了。"

"所以跑来找我了?也是,跟着我,讨厌归讨厌,但心里还是很踏实的,对吧?"

"我可没说讨厌你!"

"得了,"苏扣扣顿了下,"你还真是个香饽饽,不过你可别自我感觉太良好。虽然你事业还算有成,可一旦和你相处起来,她们一定都会觉得你这人无趣得很。"

"我想请问,什么是有趣的人?"

"比如我。"

"有趣的特征就是作吗?"

苏扣扣又气又笑,拿包打他:"去你的,你根本还不了解我!"这时排到他们了,她侧了侧身,说道:"快点,交钱!"

时广徽没反应过来,赶紧掏出手机,抬起头看到苏扣扣一脸坏笑,他明白了:"哦,买一赠一啊!"

"是啊,以后凡遇到'买一赠一'的店,随时叫上我,我来喝赠品。"

时广徽耸了耸肩:"没关系,我可以喝两杯的。"

"好吧,撑死你!"奶茶来了,苏扣扣示意他喝,"喝一下,傻不了!"

时广徽硬着头皮喝了两口。

"好喝吧?"苏扣扣一脸期待,"是不是入口很丝滑?"

时广徽撇了撇嘴,大煞风景地说道:"说不上好喝,就是甜呗。"

苏扣扣额头冒黑线,两人边喝边往下坡的公园方向走,在长椅上坐了下来。她喝了口奶茶,问道:"去见教授侄女,你穿什么去?"

"差不多就这身打扮吧。"时广徽随口说。

苏扣扣看着他:"从我认识你,你就这一身打扮,永远的格子衫配鸡心领针织衫。"

第五章 中国式饭局

"也有圆领的呢。"时广徽认真地纠正道。

苏扣扣仰天长叹:"咱能不能换一套?"

"能啊,新买了件蓝色格子衫挺好看,然后外面套上一件卫衣。"

苏扣扣见他自我感觉不错的样儿,愤然道:"简直要我吐出一口老血!你是不管怎么换,横竖都是格子衫,是吧?"

"我觉得挺好的啊。"

"跟我走,带你见识见识更好的去!"

"去哪儿?我还要加班呢!"

"商场,帮你选套衣服!"

"我不需要,本来相亲我就很不情愿!"

"不都说了吗,谢谢你赏脸去见,但也不能去寒碜人!"

时广徽不情不愿地跟着去了。商场里,他像个尾巴似的跟在苏扣扣后面,转了一家又一家,最终在 Canali 专柜看中了一套黑色两粒扣羊毛西装。Canali 这个意大利男装品牌,以精良的剪裁著称,平直宽广的肩线和利落挺拔的裁剪工艺,纯手工缝制成衣,亦庄亦谐的风格令不少男士情有独钟。

苏扣扣又挑了件白衬衫,话说女人对穿白衬衫的男人是最无法抗拒的。当时广徽从试衣间里出来,着实让她眼前一亮,她大为赞叹:"真是人靠衣裳马靠鞍啊!整个人看上去挺拔又英气,不错,很好看!"

时广徽挺直腰背,站在镜前打量着,她赶紧追问道:"你觉得怎么样?说句话啊。"

| 免俗 |

时广徽笑了下:"你说好就好。"

苏扣扣给了他一个白眼:"真气人,你就不会说非常好吗?"

一旁的服务员笑着上前夸赞道:"先生,这套西装很适合您,真的很帅气!"说着她看了眼苏扣扣,"您女朋友眼光真好!"

苏扣扣昂然道:"我不是他女朋友。正如你说,我眼光这么好,怎么会看上他?"

"承蒙你没看上我,我真还想多活两年。"

苏扣扣笑嗔:"去你的吧!"

刷卡结账走出店门,苏扣扣手拿一支玫瑰,苦着脸哀叹道:"我的天,人生收到的第一枝玫瑰花竟然是赠品,让我情何以堪啊!"

时广徽在一旁忍不住偷笑起来。

"你还笑?!"

时广徽立刻停止笑:"好,不笑!"话音刚落,他忍不住又笑。

"还笑!"苏扣扣气得打他,时广徽躲避地跑远,她又气又笑地追打。

自从陆琛和叶赛君两口子搬去和父母住了,他们那套新房子就空了下来,陆琛打算租出去,可叶赛君舍不得,觉得都是新家具、新地板的,怕被不讲究的租客给弄坏了,所以暂时不打算往外租。

大舅他们今晚就住在他们那房子里,叶赛君简单收拾了下,便去超市买菜。买完菜回到父母家，陆爸问："怎么买这么多菜？"

"大舅来这儿给小孙子看病，没预约上医生，明天还要继续看，今晚住咱们家。"

"在这大城市看病难啊，他们现在在哪儿呢？"

"陆琛去接了，估计差不多快到了。"刚说完这话，陆琛就把大舅、大舅妈、表弟媳妇还有孩子接了回来，陆爸照应着他们。陆琛喝了杯水，便跑到厨房和叶赛君一阵紧忙活。

陆琛边撕包菜边说："刚收到微信，广徽同意去相亲了。"

"看来还是想明白了，那你给教授说了吗？什么时候见面？"

"已经约定好了，明天上午十点半，南京路上岛咖啡见。"

晚饭时间到了，时广徽肚子也饿了，便问苏扣扣知道哪里有好吃的饭菜。

"带你去一个有趣的地方！"苏扣扣把时广徽带到了夜市街。一方夜市，半城烟火，这里人来人往一派热热闹闹的气象，夜市街让一个水泥森林般的城市，有了些烟火气和人情味儿。摆摊卖什么的都有，鞋袜衣帽、花鸟虫鱼、饰品妆品、儿童玩具、家居用品，还有各种美食，真是应有尽有。

"这就是你说的有趣的地方？"这里人声喧闹，时广徽用力地大声喊。

"是啊！让你体验下街市的乐趣！"苏扣扣也大着声回应。她拿起一条仿真蛇，冷不丁地朝时广徽眼前晃了下，吓得他惶然躲避，她乐得哈哈大笑。被捉弄了自然要还击，时广徽走到另一个摊位前,拿起一只尖叫鸡,朝苏扣扣一阵猛叫,苏扣扣又笑又气,拿起一把玩具剑打他。两人打闹着往前走,她看到有卖假发的,便拿起一顶套在时广徽头上,那样子简直太搞笑了,惹得她一阵爆笑:"笑死我了,你别摘啊!"

"笑死你,我可偿不起命!"时广徽撇着嘴说。

苏扣扣拿起一个发光兔耳朵戴头上:"好看不?"

"你适合戴这个铃铛。"

"哪有人戴铃铛的?"

老板面无表情地来了一句:"我们这是给狗狗戴的。"

"对呀,狗佩铃铛跑得欢嘛。"时广徽说完,赶紧闪人。

苏扣扣气得跺脚:"时广徽,你给我站住!"

追上他之后,往前走着,终于发现了惩罚他的方式,那就是让他在夜市广场的露天KTV唱歌。

"我唱歌不好。"

"没关系,唱!"

时广徽无奈只好点了一首张学友的《一千个伤心的理由》,他开嗓唱,苏扣扣就一脸惨痛:"这哪是不好,简直太太太不好了!一句没在调上。"可他还唱得自我陶醉,简直无法自拔,围观的人都在笑话他。

苏扣扣上前拽他衣服:"别唱了,太丢人了。"

时广徽像是没听到,依然沉浸在歌声中,唱得自得其乐。

苏扣扣求他:"算我求求你了,"她看着大家都一脸的嘲笑,"这哪是惩罚你啊,简直是惩罚我,丢死人了!"

第五章　中国式饭局

这时老板走了过来，苦着一张脸："兄弟，我还是退给你钱吧，求你别唱了，把人都唱跑了，我生意怎么做啊。"说着，他关掉了电源。

时广徽有些不乐意："我马上唱到高潮部分了。"

苏扣扣惊叹道："我是真领教了，你唱歌真是要命啊！看人都走光了！"接着她对老板说，"老板让我唱一首，帮你找补回来。"

"那好，我相信你姑娘。"

苏扣扣唱了首《漂洋过海来看你》，果然人慢慢又聚拢回来。唱完后，老板很是感谢，表示不要钱，让苏扣扣再唱一首。

"老板，我们还没吃饭呢，吃过了再来唱。"

两人离开了这儿去找吃的，时广徽嘟囔着："你擅长唱歌，我当然比不了，就像你做不了机器人。"

"我现在可没力气和你斗嘴了，真是饿了。"苏扣扣带他来到了她常来的一个小吃摊前，"坐吧。"说着递给他一个马扎。

时广徽看着油污污的马扎和小方桌："吃路边摊，这也是有趣的体验？"

"是啊，你若不吃就算了，反正你会后悔的。"

时广徽无所谓："行，你吃吧，我去买杯咖啡，回来看你吃。"

苏扣扣不勉强，干脆道："随便！"

等时广徽买来咖啡后，见苏扣扣跟前油污的小方桌上摆满了吃的，有烤韭菜、烤金针菇、烤小鱼、烤羊肉……

"这看上去像大蒜？"

"就是大蒜，烤了的大蒜。"

| 免俗 |

时广徽很吃惊:"大蒜也能烤来吃?"他看到小吃摊老板又递来一小把串,"这是什么?中间黑黑的好奇怪啊?"

苏扣扣漫不经心道:"烤羊眼。"

时广徽瞠目结舌:"天哪!这可太瘆人了!"

苏扣扣一脸厌恶表情:"你又不吃,瞎操什么心!喝你的咖啡吧!"说着她吃一口肉串,再吃一瓣烤蒜。

时广徽喝着咖啡,看着她吃得津津有味:"不是煎炸的就是烧烤的,重油重盐的,不光不健康也不卫生啊。"说着他扫视一周,发现小吃车黑污污的。

苏扣扣反驳:"重油重盐不健康,但没油没盐不快乐。吃吧,我一个学医的都不在乎这些,你在乎什么?人活着总得有点烟火气,这样的人看上去才有人味儿,有情感。"

时广徽闻着她的口气,一股子蒜味:"麻烦你说话能不能用手遮一下,这大蒜味好冲啊。"说着,他嫌弃地捏了捏鼻子。

苏扣扣冷笑了下:"这世上最贵的香水也盖不住大蒜味儿,"顿了下,她狡笑道,"你要想闻不到蒜味,那你就和我一样,也吃一瓣。"

"这不就是臭味相投嘛,就好比都掉到粪坑里,互不嫌弃。"

"我吃着饭呢,你别说粪啊尿啊的。"

"那我还在你对面喝着咖啡呢。"

苏扣扣不屑道:"喝咖啡就高雅?吃大蒜就低俗?"

"我可没这样说。"

"少抖机灵,最烦耍心机的人了!"

第五章　中国式饭局

"我的城府可不深。"

"看出来了,你想耍歪心眼子,也没那段肠子。"

…………

此时的夜市正是最热闹的时候,大家穿过熙熙攘攘的人群,寻找自己最可心的食物。至味在夜市,有些土得掉渣、不精致却很可口的饭菜,在饭店里是吃不到的,只有在这夜市里才能找寻得到。在有着烟火气和人情味儿的夜市里,大家喝着酒,人人看上去都像一个有故事的人,在这儿吃着美食,讲着故事,说着心情,开心的不开心的,桌前这么聊一聊,好像也没什么大不了的。

陆家一家人吃完饭后,陆琛和叶赛君把大舅他们送到新房那边去住。

进到家里,大舅环视着四周欣然道:"上次来我就说,咱们所有亲戚买的新房,就属陆琛装修得最顺眼、最舒服。"

陆琛笑了下:"大舅,这很一般了。"

"你们不在这儿住了啊?"表弟媳妇问。

"是啊,爸妈年龄越来越大,住在一起方便照顾。"

大舅夸赞道:"真孝顺!也亏了你娶了赛君这么个好媳妇。"

陆琛点头笑。这时叶赛君从厨房走了过来:"大舅、大舅妈,热水我烧上了,床单、被罩我都已经换好了。"

大舅妈感激地笑:"谢谢赛君,真是给你们添麻烦了啊。"

"没事舅妈,你们回去再回来多折腾啊,孩子看病要紧,别耽误了。"

大舅由衷道:"刚刚还说来着,我们琛娶了你真是好福气。家门里有个好媳妇,真是祖上积德了。"

"我哪有那么好,说得我都不好意思了。"叶赛君笑了。

"好就是好嘛,"大舅妈说着看向她儿媳妇,"向你表嫂学着点。"

表弟媳妇羞赧笑了下:"知道了,妈。"说着她抱着孩子去卧室了,叶赛君帮她把灯打开。

大舅在客厅的沙发坐了下来:"你们孝顺我真高兴。"接着他叹了口气,"不像你二舅家的涛子,太不成器了!你爸妈身体都不好,刚才吃饭时,我什么也没敢说。"

陆琛一脸惊异:"怎么了大舅,出什么事了?"说着,他和叶赛君相视一眼。

大舅妈在一旁忍不住插言:"你二舅是不是在你温居后,接着上门来借钱了?"

"是啊,借了一万块,说是涛子买房时欠了钱。"叶赛君说。

大舅叹息道:"那钱就当是打水漂了吧,连个响声都不会有!"

"怎么?"陆琛不解。

"你二舅没好意思说实话!那钱不是还房债的,是涛子太混蛋,竟然学会了网上赌博,输了很多钱!"

陆琛和叶赛君一脸惊讶,双双倒吸一口冷气。

"这赌博害人啊!"陆琛惶然道。

"谁说不是!"大舅气结,"越输越想赢,借钱、贷款也要赌,十赌九输啊!这孩子真是鬼迷了心窍,网上贷的款,把房子、车子都押出去了,竟然还把你二舅的一份保险也办了抵押贷款。"

大舅妈压低了声音,不想让儿媳妇听到:"这涛子之前还借过我们小忠的信用卡,那时我们还都不知道他染上赌博,透支了两万。赌债越来越多,窟窿越来越大,他没钱还了。唉,谁家日子好过啊,你说又不能把他推井里去,只好我们先还了,这钱也甭指望他给了。这事小忠媳妇不知道,她省吃俭用会过日子,她要是知道撒了这么多钱,非得跟我们闹啊!"顿了下,舅妈想了起来,"还有那天给你们的温居礼金,还是我们借给你二舅的呢。"

大舅急了:"你说这个干嘛?!净说些没用的!"

大舅妈给了他一个白眼。

此时,陆琛和叶赛君听得心里疙疙瘩瘩的,没想到涛子闯了那么大的祸。

叶赛君痛心道:"这涛子是怎么染上赌博的呢?"

"谁知道呢,从去年开始就不出去打工了,成天在家玩游戏。他说赚钱,具体咱也不知怎么个赚法。"大舅说。

"舅,那叫游戏陪练。"陆琛问,"涛子一共欠了多少钱啊?"

"二十多万吧,他老婆现在带着才五个月大的孩子跑回娘家去了,闹着要离婚。"大舅妈无奈地长叹气,"咱们这些亲戚都没有做大买卖的,都是平平常常过日子,谁家也都不好过,"她摊着两手,"想帮也帮不了啊。"

大舅难过道:"可苦了你二舅了,出了这事瘦了很多……就这样还得去装卸队找活干,扛大包,那大包都比他重。"

陆琛听到这儿,心疼得眼泪要掉下来,他一副恨铁不成钢的

| 免俗 |

样子："这涛子也真是混账！房子盖好，媳妇给他娶上，还不让父母消停，老了老了还要再去为他扛大包还债，想想都心疼！要我说，狠狠心，咱们谁都别管他！他自己闯的祸让他自己来承担！"

大舅轻叹口气："天下只有狠心的儿女，没有狠心的爹娘啊。"

可怜天下父母心啊，陆琛懊丧着不知该说什么。

大舅妈接话："涛子自个儿去深圳打工去了。"

叶赛君乐观道："以后不再赌了就好了，这钱说少也不少，说多也不多。涛子还年轻，这个坎他会跨过去的！"

"但愿吧。"陆琛长叹口气。

回来的路上，他回想起来，对赛君说道："当初给咱们温居，还是二舅最先提出来的。"

"可能觉得我们收收礼金，就能收不少钱吧。"顿了下，叶赛君嘱咐他，"我知道你心疼二舅，那借出的一万块钱，咱也别想着要回了。但也不能再借了，涛子自己惹的祸，自己来扛吧，也该让他吃些苦了，磨炼磨炼才能长大。回头你去看下二舅，给他多买些东西。"

陆琛点头同意："行，是该给涛子些压力和苦头了。"

在夜市，时广徽不光喝了酒，还和苏扣扣一起吃那些小吃，当然也有大蒜。两人醉眼蒙眬，臭味相投，互不嫌弃。

苏扣扣笑嘻嘻地对老板大声嚷道："老板，再给他烤一个羊腰子。"

第五章　中国式饭局

老板讪笑："对不起，都卖没了。"

时广徽有些不好意思，捂着半边脸："你可真不矜持。"

苏扣扣白了他一眼："我是学医的，什么器官没见过？何况还是动物的，你可真是大惊小怪。"

接着两人结账走人，酒喝得有些多，两人走路都摇摇晃晃，得互相搀扶下。时广徽接上一个话题，嘴里嘟囔着："不错，还记得自己是学医的哈。"

"切，笑话人是吧？你多了不起啊，有钱又有心，一直对你朋友的老婆念念不忘！"

"你……你又乱说！"时广徽不知是气的还是撑的，打了个气壮山河的嗝，"我突然很同情你未来的男朋友，就你这铁齿钢牙的，把人嚼碎了都不会吐渣！"

"彼此彼此，我也很好奇，能被你看上的女友会是个什么鬼！"

柳树枝头升起一弯新月，像刚炼过的银子一样亮洁，嵌在深蓝色的天幕里。它倒是不会寂寞的，因为它在自己周边撒了一把星，亮晶晶地眨着眼睛。出来夜市，空气清冽透心了许多。路过公园，苏扣扣觉得手黏糊糊的，便洗了下手，随之往脸上扑了些水。

时广徽提醒她："你的手机响了！"

苏扣扣摩挲着两手："我手上有水，帮我从口袋里拿出来，"说着侧过身来示意让他帮忙看下是什么，"应该是信息吧？"

"是条信息，"时广徽打开了，念了起来，"妈，我和同学开房被警察抓了，"念着念着他不禁笑了起来，"请汇一万块钱到毛警官账户……"

"给你汇两万,再开一次!"苏扣扣被气笑了,"还叫妈呢,你爸在哪儿我都不知道呢!"

"真可恶,现在还有这种诈骗信息。"时广徽说着把信息删除了,不料手一滑,不经意间碰到了通讯录,"你还存着你爸爸的手机号呢?"

"是啊,"苏扣扣声音有些哽咽,她深吸一口气,"因为……因为我再也没有机会输入'爸爸'两个字了。"

有那么一瞬间,时广徽突然很想抱抱苏扣扣,想给她些安慰和温暖。正这么想着时,他听到苏扣扣问:"你呢,是不是把你爸的号码删除了?"

时广徽点点头。

苏扣扣生气又失望:"总是那么理性至上,我就知道你会这样做的。"

时广徽觉得被她误解了,他情绪激愤:"我是很理性,但那是我爸啊!我也会痛,我的心又不是石头!每当看到通讯录里写着'老爸',我的心也会揪着疼!"他大口地喘息,哀伤道,"我唯一能记住的电话号码,却永远地打不出去了。"

苏扣扣看着他,两人悲伤地沉默了片刻,一切令人怅然,却无可安慰。苏扣扣往公园深处走,时广徽在后面跟着,站在河边,苏扣扣黯然道:"就是这条河,我爸就死在这条河里。"

"如果你爸给我爸做了手术,我们一家人会按原计划一起跟我去美国生活。"时广徽叹口气,"这条河像掀起了滔天巨浪,改变了一些人的生活。"

苏扣扣手插口袋,忧伤地说道:"你看,现在这河水平静得如同一面镜子,像是什么都没有发生过。"

两人站在河边,静静地看着这条河。在这泥沙俱下的残酷人生里,谁又能安然无恙地蹚过人生这条大河呢?

免俗

李小艾 著

LI XIAOAI
WORKS

下

北京联合出版公司
Beijing United Publishing Co.,Ltd.

第六章 起跑线上的焦虑

早上陆琛和叶赛君刚下楼,准备送可儿去上学,恰巧遇到了时广徽,他也正要送小卷毛上学。入学手续办好了,今天是小卷毛第一天上学。

"时子昂同学早!"

"姐姐早!"

两个小家伙打招呼,陆可儿去看小卷毛的新书包。

时广徽今天的这一身装扮让陆琛和叶赛君感到惊艳——只见他一身笔挺的西装,外套一件黑色毛呢大衣,看上去精神又帅气。

时广徽羞赧一笑:"不是和对方约定上午十点半见面嘛,我省得再回来换了。"

陆琛竖起大拇指:"不错广徽,完美!"

叶赛君也不由得夸赞:"想不到你眼光还挺好啊,这次肯定会被教授侄女一眼相中的。"

时广徽苦笑:"这都是苏扣扣帮我选的,我这都是被逼无奈!"

陆琛真是没想到:"哎哟,想不到她还挺会打扮人的啊!"

叶赛君看了下手表:"要不让广徽把可儿一块儿送学校去吧。"

陆琛想想也是:"广徽劳烦你下,我得把大舅他们送到医院,昨天苏扣扣帮忙约好了医生。"

时广徽理解地点点头:"行,没问题,反正他们都在一个学校。你快去吧,孩子看病要紧。"

"那行,"陆琛看着叶赛君,"那你也一块儿坐广徽的车走吧。"

一坐进车里,两个小家伙叽叽喳喳聊个不停。没多一会儿,陆可儿冲着车窗外欢呼起来:"哇,机器人!"

小卷毛也张大了嘴:"好酷啊!"

时广徽和叶赛君向车窗外看去,原来路上出现了一个送餐的机器人。

"现在人工智能很是火热,大家都在谈论。好像有个地方已经有了无人驾驶公交车,以后司机这个职业怕是就该没有了。"叶赛君感慨道。

"是,人工智能的出现解放了劳动力,提高了工作效率,是一种合理的发展现象,也是科技发展的必然趋势,人类社会就是靠各种智能科技来不断进步的。"时广徽说。

"那天看到一个报告,说十几年内会有八亿多个工作岗位被机器人取代,"叶赛君对这个数据感到恐慌,"会不会将来老师这个职业也被机器人取代?"

"有可能。所以有学者就在思考这个问题,在科技高速发展的时代,我们该对教育做出怎样的回应和变革。"

"是啊,"叶赛君陷入沉思,"我们该教孩子什么?我们该守护孩子的哪些能力?"正说着话,车开到实验小学门口了,"说话真不显时间,这么快已经到学校了。"

小卷毛一脸新奇地看着学校,叶赛君帮他背好书包:"子昂在学校好好听老师话哟。"并嘱咐陆可儿,"今天是子昂第一天上学,多帮帮他。"

陆可儿拍了下胸脯:"没问题。"

"谢谢阿姨,谢谢姐姐。"小卷毛看上去很开心。

时广徽摸摸小卷毛的头:"子昂,舅舅祝你第一天上学过得充实愉快。"

"OK!"时子昂高兴地和舅舅击了下掌,"我也祝你今天过得开心。"

看着两个小家伙手拉手一起进了学校,时广徽放下心来,帮叶赛君打开车门:"来,赛君,我送你上班。"

"不用送了,广徽,你去上班吧。我要去看看我们老园长,她最近有些不舒服。"

"远不远?"

"不远,就在这儿附近。"叶赛君想了起来,"对了,广徽,哪天你有空,我想搞一个'机器人进校园'的活动,让孩子们了解下智能机器人,培养孩子对科技的兴趣。"

"好啊,这是好事,回头咱们再定时间吧。"

"行,"叶赛君看了下表,"别忘记十点半上岛咖啡,祝你相亲愉快!"

时广徽讪笑了下,冲她挥了下手,然后开车走了。

路上,叶赛君思考着,她觉得无论人工智能怎么倒逼教育改革,唯一不变的教育结果还是要回到教育的初心和传统,还是要以人为本,即坚决保护好孩子的创造力和想象力。她想到了报纸上看到的一段话:"教育最终的结果是什么?是超越知识,是情感,是品德,是技能。最可怕的死亡是思维的死亡,最可怕的束缚是对自由的束缚。"

老园长腰部做了手术,需要在家休养一段时间,叶赛君就成了代理园长。今天她来看望老园长,老园长对她语重心长:"赛君,好好干,把园里的工作做好。"

"放心吧老园长,我会的。"叶赛君握着老园长的手郑重承诺。

"我觉得你很有能力,我已经向上面递交了园长推荐信,估计他们要对你进行一段时间的考核。等我正式卸任,就把这重任完完全全交给你了。"

"谢谢园长器重我,我不会辜负您的期望,一定会把工作干好。您现在什么都别想,一切有我呢,您就安心地好好调养身体吧。"叶赛君同时也把她的计划说了出来,"园长,我想搞一个'机器人进校园'的活动,让孩子们近距离地感受下人工智能,也让科技之光照亮孩子们的梦想!"

老园长很高兴:"不错,很好,我支持你!"

还没从园长家的小区里走出,叶赛君便接到幼儿园打来的电话，说教育局领导收到家长举报信，举报他们园的老师教孩子拼音和加减法等小学知识，现在领导来园调查这一情况是否属实。

"怎么会这样？我马上回去！"叶赛君火速赶回幼儿园。她想到距上次那些家长来园争论才不过一个星期，现在就出现了这种情况，而且园里每个老师都知道有规定，不允许教孩子小学的知识内容。她焦急不安，暗暗思忖："这到底是怎么回事？！"

回到幼儿园，叶赛君见到了教育局领导，她真的不敢相信会有这样的事发生："怎么会这样？"她向领导汇报，"前段时间，部分学生家长从家长群里吵到学校里来了，一派要求提前教孩子拼音和算术，另一派则反对。当时我明确告诉他们，教育局有规定不允许教孩子这些内容，还对他们进行了解释。"

局领导扬了扬手里的信："可举报信真真切切地就拿在我手上。"

多说无用，叶赛君积极配合局领导做好调查工作。按举报信内容，他们从大二班里叫来六个学生，然后在黑板上写"a、o、e"，看他们是否能认读下来。

果然举报情况属实，六个学生全都认读了下来，叶赛君无奈叹气。

局领导笑问："小朋友们真棒！这些都是谁教的啊？"

孩子们一脸天真，异口同声地说："王老师！"

叶赛君叫来了王丽老师："王老师，你也不是第一天任职，咱们幼儿园有规定不允许教孩子拼音什么的，你不是不知道啊！"

王丽老师三十岁，自己的孩子也在她班里，她一脸愧疚："对不起，领导，对不起，园长。前两天好多家长多次要求，让我给

免俗（下）

学生讲点汉语拼音知识，他们觉得孩子上大班了，可以先适当学一学，打打基础。我也有孩子，也这么大，所以很理解家长的心情。有时我在家偶尔也教孩子一些简单算术和识字什么的，也没当回事。当然我很清楚幼儿园有规定的，所以……所以我就勉为其难地讲了一点点。"

领导若有所思地点点头："家长的心情咱们可以理解，但规定就是规定，必须得遵守！"

"以后可不能再犯了，写份检查交上来！"叶赛君看向王丽老师。

王丽老师点头。局领导要走了，叶赛君便去相送，领导嘱咐道："老园长在休养身体，你肩上的担子可就重了啊！好好工作，切不可有一丝马虎，特别是幼儿安全工作，是工作的重中之重！"

"请领导放心，我一定勤勉努力，尽职尽责做好本职工作。"叶赛君战战兢兢地送局领导往外走，她暗暗长舒一口气。走着走着，领导突然站在小班门前不走了，指向展览台，一脸不悦道："那是什么？怎么看着像祭品！"

叶赛君吓了一跳，她赶紧往前一瞧，桌上摆着学生的家庭手工作业，里面还真摆着个纸扎房子，看上去确实像祭品。这时，她看到了小尹老师，便问："这是怎么回事？"

"这是学生的家庭手工作业——纸房子。对不起，我不知道是祭品。"

"看你年龄小，也真不知道，这就是在寿衣店买的。"领导说着转身继续往前走。

叶赛君嘱咐道："赶紧扔掉，别吓着孩子。"

小尹老师点点头。送走局领导后，叶赛君把小尹叫到办公室："到底哪个学生家长交来的？简直是奇葩啊！手工作业不会做就去寿衣店买？真亏他们想得出来！"

小尹红着脸，支支吾吾不好意思说："这……"

"你让这学生家长来一趟，我要和他们谈一谈。以后要是做手工纸花作业，他们是不是还要买个花圈来？"叶赛君越说越气，她看着小尹像是很难为情的样子，"你怎么了？说呀，哪个学生的家长？"

小尹老师只好说了："是陆俊辉同学的家长。"

叶赛君一听是陆琛的三堂弟，真是气到完全没脾气，脑袋一下子磕到桌上，一副心力交瘁的样子。

陆琛送大舅他们去医院找马医生，一切安妥后，立马赶回超市。他气喘吁吁地往会议室走，远远就听到王兵的怒吼声，他深吸一口气，推门而入。

等会议开完后，王兵让陆琛留下，他头痛道："陆琛，我发现你家里怎么这么多事呢？"

"抱歉，我大舅带小孙子从镇上来这里给孩子看眼病，所以耽搁了些时间。"

"不是我说你，现在已经有同事开始议论了。你是经理，要起带头作用，老请假，工作怎么干好？怎么服人心？"

陆琛点头："您说得对，以后我会注意的。"

时广徽回到公司,这一身的光彩打扮让合伙人张宇目瞪口呆:"你这是怎么了?简直大变活人啊!"

"有这么夸张吗?"

"非常不错,我猜你要去相亲?"

时广徽扯了下嘴角:"猜得没错,为了人情面子去相亲。"

张宇哈哈大笑起来:"人情有时确实挺烦人的,我比你早回国几年,现在我已经完全适应了。不过,我可提醒你,为了人情面子去相亲可以,但不能为了人情面子就跟人结婚。"

时广徽苦笑:"当然,这我不会将就的。"玩笑话开过,两人便去了会议室,商谈工作上的事。

十点二十,时广徽站在上岛咖啡店门口。隔着玻璃窗,他往里望了下,看到一位膀大腰圆、很是富态的女士正独坐在桌前,神情像是在等人,他觉得这一定是教授侄女了。他悲伤地仰天哀叹,突然有人拍了他后背一下,吓了他一跳,回头看,原来是苏扣扣。

"你怎么来了?"时广徽说着,心有余悸地又往里面看了眼。

"上完课了呀。"苏扣扣跟着往里看去,"真是万万没想到,原来教授侄女长这样啊!肉鼻子肉脸,怪不得不肯多介绍一下情况呢。"

时广徽想了下:"这也无所谓,反正我是象征性来相亲的,敷衍一下了事。"说着他凛然前往。

"一看就是恨嫁女,"苏扣扣拉住了他,"我真不该把你打扮得这么光鲜帅气。我担心她看上了你立马就会以虎狼之势猛扑而来,到时你可能根本就招架不了啊！"

"那怎么办？"

"我先进去一探究竟。"

苏扣扣进到咖啡馆里，走到那女人跟前："不好意思问下，您是来相亲的吗？"

这女的一脸蒙相，没等她回答，一个男人进到咖啡馆里，边走边向这女的挥手，说着："老婆，我来晚了！"

苏扣扣暗喜，头也不抬地说了句："不好意思。"然后迅速离开。出来门口，她欢快地向时广徽说："进去吧，她不是来相亲的！"

"我是！"一个女声尖锐地响起。

苏扣扣一脸惊愕，这时她才看到一步外正站着一位身材窈窕、浑身散发着香气的女子。虽然此人戴着副超大墨镜，但也不难猜出她是谁。苏扣扣脸上的笑容瞬间消失得无影无踪，时广徽更是顶着一张便秘脸。

对，没错，这人就是夏虹！苏扣扣和时广徽面面相觑，想不到竟是这样狭路相逢。夏虹看向时广徽："我表姑只对我说是陆琛的朋友，还是海归，我就断定准是你了。"

"那你怎么还来？"苏扣扣扬了扬眉毛。

"碍于情面，不想伤表姑的心。"夏虹准备离开，她上下打量着时广徽，扯了下嘴角，嘲笑道，"哟，穿得还真挺帅气，差点没认出来呢！对不起，辜负你一身精心的装扮了。"

苏扣扣看不惯夏虹趾高气扬的嘴脸，见时广徽无意做任何解释，她气不过，打算找回点面子来，于是冲口而出："说实话，他也是碍于情面才来的！而且是受我的逼迫！"

夏虹讥讽道："你可真高看你自己啊！他时广徽好歹也是一个事业有成的海归，你呢？还逼迫他？真好笑！"

夏虹的话就像一盆冰水兜头而下，苏扣扣咬着嘴唇，气鼓鼓的一句话也说不出来。这时，时广徽说了句："她是我朋友，这是我们的事情，你用不着这样说她！"

"好好，算我多管闲事。不过作为老同学，我友情提醒你，在中国，交友要交优质的朋友，别什么不三不四的人都往自己身边划拉。"说着夏虹甩了甩头发，向她那辆奔驰车走去。

"什么样的才算是优质的朋友？像你这样眼里只有钱的富家千金吗？"时广徽问。

夏虹站住了，一脸冷笑地看着他们。

时广徽看向苏扣扣："我觉得苏扣扣她挺棒的，我小外甥上学的事就是她一手帮我搞定的！我觉得她很厉害！"苏扣扣登时感到很暖心很感激，两人相视一笑，他接着又说，"比起有钱来，有几个真心的朋友才是真的了不起！"

夏虹怫然作色，鄙夷道："今天算是见识了，你这海归也不过如此嘛。"说着拉开车门，驾车离去了。

两人开心地笑了，苏扣扣拉了下时广徽的胳膊："进去吧，写着'买一赠一'呢，这种便宜怎么忍心浪费。"

时广徽点头："就是，我也想喝杯咖啡了。"两人有个共同的敌人，因着这个特征，他们志同道合地击掌欢笑。

咖啡点好后，时广徽去洗手间，回来看到苏扣扣正在接电话。

第六章 起跑线上的焦虑

"老周哥,不是我不帮这个人情啊,医院都有规定,员工不能替买的,要是发现了会被开除的。况且你这药是经常吃的,不是偶尔帮着买一次就行的。"原来有朋友想用她的关系,帮忙从医院买些打折药。

听筒里传来老周的话:"就因为要经常吃,而且还贵,所以才找你帮忙啊!况且哪儿那么容易就被发现了啊?小心点嘛,找个机灵靠谱的人就行。"

苏扣扣很无奈:"但医院真的有规定,而且查得很严的!"

老周依然紧追:"我知道有规定啊,就是因为这个我才找的你啊,没规定我找你干嘛?"

"已经帮你买过两次了,我朋友到现在都吓得不行,要是连累朋友被开除了,你能对人家负责吗?所以这忙我不会再帮了,你爱找谁找谁去!"苏扣扣一怒之下挂断了电话。

时广徽把咖啡推到她跟前:"人情很麻烦吧?要是听我的,不管什么人情不人情的,今天就不会和夏虹碰着面。"

"是麻烦,还挺招恨的,可也真离不了啊。"苏扣扣喝着咖啡,神情颓丧地看向窗外,"其实夏虹说得对,我要什么没什么,我得看清自己,我和你们不是一个阶层的!"她进而想到,周围的朋友开始远离她,她也开始远离那些朋友,没钱送人礼物,没钱回请朋友吃饭,已然活到了朋友圈外。

"何必在意她说的话!"时广徽很不以为然。

"你不懂,"苏扣扣喝了口咖啡,对自己鼓舞士气,"我必须要成为歌星!"

时广徽打趣道:"好像你喝的是酒。"

苏扣扣矍然一惊:"坏了,我把夏虹得罪了,她会不会告诉教授?然后……"她不敢想象。

"不能吧。"说着时广徽手机响了,是时子昂班主任的电话,他一颗心提到了嗓子眼。

时子昂第一天上课,第一堂课是语文课。他不坐在自己座位上,在教室里笑嘻嘻地来回走动,还和同学说话。陆可儿一脸愕然,没想到会这样,她看到台上老师已然生气了,正瞪眼看着时子昂,她悄悄提醒他:"时子昂,快回到座位上!你得认真听老师讲课啊!"

"Why(为什么)?"时子昂无辜地耸了耸肩,"上课就是这样啊,I'm right(我是对的)."他来回走动引起同学的一阵嘻笑和喧闹。老师生气地走下台来,几次把他摁在座位上,让他认真听课。他像只顽皮的小猴子一样总是坐不住,扰得其他同学根本无法专心听讲。老师气得头都大了,跟他讲规矩,他装作听不懂似的,依然我行我素。几节课下来,他都是这样,老师很头痛也很无奈,便给时广徽打去了电话。

时广徽匆匆赶到学校,老师见他西装革履的,便开了句玩笑话:"穿得还挺光鲜,像来领奖似的哈。"

时广徽不好意思地赔着笑:"我清楚我是来接受批评的,从电话里我就听出来了,子昂肯定惹老师生气了。"

"倒不是批评,你作为他的家长,我有必要和你说下他在学校的表现。"老师叹了口气,"到现在我的头还两个大呢。"

时广徽听老师说完,哭笑不得,向老师解释:"这孩子从小接触了西方教育,在美国,学生在班级里走动再正常不过了。"

"这可是在中国啊!在中国上学,就要遵守课堂纪律,坐在椅子上认真听讲,不能扰乱别的同学。他这样,老师真没办法讲课了,你说是吧?"

"是是,老师真是抱歉啊,这是我的疏忽,一开始没告诉他,回去我就好好给他讲讲中国课堂的规矩。"

到晚上,时广徽把时子昂叫到书房,认真给他讲课堂规矩:"不能在教室里乱走动,要坐在椅子上,身体要坐笔直,手臂还要整齐地交叠在一块,有问题要先举手,老师同意后再站起来说。"

时子昂听了有些不开心:"太不舒服了,像困在了笼子里啊!"

"你慢慢适应,我相信你会做到的!"

时子昂噘着嘴不吱声。

"我们是男子汉,对吧?有困难就要学会克服。"时广徽激将道,"舅舅相信你会做到的!"

时子昂不太情愿地点点头。

差不多十多天时间,时子昂改掉了那些习惯,课堂上规矩了许多,不在课堂"捣乱"了,能安静地在课堂里听讲,也能和同学们进行交流。时广徽提着的一颗心放了下来,每天早上看着小外甥快乐地跑进学校,让他很欣慰。

苏扣扣断断续续在音乐教授那里上了十多天课后,今天被告知暂时休息下，可以先不用来上课了，这让她预感不妙。果然，教授让陆琛来工作室一趟，她有话要说。

陆琛和叶赛君去了，坐下彼此寒暄了两句。陆琛说："没想到您的表侄女就是夏虹啊。"

"我们是同学也是朋友呢。"叶赛君附和道。

"是啊，表侄女告诉我了，没想到这么巧……来，吃山竹。"教授把果盘往他们跟前推了推。

"我们喝水就行。"陆琛心里七上八下。

"今天找你们来，"教授欲言又止起来，"有些话不知该怎么说好……"她看向叶赛君，"毕竟是你妈妈托付我的，我和你妈妈呢，又是认识多年的朋友。"

"您不必在乎人情面子什么的，有一说一。您觉得扣扣她声音条件怎么样？离她的歌星梦到底有多远？"叶赛君很直率地说了出来。

"行，既然话都说到这份儿上了，我也不碍于情面了。实话说吧，要想成为歌星估计够呛，她的声音不是很出色，没让人感到惊艳和新鲜，我觉得我很难在她身上唤醒一种新的听觉。"

从教授那儿回来，陆琛怅然若失，他不死心地问叶赛君："之前教授不是还夸赞苏扣扣唱歌好来的嘛，怎么现在就成这样了？会不会是夏虹从中挑拨？"

"我觉得夏虹她不至于吧？"叶赛君有些不相信。

陆琛思虑着："这事还不能直接问她。"

他们把这事告诉了苏扣扣，没想到她第一句话就是："肯定是夏虹搞的鬼！"她气得跳脚，"我和她闹得很不愉快，她肯定会借机报复我！"

"你先别气，这只是猜测。"陆琛料到她会这样。

叶赛君实话实说："我给我妈打过电话，她说教授修养很高，可不是那种一般见识的人，所以就算夏虹真在中间说些什么，教授也不会轻易地就放弃你。"

苏扣扣有些气恼了："合着我就是一般见识的人呗！"

"不是这个意思。"

"你赛君姐是想让你看清现实，既然唱歌这条路走不通，那就回头，重新回到医院当实行医生。"

苏扣扣痛心地看着他俩："我就知道你们不相信我的能力。"她大吼道，"我不会回医院！我就要唱歌！"

自尊是一根伤人伤己的针。一场谈话不欢而散，陆琛和叶赛君眼见着苏扣扣疯跑着穿向对面的马路，一辆货车差点撞到她。刺耳的紧急刹车声，直让叶赛君头皮发麻："陆琛，你快把她追上！"

"吓死人了，简直太危险了！"陆琛说着便去追苏扣扣。

陆琛把她拎了回来，带她去喝她爱喝的奶茶。

一条街里有两家奶茶店，陆琛不知选哪家，苏扣扣走在前头，耷拉着脸："这家吧，买一赠一。"

陆琛哭笑不得："还挺会过日子。"

两人坐了下来，陆琛说什么，苏扣扣也不搭话，故意埋头玩手机。陆琛一气夺下，一看手机："真是没有人生经验！手机只剩一格电，还玩呢？这种情况就不能再玩了，要保存点电量，出门在外，要是突然遇着个紧急情况，手机没电，怎么和人联系？"

"我爸都不在了，我还能打给谁？谁还牵挂我？"苏扣扣赌气地说。

陆琛被噎得一句话都说不出来，羞恼的他一个劲儿地猛喝奶茶，结果一不小心，奶茶喷到了脸上，样子十分狼狈。他拿纸巾赶紧擦着脸，瞧见苏扣扣正强忍着笑。擦干净后，他假装生气，站起身往门外走去，苏扣扣也紧跟着追了出来。

刚出店门口，一粒鸟粪不偏不倚地落在了陆琛的脸上，这下惹得苏扣扣一阵狂笑："你今天怎么这么倒霉？"

"还不都因为你。"陆琛嗔怪。

"碍着我什么事了？"说着，苏扣扣拿出湿纸巾，"别动，我帮你擦。其实这鸟粪中，有着不同的矿物质元素呢，就当是做了个面膜吧。"

陆琛撇了下嘴，戏谑道："来来，别浪费，你也敷一下。"说着拉着她的手臂，作势把湿纸巾往她脸上靠。

苏扣扣笑："别闹，下巴这儿还有呢。"突然她触摸到他刚冒头的胡须，手指肚上有种刺痒感觉，让她的心颤抖了一下。陆琛的感觉也有些微妙，怔怔地看着她，他感受到了一种柔软，是除老婆之外的女性抚摸。两人四目相对，这时闪出了一个匆忙的过路人，他后背上的大背包挤到了苏扣扣。失去重心的她一下子靠在了陆琛怀里，电光石火间，她有些甜蜜眩晕，似乎感觉头顶像有烟花在绽放。

第六章 起跑线上的焦虑

回到家,陆琛先到父母房间看了下,确定没事,他这才心安地关上门。回到他们卧室里,他很欣慰地对老婆说:"自从苏扣扣来咱们家后,咱妈好像精神压力小多了,现在不再尿裤子了。"

叶赛君正在笔记本上敲字,头也不抬地"嗯嗯"了两声。她正在网上写小说,没想到梦想之光再次照亮了她,她重拾了往日爱好,有了创作冲动。她打算用业余时间先把小说写出来,有机会出版的话,她再试着改编成剧本。她清楚梦想之光再次闪现时,她已过而立之年,是个上有老下有小、里里外外为家人奔波操劳的人。她不奢求梦想最后成不成真,她只希望在这柴米油盐的日子里,靠着梦想之光能感受到温暖和芬芳之气,以此抚慰她疲惫的心。没想到她的小说还有网友在追着看,也有给她留言的。

对此陆琛还一无所知,他坐在一旁,随口问了句:"在写报告啊?"

"嗯。"叶赛君含糊应着,接着她赶紧合上了笔记本,她决定先不让老公和孩子知道这事,于是她起了个话题,"和扣扣谈得怎么样?"

"医院她是不想回了,我们就随她吧,让她做自己喜欢的事。"陆琛喝了口水。

"你怎么就不能好好劝她呢!反正听我妈讲教授这个人的品性,我真觉得教授对扣扣的评价是客观的,她可能真的不是当歌星的料。咱们应该帮她清醒下,把握住人生方向。我不反对追梦,但歌星梦不同于其他梦想,我真怕会毁了她。"

"没这么严重吧?我倒觉得凭感觉和想象选择一个人生方向,

并且还要选对,这种想法就是错误的。真正的人生方向需要探索,是磕磕绊绊地摔打出来的一条血路。"陆琛说得声情并茂,"成长的荆棘之路上也会开满鲜花啊。"

叶赛君挖苦:"说得还挺文绉绉的,最近看书了?"

"哪有时间啊,听咱妈朗诵诗歌,时间长了,听听也能受点熏陶的,偶尔拽两句也是很容易的。"

叶赛君扑哧一笑:"少贫了你,不过我可提醒你,在歌星梦这件事上,你可不能太依着扣扣了。"

"我就发现你有些问题,老往复杂和严重上考虑。"

"我不是危言耸听,你自己看着办吧,不过,我发现你有些太宠着她了!"

"相比她应得的父爱,这远远不够!"

"行了,苏医生一直反对女儿走音乐道路,你现在纵容她,小心苏医生托梦训你!"叶赛君说着起身,端了杯牛奶给可儿送到房间,她看到女儿在掉眼泪,顿时慌了:"可儿,你怎么了?"

陆可儿不说话,这一问,似乎更伤心了,眼泪大颗大颗地落。叶赛君赶紧叫陆琛:"陆琛,你快来!"

陆琛冲进书房,见可儿泪流满面:"可儿怎么了?是不是同学欺负你了?"

"不是。"

"那是怎么了?"陆琛问。

"说呀,到底怎么了?"叶赛君很是着急。

陆可儿拿笔指了指练习册。

第六章　起跑线上的焦虑

陆琛和叶赛君连忙凑了过去，两人睁大眼睛一看，是一道数学题。叶赛君念了出来："小明做了五只蝴蝶标本，小华和小明做的同样多，他们俩一共做了多少只蝴蝶标本？"

陆琛看向女儿："这题简单啊，不会做？"

陆可儿摇了摇头。

两人又看了一遍题，还是没发现什么异常，叶赛君有些着急："到底怎么了可儿？快说呀！"

"就是啊，可儿，你有什么不开心的倒是告诉我们呀！"

陆可儿开口了："他们把蝴蝶杀死了！好可怜啊这些蝴蝶。"她边说边掉泪。

陆琛和叶赛君面面相觑，陆琛觉得不可思议："这孩子怎么成这样了？"

"是啊，做道题都这么感怀心伤的。"叶赛君也觉得莫名其妙。她正要给老师打电话问问情况，没想到老师的电话正好也打来了，她忙到卧室里接听老师的电话。

刚挂断电话，陆琛进来了，叶赛君小声嘱咐他："关好门。"陆琛提心吊胆起来："老师说什么了？"

"老师也发现了可儿最近不太对。孩子感情倒是很丰富，可太多愁善感了，对什么都心生怜悯，动不动就落泪。"

"可儿性格不是这样的啊，爬树爬墙像男孩子一样，性格也大大咧咧的。"

"是啊，老师也说她性格不错，上来就问咱们家是不是出了什么大变故，孩子怎么成这样了？"

陆琛思虑:"这到底怎么回事?"

正当两人忧心忡忡、不知头绪在哪儿时,突然听到书房里传来可儿的声音,她在朗诵诗歌:"你不愿意种花,你说,我不愿看见它一点点凋落。是的,为了避免结束,你避免了一切开始。"

陆琛和叶赛君两人怔目相望,他们想到一块儿去了,异口同声道:"姥姥!"

晚上睡觉时,叶赛君躺床上仔细回想了下:"我妈好像是偏爱读一些伤感的诗歌。"

"对,有时候我听着感觉像念悼词,让人很压抑,很难受。"顿了下,陆琛说,"是不是咱妈一人太孤独了,要不咱们给她找个老伴?"

"你可别提,你提她非和你生气不可。她和我爸感情特别深,我爸宠了我妈大半辈子呢。"

"能看得出来,让咱爸宠成这样,也没人敢要。娶回来得像公主一样供着,没人受得了。"

"要不说,还是我爸厉害,好男人就是把自己的女人宠得没人敢要。"

"看来我也得好好宠你了。"

"得了吧,我可没这好命。"叶赛君关掉壁灯,"赶紧睡觉,明天一堆的事呢!"

同床共枕,各怀心事。此时叶赛君满脑子里想的是如何编织故事情节,而陆琛想的是以后如何和苏扣扣相处。他从心里真的一直把她当作妹妹，就像是走丢的灵灵。奶茶店发生的事正好给他提了个醒，他今后要更加注意自己的言谈举止，把握住分寸，要有个哥哥的样子，照顾好她，以告慰苏医生的在天之灵。

第二天叶赛君就去了姥姥那儿："妈，以后您别拉着可儿和您一起诵读诗歌了。"

姥姥一听有些不乐意了："怎么了？诗歌提升人的气质、陶冶人的情操、丰富人的感情，你们以前不也这么说嘛，现在怎么了？"

叶赛君不想让姥姥伤心，她小心翼翼道："我没说诗歌不好，就是吧，最近可儿受熏陶得太厉害了，经常泪水涟涟，感情太澎湃了些。"

"什么意思？"

"就是做道数学题，她都能掉眼泪。"叶赛君见姥姥还愣怔着，没听明白，便补充道，"就是数学题里有'蝴蝶标本'字眼，她看了心里都难受得不行，觉得蝴蝶太可怜了。"

姥姥感到诧异："原来这孩子被诗歌熏陶得感情如此丰富，性情如此柔软，真是没想到啊。"

"您没见，都快成林黛玉了。"叶赛君嘱咐道，"妈，暂时咱先别让可儿跟您朗诵诗歌了，还有，当她的面您也别朗诵了。"

姥姥无辜又无奈地撇了撇嘴："那好吧。"她若有所思，不甘心地说道，"你和陆琛没事吧？你确定孩子不是因为你俩？"

"我俩？我俩没事啊，一切都好。"

姥姥好心提醒:"你可注意着点儿陆琛和那苏扣扣。"

"我相信陆琛,他根本不是那样的人。"

"一开始都没那心思,可处着处着就怕有那心思了,日久生情嘛,人都是感情动物。"

叶赛君哭笑不得:"妈,您还是朗诵您的诗歌吧,我不打扰您了,先走了。"

"等等,我衣橱里有件粉色的毛衣,很好看,你拿去穿吧。别整天不是黑就是灰,换点亮色,显得人也好看,有活力。"

"老了才穿粉呢。"

"谁说的,我穿了一辈子粉,我就喜欢粉色。"

"妈,您饶了我吧。"

姥姥给叶赛君一个白眼,接着叹了口气:"你爸就喜欢我穿粉色衣服。"

叶赛君抱了抱姥姥,她知道妈妈是想爸爸了。年轻时,爸爸就爱给妈妈买粉色衣服,她也发现自己穿粉色很好看。爸爸工作性质要经常出差,所以他只要看到大城市里漂亮的粉色衣服,就会给妈妈买回来,妈妈最幸福的时刻,就是在家迎接丈夫的归来。现在爸爸走了,妈妈仍旧很开心地给自己买粉色衣服,叶赛君也给她买过,但她总是各种挑剔,不称她心。如果一个人很爱她,即使他不在了,他爱过她的方式也可以拿来继续爱自己,就像他在时一样。

这两天苏扣扣一直没睡好觉,她一遍遍回味着奶茶店门口发

第六章 起跑线上的焦虑

生的那一幕，还有手指肚上的刺痒感觉，一遍一遍，已经刺痒到她心田里去了。一闭上眼，满脑子全是陆琛，她发疯地问自己这是怎么了？其实她心里清醒地知道，她这是喜欢上陆琛了，但她不想也不敢承认，因为她的道德感在起作用，喜欢上已婚男人，无论怎样，都是件危险的事情。她强迫自己不再想这件事，想想自己的歌星梦该怎么实现，这真是件忧心的事，想到教授对她的评价，就想到夏虹，越想越气。正在这时，她的手机响了，一看又是王兵的电话。这段时间，不管他发信息还是打电话，她都没有任何回应，正心烦着，王兵又发来一条信息，写道："我知道了一个惊人的真相，我必须得告诉你！想知道的话，秋林茶馆见！"

苏扣扣回打电话过去，想知道到底是什么惊人真相，没想到王兵还不接电话了，只回了信息："想知道，秋林茶馆见！"这真的成功引起了她的好奇心。她来到了秋林茶馆，见到了王兵，王兵一上来先是对酒吧那次的事赔礼道歉。

"我承认，我听信了一群猪队友的计策，设计了一出英雄救美的戏，为的就是让你别疏远我。我也真是邪门了，和你在一块儿就是心情愉悦，所以我很珍惜我们之间的情谊。"

"我早就猜到是这么回事，你怎么又蠢又废的？那晚要不是陆琛，后果不堪设想！"

"那也是我通知的他！"王兵脱口而出。

苏扣扣冷哼："还好意思说！"

"那晚我真的想保护你，没想到惹到了六爷，那可是有名的无赖！我怕事情闹大，被我老婆知道了，那就会更复杂，所以我就让朋友赶紧给陆琛打电话。"

苏扣扣摆了下手："行了，赶紧说什么惊人真相吧！"

"别急啊，这正是我要往下说的，"王兵脸上闪过一抹讥笑，"你以为陆琛真就像个英雄一样，有血性有人味儿？告诉你，那可真不见得，每个人心里都藏着龌龊的想法。"他得意地顿了下，"我的傻妹妹，陆琛其实是在利用你！"

"他利用我什么？"苏扣扣很是心惊。

"你就是他妈的一剂药！"王兵突觉不顺耳，"怎么听着像脏话……"

"继续说。"

"是陆琛妈妈活下去的一剂药！你爸都为救他妈死了，他还拉着你不放，让你来医治他妈的心病。你还是小，太天真，以为人家真的对你好啊，慢慢你就知道了，还是你兵哥真心对你好。"

听他这么一说，苏扣扣有些惊惶，顿时陷入沉思，她从没怀疑过陆家人会对她抱有目的性。她猛然想到上次，陆琛请她去家里吃饭，陆妈见了她，精神极度崩溃，在她的劝说下，陆妈才冷静下来。她又想到之前陆琛一直想让她去家里，她都没有去……当她回过神来，发现王兵的手黏糊糊地搭在她手上，王兵一副心事重重，欲语还休的样子，行动间带有侵略性，让她很厌恶。她装作一脸愕异："看着那边好像是嫂子。"

王兵像被踩到尾巴的猫一样："哪儿呢？！"手也触电般拿开了。

第六章 起跑线上的焦虑

苏扣扣伴装道:"去那边了,看着挺像的。"

王兵半信半疑,不失尴尬一笑:"看着就看着,我们是朋友嘛。"

"对,我们是没什么,可嫂子要是猜疑起来,这就不太好了。要是她发了怒,直接动了胎气,可就真的很麻烦了。"

王兵故作镇定,其实心里发毛,他欠欠身:"咱们该聊的也都聊完了,我也该回去上班了。对了,你的歌星梦追得怎么样了?"说着,两人走出了茶馆门口。

一说起这事,苏扣扣就想到了音乐教授,想到了夏虹,她气恨道:"这夏虹也太小人之心了,还给我使绊子。"她把这事完完整整地对王兵讲了。

王兵思量了下,决定先应承下来:"别生气了,我帮你出气,我去质问夏虹。敢欺负我小妹,那也得问问我这当哥的同不同意!"

苏扣扣眼睛一亮:"真的?"

"当然,我这店长的面子,她总得给的吧?"

"那真是谢谢了!"苏扣扣倒是真心感激。此时,她就跟久病乱投医一样,见着药,不管有没有效果,都抱着很大希望。

其实呢,王兵嘴上虽然答应她挤对下夏虹,可他心里有自己的一个小算盘。他觉得苏扣扣一直装傻,一点甜头都没让他尝过,他凭什么帮她挤对夏虹?再说,他也觉得夏虹真是个人物,做事风风火火,现在她的"满口香"创新网红食品卖得很火,他正指望着给超市带来业绩呢,现在为了她去挤对夏虹,那不等同于门框上挤自己脑袋吗?

至于王兵说的那个"惊人真相",苏扣扣不太相信,也不愿意相信,更不想徒增烦恼去深究。只是听完之后,就像肉里藏了根刺,要是不经意碰下,还是会不得劲儿的。

这几天,陆琛和叶赛君正为可儿爱掉眼泪这事忧心着,打算带她去看心理医生,却发现可儿又开心地活蹦乱跳起来。这天放学,他们两口子不放心,一起来问问老师孩子在校的情况,一进办公室,看到时广徽一脸绝望的样子从里面走出来。

"又来了啊?"陆琛深表同情。

时广徽苦笑着点点头:"老师等你们呢,快进去吧。"

他们进去后,和老师聊了下,得知可儿现在心情欢快,情绪像以前一样好了,他们心里的一块石头这才落了地。只是陆可儿嘴里经常说唱着:"当哩个当,当哩个当,当哩个当哩个当哩个当!闲言碎语不要讲,表一表山东好汉武二郎……"边说唱边甩着手,就像手里真拿了副快板。他们知道这一定是陆爸教的,不过,只要孩子开心快乐,学什么都无所谓。

看来可儿在学校也是经常说唱快板,连小卷毛都会了,两人一见着面,就先"当哩个当,当哩个当……"陆琛摸着小卷毛的头:"你这小家伙又搞什么鬼了?你舅舅又来挨训了。"

"不是我的错,是老师不对。"小卷毛一本正经道。

时广徽哭笑不得。原来,在美国,家长都会告诉孩子,只要你感兴趣的东西你就去做,如果不感兴趣,没人会强迫你去做。所以矛盾又来了,小卷毛喜欢踢球,不喜欢画画,老师非要他画,他生气了,和老师理论起来。

见时广徽无奈的样子，叶赛君劝他："孩子刚回国，各方面都还要慢慢适应才行，别着急。"

"就是啊，这都在所难免，让孩子有个适应过程，慢慢就水土服帖了。"陆琛也劝他。

"也只能这样了。"

回去的路上，时广徽给小卷毛讲了一路的大道理："你要学会适应，才能开心起来。"

这孩子油盐不进："让我去做我不喜欢的事情，我怎么能开心呢？"

回到家，时妈一句："小子昂你这样，我和你舅舅也不开心。以后你爱吃的可乐鸡翅，我也没心情做了。"

小卷毛一听吃不到美食了，立刻识趣地改口："好好，我答应。"

时广徽赶紧表扬："这就对了嘛，要德智体美全面发展。"他冲时妈挤了下眼，两人心领神会地一笑。他起身去喝水，不禁暗笑，所有的大道理、小道理讲得口干舌燥，竟然不如一盘可乐鸡翅来得管用。

这天，陆可儿在姥姥家也"当哩个当，当哩个当"，把姥姥"当当"烦了："哪儿学的山东快书？"

"我爷爷教的。"陆可儿回答。

"就知道是你爷爷！女孩子哪能学这个，一点也不优雅。"

"我爷爷说了，这也是种曲艺，还是国家级非物质文化遗产呢。"陆可儿得意扬扬。

姥姥面露悻悻之色："你这个小人精！唉，我真是太孤独了，你和你妈都不像我。"说着又长叹口气，"静静地等待黑夜的到来，等待那凄婉的月光抚慰我的心……"

"姥姥，你又念诗歌了？"

姥姥恐慌起来，矢口否认："没有没有！"见可儿回房间写作业，她小声嗔怪道，"真是的，诗歌这么美好，怎么到她那里就成了紧箍咒似的！念都念不得了。"

慢慢地，姥姥也习惯了陆可儿，自己居然时不时地也说唱着几句快书。有天，陆可儿听到姥姥嘴里也"当哩个当，当哩个当"。

陆可儿一脸惊喜："姥姥，你也会山东快书了？"

姥姥赶紧羞窘地捂嘴："还不都怪你！"

陆可儿忍不住哈哈大笑起来。

"你这小鬼，我怎么突然感觉一切都是计谋？是不是你爷爷为了不让你跟我诵读诗歌，让你装得哭哭啼啼，一肚子愁肠？"

陆可儿连连摆手："不是不是！姥姥，你可别冤枉我爷爷！"

姥姥低头思忖着："你爷爷养了一辈子猪，论理干不出猴精猴精的事，可我怎么感觉怪怪的呢？"抬头一看，可儿已经溜回书房了。

陆可儿回到书房，悄悄锁上门，用她的电话手表求助："扣扣姐，我姥姥有些怀疑了，她怀疑是我爷爷出的主意呢。"

苏扣扣笑了下："你不跟姥姥朗诵诗歌，她一定会伤心吧？"

"是啊，可我真的不喜欢朗诵诗歌。"

第六章 起跑线上的焦虑

"那就保守好我们的秘密,别伤了姥姥的心,好吗?"

"好的,扣扣姐,"陆可儿听到姥姥在敲门,小声道,"不能聊了,我姥姥要进来了。"

苏扣扣刚挂断可儿的电话,接着王兵的电话便打了进来。他上来先编了个谎哄她,说他最近才见到夏虹,当面很生气地质问起那件事来,夏虹表示她并不知情,苏扣扣当了真:"不是她才怪!"

"现在别纠结这个了,"王兵清了清嗓子,"告诉你个好消息,我刚认识了一家唱片公司的音乐总监,很有包装能力,你准能火!"

"真的谢谢你了!"苏扣扣高兴得要跳起来。

王兵说他今晚约了音乐总监出来,大家一起认识下。苏扣扣知道陆琛这段时间也在帮她找靠谱的音乐公司,便给陆琛发信息,告诉他这个消息,并约他一起去见那位音乐总监。陆琛得知后,猜测王兵这么热心帮忙,大概是酒吧那事让他很惭愧,可能想借此挽回些面子吧。

见陆琛要出门,叶赛君问:"你干什么去啊?该去我妈那儿接可儿了。"

"晚不了吧,不是咱妈留她在那儿吃完糯米糕吗?大头找我有点事,你去接吧。"陆琛自己也不知为啥要说谎,话说出口后,他穿上衣服就赶紧出门了。

这晚苏扣扣打扮得很光彩,她终于深切地感受到了什么叫"女为悦己者容",一切像是春天来了似的。她满心欢喜地坐进车里,注意到陆琛看她第一眼时,眼里闪过一丝惊艳,她开心不已。没

免俗（下）

想到紧接着陆琛就用老父亲的口吻说道："露着个大脖子会着凉感冒的，你们这些年轻人，真是要风度不要温度。"说着他把自己的围巾给她，"自己围上。"一切表现得很自然，没有半点暧昧。

苏扣扣知道陆琛是好老公、好男人，同样，她为了避免相处的尴尬，把萌生的那份情愫小心地藏了起来，对陆琛还像往常一样，表面上风平浪静，殊不知心里早已是惊涛骇浪。

总监姓马，是广州人，普通话说起来不太标准。在一家餐馆里，陆琛见到了马总监、王兵，还有王兵的发小儿，王兵就是通过发小儿刚刚认识的马总监。王兵看到陆琛也跟着来了，有些气，觉得浑身不自在。

陆琛想多了解一些关于音乐制作方面的事，却被王兵责怪："你别老追着人家问这问那的，来日方长，人家马总监刚下飞机，让人家喘口气。"

陆琛是想在了解的过程中也能知道这家公司靠不靠谱，他假装糊涂，嘿嘿一笑，提酒自罚三杯，场面逐渐热闹起来。

时广徽约朋友在小区附近的咖啡馆里聊天，当他准备离开时，突然发现一个熟悉的身影，他走上前，轻叫了声："赛君？"

叶赛君抬起头："广徽，你也在这儿？"叶赛君把可儿从姥姥那儿接回来后，想写会儿小说，可儿正和爷爷奶奶一起听戏，她觉得家里有些吵，便带着手提电脑来这里，想安静地写一个小时。利用业余时间写小说，成了她烟火生活里的一缕芬芳、一束月光。

第六章 起跑线上的焦虑

"刚才和朋友在这里聊天,你在——"时广徽看了眼笔记本,惊喜道,"真的开始写小说了?祝贺你!"

叶赛君脸红了:"我写着玩的,你是第一个知道的,陆琛和可儿都不知道呢。"

"为什么?"

"我觉得挺不好意思的。"

"这怕什么。"顿了下,时广徽由衷地说,"我真心地为你高兴,回头我也追小说,当你的粉丝,小说名叫什么?"

"叫《亲爱的生活》。"

"不错不错,光这名字就能吸引读者。"

"多年不写了,写得不好,你可别笑话我。"

"我更是写不来,你让我编程还行,写作真是要靠天赋的。"

叶赛君想起来了:"对了,现在我正缺故事素材呢,不管你的还是朋友的,有这方面的生活素材,都可以提供给我,我把它们编成故事写进去。"

"好的,我帮你留意,"时广徽苦笑了下,"我可以先给你讲讲,我经历的关于生活和人情的故事。"

叶赛君有些激动:"真是太及时了,我正需要呢,快讲快讲!"

等叶赛君回到家,陆琛已经回来了,他吃惊地发现家里乱成了一锅粥——陆妈躺在地上,陆可儿在一旁吓得哇哇直哭,陆爸提着裤子惊慌地从卫生间跑了出来,口气焦灼道:"我就上个厕所的工夫,怎么就……"陆琛扔下包,赶紧去抱陆妈起来。

陆可儿看到叶赛君:"妈,你可回来了,我奶奶倒在地上了!"

叶赛君跑上前,帮陆琛一起把陆妈抱上沙发:"妈,你没事吧?"接着她倒吸一口凉气,"啊,脸都摔青了!"

陆琛的眼神狠狠地剜向叶赛君,叶赛君登时心里疙疙瘩瘩起来,但当着孩子和父母的面,不想和他吵。

陆琛看向陆爸:"爸,要不带妈去医院吧?"

陆爸观察了下:"我看着不碍事,别折腾了,大晚上的,再把你妈折腾感冒了。"

这时叶赛君拿来了一个喷雾剂:"来,妈,我给你喷下,活血化瘀的。"

"赛君,给我吧,没事了,你们都去休息吧。"陆爸拿到了手里。

陆琛和叶赛君回到房间,陆琛很是生气:"你怎么没有在家?!"

"我走时爸妈在看电视,我觉得没什么事,就出去了一下。"

"这都几点了你才回来!可儿要预习的功课也没帮着预习完,妈又摔成那样!"

"我就没一点个人时间了吗?"叶赛君又气又委屈,"你说我,那你干什么去了?还一身酒气!"

陆琛阴郁着脸,不想说话,这时他的手机响了,接听道:"你好马总监……哦,您回工作室了啊。"

叶赛君琢磨不出这是谁,便仔细听了下,她听到手机里说话的声音是个男的,带着广州口音——"我刚回工作室,就赶紧听了苏扣扣给我们录制的一首歌曲,觉得她声音很好,很特别,正是我们要寻找的,所以我们将全力把她打造成新星。"

第六章 起跑线上的焦虑

陆琛眉开眼笑起来:"真是太好了!感谢马总监您慧眼识珠啊。"

挂断电话,叶赛君冷哼道:"你不是说大头找你有事吗?原来是去见音乐总监了。有必要说谎吗?真的很莫名其妙啊你!"

陆琛赶紧解释:"我知道自从教授评价了苏扣扣的声音后,你就不同意她再追梦,所以我就没告诉你实话。"

"我本意也是为她好。"

"我知道。"

"那这音乐公司靠谱吗?怎么认识的?"

"应该靠谱,在网上都能搜到公司信息,是王兵通过他一发小儿介绍的。"陆琛坐在床上脱袜子,"对了,你饭后去哪儿了?怎么没在家?"

叶赛君赌气道:"不告诉你。"

陆琛打趣道:"除了去姥姥那儿,你也没别的去处了。"

叶赛君一脸愤然,本想冲口告诉他,可话到嘴边,她又咽了回去,觉得完全没必要。洗漱完后,正要关灯睡觉时,姥姥的电话又来了。

"赛君啊,我还是觉得不让可儿跟我朗诵诗歌就是她爷爷出的计谋。"

陆琛听到了,摊着手,一张问号脸看向叶赛君。

这个电话着实让叶赛君很是头痛:"妈,您怎么又说这个?!我不是都说了嘛,根本没有的事,您别成天瞎想了。"

"我不和你说我和谁说。欸,赛君你发现没有,今晚的夜色真美啊。"

"我没发现,今天有些累,所以上床早。"

"快起来看看呀,真的太美了。"

叶赛君为哄姥姥开心,便假装道:"嗯,妈,我看到了,确实很美。"

"这么美的夜色,让你想到了哪些诗歌?"

"一时想不起来。"

"我想到了一首,"姥姥心潮澎湃,"赛君,你知道嘛,在这么美的夜色下,朗诵诗歌真是太享受了!我朗诵,你来感受下意境。"

叶赛君很为难,想拒绝,这时陆琛在一旁偷笑,点头示意,让她同意。

"好的。"叶赛君随即打开免提,把手机放到一边,和陆琛不约而同地躺下,似乎他们都把这当成了催眠曲。

"心灵尽头的棕榈,在最后的思想之外升起,在青铜色的背景中,一只金色羽毛的鸟,在棕榈树上歌唱。没有人的意义,没有人的情感,不可解的歌,你会因此明白,不是理性,是我们快乐或不快乐。鸟在唱歌,它的羽毛闪着光。棕榈站在空间的尽头,风在枝条间缓缓地吹,炫目的羽毛垂了下来……"

此时此刻,时广徽也睡不着,正躺在床上欣赏月色呢。这时,时妈笑着进来了:"儿子,你最近是不是在谈恋爱?"

"什么呀?!"

"我看你最近心情好,还经常哼着小曲,告诉妈,她是哪儿的姑娘啊?"

第六章 起跑线上的焦虑

时广徽苦笑:"妈,没有的事。"

时妈嗔怪:"你别骗我了,和我一块儿跳广场舞的你杨姨,她说今天晚上看到你和一女的在咖啡馆约会了。快说,她是哪儿的?多大了?"

时广徽明白了:"妈,那是赛君。我刚好在咖啡馆里碰到她,便坐下聊了会儿天。"

最终时妈失落地离开了房间,当然临走前不忘苦口婆心地一番催婚。时广徽真想告诉时妈,要不是当年因为您错拿我写的情书包了猪大肠,指不定会怎样呢!

早上叶赛君看到了大头,便问他:"大头,好几天不见你送小鹏上幼儿园了,怎么了?"

大头的眼神有些躲闪:"小鹏他感冒了。"

陆琛随即走了过来:"哦,还以为家里有什么事呢。有事说话,别为难自己。"

待大头走后,叶赛君问陆琛:"我总觉得大头怪怪的,像有心事似的。"

"没有吧,我觉得挺正常啊。"陆琛倒没看出异样。

过了四天,叶赛君才知道大头隐瞒的心事。那天早上,她在园内巡班,发现大二班里,这一周内有十几个孩子不来上学。她翻看着巡班记录表,看到经常不来上课的那十几个孩子里就包括大头的儿子小鹏。她仔细了解后才知道,原来幼儿园严禁老师教授学前知识,家长们就在园外报了学前辅导班,准备参加重点小

| 免俗（下）|

学的入学考试。

下午，叶赛君在辅导机构旁，看到了大头来接孩子放学。大头看到了叶赛君，他窘迫极了。

"行了，大头，你就别瞒我了。"说着叶赛君摸了下小鹏的头，"小鹏，你在这儿学几天了？"

"阿姨，我在这儿学一个星期了。"小鹏认真回答。

大头不好意思地笑了下："嫂子，对不起了，那天我确实骗你了。"

叶赛君觉得很不理解："大头，你怎么也跟着那些家长瞎胡闹！不把孩子送到园里去，而是关进辅导班里死学知识，你觉得这对孩子真的好吗？"

大头无奈地叹了口气，倒起了苦水："小鹏明年就上小学了，我希望他能考入重点小学。"他苦大仇深地咬了下嘴唇，"我这个爹什么都没有，孩子只能靠他自己了。"

叶赛君不以为然，她劝慰道："大头，你思想包袱太重了吧？还强加给这么小的孩子。"

"不重不行啊，真是穷怕了，我不想让儿子像我一样这么没出息。上学，上好学是他唯一的出路，这是唯一能改变他命运的一条路。"说着大头指给叶赛君看，"你看，这是我经常送餐的一条商业街，从东到西，半年里开了好多好多的培训班。当我看到好多家长带孩子在这里进进出出的，我突然害怕了，马上我的孩子就要和这些孩子入学竞争，我不想让孩子输了。比起那些好家庭出来的孩子，小鹏他已经输在起跑线上了，我这样做，是为了缩短小鹏与那些竞争对手的距离。"

叶赛君摇摇头："不懂得怎么教育孩子，就已经输在起跑线上了。我告诉你大头，孩子从感性思维到理性思维的发展需要过程，等他理性思维开始发展了，自然会对文字符号产生兴趣。如果早于这阶段去学写字、算术甚至让他学英语，只会人为地限制他的想象力，这是非常要命的问题。"

"不管这些了，"他们说话时，陆陆续续有不少家长把孩子送来上辅导班，叶赛君也注意到了，大头看着他们，"你看，好多家长都让孩子拼命学。小鹏要是不学，就显得太落后了，到时成绩肯定会不好，择优录取，小鹏就得被淘汰掉。要是大家都不上辅导班还行。"

叶赛君没再多劝，虽不赞成大头这种教育孩子的方式，但她能体谅他的苦心。让她万万没想到的是，陆琛也步了大头的后尘，他搜集多家课外辅导机构的资料，还向大头请教哪些靠谱，准备给可儿报班。没想到大头还真略知一二，俩人便热火朝天地聊了起来。恰巧这一幕被叶赛君看到了，回到家，便责怪起陆琛来："你给我点面子好不好？我前脚刚去劝过大头，后脚你就跟着入了坑。"

"这怎么是坑呢？我打算给可儿报的班有奥数班、英语班、素描班、国学班。"

叶赛君气得不想搭理他。

陆琛继续说道："上次家长会，老师当场表扬他们班的某个同学，名字我忘记了，说他已经认识很多字了，很聪明，都能读几十本书了！你看，我早就说过，多识字没坏处，可以看很多书，从书里了解更多知识，这样孩子也更加自信。"

这时陆可儿刚好进来了，她听到了，但没听到爸爸要给她报辅导班的事。她带着得意的表情："老师说的就是陈群，咱们下午吃比萨遇到的那个。"

陆琛皱起了眉头，带点火气："可儿，你怎么还一脸得意的样子？好像这同学说的就是你一样。我当时听了老师的话都有些羞愧，可儿你要向好同学看齐，以他们为榜样，加油追赶！"

陆可儿噘着嘴，被爸爸批评得快要哭了。叶赛君看不下去了，觉得陆琛太过分了，她不想当着孩子的面和他吵架："可儿，回房间写作业去。"

叶赛君陪女儿回到书房，等她回来后，对陆琛气恼道："可儿为同学感到自豪和骄傲不行吗？这是作为一个孩子应有的纯真的感情！"

"我这是在培养她的荣誉感！从小没有荣誉感，看着别的同学那么棒，觉得是理所当然，慢慢她就会自卑，不敢勇于追求光荣，慢慢变得平庸！"

"你小点儿声，非得让老人听到才好，是吧？"叶赛君坐回床边冷哼道，"你这是在培养她的好胜心、嫉妒心！"

"你这么说我也不反对，这没有什么不好的，我希望我的孩子也应当让别人感到骄傲和自豪！"

"说得好像你这当父亲的很牛、很厉害似的！"

"就是因为她爹平庸无为，才严格要求自己的孩子！我现在特

第六章 起跑线上的焦虑

别理解大头！"陆琛报怨起来，"可儿那会儿刚上幼儿园大班时，我就想给她报个学前班，多识些字，可你不让！"

"孩子也是我的，我能不为孩子好？"叶赛君斜睨着他，"咱们两个的教育理念，什么时候分歧变得这么大了？"

"一直都大，只不过我什么都顺着你、依着你！"

"简直莫名其妙，你到底受什么刺激了？！"

原来这天放学后，陆可儿要吃比萨，陆琛带她来到中环大厦，在那儿遇到了陆琛原来的同事小陈。两人见面有些尴尬，因为当年是陆琛把他开除的，还好都带着孩子，便有了话题。

小陈美滋滋地炫耀："孩子参加奥数比赛了，成绩不错，奖励他吃比萨。"正说着话他们点的餐来了，"不聊了，陆经理，我们得赶紧走了。"

陆琛随口问："怎么不吃完再走呢？"

"路上吃，我们还有一小时美术素描课要上呢。"

"孩子这么小，你就让他学素描啊？"

"这你就不懂了吧？学这素描啊，也是为了以后学立体几何，锻炼他的空间思维能力。"小陈笑着摆了下手，"你们吃好喝好，回见。"

小陈走了，陆琛回想着他的那个笑，感觉带着一丝嘲讽。他也才见识到，原来别人家的孩子是这样被武装头脑的，他心里像打翻了五味瓶，于是他决定也要给女儿报辅导班。在大厦第九层，他惊恐地看到里面有各种各样的辅导班，很多家长带着孩子进进出出、步履匆匆，他现在突然明白了，孩子的竞争力是从放学开始的。

叶赛君听他说完,讥笑道:"区区一个小陈就把你刺激成这样。"

"你没见他那得意的样!当年我和他一块进的超市参加工作,慢慢他吊儿郎当起来,最后是我开除的他。现在倒好,他拿孩子在我眼前耀武扬威。"

叶赛君听出味儿来了:"你这是以爱的名义,进行攀比式教育,这……"

陆琛打断她:"反正我现在特别理解大头。你没事也去中环大厦九层转转,看看别人家的孩子都在干什么。"

"我不用转,这都是家长互相在攀比。所以每当教育部发布减负令,看到的不是家长的轻松,反而是更大的焦虑和惶恐,你就是典型。"说着她拿起陆琛列的一张表,"瞧瞧,奥数班、英语班、素描班、国学班,这么多,孩子吃得消吗?"

"这还算多?很多家长都给孩子报了八九个班呢!"

"你觉得孩子会开心吗?你考虑过孩子的精神和心理因素吗?万一导致她厌学怎么办?还有,每个周末,你也别想睡到自然醒,脑袋里时刻有个闹钟在响。早中晚三餐都在外面解决,而且吃饭永远像打仗一样。把报班的钱拿出来带孩子出去旅游,四处见见世面不好吗?"

陆琛摆摆手:"我说不过你,行了吧?不过,最近你有没有发现,可儿的成绩有点下降,写的字也没以前好了,我可提醒你,你得多管管她了。"

第六章　起跑线上的焦虑

"你呢？除了照顾爸妈，你也别老出去，陪孩子一起看看书。"

陆琛沉思了下，奇怪又认真地问道："我发现你最近倒是挺忙，咱也不知在忙什么。"

叶赛君正颜厉色道："我也得有个人空间啊！我除了是儿媳、女儿、妈妈、老婆外，我还是我自己啊！"

陆琛被惊了下，他第一次听老婆说这样的话："好好，没人阻碍你成为你自己，不过，我还是得提醒下，你不会是加入了那种打着心灵辅导的什么洗脑组织吧？那都是骗钱的，专骗你们这些已婚妇女。"

"你给我出去！"

"你更年期提前了？"

"你才更年期呢！"

"简直不可理喻！"

见陆琛穿上衣服准备出门，叶赛君没好气地提醒他："把垃圾带下去，家里炒锅坏了，明天买一个，燃气费该交了，还有你爸的降压药，这两天别忘记买！"

陆琛嘴里嘟囔着："我也该吃降压药了。"

陆琛走后，叶赛君静了静神，稳了稳情绪，打开电脑看着读者给她的留言，心里畅快多了。现在来看，写小说成了她烟火生活里的"诗和远方"。

陆琛下了楼，给时广徽打电话，想找他喝点小酒，没想到时广徽还在加班。他翻着通讯录，翻到了"苏扣扣"，他停留了下，思来想去,电话没有打过去。小区门口有下象棋的,他在那儿站着看了会儿,有点冷,正想走,物业刘大爷热情地招呼他:"小陆,你进来看看。"

陆琛进到传达室,刘大爷指了指桌上的一把紫砂壶,陆琛笑着说:"刚锔好的啊,手艺真是太棒了,上次见您锔壶还是前年的时候呢。"

刘大爷憨笑道:"这是咱小区老王头的,这壶跟了他好多年了,我觉得扔了怪可惜的,就帮着锔了下。"自新婚妻子意外去世后,刘大爷便一辈子没再婚,无儿无女。年轻时,他是个手艺精湛的锔匠,锔壶锔碗锔锅都行,随着大家生活水平的提高,没有人会再为破了一个碗、一把壶,去找锔匠锔起来,慢慢地这门古老手艺也渐行渐远了。

刘大爷不光脾气好,手也很巧,从山上捡来些木头,削削打打就做出了木凳子,方便大家闲坐。还经常自己编蒲扇,做些有趣的小玩意儿,分给小孩子玩。要是谁家有个急事,也会放心地把孩子交给他照看会儿。要是谁家做了好吃的,也会给他端来一份,他的值班室里的桌子上经常有人放吃的,一袋五香花生米、两根腊肠、三个大桃子、一包饼干……这个小区是个老小区,物业管理不是什么智能化、军事化,可在这里,大家处处能感受到人情的温暖。

陆琛把锔好的紫砂壶拍照发朋友圈了,配文写道:"捧瓷——一门渐行渐远的古老手艺。"发完后,和刘大爷聊起了天。

"感觉你今天有点不开心,能说就说出来。"刘大爷关心地说。

第六章 起跑线上的焦虑

陆琛讪笑了下:"也没什么,刘大爷,我看您整天乐呵呵的,就没有不开心的时候。"

刘大爷笑着摇了摇头:"是人都有不开心的时候,不开心就想想开心的事,反正等天亮睁开眼,又是全新的一天。特别是早上,见着咱小区的这些人啊,上学的,上班的,买菜的,带孩子玩的,大家出来进去和我说笑着打招呼,一下子就开心起来,和大家处得就像家人一样。"

"我们大家可都很喜欢您呢,见不到您,这一天还真不得劲儿呢。"陆琛由衷地说。

"我也是,"刘大爷苦笑着感慨,"我这年龄,活一天,每一天都是赚的。"

和刘大爷说说话,陆琛的心气一下子就顺了。他打开朋友圈一看,一脸惊喜:"刘大爷,您看,我把您的作品发在了朋友圈,这是大家给您点的赞,好多人都夸奖您呢。"

刘大爷笑得合不拢嘴:"你代我谢谢大家的夸奖。"

"行,一会儿有位崇拜您的姑娘,想来拜访下您。"

正说着话,苏扣扣跑进来了。她看了陆琛发的朋友圈,知道他就在小区传达室,于是便追了过来。陆琛给他们做介绍,苏扣扣觉得这"捧瓷"很有意思,便把刘大爷和他的作品发到了抖音上,让大家都看看这门失传的手艺。刘大爷一直笑,听不懂他们说的"朋友圈""抖音"都是什么,他没用智能手机,用的还是老年机。

从刘大爷那儿出来,苏扣扣提出想去夜市摊吃小吃,陆琛答应了,两人边吃边聊。

"有啥心事啊?说说呗。"苏扣扣问。

"也没什么,就是和我老婆在孩子的教育问题上有分歧。"陆琛先说了下他见到小陈的事,"你不知道那家伙有多耀武扬威,临走说:'你们吃好喝好。'你说他什么意思?不就是嘲讽我的孩子就知道吃吃喝喝,看他培养的孩子有多棒吗?"

苏扣扣宽慰他:"你也别气了,这事也好理解。你刚才不是说,这家伙以前在你手下做事,因他手脚不干净,所以你开除了他嘛!现在好不容易遇到了你,当面向你炫耀下孩子,也扬眉吐气一回,这也是完全可以理解的,犯不着生气。"

"对,我也很理解,其实对于孩子教育问题,我一直都是保留意见。"陆琛叹了口气,"你赛君姐对她坚持的事情都相当自信,可儿上幼儿园时,我想让孩子多识些字,可她不让。"

"赛君姐是做教育事业的,对待教育,她有她的看法和见解,总之吧,教育问题我真不懂,反正我都是需要被教育的对象呢。"

陆琛忍不住笑了下:"挺有自知之明啊。"他叹了口气,"我也是第一次当爸爸,到底该怎样教育孩子,我也不懂。就是看别人都拼命让孩子学,我真的有些坐不住。"

苏扣扣想了起来:"这就是'内卷'啊!网上有个很火的词叫'远交近攻',你知道吗?"

"啥意思?"

"就是陪孩子写作业,离孩子远点,还能进行交流,离得近了,想不攻击他都难。他们都说,陪孩子写作业,有一种亡命天

第六章 起跑线上的焦虑

涯的感觉。"

陆琛突然笑了:"你说到这里,让我想起一件可笑的事。"

"快说快说!"苏扣扣意兴盎然。

"我爸这边的邻居有小孩子的少,我们在西区新房那边住时,一到晚上孩子写作业时,那上上下下的邻居都在吼孩子,嗓子都喊岔音了。一到周末,这上下电梯,不是碰到邻居送孩子去辅导班,就是去辅导班接孩子。可我们呢,成天放任孩子自由自在地玩,邻居都觉得我们在教育孩子上太不积极了,所以我们显得很怪异。有天晚上,等可儿睡着后,我们俩就开始演戏,像他们一样吼孩子,我来一句'你怎么写成这样?!'你赛君姐紧接着一句'这道题目怎么会做错?!擦了重写!'直到把可儿吵醒,我们也吼累了,然后倒头就睡。"陆琛边说边笑,他看到苏扣扣笑得更是直拍桌子。

此时,叶赛君也是笑得一脸灿烂。起先她在家写小说,可写着写着突然卡壳了,她想去小区旁边的咖啡馆写会儿,可能往那儿一坐,就有灵感迸发。走时,她看到可儿和爷爷奶奶一起看电视,看得正入迷呢,就放心地出门了。刚坐到咖啡馆没多会儿,就接到了时广徽的电话。

"我公司合伙人的老婆有一些闲置的书,我觉得挺适合你看,所以我就留了下来。"时广徽打这电话时正在书店里,其实是他为叶赛君买了一些书。知道叶赛君正在咖啡馆,他便赶了过去,车子经过夜市,与之擦肩而过的是在街边正谈笑风生的陆琛和苏扣扣。

叶赛君看着那些书,很是喜欢:"这些书太好了!感觉都像新的啊。"

时广徽喝了口黑咖啡,掩藏起慌张:"他老婆已经习惯在kindle上看书了,所以这些书买来都没来得及拆呢。"

"原来这样,和电子书相比,我还是更喜欢纸质书,读起来感觉更好些。"叶赛君拿出手机要转账,"多少钱?你帮我给人家。"

"别别,人家正愁着不知怎么处置呢,扔了实在可惜,正好送给爱书的人看,这再合适不过了。就像那句,手有玫瑰……"时广徽拍了下脑袋,"想不起来了。"

"是赠人玫瑰,手有余香。"

"对对,就是这意思,人家感激还来不及呢。"

"那我就笑纳了。"

看着叶赛君笑盈盈的样子,时广徽暗暗为自己捏把汗,想不到自己还挺会编谎的。叶赛君说她卡文了,正苦恼着呢。

"我这脑袋可帮不上你,不过你可以说给我听,在你说的过程中,可能思路慢慢就清晰了。"时广徽建议道。

叶赛君一想:"这也许是个办法。"

她把故事讲给时广徽听,果然说着说着便柳暗花明了,故事情节全都打通了。她高兴极了,赶紧拿笔记下思路:"太好了,有思路了。广徽,真是谢谢你!"

时广徽看她开心,自己也很开心:"我哪有帮上什么忙,就是支棱着耳朵听罢了。"

第六章　起跑线上的焦虑

"这也不容易的，换别人早烦了，肯定觉得我说的都是什么啊，东一榔头西一棒槌的。"叶赛君笑着把本子收好。

时广徽跟着笑："没这么夸张，你讲得挺好。"

"别恭维我了。"叶赛君看了下表，"哟，时候不早了，咱们走吧。"说着她戴上围巾，一着急把头发弄乱了。

时广徽见状："来，我帮你。"他把叶赛君头发托起的那一刻，心里微微荡漾，他觉得这红色围巾衬得叶赛君羞红的脸越发好看，"这围巾好看，适合你。"

叶赛君的脸更红了："这是很多年前买的，嫌它太红了，一直没戴。别人都说年纪越老反倒越喜欢艳丽的颜色。"

"多老啊，你说得我都有些伤心了。"时广徽调侃道，"我这又老还孤家寡人的，太惨了。"

叶赛君笑："对不起。不过，你也该抓紧时间找个女朋友了，眼光可别高哟。"

"就没高过。"

"你真的没考虑过苏扣扣？"

"我真的还想多活两年呢。"

叶赛君看他那样，不禁笑了起来。

出了咖啡馆，时广徽发现车子一时开不了了，出口被没素质的司机给堵住了，于是他打算先把赛君送回家，再回来开车。他提着一包书，和赛君并肩走着，问："陆琛在家？"

"出去了。"叶赛君脸耷拉下来。

时广徽听出口气不对："怎么了？你们吵架了？一个小时前他

给我打电话,我当时在加班呢。"

"他非要给可儿报辅导班,好多个,我不同意。"

"我回国后才发现一个有意思的现象,家长一边强烈呼吁减负,一边又担心孩子落后于别人家孩子,于是就给孩子报补习班。所以就出现了各种补习班,越来越多而且花样繁多。"说着,二人已走进了小区。

"是啊,辅导班多得感觉一个孩子都不够用了。"叶赛君裹紧了衣领,"广徽,那国外的孩子上辅导班吗?"

"其实也上的,费用还很高。不同的是,外国家长从来不会把补习班和孩子的未来联系在一起,他们更关心孩子是否对此有兴趣,有没有天赋。所以他们把补习班更多地当成一种礼物,而不是强加给孩子的负担。"

"对,孩子全身心健康成长,才是教育的本来目的。况且学习是一个长跑过程,习惯和心态很重要。事实证明,很多孩子后来并不是输在学习知识技能上,而是输在学习习惯、快乐心态以及对知识的好奇心和想象力上。所以,一时抢跑,不能一直领跑。"叶赛君说着,回头看到了大头。

大头笑着冲他们点头:"真巧啊,我在这儿等餐呢。"说着指了下小区外不远处的门店。

"真是够辛苦的啊,天儿这么冷。"时广徽体谅道。

大头自嘲道:"不辛苦,就是命苦。刚才你们说的我都听到了,像我们家小鹏只能拼命学习,靠分和他们拼了,不然他就要像他爹一样了。"

叶赛君叹口气:"大头,我不怪你,我理解你的苦衷。"

突然大头远远地听到了陆琛的声音:"呀,那不是琛哥吗?"

叶赛君和时广徽看到,陆琛和苏扣扣正说笑着向这边走来。

晚上睡觉,叶赛君挖苦道:"你俩那是去哪儿了?瞧把你乐的,出门时还气呼呼的呢。"

"你不也挺开心吗?还戴上了压箱底的大红色围巾,把自己打扮得像怀春的少女,怎么,又和时广徽回想青春时光了?你俩挺有聊头啊。"陆琛话里冒着酸气。

叶赛君觉得好笑又好气:"你什么意思啊?广徽可是咱们的老同学。"

"我也没说别的,睡觉!"陆琛有些气恼,抓过被子翻了个身,回头见叶赛君又看起了书,"你能不能关灯啊?还让不让人睡!"

"蒙住头睡就行了。"

"看书这么起劲,你这是想当作家啊还是编剧?"

叶赛君听他口气带着一股嘲讽,气结道:"和你简直没法沟通。"

"是啊,我又不是海归,什么都不懂。"

"你别胡说八道的,倒是你,你什么时候关心过我?我看你现在心都不在家了。"

"我怎么……"

"行了,我不和你吵了,睡觉!"叶赛君气得把灯关掉,蒙头就睡。

陆可儿知道爸爸想给她报辅导班的事了,她闷闷不乐。早上,一进电梯,就对着三面广告深深感慨一番,声情并茂,简直像个小戏精。她手挥向中间广告:"我,开始上辅导班了。"接着手挥向右边,"爸爸,离秃头不远了。"陆琛刚好配合地就站在植发广告那边,然后她手又挥向左边,"妈妈,离黄脸婆也近了。"

两人又气又想笑,一起伸手挠可儿,可儿笑着抱头求饶。

陆可儿不想上辅导班,她便搬来两大救兵——姥姥和爷爷,这两尊大神轮番劝阻陆琛,絮叨得他耳朵都要冒烟了,他只好妥协了。经过全家人商量,最终决定以孩子的意愿和兴趣为原则,报个课外兴趣班。姥姥建议让可儿学钢琴,可儿觉得挺不错,她有同学也在学,所以她告诉爸妈,她要学钢琴。

陆琛和叶赛君摸了摸钱袋儿,担心可儿三分钟热度,他们商量着先给她报几节钢琴体验课。两节课后,老师说每天要回家坚持练习,不然这课就白上了。

他们两口子又盘算起来,陆琛说:"那这是要让我们买架钢琴啊。"

"买?这又不是口琴,要花不少钱呢。就算买了,万一她三分钟热度一过,不想学了,该怎么办?"

"早听说过,孩子学钢琴就是考验家长钱包坚不坚挺,心脑血管弹性足不足。"后来陆琛想出了一个办法,打算租一架钢琴,"咱先租半年的,万一孩子实在不想学了,咱俩学。每天弹一会儿,租金可不能白交。"

"咱俩学琴,父母打是打不着了。"

"咱俩只能对打了，你练不好，我打你。"

叶赛君嗤之以鼻道："得了吧，那邻居还不得天天投诉咱们。还有爸妈，不得让你弹成精神分裂症啊。"

正当他们苦恼时，没过几天陆可儿又改变主意了，说什么也不想学了，觉得没劲，又想学跆拳道。陆琛夫妇俩一合计，觉得这个不错，如今校园欺凌现象时有发生，学跆拳道不光保护自己，还能增强体质，健康成长。于是他们很快就给可儿报了名。起初担心她受不了苦，想不到她学得挺开心，陆琛和叶赛君便放下心来。

可时广徽怎么也放不下心来，一颗心整天悬吊着，时刻担心小卷毛的老师打来电话。果然不出所料，没过多长时间，小卷毛又有新情况了，这次是家庭作业。放学后，陆可儿向时广徽告状："叔叔，老师让把生字每个写十遍，时子昂却只写两遍，他说这样就 OK 了。"

小卷毛手插口袋，不以为然道："我已经学会了，为什么老师非得要求写十遍二十遍呢？这简直无聊又浪费时间。"

时广徽料到会出现这种问题，在美国时，他只要求小卷毛做一些简单的作业，并不强求他要完成那么多的生字书写。现在因为是一年级，需要学拼音，还要学新的汉字，老师布置的家庭作业就会要求大量重复地写这些生字。

叶赛君回想她上小学时："我们上学时也这样。记得最恐怖的是，有次老师让一个生字重复写十行，不是十遍。"

"想想都能写恶心了，"陆琛想起他上小学时，一脸得意道，

"我那时自制武器,用皮筋绑住三支笔,攥在手里写。"

"我也这样过,被老师发现,最后让重写一百遍!"时广徽回想当年糗事。

"哟,想不到当年学霸也被老师惩罚过啊?"叶赛君调侃道。

大家跟着一起笑了。

晚上回到家,时广徽想来想去,既然子昂已经会读会写了,就没必要重复写那么多遍,可不让孩子写,又无法向老师交代,正在这时苏扣扣给他打来电话。本来她是想借着谈事情的幌子约陆琛出来,可陆琛家有事,出不去,所以她才给时广徽打电话,让他出来陪她。喜欢一个人,就忍不住想见他,想看他笑,想听他说,在她眼里,陆琛就像一束光,苏扣扣知道飞蛾般的小虫子都爱往光里扑,她现在就像是飞蛾扑火,能阻止飞蛾扑火的永远是另一束光,可那束光在哪儿呢?

"我想找人说说话,小区旁边又新开了家咖啡店,买一赠一。"

"我正烦着呢,不想喝咖啡。"时广徽说着便要挂电话。

"就知道你重色轻友,这要是赛君姐给你打电话,你还不得乐得开花?屁颠屁颠地就出来了。"苏扣扣狠狠地挖苦他。

"我真是怕你这张嘴了,不过我今天有些烦,不想出去。"

"我今天还就想和人说说话,出来吧,也倾诉倾诉你的烦恼。天天看到赛君姐,能没有情感困惑问题吗?放心,我很擅长情感解惑。"

时广徽有些急了,结巴道:"你,你说什么呢!我可没有这烦恼。"

"那你出来，不然就有。"

十多分钟后，两人面对面坐在了咖啡店里。时广徽见苏扣扣不说话，只是一人出神地在那儿傻笑，十足像个怀春的少女："你不是想聊天吗？怎么不说话？"

苏扣扣回过神来："你谈过恋爱吗？"

"我不知怎样才算是谈过。"时广徽扶了下眼镜。

苏扣扣神采飞扬道："就是两人一接触，会有种过电的感觉。"

时广徽一本正经道："人本身就是导电体，一男一女，两个异性在一起，就像是正极与负极连接，自然会有微量的电流通过。要细究起来，这是物理现象还是心理因素？还真不好说。"

"哎呀哎呀！"苏扣扣给他一白眼，"你可真是大煞风景啊，果然是个不解风情的理工男。"

"我说的是事实啊。"

"我真是对牛弹琴！替你未来女友默哀十秒。"

"我怎么了？"

"你这人情商太低，内心情感世界不丰富，简直像榆木疙瘩一样！就你这样的，造出来的机器人也不会有感情在里面。"

时广徽撇了下嘴："我这不是出来找骂吗？"说着他愣了下，想到苏扣扣上次也问过他，"你能赋予机器人感情吗？"想着想着，他陷入了深深的思考。

苏扣扣见他出神，便狡黠一笑，冲门外挥举着手："赛君姐！"

时广徽一下子回过神来，赶紧回头看去，发现并没有叶赛君的身影。这时苏扣扣哈哈大笑起来,他知道被捉弄了,决定也刺打刺打她:"看你刚才像那怀春少女,你不会是喜欢上陆琛了吧?"

苏扣扣顿时脸红心狂跳,心虚道:"不告诉你。"说着她羞窘地低了低头,喝起咖啡来。

"那看来是真的了?"时广徽狐疑地看着她,"我一提陆琛的名字,你就变得像你说我那样,眼神带着温度和柔情。"

"好吧,承认也没有什么丢人的,"苏扣扣昂着头,"我喜欢陆琛。"

时广徽虽然有预感,但听到苏扣扣亲口承认,还是让他惊惶不已:"你不能喜欢他,He is married!(他已经结婚了)"

苏扣扣耸了耸肩:"这有什么?不妨碍我喜欢他啊?"她狡黠一笑,"就像你一直喜欢赛君姐一样,每天能看到喜欢的人,你心里不也很开心吗?这样就够了啊。"

"你……"时广徽脸红了,结巴着不知该说什么。

"真不勇敢,喜欢就喜欢啊,有什么不好承认的。"

"你再这样我就走了。"

"好好,不开你玩笑了。"

待了会儿,时广徽有一搭无一搭地问:"你那歌星梦怎么样了?"

"新认识了一位音乐总监,他正在美国出差,他说我很有潜质,现在我就在等他回来,制订下一步计划。"

"哟哟,真成了大歌星,见你一面就很难了。"时广徽揶揄道。

"那是,所以现在要对我好点。"

时广徽含笑点头,他手机微信有消息提醒,是时子昂的班级群,他叹了口气。苏扣扣看他眉头紧锁,便问缘由,他就把时子昂写作业的问题说了出来。

陆琛没能出去,是因为大头来家里了,手里还提着个扩音喇叭。陆琛以为是东西坏了,让帮忙修下,就说:"你可真找对人了,我爸修这个最在行了。"

陆爸笑着点头,正准备接过,大头笑着摆手:"不是不是,伯父,这是新买的。"他介绍道,为了经济宽裕些,大头妈妈想抽空做点小生意,就在小区门口卖点家乡土特产什么的。大头妈还会点裁缝,顺带收些缝缝补补的活儿,比如缝拉链儿、修剪裤腿什么的。

"这很好啊。"叶赛君为他们感到高兴。

陆爸也赞同:"勤劳致富,不错。"

"到时我们都去捧场。"陆琛给大头杯里加水。

"真是谢谢了。"说着大头看向叶赛君,他恳求道,"嫂子,我知道姥姥的声音优雅好听,像主持人的声音似的……"

陆琛讪笑,插了句:"你怎么知道的?"

叶赛君猜到了:"上次咱们温居,大头见过我妈。"

大头笑着点点头,他举了举手里的喇叭:"让她老人家受受累,帮咱录些叫卖音。"

"可以啊。"叶赛君一口答应。

陆琛问:"有写好的广告词吗?"

"我简单写了写。"大头说着拿出一张纸。

叶赛君拿过念了起来:"五香茶叶蛋、鹌鹑蛋、新鲜鹅蛋、流油咸鸭蛋,修剪裤腿儿,缝拉链儿,请到3号楼2单元402。"

这事说办就办,叶赛君提着喇叭来到了姥姥家。

"怎么全是蛋啊?"姥姥皱眉看着大头写的那张纸,一个劲儿地"哎哟"。

叶赛君担心姥姥不帮这忙:"妈,人家大头夸您声音好,就像主持人一样,所以这忙您得帮。"

"哎哟,这真是太难为情了,我怎么念啊!这都蛋蛋蛋的。"姥姥苦着个脸。

陆琛笑了下:"妈,您看那赵忠祥解说《动物世界》多棒,声音好听就是好,人家念屎壳郎都念出肉丸子味来。"

叶赛君想笑但没敢笑出声来,最终姥姥勉强答应了。

第二天下午,时广徽接到老师打来的电话。他万万没想到,有生之年,最让他发怵的事就是接老师的电话。电话里,老师很平和地说道:"刚才时子昂小舅妈来过了。"

时广徽差点惊掉下巴,暗想:"哪来的小舅妈?我怎么不知道?"一时有些蒙圈了,真是人在家中坐,老婆天上来。他又仔细看了眼手机来电,确定不是骗子来电。

"这位家长,你在听吗?"老师问。

时广徽回过神来:"在听在听,老师您继续说。"

"虽然我们反对搞特别对待,但一想到时子昂同学在美国上过学,情况确实有些特殊,所以我就同意了你们的建议。只要时子昂同学在老师随时检查的情况下，能写出学过的任何拼音和汉字，我可以不要求他重复写家庭作业了。"

时广徽突然明白一切是怎么回事了，他高兴道："那真是谢谢您了！"

挂断电话，他便给苏扣扣打了过去："'子昂小舅妈'就是你吧？"

苏扣扣一听便大笑起来："老师以为我是子昂小舅妈，我就含糊地'嗯'了下，不然人家老师也不会和我谈啊！冒充身份完全是因为谈判需要，怎么？听你口气好像以为我真乐意当小舅妈似的。"

时广徽笑了下："感谢不嫁之恩。行了，不和你开玩笑了，总之这事谢谢你。"

"客气了。"苏扣扣想了起来，"可儿学了跆拳道，小卷毛也想学呢，他告诉你了吗？"

"说了，可我更想给他报英文补习班。"时广徽哭笑不得，"自从回国后，我发现他中文水平大涨，时不时地还说几句方言，可这英文水平竟然下降了。"

"我的天，美国来的孩子要去上英文补习班！"苏扣扣哈哈大笑起来，她发现有电话进来，"行了，我有电话进来，不和你说了。"

给她打电话的这人是她以前的一个朋友，数月前就劝她做微商，她一直没想好。她现在决定试一试，反正也不耽误她平时练歌，多少也能赚点钱。

说干就干，朋友教给她怎么更好地卖货，让她群发微信语音——"各位各位，考验朋友的时候到了，我在卖内衣，是朋友就帮忙转发，谢谢啦！"

起先苏扣扣听了，觉得要这么发还挺难为情的。朋友说，干微商想卖货就得豁出去。接着朋友让她看了下自己卖货的收入，苏扣扣眼红了，按照朋友说的一通群发，很快大家都收到了她的信息。

叶赛君进到苏扣扣的朋友圈，发现她在卖胸罩："这广告文案写得实在太低俗了，感觉像是三无产品啊！"

陆琛看了眼，难为情道："不光这，我一个大老爷们儿，也不好意思转发这个啊！"

叶赛君也犯愁了："我也不好意思啊，朋友圈里有同事、有领导的。"

"不转发吧，人情上过不去。我倒理解，她这是想自食其力赚点钱，我们该支持她的。"

叶赛君点头想了下："转发不转发的无所谓，到时我们转给她钱，就算是帮着买产品了。"

陆琛提醒道："别'就算'，要假装真买产品才行，她自尊心也是很强的。"

自从干了微商，苏扣扣就时时在复盘着人情账本，看看谁支持了她的生意。谁没有帮她转发广告，谁装聋作哑不回复消息也不照顾生意。这一桩桩一件件，她都仔仔细细地列在了心里。

第七章　明日之星正在卖微商

姥姥终于录好叫卖音了,来给大头送喇叭。路过花店,她买了束花,先来陆家看下陆爸和陆妈。正是个周末,陆琛三口都没在家,她和陆爸聊了会儿,发现陆妈越来越不爱说话。姥姥正戴帽子要走,这时叶赛君从外面回来了。见她们娘儿俩说话,陆爸便推陆妈闪一边去了。

姥姥悄声道:"你公公让我把这包衣服送给大头妈。"

叶赛君看着桌上的一个袋子:"什么衣服?"

"说是你婆婆的,有的都没穿过呢!你公公又不是不认识大头妈,他怎么不自己给她送去?"姥姥想了下,警觉道,"他是不是看上大头妈妈了?"

叶赛君惊得目瞪口呆:"妈,我婆婆还健在呢,你怎么能这样说我公公!"

姥姥不以为然:"看来你不知道,你公公的羊毛裤,就是大头妈帮着织补好的。"

叶赛君恍然，随即笑了下："大头妈会裁缝，心灵手巧，人家也收些缝缝补补的活，广告词里写着呢，您又不是不知道。这没什么，妈。我发现您的想象力真是不一般啊，上回您还让我看着点陆琛，说他和苏扣扣会有事。"

"妈这是有预见性，还不是为你好？"说着姥姥寻思起来，神色也颇紧张，"你想，要是你婆婆哪天走了，你公公要真对大头妈有意思，那可了不得！大头就成了陆琛的兄弟，他还仨小孩儿，你们家负担就更重了。"

这时突然传来陆爸的干咳声，明显带着怒气。

娘儿俩战战兢兢起来，姥姥惶然，小声道："你公公不是出去了吗？"

叶赛君也有些担心，害怕陆爸听到刚才的谈话。

只见陆爸冷着个脸出来了："大妹子，我觉得当着赛君的面，我还是有必要再澄清一下。我知道你正好要去给大头妈送喇叭，所以就让你一块儿把这些衣服捎过去。"说着陆爸看向叶赛君，"这送衣服也是你妈的主意，觉得大头妈不容易，想到以后她要时不时地支应小摊生意，天冷了，送她件大衣挡挡寒，就是这么回事。"

叶赛君赶紧打圆场，心里很惶恐，生怕他犯了心脏病："爸，我知道，您别生气。我妈刚才就是随便和我说说，也没别的意思。"

姥姥轻咳了下，直了直身子："我们娘儿俩就是随便聊天而已，母女间的小秘密就是这个样子，想不到还被老大哥偷听到了。"

陆爸提高了嗓音："我不是故意偷听的！"

第七章 明日之星正在卖微商

这时陆琛接可儿回来了,他一推门就觉得屋里火药味浓烈,不明白发生了什么。陆爸继续气恼道:"幸好我听到了,不然大妹子你还不知要怎么编派我呢!我真是有必要把这件事说清楚,对了,"说着陆爸从沙发上拿起那条羊毛裤,"还有,大头妈帮我织补的这条羊毛裤,我是想作为她的第一个客户来照顾下生意,没想到大头妈死活不收钱。"

"爸,这是怎么了?"陆琛焦急地问。

"我都要土埋半截了,还被人说成老不正经的!"陆爸又气又委屈。

姥姥立刻反驳:"我说的可不是这意思!你冤枉人啊。"

陆琛明白是怎么回事了,他真担心爸的身体,便好好扶住陆爸:"爸,您回房间吧。"

陆爸气不过:"丁巧云!你这看上去挺优雅的人,竟然说这么恶心的话!"他突然想起来了,"对了,你这丈母娘还说你呢!让赛君盯着你,防备你和苏扣扣搞到一块儿去!"

陆琛心惊了一下,不知为什么,他竟然有些心虚。虽然他时刻都在提醒自己,千万不要做出格的事。

姥姥扬了扬眉毛:"我这当妈的提醒一下女儿怎么了?不对吗?"

这时陆爸抓住陆琛胳膊,底气十足道:"儿子,你告诉她,我们姓陆的都是堂堂正正的人,绝不会做出不要脸面的事情来!"

叶赛君一直往门口拽姥姥,她恳求道:"妈,我送您回去吧,别闹了。"

"堂堂正正?"姥姥冷哼了下,冲陆爸斥责道,"看上去挺忠厚老实的,不也背后挑唆可儿,不跟我朗诵诗歌吗?都是你这个老头子出的馊主意。"

"什么?"陆爸又惊又气。

叶赛君急了:"妈,不是给你说了嘛,没有这回事的!"

"我不相信!"姥姥委屈得眼里有了泪水。

这时陆可儿诚惶诚恐地看着他们,吓得不敢出声。她知道爷爷被冤枉了,但她想着,也不能出卖苏扣扣,不然这样太不仗义了。她只好先为爷爷辩白:"姥姥,您真的冤枉我爷爷了。"

陆琛看可儿害怕的样子:"可儿,回房间去。"接着他安慰陆爸,"爸,您先消消气,有话慢慢说。"然后又转头看向姥姥,"妈,您真是误会我爸了,根本没有的事。"

陆爸气鼓鼓地回道:"对,你那是一派胡言!"

"反正我觉得就是你出的主意。可儿从小你就让她爬树爬墙,女孩子家家的跟个男孩子似的。你是不是特别想要个孙子,嫌我们赛君没有给你生出来啊?"

陆爸要抓狂了:"你怎么能这样说呢!告诉你,我没有过这种想法,我要重男轻女,早就要求陆琛再生一个了!又不是不能生!"

两个老人吵得不可开交,陆琛和叶赛君忙着两边劝,劝哪个都劝不住。突然喇叭响了,里面传来姥姥录的叫卖声:"五香茶叶蛋、鹌鹑蛋、新鲜鹅蛋、流油咸鸭蛋……"叫卖声太深情反而显得有些好笑,大家齐回头看。只见陆妈从房间里一个人推着轮椅出来了,她面无表情,显得有些呆滞,谁也不看,只是把玩着手里的喇叭。大家都静默下来,沉重的静默像是在听悼词。

第七章　明日之星正在卖微商

折腾了一晚，终于平息了战乱，陆琛和叶赛君累得上床睡觉了。陆可儿见爸妈都回房间睡了，她便跑到爷爷房间里，一句话没说，一头扎到爷爷怀里哭了起来："爷爷对不起，我对姥姥说了她冤枉你了，可她不相信，我没能帮到你。"

陆爸摸摸可儿头："傻孩子，没事。"

陆琛和叶赛君听到有哭声，便出来了。

"怎么了，可儿？"叶赛君拉过可儿的手。

这一问陆可儿哭得更厉害了，陆爸帮孙女解释："看爷爷被姥姥误解了，孩子心里难过。"

这时陆可儿哭着说："不是爷爷，不是爷爷。"

"听你这话音，好像是其他人帮你出的主意？"陆琛疑虑道。

陆可儿慌了："别问我，我不会说的。"

叶赛君大吃一惊："啊？还真有啊，可儿那你得告诉我们。"

陆可儿咬着嘴唇："我不能说！不能出卖朋友。"

陆琛拉过可儿："可儿，你不能有秘密瞒着我们，万一你这朋友是坏人怎么办？你这么小，又不懂得怎么辨别坏人。"

陆爸也说："是啊，可儿你得告诉爸妈。"

陆可儿眼见瞒不下去了，被逼无奈，只好说了出来："是扣扣姐。"

她声音太小，叶赛君没听清："谁？"

"扣扣姐！"

重新躺回床上，陆琛和叶赛君都睡不着了，叶赛君说了起来："看来我妈的直觉是对的。"

陆琛心慌了:"什么直觉?"

"还能有什么?她当初怀疑这事有蹊跷,只是没猜着是苏扣扣出的主意。"叶赛君斜眼看他,"你以为什么?以为说的你和苏扣扣会日久生情啊?"

"瞎说什么啊!"

"听你声音发颤,难不成我妈真的提醒对了?"叶赛君逗趣地说。

"瞎说!快睡!"说着陆琛手机里来了一条信息,这条微信语音留言气得叶赛君要抓狂——"琛哥,明天我们两口子终于要蜜月旅行了。假期少,我们就随便在济南逛逛吧。我听说哥搬回去和父母住了,那晚上我们就借你新房住吧,麻烦给嫂子说下。"

叶赛君一下子坐了起来:"这是谁啊?也太奇葩了吧!度蜜月还住别人家里!"

"这是咱爸战友李叔叔的儿子,前两天刚加的微信,你说能怎么办?"

叶赛君叹气:"自上次大舅来给小孙子看病,咱那房子就没闲着过!亲戚朋友凡是来济南的,不管是来办事的、看病的、旅游的,都住到家里来,都快成宾馆了!不光免费,吃吃喝喝还得往里搭钱。"

"人活着,谁没有个难处嘛。来济南看病挂个号多不容易,谁也不愿意得病,能帮上人家就帮,都是亲戚朋友。人情在,关系在,怎么好意思拒绝?"

"嫌我事多?大舅的小孙子把那皮沙发都刮成花了,我没告诉你吧？那次堂哥也是看病来住了几天，电都用没了，还不好意思告诉我，结果冰箱里放着的东西全都臭了。更可笑的是，你那大表哥吃饭竟然要蹲在沙发上！还有，也不知谁的臭袜子竟然塞到了沙发缝里。"

陆琛很无奈："你让我怎么办？"

夫妻俩在这人情链条上痛苦地煎熬着，叶赛君赌气蒙头裹被，她深知这问题要换她，她也不知该怎么办。人情如一座围城，进进出出人情往来，困囿着我们每一个人，让人又爱又恨又离不开。

陆爸听说李叔叔的儿子来济南度蜜月了，便想着请他们来家里吃顿饭，没想到，他们从来到走，就没想着来家里看望下陆爸！他们白天出去玩，晚上回家睡，根本就没登过陆爸的门。陆琛在叶赛君面前抱怨，这小李太不懂事了。而让叶赛君气愤的是，小李竟然让她帮他老婆去买卫生巾，还让她顺带买些红糖、鸡蛋和小米，不知道的以为坐月子呢！这小李两口子还嫌家里暖气不够热，把卧室和客厅的两个空调全开了，电费、水费哗哗猛涨。

陆琛当即提醒道："记得往电卡里充钱，别像上次一样，冰箱里的东西都臭掉了。那里可有我专门给爸妈和孩子囤的海鲜。"

叶赛君冷"哼"一声："根本不用担心，再住几天，冰箱里的东西就被他们彻底吃光了。"

陆琛只能无奈地接受现实："吃就吃吧，我再囤。"

叶赛君现在非常无奈，衷心期盼这两位大神赶快从家里离开，再也别来。

大头妈的生意开张了,摊前喇叭里传来姥姥带着朗诵味的叫卖声。陆琛和叶赛君来给大头妈送那包衣服,顺带来捧场。结账时老人家不想要钱,陆琛坚决不同意:"这都是有本钱的。"

叶赛君把钱塞到大头妈的口袋里:"就是,阿姨快收下。"她想了起来,"对了,还有您帮我爸织补毛裤的钱。"

大头妈故作生气:"那我可不收!你们也没少帮我们,我们没钱没东西,出把子力气有什么!"

"阿姨好,恭喜发财啊。"一个笑嘻嘻的清脆声音传来。

大家闻声转头看,原来是苏扣扣来了。之前约定好的,这个周末她来陆家吃饭,顺便来给叶赛君送订购的胸衣。

"谢谢扣扣,借你吉言了。来看陆爸爸、陆妈妈啊?"

苏扣扣笑着点头,他们转身看到了物业刘大爷。大家寒暄着打招呼,陆琛说中午做好了牛肉,给刘大爷端来一份,刘大爷谢绝了。苏扣扣从包里拿出两个苹果塞到刘大爷手里,便笑着跑开了。

大头妈和刘大爷看着他们一起往家走,都忍不住称赞他们都是好人,好人有好报。

再次见到陆妈,苏扣扣发现她倒是没大哭大闹,表现得很平静,不爱说话,加上身体有病导致的口齿不清,她就更不爱和人说话。从余光看,苏扣扣感觉到她在出神地看着她,可当她们眼神交会时,她就微微低下头。吃完饭,陆琛送苏扣扣下楼,陆琛问她:"马总监给你发什么消息了吗?"

"嗯,说让我耐心等待,让我好好努力。"说着苏扣扣打开手机朝陆琛晃了下，很是羡慕道，"看，马总监的朋友圈真是好高级啊，你看了吗？今天，他和美国的音乐制作人一起交流了呢。"

"所以，你要好好抓住这机会，最近好好练歌了吗？"

"当然啊，我一定努力！"苏扣扣笑了下，"这回王兵真是干了件正经事。"

"他那点心思你又不是不知道，和他在一起，一定要小心点，注意保护自己。如果他对你做出什么出格的事，你一定要告诉我，我绝对饶不了他！"陆琛一脸认真地对她说。

苏扣扣很感动，她深情地望着陆琛，这是除了她爸以外对她最好的男人。她的心怦怦跳，好想一下子抱住陆琛，在他怀里哭个够，然后告诉他她喜欢他。

陆琛拍了拍她的脑袋，她回过神来"哦"了下，然后说："我知道，他最近挺忙的，岳父和岳母来他家照顾他老婆了，所以他现在是五好男人的角色。"两人往前走着，顿了下，她口气有些难过，"我把胸衣递给赛君姐，她连看都没看，随手扔到了一边，我心里挺不得劲儿的。还有，这次可儿见了我，也不像以前那样亲了。"

"你这小脑袋整天琢磨什么呢？"

"孤苦伶仃，在人家房檐下吃饭，可不就得察言观色吗？"

"其实也没什么事，是你想多了。可儿吧，她可能觉得对不住你。"

"怎么了？"

"哟哟，金豆子都出来了。"陆琛伸手帮她擦泪，"你呀，也真够调皮的。是你给可儿出主意不跟姥姥诵读诗歌的吧?"

苏扣扣讪笑起来:"事情败露了?"

陆琛哭笑不得:"你们这俩小机灵鬼啊,姥姥以为是我爸的主意,对着他数落起来了。"

苏扣扣破涕为笑:"天哪,真是罪过罪过。"

这时时广徽正好路过,刚想上前和他们打招呼,只见陆琛用手指点着苏扣扣的脑门嗔怪道:"这么大了,还孩子气。"

苏扣扣嬉笑着也用手指他的脑门:"哼,人家还是个宝宝呢!"

时广徽感觉他们之间好暧昧,所以他不知该不该出声,为避免尴尬,他躲到了一边。

苏扣扣的手机响了起来,是可儿打来的。可儿抱歉地说:"姐姐,对不起。"

"没事的,可儿,你爸刚才都对我说了。"

"咱们还是好朋友吧?"

"当然。"挂断电话,苏扣扣和陆琛说笑着一起过马路。时广徽看着他们走远,想到苏扣扣曾坦言她喜欢陆琛,他思虑着找个机会要和陆琛谈谈,提醒他别做对不起赛君的事。

第二天,时广徽刚到工作室没多久,苏扣扣就来了。她倒不是专门来找他的,是给朋友送货,路过他这里。做微商这段时间,她横竖不见时广徽有一点动静,既不帮她转发广告,也不购买产品,所以她决定趁机来会会他。

苏扣扣对着手机笑嘻嘻道:"这几位朋友真不错,都买了我的

第七章　明日之星正在卖微商

产品，其实他们没女朋友，根本用不着，但还是买了。"就是故意说给时广徽听的。

"离他们远点，这种人可能有恋物癖。"时广徽从电脑前抬起头，郑重提醒她。

苏扣扣哭笑不得："什么呀，人家这叫会做人，懂得还人情。像这种事，大家都是心知肚明的。"

时广徽不屑地耸了耸肩："我就不懂。"

苏扣扣嫌弃道："你属榆木疙瘩型的。"说着她拿起手机刷新着朋友圈，自顾自地念叨着，"这个时候就别装瞎了，欠我人情的，也该知道怎么还了吧？哎哟，这老周真会装傻，不是你求我帮忙买药的时候？"说别人的同时也在刺打着时广徽。

时广徽一脸鄙夷："你这就没意思了，买卖自愿才对。"

"对你个头！当初他求我买药时，我也很不情愿啊，最后还不是我低三下四去求人，才帮他买到的药？而且还买了好几次。"

"有点印象，你不是不帮人家买了吗？"

"我那是不帮吗？那是帮不了！他那药要常年吃，医院职工都有规定，不能代买，要是因为这害人丢了工作，他养着人家啊？真是不讲理！"苏扣扣气得打了个嗝，"我算看出来了，帮他办十件事情，最后一件没办成，之前的人情就全没了。这事搞得我两边都得罪人，我图什么呀我！"

时广徽很是后悔，不该接话，他赶紧低头忙自己的事，但还是被她拎了起来，冲他媚笑着挤了下眼："亲，都说到这份儿上了，你不买几件啊？"

"你这产品太有局限性了,不知买了给谁。"

"送阿姨,或者留给你未来的女朋友啊。"

时广徽额头直冒黑线。

苏扣扣突然灵光一闪:"对了,也可以给你的机器人穿上啊!亲,成套地买更划算哦!"

"你还卖其他什么产品吗?"时广徽想着但凡她还有其他产品,他就买一件。

"对对,还有安全套,家居常备。"苏扣扣狡黠一笑,"万一哪天有个艳遇啥的,不就用上了吗?"

时广徽臊得脸都红了,同时也被她气得无可奈何,他不想再和她废话:"别说了,多少钱我转给你,东西我一概不要,你自行处理。"

"那我要避孕套干什么啊?"

"随便,无聊的时候可以当气球吹。"

"看在你是上帝的份儿上,就不和你计较,东西你买了就是你的,回头我给你带来。我算算啊,内衣两套送你一盒安全套,给你算便宜些,零头不要了,800块吧。"说着苏扣扣打开手机准备收钱,"你用微信还是支付宝?"

"微信。"时广徽立刻把钱给她转过去,多一句话都不想对她说,他合上电脑准备离开。

苏扣扣很是欢喜,赶忙追问道:"胸罩你喜欢妖魅的玫粉色,还是神秘的黑色?嗯,或者是喜庆的大红色?"她看着他的背影,能想象到他的脸已成了猪肝色。

第七章　明日之星正在卖微商

很快,苏扣扣就把商品送来了。当时时广徽正在接电话,等他接完电话转回身时,看到他的两个机器人都被穿上了胸罩,一个玫粉色,一个大红色,他气得大叫:"苏扣扣!"他上前一把扯掉胸罩,不过没扯下来,倒是夹藏在里面的一盒安全套掉了出来。这时躲藏在一边的苏扣扣正偷瞄着他,忍不住笑了起来:"哎哟,看来宽衣解带这事不是很熟练啊!来来,还是我帮你吧。"

"你够了!"时广徽抓狂起来,苏扣扣看他气急败坏的样子像要打人,便笑着大呼小叫地逃之夭夭。

自亲戚朋友借住房子之后,每次叶赛君来打扫,看着家里被搞得乱七八糟,她都咬牙发狠——无论如何,再也不让外人来家里住了!后来她发现,无论自己下多么大的决心,到头来都是无用的。她刚把床单、被罩全都清洗了个遍,又有人上门来了。眼前这两口子是大头的朋友黑皮和他老婆,大头把他们领上门,也真是无奈之举,因为这事让他实在不好意思开口,毕竟欠人情的滋味不好受。

黑皮老婆满是泪水苦苦哀求着:"赛君妹妹,我们俩做梦都想要个自己的孩子,可求医问药这么多年,还是没怀上,"说着她抓住赛君的手,"妹妹,救人一命胜造七级浮屠啊!"

叶赛君和陆琛一听,知道准是听说了关于他们家的那个传言引来的。

黑皮接着又恳求起来:"妹妹,你行行好,就让我老婆上陆琛兄弟的床吧。"

叶赛君很是难为情，咬着嘴唇："话都说到这份儿上了，我要不同意，你们就该要我命了吧？"

"那不会，那不会。"黑皮和他老婆异口同声道。

"你们的心情，我们很理解。"叶赛君相当无奈，"既然是大头的朋友，我们自然是要给大头一个面子的。"

大头松了口气，一块石头落了地。之前这黑皮三番五次来找他，一见着便说："你一胎胎地生，都仨儿子了，哥们儿我什么心情？这事你必须得帮我！"慢慢软硬兼施，大头被磨得没脾气了，只好来找陆琛了。听到叶赛君同意了，他很是感激："谢谢嫂子，谢谢琛哥。"说着他赶紧拽了下黑皮胳膊，"还不感谢嫂子开恩？"说着黑皮和他老婆感动得就要下跪，陆琛和叶赛君赶紧拦住。

陆琛提醒他们："黑皮，上床归上床，但你老婆能不能怀上，我就不敢保证了。"

叶赛君也说："就是，我觉得一点都不靠谱。真是的，怎么就被大家说得越来越邪乎？"

这是怎么回事呢？原来陆琛的一个朋友结婚多年，一直没有孩子。为治疗不孕不育，两人北上南下寻遍了不少医院，花了不少钱，老婆始终没能怀上孩子，两人都准备放弃了。后来来济南旅游，借住在陆琛家，没想到回家后，竟然发现老婆怀孕了！终于能当爹的这位赶紧告诉陆琛，当时电话是叶赛君接的，上来她便听到："陆琛，我老婆上了你的床，竟然怀孕了！白费这么多年求医问药，早知道这样，直接让我老婆上你的床多好！"当时什么都不知道的叶赛君听他这么一说，简直要气晕过去。

慢慢地这事知道的人越来越多,大家都传,不孕不育找陆琛,只要老婆上了陆琛的床就能怀孕。这事被大家传得越来越邪乎,简直让人哭笑不得。

后来黑皮和老婆在这儿住到第三天时,他们出门忘记关水龙头,六个小时后便水漫金山,把家里全都泡了,水都渗到楼下了。还是人家楼下的邻居通知了陆琛,要等黑皮他们回来再关水龙头,估计家里都能游泳了。

叶赛君看到家里被泡成这样,顿时义愤填膺,怒不可遏,陆琛也真是无话可说。见这样,黑皮和他老婆自然也识趣,表示不再借住下去了。

叶赛君很痛心,想当初装修房子那个不容易,家里大大小小的东西,都是她一件件挑选买回来的,像燕子衔泥一样一点点垒起一个窝,就这样被他们搞得乌烟瘴气、乱七八糟!她怒气冲天:"以后这个家,谁也不许来住了!"

黑皮一拍屁股一走了之,可这事让大头很没面子:"嫂子,真是对不起了。"

"我当初真是不该答应来着!"

陆琛爱面子:"当着大头的面,你少说一句吧。"

"怎么?我的家被搞成这样,还不兴我说了?"叶赛君说着看向大头,"大头,我的火气不是冲你,你这朋友真是太差劲了,完全没有责任心!"

"嫂子,都怪我,回头我找黑皮,让他赔偿些损失。"大头很是歉疚。

| 免俗（下）|

"这两口子真是的，走时连话都不说。刚才装修师傅说的你们也听到了，补救费用得五六千块。"

陆琛叹了口气："估计这钱不好要啊。"

"没事，我找他们，必须让他们赔！"

大头从陆琛家出来，直接就去找黑皮了，没想到还真让陆琛说对了。黑皮两口子一副哭穷相，只拿出了五百块钱。"这么多年，你们就没点积蓄吗？"大头觉得这简直不可思议。黑皮两口子说，没孩子就没奔头，没事业心成天过着懒散日子，两人还都是啃老一族，有钱就花，没钱就拉倒。

"你们过得可真是又潇洒又佛性啊，我仨孩子可不得像驴一样猛干！"大头气急败坏。

"我还羡慕你当驴呢。"黑皮觍着脸问大头，"能不能再帮我们垫句好话？让我们再住两天吧，两天之后就是阴历十五，这个日子好，我老婆准能怀上。"

大头快要被他们气炸了，真的见识到比城墙还厚的脸皮了："得了吧，我可没脸说。"他看着桌上那五百块钱，更气了。

"这次真是对不住了，你快拿着吧，再不拿，一会儿物业就来拿了，一毛都剩不下。余下的钱，你先帮我垫上，我给你打个白条……"

黑皮话还没说完，大头转头就走了。

路上，大头想着不能让陆琛帮忙还往里搭钱，这钱得他先拿出来。回到家，他老婆杨春晓知道后，对他很是埋怨："咱家日子啥样？你就这么痛痛快快往外拿5000？！"

第七章　明日之星正在卖微商

"不然怎么办？总不能让人家琛哥掏这钱吧？"大头提醒老婆，"你可别说漏嘴，琛哥和嫂子以为这是黑皮给的赔偿钱。"

"你可真是的，自己搭着钱，两边还都对你落埋怨！"

"我要知道黑皮是这种人，打死我也不操这闲心！"

半个月后，叶赛君手机里收到电卡消费明细，心里直犯嘀咕，家里最近没人借住啊，怎么用这么多电？

"陆琛，你是不是又背着我让别人借住在家了？！"

"没有啊。"陆琛很是冤枉。

"我怎么感觉你在骗我？"

"你到底有完没完！我不想和你因为这事成天吵架！"说着说着陆琛便有些恼，"告诉你吧，那天二舅来看病了，我都没敢带他往家里住。"

"怪不得这几天火气这么大，我让你很没面子了，对不对？"见陆琛不说话，叶赛君又问，"二舅在哪儿住下的？"

"当然在宾馆找的房间啊，还能住哪儿？"

"你真是蠢死了，放着家不住，花钱去住宾馆！"

"还不是因为你当初说谁也不许来借住的嘛！我找那不痛快，干脆花钱在外面开个房间得了。"

"我有那么不通情达理吗？好人都让你做尽了，坏人都是我来当。"

"得得，怎么着我都是个错！"

"不是我说你，你瞧瞧你那些朋友都什么样？！还有，你这人就是太没原则,要你那所谓的面子有什么用?兴许人家都拿你当傻瓜!"

"你真是更年期提前了!怎么这么爱唠叨?"陆琛说着拿上衣服准备出门。

叶赛君气得把枕头扔向他:"陆琛,你太过分了!你是不是又找苏扣扣去?你们男人都一个臭德行,就爱和小姑娘腻在一起!"

"胡说八道!原来这么多年,你一点都不了解我!"

"不是不了解,是你不敢承认你变了!"叶赛君看着陆琛夺门而去,她难过地趴在床上。

到了晚上,邻居打来电话,问他们是不是搬回来住了,因为家里的灯天天都亮着。叶赛君以为是陆琛回家拿东西,打电话问了说没有。陆琛怀疑是邻居看错了,家里怎么会有人?可叶赛君还是有些惊慌。当她来到小区时,惊恐地发现家里不光亮着灯,还拉上了窗帘!里面会是谁?她越想越怕,自己不敢上楼去,她想让陆琛回来,可陆琛说他没时间。实在不放心家里,于是她便请时广徽陪她一起上去。

时广徽觉得应该先报警:"万一是小偷或其他坏人,有警察在会更好些。"

叶赛君表示同意,很快警察就来了。她家的门是密码加机械的二合一门锁,她刷指纹开了门,但吓得没敢进去,时广徽陪着她,两人一块儿往里走。

果然里面有人,而且这人还不是别人,正是陆琛的三堂弟!他正搂着一女子在床上睡觉,这女的居然还穿着叶赛君的真丝睡裙。叶赛君气急了，上前就给三堂弟一耳光："给我滚出去！"

"嫂子，对不起。"三堂弟一脸羞愧。

这女的穿上棉服神色慌张地就想往外跑，办案经验丰富的民警怀疑她是失足妇女，便上前拦住她，让她和三堂弟去一趟派出所。

经过民警调查，原来三堂弟知道陆琛家的密码是多少，所以进进出出的就像自己家一样了。而那女的果然是失足妇女，两人以五百块钱价格达成性交易，按规定要对三堂弟进行处罚。

当陆琛赶到派出所时，三堂弟的老婆正狠狠地打骂着三堂弟，三堂弟痛哭流涕，悔不当初。

小区公园里，叶赛君被三堂弟气得全身发冷，她抱紧双臂坐在公园椅子上。时广徽劝慰着她，见她有些哆嗦，便脱下外套给她披上。过了好一会儿，叶赛君才心绪平复："广徽，对不起，向你唠叨这么多，负能量全都倾倒给你了。"

"没事，人都有烦心事，说出来就好，千万别憋在心里。"时广徽话刚说完，转头看到陆琛来了。

陆琛这是刚从派出所回来，口气带着责怪："这下好了，闹得鸡犬不宁！人家两口子正闹离婚呢！"

"活该！"叶赛君狠狠骂道。

"三堂弟是活该，可你不该给他老婆打电话啊！非要把这事搞成这样吗？"

"他让我恶心！做出这种事来，为什么不该让老婆知道？你这次帮他处理了，他还会有下次！"

"就不能大事化小、小事化了吗？"陆琛气愤地反问。

"不能！"叶赛君瞪着眼，"看你什么态度，好像是我做错了似的！那是我的家，在我的床上干那种龌龊事！那女的还穿着我的真丝睡裙……"说着，叶赛君捂着脸哭了起来。

时广徽见陆琛一脸悲愤，他看不下去了，指责道："陆琛，你三堂弟做错了事，就应该得到教训。这事怪不得赛君，你站在她的角度考虑过她的感受吗？"

陆琛摆了下手："广徽，有些事你理解不了。"

叶赛君一气之下站了起来，把衣服还给时广徽："谢谢广徽。"

"不用，你穿着吧，别着凉了。"时广徽说。

这时陆琛脱下他的外套："广徽，你赶紧穿上吧。"说着他紧走两步追上叶赛君，让她穿上。叶赛君一下子甩开他的衣服，气得抹着眼泪上楼去了。陆琛想起来了，嘱咐道："你回家可千万别把这事告诉咱爸，他可生不得这气！"

叶赛君气得没搭话，就算他不提醒，她也不会说的，真万一把老人气出个好歹来，麻烦还不是落到她头上？

时广徽打算好好和陆琛聊聊："我是理解不了，你凡事动不动就讲什么人情面子！现代社会有法律有道德，有人际交往的一般原则……"

"行了行了，"时广徽话还没说完，陆琛打断他，"我比你清楚，我也不想听你说这些。"

"行。"时广徽穿上衣服，"那就和你说点儿你想听的。"

"好，找个地儿吧。"

第七章 明日之星正在卖微商

两人来到了附近的一家酒吧,时广徽猛地先喝了一杯酒,陆琛有些诧异:"这架势,你这是要和我聊什么?"

一杯酒下肚后,时广徽看上去大义凛然:"刚才你对赛君那副凶巴巴的样子,让我心里咯噔一下。"

陆琛不以为然地笑了下:"我们都老夫老妻了,结了婚你就知道了,过日子哪儿有舌头不碰牙齿的。"

"我想友情提醒你,别做错事,别做对不起赛君的事!"时广徽本想告诉他,苏扣扣喜欢他,但一想,算了,怕起反作用。

陆琛有些恼火:"广徽,你也太不了解我了!"

"忠言都逆耳!"

"苏扣扣在我眼里,真的就像妹妹一样。你也知道,苏医生是我们家的恩人,这恩情难报,我只是尽自己最大的能力,替苏医生好好照顾守护她!"

"你清楚就好,算我没说。"

"你别操心我的事了,抓紧时间解决下个人婚姻大事!"

一句话把时广徽给堵了回去。

这天夜里,陆琛正准备睡觉,叶赛君扔给他一个文件袋,让他看看这些学习资料。他以为是给可儿的,万万没想到,这竟然都是给他准备的。

"给你报个班,看看你有感兴趣的专业吗?你也该给自己充充电了,自考个专业吧,别把时间都浪费在无聊的人情世故里。"见陆琛一脸蒙相,叶赛君继续说,"你想,你们那店长又不待见你,指不定哪天找个什么理由就把你开掉了。"

"让我学习？你可饶了我吧，我上学时就不爱学习，你又不是不知道。"

"所以，这就是你和别人的差距！"

"别人？时广徽吗？我能和学霸比吗？"

"好，不和他比，那和咱们同学老吴比。还记得那个上学时爱流鼻涕的老吴吗？那几年他在厂里上班当工人，可人家一直没放松学习，自学法律，现在成律师了，不穿工作服了，每天西装革履帮人打官司。所以，我劝你把业余时间利用起来，干点正事，真的，只有你自己才能改变自己。"

陆琛一脸痛心："你开始嫌弃我了？上学时就该嫌弃我！现在后悔了吧？你嫁给时广徽那样的多好。"

"真是不可理喻！"叶赛君气得无可奈何。

"以后别给我提学习的事，我就照顾好家，照顾好爸妈和可儿就行了。我就是不思进取，就是这么没野心！"

"安于现状，不思进取，烂泥糊不上墙！"叶赛君气恨道。

"对，就烂泥糊不上墙了！"陆琛也气得不行，沉思了会儿，他又追问道，"这不是时广徽给你出的主意吧？"

"和人家有什么关系？是我想让你有所改变，不想让你深陷在人情链条里。"

"我发现自从他回来后，你也跟着不太对劲，你是不是暗地里总拿我和他比啊？"

"神经病！"

"对,自从咱这老同学回来,我就成了烂泥,成了神经病!"

这时陆爸听到他们在吵架,敲了下门:"你俩没事吧?"

陆琛和叶赛君赶忙异口同声道:"没事,爸。"

"时候不早了,赶紧睡吧。"

夫妻俩懂事地停止了吵架,不过都气鼓鼓的,谁也不搭理谁。年轻人和老人住一起,就是有个争吵也知道避讳着老人些,怕惹着老人生气。这要是小两口单独住,不管干什么,那都是海阔凭鱼跃、天高任鸟飞了。

生活就像一团乱麻,低头全是解不开的小疙瘩,令人头痛不已。现在叶赛君一心烦,就喜欢抬头看向天空,眺望那澄澈远空、洁白云朵。这天午后太阳暖暖的,她下来扔垃圾的空儿,坐在小区公园里望着天空出神。她羡慕天上的云,渴望自己也能化身一片云,风往哪儿吹,她就悠悠地往哪里飘,没有留恋的土地,没有向往的天际,就这么随风飘啊飘,飘过芬芳花田、飘香果园、金黄麦浪和青翠纱帐,还有那山河大海、森林草原,飘啊飘,自由又快乐……

突然一阵铃声响,她回过神来,低头看手机有来电,是陌生号码。她站起来,边走边接听:"……对,我们幼儿园和宏达蔬菜配送公司的合约是到期了……对不起,这个事不是我一人说了算的……到时我们要看你们的配送资质合不合格,然后还要开会进行讨论……好,先这样吧。"刚挂断电话,走到单元门口,又有人笑眯眯地迎了上来。

"是叶园长吧?"

"我们是康会蔬菜配送公司的,想和贵园合作。"说着这人递上名片,脸上带着意味深长的笑。

叶赛君接过名片,果不其然看到名片下面是一张银行卡:"名片我收下,这卡拿回去!"

"你看叶园长,这是一点心意。"

叶赛君有些生气:"谢谢,就不请你上楼了,慢走!"她把银行卡塞到那人口袋里,便头也不回地上楼去了。

打开家门刚想好好喘口气,就看到苏扣扣来家里了。苏扣扣起身笑着迎了上来:"赛君姐回来了啊。"

"扣扣你来了,晚上别走了,留下一块儿吃饭。"叶赛君换好拖鞋,和她一起走到沙发前坐了下来。

陆琛从冰箱里拿出一条鱼来,准备化冰。他从厨房里探出头来,笑着说:"今晚我做鱼给你们吃,这鱼是深海鱼,特别好吃。"

叶赛君不搭理他,她的气还没有完全消。这时陆爸在一旁,指着桌上的一堆礼品:"看,扣扣还买来这么多东西,真是不该乱花钱的。"

"看来你做微商赚钱了啊?以后来家里不许这样,就像回自己家一样。"叶赛君说。

"没花多少钱的。"苏扣扣给叶赛君剥了个香蕉,"赛君姐,我听说宏达蔬菜配送公司和咱幼儿园的合约到期了?"

叶赛君一听,觉得苏扣扣这是有备而来:"你怎么知道的?"

苏扣扣很直爽:"我也不瞒你,是有人托我这人情,想和你们园合作。"

叶赛君思量着:"这公司有配送资质吗?这事可不能马虎,孩子的事无小事,特别是食堂的食品安全更是重中之重。"

"这你放心!这是我同学的舅舅开的公司,绝对靠谱。"苏扣扣从包里拿出了一摞资料,"新丰蔬菜配送虽然是家新公司,但公司有丰富的货物资源,有专车和专业的配送团队,还有自己的农场,蔬菜瓜果都是自己种植的,都是天然有机食品。这老板也很有爱心,还接收聋哑人来这里工作,就凭这点,我就觉得老板很可靠。"

"老板人品好,不能代表他的产品就好,这之间不能画等号的。"

苏扣扣着急想解释:"可是我觉得……"

叶赛君安抚道:"先别急,资料我会看的。"

苏扣扣双手合十恳求道:"希望赛君姐能给这家新公司一个成长的机会,拜托了。"

第三天,苏扣扣接到新丰蔬菜配送公司老板的电话,表示很希望和阳光幼儿园合作,苏扣扣只好答应再帮着问问。挂断电话,紧接着她就收到了老板转给她的两万块钱。她有些紧张,不知所措,随后老板给她发语音:"别紧张,这钱不是贿赂你,纯属于友情馈赠。我听说你现在经济不宽裕,其实你早该找我,你和我外甥女是同学,咱们也都不算外人,这钱就当是我借你的,等你成了大歌星再加倍还我。"

苏扣扣被这番话感动了,她确实很需要钱,于是就把这笔钱当成借款收下了。她又一次给陆琛发信息,想让他吹吹枕边风,让叶赛君同意这次和新丰公司的合作。说实话,这段时间叶赛君也是头痛不已,因为合作的事,各路人情纷至沓来。

陆家饭桌上,陆琛随手播放了苏扣扣的语音留言:"琛哥,帮我问问赛君姐,能不能看在人情的份儿上,给新丰公司一个机会。"收起手机,他问:"赛君,怎么这家公司不行吗?"

叶赛君犹疑着:"其实我们更想和一些老牌公司合作,他们信誉好,比较可靠。这毕竟关乎孩子们的食品安全,可来不得半点马虎。我们会上已经讨论了,如果找不到像宏达这样的老牌公司,那我们只能继续跟它合作。"

"也接受他们的涨价要求?"

叶赛君点了下头:"至少在食品安全方面,他们没有出过事故,还是比较不错的。"

陆琛看似漫不经心地反问了句:"新丰公司有违法记录吗?上过黑名单吗?"

"当然没有。"叶赛君有些不耐烦,不吭声,埋头吃饭。

"所以,新公司需要成长,需要机会,老牌公司也不是一开始就是老牌,它也是慢慢成长起来的。"

这时陆爸也接过话茬儿:"况且这家老板人很善良,还给聋哑人工作的机会,这样的企业不多,应该支持。"

"爸,老板是个好人没错,可人好,不代表他会管理好一个公司。公司管理的好坏,直接关乎产品的质量。你们想的都是人情,而我想的是责任,是孩子们一日三餐的食品安全。"

"赛君,你对新丰公司带有严重偏见啊!就是因为他们找扣扣托人情想合作,你就觉这公司不好,没实力,完全想靠人情关系?你也知道,扣扣不来找你求情,别人一样来找你,我可知道,这段时间有不少人来求你情。"陆琛说。

陆爸一听:"要是这样,不如把这人情给扣扣。这孩子从没求过咱们,就这一件事,别为难孩子。"

陆琛又帮腔:"新公司都会想着怎么壮大自己的品牌和声誉,所以他们做事会很认真,对客户服务也好。可对于老牌公司来说,他们可能会把专注力放在更大更高端的客户身上。"

叶赛君对陆琛这句话倒是颇有感慨,宏达公司生意越做越大,合作期间偶尔会出现补货不及时的情况,这也是他们想换家公司合作的原因。现在一家人给她做思想工作,晚饭后,她又仔细看了下新丰公司的资料。为了谨慎起见,第二天,她又去了新丰农场考察了一番,准备把重新得来的资料和报价拿到会上进行讨论。会上一位同事小声嘀咕道:"不是已经定了要继续和宏达公司合作吗?"另一位同事使了个眼色,悄声回应道:"这家公司肯定托了人情的啊,这还用问?"

新丰公司的报价比别家的都低,约定的服务也都仔细写进了条款里,最终园方与新丰公司成功签约。

苏扣扣听说后很是高兴,立刻给叶赛君打去电话:"谢谢赛君姐给我这么大一个面子!"

"我现在唯一的要求就是新丰公司能说到做到,一定要严把食品安全关,不能出任何差错!"

"放心吧,这是一定的。"苏扣扣一口保证道。

夏虹要去美国的商学院进修一段时间，叶赛君知道后，觉得和她不管是不是塑料花友谊，怎么也得为她送行，毕竟也是认识多年了。送行宴订好后，她知道夏虹最爱吃陆琛做的排骨，便让陆琛到时做好，打包带到酒店。

看到叶赛君给夏虹打完电话，陆琛忍不住打击道："夏虹到底是不是真的爱吃我做的排骨还不一定，她那是有求于我，才说我做的排骨好吃，现在估计人家口味也该变了。"

"别那么小心眼。"叶赛君数落他，"怎么也是认识多年了，她是出国，又不是出省。只身一人去国外，人生地不熟的。"

陆琛忍不住笑了："你年龄不大，却有一颗老母亲的心。放心，苦不着她，她去了也不是要寒窗苦读的。她去读那个商学院，就是为了花大钱拓展人脉，找商机，也为自己镀层金。"

"那也是背井离乡啊，咱们欢欢喜喜为她送行，多好。"

陆琛冷哼道："只怕是多此一举啊。"

这天中午，他们一家三口早早来到酒店，陆琛也带来了他做好的排骨，可儿还用她的零花钱买了束花，一切准备就绪，就等夏虹来了。左等右等不来，陆琛问："她知道我们在这儿等她吗？"

"知道，我早上都告诉她了。"说着叶赛君给夏虹打去电话。

"哎呀赛君，真不好意思了，我忙得给忘记了。"

"没事，我们等你来，可儿还为你准备了束鲜花呢。"

可儿冲着手机笑着叫："夏虹阿姨好。"

"可儿好，真乖，谢谢你哟。"

叶赛君接着说:"那你赶紧来吧,陆琛把做好的排骨也带来了。"

"代我谢谢陆琛。赛君,我过不去了,我北京有个会,现在正在去高铁站的路上,会议一结束,我直接从北京机场就走了。"

"这样啊,那好吧,祝你一路顺风,排骨我们吃了哟。"叶赛君笑着说。

"我太没有口福了,等我回来吧。"

"好的。"这时叶赛君把手机对准了陆琛,示意让他说句话。陆琛皱着眉,摆了摆手,她只好给了可儿,可儿笑着和夏虹说了句祝福的话。

挂断电话,叶赛君埋怨陆琛:"何必这样,让你说话你就说句话呗。"

陆琛气恼地把他手机推到叶赛君跟前:"你看看!就在半小时前发的。"页面显示的是夏虹的朋友圈,在一豪华酒店的西餐厅里,有男有女,个个春风满面,夏虹配文——"真心感谢商会的朋友为我送行。"

这时服务员进来了,问点不点餐。陆琛气得抓起衣服就走,叶赛君抱歉地对服务员说明情况。

一家人出来到了酒店大堂,陆琛也埋怨起叶赛君来:"我就说多此一举吧?你还不信!"

"她不是忘记了嘛。"

"你怎么这么天真?那她怎么没忘记商会的朋友?很明显这就是阶层之分,我们到不了她那个圈子,得不到她的重视!我们待在自己的圈子里就好,穷人有穷人的快活,自在又舒服。"

"这叫'穷开心',电视上看到过。"陆可儿笑着脱口而出。

陆琛哭笑不得,和陆可儿击了下掌:"可儿,实现阶层跃升就靠你了,老爸是不行了。"

叶赛君气结:"给孩子说这个干什么?"说着她径直走向车前。

到家了,她看到可儿手里的花,才想起来,那盒排骨落在饭店里了。他们回来时,陆爸陆妈都在午休。陆爸从卧室里出来,很是奇怪地看着他们仨,一人一碗面条,桌上还放着一小碟咸菜,陆琛吃得呼呼作响。

刚放下饭碗,听到有人敲门,开门一看是大头妈。她急如风火,人还没进来,话就说了一大半:"我给大头打电话,他忙着呢,没接,我就直接来找你了。琛,你可得帮帮大妈啊!"

"大妈,怎么了?"陆琛问。

"大妹子,别着急,慢点说。"陆爸让她赶紧坐下。

叶赛君给大头妈倒来一杯水,大头妈坐了下来,眉头一直拧成疙瘩,从进门到坐下,就没舒展过。她愁眉苦脸道:"城管把我的东西全给没收了!说是因为创建文明城区,不让摆摊了。"

他们从心里都"哦"了声,接着为大头妈忧愁起来。

陆爸开腔了:"大妹子,别着急,我们想想办法,看能不能把东西给要回来。"

"行,东西要回来,我不摆了。"大头妈叹了口气,说着说着便掉开了泪,"你说家里仨孩子啊!我想着抽空摆摆摊,多少替我儿子贴补下家用。这下好了,本钱没挣回来,一下子又赔进去不少。"

叶赛君给大头妈拿纸巾擦泪："大妈，别着急。"

陆琛劝慰道："大妈，我想想办法把东西给你要回来，别伤心了。"

送走大头妈，陆琛就去找城管，跑了一圈回来后，他一琢磨，那些东西还没送礼的钱多呢，重要的是还得欠人情，所以能用钱解决的事，千万别去欠人情。干脆东西不去要了，陆琛自掏腰包，拿出400块钱给大头妈，就说是城管知道她不容易，把那些东西全买了下来，让他把钱送来了。

陆爸知道后，觉得这主意不错，叶赛君也赞同，让他赶紧把钱给大头妈送去。自从东西被没收后，她心疼得要死，觉也睡不好，饭也吃不下。

陆琛把钱送了过去，大头妈一看失而复得，立刻欢喜得不得了。她觉得给的钱多了，其实也就300块钱的东西。她让陆琛给人家还回去，陆琛执意让她收着。看着大头妈心气一下子顺畅了，也觉着饿了，一气吃了三个大菜包，他心里也很开心。大头和他老婆连连向陆琛表示感谢，他们送上家乡的小米和肉肠。盛情难却，陆琛只好收下小米。大头觉得城管执法有了人情味儿，便打算给他们送面锦旗过去，陆琛听了，刚喝到嘴的一口茶差点没喷出来，他内心慌乱如狗，赶忙摆手，连声说没必要。

音乐公司的马总监终于从国外回来了，回来后苏扣扣立刻被安排去公司面试，然后去录音棚录音。陆琛不放心她自己去，更想实地考察下这家公司到底靠不靠谱，便全程陪着她。来到公司，他们看到除了公司有些小,一切看上去都挺正规,好像也挺有实力的,当天去面试的选手就有十多位。公司墙上贴了他们和许多明星的合影照片,马总监说,这些都是和他们合作过的,有的还是他们总公司包装出来的。苏扣扣想拍照发个朋友圈,被马总监制止了,他操着广普道:"公司有规定不允许拍照,请多理解。"苏扣扣一想,每个公司都有各自的规定,她便理解地收起了手机。

马总监很热情,他说今天他们见不到老板了,老板旅行去了,正和一挺有名气的演员在恋爱。陆琛很好奇,八卦地问:"是哪个女明星呀?"

马总监嘿嘿一笑:"女明星不让说,有些事得保密,相信你懂的。"

想到网上看来的关于娱乐圈的那些事,陆琛和苏扣扣笑着点了点头。录完音后,马总监让他们回去等消息,如果大老板觉得好,他们就可以正式和苏扣扣签约了,他表示到时他也会从中帮忙的。

等待的日子,既紧张又激动。不到一周时间,马总监发来消息,说公司同意和苏扣扣签约了。

陆琛想请马总监吃饭,他正犹豫要不要请王兵一起来,毕竟他是介绍人,马总监一句话倒是给他解了惑。马总监说不要叫其他人,饭也不必吃了,他很忙,只有半个小时时间,想和他们谈谈下一步计划,陆琛觉得这马总监还真是个务实的人。

在一家广式茶楼里,陆琛和苏扣扣见到了马总监。

第七章 明日之星正在卖微商

一落座,陆琛赶忙问:"马总监,是不是扣扣可以准备出唱片了?"

马总监摆了下手:"不急不急,我看扣扣最近都在努力练歌,这很好。"

苏扣扣给他倒茶,笑问:"您说今天还有好消息要告诉我们,是什么好消息啊?"

马总监神秘一笑,眉飞色舞起来:"听我慢慢说啦,心急吃不了热豆腐!扣扣,你的声音非常不错啦,公司决定要花重金捧你,有信心让你一炮走红!"

他这话着实让陆琛和苏扣扣为之兴奋,陆琛感激道:"谢谢马总监,我以茶代酒,先敬您一杯。"

这时苏扣扣满脑子飘弹幕:"我要红了!我要红了!我要红了……"

马总监继续说:"好消息就是,公司现在决定要为扣扣量身打造一首歌,找高松来写。"

苏扣扣惊喜欲狂,对陆琛说:"天哪,他可是个写歌高手、音乐怪咖!"

"一定要花不少钱吧?"陆琛忐忑地问。

"不多,也就一百多万吧。"见陆琛和苏扣扣面面相觑,马总监赶紧说,"放心,这笔钱不用你们掏,我们公司有实力,老板后台也硬。"

陆琛和苏扣扣放下心来,陆琛很高兴:"遇到马总监真是我们的福气啊!"

"谢谢马总监。"苏扣扣跟着表示感谢。

"不用谢的,也是因为扣扣自身条件好,要不然我们也不会花重金来包装你了,钱都是要花到刀刃上的嘛。"说着话,马总监接了一个电话,接完话,他很激动地说,"今天怎么了,又接着一个好消息!"

陆琛和苏扣扣抻长了脖子,异口同声道:"什么好消息?"

"终于和《新星》杂志谈妥了!"他看向苏扣扣,"你要拍封面照,要上杂志了!惊不惊喜?!"

"惊喜!"苏扣扣幸福得像要晕过去一样。

"真是太好了!看得出公司有实力!"陆琛由衷夸赞。

"不过我要说下,有些费用还是需要你们自己来承担的,"马总监掰着手指头算,"像形象设计费、服装费、拍片费等等。"

"估计得多少钱?"陆琛身体前倾了下。

"毛毛雨啦,也就15万吧。"马总监见他们犹疑着,"你们想想,比起我们公司投资的钱,这点算小钱啦。"

陆琛点点头,搓着手:"那是那是。"

马总监有些苦口婆心了:"都走到这一步了,要是因为这点小钱而放弃前途,那就太可惜啦。另外我给你们透个底吧,像扣扣这声音条件的,公司还没签约的就不下十个,只不过扣扣的形象比她们好点。总之,机会难得。"

"我明白,马总监你放心,我们一定珍惜这个机会!"陆琛说。

马总监点点头,然后看向苏扣扣:"命运掌握在你自己手里,你要握紧它。"

苏扣扣当即表决心："马总监,我不会放弃,也不会辜负您对我的期望。为了我的歌星梦,我一定一追到底!"

马总监很满意,从包里拿出合约:"好,让我们一起努力,实现双赢!来,扣扣,我们把合同签一下。"说着他手机响了,接听后对着手机回应道,"好的,我马上去。"

陆琛见苏扣扣拿过合同,看也不看挥笔就签,他担心合同会不会有问题,便想提醒她一下,这时马总监看出了端倪:"放心吧,这合同没问题的,都签过很多人啦,你们要不放心,咱们就改天再签,我现在有急事要走。"

"别别!"苏扣扣生怕夜长梦多。

马总监叹了口气:"说实话,我们大老板不太想签苏扣扣,还是我在当中多说了几句。如果你们不相信我,不相信我们公司,那就互相再考虑下吧。"

陆琛一听,非常抱歉道:"马总监,真的对不起,我不是怀疑你和公司,我……"

马总监挥了下手:"行啦,我也理解。"

"马总监,我签好了。"苏扣扣把签好的合同推到他跟前。

马总监收好合同,站起身:"我有事真得走了,你们抓紧时间把钱打到公司账户,先安排扣扣上《新星》杂志,我们大家一起努力,争取一炮而红!"

一番振奋人心的话像一注鸡血,让陆琛和苏扣扣都热血沸腾,心中一阵激荡。送走马总监后,陆琛手握拳当话筒,伸到苏扣扣面前:"未来大歌星,说说你现在什么感受。"

苏扣扣欢喜不已:"我要火,火火火火!"

茶楼服务员听到了,以为着火了,便紧急告诉同事:"快打119!"她边说边跑向这边,"哪里着火了?!"

陆琛窘笑:"她!她心里着火了。"接着他双手合十,"对不起了。"

苏扣扣吐了吐舌头:"不好意思啊。"

服务员给了他俩一人一个超大白眼,悻悻地转身走了。

苏扣扣喝了口茶,含笑嗔怪道:"都怪你。"

"好好,都怪我。"陆琛好脾气地一笑。

苏扣扣想到了钱的事,她直言道:"我知道你经济压力也挺大的,这15万我自己交,我准备去贷些款。"

"不用,我交,你就别管了。"

"我心里过意不去,我会打欠条的!"

"打什么欠条?"陆琛逗她,"都快成大歌星了,只怕到时会忘记我们。"

"等我真的红了,赚了大钱,你就别当什么超市经理了,跟我混吧!当我的金牌经纪人,我给你买辆豪车,什么兰博基尼、保时捷随便挑。"

陆琛忍不住笑:"好阔气,先谢谢你,大明星,我怕是到时腿不知抽成什么样,我可不是开豪车的命。"

"要有信心啊,你开着它一定很帅气!要是看不到自己开豪车的样,那咱就雇人开,我们打个出租车在后面跟着,给司机说,看,那是我们的车。"苏扣扣边说边带表演的。

第七章 明日之星正在卖微商

陆琛狂笑:"我看司机得回一句,俩神经病啊!"

两人都笑了起来。从茶楼里出来,苏扣扣见旁边商店有卖围巾的,便给陆琛买了一条,陆琛不要,她就假装生气,任性地说:"我就要你戴着,这条又好看又保暖。"说着她帮他戴好,像妻子打扮老公一样,那么近地靠在他跟前,心里那个欢喜和甜蜜,在胸膛里横冲直撞,让她一阵眩晕,她不禁深情地望着他。

陆琛也看着她,她就像一个可爱的小精灵一样闯入了他的世界,偶尔心池也微微荡漾,可他清醒地知道,坚决不能做出伤害她的事,要好好保护她,不能越线,不能流露半点异样温柔……突然他感觉到苏扣扣在拉他的手,他猛然惊醒过来,然后尴尬不失礼貌地笑着说:"看那里!"手便自然地抽离出来,指给她看,"那里有扭秧歌的!"原来前面有新店铺在开业。

苏扣扣也笑着拍手:"哇,还有舞龙狮的呢,以前在乡下看到过。"两人说笑着往前走。

陆琛回到家里,就去柜子里拿出一个小盒子,在里面扒拉起来。他是在找可儿的保险和教育基金存折,他打算提前折现出来。叶赛君问他在干什么,他便说了要交音乐公司15万块钱的事。叶赛君一听,心里直蹿火:"不行!坚决不行!"

"就暂时用一下,到时我们再给可儿重新买上!"

"提前折现损失太大了,一点不划算。"

"那也没办法啊,和音乐公司合同都签了,我们口口声声说要报恩,可不能只是嘴上说说而已啊!扣扣她就这一个梦想,不能让这机会白白溜掉,我们得支持她,像家人一样尽全力支持!"

"我没有说坐视不管,可你了解了吗?那音乐公司靠谱吗?不会是骗子吧?"

"我都去过了,公司绝对没问题!"

叶赛君想了下:"交了这15万,还需要再交吗?如果再让交的话,我觉得这公司就有问题了。"

"应该不会了,你没见那马总监,真是个很务实的人,我觉得没问题。"

"这事应该让咱爸知道,我觉得和咱爸商量一下吧,看看到底该怎么办?"

"你是想让咱爸出钱?咱爸的钱留着养老吧。"陆琛说着继续扒拉着小盒子,突然看到一个小册子里夹着一个存折,他打开一看,里面存有20万。他惊呼不已:"天哪,20万!我怎么不知道呢!"

"这是我爸生前存给我的。"叶赛君一把夺了过来。

陆琛恳求道:"那咱先用下这笔钱怎么样?"

"可是,还有一个月才到期呢,提前取,利息太可惜了!"

"这都什么时候了,还想着那点利息!"

"利息好几万呢,能不可惜吗?"

见叶赛君急了,陆琛安抚她:"是有点可惜,可是比起扣扣成名的机会呢?其实她并没有想让我们出这钱,她想自己去贷款,我们能让她那样做吗?她还说要给我们写欠条呢!她也是个重情重义的人,如果我们帮她真的圆梦成功,我想苏医生在天之灵也会高兴的。"

"你别忘记了苏医生希望女儿拿的是手术刀,而不是麦克风。"叶赛君提醒他。

虽然她一直觉得苏扣扣当歌星这个梦想不切实际,最后她还是从银行里把钱提了出来,真的像家人一样去支持苏扣扣,她希望真的能帮到她,而不是害了她。陆琛很感谢老婆的理解,他当天就把钱转到了音乐公司的账户里,接下来,他们就开始等着公司的安排了。

苏扣扣知道了,非常感谢叶赛君,想要给她写一张欠条,被叶赛君劝阻了:"我们是一家人,不要这么客气。"

苏扣扣下定决心:"我一定会更加努力,不能辜负你们的期望。"

叶赛君笑了下:"别给自己那么大压力,尽力就好。"

苏扣扣听了这话,心里有些小委屈,回头她向陆琛倾诉:"赛君姐就是不相信我的能力,总觉得我不会成功。这回,我一定抓住机会,加倍努力,偏要成功!"

陆琛哭笑不得:"我觉得她没那意思,是你想多了。"

"你是说我多事吗?"

陆琛简直要抓狂:"不是不是,你是不是太敏感了?我是说你有点过分解读她的意思了,我老婆不是你想的那种人。"

"可我感觉就是那意思!你们是一家人,你当然会向着她说话,你是她老公,她是你老婆。"说着说着苏扣扣哭了起来,"我是谁的谁?"

陆琛越解释，苏扣扣越哭，他最怕女人哭了，急得他直转圈。细细一想，他倒是能理解她的委屈和苦衷，没了父母之爱，没了家庭温暖，孤苦一人，像只流浪小猫一样，内心没有安全感，免不得有时会敏感脆弱些。

苏扣扣抬起一双泪眼："你别转了，转得我眼晕。"

陆琛停住，帮她擦了擦泪，嘿嘿一笑："你不哭，我就不转。"

"你讨厌。"苏扣扣挥起小拳打了他一下。

"怪我嘴笨，惹你哭了，你惩罚我吧。"

"你背我走 100 米，我就开心了。"

陆琛答应了她，苏扣扣在他背上笑着喊驾，他配合地快步奔跑。就在这时叶赛君在不远处看到了他们，看到陆琛背着苏扣扣，两人有说有笑，这一幕让她有些刺眼，心里一阵酸楚。

见陆琛回到家，气得她还没反问他，倒先被他一阵说教："以后说话注意着点，扣扣她现在比较敏感。"

叶赛君更是气不打一处来："还让我注意着点？我看该是你注意下自己的举止吧！"

"我怎么了？"

"那你说我怎么了？我爸给我存的钱不到期呢，我就拿出来支持她，你们还让我怎么着啊？"

"不是说你不好，是她吧……"陆琛还没解释完，叶赛君就委屈地哭了起来："你在外面背着她，你们笑得多开心啊！你回家竟然还有力气惹我伤心！"

真是按下葫芦浮起瓢，陆琛欲哭无泪："我太难了！"

第七章　明日之星正在卖微商

咖啡馆里，时广徽正对着电脑写工作邮件，苏扣扣进来了，一屁股坐到他对面，脸上堆着笑，"怎么这么好？还请我喝下午茶。接到你电话时，我正好心情郁闷得很呢。"她看着盘子里的一块蛋糕，一脸欣喜道，"哇，黑森林蛋糕，你可真是太帅了！"

时广徽的嘴角隐隐泛起一抹讥笑，不动声色地指了指广告牌，苏扣扣偏头看了眼，上面写着：店庆酬宾，买一赠一。

苏扣扣明白地点点头："搞得还以为你喜欢上我了。"

时广徽刚喝的咖啡差点喷出来："你放心好了，咱俩只是买一赠一的关系。"

"那就好，"苏扣扣吃着蛋糕，絮叨起来，"真怕你喜欢上我，可我不喜欢你，吃人嘴软，以后就不能愉快地玩耍了，你说……"

时广徽有些烦了："这蛋糕不好吃吗？"

"好吃好吃！"苏扣扣识趣地鸡啄米般赶紧点头。

"那你好好吃吧，OK？"时广徽对着电脑，继续写工作邮件。

苏扣扣见他眉头上仿佛写着"请勿打扰"的字样，她便埋头苦吃。很快盘子亮光光起来，她拿纸巾擦了下嘴，接着打了个饱嗝。

"吃饱了？"时广徽说着看了下表。

"吃饱了。"苏扣扣很是惬意。

"那跟我走吧。"时广徽合上电脑，收拾东西。

"去哪儿啊？不是要拐卖我吧？"苏扣扣一脸疑惑地跟着他往外走。

"这么能吃，谁要你啊？！"时广徽一脸坏笑地挖苦道。

免俗（下）

实验小学校内围墙，苏扣扣苦着个脸，哼哧哼哧地跟着时广徽在粉刷墙壁。原来小卷毛和同学打架后气不过，便用黑色粗号笔在墙上乱写同学的坏话，班主任只好请家长来学校做义工。

苏扣扣挥着刷子叫苦连天："时广徽，你也太抠了吧！骗我来卖力干活，吃的还是赠品蛋糕！"

"你还真以为赠的能让你吃到打嗝？就你吃的那蛋糕，我又加钱多要了两份。"

苏扣扣不禁难堪地吐了吐舌头，转头不甘心道："那也得回头请我吃顿大餐才行。"

"好。不过你是不是该请我吃饭了？听说你和音乐公司正式签约了？"

"是啊，公司马上就安排给我拍大片上杂志，是《新星》杂志啊，很了不起的。"

"那你赶紧刷吧，这要成了明星，再想体验生活也没得空了。"

"这么说，我还得感谢你？"

"按逻辑讲是这样的，不过，你不用谢我的。"时广徽一本正经道。

苏扣扣又气又笑，拿着刷子杵到他面前："来，一块儿给你刷刷。"

时广徽笑着躲闪："别闹，别闹。"这时他手机响了，接听后，他一脸惊恐道，"什么？我妈摔倒了？严不严重？在哪儿？……好好，我马上过去！"

"阿姨在哪儿摔倒了？"

第七章 明日之星正在卖微商

"在陆琛超市里,我得马上去医院。"时广徽让自己冷静下来,"你留在这儿,子昂也快放学了,到时麻烦你帮我接下。这墙刷不完就别刷了,等我回来我刷。"

"行了,你别管了,这儿交给我吧,你快去吧。"

"好,谢谢。"时广徽说着便跑向校门口。

苏扣扣看了下时间,距离小卷毛放学还有四十分钟,她盘算着要在这段时间内赶紧刷完,于是她脱掉外套挽起袖子,两手左右开弓,果然半小时内她就刷完了墙。收拾干净后,在校门口等着小卷毛放学,她远远看到陆可儿拉着小卷毛的手从校门里出来。

"小卷毛怎么哭了?"苏扣扣说着看向陆可儿。

"还是那个小胖同学,姐姐,他太坏了,他又欺负时子昂。"

苏扣扣摸摸小卷毛头:"别哭,回头看姐姐怎么收拾他!"

小卷毛点了点头,四下里看了圈,没发现舅舅:"姐姐,怎么你来接我呢?"

苏扣扣正要说时,可儿姥姥走到了跟前,她登时内心里"阿弥陀佛"起来。可儿和她彼此交换了下眼神,俩人都有些惶恐不安。苏扣扣瞅见姥姥一脸不悦,便立刻嘴甜起来:"姥姥,我错了,我不该背后出馊主意,让您伤心了。"

姥姥愣住了,没想到还没指责她,她竟然先道歉了!又听她继续说道:"真的太不应该了,您还帮我搭人情找音乐教授指点我。姥姥,我错了。以后您想找人听您朗诵诗歌,您就找我,我喜欢听,让我也受受熏陶。"

姥姥看她一脸真诚又有点可爱的样子,哪还能再生她的气:

"行了,我原谅你了。"

苏扣扣亲昵地抱着姥姥胳膊:"谢谢姥姥。"接着她又开启嘴甜模式,"姥姥您这身衣服可真漂亮!这帽子也好看,还有这项链、这耳钉。"

姥姥听了很是受用:"是吧,我自己挑的呢。"

"眼光真好,比年轻人眼光都好。"

姥姥乐了:"你这小嘴可真会说。"

见姥姥笑了,苏扣扣暗暗长舒口气。

姥姥领着可儿往家走,她给赛君打电话:"赛君啊,刚才我见到苏扣扣了,这孩子真是嘴甜得不得了,她向我道歉了。"

"行,妈,我知道了。"叶赛君正要挂电话。

"欸欸,先别挂,听我说,广徽妈妈摔了一跤,今天放学是苏扣扣来接小卷毛的。不用说,肯定是跳广场舞跳得,我给你说,她们跳的那种舞简直太俗气了,穿得……"

"妈!"叶赛君很无奈地恳求道,"您别说了,您什么都不知道,说得跟真的似的。"

"前天一块儿接孩子,她还向我炫耀她买的那条专门跳舞的裙子呢,那品位真是一言难尽……"

叶赛君实在听不下去,挂断了。紧接着姥姥的电话又打来了:"你怎么给挂了呢?我还没说完话呢。"

"妈,您让我听您说什么?我这心里跟团火似的,妈,您能体谅下我吗?"

"老说我不体谅你,我帮你接孩子,还不体谅你?!"

"广徽妈妈是在陆琛超市里摔倒的!"

"你急什么,又不是陆琛推倒的她!"

"哎呀妈,回头我再跟您说吧。"

"等等!先别挂!"

"妈,有事您快说!"

姥姥声音小了些,不想让可儿听到:"赛君,别怪我又提那事,你真得留个心眼。今天我见这苏姑娘出挑得越发水灵了,你瞧瞧,人也机灵,嘴也甜,看着就讨人喜欢,这陆琛老是忙活她的事,俩人经常在一起,时间长了,难免产生些男女之情。"

叶赛君没像上回一样责怪姥姥大惊小怪,现在姥姥这番重提的话,挑起了她心底那根敏感的神经。以前是没有这根敏感神经的,现在之所以有了,是因为上回苏扣扣来家里,大家一起闲聊,叶赛君随口说道,小区门口的面馆改成了水果店,优惠力度挺大的,也不知卖的猫山王榴莲好不好吃。没想到苏扣扣和陆琛一下子欢笑起来,两人异口同声道:"好吃!好吃!"

叶赛君有些酸楚,也有些醋意。陆琛知道可儿不爱吃榴莲,可明明知道她是很爱吃的啊!她路过水果店好几次,都没舍得买来尝尝呢!事后,她向陆琛抱怨,陆琛解释,以前苏医生就经常买榴莲给女儿吃,叶赛君听了,又生恻隐之心,这气还生不得,可心里还是很委屈。陆琛向她道歉,当晚就给她买来了猫山王榴莲,可那次是叶赛君吃得最没味儿的一次。还有就是最近那次,她看到陆琛背着苏扣扣笑得开心,虽说后来陆琛向她好好解释了一番,她也很同情苏扣扣,觉得自己不该生她的气,可心里吧,还是有些疙疙瘩瘩的。现在她心里算是有了阴影,阴影像只黑狗般蛰伏在心,时不时地朝她狂吠几声。她不想让自己得疑心病,身心被负能量囚住,弄得自己不开心,别人也不快乐。

挂断姥姥的电话,叶赛君直奔医院,去看望时妈。

时妈摔倒后右耳角血流不止,左腿无法移动,医生诊断为股骨干骨折,需要立即手术。手术室门外,时广徽和陆琛正焦急等待。

"陆琛,我妈怎么会摔倒?"时广徽心急火燎。

陆琛很歉意:"阿姨在超市上厕所时,不慎摔倒的。"他加重语气,保证道,"你放心,回头我一定会调查清楚,该是我们的责任,我们一定会负责到底!"此刻他很是后悔,觉得当初就该开除那位保洁耿大妈,不然不会发生这样的事。

正这么想着,叶赛君来了,在得知时妈正在全麻状态下,做了下行左股骨干骨折切开复位固定术,需要住院治疗15天,她深表同情。她和陆琛陪护到时妈从手术室出来,得知手术很成功,大家都放下一颗心来。陆琛本打算今晚要在医院和时广徽一起陪护,可时广徽不同意:"我刚才已经请了护工来帮忙,这里不用担心,你们都快回家休息吧,家里也有老人需要照顾。"

这时,时妈嘱托陆琛:"琛,可不能让你阿姨白摔啊!"

陆琛宽慰她:"阿姨,真是对不起,您放心吧,好好养伤,剩下的事交给我吧。"

叶赛君握着时妈的手:"秀兰姨,我们走了,您好好养病,改天再来看您。"

时妈虚弱地点点头。

出了病房门,她问时广徽:"这段时间我来帮你照顾子昂吧。"

"不用,就让苏扣扣暂时照看下吧,我看子昂和她也挺玩得来的。你们家事情也不少,公婆也少不了你们照顾。"时广徽看了下表,"时间不早了,你们快回家吧,免得老人有事找不到你们。"

陆琛点点头:"那行,有事给我们打电话。"

出来电梯口,陆琛长叹口气:"真不该啊!当时就不该碍于情面留下那保洁耿大妈,就该立刻开除她!"

叶赛君一脸疑惑:"谁的人情关系?"

这事从陆琛前段时间理发说起,他理发经常去老耿理发店,老耿是个老师傅,年轻时在老牌国营理发店干过,手艺不错,还要价不贵。这次他忘记带钱包了,可店里只收现金,因为老耿信不过微信支付那玩意儿,陆琛便想着去隔壁店里换点现金。老耿不让,说着说着还急了,所以陆琛就恭敬不如从命,省了这20块钱。可没过多长时间,老耿打电话来,让陆琛帮他妹妹在超市找份工作。

老耿的妹妹耿大妈今年六十岁了,没别的技艺,超市里适合她干的,也只有保洁工作了。人家倒没拒绝,第二天便来超市上班了。没过多久,这耿大妈搞得陆琛很是头痛,卫生打扫得不彻底、不干净还不及时,她还有个毛病就是爱和人聊天,叽叽喳喳说起来没完没了,这样肯定会影响工作,陆琛第一时间就想把她辞退了。可一想到老耿师傅这面子,又想到耿大妈家庭条件不太好，腿还稍微有点残疾，找个工作不容易，因为心软和情面，他一直没好意思撵她走。但是出于工作考虑，陆琛还是专门找她谈过一次话，她也答应会改正，没想到第二天，在她负责的卫生间区域就发生了这样的事！

叶赛君埋怨他："整天人情！人情！什么时候才能不被人情所累？！"

陆琛无奈地长叹口气："看秀兰阿姨一把年纪了还遭这么大的罪，心里真是不好受。"

"那你明天赶快调查清楚，赶快处理好此事，能尽量多赔偿就尽量吧。"

陆琛也是这么想的，可他万万没想到这事处理起来还有些棘手。在王兵办公室里，他们叫来了当事人耿大妈，让陆琛没想到的是，竟然还有大头的老婆杨春晓，他知道小杨是超市的理货员，不是保洁工。

耿大妈一口咬定，当时是时妈自己踩空了台阶导致的摔倒，和她没关系。

陆琛说了句："可顾客说自己是因为地面湿滑才摔倒的。"

"那也不赖我！"耿大妈看向杨春晓，"是小杨的事！"

杨春晓红了脸，委屈道："还不是因为你当时没有拧干拖布，弄得全是水，所以我才重新用干拖布擦一遍，没想到就在这时时大妈摔倒了。"

王兵听完，椅子转向陆琛："对方要多少损失费？要是三五千的就给他们，赶紧了事。"

陆琛回道:"是五万块。"关于索赔金额,时广徽对陆琛说过。

王兵瞪大了眼:"没门!"说着他挥了下手,让耿大妈和杨春晓先离开。

门关了,王兵接着质问道:"陆琛,这事你也该检讨下自己。我了解到这耿翠香工作极不认真,你却没有把她开除,为什么?"

陆琛自责:"店长,对不起。"

"另外,我不承认老太太摔倒是因为地面湿滑。咱这儿又不是溜冰场,能有多滑啊?老太太年龄那么大,要是自身原因晕倒的呢?再说,这么多年,从没发生过这种摔倒事件,怎么偏偏就她摔倒了?还有啊,出事后,我们及时将她带到医院进行救治,并支付了医药费、交通费、营养费三千多块钱,我觉得我们超市在经营期间不存在任何过失和过错,而且承担了相应的救助义务,所以我们不同意对方提出的索赔金额。你去告诉他们吧。"

陆琛从王兵办公室出来,看到了杨春晓,看样子她就是在等他。小杨一脸焦急地跑上前:"琛哥,我觉得这事我没有过错。虽然这样,可我还有些害怕,他们会不会把我也告上法庭啊?打官司就得花钱,我们家这情况你也知道,现在出了这事,我也不知该怎么办,所以问问你。"

"没事,到时真告,也只是起诉超市。"

杨春晓放心地点点头。

"你在超市打两份工?"

杨春晓无奈地笑了下:"是啊。"

"是因为'创城',你婆婆不能摆摊经营了,家里少了份收入?"

"这倒不是，"此时杨春晓一肚子怨气直往外窜，"还不是因为那黑皮两口子！真是的，上次那事把你们家搞成那样，他们却只拿得出几百块钱！唉，想想这都怪大头，谁让他瞎操闲心来着！"

陆琛明白了："原来那 5000 块钱是你们出的，大头也真是的。"

杨春晓赶紧捂嘴："琛哥，我真是多嘴了，大头嘱咐我不让说的。"

"你该告诉我的，回头我把钱给你们，这钱不能让你们出。"

"琛哥，这不行的。"

实验小学南边的胡同里，苏扣扣对欺负小卷毛的小胖同学一番恩威并施后，小胖答应再也不欺负小卷毛了，苏扣扣让两人握手言和。最终，小卷毛意气风发地看着小胖同学垂头丧气地走掉，可他还是有些担心："他会不会带着家长来找我们？"

"我们刚才又没打他也没骂他，只是给他讲道理，警告他不许再欺负人。放心吧，就算他家长找来，我们也不怕！"苏扣扣伸手和小卷毛击掌，"走，带你吃好吃的去。"

这事过去三天后，时广徽从医院回到家，一脸气冲冲的样子，这时苏扣扣刚给小卷毛热完奶："怎么了？谁把你气成这样？"

"我刚从医院出来就接到了老师的电话！"时广徽愤怨道。

苏扣扣看向时子昂："小卷毛，你又淘气了？"

"没有啊。"时子昂认真道。

时广徽看向苏扣扣："是你！"

苏扣扣笑了下："我又不是那儿的学生，怎么碍着老师了？"

时广徽恼怒不已:"你是不是恐吓小胖同学了?说什么用手术刀割小鸡鸡。"

苏扣扣顿时明白了,不以为意地大笑起来:"哦,这个啊。"

"你还笑!人家同学家长都找我了,说吓得孩子晚上老做噩梦!"

小卷毛憎恨道:"他活该!"

"对,那种熊孩子就该好好修理下!"苏扣扣帮腔道。

时广徽火大了:"苏扣扣,有你什么事?!我妈在医院里已经够我急的了,你为什么总是爱给别人添麻烦?!"

苏扣扣气得打哆嗦:"时广徽,你真可恶!算我多管闲事!"

时广徽不理她,拉过小卷毛:"小胖说你先动手打他的,说,为什么老是打架?!"说着他褪下小卷毛的裤子,巴掌狠狠地打向他的屁股。

苏扣扣去拉时广徽的胳膊:"你凭什么打孩子?!"

"我要好好管教他,用不着你操心!"时广徽说着,又一巴掌落了下来,"舅舅因为你挨了多少训!看了多少人脸色!说!为什么打架?!"

小卷毛眼含着泪,咬着嘴唇不肯说。

"你说不说?!"时广徽边打边问,"快说!再不说我去拿粗棍子!"

小卷毛气恼地冲口而出:"他说我没有妈妈!我是有妈妈的!我有妈妈……"

时广徽瞬间蔫了下来,小卷毛的话直扎他的心,满腔满腹的痛直往上涌，涌到喉头，涌到眼睛里。

苏扣扣把时广徽推到一边，赶紧给小卷毛提上裤子，把他揽到怀里。

时广徽长舒口气，努力调整好情绪，他愧疚地强挤出一丝笑容："对，子昂是有妈妈的。舅舅错了，舅舅给你买礼物，好吗？"

"舅舅，我不要礼物，我要妈妈！"小卷毛哭了起来，"让她赶紧回来吧，别在外面为我辛苦赚钱了！我以后会很乖的，我可以不花钱，我什么都不要，我就要妈妈在我身边就够了。舅舅，可以吗？"

满腔的热泪要把胸口给挣裂了，苏扣扣实在是忍不住了，她掩面跑到一边擦泪去了。时广徽使劲咽住热涌的痛："子昂乖，妈妈到时候一定会回来的，咱们都等着她，好吗？"

"真的吗？"

"真的。"

小卷毛笑了，他满脸期待地下定决心："舅舅，以后我一定乖，听老师的话，好好学习。我乖了，妈妈就会早早回来了，是不是？"

时广徽使劲点点头，一把抱过小卷毛，他心里真的难受极了。

小卷毛被哄睡着后，时广徽走到苏扣扣跟前，歉疚道："刚才对不起。"

"没事儿。"苏扣扣体谅他，顿了下，她问，"阿姨怎么样？恢复得好吗？"

"还不错，今晚她非让我回家休息，我找了护工照看她。"

苏扣扣点点头。突然时广徽再也控制不住,哭了起来,觉得姐姐可怜,更觉得小卷毛可怜。苏扣扣递给他纸巾:"别哭了。"说着她自己又哭了起来,"小卷毛真是太可怜了。"想着这孩子和她一样没爸没妈,她便哭得更伤心了。

"他每次问我,妈妈怎么还不回来,我总说妈妈去很远的地方给他赚钱去了,赚够了钱就回来给他买好吃的好玩的,说这话我都不敢看他的眼睛。"

"其实你该告诉小卷毛真相,别再骗他了。"

"我也想过,可我不忍心啊!我姐在临终前,给孩子录了些生日祝福的视频,一直到他十八岁。每当他生日时,我就为他播放一段,你不知道,当他从屏幕里看到妈妈时,那个样子真让人心疼得要命……"时广徽哽咽起来,"他抱着手机又亲又哭地叫'妈妈',一声声叫得人撕心裂肺啊!"

"别哭了。"苏扣扣帮他擦泪。

"谢谢你。"时广徽站起身,看了眼熟睡的小卷毛,"我今天很郁闷,能不能陪我喝点酒?"

苏扣扣点点头。两人坐在窗前,喝了起来。时广徽不胜酒力,一罐啤酒就让他脸红了起来。喝着喝着,两人玩起了真心话大冒险,最终苏扣扣得逞,终于让他承认了他喜欢叶赛君这件事。

时广徽讲完后,挥了下手:"这都是以前的事了。"

苏扣扣醉醺醺一笑:"看来不灌你点酒,你是不肯说呀。可我觉得你现在还喜欢着她。"

时广徽羞窘地笑了:"不聊了,不聊了。"

免俗（下）

苏扣扣讪笑了下，抱有十二分同情地看着他："其实挺心疼你的，一直喜欢一个人，却不能说出来，只能默默藏在心里。静静地喜欢，不去打扰，这也是一种爱的方式。"

"别说我了，你呢？"时广徽说着又打开了一罐啤酒。

"我？"苏扣扣想了下，大笑起来，"咱俩可真是，一个喜欢人家老婆，一个喜欢人家老公。"

时广徽也跟着笑了起来，笑过之后，两人又开始哭。时广徽哭得肝肠寸断，苏扣扣抱着他安慰着。一个陷入悲伤和痛苦的男人，精神上是极需要慰藉的，他会投向一个能安慰他的女子，难过的时广徽如孩童般把额角安放在苏扣扣温柔的掌心中，安心地枕在她膝卜……

第二天早上，小卷毛醒来走进客厅，看到苏扣扣和时广徽抱着睡在桌子下边，这惹得他哈哈大笑起来。俩人被笑声惊醒，睁开眼，看到对方的一刹那，就像看到了恐龙一样，立刻触电般闪开。慌乱中，时广徽一下子碰了头，小卷毛笑得更加开心了。苏扣扣伸了个懒腰，笑着看时广徽去追打小卷毛。

叶赛君听陆琛说了，黑皮那5000块钱其实是大头出的，她直骂黑皮人太渣。他们决定把钱还给大头，不然于心不安，至于损失也只能自认倒霉。刚好下楼就看到大头两口子提着礼品准备出门，一问才知道，原来他们准备去医院看望时妈。大头觉得不管是谁的责任，大家都在一个小区，抬头不见低头见的，提点东西过去看望下总是应该的。陆琛他们一听也决定同去，于是大家便坐进了车里一同前往。在车里，叶赛君就把那 5000 块钱拿了出来，大头坚决不要，收下这钱他心里也不得劲儿——黑皮是他招来的，把别人的家糟蹋成那样，他也有责任。叶赛君一想到他有仨孩子要养，花钱地方多，就一个劲儿地往大头手里塞钱。两边互相劝来劝去，争执不休，最后大头老婆提议，他们各留一半，于是叶赛君留了 2500 块。

一周之后，时妈出院了，邻居亲朋听说后都去家里看望。到了晚上，时妈特意嘱咐时广徽，把这些人情都在本子上记下来，谁的钱、谁的东西写清楚，到时好还人情。

时广徽很不情愿，发着怨气："又是人情人情！妈，麻烦不麻烦啊！我早就对您说过，谁来敲门，咱们不开门就是了。"

"你这孩子，难道要关起门来朝天过？人活着没个人情来往怎么行？那还有点人味儿吗？"

"那你知道你为什么摔倒吗？"

"不就是因为陆琛超市的卫生间地面湿滑吗？"

"对，导致地面湿滑的原因呢？就是因为保洁工作不认真！这本来是可以避免的不幸，但因为人情关系，陆琛并没有立刻开除那个不负责任的保洁员！"时广徽气急，恨不得一口气说完，他深吸口气，努力让自己镇静下来，"这是我昨天刚刚了解到的。"话音刚落，陆琛打电话来了，两人相约在楼下咖啡馆里碰面。

为赔偿事宜，时广徽去过超市，见过店长王兵，可把他气得够呛。一见到陆琛，他就忍不住抱怨："你们那店长说话太气人了！我妈摔倒，怎么和超市没关系呢？超市卫生间应该保持干爽，采取相应的防滑措施，并设立明显的警示标识，显然你们超市未尽合理限度内的安全保障义务，理应承担相应的赔偿责任。如果你们不认识到错误，这次是摔了我妈，下次还会再有别人摔倒的！"

陆琛连连点头："是，是，广徽你说得对，我们店长不对，所以我来处理这事。"说着他拿出一个纸袋，"这里面有三万块钱，这是我尽最大能力争取到的。"

"我不接受。我知道你们店长也是故意为难你，我要的不高，就区区五万块钱，你们超市就这态度？我不是讹诈你们，我是合理合法地维护自己的权益，实在不行，咱们就法庭见吧！"

"你先别急，听我说完。剩下的两万我自己掏，不能让秀兰姨伤了身体又伤心。"

"琛，你别以为这样我就会感谢你。还有，你也有责任。你理应立即开除那个不负责任的保洁员，可你没有，"说着时广徽用手碰了下脸，"因为人情面子。"

陆琛懊悔道："其实秀兰姨摔倒的前一天，我真的就打算开除她的，没想到还是出事了。"

"如果你之前就开除了她呢？那就能避免这事发生了！"

陆琛定了定神，疑惑道："对了，这些事你怎么知道的？你去超市做调查了？"

其实这些是叶赛君告诉时广徽的，当时她只是向他吐槽人情麻烦，但此刻他不能让赛君夹在中间难堪，所以就随便搪塞过去："想知道，自然有办法。"他端起咖啡，观察陆琛脸色，担心他会问是不是叶赛君说的，说实话，他不想让老同学两口子为此闹矛盾。

陆琛窘笑了下，也端起咖啡，喝了一口。

时广徽接着说："以前一聊起人情面子啊，你就说我不懂，有些事理解不了，现在出现这种局面，该轮到你不懂了吧？如果摔倒的不是我妈而是别人，恐怕你就又会四下里托人情，撮合着私了完事。"

陆琛讪笑了起来，开玩笑道："怎么，听你这意思，还真打算起诉打官司啊？"

时广徽正了正脸色："是真的，我就是要起诉你们超市。我现在挺忙的，这事搞得我很烦，想交给律师去处理。咱们谁也别为难谁，一切交给法律定夺吧，我相信法律会给我们一个公正的判决。"

陆琛思量着，没有说话。

"琛，我以前就提醒过你，不要深陷在人情中，你因为人情，已经变得没有原则、没有底线了。你因为人情，碍于面子，就纵容他们继续犯错误。你知道吗？纵容犯错本身就是一种错误！"时广徽越说越气，有种恨铁不成钢的愤慨。

陆琛深深地叹了口气："广徽，我尊重你的选择。"

就这样，两人挺尴尬地离开了咖啡馆。

回到家，时妈一听时广徽要起诉超市，便立刻反对："你这么一告，陆琛脸上也没光啊！咱们都是街坊邻居的，抬头不见低头见，能不能……"

时妈话还没说完，时广徽便打断了她："必须告，我要让陆琛明白，人情是最无用的东西！"

时妈无奈地摇了摇头。

很快,乐华大超市收到了时广徽发来的起诉书。王兵忧虑不安,他把陆琛叫到办公室:"你告诉他了吗?我们同意给他五万。"

"我告诉他了,他说他还是坚持走法律程序。"

王兵有些恼火:"都答应给他五万了,怎么还告?"接着他摊着两手,皱着眉,"你说,我来这儿当店长才多久啊,就弄出个官司来,我怎么向上头领导交代啊!听说你们是同学又是朋友啊,他怎么这么不近人情?看在你的面子上,也得掂量掂量啊!"

"他就是和'人情'两字杠上了。"陆琛坦言。

王兵坐直身子,正色道:"陆琛,我不管你用什么方法,只要能让他撤诉,我也就不给你处分了,毕竟这件事你也有很大责任。"

"店长,我真的尽力了,我尊重朋友的选择。至于您怎么处理我,我都没意见。"陆琛一副坦然的样子。

王兵口气软了下来:"我知道你生我气,有时在会上批评得你重了些,可我也是因为工作不得已啊!你没在这位置上,所以理解不了我的难处。咱们这个时候就别置气了,快,赶紧让你朋友撤诉,有官司毕竟影响超市声誉,这要让竞争对手知道了,还不知怎么抹黑我们超市呢!还有,到年底考核的时候,就咱这个店有官司,到时你我脸上都无光啊。"

陆琛看着王兵假惺惺的一张脸,心里一阵冷笑,他清了清嗓子,为难道:"店长,我真不是置气,我那朋友我了解,该说的话我全都说过了。"

"真要到那时,超市也会一并追究你的责任,你做好心理准备吧。"

陆琛点了点头,转身离去。待他走后,王兵思虑起来,两手交叉,两个大拇指飞快地转动着,较劲般地你上我下。

今天一上班,时广徽便接到公司合伙人张宇打来的电话。张宇出差去上海谈合作项目,接到电话,他以为是工作上的事,没想到张宇竟然是来当说客的!时广徽耐住性子,问道:"你是听了谁的人情来给我打这电话的?"

"别问了,反正是朋友的朋友,"张宇嘿嘿一笑,"能私了就私了,何必舍简求难呢?再说这样是不是有些不近人情了?"

"不是钱的事,是需要制度、法律给他们提个醒!"时广徽觉得这一定是陆琛托的人情。

"广徽,这是在中国,不是在美国,你较这个真儿有必要吗?"

"我想让我的朋友深刻地吸取这个教训,不希望以后他因为人情犯更大的错!所以这个面子我不能给你。"时广徽认真地说。

见他说得这么坚决,张宇一想,每个人看问题都有自己的角度,怎么选择也都各有道理,便不想费口舌多劝了,只好作罢:"也好,我尊重你的选择。说实话,你给不给我这面子真的不重要,我不在乎,我在乎的是你这个好的合作伙伴,其他不重要。"

挂断电话,时广徽想想就生气,为了让自己撤诉,陆琛托人情都托到公司合伙人身上了!下午放学,时广徽去接小卷毛,在学校门口遇到陆琛和叶赛君。时广徽和叶赛君打了个招呼,然后他像是没看到陆琛一样，径直拉过小卷毛的手走向车前。看着车开走了，叶赛君问："你俩吵架了啊？"

陆琛觉得莫名其妙："没有啊。"他无奈叹了口气，"他不知怎么知道的，我因为人情面子没能及时辞退保洁员，这事可把他惹恼了。以前他就烦我人情这、人情那的，不过他今天居然这样对我，真让人觉得奇怪。"

叶赛君刚想表明正是自己告诉时广徽的，但一想还是算了，怕陆琛多想。于是她顾左右而言他："咱们快走吧，一会儿路上又堵了。"时广徽起诉超市，其实让她心里莫名有些解气，一直以来，在他们身上发生的人情琐事让她备受煎熬，她也觉得该给陆琛提个醒了。

晚上，叶赛君在属于自己的时间里继续更新着小说，突然看到时广徽又给她评论盖楼了："写得真好，作者加油。"

叶赛君笑了下，给他发了条微信："今天怎么了？情绪很不对啊。"

时广徽回道："果然不出我所料，陆琛又托人情，居然找到我的合伙人当说客让我撤诉，这让我很反感！"

叶赛君刚要回信息，突然陆琛推门探过头来："不行，我憋屈得慌，得找广徽聊聊。我到底又怎么他了？！"

"你去吧。"叶赛君看着门被带过去，她给时广徽发信息，"陆琛去找你了，你们好好聊吧，我继续写文了。"

"好的，我倒要问问他为什么又这样。你好好写吧，加油！"时广徽想发一个"抱抱"的表情，又觉得尴尬，便发了一个"咖啡"。他很喜欢和赛君这样的相处状态，仿佛和她有一个秘密通道，两人在这里望星空、看月亮、闻花香，这些都是旁人不知道的。可他开心之余，往往觉得有一种既热烈又悲哀的气氛笼罩着这一切。他不愿伤害任何人，更不想破坏他们的婚姻，他觉得他只是在重温他的青春岁月，补全当年的遗憾，和暗恋的姑娘说说话。这样一想，他觉得良心清白了许多，也心安不少。

刚放下手机，他就接到陆琛的电话，让他去楼下小酒馆。

时广徽看陆琛倒上酒，便举杯一气全喝掉了，放下酒杯，他气鼓鼓地质问起陆琛来。

陆琛听明白后，一脸诧异，委屈道："我没有托人情当说客！"

"真的？"

"我现在可一口酒没喝，当然说的是真话。你先别急着醉，趁你清醒，我得向你郑重声明，我绝对没再托什么人情让你撤诉！"

时广徽疑惑道："那会是谁？"

陆琛猜测："准是我们店长，怕有官司影响他的业绩呗。"

两人几杯酒之后，时广徽就有醉意了，他迷瞪着两眼，含混不清道："我就是要告！我就不撤诉！"

陆琛顺着他："你告，你告，没人让你撤诉。"

"琛，我不光是为了维权，还因为……我……我想给你个教训，让你别深陷在人情里，以后别犯更大的错！"

"行行，我知道。来，我送你回家。"陆琛扶着他，两人刚从小酒馆里出来，便碰到了苏扣扣。见她一嘴酒气，陆琛不免又责怪起来。

陆琛猜得没错，托张宇给时广徽打人情电话的人，正是王兵托他朋友的朋友。拐了两道弯，费那么大劲，一点作用也没起到，人情倒是先欠下了，气得王兵直骂"软硬不吃的臭'海龟'"。今晚他设宴还人情，叫上苏扣扣帮忙倒倒酒。

见陆琛一脸怒色，苏扣扣嗫嚅着："没敢告诉你，怕你担心。我是想，他帮我找到了音乐总监，我至少得还他个人情吧？"

"他没为难你吧？"

"没有，他正烦得要命，我都听说了，时广徽要起诉你们超市。"

说着时广徽嘴里嘟囔着："我就是要告，要告！我要让你们知道，人情是最无用的东西！"

苏扣扣冷笑起来，正准备和他好好掰扯掰扯，陆琛阻止了："时候不早了，我送广徽回家，你也快回去吧。"

苏扣扣瞪眼看着时广徽："酒量不行，还偏喝！"

时广徽嘟囔着："不要惹我。"

"就惹你！就惹你！"

陆琛看着这俩人像猫见了狗似的撕咬到一块，赶紧扶着时广徽离开了。

第八章 惊心动魄的生日夜

这几天时广徽很忙,公司的事又很多,在公司开完会后,他立刻马不停蹄地返回家,带上时妈再去医院做康复理疗,一周三次。这个小区是老小区,住户多,车位少,经常要抢停车位,赶上车停得比较远时,他就要背时妈走一百多米,然后再跑回来拿包和拐杖,等坐进车里时,他累得都要喘好大一会儿才行。

今天,他觉得运气真好,离他们单元门口最近的那个车位竟然空着!等他们做完理疗回来时,车位还是空着,要在平日,这是根本不可能的事,时广徽心想:"要是天天都这样就好了。"就在他正准备打开车门抱时妈出来时,时妈无意间看到了树上贴着一张纸,便提醒他看看上面写的是什么,他这才注意到树上贴了张《倡议书》,内容是:友情提示,专用车位。原来这个车位是专门预留给他们娘儿俩的,落款人写的是:你的邻居们。

时妈很感动,眼底泪花涌动:"我们的邻居真好啊,看咱们娘儿俩太辛苦了。"时广徽也有些动容，但没有说话。

小区邻居们看到这份倡议书都很通情达理，他们默契相让，都把这个车位预留出来。之后时广徽每次把车停在这里，内心都百感交集，特别是当他背着时妈从电梯里出来时，邻居们看到了也都帮着扶一把，收下拐杖，提下包，帮开下车门什么的，让他们娘儿俩非常感动。

物业刘大爷也特别热心，要是有人没有看到倡议书，把车停在车位上了，他就想办法让车开走。有停车牌的，他就打个电话向人家解释一下；没有的，就打听到是谁家的车，然后跑上楼告诉人家。偶尔有一两个就是不肯挪车还出口伤人的，刘大爷都忍着，还得赔笑，好言相劝。

他们娘儿俩每天都被感动着，一进小区，心里就暖融融的，时广徽终于理解了什么叫"如沐春风"，感激之情无以言表。这天他给刘大爷送来了一瓶好酒，他很想知道这倡议书是谁发起的，刘大爷说他也不知道，于是时广徽看了下监控，发现倡议书是晚上贴的，摄像头很不清晰，看不出人的模样，但看个头、背影和走路姿态，他觉得像陆琛。

时妈知道后，不住地埋怨时广徽："人家琛对咱这么好，你还告他们超市！邻里邻居的，这点面子都没有吗？"

时广徽沉默不语，这时他手机响了，一看又是苏扣扣。这几天，他感觉她像疯子一样，不是发信息就是打电话，搞得他很烦。苏扣扣想和他谈谈，可一直见不着他人，一是他不想见她，二是他最近确实很忙。他没接电话，回到自己房间，一下子瘫倒在床上，脑中思虑着件件让他头痛的事。可能最近他太累了，没多时便睡着了。

今天苏扣扣在工作室堵住了时广徽，一上来就指责起他来："我说时广徽，你也太不给人面子了吧？看在陆琛的面子上，你也不能起诉啊！"

"我是为了他好，你根本不懂！"

"你懂！那晚你醉了，没法和你掰扯，你说'人情是最无用的东西！'真让人好笑，那小卷毛上学不就靠的是人情关系？这才几天你就忘记了？"

时广徽结巴起来："其……其实，当时我也没有抱着非上实验小学不可的决心，去龙山小学也是不错的，就是稍远一点。"

苏扣扣气得抓狂了："怪我们多管你闲事了？你早说啊！真的要被你气出一口老血来！"喘了口气，她接着和他理论，"我就觉得人情有用！比如，我干微商赚了点钱，其实就是靠的人情，大家伙都买我个面子，我心里很清楚，也都记在心里。如果哪天大家伙需要我支持一下，我也会帮忙的。"

时广徽嘴角浮起一抹讥笑："你的人情现在差不多都用光了吧？我猜你现在一单生意也没有了，货都压手里了吧？你这就是人情绑架、人情提现，都是一锤子买卖，长久不了。"

苏扣扣心虚地干咳了几下："你管得着吗？"

"同样，你也管不着我。你还来找我？赛君都没阻止我起诉超市！连她都说，全怪陆琛碍于人情面子，没有当即辞退那个不负责任的保洁员，如果辞退了，我妈也不会摔倒。"

苏扣扣若有所思地"哦"了下，然后作弄道："你魅力可真大，赛君姐什么都和你说，你是不是已经向她表白了？"

时广徽脸唰地红了："你胡说什么。"

苏扣扣耸了耸肩："不过赛君姐肯定不知道，如果你不撤诉，那店长会把琛哥开除的。只要你心里好受，你就继续。"

"不至于要开除他吧？"

"那天饭局上，他店长当着我的面说的。这店长本来就不待见琛哥，这么一来，开除他真的是分分钟的事。他这年龄上有老、下有小的，没了工作，再找，有那么容易找吗？"

时广徽犹豫了，他突然觉得自己这么做，到底是有助于陆琛成长，还是害了他？如果因此让陆琛没有工作，他觉得这个教训也太狠了，他于心不忍，这不是他想看到的。

这事让时广徽好几天没睡好觉了。这天早上，他去晨练，看到了陆琛也在小公园里，投篮投得满头大汗，他便走了过去。两人打了招呼，陆琛示意时广徽一起来，两人你追我赶，打得酣畅淋漓。之后两人坐在长椅上休息，时广徽感慨着："真是好久没有运动了，我想起上学的时候，咱们天天去操场上打篮球。"

"是啊，还记得陈增吗？"陆琛见他没想起来，便提醒道，"就是大增，长得高高壮壮的。当时他学篮球之神乔丹的伸舌头，可他总是伸不出来，后来强制自己伸舌头，还呛了口水，呛到喘不上气来。老师以为他有哮喘病，差点强制送他去医院。"

第八章 惊心动魄的生日夜

时广徽想起来了："对对，他太搞笑了！"说着两人哈哈大笑，接着他说，"我还记得有次体育课上咱俩偷偷吃泡泡糖。"

"对，当时我用坚毅的眼神盯着老师的眼睛，然后嘴里灵活地摆弄泡泡糖，没想到，使劲一吹，泡泡糖飞出去了，直接糊到老师脸上。"

"也发现我吃了，那次真是被罚得太惨了。"

"那可是作为学霸的你第一次被罚啊！"

"我没记错的话，那次被罚了十圈折返跑，外加五圈蛙跳、五圈鸭子步。"

"真是太惨了，罚完后，咱俩是被同学抬回教室的。"

他们又哈哈笑了起来，同时也不禁感慨，美好的校园时光已不复存在。这时，时广徽定定地看着陆琛："你们店长知道你是因为人情面子的缘故没开除那个保洁吗？我听说，要是我不撤诉，你就会被店长处分，是吗？"

陆琛笑了下，拍了拍时广徽的肩膀安慰道："广徽，你甭担心我，你该维护你的权益就去维护。我没事的，你放心好了。"

"可我不想让你因此没了工作！"

"没事的，你放心好了。"陆琛抬手看了下表，"咱们该走了，还要上班呢。"其实他今天不用去上班，十点钟会公布对他的处理结果，他去认领一下，反正他知道没有好果子吃。

时广徽站起身，用力地抱了抱陆琛肩膀："琛，谢谢你，真的，非常感谢，我妈也让我代她谢谢你。"

"咋了？"

| 免俗（下）|

"我都知道了，那倡议书是你写的。"

"咳，这有什么！我那天看到你背着秀兰姨还要走那么远，就写了个倡议书，没想到大家还都挺响应，你应该感谢的是咱小区的好邻居们。"

时广徽满脸感激地点点头，两人一块儿走回了家。

叶赛君什么都不知道呢，陆琛决定暂时不告诉她。他第一次深刻体会到上班如上坟的心情。

时广徽到了公司后一直神思不宁，心里乱得很，像有事要发生，这时他接到了苏扣扣的电话。

"琛哥今天没去上班，我看到他在大街上闲溜达。"早上，苏扣扣去龙山公园的小树林里练歌，练完歌后，她看到了在大街上闲逛的陆琛。她给王兵打电话，王兵还是那一套说辞，说他也无能为力，除非时广徽撤诉，不然结果不会改变。

时广徽眉头紧皱："怪不得我觉得有事要发生呢，可陆琛什么都没告诉我。"

苏扣扣气得反问道："你让他怎么说？你可真是榆木疙瘩！"她看了下表，"十点之前，一切都来得及！"

"可这个点儿，路上很堵车啊，怎么办？"

苏扣扣骑着借来的摩托车带着时广徽一路狂奔，吓得他吱哇乱叫了一路。

九点五十分，陆琛到了单位。十点整，乐华大超市会议室，王兵当众宣读对陆琛的处理结果："鉴于陆琛前段时间工作严重失职，造成不良影响……"

会议室门外，时广徽苦着脸："一路上被你吓得腿直抽筋，搞得我现在有点紧张怎么办？"

"废话少说！快点！"说着苏扣扣使劲推了一把时广徽，一下子把他推了进去。

"经研究决定，现做出如下决定，撤销陆琛的经理职务，降职分配去看管仓库……"

"我不同意！"

大家循声往门口瞧，只见时广徽直了直腰背，大义凛然地矗立在会议室门口。陆琛没想到他会来，顿时心潮腾涌，有种被解救的感觉。

时广徽走到王兵跟前："我答应撤诉，你这处理结果也该收回了！"

王兵点头同意："没问题。"

一切处理完后，时广徽走出会议室，陆琛追了出来，他感激道："广徽，谢谢。"

"说什么谢呀，官司虽撤了，不过这教训你可得吸取。"

"一定一定。"

突然时广徽难受地"哎哟"一声："我这腿到现在还抽筋呢，刚才是硬撑着顶上去的。"

"怎么了？你先坐会儿。"

"苏扣扣骑摩托带我来的，今天也多亏了她。不过她这车技好吓人啊，一路上险象环生，吓得我腿直抽筋。"

陆琛心里一阵感动,一股暖流涌遍全身。正在这时,同事叫他过去,他急急地对时广徽说:"你先坐,一会儿我去找你们。"

"不了,你忙吧,我没事了,我去找苏扣扣,她还在楼下等我呢。"时广徽下了楼,远远地看到苏扣扣不安地小跑着迎上前:"没事了吧?"

时广徽高兴地打了个响指:"完美!"

"太好了!"说着苏扣扣激动地一下子扑上前抱住了他,"今天太帅了你!"

被她抱了那么一下,时广徽突然脸红了,心里有种异样的感觉,他不好意思看她。可她一点也没觉得有什么,这就是她表达激动之情的一种方式,可这让他有些难以消受。这时苏扣扣见到陆琛笑着向他们走来,她欣喜地冲他挥挥手,兴冲冲地揽过他们的肩膀,大家一起开心地笑了起来。

叶赛君知道了这事后,在家做了一大桌子菜,大家聚在一起,向时广徽表示感谢,当然还有苏扣扣,她也帮忙操心来着。散席后,叶赛君内心感慨着,有时候人情就是笔糊涂账,因为20块钱欠了个人情,为还人情,又欠了别人一个大人情,所以能用钱解决的事,千万别欠人情!

这天是苏扣扣的生日。天空灰蒙蒙的,不见太阳,正如她阴郁的心情——这世上再没有一个人能想起她的生日来,再没有一个人打电话欢喜地对她说:"闺女,生日快乐!"那碗吃了好多年,其实味道很不咋样的长寿面,她再也吃不到了。每次吃,那

第八章 惊心动魄的生日夜

齁咸的味道都让她的眉头拧成个疙瘩,但仔细咂摸还挺香,不由得边吃边说:"老爸,你这卤子又做咸了!"

老爸来一句:"又忘记那酱也是咸的了,下回注意。"不过,下回依然还是有些咸……想到这些苏扣扣不禁笑了,一摸脸,竟全是泪。

下午陆琛快下班时,才从日历牌上的圈红处注意到今天是苏扣扣生日。

"生日快乐啊!"

电话里,苏扣扣听到陆琛的生日祝福,有些意外和感动:"谢谢你啊。"

"开门吧,我就在门口。"

苏扣扣打开了门。

陆琛看到她正在烧水吃泡面,他心里有些难过:"你就在家吃泡面啊?"

"那还能怎样?一个人去餐厅过生日?实在是太可怜也太恐怖了。"

陆琛若有所思地点点头,歉疚道:"我刚想起来今天是你生日,应该早早准备才是,你别生气啊。"

苏扣扣摇摇头:"怎么会生气。"

"走吧,去我家,大家一起好好给你过个生日!"说着,陆琛拿出手机准备给叶赛君打电话。

苏扣扣阻止他:"不要!"她低头咬了下嘴唇,"我知道有那么多人为我过生日,我会很高兴的……但,我不想那样,那种家的味道会让我伤感。"她抬起头,看着陆琛,"我想怎么过就让我怎么过吧。"

陆琛想了下,理解地点点头:"那好,今天你是大寿星,什么都你说了算!你想怎么过就怎么过!我陪你!"

"你说的是真的?"

"真的!"

"不管我怎么疯狂,你都陪我?"

"只要你不抢银行,我都陪你。"陆琛豪气干云,一副舍命陪君子的样子。

苏扣扣被逗乐了,扑哧笑了下。

一个小时后,两人从超市里拎回选购好的食材,陆琛买的全是苏扣扣爱吃的菜。回到苏扣扣的住处,他撸起袖子进了厨房,准备大显身手。

"都说男人在做饭的时候是最性感的,今儿算瞧见了,还真是!"

"你们女人可真会总结,我还听说男人陪孩子的时候,还有男人为女人花钱的时候也是最性感的。"

"是是。"苏扣扣哈哈大笑起来。这会儿她很开心,兴致盎然地要给他打下手。

"今天你是寿星,什么都不用干。"陆琛要做长寿面,于是他先开始和面。

"别啊,一起忙活才有趣。"

"那好吧,你随便干点什么吧。"

第八章 惊心动魄的生日夜

苏扣扣择起了豆角。她看到陆琛把面和好后,用保鲜膜把面包了起来:"我知道,这是要让面醒一醒。"

陆琛点头:"回答正确!"接着他开始收拾鱼,血水差点溅到了他身上,苏扣扣赶紧拿出了围裙。

"来,我帮你系上围裙。"

"行。"陆琛继续埋头收拾着鱼。

苏扣扣双手环过陆琛的腰,脸唰地一下红了。她好想抱住他,靠在他背上,就这么静静地待下去……

陆琛收拾完鱼,开始用牙签挑虾线。苏扣扣清洗完菜:"我也挑虾线吧。"说着,她学着陆琛的样子挑起了虾线,突然她惨叫了一声:"啊!!"

陆琛知道肯定是牙签不小心扎到手了:"扎手了吧?我看看!"说着不由分说地抓过她的手看。

"没事没事。"

"真没事啊?"

"没事。"

陆琛开玩笑地说:"对,你是女汉子嘛。"

"你做吧,我不做了。"苏扣扣冷哼一声,给他一个白眼。

陆琛听出她在赌气:"哟,怎么生气了?"

"天下所有的女汉子,只是没遇到她可以撒娇的男人!如果可以依靠,没有哪个女人愿意做吃苦的女汉子!"

陆琛不明白她为什么有这么一番感慨,他有些想笑:"这怎么扯这上面来了?"不禁心里暗想,"真是女人心海底针啊。"他赶紧道歉:"我可不敢惹寿星生气,我改口,你是女神!"

苏扣扣才不相信:"得了吧,你心里想说的是'女神经'吧?"

陆琛讨好地笑:"不敢不敢。"

苏扣扣去喝水了,顺便给陆琛也倒了一杯。倒水时,她往厨房里看,里面晃动着的人影,让她又想到了爸爸,恍惚间,仿佛看见爸爸笑眯眯地探出头来:"闺女,马上要吃饭咯!"

陆琛挑虾线,腾不出手,只好由她端着杯喝了两口。

苏扣扣突然想起高脚杯好像放在了橱柜最上面那层,她要找出来,一会儿喝点红酒,可她踮起脚还是够不着。陆琛抬头看到了,用水冲了下手:"你拿什么?我来!"

"高脚杯在最上面那层。"

陆琛走到她身后,一伸手就够到了,随即又专心忙活案板上的菜去了。苏扣扣洗着高脚杯,神思已游离天外,此时她的心里有只小鹿在乱撞,她细细回味刚才的那一瞬间——陆琛站在她身后,挨得很近,她像是要靠在了他怀里一样,她甚至能闻到他身上混合着些柠檬味儿,大概他刚才往肉里挤了些柠檬汁吧……

"怎么了?想什么呢这么出神?"陆琛和她说话,叫了她两声都没反应,于是他走到她跟前,看着杯子洗完了,白花花的水还在那儿淌着,"要节约用水呀!"说着,他把水龙头关上了。

苏扣扣猛地回过神来,见他那样奇怪地看自己,内心慌乱地问道:"怎,怎么了?你刚才说什么?"听着自己的声音有些发颤,她感到难为情。

"我说厨房有油烟,你去客厅看电视吧。"陆琛笑了下,"刚才

第八章 惊心动魄的生日夜

想什么呢那么入神？说来听听啊。"

见他这么追问，苏扣扣又气又想笑："没有想什么！"

不一会儿，陆琛听着客厅没动静了，便探出头来看。只见苏扣扣坐在沙发上，埋头正忙活着什么，陆琛问道："你在忙什么呢？"

苏扣扣头也不抬："我看到你大衣上的扣子掉了，正好找到一颗差不多的，我帮你钉上。"

"掉好几天了。"陆琛走近一看，看她钉得有模有样，"真不错！"接着他坏笑了下，"你不是赌气吧？就因为刚才说你是女汉子。"

苏扣扣没憋住笑："去你的吧。"

陆琛又看了眼缝好的扣子，不禁夸赞道："你缝扣子时真是温柔又贤良，显露着一个好媳妇的样子，谁娶你真是有福气了。"

苏扣扣听了五味杂陈，在她钉扣子时，她看着厨房里正在忙活的陆琛，突然感觉此时此刻就像一幅理想的家庭闲适图，很亲切很温馨，有着居家过日子的生活味道。可惜这个男人不属于她，想到这儿，她把针线收拾起来，装作漫不经心道："就你会说话。"

"真没想到你还会缝补衣服。"

"我妈妈走得早，有些事情就得学会自己干啊。"

陆琛听了，心里又是一阵难过，正想着说句安慰的话，苏扣扣见状赶紧岔开话题，欣然道："可以擀面条了吧？我想做。"

陆琛走到厨房，看着锅里该炖的在炖、该蒸的在蒸，一切都在他的掌控之下："好了！面团差不多该醒好了。"他揭开保鲜膜，用手按了下面团,感觉到面很有弹性也很暄软了,"好了!"

"我来我来。"苏扣扣雀跃着上前。

案板上两人笑作一团,苏扣扣往陆琛脸上抹面粉,陆琛趁她不注意,也给她抹了一把。空气中飞舞的面粉,在灯光下飘飘洒洒,朦朦胧胧像薄雾,两人笑指着对方的大花脸,欢笑声混着麦香味,整个房间都变得甜津津的。

面团终于被擀成了一张大圆面皮,陆琛在上面撒了些玉米面,防止切面时粘在一起,然后将整张面皮卷在擀面杖上,再将擀面杖轻轻抽出来,这样面就一层层叠好了。陆琛带有成就感地说道:"现在可以切面了。"

"让我来!"苏扣扣非要试下,可她一刀下去不是没切断,就是切得一刀宽一刀细,很不均匀。

"我来教你。"陆琛手把手教她切,"左手轻按住面,右手拿刀,手腕要放松。"苏扣扣凝神专心听要点,按要求操作,陆琛很满意,"对,就这样。"

手起刀落间,她看到宽细均匀的面条出来了,不经意地高兴转过头,没想到两人要脸贴脸了。她赶紧又转过脸,手却已经不听使唤了,完全是陆琛在用力拿刀,她的心脏跳得像敲鼓,别的声音她都听不见,听不见……

陆琛见她呆愣在那里一动不动,以为她在思念爸爸,思念爸爸做的那碗长寿面。于是陆琛默默地决定,今天一定要给她做一碗好吃的长寿面。他将猪瘦肉切成条状,香菇切成丝状,鸡蛋磕入碗中打散,然后炒锅放旺火上,热锅凉油烧八成热,下葱、姜、

第八章 惊心动魄的生日夜

蒜末煸香，再下肉丝、虾仁、香菇、黄花菜略炒，放入肉清汤烧开，放盐，接着用湿淀粉调成卤汁后加入蛋液，然后再把煮好的面条捞起，装入汤碗中，浇上刚才调好的卤汁，滴几滴香油，加点香菜、胡椒粉，一碗好吃的长寿面就做成了。

苏扣扣看着桌上有鲜花，有红酒，有巧克力蛋糕，陆琛做的几道菜也相继端上桌了。她看着麻椒排骨、清蒸福寿鱼、红烧鸡翅、素炒西蓝花、干煸四季豆，眉开眼笑："全都是我爱吃的！"

"爱吃你就多吃！"陆琛笑着把生日蜡烛点上，关掉灯，"有请寿星许愿吹蜡烛！"说着他便唱起了《生日歌》。

柔和温馨的烛光，此时看上去既哆哆嗦嗦又欢欢喜喜。苏扣扣双手合十，许愿吹蜡烛。

"谢谢你做的这么多菜，谢谢你陪我过生日。"

"别说谢谢，来，"陆琛举杯，"生日快乐！"

"快乐！"苏扣扣笑着举杯。

十里长街，灯火辉煌，陆琛和苏扣扣吃饱喝足后，骑着单车夜游泉城。两人边骑边纵情歌唱，两边的国槐像肃穆的老人一样，静静地听他们一路欢歌笑语。

"我追上你了啊！"陆琛用力蹬自行车。

苏扣扣回头笑："还差两个轮子，加油！"

有一种快乐既是舒心的，也是自由的。恰巧遇上了灯光节，他们像漫步在一个童话世界里，这世界梦幻十足，让人流连忘返。

陆琛陪着苏扣扣四处游逛，看着她像只欢脱的兔子。她戴着南瓜帽发卡,坐着旋转木马,一圈一圈停不下来;路遇广场舞,她拉着陆琛混进队伍里跳了起来,陆琛跟她学跳,舞姿笨拙又搞笑,她笑得要流出眼泪来;突然来了一阵急雨,两人跑着找地方躲雨,在一家书店的屋檐下,两人等雨停。

雨后的空气清新极了,但也给人一种又湿又冷的感觉。两人走过一条街道,空气中突然有了烤地瓜的味道。苏扣扣贪婪且用力地闻着空气中的香甜味,这味道在这湿冷的夜晚多少给人些慰藉。

"这个生日过得开心吗?"

"开心!"

两人分吃着一块烤地瓜,说笑着往家的方向返。突然苏扣扣神神秘秘地把陆琛叫到一棵大大的松树下,陆琛正觉得莫名其妙时,只见苏扣扣猛地用力踹了一脚树,随即马上跑掉。陆琛一下子反应过来,一把将苏扣扣拉住,唰啦啦,冰凉的雨点儿滴落在二人身上,她笑着惨叫起来:"你可真坏啊!"

"是你先坏来着!"陆琛辩白。

苏扣扣直起腰站稳脚,这才意识到自己已经歪倒在陆琛怀里了。她戛然止住笑看着陆琛,陆琛僵在那里,脑子像坏掉了一样,没等他反应过来,只听一个温柔又深情的声音响起:"陆琛,我喜欢你!"

对陆琛来说,这一切发生得太突然了!他看着她认真又深情的样子,有些慌乱和愣怔,片刻后他清醒过来,装傻讪笑道:"我知道你们这代人的表达方式,说'喜欢你'其实就等同于不讨厌你这个人而已。"

"我要说不是这样的呢？"苏扣扣死盯着他的眼睛看，不想错过任何一丝表情。

陆琛故作若无其事地哈哈一笑："又来捉弄我是吧？这个玩笑可不太好笑，你啊，就别拿我开心了。"说着，他抬腿继续走路。

苏扣扣一把抱住他："我没有，我是真的喜欢你！我觉得就算我不说，你也应该能感觉出来！"

"是的，你不说，我也能感觉得到。可是你不能喜欢我，我也不能伤害你，我一直把你当亲妹妹看，真的把你当成我们家的一分子去关心照顾你，陪你成长，希望你开心，希望你有个美好的未来。"他顿了下又说，"我很爱我老婆，当然我相信……"

苏扣扣不耐烦地打断他："不就是喜欢你吗？简直像要了你的命一样，啰里啰唆说这么多。"

"不是，我一定要让你清楚，你的人生才刚刚开始，爱情值得每个人等待，你会遇到属于你的那份爱情，明白吗？"

"好了好了，知道了。"

陆琛内心里长舒了一口气，他们之间的这层窗户纸终于捅破了，但他没想到，接下来，还有其他惊人的事情正在一并展开。他接到叶赛君的电话，就立刻往医院赶。

医院重症监护室门外，陆琛心急火燎地赶来，跟着一起来的还有苏扣扣。

"对不起，赛君，"陆琛等不及喘口气，急忙问，"妈怎么样了?"

叶赛君愤恨地看着他,一张被口红涂抹得很滑稽的脸,像个小丑一般。她又看了眼他身后的苏扣扣,叶赛君心里的怒火陡然升起,她知道,陆琛撒谎了,他没有加班,是和苏扣扣一起开心去了。

"你别在这儿恶心我,你出门就不知道把脸洗干净吗?跑这里来丢脸!"

苏扣扣不由得想为陆琛辩解:"我解释下,赛君姐,你误会琛哥了。"

叶赛君气得浑身哆嗦,根本不理会苏扣扣。她看向陆琛:"你不是加班去了吗?你说你接不了可儿放学,因为你要加班!"说着她背过身,悲痛地大哭起来。

时广徽走到陆琛跟前:"陆琛你太过分了!姥姥为保护可儿,差点让掉下来的广告牌砸死!"说着他气得上前给了陆琛一拳头。

陆琛并没有还手,他颓丧地耷拉着头,叶赛君捂着脸放声痛哭。

这时苏扣扣跳了出来,她见陆琛的脸都被打肿了:"时广徽,你下手也太狠了吧?!"

"你不要管!"陆琛大声提醒苏扣扣。

"好,我不管!你把时广徽一直暗恋的女神惹哭了,他心疼了,能不打你吗?!这可以理解!"苏扣扣这话简直在火上浇油。

"你在说什么?谁是他暗恋的女神?"陆琛十分不解。

时广徽的神色一下子就慌张起来。

第八章 惊心动魄的生日夜

"时广徽他喜欢赛君姐！从高中就一直暗恋！"苏扣扣脱口而出，上下嘴唇一碰，就把时广徽埋藏多年的秘密给说了出来。

"什么?！"陆琛简直不敢相信。同样叶赛君也被惊得够呛，两人瞪大眼睛惊奇地看向时广徽。

时广徽又气又窘："你够了，苏扣扣！"

"还没完呢，我要把你埋藏的秘密替你全说出来！"苏扣扣一直觉得脑子里像藏着一个闹钟，走得不准，但知道迟早要响。她看向陆琛和叶赛君："你们还记得他曾经画的那张带心的画像吗？他画的就是赛君姐！"

时广徽悲痛地闭眼长叹了口气，叶赛君愣怔着一句话也说不出来，心里已是七荤八素。

陆琛心里在敲鼓，他越想越觉得老婆和时广徽的相处，的确有些暧昧和亲密……他突然血冲脑门，一步冲了过来，上前狠狠地给了时广徽一拳头。

猝不及防，时广徽一个踉跄跌倒在地，叶赛君赶紧去扶，看到时广徽口鼻有血，她大声斥责道："陆琛，你疯了！"

陆琛勃然大怒："你心疼他了？是不是你们早就暗度陈仓了?！"

"你胡说八道！"叶赛君勃然大怒。

陆琛气不过，还想上前去打时广徽，苏扣扣拉住陆琛："别打了！别打了！"

陆琛手指向时广徽："广徽，我拿你当兄弟，你却背后捅刀子！"

"够了！"叶赛君一怒之下，上前给了陆琛一巴掌，"根本没有的事！你还胡说八道！"

免俗（下）

陆琛愣住了，手捂着被打的半边脸，夫妻俩都痛心地看着对方。

这时重症监护室的门开了，医生出来了："你们来干什么的？这里是医院！打架去外面打！"

叶赛君跑向前："对不起医生，我妈情况怎么样了？"

"病人受伤的主要部位是头部和腰部，目前来看并无大碍，不过……"医生犹疑地思量起来。

大家预感不好，一口气提了上来。陆琛赶忙问："医生，不过什么？"

"我们在病人身上发现其他病灶，初步怀疑是肝癌，等明天做进一步检查吧。你们要做好心理准备。"

医生走了，大家呆愣在那儿。叶赛君腿有些发软，差点歪倒在地。陆琛去扶她，被她一把推开："你走你走！我不要你管！"说着一边哭一边气恼地捶打着他。

陆琛不说话，紧紧地抱住赛君，任凭她打。

这时苏扣扣自责又羞恼地来了句："都怪我，都是我的错！我去死！死了就再也不会给你们添麻烦了！"说着便哭着跑掉了。

一波未平一波又起，陆琛看着跑出去的苏扣扣，又看了眼叶赛君，不禁左右为难。他想到苏扣扣这性格，万一发生意外，他们全家都对不住苏修医生："赛君，对不起，我马上就回来！"

"你别去了！"时广徽拦住陆琛，"你留在这儿！"说着他去追苏扣扣了。

陆琛木木地呆愣在那里，想到原来时广徽从高中时就暗恋叶

第八章 惊心动魄的生日夜

赛君,这真的让他惊讶不已,又如鲠在喉。此时他心里五味杂陈,脑袋嗡嗡的不清醒,他疾步走向洗手间,看到镜子里的脸,搞怪又滑稽。他挤了些洗手液使劲揉搓着,终于冲洗干净了。他看着镜子里的自己,内心自责:"日子怎么过成这样了?"他抹了把脸上的水,努力让自己打起精神来。

"你回家睡吧,我在这里。"陆琛心疼地看着叶赛君。此刻,叶赛君趴在椅撑上,心力交瘁,气恨得不愿和他多说一句话。陆琛颓丧地坐了下来,想着从什么时候开始,他们夫妻开始离心了?老婆的内心世界是怎样的,作为老公他完全不知道了,而时广徽却知道,老婆的心里话不再对自己说了……他内心里深深地叹了口气。

时广徽追上了苏扣扣,命令道:"跟我走!"

"我不要你管啊,你放开我!"苏扣扣使劲挣脱开他的手。

时广徽气结道:"把事情搅成这样,你满意了?"

"谈不上,"苏扣扣抬起头看着他,冷笑了下,"别装了,最满意的人是你!暗恋多苦呀,我帮你把苦水倒出来了,你肯定在偷着乐吧?呃,谢谢就不必了,再见!"说着她扬长而去。

时广徽抓住她的胳膊:"看来我也应当把你喜欢陆琛的秘密给说出来!"

苏扣扣冷笑了下:"不必了,我今晚已经告诉他了。"

"啊?真不知道你这人到底有没有长脑子?挺大一个人了,做事完全不考虑后果,总是由着性子胡乱来!"

苏扣扣大叫着:"说够了没有!"被激怒的她抬手便给了时广徽一巴掌。

时广徽接着也抡圆了胳膊狠狠地反手就给了她一巴掌:"我们不是你父母!可以宠着你任性!"

显然"父母"二字戳到了苏扣扣的痛处,她哭了,慢慢蹲了下来,捂着脸委屈道:"好痛啊……"

时广徽顿时有些后悔,不知所措地揉搓着手。

"我到底有什么错?"苏扣扣抹着眼泪哽咽起来,"不就是让琛哥陪我过个生日吗?我想找人陪着,不然我想爸爸、想妈妈啊!想得心里……太难受了……"她抬起一双泪盈盈的眼睛看着时广徽,"我只是想生日这天过得快乐些,不可以吗?"

时广徽咬了下嘴唇,歉意道:"原来今天是你生日啊……对不起。"

起风了,薄云被吹散了,月亮出来了,又大又圆地挂在天边。夜凉如水,直让人感觉有些冷。时广徽把苏扣扣送回了家,两人一路上都没说话,下车时,时广徽突然叫住了她,苏扣扣茫然地回头,听到了一句:"生日快乐!"

叶赛君祈祷了一晚,希望妈妈平安无事。可事与愿违,第二天下午三点,医生拿着病理报告很遗憾也很明确地告诉他们,病人确诊为肝癌晚期。这之后医生说的什么,叶赛君全都听不见了,仿佛那一刻空气凝结了……醒来时,发现自己躺在医院的病房里:"我怎么了?"

第八章 惊心动魄的生日夜

陆琛抓着她的手:"你晕倒了,医生说你需要休息。"

"我妈呢?"说着她要下床。

"别担心,妈已经转到普通病房了。"

"谁照顾我妈呢?"

陆琛吞吐道:"是苏扣扣……她听说你晕倒了,便帮忙来照顾下妈……"

"我可不想欠她人情!"说着叶赛君就要下床。

陆琛摁住她:"咱妈睡着了,你就先休息会儿吧,把你身体累垮了我更心疼。"

叶赛君很气恼,冷冷地看着他。

"赛君,你误解了我,昨天是苏扣扣的生日,她一个人孤苦伶仃的,就想让我陪她开心过生日,我觉得……这不过分吧?"

"那你为什么要撒谎?为什么骗我说是去加班了?!"

"我真怕你误会。"

"陆琛,她是不是喜欢你?"叶赛君突然看到他搭在床边的大衣,"大衣上的扣子就是她帮你钉的吧?"她看到用的还是扎眼的红线,瞬间这红线像爆竹捻子一样,把她的心炸了个稀巴烂。

"是她钉的。我承认她喜欢我,但是我心里清楚,我真的把她当成亲妹妹来照顾!你得相信你老公啊!"

"成天和一个喜欢你的姑娘在一起,你能保证不会变心吗?"

"当然!"

叶赛君冷笑了下:"这世界唯一不变的就是变化,没有什么是永恒的。陆琛,我不是个不通情达理的人,苏扣扣的生日我也想着呢！虽然我记成了阴历的日子，可是我考虑过怎么给她过生日，要送她什么礼物。临了，你给她单独过了，成了你俩密会幽欢了。"

"你不要说得这么难听好吧？当时我对她提出了，我们大家一起给她过生日，可她不想麻烦大家。"

"可结果呢？我妈替你去接孩子，差点没了命！"叶赛君悻然，"我看出来了，你也乐意和她待在一起，在家都不愿意和我多说一句话！"

"你不也一样？心里话都说给时广徽听了，我还想问你，你是不是喜欢上他了？"陆琛酸涩地问。

叶赛君咬牙切齿："无耻！"

这时医生进来了，他们简单说了下关于姥姥病情的治疗方案。医生给出的建议是放弃手术，因为病人已是肝癌晚期，依据现在的医学手段，当前做任何治疗，其实意义都不大，在这个阶段的医疗方案，就是控制癌细胞的进一步扩散，减少病人的痛苦和提高生活质量。医生走后，叶赛君又掉起了眼泪："千万不能告诉我妈病情，她肯定承受不住的。"

"不会让她知道的，今后我们多陪陪她老人家吧。"陆琛帮她擦泪，叶赛君却把脸扭到一边，泪如雨下。

人的一生就像是进了一所学校，根本没有什么选修课，碰到的、面对的都是必修课。若学不会，就再学一遍，一遍又一遍，直到学会、学懂为止。痛苦也是如此，必须要学会面对和承受，必须要经历一遍又一遍。

第八章　惊心动魄的生日夜

随着时间流逝，叶赛君慢慢接受了姥姥患癌的残酷事实。为了更好地照顾妈妈，她索性搬回了娘家住，自然而然地和陆琛过起了分居生活。她也想一个人静静，给彼此一个空间，一个喘息的余地。

这天晚饭过后，陆琛心里烦闷得很，便下楼来透透气，陆爸叫住他："事情已经发生了，就坦然面对吧。你也劝劝赛君，别太伤心了。"

恍然间，陆琛以为陆爸知道他们感情出现问题了，便神思游离了下："爸，让你操心了。"

"我能操上什么心啊？你没事勤往姥姥那边跑着点，帮帮赛君。这边你妈有我呢，你们放心。"

陆琛愣怔了一下，点点头。原来陆爸还没有觉察出他们感情出现了问题，倒是注意到了叶赛君回家几次脸上都没有高兴的模样，于是他把这一切都归于姥姥患癌这件事。确实，这件事让每个人心里都不好受，心头像笼罩了一片乌云，但这片乌云也把他们小两口的感情问题给一并遮挡了。

晚上才八点，小区公园静无一人，万家灯火，家家户户都是老婆孩子热炕头。陆琛从小区超市买来一打啤酒，坐在长椅上喝了起来，一想到时广徽，他就气恨地一把捏扁手中的易拉罐。

正这么想着，时广徽来了，他也正想找陆琛聊聊。

"我正好想找你，你就来了！"陆琛轻蔑地看了他一眼。

"我也觉得咱们是该好好聊聊了。"时广徽说着拿起一罐啤酒，打开喝了起来。

陆琛讥笑道:"聊你怎么暗恋我老婆的?聊你俩怎么偷偷好上的?"

时广徽气急:"你不尊重我可以,但不能不尊重你老婆!她是个好女人!"

"这还用你说?!"陆琛扑上前,两手死死抓住时广徽的衣领,冷嘲热讽道,"你可真行,从高中时就暗恋赛君,我太佩服你了,简直五体投地啊!"

"放开我!想聊就好好聊!"

陆琛赌气地放手,随即又打开了一罐啤酒。时广徽整理了下衣领,喝了口酒:"你不用这样嘲讽我。当年我将要去美国留学之前,我本打算对赛君告白的,连告白信都已经写好了,没想到被我妈误认为是废纸,拿去包猪大肠了。"

"那我得谢谢猪大肠了!"陆琛说着打了个嗝,"不过,你可以继续告白啊,怎么后来没有?简直是懦夫、胆小鬼!"

"你骂得对,我不辩白。可你知道吗?我一想到当时你也喜欢赛君,而且正在追求她,我就一下子又没了勇气。再加上我要出国留学,一走好多年,所以我就把这份感情藏了起来。"

"现在回国了,可以继续爱恋你的初恋情人了,甚至可以破坏她的家庭,从而得到她,圆你初恋梦!对不对?"说着陆琛愤怒地上前给了时广徽一拳。

两人扭打了起来,时广徽很气恼地给陆琛一拳后,狠狠地把他摁在地上:"你在说什么?你们的感情走到这一步,原因出在哪儿,你到现在还不明白?"

第八章 惊心动魄的生日夜

"我就觉得是因为你！"陆琛用力反击，把时广徽压倒在身下，挥了一拳头，"我，从没有背叛过赛君，我清清白白的！有段时间，我发现我老婆有话都不和我说了，反倒和你说说笑笑，你们倒是有很多共同语言。这问题不在你，在谁?！"说着咬牙切齿地又挥了一拳头。

时广徽摸了下嘴角的血，痛心地大声问道："你有多长时间没陪她聊过天了？你的时间都花在了哪里？你知道她的梦想吗？你关心过她吗？"

一连几问，让陆琛蔫了，他一脸疑惑："她都三十多岁了，梦想不就是我们家人平安健康吗？"

时广徽讥笑起来："这就是你作为她老公说出的话！"说着他拿出手机，打开一个网页，"你自己看！"

陆琛接过手机，浏览起来："这是我老婆写的小说？"他惊讶地睁大眼睛，"我怎么一点都不知道？"

"一开始她本想告诉你，她要重拾爱好，写小说，但觉得你一定会嘲笑她。你刚才不也说了嘛，她都三十多岁了，家人平安健康就该是她的梦想！"

"我……我忽略了她。"陆琛很惭愧。

"你这人太自私，大男子主义，总是为了面子和人情一次次地为难赛君，就这样你还嫌她不够宽容大度！你得了面子和人情，可你伤了一个女人的心！我不明白，比起爱人来，人情和面子就那么重要吗？"

陆琛用巴掌拍了下脸："人活着不就为了这张脸皮吗？我没有

好好和她沟通，我想当然地认为，她是我老婆，是我最亲的人，她应该理解我才对啊。"

"你不要再大男子主义了！多考虑下赛君的感受！还有，你和苏扣扣，我再一次提醒你，千万要保持清醒和理智！你只要走错一步，就会步步错下去，到时你会失去更多，还会伤害到她。"

"我当然知道！可我不能不去照顾她啊，你让我怎么办？是，她告诉我了，她喜欢我，可我也明确地拒绝她了，还给她讲了很多道理。"陆琛又喝完了一罐酒，突然他哭了出来，"我很爱赛君，也很珍惜家庭，可我又不能不顾情义地舍弃苏扣扣，我们欠她的，欠苏医生的啊！你说我该怎么办啊？怎么办……"

喜欢一个人的感觉，就是心火旷日燃烧，直到把所有的精力和灵魂都燃烧殆尽。苏扣扣主动约见叶赛君，两人一见面，她清白又勇敢的样子，像那蔷薇花开得很野很奔放，开口就说："赛君姐，我喜欢上了琛哥。"

叶赛君想起了姥姥提醒她的话，看来，天底下是有日久生情这么回事的。虽然料到苏扣扣会这么直言不讳地说出来，但当真听到这话时，心里还是颤抖了下。她深吸了口气，想听苏扣扣全部说出来，于是便问："那他喜欢你吗？"

"他没说过喜欢我……"苏扣扣颊了一下，但很快又倔强地抬起头，"反正和我在一起，他真的挺开心的。"

叶赛君听了，内心一阵酸涩。

"我以为……"苏扣扣不禁呜咽出声，"我再也感受不到什么是温暖,可琛哥给了我。他如父如兄,让我觉得在这个世上,还有人关心惦记着我。"

"你也不用这么伤心了,"叶赛君不想继续这个话题了,觉得说下去也没有什么意义,"可能是他一时放不下家庭和责任吧。要是你们两情相悦,我会成全你们的。"说着她站起身想走。

可苏扣扣并不领情:"赛君姐,你一定觉得自己很高尚吧?可你知不知道,你们婚姻出现问题责任不在于我!而在于你!"她字字咬得很清楚。

叶赛君又惊讶又生气,血一下子冲到了脑门:"什么?"

"你体谅过琛哥吗?你知不知道他每天上班很辛苦,作为妻子你还嫌他不肯学习、不够努力、不肯成长!你从心里鄙视他、厌烦他,以致你们失去了情感交流,这才是你们婚姻出现问题的症结所在!你还嫌他陷入无谓的人情面子里,可是一个男人最在乎的不就是面子吗?我倒是挺喜欢琛哥这样有情有义的人,有人情味儿,有男人味儿。"

"他工作辛苦,难道我不辛苦吗?我工作回来,做饭洗衣照顾公婆,还要担心我妈那边出点什么情况,给孩子检查完作业再打扫完卫生,睡觉都不知几点了!我几次胃病犯了,作为老公的他都不在我身边,他在哪儿?他和你在一起啊!你们谁体谅过我?"

"那是琛哥陪我去见音乐公司的人!"

"苏医生对我们有恩,难道我不懂得感恩吗?你的生日,虽然我记成了阴历的日子,可我是有计划给你过生日的!想让你过一个快乐的生日,我都考虑过,没想到变成了你俩的密会幽欢!他编谎为此没去接可儿,害我妈差点丢了性命!我看出来了,陆琛报恩报得连家都不想要了!"叶赛君喘了口气接着说,"还有,我让他学习这件事,我是提醒和激励他,人要不断成长,不能安于现状!我完全是为他好!"

"那你考虑过他的自尊和感受吗?说白了你就是嫌他没本事赚不到大钱吧?我现在觉得就是因为时广徽出现了,所以你不自觉地拿他和琛哥做比较。"

叶赛君站起身狠狠甩了句:"无稽之谈!"

"好吧,不争论了。"苏扣扣对着她背影,"喜欢一个人,是没有错的,就像时广徽他一直喜欢你一样!"

叶赛君听到后怔了一下,稍放缓了脚步,紧接着,她又快步向前走去。

人的一生很像是在雾中行走,远远望去,只是迷蒙一片,辨不出方向和吉凶。可是,当你鼓起勇气,放下忧虑和恐惧,一步一步向前走去的时候,你就会发现,每走一步之后,你都能把下一步的路看得更清楚一些。

陆琛觉得和老婆一直这么僵着,长此以往不是个事,他想和老婆好好谈谈。他也反思过了,这段时间确实忽略了赛君,想想老婆跟他过日子也不容易的。他刚要给叶赛君打电话,苏扣扣的电话进来了,原来马总监约他们去老地方见面,有重要事要谈。

陆琛只好和她一起前往,苏扣扣并没有告诉他,她已经找叶赛君聊过了。她看着他,心疼道:"看你这几天,人都消瘦了。"

第八章 惊心动魄的生日夜

"没事儿。"

"你这样我心里很难受，都怪我……"说着苏扣扣掉起了眼泪，接着她攥紧拳头，"我一定抓住成名机会，好好报答你，让你不再受任何委屈！"

陆琛笑了笑，劝慰她："这叫什么委屈？没事的，怎么会怪你呢，都是我的错，我会处理好的。"他递给她纸巾，揶揄道，"赶紧擦擦泪，这回我可真没力气背你了。"

苏扣扣破涕而笑，心里很甜蜜。

还是那家广式茶楼，他们见到了马总监，一见到他，苏扣扣便欣喜若狂："马总监，您是要安排我拍片上杂志吗？"

"这段时间，她一直盼着这事呢。"陆琛说。

"对，《新星》杂志我们一定、必须、肯定要上的，这你们放心。"说着马总监喝了口茶，不疾不缓道，"可是啊，我要和你们商量一下，特别是要听听扣扣的意见，就是最出色的那位造型师现在没档期，我们得等他来，让他全方位帮你打造出与众不同的造型，一亮相，就惊艳众人！这才是我们要的效果！如果你要现在心急非要上呢，也不是不可以，既然我们签约了，我就得尊重下你的意见，你觉得呢？"

苏扣扣果断地说："那我肯定是要选那位最出色的造型师啊！"

"好，和公司想的一样。"马总监很是激动，笑着说，"扣扣，你真是太幸运了！现在呢，我们在找各种资源来包装你，正好我们刚争取了一个走红毯的机会，当天著名歌星奇奇也会到场哟！到时珠宝商会让你戴他们提供的首饰亮相，不过，个人要交 20 万元的保证金。"

"啊，这么多啊，20万！"苏扣扣说着看向陆琛，陆琛倒吸了一口凉气。

马总监看着他们，笑着说："别紧张，当天走完红毯，首饰完好无损地交给珠宝商后，这20万元一并退还。这个相信你也能理解，这钱公司没法垫付，毕竟首饰戴在你身上，你是有责任的。"

陆琛点点头："这倒是能理解。"这时他手机来了条微信，是叶赛君给他发的，让他把她的充电宝拿下来，放到传达室，她会去那里拿。

"我们公司争取到的走红毯名额只有一位，公司目前签约的三位歌手都想去，为了公平，那只能谁先交上这20万就让谁去。"

苏扣扣和陆琛相视一眼，陆琛表态："这机会我们肯定会抓住的。"

苏扣扣满面红光，赞同地狂点头。

马总监脸上带着笑："那行，我也比较中意扣扣，我会多给你们一点时间的。"事情谈完了，他见时间还早，便提议大家一起吃个饭，陆琛欣然同意。推杯换盏，觥筹交错，灯光酒影中，陆琛想起了很多事，那晚他喝醉了，从没有喝得那么醉过。

陆琛没能把充电宝给叶赛君送下来，她只好自己来家里取，正好看到苏扣扣开车把陆琛送回家。见他一副烂醉如泥的样子，叶赛君更是气得不行，她停也没停，就像没看到他们一样，径直往前走。陆琛看到她了，摇摇晃晃地向她走来："老婆，别走啊，老婆……"他踉踉跄跄，差点摔倒。苏扣扣上前赶紧扶住他，心

第八章　惊心动魄的生日夜

疼地打抱不平："赛君姐，琛哥他心里难受，你就和他说句话不行吗?!"

叶赛君说："他不是有你吗？"声音听起来非常冷漠而遥远。

"你也别用这种口气和我说话！我是喜欢琛哥，但我不是小三儿！"

叶赛君头也不回地就走了。这时大头回来了，苏扣扣便让他帮忙把陆琛扶到楼上去，她没跟着一起上楼。这可把大头折腾坏了，陆琛拽着单元门不肯走，大头就陪他原地絮叨了半个钟头。

第二天，陆琛酒醒了，他立刻打电话约叶赛君见面，还专门选在了一家甜品店。这家店以前他们经常来，陆琛还提前点了叶赛君最爱吃的法式蛋糕。

叶赛君来了，她也觉得他们该好好谈谈了。刚坐下，两人还没说话，有一位孕妇就冲陆琛打招呼："陆琛。"

陆琛看着这女的，一时间没想起是谁来，不过接下来她的一句话，让他瞬间想起她是谁来了。这名孕妇带着意味深长的笑，先看了眼叶赛君，接着又对陆琛挤眉弄眼道："你那小女朋友呢？"

对，她就是王兵的老婆。陆琛简直要抓狂，又不能对她说出真相，只能哑巴吃黄连，有苦说不出。这时他看到叶赛君狠狠地剜了他一眼，他左右为难，只好打落牙齿和血吞。在王兵老婆走后，他赶紧向叶赛君解释，刚要开口说，就被叶赛君堵了回去："真恶心！陆琛，你们就不能在外面注意下影响吗？给父母和孩子留点脸面！"

"赛君,刚才那真是误会,不是王兵老婆说的那样,事情是……"

叶赛君打断他:"我突然觉得和你没有什么可说的了,你还有别的事吗?没别的事,我就走了。"

"行,我先不解释了。"陆琛讨好地把那盘法式蛋糕往前推了推,"你爱吃的,尝尝吧。"

叶赛君冷笑了下,叹了口气:"大概你早忘了吧,我有胃炎,早就不能吃这种甜点了。"

陆琛懊恼地拍了下头:"真是对不起。"

"昨天让你拿充电宝,你没拿,原来你们在一起,是你不方便。"

"昨天马总监约我们谈事,谈完后,大家一起吃了个饭。老婆,对不起。"说着他抓住叶赛君的手,"老婆,我错了,这段时间我对家、对你的关心不够,我让你伤心了。"

"别说这些了,还有事吗?没事我得给我妈拿药去了。"

"老婆,咱别这样一直分居下去了。我爸好像觉察到问题了,今天问我,咱们俩是不是吵架了?我觉得可儿姥姥有天也会这么问你的。父母年纪大了,不该让他们再为我们的事担心了,更何况,你全都误会了我,那都是子虚乌有的事儿。"

"怎么?你怪我不懂事,让父母担心了?陆琛,我不是来娘家度假的,我是来照顾我妈的。我妈就我一个女儿,我不照顾她谁照顾她?"

"可你也别借机惩罚我,一直和我冷战啊!我作为你丈夫,也是有责任和义务照顾咱妈的。"

第八章　惊心动魄的生日夜

"分居一段时间，没有什么不好的，彼此都冷静下。"

"我知道你怨我，是我没去接孩子，让姥姥出了意外。可凡事得一分为二地看，其实咱妈要不是因为这次意外住院，恐怕还发现不了这病灶呢。虽然不能说是幸运，但也算是早发现早治疗，我们做儿女的可以多陪陪她老人家。"

"这么说，我还得感谢你？"

"我不是这意思，我是想宽慰下你。"

叶赛君冷哼道："我看你是在减轻你的愧疚感吧？"

陆琛无奈地恳求道："赛君，咱别这样行吗？你这样说我，我心里不好受。"

"我看你是偷着乐吧？苏扣扣主动和我聊过了，她说他喜欢你。我说，我成全你们。"

"赛君，可我对她没有一点非分之想，我真的拿她当妹妹，当灵灵看待的！我们陆家欠苏医生恩情，我有责任有义务照顾她，让她成长得更好更优秀，这也是你认可的。"

叶赛君嘲讽道："是啊，报恩报得都成了你的小女朋友了。"

陆琛很无奈地蹙起了眉，这时叶赛君手机响了，他无意间瞥到手机屏上显示"时广徽"三个字，顿时醋意冒三丈："好好，我明白了！怪不得你不愿意回家！这样多自由啊，你们见面也方便，可以和他聊聊你写的小说，你们多有共同语言啊！他还暗恋你，正好又能重温下校园时光，弥补青春里的遗憾！"

"你胡说八道些什么！我和时广徽是有工作上的事要谈！"叶赛君见陆琛一脸冷笑，"你不是不知道，前段时间我想邀请时广徽来我们幼儿园搞一个机器人进校园的活动,现在大家刚好都空出时间了。"

"去吧,赶紧的!他帮你把活动搞好了,兴许你还真能当上园长了!我呢,什么都帮不了你,还净给你添乱。"

叶赛君很是无语地看着他。

"我说的对吧?我就一个打工的,赚钱不多,没什么大本事,可人家就不一样了,他是'海归',回国就成了公司合伙人。重要的是,他还是一个深情专一的人,从高中就暗恋你,是我耽误了你们的幸福!现在他又回来了,既然我怎么做也让你快乐不起来,那我无条件退出,成全你们!"

叶赛君气愤无比道:"陆琛,你讲讲道理好吧?!你也别把脏水泼到别人身上!你问问你的心在哪儿?我胃疼犯病,你在哪儿?天天的我一人伺候老的、照顾小的,你在哪儿?我工作烦闷,想和你聊聊的时候,你又在哪儿?!"

"我对你、对这个家问心无愧!"

"够了,我不想和你吵了!"叶赛君说完,扭头就走。

"别走,还有件事。我想把房子抵押贷点款!"

叶赛君的脑袋轰的一声:"为什么?"

"音乐公司那儿要交20万的保证金,这个是会返回来的。"

叶赛君恍悟,悲痛道:"我还以为你是真诚向我来道歉的,原来今天找我的真正目的是这事!告诉你,没门儿!"

"我是真诚来向你道歉的。"

"陆琛你心真狠!连家都不想要了!看来你早就不想过了吧?"

第八章 惊心动魄的生日夜

"你怎么能这样说呢？又不是卖，只是暂时挪用！苏医生为咱们家，命都没了，我把房子抵押一下，这又有什么不可以的？！"

"已经交了15万了，现在又要交钱，我真的感觉这音乐公司一点也不靠谱！万一是骗子怎么办？这可不是件小事，你冷静地好好想想！想想那房子承载着可儿多少的成长回忆，真要是骗子……"

她话还没说完，陆琛愈声道："别老骗子骗子的！我又不是傻子，具体情况我清楚！这音乐公司绝对靠谱，我都核实过了。现在公司要对扣扣进行全方位包装，我们交的钱和公司比起来，那真是小钱了。现在就差这一步了，我不想最后因为钱的问题，让苏扣扣的歌星梦破灭！现在能支持她的也只有我们了啊！我们怎么能不管呢？！"

叶赛君见他有些走火入魔了，便语气平和地劝道："陆琛，你没事也多上网了解下，现在是自媒体时代，她要是真有音乐天赋，可以网络直播唱歌呀！真有才华的人是不会被淹没的。前段时间不还有个农村大叔就这么唱红了吗？说实话，这个时代根本没有怀才不遇这一说！"

陆琛的口气也软了下来，一脸讨好地恳求："赛君，你就答应吧！这钱是花在刀刃上的，不会被骗的。相信我，扣扣没了双亲，就还剩下这一个梦想，咱们就帮着她圆梦吧，行吗？"

"我看你真有些走火入魔了。"

陆琛又急了："说来说去，你就是心疼钱！"

"随便你怎么想吧，反正该说的我都说了，你也该冷静地好好想想！"

"房子也不是你一人的！"

"我说不行就不行！"叶赛君说得咬牙切齿，说完头也不回地走了，剩下陆琛气急败坏地坐在那儿。他看着盘子里的蛋糕，赌气一口全都塞进嘴里，不仅味同嚼蜡，还噎得他难受。

苏扣扣知道他心情不好，很是担心，给他打了好多电话，他都没接。那个晚上，陆琛向着环山路一路疯跑，然后在山下的坐椅上呆坐了很久。暗夜无声，死寂般的黑夜，偶尔有鸟叫声，越发显得寂寞空幽。山林深处，风吹树叶沙沙作响，不知怎的，让他有种撕心裂肺的感觉。

叶赛君当天就在网上发布了房屋出租信息，她觉得这样陆琛就不会打这房子的主意了。之前她一直舍不得出租，现在想想，因为这房子发生的闹心事真是一件又一件，早知这样，真还不如当初租出去清心。

房子位置不错，家具也一应俱全，第二天就有租客拎包入住了，并一次性付了一年的租金。合同签了，租金收了，叶赛君前脚刚离开，陆琛就带着借贷公司的人去看房了。

"你怎么把房子租出去了?！"陆琛气冲冲地给叶赛君打电话，旁边借贷公司的人没好气地抱怨了句："陆先生，你这不是拿我们当礼拜天过吗？真是的！"

叶赛君全都听到了，觉得自己一点都没猜错，幸好抢先一步把房子租了出去，气得她一句话都没说就挂断了电话。刚放下手机不多久，租客便火急火燎地打来电话，原来陆琛要赶人家走。

第八章 惊心动魄的生日夜

叶赛君怒不可遏，立刻赶回家里："陆琛，你到底想干什么？！"

"这样的，赛君，刚才我和租客商量好了，多返还给租客1000块钱的租金，这些都不用你掏了，我多贷些，从里面出就行。"

叶赛君怒目切齿道："陆琛，你无耻！"

"你太不明事理了！太让我失望了！"

"我怎么不明事理了？！告诉你，这房子不能抵押贷款，除非我们离婚！"

陆琛也急了，脱口而出："离就离！"

"谁不离谁是王八蛋！"

说离就离，两人回家拿户口本和身份证，准备去民政局办离婚手续。上楼时，两人在电梯里吵了起来："孩子归我！"

"不行，孩子必须归我！"

电梯门开了，两人惊恐地看到陆爸手提着垃圾就在电梯门前站着。叶赛君叫了声："爸。"陆琛怕惹爸生气，便笑着哄他："爸，垃圾回头我去扔吧。"两人默契地装作若无其事的样子，陆爸却阴郁着脸，谁的腔也没搭就继续下楼扔垃圾去了，他们料到刚才的话一定被老人听见了。

两人回到家，见陆妈正在睡觉，他们找出户口本和身份证放进包里。这时陆爸回来了，头也不抬地问："户口本找到了？"

陆琛和叶赛君面面相觑，陆琛安慰地说："爸，你别多想，其实……"

陆爸挥了下手："别说了，离就离吧。我一直觉得你俩之间出了问题，只是没想到这么严重。是我和你妈拖累了你们，对不住了。"

叶赛君要哭了,摇着头说:"爸……"

"你们不用担心我们,过你们的生活去吧,我和你妈也没几天活头了。"说着陆爸突然眼前一黑,晕倒在地。

两人惊慌又害怕,顾不得其他了,赶紧将陆爸往医院送。叶赛君留下来照顾陆妈,不一会儿,单位打来电话有事找她。正愁走不开时,陆妈醒了,叶赛君赶紧推着陆妈去卫生间,之后又用毛巾给她擦洗手和脸,再把头发梳整齐,然后推她到客厅,打开电视帮她调到戏曲频道。叶赛君重新回到卫生间,擦了擦地上的水,累出了一身汗,等她回到客厅时,看到陆妈拿着手机当遥控器按个不停,叶赛君赶紧上前:"妈,这是手机,遥控器在这儿。"

陆妈恍悟地点点头,叶赛君觉得有些奇怪,便暗暗担心,会不会老人得了脑痴呆?这念头一闪而过,她削好苹果递到陆妈眼前:"妈,吃苹果。"这时姥姥又打来电话,问她的药有没有取到,叶赛君更加愁闷起来,看了下时间,眼看可儿也该放学了,此时她真恨不得自己有分身术。

没多久,陆琛带着陆爸从医院回来了。经过检查,医生说问题不大,就是精神别再受刺激了。他们刚从电梯里出来,就碰到了叶赛君在门口送时广徽,三人碰面,心里都疙瘩起来。叶赛君斜睨了陆琛一眼,看他脸色难看至极。陆琛和时广徽两人干戳在那儿,互不搭理,幸好有陆爸热情照应着,才不至于场面尴尬。

"又麻烦你了啊广徽,再坐会儿吧。"陆爸说。

可儿听到动静了,便高兴地跑了出来:"爷爷,你回来了!"

第八章 惊心动魄的生日夜

陆爸笑着拍了拍孙女的脸。

时广徽礼貌道别:"客气了,大叔您没事就好。我不坐了,您好好休息。"

时广徽摸了下小卷毛的头:"跟爷爷、叔叔、阿姨再见!"

见孩子招手,陆琛这才堆起笑,和大家一起挥手送客:"子昂有时间来玩。"

一家人进了屋,陆爸看到桌上有膏药:"这是谁的药?"

"我妈的药,麻烦广徽刚取回来的。"

陆爸体谅地说:"赛君,你回去照顾姥姥吧,她伤才好不久,身边没个人,连膏药都贴不了。"

叶赛君歉疚道:"爸,我们对不起你,让你伤心了。"

"爸不怪你,陆琛都告诉我了,房子你们不用抵押了,我这里有些积蓄,是我留着给你妈看病救急用的,总不能每次光让你们掏钱,你们压力也不小。"陆琛刚想安慰几句,被陆爸阻止,"我们欠苏家的恩情,这是一定得报的,孩子有梦想,得支持!"

叶赛君赶紧解释:"爸,我也赞成追求梦想,可我真的担心会上当啊!到时钱打了水漂怎么办?那可是您一辈子的积蓄啊!"

"爸,这事您别管了,还是我们想办法。"

陆爸语重心长道:"爸不想看着你们两口子伤和气,弄得家都没了。这本是我们当老家儿的该担的事,你们别管了,不管这钱最后是不是被骗打了水漂,都别计较了。这比起扣扣痛失亲人的伤痛来,根本算不了什么。"说着说着,陆爸的眼里有些潮湿。

叶赛君不好再说些什么,一切随老人心意吧。陆可儿不跟她回姥姥家,于是她拿上包,带上姥姥的药就走了。

第二天,陆爸给了陆琛一张存折,让他取出来,把20万打给马总监,陆琛照做了。很快苏扣扣便收到了马总监的信息,告诉她走红毯的名额是她的了。她这才知道,陆琛已经把钱交了,她很是感激。

这天吃饭的时候,姥姥说:"赛君,你该回家了,我这儿不需要你照顾了。"

"怎么不需要?你的伤还没完全好呢。"叶赛君头也不抬地说。

姥姥夹起一筷子菜,又心事重重地放了回去:"你和陆琛要离婚了吗?"

叶赛君的心惊了一下,看来还是被姥姥发现异常了,但她努力平复着情绪:"您别操心我的事了,来,吃鱼。"说着,她夹起一块鱼肉放到姥姥碗里。

"看来真被我言中了,我就知道陆琛成天和苏扣扣在一起,早晚得出事。当时我提醒你,你还不以为然。"

叶赛君拉着长音恳求道:"妈——"

姥姥不理会:"你不会是要和时广徽结婚吧?"

叶赛君又一次被惊着了:"妈,您说什么呢!别胡说!"

"最近你和他通话挺频繁的。"

"我是请他到学校做活动,和他商量细节。"

姥姥撇了撇嘴:"陆琛这孩子挺好的,没什么大毛病,你可别冲动。"

第八章 惊心动魄的生日夜

叶赛君忍着气:"还让不让人吃饭了?"

姥姥叹了口气,不再说他们婚姻的事,重新拿起筷子吃了两口米饭,便情不自禁地念起了诗。忧伤的诗歌让餐桌上的气氛变得压抑沉闷,像念悼词,吃肉也如同嚼糠。叶赛君心烦得要命,姥姥的诗歌像一条勒人的绳索,让她喘不过气来。匆促间她恳求地大叫:"妈,求您别念了!求您了!"她大口喘着气,痛苦不堪地看着姥姥,眼泪都快流出来了。

姥姥不满地嘀咕道:"嫌烦,那你回自己家去啊?"

叶赛君的火冒了出来,愤愤道:"您当母亲的可不可以体谅体谅下女儿?!"说着她站起身回卧室去了,门"砰"的一声关上了。姥姥气得想上前理论,但想了想又坐了回去。她拿出手机想给陆琛打电话,刚要拨出号,她犹疑了下,觉得明天该先去找苏扣扣谈一谈。

姥姥真的去找苏扣扣了,为了劝诫她迷途知返,姥姥还专门写了一首诗歌。

"你之前不是说,以后我想找人听我朗诵诗歌就找你吗?你喜欢,也想受受熏陶,今天我就来找你了。我还专门为你写了一首诗歌,名字叫《偷情,是亲吻一朵有毒的花蕊》。"

苏扣扣一听这名字,心里就窝了火。她注意到周围人无不侧目,于是她有些恼羞地打断了姥姥的诵读:"姥姥,你这么说有些过分吧?怎么叫偷情?"

"难道你们还是光明正大地谈恋爱?陆琛和我女儿还没办离婚手续呢!"

"我喜欢陆琛,可这种喜欢很清白、很坦荡。"

姥姥一脸嘲笑:"我还是第一次听到把第三者插足说得这么清新高雅。"随即,她语重心长地继续说道,"你爸因他们陆家没了,可你不能来夺走可儿的爸爸啊!"

"我没夺!您女儿和陆琛的婚姻出现问题,原因不在我!您还是回去先搞清这个问题吧!"

话音刚落,姥姥一记耳光打了过去:"女儿受欺负了,当妈的就得打回去!"说着她戴上帽子和墨镜,冷哼一声,转身走了。

姥姥最后这句话着实让苏扣扣心里一阵刺痛,她想到自己没爸没妈,受了委屈也没个人帮护,忍不住失声痛哭起来。

陆琛接到苏扣扣的电话时,他正在游乐场陪孩子玩。苏扣扣一见着陆琛,更是哭得梨花带雨,捂着被打的半边脸,抽抽搭搭地说:"从小到大,我从没受过这样的侮辱!可她是长辈,还有病,我不能把她怎么样,只能任凭她打骂。"

陆琛急了:"姥姥怎么还打人呢?!真是的!我看看脸怎么样了?"

苏扣扣松开了手:"没事的。"

陆琛看到她的脸有些红,心里很过意不去:"还疼不疼?"

"不疼了,就是有点火辣辣的感觉。"苏扣扣叹了口气,"没爹没妈的孩子就是任人欺负。"

这话直扎陆琛的心:"没人会再欺负你的!你在这儿等着,我去给你买冰块敷一下。"

"还是我去吧,可儿出来会找你的。"苏扣扣笑着跑去买了。

第八章 惊心动魄的生日夜

她给陆琛买了杯咖啡，给可儿买了杯奶茶，还给自己买了冰激凌。陆琛有些担心："你大冷天吃这个行吗？"

"没事，既可以敷会儿脸，又能吃，而且化一化会更好吃。"苏扣扣嘿嘿一笑，"一会儿，你要不要尝尝？"

陆琛笑着说："不用不用。"他拿出纸巾，"来，不能直接敷，我帮你包一下。"包完后，他帮她敷到脸上，"马上要走红毯了，这张脸可得保护好。"

"真的好期待！一想到这些，我就激动得睡不着觉。"苏扣扣侧头仰脸开心地笑着。

这时叶赛君来了，她来接孩子去展览馆。她冷着个脸，像是没看到他俩一样。陆琛示意苏扣扣避开一下，苏扣扣便溜达到一边去了。

叶赛君很恼火："你要是让可儿看到你俩这样亲密的样子，孩子会怎么想？"

"怎么亲密了？"

"还不够亲密啊？你都摸她的脸了！"

"你知道为什么吗？"陆琛悻悻道，"姥姥打了她！"

"什么？"叶赛君一脸愕然。

"咱妈不该去找苏扣扣。不光打了她，还说了好些难听的话，我觉得真不该这样。你回去告诉她老人家，让她放心吧，我从心里没想过要真离婚。"

叶赛君横眉冷对："这话说得，不知道的还以为，是我们死乞白赖求你别离呢！"

"你看你又误会我了,我不是这个意思。"

这时可儿从游乐区出来了,叶赛君拉着可儿扭头就走了。

晚上回到家,叶赛君见姥姥正美滋滋地试她刚买的羊绒披肩,这是她去见苏扣扣回来路过商店买的。她开心地在赛君跟前转了个圈:"这披肩是不是很有质感?颜色叫玫瑰粉,很提色吧?"

叶赛君火气立刻蹿了出来:"妈,您去找苏扣扣干什么?还嫌不够乱吗?"

姥姥被女儿愤激的样子给吓住了,委屈道:"我是想帮你。"

"帮我?您能不能真心体谅下我?别这么自私冷漠了,行吗?说真的,要是当初,您认真用心地照看好我婆婆,也不至于现在发生这么多事情!您从来都不懂得体谅、理解和同情别人,简直像个孩子!"叶赛君怨毒地看着姥姥,狠狠地一口气说完。

姥姥眼神呆呆的:"都怪我,都怪我。"她裹紧了披肩,走到窗前眺望着远方,自顾自地又念起了忧伤的诗歌,"我孤独地漫游,像一朵云,在山丘和谷地上飘荡……"

叶赛君烦躁得头痛欲裂,她赌气跑回房间趴在床上用枕头裹住头,可还是能听到姥姥念的忧伤诗歌。她坐起来,拉开抽屉找棉球想塞住耳朵,一番乱找中,她突然发现一本书下面压着一份病历诊断书。她粗粗扫了一眼,发现竟然是姥姥的,她又仔细看了下,不禁倒吸一口凉气,接着瞬间泪流满面。想着自己还费尽心机,瞒着妈妈的病情不敢告诉她,原来一年前,她就知道自己得癌症了!

第八章 惊心动魄的生日夜

姥姥从没说过，默默一人承受着一切，作为女儿的她却总是埋怨妈妈自私，不懂得体谅她，现在明白了，她错怪妈妈了，妈妈一直都在体谅她、爱她。想到这儿，她再也忍不住，捂着嘴痛哭起来。不知什么时候她睡着了，迷糊中感觉妈妈的手在抚摸她的额头。

"赛君呀，妈妈是爱你的，妈妈很难过不能陪伴你一辈子。"叶赛君醒了，她没有睁开眼，只听妈妈拉着她手呢喃，"真说不定哪天，妈妈可能就不在了，我最放心不下的就是你。我希望我女儿开心幸福，可妈妈不知用什么办法才能帮到你，别怨妈妈……"

叶赛君听到这些，鼻子酸酸、喉头哽咽，她突然感觉有泪水滴到了脸上，她知道是妈妈在流泪。泪水划过的每寸肌肤都让她感觉到疼，悲伤在胸腔里积聚，并不断上涌，直抵喉头，像要迸发出来。就在这时，姥姥难过得捂着嘴跑出了房间。娘儿俩一人一房间偷偷地哭，谁也不让谁知道。

陆琛心里当然也不好受，他烦闷极了，在家怕被父母看到，于是下楼来，坐在小区公园的长椅上发呆。这时物业刘大爷看到他了，便叫他到传达室暖和下。刘大爷知道他有心事，也不问他，就在那儿反复查看自己新锔的一把壶，检查哪里还需要再修复下。陆琛看到这把壶的颜色本来是赤红，却已浸染成了绛紫，壶上生了一层温润厚实的包浆，滑熟可鉴，幽光沉静，透出一股子旧气，却有着正儿八经的古色古香。陆琛笑了一下，客气地拉话："刘大爷，您这是又锔了把壶啊？"

刘大爷边检查边说:"是啊,咱小区胡老头的。这壶是他们结婚时,老伴送给他的,好多年了。那天不小心摔碰着了,他急得不得了,老伴不在了,想着修复一下,好留个念想。"

"您这捧瓷技艺太棒了,真的赋予了瓷器第二次生命。"陆琛看着壶身上的铜钉,"这紫砂刚硬,铜钉柔韧,刚柔相济,怪不得壶身不漏水。"

刘大爷抬头看他一眼:"真是让你说对了。这道理和两口子携手并肩过日子一样,你说人这一生,哪有那么顺遂平安的?这夫妻呀,就要互相妥协,要包容体谅,要互相信任。"大爷把眼镜放下,笑了下,"我媳妇早早就过世了,虽然我们两口子没相处几年,可我也知道,天底下就没有不吵架的夫妻。"

陆琛讪笑了下:"我这点心事,全被大爷看出来了。"

"谁都有个烦心的时候。"刘大爷清洗了下壶,笑呵呵地拿过茶叶,"来,咱帮胡老头试下这壶怎么样。"

"您的手艺没得说啊!"

茶泡好了,一人一杯热茶。刘大爷喝了口茶:"你别看这壶是锔过的,其实我告诉你,这锔过的壶透气,泡出的茶反而会更香。"

陆琛仔细咂摸了下:"还真是。"

"这就和患难夫妻见真情一样,经历磨难,一块儿挺过来,两人的感情会更深更浓,就像这茶香一样。"刘大爷长舒口气,"所以啊,这人生是壶,铜子就是爱。壶不怕摔碰,有铜子就能复原;人不怕磨难,有信心就有希望。"

第八章 惊心动魄的生日夜

陆琛点点头，转头看向窗外："哟，刘大爷，下雪了！"

"不错，好兆头！"

和刘大爷说说话，陆琛五脏六腑觉得都舒坦极了。回家时，他抬头望着天空，雪花簌簌而落，空气清凉芬芳，地面一片白光光。人这一生就像一把壶，摔摔打打，历尽坎坷，也是布满了裂纹，布满了锔子。这些锔子名叫坚韧，名叫珍惜，名叫爱护。累累伤痕是痛苦，也是荣耀，是越擦越亮的生命奖章。

叶赛君从床上爬起来，发现天空飘起了雪花。她觉得这小精灵来得真是时候，不光给万物带来了勃勃生机，也给她们娘儿俩带来了些许欢喜，打破了家里悲伤的气氛。她洗了把脸，装作什么都没发生一样："妈，下雪了，快起来看雪！"

姥姥从房间里出来，叶赛君帮她披上披肩，顺带夸赞了句："披肩真的很好看，适合你。"

"我就说好看嘛。"姥姥温柔地笑了。

叶赛君看着她，心里在哗哗流泪，可仍要强颜欢笑："走，咱们下去看雪。这可是初雪啊！"

"我知道初雪许愿特别灵。"

"好，咱们去许愿。"

"你许什么愿呀？"姥姥笑眯眯地问。

叶赛君调皮地一笑："我不告诉你。妈，你许什么呀？"

"我也不告诉你。"

两人下了楼，闭目合十默默许愿。姥姥的愿望是希望女儿幸福,赛君则希望姥姥能陪她久一点,再久一点。

"这么美的夜景,我可是要朗诵诗歌的哟,你可别扫我兴。"姥姥笑吟吟的。

"看在小雪花的面子上,不扫您兴,您尽情朗诵。"雪花飘飘洒洒漫天起舞,叶赛君伸出手来,任小小的雪花在指间飞舞,掌心点点沁凉。她看着妈妈挥舞着玫瑰粉色披肩在雪地里开心地笑着,不禁流出了眼泪。她第一次觉得,妈妈朗诵诗歌是那么好听。

苏扣扣刷手机才知道外面下雪了,似乎整个朋友圈都在下雪,于是她也跑下楼去看小雪花。她很想给陆琛发个信息,告诉他下雪了,虽然她知道,这段时间他心头一直在下雪。看着漫天飘雪,她一路溜达着,心情突然好了很多。过了一会儿,她站住闭上眼,默数到10,希望睁开眼能看到陆琛突然出现,和她一起迎接初雪的到来。数到了10,没想到,睁开眼遇到的竟是时广徽!"怎么是你?"苏扣扣有点失望。

"我回家啊,不走这里走哪里?倒是你,大晚上傻愣愣地站在这儿,真吓人!"时广徽说着便抬腿继续往前走。

苏扣扣想找人说说话,便拉住他:"你没吃饭吧?要不去我家,我给你煮泡面。"

面对突如而来的热情,时广徽感到很不适:"还……还是算了吧,我得回家了。"

苏扣扣哈哈大笑起来:"我又不会吃了你。"

时广徽不放心地问:"最近我没得罪你吧?"

"你有被害妄想症吗?真磨叽!我是好心好意请你吃饭!你这个点儿回到家,还要让阿姨起来给你做饭吗?真是的!"

"可我不喜欢吃泡面。"

苏扣扣二话不说,拉着他就往家里走。

窗外飘雪,屋内暖香,苏扣扣煮了泡面,还准备了辣白菜、清酒,她给时广徽倒上酒:"来,看韩国电视剧里都这样,哦,就差炸鸡块了。"

时广徽喝了一小口酒:"你买的不太好,我以前去日本喝过那儿的清酒,真是挺好喝。"

"有这意思就得了,别那么多事。"说着她把面往他那边推了下,"赶紧吃面吧,这样,一口热面、一口辣白菜。"

时广徽按她的说法吃面。

"怎么样,爽吧?"

时广徽点点头。

苏扣扣望了下窗外,雪还在飘着,她感慨道:"煮面就是讲究火候,多一分嫌多,少一分嫌少,就得是刚刚在那个点上,不多不少。这真和人的缘分一样,人海茫茫中,没有早一步,也没有晚一步,刚巧遇到了。你说是吧?"

时广徽没听到,头也不抬,面吃得胡噜响。

苏扣扣又气又想笑:"我发现你这人特虚伪,嘴上说不吃这不吃那,什么油炸食品,不健康饮食,最后吃得比谁都欢。"

时广徽抹了下嘴边的油:"我这都是饿的!"

苏扣扣一脸鄙夷,见他打了个嗝,笑嘻嘻地说道:"是不是要困了?我来给你说个特提神的事。"

时广徽立刻支棱起耳朵来,猜测道:"你怀孕了?"

这话倒是把苏扣扣惊得一愣一愣的,接着她气得跳起来打他:"说什么呢你?!你才怀孕了呢!"

"我以为……反正我知道,刚刚在楼下,你在等陆琛出现。"

"我们没你想的那样龌龊!"

"好好,算我说错了!你继续说。"

苏扣扣平了平气:"我去找赛君姐了,我说了我喜欢陆琛,她说她成全我们。然后姥姥来找我了,还打了我一巴掌。"

时广徽皱了皱眉:"你怎么能去找赛君呢?"

"怎么不能?他们婚姻出现问题又不是因为我。我只是喜欢上了琛哥!"她见时广徽脸上带着嘲笑的神色,"说不定,还是你扰乱了他们的婚姻呢!"

"别把我扯上,我不想聊这个话题了!"

"好吧,"苏扣扣举杯,"说点高兴的,过几天我就要去走红毯了!"

时广徽和她碰杯:"祝贺你,大明星!"

"小卷毛的学习怎么样?"

"考试了,可成绩还没他姥姥的血压高。"时广徽一脸苦笑。

苏扣扣哈哈大笑,安慰他:"慢慢来吧。"

眼见路面上有了一层积雪,两人便下楼去雪地里撒欢,还堆了个雪人。

第二天,苏扣扣就接到马总监的电话,让她去拍杂志,拍完

第八章 惊心动魄的生日夜

杂志还要集训几天。她听了之后心潮澎湃，热泪盈眶。她下定决心，一定好好珍惜这次机会，让梦想照进现实。音乐公司的车直接来接她，她走得很匆忙，陆琛都没来得及送她。

这天放学后，陆可儿给妈妈打电话，她说好久没在一起吃饭了，让妈妈回家吃爷爷煮的肉皮冻。叶赛君不想让女儿不开心，便答应了。陆琛和可儿去接她，路上，陆可儿问他俩："爸、妈，你们是要离婚了吗？"

"谁说的？"

"我同桌说的。他爸妈好久不在一起住了，后来他奶奶告诉他，他爸妈离婚了，他妈妈有了一个新的家。"说着，陆可儿眼圈红了，"我不想让你们离婚。"

孩子的话让他俩心里很难受，陆琛对可儿说："可儿乖，别难过了，你妈只是去照顾姥姥了。"

叶赛君抱过可儿："爸爸妈妈永远爱你。"

陆可儿这才开心地笑了。

吃饭时，陆琛把苏扣扣去拍照还要集训的事说给大家听了，陆爸为她高兴，还特意喝了一小杯酒。

吃完饭，陆琛让可儿去书房看书，他想给陆妈打开电视，可就是找不到遥控器："真是奇怪，怎么找不到呢？"他问谁，谁都不知道。

陆爸也找了下，也没找到。

这时，正往冰箱里放东西的叶赛君惊奇地说道："这不是遥控器吗？"

陆爸接过来："怎么在冰箱里？"

陆琛冲着书房大喊："可儿，是你干的吧？"

陆可儿听到跑了出来，喊冤叫屈："不是我！我才不会干这种没脑子的事！"

"不是你，那遥控器自己长腿跑里面去了？"叶赛君很奇怪。

突然陆可儿大叫一声："奶奶在吃纸！"

一家人目瞪口呆，只见陆妈眼睛痴痴呆呆地，正撕着一团卫生纸往嘴里塞。叶赛君脑袋里闪现出之前陆妈拿手机当遥控器的样子，瞬间脑中有种不祥的预感，暗想："难道婆婆老年痴呆了？"

陆妈突然成这样子，像在火药桶上浇了一盆冰水，让他们一下子冷静清醒了不少，也让他们的关系缓和了些。

"赛君，我怕……我怕我妈不认得我了。"陆琛忍不住哭了。

叶赛君见他这样，心里也很难受，便安慰他："没事的。"说着她想到了姥姥，也伤心地哭了起来，"我一直没有对你说，其实我妈早就知道自己得癌了，可她没有告诉我。之前我还嫌她自私，不懂得体谅我……"

陆琛紧紧地抱住她，夫妻俩抱头痛哭，他们都很怕成为没有妈的孩子。

带陆妈去医院检查后，他们推陆妈从电梯里出来准备去停车场，陆妈一直盯着叶赛君看："你是谁家的闺女啊？怪好看的。"

叶赛君握着陆妈的手："妈，我是您的闺女啊。"

陆琛叹了口气，耳边回响着医生的话："这明显就是失智症，

第八章 惊心动魄的生日夜

也就是我们常说的老年痴呆症。这个病目前没有很好的治疗办法，主要靠一些药物延缓症状，不过效果也会因人而异……"

"我闺女？"陆妈像一下子想起了什么似的，"不，你不是我闺女。我闺女叫灵灵，长得可秀气了，眼睛大大的，随她爸，"说着叹了口气，"这孩子太淘气了，跑出去玩，到现在都没回家呢。"

陆妈的胡言乱语，让陆琛心里就像针扎一样疼。妹妹的走丢是他心里的一块伤，他无比悔恨当年逛庙会时，不该嫌手心出汗而松开了妹妹的手。一家人找了这么多年，也没把妹妹找回来，这让他一直自责和愧疚。此刻，叶赛君看见陆琛的眼里正闪动着泪花。

这时陆妈急躁地叫嚷起来："我要回家，快！灵灵要回来了，我要赶紧回家！"

"好好，妈，咱这就回家！"陆琛说着抹了把眼泪，"妈，我知道，你和爸从不在我面前提起妹妹，你们怕我伤心自责，我懂。可是越这样，我心里越难过，是我把妹妹弄丢了！"他越说眼泪流得越凶。

陆妈一脸茫然地看着陆琛："这孩子好好的，怎么哭了？别哭啊。"

陆琛忍不住了，他跪在陆妈身边放声大哭："妈，我对不起你，我一定把妹妹找回来！"

医生的诊断结果不出大家的所料。陆家客厅里，陆爸表情悲楚地接受了这个事实。他拿了根香蕉走到陆妈跟前："老伴，吃个香蕉吧。"

陆妈像是没听到一样,她看着陆爸的毛衣:"老陆,你这毛衣都秃噜线了,该给你重织件新的了。我每天下班就织,保证让你很快就能穿上。"说着她伸出那只灵便的手,拽住线头用力一扯,毛线一拽流出来老长。

叶赛君见毛衣的边都拆掉了,便想阻止,陆爸摆了摆手:"没事,顺着你妈吧。"

陆妈觉得太好玩了,边笑边单手拽毛线,一下下地拽得老长。她看着他们:"你们快帮我缠啊!"

陆可儿走到了奶奶跟前:"奶奶,我来帮你缠吧。"

陆妈怔了下,一脸惊奇:"你是灵灵吧?"说着又激动得想哭,"我的孩子,你回来了!"

"奶奶,我是可儿啊!"

陆妈仔细地看着她,失望地嘟囔道:"看你也不像。灵灵的眼睛可大了,你看你,小眼眯眯着,不好看!"

陆可儿委屈得想哭:"爷爷,奶奶说我不好看!"

陆爸哄可儿:"奶奶糊涂了,别怪她。"

叶赛君嗔怪道:"奶奶病了,你得让着奶奶才行。"

陆琛接过毛线团:"可儿,你回房间写作业吧。"陆可儿点了点头。

陆琛帮妈妈缠毛线团,陆妈拆得更是起劲,不一会儿工夫,陆爸身上的毛衣就拆了大半截,露着半个肚子站在那儿,陆妈大笑起来:"老陆,你露肚子了。"

一家人悲伤地看着陆妈一人在那儿哈哈大笑。

第八章 惊心动魄的生日夜

经过认真准备,机器人进校园的活动举办得很成功。叶赛君送时广徽到幼儿园门口,很感激道:"广徽,今天真的谢谢你了!活动举办得很成功,看孩子们多高兴啊,很多家长都对此赞叹不已呢!"

"客气,孩子们高兴,我也挺高兴的。再说我有这份能力,不过是举手之劳罢了。"

见时广徽要走,叶赛君看了下表:"稍等我下,一会儿我也下班了,我请你吃饭。你也帮了我不少忙,该请你吃顿饭。"

时广徽连连摆手:"我们之间不用客气,公司还有事呢。"他走到车前,低了低头,不好意思道,"我不想因我再让陆琛误会你什么,我希望你能开心起来。还有,我也不想失去陆琛这个好朋友。"

叶赛君点了点头,目送他的车子远去。她没想到时广徽从高中时就暗恋自己,这事被苏扣扣捅了出来后,让他俩尴尬了不少,彼此都刻意避免了见面。如果真遇见正事,比如像今天的这次活动,两人见面时又都表现得很自然大方,就像没发生一样。

时广徽万万没想到,让叶赛君知道他暗恋她这事,是以这种狼狈的方式告知的。其实他本可以悄无声地继续深藏在心,这是当年青涩的白衣少年心中最真挚的感情,他不想被任何人玷污。他由此气恨地想到了令他头痛不已的苏扣扣,突然觉得这段时间清静了不少。他想起来了,苏扣扣拍杂志还有集训去了。他算了算日子,估摸着她差不多该回来了。

送走了时广徽,叶赛君还呆立在校门口,此时夕阳好美,她却无心欣赏。才三十几岁，就已经有了人到中年的感觉。她和陆琛这么上有老下有小的，既要为经济建设做贡献，又要为家人的幸福奔命，没有悟出"万物皆是身外物"，倒觉得自己其实就是身外物。身心俱疲的她好想找一个地方，自己一人待着，什么都不想，什么都不干，完全放空自己……可是无能为力。

叶赛君深吸一口气，转身回到校园。迎面走来的是一些学生和家长，他们对活动很满意，笑着向她表示感激。她很是欣慰，这一刻她感受到努力工作带来的快乐和满足。

不一会儿，陆琛来接她下班，还买了一束鲜花，并在西餐厅预订了位子。他们一家三口去外面大吃了一顿，这也是陆爸的主意。

时广徽估摸得对，苏扣扣回来了。这回她真的开了眼界，同时也信心满满。马总监看了她拍的样片，说她一看就有明星气质，一定会大火！这回她还见到了大老板，他许诺下一步就是录唱片，到时会和杂志同步发行，公司会利用各方面资源进行热炒，争取让她一炮走红！苏扣扣听了心花怒放，激动得直哆嗦，她没想到命运会这么眷顾她。一回来，她便兴冲冲去找陆琛了，想把这个好消息告诉他。

当她看到陆琛时，他们一家人正开开心心地从饭店里刚回来，她眼眶里呈现的是，好一个幸福的三口之家啊——叶赛君捧着鲜花，陆琛和她并肩走着，夫妻俩边走边说笑，眼睛里都是满满的温柔，前面则是他们一蹦一跳的女儿。苏扣扣没有跑上前，就那么呆愣在原地，她觉得那么幸福的画面里，她如果出现，就会变成一个不协调的闯入者。她的心莫名难受，像坠入深海，压抑到无法呼吸。

后来，她给时广徽打电话。时广徽没接，最后在她的连环夺命 call 下，时广徽投降了。那晚他看着苏扣扣像一头发疯的小兽，又哭又笑，喝得烂醉如泥，嘴里不停地叫着陆琛的名字。时广徽无奈，只好给陆琛打电话，让他赶紧来收拾下这烂摊子。要不是因为这事，他才懒得搭理陆琛，实在是没办法了，他快被苏扣扣折磨疯了。

陆琛接电话时，叶赛君在一旁也听到了，她也很担心苏扣扣，便跟着一起来。其实从内心里，叶赛君对苏扣扣是没有什么恨意的，总感觉她小，心智需要慢慢成熟。叶赛君去停车，陆琛先进来的。当苏扣扣看到陆琛时，一下子就扑上去抱住了他，又哭又笑。时广徽没好气地质问道："你都对她干了些什么啊？"

"我什么都没干啊！"陆琛的内心很是抓狂。

这时叶赛君来了，时广徽没想到她也来了，便没再说什么。叶赛君看到苏扣扣紧紧抱着陆琛不撒手，心里也是七荤八素的。

第二天，叶赛君买好了早餐，让陆琛给苏扣扣送去。陆琛还笑着亲了老婆一下，夸赞她通情达理。其实叶赛君心里是不高兴的，她不想和任何人分享自己的老公，可是，也不能就这样不管苏扣扣了，从良心上，她过不去。

一看到苏扣扣，陆琛就问："回来怎么也不告诉我下？"

"我是谁啊？我有什么资格给你打电话！"

陆琛听出她生气了，很是莫名其妙："你怎么了？是不是太累了？"

苏扣扣突然靠到他跟前，抓着他的胳膊，盯着眼睛看他："你说实话，你到底喜不喜欢我？"

"你今天到底怎么了？"

"其实你也喜欢我，对不对？你只是不敢说，是不是？"

"扣扣，你不要这样。我有家庭，有老婆，有孩子，我清楚什么该做，什么不该做。"

"可你不该让我喜欢上了你！"苏扣扣低下了头，肩膀耷拉了下来，很沮丧地说，"你的关心和照顾，让我变得很依赖你，也会让我产生错觉，让我以为你也喜欢我，因为我们在一起真的很开心！所有一切都像一种养分，不断滋养我对你的那份喜欢！昨天看到你们一家三口其乐融融，特别是你对赛君姐那种亲密甚至讨好的样子，我心里难受！"

"赛君是我老婆啊！"陆琛感到奇怪。

"对，可我就是心里很难受！"

"我到底做了什么让你这么伤心？"陆琛叹了口气，"我妈得了失智症，最近家里事情多，要是没顾上你，你别生气。"

"我有什么重要的。"说着苏扣扣从桌子上拿过了一张字条，"欠条我写好了，你收着，我觉得我应该写的。"

陆琛对她简直无计可施，恳求道："你要我怎么做你才开心？"

"我哪有什么资格要求你！"苏扣扣声音里带着哭腔。

"别耍小脾气，先把饭吃了。咱们都冷静下，以后我也注意我

第八章 惊心动魄的生日夜

的行为，避免让你引起误会。"陆琛说完就离开了。

其实苏扣扣也很讨厌现在的自己。有时候喜欢上一个人，会变得小心眼，变得斤斤计较，变得神经质，总之，面目有些可憎。

没几天，苏扣扣终于接到马总监打来的电话，说公司决定要去日本录唱片，因为那里有最顶尖的录音棚。苏扣扣于是立刻满怀期待地打包行李。可是下午马总监又急急来电，说之前承诺退款的20万元正在走财务流程，此刻他们还需再交纳30万块钱。

苏扣扣没了主意，便又找陆琛去商量。陆琛约见马总监，于是他们还是去了上次的那家广式茶楼。

"马总监，怎么又要交钱呢？"陆琛很不明白。

"我也不想这样啊！我知道你们的经济状况，还有扣扣的个人情况，本来这钱不打算让你们交的，谁知这事被公司大股东知道了，这就不好办了。他觉得这样对公司签约的其他歌手不公平，所以我是真的没办法啊。"

猛然间，陆琛有些警醒，觉得这事太蹊跷了。细细想来，马总监每次见面都是谈钱，一而再再而三地让交钱，前前后后已经交35万了。他觉得在他们面前的这位马总监，很可能就是个大骗子！一时间，他觉得头皮有些发麻。

马总监继续说："这事真是太突然了，没办法，咱们只能互相理解下吧。你放心，等唱片发行后，我们立刻退这30万。你们想，公司花的钱更多啦，高松的歌已经拿到了，这是专门为扣扣量身打造的。"

陆琛敷衍着点点头。

马总监拿着手机在他们眼前晃了下:"你们看,下月8号的飞机票我都给歌手们订好了,公司是真的不想失去扣扣这么有潜力的歌手。"见陆琛不表态,他又继续说,"我们又不是骗子公司,扣扣,你也去拍过片了,也跟着集训过,你觉得我们是骗子吗?"

苏扣扣连连摇头:"不是,绝对不是!"她看向陆琛,向他证明道,"集训时,我还见到了奇奇的经纪人呢!放心吧,绝不会是骗子!"

陆琛不知该说什么,反正他就觉得这事是有问题的。这时他手机响了,是物业刘大爷打来的。原来陆爸推陆妈在楼下晒太阳,陆爸突然闹肚子,上楼去卫生间了。没想到陆妈病情发作,把一个过路的小女孩当成灵灵了,抱住人家又亲又抱,吓得孩子哇哇大哭。

陆琛放下电话赶紧往家跑。自陆妈脑袋出问题后,她身边更是离不了人了。路上,他又接到了王兵电话,让他回超市加班,陆琛实话实说,家里有事去不了。王兵被他气得够呛,直骂到底还想不想干了!

马总监回头又把情况细细说给苏扣扣听了,并提醒她:"扣扣啊,我估计这事得靠你自己了,你那个琛哥不给力啊,他好像不支持你了。"

"不可能啊!"

"你还年轻,这就叫知人知面不知心,懂吗?记住,这世上除了父母,谁都靠不住。"

第八章 惊心动魄的生日夜

苏扣扣听了脖颈有些发凉,她愣怔着不知该说什么。马总监继续语重心长地说:"扣扣,你真的很有潜力,包括香港的几位音乐大师听了你的声音也是称赞不已,所以我们公司真的很不希望失去你这颗明日之星。当然,也不是人人都有这个机会的,命运掌握在自己手里。加油吧,此刻你离梦想仅一步之遥!"这一番激情励志的话语,像给苏扣扣打了一针强心剂,让她双眼闪光、热血澎湃。她暗下决心,绝对不能错失这次机会!哪怕砸锅卖铁也要凑齐这30万!

苏扣扣又来找陆琛商量:"琛哥,咱们得赶紧想办法啊!就差这一步,这最后关键的一步,我们真的就成功了!"她说得又急又喜,脸涨得通红。

陆琛眉头紧皱:"扣扣,我觉得这事不着急。"

"怎么能不着急呢?和我同期的歌手交了钱的,都开始准备录制唱片了,"说着苏扣扣拿出手机,"你看马总监的这条朋友圈。"

"扣扣,你先冷静下!"

"琛哥,我没法冷静!这是我多年的梦想!马总监还说,香港的几位音乐大师听了我的声音都赞不绝口呢!我的明星梦真的就差一步之遥了,真的琛哥!咱们得赶紧想办法凑齐这30万!等我成了歌星,我加倍偿还你!我……"

"等等,扣扣,现在你听我说!"陆琛打断她,"我现在严重怀疑马总监是骗子,咱们不能再交钱了。"

苏扣扣不相信:"不可能!开什么玩笑!"

"真的。"

"证据呢？！"

陆琛无奈地耸了耸肩："暂时没有。"

"凭感觉就断定一个人是骗子，这也太武断了吧？"苏扣扣再次打开马总监的朋友圈，"你看看朋友圈里面，行程啊，会议啊，人物啊，这都是真的啊，怎么会是骗子呢！再说我们也去过他们公司，是真的存在啊！而且杂志我也拍了，也一起集训过，怎么可能是骗子！"

陆琛看着苏扣扣两眼冒光，知道现在不管他说什么，她都听不进去。她现在脑子里只装着她的明星梦，想的只是搅动着她灵魂的一些幻景——星光大道璀璨闪耀，她马上就要登上梦想的大舞台。

"你现在太不冷静，这事要慎重，咱们再商量。"

"是不是因为上次我冲你无端发脾气，你生我气了？要是的话，我向你道歉，我给你磕头都行！"

"不是，和那没关系。"

"琛哥，你不帮我，就没人帮我了啊！"

"我不是不帮你……"

"是赛君姐不同意？我去求她，真的！就差这一小步我就成功了！"

陆琛见苏扣扣瞪着两只大眼睛，一副走火入魔的样子，他劝慰道："扣扣，你先冷静下好不好？"说着他手机响了，挂断电话后，他神色匆忙道，"我有事要先走了，这事得慎重，咱们回头再说。"

"你别走啊！"苏扣扣看着陆琛急匆匆走远，她的内心既绝望又气恼。刚才还像是在彩虹云端，这会儿一下子又坠入大海深处，

第八章 惊心动魄的生日夜

被困在无边的黑暗当中。她大口地喘气迫使自己冷静下来,一种来自梦想的猛烈的力量在她身体里翻江倒海,她要向着光明的地方挣扎出去!无论如何,她都要交上那笔钱!

到了晚上,她又试着给陆琛打电话,想确定他到底什么态度,如果他实在不想管,那她就自己去弄钱!她万万没想到陆琛竟然拒接了她的电话!这是以前从来没有过的。苏扣扣又想到刚才见他,他全程都是敷衍的态度,这更让她相信了马总监的话,真觉得人心薄凉,刹那间她的脊背一阵发凉。

其实陆家这会儿已是人仰马翻了,陆琛着急回家就是因为陆妈吞了玻璃珠!陆妈现在正在医院进行抢救,所以他根本顾不上接苏扣扣的电话。

苏扣扣知道这事必须靠自己了,她找了一圈人借钱,没有一个借给她的。她也向时广徽借了,时广徽说公司在深圳开了一个分公司,一时拿不出这么多钱来,要是三五万还可以。苏扣扣以前没借过钱不知道,现在她明白了,借钱是天底下最难的一件事。

之后她又去找了王兵。酒吧里,王兵和马总监通完话,他收起手机给苏扣扣倒酒:"看来少交钱是不可能的了,确实不是他马总监一人说了算的,他上面也有大老板。况且他说的也对,要是被其他歌手知道了,显得太不公平了。"

"我知道了,谢谢你,兵哥。"苏扣扣端酒和他碰杯。

王兵喝了口酒:"你就是个傻丫头!我以前就告诉过你,你就是那老太太的安心药，现在老太太得老年痴呆了，你这药没作用了，所以陆家人对你好那只是表面，就是为了挡挡外人的眼和嘴，让人觉得他们这家人是有良心的。看吧，这会儿到了动真格的，他们就肉疼得原形毕露了吧？"

"平心而论，毕竟这回是30万，不是小钱，而且前期他们也帮我交了些。"

"你爸为他们可是搭了一条命啊！难道还不值这点钱？"

"你别这么说，我不乐意听，我可不想拿我爸的命来换钱！"

"我没别的意思，就是觉得你爸为他们死得也太不值了。"

苏扣扣一想到爸爸，心里难受得要命，忍不住悄悄抹了把眼泪。她很快镇定下来，咬了下嘴唇，问道："有什么办法能快速搞到钱？"

王兵有些难为情："抱歉哈，你也知道我老婆在钱这方面看得紧，我……"

苏扣扣很是气恼："问你有什么办法，不是向你借钱！"

王兵撇了撇嘴："只能是贷款了。"

两人从酒吧出来，路过一家饭店，刚好在玻璃窗前看到陆琛正和别人在吃饭。

王兵得意地拍了下手："怎么样，我说的一点没错吧！看他和人家说说笑笑的，哪还关心你的事？人心薄凉不过如此啊，以后甭再联系了，你们各走各路吧。"

"你能不能别再说了！"一阵狂怒攫住了苏扣扣，她决定把房子抵押贷款，一定要搞到这笔钱，为尊严，也为梦想。

第八章 惊心动魄的生日夜

陆琛忙得忘记给苏扣扣回电话了,他请客吃饭的人是给陆妈做手术的赵医生。"赵医生,真是不好意思了,我父母一生病就麻烦您,这回还把您从家里急急叫回医院,害得您饭都没来得及吃……"

"医生给病人治病是应该的。"

"每回想请您吃饭,您都拒绝了,这回好不容易赏光,也该去大点的饭店才好。"陆琛看了眼菜单,全是家常菜。

"你要那样,我还真就不来了。咱们啊,简单吃个便饭就好。"赵医生拿过菜单,点了几个小菜,连100块钱都不到。

陆琛由衷地夸赞:"您真是好人好医生。"

"你们一家子也都是好人,我听说你们一直替苏医生照顾着他女儿。"

陆琛叹了口气:"大恩难报,这都是我们应该做的,我们对不起苏医生。"

送走赵医生后,陆琛就给苏扣扣打电话。苏扣扣一听他还在说马总监是骗子,还一个劲儿劝她冷静,她就感到十分寒心。她努力地按捺住火气:"好,我知道了。"电话里她的声音很平静,陆琛误以为她真的听劝了、想明白了,便放心地挂断了电话。

第九章　红玫瑰与黄豆芽

第二天苏扣扣便拿着房本去了借贷公司，对方承诺当天就能放款，这让她很是激动。想着马上就能把钱交给音乐公司，然后立刻就去日本录唱片，随后就是各种飞国外的演出，从此登上星光大舞台……她迷失在自己的幻梦里，露出了痴痴的笑容。借贷公司给了她好几份合同，她一气儿签完，当即就收到了5万块钱，剩下的25万，公司承诺明天上午准时打到她的账户里。

苏扣扣欢欣雀跃地回家了，那一刻她看什么都是美好的、闪着荣光的。她走到天桥上，痛快地大喊："我终于实现梦想啦！"这种狂喜萦绕着她，连第二天早上她都是被美梦笑醒的。她简单地洗漱完毕，坐等借贷公司打来剩余的25万。

突然有人敲门，打开门一看，是一伙流里流气的人。为首的头头叫嚣道："你叫苏扣扣吧？我们是来要债的。这是你本人签的收条，还有合同。快点还钱吧，一共30万！"

第九章 红玫瑰与黄豆芽

"什么？他们根本没有借我 30 万，我只收到 5 万！"

"这个我们不管，我们只管要钱。收条和合同上都明明白白地写着是 30 万，上面都有你的亲笔签字！别废话，快点还钱！"

"我没钱！"

"那我们只好把这房子出租出去，用租金还债！"

"不可以！这是我的房子，你们凭什么出租？"

"小妹妹，你看看！"说着头头又拿出一纸合同，"这是你签的租房协议，还不上钱，就得把房子租出去。"

苏扣扣惊出一身汗，知道上当受骗了："我要报警！"

"报吧，我们不怕，反正手里都有你本人自愿签的合同。"

苏扣扣报警了，警察来后简单问了下情况，觉得属于经济纠纷，让他们自行协商解决，或是法院起诉。让她没想到的是，接着这伙要债的人开启了疯狂的讨债模式，跟踪、尾随、喷字、撬门锁，甚至半夜里敲门，吓得她实在不敢在家里住了。她掏出手机想寻求帮助，可是找谁呢？反正她不想和陆家人再有任何关系，想来想去，她只好去找时广徽了，打算在他的工作室借住几天。

加班到深夜的时广徽听到有人敲门，打开一看，见苏扣扣抱着一个泡沫塑料箱站在门口。泡沫塑料箱里面种的是韭菜，他知道，这是她爸爸生前种的。

时广徽有些吃惊："怎么是你？"

苏扣扣烦躁得很，径直走了进来："我要在这儿借住几天。"

"哦，天哪！"时广徽一脸饶命的表情。

苏扣扣翻了个白眼："要不了你命！"

"为什么要在这儿住?"

"你别问了!"

"好,我不问。可你住这里我不方便啊!很影响我的私人生活的。"

"怎么不方便?你要带女人来,随便啊,我不干涉,当我是空气就行。"

时广徽气得要抓狂:"什么女人!我最近要一直加班,吃住都在这里。"

"你加你的班啊,我也不白住,给你打扫卫生、做饭、跑腿拿快递,你算算不吃亏。"

"这样吧,我出钱给你订酒店,你去那儿住!"

苏扣扣愣了下,很是气愤:"我是瘟疫吗!我在这儿住几天就不可以吗?!"说着她难过地蹲了下来,可怜巴巴地抱着双臂,哭了。

时广徽不知如何是好,他搔了下头皮:"别哭了,我最怕女的哭了。我,我让你在这儿住还不行吗?"

苏扣扣得逞般地扬起头,挥袖擦了下眼泪:"哼!谢了。"

每一天,她的日子都很煎熬,一边要稳住马总监,一边还要躲避那些要债的追击,真是惶惶不可终日。这天,她问时广徽:"我来你这里住了那么多天,你怎么也不问问我发生了什么事?"

"你想说肯定会说的啊。"

苏扣扣丢给他一个白眼:"冷血无情的家伙!"

时广徽觉得冤枉:"我这叫尊重个人隐私,好吗?!"顿了下,

第九章 红玫瑰与黄豆芽

他撇撇嘴,"你要想说就说说呗。"

"有时你就像你研究的那些智能机器,身体里根本就没有流淌着那种很有人情味儿的液体,比如血和泪。"

"我承认我情商不高,可也没你说的那样冷漠无情吧?再说,我确实不喜欢打探别人的隐私,更不喜欢无聊的八卦!"

苏扣扣见时广徽有些生气,急忙示弱:"好,我把话说重了,收回!你人不错,长得周正,还事业有成。"

"听上去求生欲很强啊。"

"是啊,我怕被你扫地出门啊。"苏扣扣立刻扮惨,凄凄楚楚地说,"我一个弱女子……"

时广徽挥手打断,郑重地更正道:"你可不弱!"他看了下表,"我还有点时间,你到底发生了什么事?你要想说我就听听,主要是我担心你……"

他话还没说完,苏扣扣立刻不胜感激地攥住他的手:"谢谢你的担心!"

时广徽一本正经、大煞风景道:"我没说完呢,我担心你是不是通缉犯,我收留你那就是包庇罪。"

苏扣扣勃然大怒:"时广徽!"

最终时广徽还是听她讲了那件事情,听完后,他扶了扶眼镜:"毕竟不是小数目,我也觉得这事你得慎重。"

"我知道不是小数目,可我真没打算让他们陆家人非拿钱不可。你知道吗?让我伤心的是他们对我的态度,他们好像生怕往外拿钱似的躲了起来。其实我要的哪怕就是帮我出个主意,给我些鼓励和力量,让我能克服这些困难,我都会觉得很温暖、很感激的。"

"所以你很生陆琛的气,然后自己长志气去筹钱,结果一下子进了套路贷陷阱。"

苏扣扣要抓狂了:"真是烦死我了!我哪有什么社会经验!"说着就开始掉泪,"真的,我现在信了,这世上只有父母的爱才是无私的、不讲条件的。"说着,她挥袖擦了下眼泪。

"别伤心了,我觉得你和陆琛之间可能有些误会,他不是那样的人。"

"你也甭劝我了,针扎不到你身上,你当然不会说疼。"

时广徽加完班,伸了个懒腰,瞄了眼苏扣扣,她正四仰八叉地躺在沙发上打呼:"真是的,衣服还没晾呢就睡着了。"他打开洗衣机晾衣服,晾着晾着,抖落出一件红色的胸罩!他打量了下,嘴角浮起一抹嘲讽的笑:"好虚荣啊。"

"睡着了我。"苏扣扣揉了下眼睛,转身坐了起来,随即不禁大叫一声,"干嘛呢?变态啊你!!"说着跳下沙发,从他手中夺过内衣。

"变态的人是你好吧?你还穿着我的衬衫呢。"

"真小气!"苏扣扣晾着衣服斜睨道,"刚才拿着我的内衣,嘴里嘟囔着什么?"

"没什么?"

"说!"

第九章　红玫瑰与黄豆芽

"不说！"

"我还非要知道！"苏扣扣上前便挠他胳肢窝。时广徽最受不了这个，便笑着求饶："好好，我说！我觉得你太虚荣，明明是A杯，却要穿D杯。"

"知道得挺多啊！猥琐！下流！鄙视你！"

"那还不是拜你所赐？那段时间你干微商卖胸衣，不整天在朋友圈里发这个？还经常逼我们一同转发。"

苏扣扣悲痛地叹了口气："提这个我就来气！现在家里还囤着一大箱货呢，都是钱啊！所以含泪也要穿完。"

"行行，你给机器人穿的那两件我还没扔呢，回头还给你。"

"别气我了！"苏扣扣碰了下时广徽的肩头，"哎，你怎么知道我是A杯啊？"

时广徽扶了扶眼镜："我又不瞎，这不显而易见嘛。"

"这就叫，优秀的女人连胸都是A。"

时广徽一副吐舌作呕的样子。

苏扣扣提醒他："瞧瞧，你没觉得我把衬衫穿出了别样美感吗？"说着做了个酷帅的动作。

"别臭美了，赶紧脱下来。我就这么一件干净的衬衫了，其他的都洗了，明天我还要穿呢。"

"好啊，反正我也没有睡衣穿，就这样吧。"苏扣扣假装解扣。

时广徽挡住脸："别别，你还是穿着吧。"

苏扣扣大笑起来："哟哟，脸都红了。"说着她用纤长的手指去挑他的下巴，"对不起，我又调戏你了。"

时广徽脸色大变，很气恼地打掉她的手，把她壁咚在墙角："够了！这很好笑吗？"

苏扣扣停住笑——第一次看到他发脾气，她有些害怕，被他镇住了。

"你是一个女孩子，要懂得矜持，要学会保护自己，你懂吗？"

苏扣扣嗫嚅道："我之所以这样，是因为那是你呀！你又不是别人……"她一脸无辜又真诚的样子，怔怔地望着他。

突然不知怎的，时广徽觉得她周身像是被蜜桃色的光晕包围着，让他心神荡漾。他突然感觉，她居然还……挺可爱……

苏家门口已被那伙讨债人搞得乌烟瘴气，泼油漆、写大字，苏扣扣这次发现锁眼也被他们堵死了！进不了家门，拿不了换洗衣服，她又气又恨，只怪自己签字的时候没有多看一眼。正在这时，躲在一旁的要债人出现了，个个都凶神恶煞。他们将她团团围住，为首的头目悠哉地剔着牙："小妹儿，还钱吧！告诉你，你躲得过初一，躲不过十五！再拖下去，我们可就把这房子租出去了！"

"我根本没拿到那么多钱，你们怎么不讲理！"

"还是那句话，我们只认合同，合同全是你本人签的！"头目说着，一把拉过苏扣扣奸笑起来，"妹子识相点，别让哥着急啊！要不，妹子去酒吧陪哥玩会儿吧？"

苏扣扣吓得头皮发麻，颤声道："流氓！"说着她借机挣脱出来，慌张地跑下楼拨打手机，"时广徽，快来救我！"

第九章 红玫瑰与黄豆芽

时广徽听到苏扣扣的声音里带着哭腔,知道她肯定是遇到了危险。果然,苏扣扣刚挂断电话,就又被那伙流氓在楼下围住了,当时广徽赶来时,苏扣扣吓得一下子扎进他怀里:"广徽!!"真像见到了亲人,眼泪哗哗地往外流。

"别害怕,有我在!"时广徽警告那伙要债的人,"目无法纪,你们这是在犯罪!"

"犯你大爷,她要不欠我们钱,我们能来这儿吗?兄弟们,给我打!"在头目的指令下,一群流氓扑向时广徽,对他一阵拳打脚踢。苏扣扣吓坏了,急中生智大叫着:"警察来啦!警察来啦!"那伙人顿时作鸟兽散。

时广徽脸上挂了彩,苏扣扣又心疼又愧疚:"对不起,对不起。"说着,她把眼镜捡起给他戴上。

时广徽一边检查眼镜有没有摔坏,一边嘟囔着:"可能我上辈子真是欠你的。"

"真是对不起,我就是想回来拿几件换洗衣服,没想到他们……"

时广徽火了:"你傻啊!"嘴角有些疼,他"哎哟"了一声,"缺什么直接跟我说就行了。"

苏扣扣低头绞着手:"我不想给你添麻烦。"

"这样就不麻烦了?给你说过,你暂时别来这里,太危险了,那伙流氓什么事都干得出来!"

"对不起,"苏扣扣扶住他,"咱们去医院吧?"

"不用!"时广徽分析道,"你这是陷入了套路贷,得赶紧报案！"

"我已经报过了，警察正在调查中呢。"

"那就好，这段时间你就老老实实地待在我那里，这里真的暂时不要再回来了。"

"好，我听你的。"苏扣扣答应他。

时广徽皱着眉："你说我上辈子干了什么缺德事？"

苏扣扣大笑："认命吧！"她收住笑，一副花痴样地看着他，"刚才当你出现在我眼前时，哇，简直太酷了！太英雄了！"

时广徽挥着手："打住打住，你可别爱上我！我先谢谢你！"

苏扣扣冷哼道："德性！谁会爱上你？！"

时广徽觉得伤口不严重，不想去医院折腾，苏扣扣便在药店买来了消毒水和创可贴。车里，时广徽痛苦地呻吟着："哎哟，哎哟，轻点儿啊！"

苏扣扣往他脸上的伤口轻吹着气："怎么样？很酸爽吧？"

车外，一位戴着"文明创城"臂章的老大爷听到了他们的对话，以为是什么不雅的声音，便一步从车尾跨到车前："我说你们年轻人……"

"怎么了，大爷？"

老大爷一看是误会，便臊眉耷眼："没事没事，你们继续。"老大爷走后，他们恍悟过来，于是哈哈大笑。

清理完伤口，时广徽带苏扣扣去吃饭。她倒了杯酒："我感觉你最近工作似乎挺累的？"

"有比这还累的。"

第九章 红玫瑰与黄豆芽

"什么?"苏扣扣想了下,"中国式饭局?"

时广徽点点头:"真不是一般的累!感觉得有一些机灵劲儿,一上桌就得察人于微,对方只说一句话,我就得琢磨这里面有几个意思。"说着,他无可奈何地叹了口气。

"没办法,真是难为你了,在中国很多业务都是在饭局上谈成的。"

"还有就是,我们去某个公司谈业务,对方不问我们的产品怎么样,头一句先问,你们是谁介绍来的。"时广徽说着苦笑了下。

苏扣扣和他碰了下杯:"慢慢你就适应了。"

吃完饭,时广徽要回公司开会,苏扣扣把消炎药交到他手里,叮嘱他一定要按时吃,他听了心里竟然暖暖的。等他回来时,发现苏扣扣在沙发上睡着了,嘴里喃喃自语:"爸,爸,我想你……"

时广徽走过去给她盖了一条毛毯,突然,唤起他内心的无限柔情……

自陆妈得了失智症,可把一家人忙活坏了,这天终于得空,陆琛去给苏扣扣送水果,结果发现她家门口一片狼藉,他这才知道出事了。他给苏扣扣一遍遍地打电话,苏扣扣看到他的来电并不想接,时广徽看不下去了:"你不接,不是让他更担心吗?"

苏扣扣嗤之以鼻:"不见得!"

时广徽夺过她的手机,接通了陆琛的电话。陆琛这才知道,苏扣扣为借30万的录音费而陷入了套路贷,一直借住在时广徽的工作室里。

陆琛立刻赶到，苏扣扣却不想见他，堵着门不让他进，她在门口哭着大嚷："我的梦想破灭了！我什么都没有了！"原来在陆琛打电话前，她刚刚和马总监通了一个电话，马总监对她很失望，他现在已经带团队去了日本，最近一个月都会很忙，让她暂时先不要再联系了。

"我怀疑这根本就是一个骗局，我准备去报案！扣扣，你现在把我们和他签过的合同交给我。"陆琛在门外说。

门开了，苏扣扣怒气冲冲："原来你找我，就是为了搜集所谓的证据，你担心你交的钱打了水漂！还有，你凭什么让马总监只联系你？你凭什么从中拦截信息？你毁了我的梦想，你知不知道？！"

"扣扣，你冷静些，你现在完全被他们洗脑了。"

"我告诉你，他们不是骗子，你去告他们，那我以后还怎么和他们合作？！"

"当下先把事情弄清楚再说，不能让他们把我们当傻子耍了！"

"你不帮我就算了，还这么说话！"苏扣扣瞪圆了眼睛，"他们都夸赞我声音好！他们都让高松专门为我写了歌，可现在我唱不了了！我本来是有机会的，就差这么一小步！"说着说着她又哭了起来。

时广徽拍了下陆琛的肩，两人站到了门外："你先回去吧，事情总会有个结果，也让她好好冷静下，她在这里很安全的。"

陆琛很感激："广徽，让你费心了。"

时广徽耸了耸肩："我不是为你，怎么说她也算是我的一个朋友吧？"

陆琛愣怔了下，他没想到时广徽对苏扣扣的态度上升了一个层面，有点怜香惜玉的感觉。这对一见面就吵嘴的冤家，能这么和平地共处一室，真是个奇迹。

之后的几天，陆琛一直给马总监打电话，要他退钱。马总监却向他们索要天价违约金，因为他们签过的合同上注明了一条：签约歌手无故违约，要赔偿对方三百万违约金。

陆琛这才惊然发现，他们已经步步落入了马总监设下的圈套。当时签合同时，他不想让苏扣扣那么快签，想仔细看下合同，可被马总监以时间紧张为由拒绝了，于是他们稀里糊涂地就把合同给签了。尔后，陆琛再联系马总监却联系不上了，他便找王兵来了解下情况。王兵一听便有些生气："你什么意思？你的意思是说，我明知他是骗子还要介绍给你们？"

"不是，我觉得你可能也被你那发小儿给骗了。"陆琛坐下来，准备细细问他，"你们交情怎么样？"

"也就那样。这小子欠我钱，一直没还，刚巧那段时间遇到了他，他说他进入了音乐公司，给领导当助理，说我要是身边或朋友有唱歌好听的，就介绍给他们公司，公司会将他们包装成歌星，所以我就想到了苏扣扣，就这么简单。"

"欠你的钱给了吗？"

"给了，还多给了五百，说是喝茶的钱。"

陆琛冷哼了下："他们迟早要被警察请去喝茶的。"

"不至于吧？"王兵接着撇了撇嘴，"反正我全程没有参与你们的事，具体情况我也不清楚。"

"你给你那发小儿发信息，问问什么情况。"

无奈，王兵只好发了条信息，过了一刻钟，发小儿回信息了。王兵给陆琛看了下："就是嘛，人家马总监是干大事的人，现在正忙着带团队在国外录音呢，得一个月才能回来。等他回国后，会和你坐下来好好谈的。"

陆琛半信半疑，可还是觉得马总监有问题。回到家，他和叶赛君商量了一番，最终还是选择了报案。

幼儿园内滑梯旁，一小胖墩儿把小女孩推倒在地，小女孩委屈地大哭起来。叶赛君正好看到，忙走过去，只听小胖墩儿蛮横地说道："不许你告老师！反正我爸妈给老师送礼了，你告了，老师也不会批评我的！"

这时王丽老师紧张地跑了过来，她脸红得不敢看叶赛君，一个劲儿地批评小胖墩儿："李大志，你怎么回事？！"

小胖墩儿"哇"地大哭起来："我回家告诉我爸妈去！"

叶赛君叫住王丽："我也想问你这是怎么回事？"

王丽忐忑不安："什么怎么回事？我怎么不明白啊，叶副园长。"

"那孩子说他家长给你送过礼了。"

"这孩子完全胡说八道！根本没有的事！"

叶赛君见王丽把话说得信誓旦旦，加上她手里也没有确凿证据，再继续争论下去也没什么意义，于是她选择相信了王丽老师。

第九章　红玫瑰与黄豆芽

可没过几天,她就收到了李大志家长写来的举报信。

办公室里,她很气愤地质问王丽:"王老师,你让我怎么相信你?家长举报你,说你经常求他们办事,还收过他们的购物卡!你那天可是保证过的,绝对没收过!"说着,她把举报信用力地拍在了桌子上。

王丽老师吓得浑身哆嗦,她咬了下嘴唇:"叶副园长,购物卡是他们硬塞给我的,他们觉得孩子很调皮,意思是让我多费心照顾照顾。"

"所以你就收了?这是理由吗?"叶赛君鄙夷道。

"叶副园长,您不知当时是怎么回事,他们说我要是不收,他们心就不安,晚上睡不着觉,老担心孩子会在学校出什么问题,是他们再三求我,我才……"王丽老师低头绞着手指。

"你就勉为其难地收了?觉得自己挺无辜的,是吧?"叶赛君不接受这番说辞,"你把园规放哪儿了?还怎么为人师表?怎么给孩子做榜样啊?"叶赛君越说越气,"你还经常求他们办事?都是什么事?"

"我以为时间长了就和他们成为朋友了……我知道他们是开工厂的,便问需不需要工人,想给我爸找份工作,那会儿他们正好缺个烧锅炉的。"

"信里他们说,你爸在那儿偷懒不认真工作,碍于你是孩子的老师,他们不敢把你爸怎么样,一直照常发工资。"

"他们胡说!我爸经常加班,他们从不给加班费!"

"还有,你在家长群卖核桃又是怎么回事?"

"那是我们自家种的山核桃,无污染的,想着哪位家长正好有需求,互相方便而已。"

"我们说过多少次,不允许老师在家长群、朋友圈兜售产品,发暗示性要求!"

"我本意不是这样的,我……"

"违背师德,以教谋私!你太让我失望了!"

王丽见叶赛君火气大发,知道事情严重,她上前双手握住叶赛君的手:"叶副园长,我错了,您就原谅我这一次吧,我鬼迷心窍了。两个月前我刚和前夫办完离婚手续,孩子还小,处处需要用钱,我不能失去这份工作啊!我立刻把购物卡退还给他们,让我爸辞职!求求您了,叶副园长,您不能开除我!"说着她悔过地呜咽起来。

叶赛君见状,不禁心生恻隐之心,叹了口气:"说实话,这孩子的家长也有些暴发户的做派,动不动就用钱收买人心,在教育孩子的方式上更是欠妥。"她安慰地拍了拍王丽的肩膀,"我给你一次机会,你好好检讨下自己,扣发你全年奖金,还要写份检查交给我,我不希望再有这样的事情发生!"

王丽如获大赦:"叶副园长,我知道错了!我会深刻检讨自己,不辜负你给我的这次改正机会。"

叶赛君语重心长地说道:"王老师,我们共事多年,真的很不想看到你掉队。希望今后咱们大家一起把幼儿园建设好,建成一个让孩子喜欢、让家长放心的幼儿园!"

"好好。"王丽感激涕零地连连点头。

第九章 红玫瑰与黄豆芽

当时没被叶赛君开除,王丽如获大赦,内心充满感激,并没有对扣发全年奖金这个处理结果表示不满,可是日子久了,她的心态发生了变化——同样辛苦工作了一整年,别人都拿到了奖金,她却没有,她心里不平衡起来,觉得园里对她的处罚有些重了。再加上她听到一些传言,说叶赛君之所以换了家蔬菜配送公司,是因为收受了目前这家新丰公司的贿赂,王丽备感委屈:"我不过是收了一张几百块钱的购物卡,而且我都退回了,她叶赛君人前一套人后一套,凭什么这么严厉地处罚我?居然还克扣了我一整年的奖金?太过分了!"她像钻了牛角尖一样,对叶赛君不再心存一丝感激,反而觉得当时没有开除自己,是因为叶赛君也想自保,因为这事一旦捅到上边去,就会影响她晋升园长。王丽越想越气,加上自身经济压力大,生活很焦虑,于是她对叶赛君越发怨恨,恨意越磨越尖,一触即发!

叶赛君在园长竞选中脱颖而出,通过了上级领导考核后,正式成为园长。在接受大家祝贺的同时,她也深知自己肩上的担子更重了。正当她铆足劲儿准备和同事们一起把幼儿园建设得更上一层楼时,不幸发生了——大二班的十八个孩子和一名老师集体出现了呕吐和腹泻的症状!此时距离她上任才过了几个钟头。

很快,市疾控中心立刻对食堂里所有学生入口的食品、饮水,特别是当日大二班学生的入口食品进行抽样检测。随后,他们在圣女果中检测出了甲胺磷。甲胺磷为剧毒有机磷农药,是国家明令禁止在蔬菜、瓜果中使用的。

孩子和老师紧急送医救治后,大多经过体检身体无大碍后已出院。看着自己孩子遭罪,家长们情绪激动,纷纷来园里讨要说法。叶赛君自责又愧疚地一个劲儿向大家道歉,混乱中,人群里一位冲动的家长捡起石块砸她泄愤。叶赛君头部受伤,晕倒在地。等她醒来时,她看到了老园长,她知道她让所有人都失望了!

叶赛君还听说,新丰蔬菜配送公司为了逃避责任,矢口否认提供了农药超标的果蔬,称他们从来没有在圣女果上喷洒过农药。祸不单行,局领导又收到了关于她的匿名举报信,说她收受了新丰蔬菜配送公司的贿赂。

"老园长,我没有收过贿赂,相信我!那是诬陷!"

"放心吧,领导对此绝不姑息,一定会彻查这件事的。我只想说,身正不怕影子斜!"

因为这次突发的食物中毒事件,幼儿园受到了降级处罚,叶赛君作为园长引咎辞职,并接受调查。老园长重返岗位,暂时代理主持幼儿园的日常工作。

陆琛听说后,非常自责:"赛君,对不起,我当初不该极力劝你和新丰公司合作,我……"

"你不要说了!什么都不要说了!"叶赛君崩溃了,她捂住耳朵尖叫不止。

陆琛上前安慰地抱住她,她哭了起来,使劲挣脱:"放开我!别管我!我不需要你!"

陆琛很愧疚,他什么都没说,只是紧紧地抱着她,任凭叶赛君捶打。

第九章　红玫瑰与黄豆芽

纸包不住火，最终陆爸和姥姥也都听说了这件事。陆爸愁得好几天吃不下饭，陆琛看着也着急上火："爸，您别操心了，您得吃饭，注意身体啊！"陆爸刚吃了两口饭，姥姥来了，一进门便气呼呼地质问道："当初这新丰公司是托苏扣扣的人情来的，你们父子为了报恩，怂恿我女儿同意合作，现在出了中毒事件，苏扣扣她人在哪儿呢？那些可都是小孩子啊，那个缺德公司简直是一点责任心都没有！外面还谣传赛君收了贿赂，你们知不知道？害我女儿丢了事业和名声，这笔账要怎么算？！"

陆琛赶紧给姥姥倒了杯水："妈，您消消气。"

陆爸很惭愧："亲家，真是对不起，我也一直在自责。当初可能真不该在这事上多言语，我当时也没别的想法，就是觉得既然人家托扣扣的人情找上门来了，咱别驳人家面子不是？给个机会，谁还没有个人情啊！"

姥姥一脸不屑："你们整天人情来人情去，我都替你们累得慌！"

陆琛忍不住发话："当时我们都觉得这家公司肯招收聋哑人当工人，就觉得公司不错，挺有爱心，也挺有社会责任感。"说着他叹了口气，"谁料想出这么个大事，让那些孩子遭了罪。咱谁家都有孩子，谁看了都一样心疼。"

陆爸愤慨道："就是！现在的人都这么不讲诚信了？我们那时候人人都讲诚信，说什么就是什么，吐口吐沫就是个钉！"

"现在说这个还有什么用？你们真的就不应该拿我女儿的前途来还你们的人情债！"姥姥越说越气，"真的，你们一家子整天人情来人情去的，这不是死要面子活受罪吗？！"

"我们活着就图个人味儿。"陆爸不以为然。

姥姥不满地挑了下眉头:"你什么意思?你是说我活得没人味儿?"

陆琛完全插不上话,只觉得火药味儿越来越浓了。

"哦哦,亲家,我不是那意思。"

"我看你就是那意思!我这叫活得清风明月心不累,你瞧你活得,日子闹哄哄的,像在猪圈里一样!"

陆爸扯了下嘴角:"亲家母,你这样说我,我也不生气。我在单位养了一辈子猪,和猪还挺亲切的咧!"

见陆爸一脸讥笑,姥姥的气更大了:"为还人情,把我女儿的前途、工作都搞没了!到现在还不知道自己错了!真是庸俗、无知、浅薄、没水平!"

陆琛一直插不上话,他苦着脸两边相劝:"爸、妈,你们别吵了,都怪我,全都怪我!"两位长辈拿他当空气,姥姥继续一个劲儿地发着怒气,陆爸摆了下手:"你身体不好,我不和你吵!"

"你有理你尽管说啊!"

这时,一旁的陆妈傻呵呵地笑了起来:"好,好。"

姥姥又气恼又无奈地看着陆妈,内心里起了深深的抱怨,这一切都因她而起。想到这儿,姥姥气恨地叹了口气。陆琛正要端起杯水劝慰姥姥,没想到姥姥站起身,不由自主地朗诵起了诗歌,她迫切地想借诗歌发泄心中的郁结。朗诵声一起,陆琛和陆爸就像被霜打了的茄子一样,蔫头耷脑的,不得不任由姥姥激动地倾情朗诵……

第九章　红玫瑰与黄豆芽

"妈，您怎么跑这儿来了？来，我送您回家。"叶赛君开门进来时，姥姥刚好朗诵完最后一句。其实叶赛君已经料到了，姥姥肯定会来这里闹一场。

"我能不来吗？赛君，你都没工作了，还担了个恶名，我得为你说道说道啊！"

"妈，我的事您就别管了！走，我送您回去。"说着叶赛君扶着姥姥的胳膊往外走。姥姥也识趣，反正该发的火也都发了，也别赖着不走了，就随着女儿往外走。

陆爸站了起来，一脸愧疚："赛君，对不起了。"

"爸，您别这样说。"

这时陆琛走到赛君跟前，语气中带着体谅和自责："赛君，你休息会儿，还是我送妈回去吧。"

"不用。"叶赛君没有领情，语气透着些生硬。

陆琛看着门关了，心里顿时像落下了一层霜。他知道赛君还怨恨着他，冰冻三尺非一日之寒，要想回到从前，他们彼此都需要些时间。

叶赛君一直把姥姥送回到楼上，姥姥见她要换拖鞋，便赶紧制止，并催她回家去，不要在这儿住下。

"妈，我今天很烦，想在这里清静一下。"

"不行！我还想好好清静一下呢。"姥姥口气坚决。

叶赛君气结："我走就是了！瞧瞧您，恨不得把我一下子推出门外！"

"你不能光住在娘家，你有家，有老公，有孩子，光住在娘家算怎么回事?"姥姥不看她,自己换完拖鞋,去桌上倒了杯水喝。

叶赛君听了姥姥的话,不光心寒还有些吃惊,她没想到姥姥竟然会说出这样刻薄的话来:"妈,连您也嫌弃我了吗?还是我让您蒙羞了,对不对?"

姥姥闭眼揉着太阳穴:"我这样说了吗?"

叶赛君忍不住数落起她来:"您说您刚刚去我公公那儿闹这么一场,有用吗?最后还不是我来收拾残局?要是万一我公公真被气倒了,您这不是给我添乱吗?"

"我可是去为你打抱不平的,我就不生气?好像我有金刚之身似的!行了,我也不指望你领情,以后你的事我也不插手了,反正我怎么做横竖都不对。"姥姥说着打开了电视,看起了综艺节目,声音还调得老大。叶赛君见状,赌气一跺脚开门走人了。她眼里含着泪,内心十分委屈,不如意的她此刻很需要妈妈的关心和安慰,可是姥姥刚才的话像针扎一样疼,让她感受不到一丝温情。

叶赛君一路上哭着回去,风吹得脸生疼,却不及她心里的疼。那是种沁入心肺的疼,心就像破了个口子,正呼呼地往里灌着寒风。除了回公婆家,她没有其他去处可回。她内心焦躁又压抑,想回新房子住一晚,一想到在这房子里陆陆续续发生的糟心事,便放弃了这个念头,于是她打算去找个宾馆住一晚。主意拿定后,她决定先寻个小饭馆痛痛快快地喝杯酒。

姥姥在叶赛君走后,门关上的那一刻,肩膀耷拉下来,掩面大哭。其实她是用心良苦,之所以在女儿面前装出一副铁石心肠的样子,完全是为了女儿考虑。此时女儿的感情、事业都受阻,

第九章 红玫瑰与黄豆芽

最让她担心的还是女儿的婚姻。事业没了可以重新再来,只要有家就有依靠,她希望女儿家庭美满、婚姻幸福,所以不得不往前推她一把。她知道女儿和陆琛有着很深的感情基础,不会就那么轻易分开,如果老是听任她住在娘家,和老公一直处于分居状态,夫妻关系怎么能得到修复呢!只会让他们的隔阂越来越深。

这几天她身体隐隐作痛,觉得要是哪天真的走了,她希望在离开这个世界前,能看到女儿有家有爱有依靠。如果是那样的话,就是在九泉之下她也能瞑目了。

叶赛君刚喝下一杯酒,就接到大头的紧急电话,她不得不赶紧回家。很不幸,此次幼儿园食物中毒事件的名单中,就有大头的儿子小鹏。叶赛君感到很是抱歉和痛心,这几天里她也感觉出大头两口子对她心存怨气,冷言冷语的,不像从前那样热情无间。她知道他们肯定听说了那些风言风语,对她多少有些误会。设身处地地为他们一想,倒也能理解他们的难处。这段时间他们也被折腾得够呛,先是老二、老三发烧,接着就是小鹏在幼儿园食物中毒。养孩子本就不容易,有点风吹草动家长就不得安生,更何况大头还有仨孩子。

在小区门口,叶赛君刚从出租车上下来,就看到大头正搀扶着醉酒的陆琛向这边走来。叶赛君感激地说:"谢谢你,大头。"她转眼就看到陆琛脸上有伤,"出什么事了?怎么被打成这样?"

大头不好意思说,戳在那儿吞吞吐吐着,叶赛君见他手机响了,便让他赶紧去忙,别影响工作,大头只好忙去了。叶赛君扶过陆琛没走几步,一个踉跄,他便瘫倒在地。

"喝酒打架,你可真行啊!"叶赛君气得拉他起来,可他醉醺醺地赖在地上不动,她恼怒地捶打着他,"你说你喝这么多酒干什么?有什么用?!别在这儿丢人现眼,赶紧回家去!"她又一次试着拉他起来,这时陆琛嘴里嘟囔着:"我老婆不是那样的人,她没收那黑心钱,谁说我打谁!"

叶赛君愣怔了下,鼻子一酸,心疼地摸着老公的脸,口气软了下来:"你傻啊,身正不怕影子斜,他们爱说什么就让他们说呗。"

此时陆琛还在闭着眼醉语着:"不要这么说我老婆,我老婆人很好,是个好人……"说着,他伤心地哭了起来。叶赛君的眼泪也止不住地流,想着这段日子真是过得狼狈不堪。人生在世,最难的是活着。生活的磨盘转动得很慢,却磨得很细,所以每个人要小心而勇敢地过好每一天。

这天陆琛和叶赛君出来买菜,他们看到了新丰公司的车正停在路边。陆琛看着公司老板正从车上下来,便想着要去教训他,被叶赛君拉了回来。

"不行,我得找他给孩子和家长要一个说法,更要他还你一个清白!"陆琛说着甩开叶赛君的手,疾步走到新丰老板跟前。猛不丁地被人一把抓住了衣领,新丰老板确实吓了一跳,直到看到叶赛君,他才瞬间明白是怎么回事了。

陆琛怒不可遏:"当初你们口口声声答应的,说提供安全无污染的食品,现在出了这么档子事,你们就当起缩头乌龟了?你们简直太没责任心了,竟然往水果上喷违禁农药!那可是给孩子们吃的啊!你们有没有良心?!"说着他挥拳就要打,叶赛君赶紧拉住,让他别冲动:"别这样啊!赶紧松手!"她使劲掰开陆琛的手,陆琛这才悻悻松开。

新丰老板扯了扯衣领:"发生这样的事情,我很抱歉。可我以人格担保,绝对不是我们公司犯下的错。现在我也不想多做解释,多说无益,一切等待调查结果吧!"说着,他转身就要走。

"你还有脸狡辩?"陆琛不依不饶,又要上前拉扯他。

叶赛君担心事情变得更糟,便让新丰老板赶紧离开:"你先走吧。"

"那咱们走着瞧!相信警察不会冤枉一个好人,也不会放过一个坏人。如果真是你们公司犯的错,到时你必须给大家一个诚恳的道歉!还有,一定要还我老婆一个清白,她没有收过你们一分钱!"

新丰老板站住了:"我不知这种谣言怎么传出来的。"他思虑着摇了下头,"难道是她?"

"谁?"

新丰老板回忆道,为了能和幼儿园合作,当时他托了苏扣扣去说情:"这年月欠什么也不能欠人情,所以我就花了点人情费,给了她两万块钱。"话音一落,陆琛和叶赛君大吃一惊。新丰老板当时的意思是,这钱让苏扣扣拿去打点人情也好,留着自己用也好,他就不管了,所以钱有没有到叶赛君的手里,他真的不清楚。

新丰老板说完走后，陆琛有些惶惑，怔怔地呆愣在那儿。叶赛君越想越气也越心寒，她很愤怒："我真是万万想不到，苏扣扣她怎么可以利用别人借机收揽钱财呢？我们一直拿她当自己人，可她把我们之间的关系直接变现了。人心不可测，简直太可怕了，我们太相信她了。不行，我要去找她！"

"你别去，我来和她谈！"陆琛怕两人一见面，事情搞得更加不好收拾。

叶赛君拍了下胸口："我是事件的当事人，我有权向她问清事实真相！"

正如陆琛所预料到的那样，叶赛君和苏扣扣的谈话不欢而散。面对叶赛君的质疑，苏扣扣毫不避讳地承认了："我是收了新丰老板的两万块钱。我当是管他借的，想着等以后还给他。"

"你给他打欠条了吗？"叶赛君紧着追问。

"没有！"

"那你明确告诉他，你是暂借他的这笔钱了吗？"

苏扣扣事不关己一样："我好像说过，但不知他是怎么理解的。他可能以为我是在和他说客套话，这我就不清楚了。"

叶赛君听着苏扣扣毫不在意、轻飘飘的语气，瞬间勃然大怒："不管怎么样，在这种情况下，你收了钱，性质就完全不一样了！他们公司做出如此不负责任的事，让孩子们遭受身心创伤，你心里不痛吗？不该自责吗？"

苏扣扣被说急眼了，话到嘴边就口不择言了："这倒怪我了？

同意合作的人是你，不是我！你当时完全可以不同意合作，我又没有硬逼着你和他们公司合作！"

这话一出，叶赛君都要被气晕了，脚下一软。陆琛赶忙一把扶住了她，担心地问："赛君，你没事吧？"他抬起头，气恨地看着苏扣扣，"你这么说有些太过分了！你怎么可以这样无理取闹？"说完，他扶着叶赛君离开了。

苏扣扣心里有些解气，可也有些后悔，觉得刚才自己太尖酸刻薄了。她看着他们走远，看着陆琛搂着老婆的肩膀，小心翼翼地呵护着她走向车前，那副恩爱夫妻同心同德的样子扎了她的心。她突然生出一种断裂感，很难受，很奇怪，这个男人从来没有真正属于过她，却让她有着失去的疼痛。

没过一会儿，苏扣扣见陆琛又返了回来，她的情绪激动起来："你这是又回来替你老婆出气的？"说着她又哭了起来，"我的梦想破碎了！有谁来关心过我？有谁管我的死活？到现在我才真正感觉到，什么是孤苦伶仃！我身边没有一个亲人可以无条件支持我！"

"关于那个马总监，我不想多说了，我们陷入了他的圈套，只是现在我还没有掌握足够的证据。"

"你在说谎，你在找理由！"

"我们认清现实吧，当歌星的梦想太不现实了。我劝你还是回到医院去，脚踏实地地工作、学习。"

"你以前是极力支持我的，现在你同你老婆一样开始反对我，所以我才在最关键时刻没有把握住机会，这才是我追梦失败的原因！"

"苏扣扣！你怎么变得这么歇斯底里，这么不可理喻！！算了，我不想和你吵了，一切交给时间吧，时间会告诉我们谁对谁错。幼儿园出事后，我老婆情绪一直不好，这段时间我可能顾不上你，你也好好冷静思考下接下来的路应该怎么走，咱们有事再联系吧。"陆琛站起身要走，他犹豫了一下，还是说道，"外面传我老婆收了新丰老板的黑心钱，这种谣言我希望不是从你这里散播出去的。"

这话让苏扣扣听得很刺耳膜，也感到痛心，她没想到原来在陆琛眼里，她就是个恶毒的小人啊！她也恨自己时不时的神经质，恨自己的情绪失控、眼泪太多，可这一切都是因为爱而不得的他啊！没想到在他心里，自己的形象居然如此不堪。她眼里泛起泪花，不由得攥紧了拳头，看着陆琛渐渐走远。

后来，陆琛和苏扣扣再次相见是在王兵的办公室里，更让陆琛万万没想到的是，苏扣扣也进入超市工作，职务为店长助理。陆琛有些痛心，苏扣扣简直像变了一个人一样，完全和他反着来，他越不让她干的事，她偏要干。

更让陆琛没想到的是，就在周一早上，他刚给员工开完短会，人还没散掉，王兵就带着苏扣扣一起进到会议室。迎面而来的一股腾腾杀气，瞬间让他浑身发抖。

"这段时间以来，咱们陆经理经常有事请假，引起一些同事的不满，我这店长也很头痛。不瞒大家说，我和陆经理也是老相识，我也想多多照顾下老朋友，"王兵的一番说辞，在旁人听来句句是

第九章　红玫瑰与黄豆芽

真诚仁义又感人肺腑的,"可我身为店长,责任和压力重大,既要为顾客负责,也要为公司领导负责,更要为上上下下的同事负责。所以今天,我们本着公平公正的原则,重新竞选经理一职,另一位竞选人就是苏扣扣。"说着,他示意苏扣扣说话。

苏扣扣给大家鞠了个躬:"很高兴和大家成为同事,虽然我来公司时间不长,可是我有信心也有能力……"

陆琛看着苏扣扣慷慨激昂地进行竞选演说,其实从她进到会议室,她就没有和陆琛对视过。陆琛想不明白,他们之间的关系怎么就变得比陌生人还要陌生?这时王兵走到陆琛身旁,一脸为难道:"陆经理,你也多多体谅我的难处吧,我也是没有办法了。如果你依然当选经理一职,我自然很高兴,这样也能借机堵一堵其他人的嘴。"

陆琛看着王兵假惺惺的小人嘴脸,真想一拳捶爆他,但脑海中的快意恩仇敌不过生活的真实。陆琛只是轻笑了一下:"没事儿,不用竞选,我直接走人就好。"

"别啊,让大家来选吧,我相信还会是由你来担任超市经理的。"王兵贴到耳边假笑道,"其实从心里,我是非常希望你竞选成功的哟!"

陆琛回了一个笑脸,内心里恨得咬牙切齿,他当然知道,王兵这是不想错过让他丢脸的机会。罢了罢了,那就满足这个小人之心,陆琛在心里深深叹了口气。比起这来,更让他痛心的是苏扣扣!他不在乎和她竞选职务,也不怕因此丢掉工作,他担心在人生这条路上,她会走弯路,会迷失自己。

苏扣扣当场表态,如果她竞选成功,就会把陆琛制定的一些不近人情的惩罚制度全部去掉,并多出一些奖励机制来激励大家,让大家开心地工作。最终投票范围扩大到超市的每位员工,这会儿大家想到的都是陆琛对工作要求太严格的那一面,有时候显得很不近人情,把他好的那一面全都自动屏蔽掉了。一个人说他不好,大家也都开始照着这个方向数落他的缺点,最终在利益面前,大家都低了头。就连跟了陆琛多年的助理小张也投了反对票,站到了苏扣扣一边——因为陆琛近来经常请假,影响了他们组的业绩,继而直接影响到了他个人的收入。

陆琛从内心里检讨自己,他没有责怪任何人。他试着理解、体谅大家,每个人出来工作都是要赚钱养家糊口的,人在职场,有时候不得不从众。最终,苏扣扣成功当选为超市的经理,完全取代了陆琛。陆琛走时连个欢送会都没有,他就这样落寞地离开了工作多年的单位。

苏扣扣因爱生恨成功复仇,就这样,陆琛失业了。他没告诉家人,因为说了也是徒劳,除了让家人跟着一起难过担心外,没一点用处。他每天还是装作喜气洋洋的,只是早晨穿上老婆帮他熨烫好的挺括衬衣时,心里还是有些难过。几天来,他照常早出晚归,四处寻找工作,没让家人看出一丝破绽,他不禁暗暗佩服自己的好演技。

投出去的简历都像枯叶落深井,渺无回声。现在陆琛可算真真切切体会了一把工作难找的感受。

第九章 红玫瑰与黄豆芽

到吃午饭的时间了,陆琛无所事事地溜达到公园里。刚在木椅上坐下,一条狗把他刚买的一笼小蒸包给叼了去,狗跑他追,围着小花坛绕圈,还差点让他摔了个嘴啃泥。他抱起块大石头,假装狠狠地扔它,狗果然不经吓唬,乖乖放下了那袋小蒸包。陆琛过去捡了起来,又想了想,便招呼狗:"来来,你也不容易,我也不容易,咱俩平分吃了吧。"

他把包子丢到狗旁边,狗吃完后摇摇尾巴,心满意足地走了。陆琛吃着包子,想着刚才那情景,无奈地笑了。这时手机里来了一条银行提醒交房贷的信息,他轻叹了口气,随手打开一瓶矿泉水喝了起来,冰冰凉凉的感觉伴着中年失业的苦涩一起穿肠而过。

"找不到工作?"

陆琛抬头,发现旁边坐着个流浪汉,他随口"嗯"了一声,准备起身走。

"我从盛世广场那边来,"流浪汉数着盘中的钱说,"你去良友家私那儿看看,那里招人,还日结,不过你可能也做不来。"

"什么活?"

"就是穿个道具服举广告牌,一天250元。"

"你怎么不去做?这比你乞讨赚得多。"

"那个多累啊!再说我是个瘸子,做不来。"流浪汉头也不抬地数完钱,仔细揣进口袋里,然后开始吃饭。

陆琛见他从包里拿出两个驴肉火烧外加一瓶啤酒,忍不住赞叹道:"你行啊!伙食真不错!"

"没儿没女没房贷,挣一天花一天,活一天算一天。"流浪汉龇牙大笑。

不打扰他吃饭，陆琛走了，走着走着，不知不觉就真的走到了盛世广场。流浪汉提供的信息是准确的，陆琛真是没想到，有天自己会和流浪汉交流几句后听从对方的建议。

负责人问陆琛："250日结，做不做？"

陆琛犹疑着，负责人不耐烦了："做不做？赶紧回话！"

"做！"

负责人甩给他一套道具服，叮嘱道："一定要和观众互动起来，活泼有趣一些。"

陆琛点点头，他接过道具服，撑开一看是狗熊。猛然间，他想到有次他穿着加菲猫的道具服和苏扣扣一起走在路上，她还抱着"加菲猫"取暖，如今却……不由得一声叹息。正要去穿时，他接到了一家超市负责人邀约面试的电话，接完电话，他高兴地把道具服一扔："我不做了！"

负责人大为恼火："这不是瞎耽误工夫吗？"

陆琛去一家超市求职应聘，这家超市比乐华大超市的规模小很多。超市负责人看了陆琛的简历，觉得他挺不错，能胜任这里的工作，决意录用他。这么多天，陆琛跑了很多地方，投了很多简历，终于找到了一份工作，此时他心里有着久旱逢甘霖的喜悦。

负责人带着陆琛到人力办公室拿聘用合同，就在陆琛喜滋滋地准备签字时，情况突然急转直下，只因负责人接了一个电话。

陆琛垂头丧气地从办公室出来，耳边回响着负责人抱歉的话："真是对不起，没想到让你白跑一趟。我实话实说吧，刚才那个电话是另一位应聘者托人打来的。这超市是私人的,大领导的人情我们没法推托,没办法,只能委屈你了。"

"嘿!走路不看路,你找死啊?!"一个小混混斜叼着烟横横地说。

"对,不想活了!"陆琛恼羞成怒,扔下包准备和他打一架。

这小混混见势不好,便边跑边骂骂咧咧:"神经病啊!"

"别跑啊!有种跟老子打一架!"陆琛是真想打一架或是被打,以发泄心中的怨气,可是没得逞。

他抓起包,疯跑起来,一直跑到盛世广场,冲到良友家私的广告负责人面前,疾言厉色地喝道:"给我道具服!"

负责人愣了下,二话没说拿出道具服给了他。陆琛飞快地扮上,他像个小丑一样滑稽地扭动着身体,惹得路人哈哈大笑,可谁都不知,面具下的他正流着泪……

傍晚,夕阳的余晖染红了半边天,陆琛坐在天桥台阶上休息,背影寂寥又落寞。

"妈妈,看!一只臭狗熊!"

"小孩子不要乱讲,不好好学习,将来你也这样!"

后来有一天,大头在送餐路上,远远地看着有个人像陆琛,也没多想,回到家随口对老婆杨春晓说了下,他没想到那人确确实实就是陆琛!杨春晓把陆琛失业的事前前后后都说了出来,大头很是气愤:"你怎么也跟着投票反对?"

"当时我害怕……大家都举手反对,我要是不举,他们就把我当敌人，会挤对我的。我还要靠这份工作赚钱贴补家用呢。"

"咱做人得讲良心，你这份工作当初是谁推荐你去的?!"

杨春晓嗫嚅着："所以这事过去好几天了，我不敢也不好意思向你说。"

大头气得一脸无奈。

杨春晓又说："你知道谁接了琛哥的位子吗？"

"谁？"

"苏扣扣。"

盛世广场上，陆琛刚表演完，跑到一个角落里喝水休息，突然被人拍了下肩膀，他回过头一看是大头。只见大头把一个热乎乎的盒饭塞到他手里，二话没说就走了，他打开看到里面加了荷包蛋和鸡腿。陆琛感激地看着走远的大头，他不会想到大头给他送完饭后，就直接去找了苏扣扣。

大头不奢望能让陆琛重新回去上班，也不打算说服苏扣扣劝和他们，他只是要为陆琛说句公道话。当苏扣扣听大头说完"陆琛是个好人"时，她的情绪很是激动："好像我不是个好人？对，我是错了，我爸出事那天，我就应该和他一起打车去单位！这样我爸就不会从龙山河公园里穿过，也就不会碰上要自杀的陆老太，更不会发生现在的这一系列事情。所以，我为此感到抱歉！"

大头不知该说什么，他们都是他的朋友，现在他们内心里都有委屈。解铃还须系铃人，旁人越劝火气越大，那就让一切都交给时间吧，时间会给每个人一个结果和态度。

第九章 红玫瑰与黄豆芽

叶赛君打来电话了,陆琛赶紧跑到一边去接听:"……赛君,我去不了,超市有个紧急会议要我参加。"

"你答应过孩子要一起去游乐园玩的!每次都这样,不是我说你,你能不能多陪陪孩子,能不能对这个家有一丁点责任心!"叶赛君抱怨道。

陆琛知道叶赛君因为工作的事心里很委屈,知道她还在生他的气,他理解也体谅赛君,所以不管她怎么冲他发火,他都默默承受。此时他心里也很难受,还没等他解释,叶赛君就赌气地挂断了电话。

"妈妈,你不要训爸爸。"陆可儿小声说道。叶赛君看着女儿这么乖巧懂事,不由得更加气恨陆琛。

陆琛正想着打回去给可儿解释下,这时负责人向这边走来,不满地叫嚷道:"发什么愣?抓紧工作啊!人多起来了,要和观众互动!要多加搞笑动作!快去!"

陆琛咽下委屈和难过,戴好头套走向人群,滑稽地扭动着身体,扭啊扭,直到人群里发出一阵阵笑声。

叶赛君和可儿在游乐园玩得很开心,回来时路过盛世广场时,可儿惊喜道:"妈妈,看!那边有鸽子!"

"走,我们去那儿喂会儿鸽子,然后奖励你一个冰激凌。"

"太好了!"可儿欢快地拉着妈妈的手向广场跑去。恰逢周末,男女老少都在广场上玩,负责人匆匆跑来告诉陆琛:"今天周末,人多,你一会儿可能要表演到很晚呢,你现在抓紧时间吃点东西!"

陆琛摘下"狗熊"头帽,蹲到一边赶紧扒拉两口米饭。他吃得太急太快，米饭又有些硬，嘴里塞得满满的，腮帮子都鼓起来了，噎得他满脸通红。

"陆琛？"

听到有人叫，陆琛下意识地回头看，他看到了老婆和女儿就在不远处，叶赛君吃惊地瞪大了眼睛。

"爸爸！"陆可儿松开妈妈的手，笑着跑向爸爸。

大概是被米饭噎得吧，陆琛顿时眼含泪水。

"爸爸，你好可爱啊！"陆可儿摸着毛茸茸的狗熊道具服，"爸爸，这是你给我和妈妈的意外惊喜吗？"

"是啊，喜不喜欢？"陆琛摸着女儿的头边说边看向老婆。叶赛君知道错怪了陆琛，她看着老公额头上蹭着灰，一脸汗津津又有些疲累的样子，很是心疼，眼里涌起了泪花，陆琛则尴尬又很愧疚地对着老婆笑了下。

见可儿戴上"狗熊"头帽玩得正欢，叶赛君擦了下泪："你这是失业了吗？怎么也不告诉我啊？"

陆琛歉意地说："我不想让你担心嘛。这些年你跟着我受苦受累，我心里挺过意不去的。"说着，他的眼圈也变得红红的。

"我还是你妻子啊！你有事不能瞒我，再大的困难咱们也要一起扛啊。"

陆琛感激地抱了抱她："谢谢老婆。"

"你怎么失业的？"

"只要王兵是店长，就早晚会有这一天的。"陆琛不敢再把苏扣扣扯进来，更不敢说是她取代了自己的位置。

第九章 红玫瑰与黄豆芽

"你做这个这么辛苦,多少钱?"叶赛君擦了下泪,不想让孩子看到。

"日结250,是个傻数,但是总比没有强。"说着,陆琛换上欢快的语气,试图刻意营造出一种欢乐的气氛,"这活可不是天天有的,一会儿我使劲儿给你们娘儿俩表演一下。哎呀,要是有朵花就好了,我现场送给你,我亲爱的老婆。"

叶赛君嗔怪:"去你的,难为情死了,我才不看。"

"别啊,可儿刚才不是以为这是我给你们的惊喜吗?那就顺着孩子的意思,变成一场欢乐秀送给你们!"说着,陆琛从可儿那儿接过"狗熊"头帽戴在了自己头上。这段时间,对于表演他有了些技巧和经验,只见他夸张搞笑地扭动着身体,逗得可儿开心大笑,看到孩子高兴,他浑身更是充满了力量和勇气。这时观众都围了过来,大家欢快地鼓起了掌,人群中传来阵阵喝彩,送给此时正卖力表演的陆琛。

叶赛君偷偷抹着眼泪,陆琛心里则是百感交集,突然觉得人到而立之年,除了家人,他一无所有。正如大家所认为的那样,成年人的崩溃都是悄无声息的,其实他们有多坚强就有多脆弱,作为家里的顶梁柱,他们留给家人的永远是最好的一面。

愿每一个经历或正在经历绝望的成年人,都能有直面生活的勇气。

枯枝疏影,新月如镰,倒隐了锋芒。苏扣扣看着泡沫塑料箱里的韭菜,思念是那一小垄一小垄的青韭,割了一茬又一茬,虽然味道鲜美，但不知为何总有股眼泪的味道。

她依然借住在时广徽的工作室里。这天下班后，她立刻洗了手，想给时广徽煮杯咖啡。突然她不好意思起来，感觉自己整个人都萦绕着一种牵挂的感觉，自己怎么成这样子了？

公司里，时广徽正坐在工位上发呆，他想起苏扣扣光腿穿着他的衬衫在工作室里走来走去的样子，突然觉得这个女孩子好像一只小鹿，又好像一只白鸽……这要在以前，时广徽一定烦得要命，觉得她吵死了，可是现在他竟然没觉得吵，还觉得工作室因她有了几分欣欣生气，看她的眼神也柔和了许多……他很奇怪为什么心里会有这样的变化，是不是最近跟她一起吃甜食太多了？于是他上网找答案，把自己的情况和问题输入进去，没想到出来的答案竟然是——爱情！

这把他吓了一跳，他自己有些不相信，可是一闭上眼睛脑袋里全是苏扣扣，像被病毒侵入了一样，时不时地还想笑。公司合伙人张宇见他出神地笑着发呆："哥们儿，你一定是恋爱了吧？"

时广徽惶然回过神来："不可能吧？"

"说说看，我是过来人，比你有经验。"

于是他把这事说给了合伙人听，张宇哈哈大笑起来，很自信地分析道："如果不是因为喜欢和爱，我们怎么能忍受对方的缺点？恭喜你，你恋爱了！"

"不会吧？"与此同时，苏扣扣也对着镜子自语起来，"我真的喜欢那呆头鹅了？天哪，从什么时候开始的？"接着她猛摇头，"不可能，我们俩是冤家，我怎么能喜欢他呢？"定了定神她又自问道,"可为什么一想到他,我的心情就这么愉悦?为什么?我这是疯了吧?"突然她想起来了,"对,一定是穿他的衬衫穿的,被他的磁场能量入侵,害得我神志不清。"

被丘比特射中心脏的这两位,真是让人觉得有意思——爱情有如神物,当它真出现时连本人都觉得似是而非。

下班了,合伙人张宇见时广徽还没有要走的意思,便敲了下桌子提醒道:"兄弟,该回家了。是不是内心极想见到她,却又不好意思,对吧?"

时广徽羞窘一笑:"什么呀……"

张宇凑了过来,讪笑道:"看你这样子,感觉就像你俩昨晚稀里糊涂滚过床单一样。"

"说什么呢,越说越扯了!"时广徽把一摞文件夹推到他跟前,"来来,看你挺闲的,咱们聊聊这个项目的事。"

"算了吧,我还着急回家呢,老婆在家等我呢。"张宇说着回头揶揄道,"你也回去吧,别让你那小女朋友等着急了。"

张宇没有说错,苏扣扣好几次往窗外望去,都没看到时广徽的人影,以前这个时间他早就回来了。她有些担心,几次拿起手机又放下:"他时广徽是我什么人啊?我干嘛给他打电话?兴许人家正在外面狂欢呢!不打了,别到最后扫他兴。"可是她真的很担心啊,有如百爪挠心,最后还是忍不住抓起了电话。

时广徽接到她的电话,喜不自禁:"好好,我这就回家,很快就到。"

苏扣扣绽开一丝羞涩的笑容,登时觉得自己没搂住,出糗了,于是她收住笑:"也不用很快。"她的脸"唰"的红了,感觉有几分欲盖弥彰,"注意安全。"

"好的,我知道。"时广徽解开衬衫领口的扣子。接下来两人尴尬地静默下来,不知说什么,苏扣扣只得故作镇定地打破尴尬:"晚上想吃什么?我来做。"

"别麻烦了,我们一起去外面吃吧。我马上就到了,等着我。"时广徽脸红心跳,脑门出了一层汗。

"好,我等着你。"苏扣扣声线温柔,说完她赶紧挂断电话,害羞地捂着红透了的脸颊。她不是故作娇羞,当一个人心中充满喜欢和爱,便会柔情蜜意起来,软得像没了骨头一样。

时广徽下了车便一路小跑,苏扣扣已经在门口等他,看着他时,她觉得甜蜜又欢喜,两人四目相对,电光石火。时广徽看着妆容精致、衣着单薄的苏扣扣,气喘吁吁地怜爱道:"你……冷不冷?"

"不冷。"苏扣扣看他时,眼里也带着柔和的光。

吃饭的时候,苏扣扣对时广徽说自己去超市上班了,取代了陆琛的位置。时广徽有些惊讶:"陆琛失业了?"

苏扣扣点点头,紧接着又赶紧提醒他:"你别打算劝我,事没落在你身上,你觉不着痛!"

"我没打算劝你。"

"你会觉得我是坏人吧?"

"反正是个狠人。可我觉得多半你这只能算是因爱生恨的报复行为吧?听上去有些幼稚。而且你们之间是有误会在里面的,有些事情，不折腾一下，就不会有结果的。话又说回来，那超市店长真是个二百五，让你当经理，你有工作经验吗？你懂怎么管理吗？"时广徽冷静地分析道。

"其实这没有什么难的，这和医生给人治病一样，哪里堵了治哪里呗。"接着苏扣扣又小心翼翼道，"你知道吗？赛君姐也不再是园长了。"

时广徽有些紧张，语气急促道："发生了什么事？"

苏扣扣把事情经过讲了出来，然后总结地说："总之是因为我的人情，出现了这种情况。"

时广徽无奈地笑了下："没想到最后，人情的教训落到了她身上。不过警察那边不是还没有调查清楚嘛，也不能现在就判定是新丰公司的过错。"

"你是不是很心疼她？"

"你这话问得没有意义，我不回答。"时广徽继续吃东西，末了说了句，"你光说你自己不好过，可你想想，其实现在他们也同样不好过。"

吹了冷风，时广徽和苏扣扣都感冒了，他们去药店拿了些药，一路上两人喷嚏不断，鼻涕横流。外面刮着寒风，两人慢吞吞地往家走。

苏扣扣擦了擦鼻涕："都怪你，是你传染的我。"她看到时广徽一副欲言又止的模样，"你嘴里嘀咕什么呢？难道我说的不对吗？"

"也有你的原因，你……"时广徽吞吐了起来，苏扣扣哪能容忍他说半句留半句,最终在她的威逼利诱下,他只好说了出来,"我独居惯了,突然家里有你存在,你要注意下你的穿着什么的,你不能无视我的存在……你得考虑下我啊,我经常觉得热得不行。"

苏扣扣惊讶得大眼圆睁:"你还真把我当女人看哪?"时广徽很窘,没有搭话,加快脚步埋头走。

苏扣扣突然哈哈大笑起来,上前一把拽住他,揶揄道:"一个常年独居的老男人家里突然出现了一个风华正茂的美少女,所以他的荷尔蒙发生了变化,时不时地血脉偾张。哦,没想到我还有这种功效,简直焕活激发了你的青春,所以这段时间你过得好美妙啊。"

时广徽尴尬而不失礼貌地笑了笑,突然变脸的苏扣扣咬牙狠踩了他一脚,疼得他龇牙咧嘴,一脸无辜地嚷道:"我又没干什么!"说着还很难受地打了个喷嚏。

"猥琐!"好像打喷嚏也传染似的,苏扣扣说着自己也打了个喷嚏。她使劲擤了下鼻子,眼珠一转,然后自得其乐地笑了起来:"说明我还是很有魅力的嘛,对不对?"见时广徽不搭话,她又说,"幸好我安全防范意识强,每次睡觉都锁门。"

时广徽转过身鄙夷道:"真是搞笑!也好,我还怕你非礼我呢,你把自己锁好,我也就放心了。"她气得挥手要打,被他一把抓住,"那请问,您什么时候可以搬回自己的家住?"

"现在还不可以。你忍心看一个如花似玉的姑娘流落街头啊?你良心痛不痛?你懂不懂怜香惜玉?"

"得得,"时广徽摆手让她不要再说了,"我真拿你没办法。我

第九章 红玫瑰与黄豆芽

不能赶你走,看这架势倒有可能会被你逼走。"说着,时广徽又打了个大大的喷嚏。

"不会不会的,你那工作室租金那么高,你走了我可交不起,"苏扣扣给她纸巾,"省点力气对付病毒吧。"一阵寒风刮过,两人都缩紧了脖子,一副病弱又毫无生气的样子。

他们路过一家甜品店,刚好透过橱窗看到陆琛和叶赛君在里面,陆琛正用勺子喂赛君吃蛋糕,两人笑得很开心。

苏扣扣看了眼时广徽,很是同情:"你没戏了。"

时广徽同样回道:"你也没戏了。"

"你死心吧。"

"你也死心吧。"

"其实……我想要的爱情就是这个样子。"

"我也是。"

苏扣扣笑了下,感慨道:"真是两个倒霉蛋儿,这要放到数学题目里,咱俩就该被合并同类项了吧?"

"人生好惨啊!"时广徽唉声叹气。

苏扣扣瞪眼:"什么意思?"她突然明白过来,点头道,"哦哦,我明白了,就算是倒霉蛋儿,你也是一个金光闪闪的倒霉蛋儿!"她的语气里透着无尽的讥讽。

时广徽拿纸擦着鼻涕:"如此刻薄,看来你的感冒好一半了。"

苏扣扣打算恶气出尽:"你这人就是自视甚高,其实你就是一个相当无聊又无趣的人,你……"她边走路边埋头挖苦他,突然一辆车斜开了过来。

"小心！！"时广徽用尽力气一把拉过她。

看到失控的车撞向护栏停了下来，苏扣扣这才回过神来。两人都吓得惊慌不已，劫后余生的激动让他们不禁抱在了一起。

"如果刚才出现意外，我人生最后一刻见的人就是你了啊！"苏扣扣泪眼婆婆，还没从刚才的惊险中走出来。

"是啊，不过我才是真的不幸，你像个老太婆一样不停唠叨着，我都死到临头了还在被人训骂。"时广徽撇了撇嘴。

苏扣扣扑哧一笑："对不起啊。"

时广徽放开她，表情郑重又带着款款深情："你不是要合并同类项吗？合就合吧。"他稍思虑了下，"是不是这就叫殊途同归？"

苏扣扣哈哈大笑："天哪，怎么听着有点要同归于尽的意思！"

接着她说起小时候，她奶奶找人给她算过命，说她十六岁会跟男人跑了，于是奶奶告诉她爸，让他盯着点，让孩子别乱跑、别早恋。说到这儿，苏扣扣咬牙切齿道："我都二十四了还没男朋友，我奶奶要是活着，就该天天骂那算卦的了。"

"你是赢了命啊，了不起。"时广徽憋着坏笑说。

"你笑我？"苏扣扣话说完，一个鼻涕泡冒了出来，惹得时广徽大笑不已，她被笑窘了，追着打他……两人像极了一对打情骂俏的情侣。人的一生，不管多么颠簸多么可怖，一旦拥有了爱情，整个人都变得喜气洋洋、无可畏惧，对一切都可以忍受，爱情让人柔软，也让人勇敢。

购物商场门口，王丽训斥着孩子："成天哭哭啼啼的，烦死了！见什么要什么，想吃肯德基找你那混蛋爸要去啊！"孩子一脸委屈地哇哇大哭，不肯挪步，眼睛却一直盯着肯德基门店。孩子哭，大人也哭，王丽抹了把眼泪，一把扯过孩子的胳膊，大声训道："给我走！"这时有人拍了下她的肩膀，并劝慰道："王丽，别让孩子哭了。"

王丽一看是叶赛君，心里咯噔了一下，脱口而出："叶园长。"平常叫顺口了，此刻却多多少少有些伤口撒盐的感觉。

叶赛君倒没往心里去，她见王丽脸色突然煞白："你怎么脸色不太好？孩子还需要你照顾，真的要注意身体啊！"王丽连忙点点头。

正在这时，一个穿白衬衣、黑西装的年轻小伙子跑了过来："大姐，这是您落在我们办公桌上的个人简历。不好意思了，祝您好运！"说完，男子面带歉意地离开了。

叶赛君把简历装进包里，对着王丽粲然一笑："这才知道原来工作这么难找。"说着，她从钱包里拿出一百元钱塞到王丽手里，"别让孩子哭了，去给孩子买个汉堡吃吧。"说完，她转身就走了。

王丽像被这一百元钱蜇了手一样，追着还给叶赛君："赛君姐，这钱我不能要！"

"我知道你也不容易，独自拉扯孩子，这点儿钱就别跟我客气了，拿着吧。"

"赛君姐，我……"王丽欲言又止，一脸难为情。

叶赛君笑着拍了拍她的肩膀，说着贴心暖肺的话："快拿着吧，别对生活失去信心，咱们一起加油吧！"

话音刚落，突然王丽抱着叶赛君哭了起来，叶赛君连忙安慰道："别哭，一切都会好起来的。"

"赛君姐，我……"王丽哽咽着，话卡在喉咙里说出不来。

"行了行了，我理解你。"叶赛君嗔怪道，"你看孩子都不哭了，你又哭了。快，带孩子买吃的去吧，我也该走了。"

看着走远的叶赛君，王丽本打算使使劲，把卡在喉咙里的话都一股脑儿地吐出来，可还是没有来得及，归根结底还是因为勇气不够吧……她看着手里攥着的一百元钱，心像被撕扯着一样难受。

"妈妈，你怎么哭了？"孩子伸出小手扯了扯她的衣角。

"妈妈错了，妈妈太不应该了！"王丽哭得泪眼模糊，深受良心的谴责。

第二天一上班，王丽鼓足勇气走进了园长办公室，主动坦白了一切。原来那段时间，她的孩子感冒了，连续住院花了不少钱。有天带孩子去菜市场买菜，孩子看到西瓜就想吃，西瓜在冬天有些贵，王丽手头拮据不想买，孩子便哭着闹腾起来，焦躁的她想到被叶赛君扣发了全年奖金，顿时恨意翻涌，头脑中闪现出刚才隔壁摊位上的争吵——小贩卖的圣女果农药残留超标，顾客吃了身体不适，双方吵得不可开交……她一气之下返回去买了六斤圣女果，把孩子送回家安顿好后，算着园里食堂开饭的时间，带着圣女果潜入了食堂……

当叶赛君接到园长电话时，她正在去找工作的路上。她来到

第九章 红玫瑰与黄豆芽

了园长办公室,知道事情真相的那一刻,她很震惊也很痛心:"王丽,我们共事这么多年,既是同事也是朋友,你有困难为什么不告诉我呢?你对我有不满可以提出来,但不能去伤害无辜的孩子啊!他们还那么小啊!"

"姐,我真的错了。我害你四处求职,但是昨天你还给了我一百块钱,让我给孩子买吃的,当时我那心啊……真的羞愧死了,所以今天我必须还你一个清白。"王丽说着,涕泪横流。

老园长语重心长地说:"你今天得好好地向赛君道歉啊。"

"赛君姐,我对不起你!我干的事太缺德了!我对不起小朋友们,对不起你,对不起老园长,对不起大家!"王丽话说得很诚恳,一一向她们鞠躬道歉。

一想到王丽离异后独自拉扯个孩子,叶赛君满腹的怨愤渐渐平息了,心生恻隐之心:"算了,事情都已经过去了,你认识到错误就好,我原谅你了。"

"姐,我真的不敢奢望能得到你的原谅。"说着,王丽抓过叶赛君的手,"姐,你打我吧,这样我心里好受些!"

"好了,好了,我怎么能打你呢。"叶赛君也握住她的手,"别哭了,坚强起来,好好把孩子养大。"

王丽哽咽着,深深地点头。

老园长见此,便长舒口气:"也就是赛君吧,这要换别人,哪儿能这么轻易原谅你。"

话音刚落,突然两名警察上门来了,原来王丽在来园长办公室前,就已经报警自首了。这个案件警方一直在侦办中,随着王丽的投案自首，真相也就水落石出了。而关于叶赛君受贿的传言，民警也做了深入调查，相关人苏扣扣也被叫到了派出所进行问讯。置气归置气，但苏扣扣不会做昧着良心的事，她实话实说，确实没有转账给叶赛君任何钱款。经过研判，民警觉得没有任何证据证明叶赛君受贿，因此判定传言为谣言，当场一并帮她还了清白。叶赛君很感动，身正不怕影子斜，她十分感谢人民警察帮她洗脱了冤屈。

既然真相已经查清，老园长请叶赛君重新回到工作岗位，继续担任园长职务，自己则再次退居二线。这对陆家人来说是个大喜事，姥姥知道后也很为女儿开心，全家人一起去庆祝。陆爸让陆琛把苏扣扣也叫上："新丰公司没错，赶紧告诉扣扣她也不用内疚了，让她和咱们一起高兴高兴。"

陆琛有些为难，他不知该怎么对陆爸说，索性撒了个谎，说苏扣扣去外地了。

陆爸乐呵呵地问："和音乐公司一起去的吗？是不是快成大歌星了？"

陆琛和叶赛君对视一眼，叶赛君只好赶紧岔开话题："爸，你看咱去哪家饭店好？我这等着订位子呢。"

吃完饭，把老少都安全送回了家，陆琛和叶赛君去看了一场最新上映的爱情电影。从电影院出来，他们路过一家花店。寒冬夜晚，花店的落地玻璃门上却扑满了热气，想必也混合着花香气吧，让人一看便觉这花房又暖又香，不必推门进去看，就能想象到里面的花开得正俏正艳，像极了春天。

第九章 红玫瑰与黄豆芽

陆琛要去给老婆买束玫瑰,叶赛君赶紧拉住他,嗔怪道:"都老夫老妻了,别乱花钱了,有那钱还不如买二斤黄豆芽。"

陆琛笑了:"红玫瑰与黄豆芽,有意思。"

这句话,倒是提醒了叶赛君,她想了下:"这不就像女人婚前和婚后的生活状态嘛!婚前,少男少女甜蜜恋爱,总是很浪漫,婚后就实打实地过起了日子,什么都奔着实惠去。"

"老婆说得有道理,你可以把这段写到你的小说里去,一定会引起很多读者共鸣的。"

"你怎么知道我在写小说?"

"广徽告诉我的。对不起,老婆,之前我对你关心得太少了。"

"行啦,你这样我都起鸡皮疙瘩了。"

两人说笑着并肩往前走,此刻他们内心都觉得生活又活色生香了起来。这段时间他们经历了各种磨难,也清楚地感受到了原来他们的感情那么深厚,已经融入了彼此的灵魂,今生今世都难舍难分。就像阿甘妈妈说过的那样,生活就像一盒巧克力,你永远不知道你会得到什么,而你能做的,就是细细品尝,无论它是苦还是甜。

夏虹从美国学习回来了,叶赛君打算为她接风洗尘,陆琛不同意,提醒她别像上次一样,又是多此一举。更何况他现在是无业游民,对夏虹来说,更是一点价值都没有了。叶赛君却有自己的打算,她想从夏虹手里讨碗饭吃,让陆琛去"满口香"公司上班,毕竟日子还得过啊。

陆琛不想让她去求夏虹的人情，叶赛君生气了："这个时候就别矫情了。这段时间我也找过工作，真的是不好找，你应该比我更清楚吧？"

"那也别去求她，我慢慢找。"

叶赛君急了："我不去求她去求谁？求时广徽？人家那里都是高科技，你去了也就配扫地倒水！哦，那也不一定，说不定他们公司全是机器人在干！陆琛，认清现实吧，像你这个年龄，没高学历，又没其他技能，哪个单位会要！"

陆琛脱口而出："我是心疼你，不想让你为了我再低三下四去求情！"

叶赛君平了平心气："低低头，又怕什么呢，没关系的。"她拉过陆琛的手，"相信我们的日子会越来越好的！"

陆琛抱住了叶赛君："老婆，对不起。"

等到了周末，叶赛君一早便给夏虹打电话约饭，这边夏虹笑着抱歉道："赛君呀，你看我整天忙的，其实是该我给你打电话才是。"反正叶赛君听不出她话有几分真几分假，越发觉得她就像那红楼里的王熙凤，话会接，更会说。夏虹一听是中午约饭，便婉拒了："中午我约了科技公司的人谈事，是关于公司改革的，挺重要的。"

叶赛君一听，倒不好意思起来："没事，你先忙。"

"等我谈完，我一准儿给你打电话。咱俩好长日子没聊天了，我也想见你，陆琛和可儿都挺好的吧？"

叶赛君顿了下，随口道："家里都挺好的。"

第九章　红玫瑰与黄豆芽

挂断电话，叶赛君差不多整整一天都窝在家里等夏虹电话，门都不敢出去。一直到晚上七点，她才接到了这通电话。

两人在夏虹的办公室里见的面，一阵亲切寒暄后，叶赛君索性开门见山："夏虹，陆琛失业了，能在你这里帮他找份工作吗？"

夏虹倒是没有惊讶，好像知道她来的目的一样："我从美国回来后，倒是听说陆琛不在超市了，但我万万没想到竟是她顶替了陆琛的位置。"

"谁呀？"叶赛君不当事地笑着问。

"苏扣扣呗。"夏虹说完，见叶赛君手有些发抖地愣怔在那里，便问，"你不知道啊？怪我多嘴了。"

叶赛君硬挤出一丝笑容："没事。"

"这样倒也好，起码陆琛和她不会有事了。以前我是没告诉你，这俩人还一起去KTV唱歌呢！这小妮子还对我出口不逊，简直太嚣张了，这种人早晚得吃亏！"

"不聊她了，我还是想问夏老板能不能赏口饭吃。"叶赛君揶揄道。

夏虹想了下，面露难色，轻叹了口气："现在不懂技术，不懂管理，真的不太好找工作。现在给我们公司投简历的，博士都一大堆了。"

"是啊，现在工作确实不好找。"

"说个不好听的，让陆琛在我们公司负责养猪中心都不行了。以前，像陆大叔那样的勤快人就可以来负责养殖，可现在，"夏虹不好意思地摊了下手，"我们饲养中心招的都是本科以上的大学生,讲究科学饲养,公司每年都会派代表去参加猪博会,让他们去学习世界先进养猪企业的科学方法,比如品种选育、生物安全、疫病防控、猪营养与饲料生产……"

叶赛君窘迫极了,只好讪笑着接过话茬儿:"还有母猪的产后护理呗?你说得是,真是隔行如隔山,陆琛还真干不了。"

"毕竟陆琛上一份工作职务是经理,这要是让他去车间,我心里也过意不去啊!哦,对了,以后我们车间也没有工人了,我们打算推行人工智能产业发展,这也是我去美国学习的收获。"

叶赛君深有感慨:"是啊,现在各行各业都在讲人工智能,看来智能时代真的到来了。"她突然想起来了,"你不会是和时广徽他们公司合作吧?他们公司就是搞这个的。"

"对,真是巧,还就是和他们'先锋科技'公司合作。我在美国学习时,就有人向我推荐了他们。"

"没想到你们居然能化敌为友,成为志同道合的合作伙伴。"

"是啊,为了工作嘛,私人恩怨该放下就得放下,做事业就得有大格局。"夏虹刚说完,她桌上的办公电话就响了。

叶赛君便起身告辞:"真是不好意思了,夏虹,你忙吧,我先走了。"

"那行,如果有适合陆琛的工作,我一定第一时间通知你们。天这么晚了,我让司机送你吧。"

见桌上的电话还在响,叶赛君赶紧摆手:"不用不用,你赶紧忙,就别操心我了。我溜达着回去,也不远。"

见叶赛君走后,夏虹接起电话:"嗯,不错,打来的很是时候。"原来这是她特意提前安排司机打来的电话。

叶赛君在路上走着,突然一辆车在她前面停住了,原来是时广徽。他下了车,帮叶赛君开了车门:"上车吧,天太冷了。"

叶赛君没有拒绝,坐进车里:"你怎么还没走?"

"刚才在'满口香'的办公楼里我就看见你了,想着等你一会儿,这里不太好打车。"

"谢谢啊,真没想到有一天你和夏虹能一起合作。"

时广徽笑了下:"你听说了啊!其实一开始我也觉得别扭,可合伙人说,一码归一码,我想了想,觉得是这么个道理。"

"对,就该这样。"

"陆琛有工作了吗?"

"没有呢,来这里就是想让夏虹帮忙给份工作,可是没有适合他的。"叶赛君叹了口气,"想起我们班主任常说的那句话了,'不好好学习的亏,早晚要吃到。'现在陆琛是吃到了。"

时广徽劝慰她:"别灰心,慢慢来,工作总会有的。"

沉默了半晌,叶赛君问:"你知道是苏扣扣把陆琛的位置给挤掉了吗?"

时广徽"嗯"了下,接着说:"我们不要怪她,我觉得她现在就像迷路的孩子,等栽了跟头,她就知道对与错了。"

叶赛君咂摸出味儿来:"广徽,你是不是喜欢上她了?"

"没有。"时广徽慌了下,声音有些发颤。

"喜欢也没有关系,你也该考虑感情问题了嘛。她现在还住在你的工作室吗?"

"在的。"时广徽不知还能再说点什么,突然想了起来,"恭喜你恢复清白,重新回到工作岗位。"

"哦,谢谢广徽。"叶赛君微微一笑,依然是眉眼弯弯的。

时广徽突然觉得有些事情过去了,又有些事情该开始了。他稳了稳心绪,说道:"当时警察也把苏扣扣叫到派出所了,她证明了你没有受贿。"

"她这人本质不坏。可那笔钱她要是打算向新丰公司借的,该给人家写个借条才对。"

时广徽"嗯"了下,然后又问:"小说还在更新吗?这段时间工作太忙了,我打算等故事和评论都养肥了再看。"

"最近发生了些事,更新得慢了些。"

"一切都会过去的,希望你坚持写下去。"

"我会的,谢谢你。"叶赛君真的很感谢这个老同学兼忠实读者。

时广徽结巴着也不知该说些什么,叶赛君便和他聊了聊小卷毛学习的事,这一话题让气氛不再尴尬,时广徽的话也多了起来。眼看快到家了,他问:"要不要在这里停下,你走进去,我怕陆琛看到又误会你。"

叶赛君轻笑了下:"没事,咱们光明正大,怕什么。"车开进了小区,两人道别后,她上楼去了。

卧室里,陆琛见叶赛君回来了,瞧见她脸上一点高兴劲儿都没有,便知夏虹那里肯定没戏了。他刚要开口问,叶赛君先说话了:"原来是苏扣扣把你的位置给挤占了啊!"

第九章 红玫瑰与黄豆芽

陆琛见叶赛君脸上阴晴不定，怕她一气之下又去找苏扣扣理论，便上前抱住她："其实如果不是她，王兵早晚也会找理由把我开了的。"说着顺势让她坐稳在床上。

"你怕我去找她？不会，我想开了，比起咱们欠她的，这算什么！再说她是因为追星梦没成功，从而误会了我们。"

"老婆，你真是太明事理了！"

见陆琛笑得欢，叶赛君便拿话刺打他："你知道吗？夏虹要和时广徽合作了。"

"我的天，这俩人怎么搞到一起了！"

"夏虹今天就是因为要和时广徽公司的人谈事，所以才推了我们的饭局。瞧瞧，人家的饭局上都是各行业的精英，有企业精英、科技精英，还有金融精英。"

陆琛无奈地耸了耸肩。

"上学时大家都一样，混在食堂里吃一锅饭，慢慢走入社会就开始分桌了，精英和精英在一桌。"叶赛君开玩笑着说。

可陆琛没笑，他自责又难过地说："赛君，对不起，我没本事，让你受委屈了。"

叶赛君见他认了真，便嗔怪道："你干嘛啊，我就是开个玩笑说说的，你给我什么委屈了？真是的。"

"其实我心里很难受。一个大男人，还得让老婆去帮我求情找工作，我都觉得自己太差劲了。"陆琛一脸愧疚。

叶赛君又心疼地抱了抱他："别那么想，我们是两口子，不分你我。他们赚他们的大钱，咱过咱的小日子，清心舒服。"一时间真有点贫贱夫妻百事哀的感觉了。她看着眼前这个男人,虽然没什么大本事,可是有他,她心里就踏实。

苏扣扣一进入超市工作,王兵就把她安排在自己的办公室里,两人独处一室,王兵自然蠢蠢欲动,整天围着苏扣扣寻开心,想着怎么占便宜,不是讲句让人恶心的笑话,就是摸一把她的小手,再或者轻拍下屁股。苏扣扣每天周旋在他那两只咸猪手间,简直烦得要死,但已经走到了这一步,她想立刻全身而退是不可能的。

不过也有好消息,那就是苏扣扣可以回家了。其实在她报案之前,警察就已经对那家借贷公司进行暗中调查取证了,很快掌握了他们的犯罪事实。借贷公司属不法经营,对借贷人实施"套路贷"诈骗犯罪活动,并雇用社会闲散人员暴力催收。警察已经依法对这家公司进行了查封,将所有涉案的犯罪嫌疑人全都绳之以法,相关的赃款也正在追回和登记中。

要回家去住了,苏扣扣竟然有些不舍,留恋起这个庇护她并给了她温暖的地方,当然,还有那个他。

得知她要走了,时广徽也是有些空落落的:"你要是害怕就先别回去了,还是在这儿住吧。"说出这话时,他窘迫极了,没好意思看着她说。

"谢谢,坏人都已经被抓了,我不害怕,那毕竟是我的家。"苏扣扣煮好了咖啡端给他,然后去收拾自己并不多的东西,其中最重要的就是那个种着韭菜的泡沫塑料箱子。

两人都觉出气氛有些伤感起来。一杯咖啡喝完,时广徽转过

第九章 红玫瑰与黄豆芽

身对她说:"你先在这儿住一天吧,我已经联系好家政人员了,门外屋内都让他们帮忙打扫一下。一会儿我写完工作邮件,咱们就去吃饭。还有,明天我去公司开会,没法送你,你自己注意安全,缺什么可以告诉我……"

苏扣扣乖乖地听从了他所有细致周到的安排,被人照顾的感觉让她很受用,一种无忧又幸福的安全感油然而生。时广徽见她呆愣愣地看着自己,便拍了下她的脑瓜:"想什么呢?我说的听到了吗?"

苏扣扣回过神来:"听到了,真唠叨。"

"好吧。"时广徽窘笑了一下。

苏扣扣不确定眼前这个男人到底喜不喜欢她,感觉似有若无,不过她很喜欢这种没有道破、暧昧模糊的关系,痒痒扎扎的,很让人着迷。

她觉得这个世界一切都在重复,她活着也是,似乎每天都是没有变化的。唯一变化的是她看他的目光,只有它是新的,是闪着光的。

当苏扣扣站到自家门口时,眼前的一幕让她大为欢喜——墙壁被重新粉刷了一遍,没有了乱七八糟的油漆字,门锁也换成了智能锁,屋里更是打扫得一干二净。她心里极为感动,刚要给时广徽打电话说"谢谢",这时一个电话打了进来,说是同城快递公司的,让她下楼取快递。来到楼下,她眼见一位快递员走过来问:"请问你是苏扣扣女士吗?"

苏扣扣点了下头:"对,是我。"

这时快递员转头喊了一声："快过来！"

苏扣扣心里一紧，有点害怕，不知他要干嘛。突然，两个打扮成熊猫的人跌跌撞撞地跑过来，二话不说，拉起她的手跳了一支舞。正蒙圈时，其中一个熊猫人说："您好，我们是甜蜜礼品公司的，很高兴为您服务。"说着，他递过来一个礼盒和一束鲜花。

"琛哥？"苏扣扣脱口而出。她真的呆住了，脑袋轰隆隆地响，直盯着这熊猫人看。虽然她看不清这人的长相，但听声音，她觉得就是陆琛，她暗想："没了工作，他现在就做这个吗？"

熊猫人像没听到一样，继续为她服务："希望您对我们的服务满意。"

声音真的太像了，苏扣扣确定他就是陆琛！这时两只熊猫人站在一起，齐声说道："祝您幸福快乐。"说完，他们又跌跌撞撞地转身走了。

苏扣扣望着那只高大的熊猫人背影，内心像打翻了五味瓶。

这个熊猫人确实是陆琛，这个活可以日结，他就做了。这几天，他又去不少公司投了简历，想一边打点零工，一边找工作，没想到这么巧，今天竟然遇到了苏扣扣。他听到她叫自己，没有答应，不是生她的气，而是觉得挺尴尬的。陆琛从没怨恨过她，知道她平安无事，自己也就放心了。更让陆琛惊喜的是，刚才那个订单付款人显示的是时广徽，所以这对欢喜冤家好像是在谈恋爱。这么想着，他忍不住笑了，真心为他们感到高兴。

苏扣扣上楼回到家，刚把花插在花瓶里，就迫不及待地打开礼品盒。她猜想可能是个小玩偶，再不就是钱包？香水？但又觉得挺有分量的。她内心激动不已,当盒子被揭开的那一瞬间,她真是惊呆了,怎么也没有想到,里面装的竟然会是——

双节棍!!

真是让她大开眼界。她哭笑不得地耍了几下双节棍,差点没打到自己脑袋上,她赶紧给时广徽打电话:"东西是你送的吧?"

"你喜欢吗?"

"真是太棒了,令我终生难忘!"

"喜欢就好,我是觉得你一个人住,它可以用来防身,这样比较安全。"

"我怕没打晕坏人,倒先把自己撂地上了。"

"有时间我教你。"

顿了一下,苏扣扣说:"今天我好像见到陆琛了。"她讲了刚才来送礼品时,那只熊猫装扮的人像是他。

"他现在还没找到稳定的工作。他也一直在关心你,总是打来电话问你的情况。"

"哼!该关心的地方没关心到,找补这些有什么用?一想到他竟然拦截马总监的信息不让我知道,我就恨他!"

"好了,这件事会有一个结果的,你也不要伤心了。"时广徽想了起来,"对了,家政服务员收拾得怎么样?"

"很好,谢谢你。"

"那就好。"

不知怎的,气氛突然尴尬起来,两人都不知该说些什么,最后还是苏扣扣说了句:"你忙吧,我去练会儿双节棍。"

说完两人都笑了起来。生活是很奇妙的,每一天似乎都是昨日的重复,实际上绝对不是一样的,转个弯会遇见什么,从来不会提前知道。幸福里会撞见痛苦和悲伤,绝望里也会看见希望和信心。不会永远快乐,也不会永远难过。

第十章　人间有情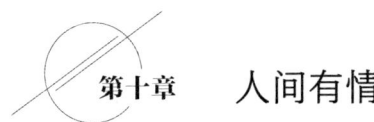

这天陆爸接到老家的电话，说老家正搞新农村建设，旧村改造后，大伯家的三个儿子都搬进了新楼房里去，打电话来是请他们去喝温居酒。

叶赛君一想到要回陆琛老家，心里就直发怵。每次回去，简直都要扒一层皮，不仅要准备好几份看长辈的礼物，更重要的是得带足钱，别失礼丢面子。

这次去了之后，陆琛和叶赛君傻眼了，因为听说要在这里连吃两天温居宴。今天中午大哥家摆席，晚上二哥家设宴，明天中午三堂弟家办酒。

"就不能一块儿办吗？"陆琛问陆爸。

"只随一份礼金？"陆爸反问。

"那就随三份啊，我看他们哥仨也是要各自往回收礼金的。"叶赛君说。

免俗（下）

"是，"陆爸皱着眉，"可你大姑不同意，觉得随三份钱，才吃他们一次，亏了。她建议他们哥仨分三个月摆温居宴，一月一次。可咱因为有你妈，来回路上折腾不起啊。"

陆琛放弃了抵抗，干脆道："两天就两天，正好也难得回老家一趟。"

叶赛君还能说什么，也只能这样了。正说着话，三堂弟过来了，叶赛君一看到他就想起那件恶心事，便对他没好气。她扭脸到一边，帮陆妈擦了下嘴，在一旁听他们说话。几句话后，三堂弟开腔道："琛哥，上次我去你们超市买东西，他们说经理不是你了。"

陆琛登时看到陆爸一脸惊讶地转向自己，连忙一个劲儿地给三堂弟挤眼："怎么不是？他们和你开玩笑呢。"

三堂弟像没领会到："不是啊，他们说经理是一个女的了。"他笑哈哈地继续说道，"琛哥，你跟我干吧，我刚承包了一个小工地。你帮我管管，少不了你钱。"

叶赛君赶紧岔开话题，把他支走："三堂弟，我刚才听大伯在叫你呢。"

三堂弟一脸疑惑地走了，叶赛君有些生气："他这是故意气人吧？上回干了那么丢人现眼的事，想借此找补回来。还让你跟他干？这还没发达呢，就透着一股暴发户的气质。"

"他粗人一个，估计也没想那么多。"

叶赛君哼了一声："哥仨属他心眼儿最多。"

"老三干了什么丢人的事？"陆爸问。

第十章 人间有情

叶赛君给了陆琛一记白眼。原来陆琛怕陆爸生气,就一直没说过那事,此时他只好打哈哈:"没什么事,就是喝酒喝大了。"

陆爸点了点头,然后忧心地看着陆琛:"那你怎么回事?说说吧,刚才老三说的是真的吗?"

事已至此,陆琛只好承认他失业了。接着两口子一起劝慰陆爸,让他不用担心,很快就会有工作的。

两天的温居宴都在同一家饭店,闹哄哄的,不变的饭菜,一连吃了三次,最后味同嚼蜡。回来后,陆琛和叶赛君都闹起了肚子,直接住进了医院,简直就是花钱找罪受。躺在病床上的夫妻俩互相安慰,很庆幸陆爸和陆妈没有腹泻症状,不然他们可真麻烦了。

这时陆琛接到夏虹的电话,他吓了一大跳,问叶赛君:"夏虹给我打电话有什么事?"

"我也不知道啊,你接了不就知道了。"

陆琛乖乖接听:"夏老板好久不见啊,有何贵干?"夏虹问他在哪儿呢,他实话实说,"在医院呢。"

"去医院工作了?"

"哪儿啊,闹肚子。"

"我就说嘛,就算你去当兽医也来不及啊。"夏虹笑哈哈地说。

原来看在重要合作伙伴时广徽的情面上,夏虹决定让陆琛来公司上班。那天时广徽得知陆琛还在失业,便与夏虹商量给陆琛找份工作。夏虹想了想,觉得时广徽的话倒是提醒了她。公司现在实行"机器换人"计划,当前就有份工作可以让陆琛来做,那就是裁人！这是一份得罪人的活儿，所以在电话里她没有明说，只是让陆琛先来公司上班。

乐华大超市里，大家又开始想念陆经理了。自苏扣扣上任后，超市一片混乱，员工之间起内讧，也互相抱怨，觉得当时不该听信苏扣扣这个小丫头的话。现在只要苏扣扣从超市一过，他们就在背后对她翻白眼。制度没了，规矩破了，大家整日懒散，像一盘散沙。工作不积极，业绩自然上不去，工资也就受到了很大影响，比起陆琛在任的时候，员工们的收入少了很多。

这天，王兵特意组了个局，带苏扣扣一起陪客户吃饭。他知道这客户最爱灌女士喝酒，一顿饭下来，正如他预料的一样，苏扣扣饭没吃几口，酒倒是喝得真不少。离开的时候，苏扣扣还告诉自己一定要清醒，没想到在车上还是睡晕了过去。王兵内心窃喜，他觉得机会终于来了，他搂过苏扣扣疯狂地亲吻她的脖颈，然后扯掉她的外套。这时，苏扣扣惊醒过来，她誓死抵抗，狠狠地骂道："你个无耻的畜生！"

王兵打了她一巴掌："你真不知好歹！你让我帮你报复陆琛，挤走他，让你当经理，我都照做了，你怎么也得付出点代价吧？"

苏扣扣又是抓又是掐，最后终于踢到他的要害部位，得以借机从车上逃了下来。没走多远，王兵开车又追了过来，这时苏扣扣从大衣口袋里掏出随身携带的手术刀，大声呵斥："你敢再过来一步，我就杀了你！我说到做到！"

王兵见她口气决绝，便只好认栽："好好，我不碰你，你先冷静下,今晚的事就当什么都没发生。来,我送你回家!"

"你给我滚!"苏扣扣用另一只手拿出手机,"不然我就报警了!"

"算你狠,我滚!"王兵一脚油门开出去老远。

苏扣扣一直死盯着他的车,直到看不到车影,她这才精神松弛下来,一下子瘫坐在地,大口大口地喘气,然后一个人瑟缩在那儿哭了起来。她现在能求助的只有时广徽了,可她没有联系他,她知道他最近太忙了,不想再给他添麻烦。她就这么坐着哭了很久,最后是路过的巡逻警察把她送回了家。

这天是陆琛第一天去"满口香"食品公司上班,他来到夏虹办公室,看到时广徽也在里面。夏虹站起来拍了拍手:"欢迎陆琛的加入,我们又要一起并肩作战了!"

时广徽也伸手与陆琛相握,笑着说:"欢迎!"

"谢谢,"陆琛看着他俩,由衷地说,"能看到你俩在一起合作,我真的很开心。老同学互相合作,互相成就,真是好事!"

夏虹笑眯眯地说道:"是啊,没想到有这么个合作的契机,能让我和时广徽都放下私人恩怨,着眼于大格局一起做事。"

时广徽赞同地笑着点点头。

这时陆琛问:"我能干点什么?"

夏虹递给他一份报告书:"现在我们公司和时广徽的'先锋科技'公司已经达成了合作意向。"

陆琛看了眼报告:"'机器换人'计划?"

"对!公司要发展、要创新,在人工智能大趋势下,我们要把握科技变革,顺应时代发展。你应该也知道吧,公司在去年投资入股了一家钢铁企业,所以我们要开源节流。从长远来看,人工智能确实能为公司节省不少人力成本,所以公司决定和'先锋科技'合作,引进他们的技术,进行智能机械化生产,"夏虹说着看向时广徽,"强强联手,合力完成这个大计划。"

时广徽很有信心地点点头。

陆琛想了下,担忧地问:"机器换人?就是要让工人下岗失业?"

时广徽接过话来:"对,每一次科技变革带来效率提升的同时,必然会导致就业方向转移。人工智能代替人工,肯定会造成大量失业,这是不可避免的。"

陆琛忧虑地点了下头。

"陆琛,你的工作就是负责裁掉二百名员工,配合计划顺利实施。这是一项艰巨的任务,希望你能大刀阔斧地去完成。"夏虹不容置疑地交代了工作任务。

陆琛倒吸一口凉气,觉得这工作简直是专门来得罪人的。

当天晚上,他一夜未眠,叶赛君听后也很无奈:"现在人工智能是大趋势,夏虹想着搞改革,也无可厚非。人家毕竟是做企业经营的,当然要考虑成本,考虑长远计划。"

"是啊,可二百口子人,让他们去哪儿找饭吃呢?前段时间我找工作算是看明白了,现如今找份糊口的营生真的太难了!况且我还是年轻的,多少还有些工作经验,可你看看厂里的那些工人,大部分都是年龄大的,也没什么其他技能,如果他们都下岗了,

第十章 人间有情

让他们怎么生存呢？"

自从员工们知道了公司要裁员的事，都像被推到了悬崖边上，个个提心吊胆，整日如惊弓之鸟，害怕裁到自己头上来。当他们知道掌握生杀大权的人是陆琛后，很多人找上门来求情，陆家的门槛都快要被踏平了，陆爸这才知道了厂里要裁员的事。

正吃着晚饭，包装车间的小张提着两瓶好酒来了，很耿直地开门见山道："琛哥，我不想下岗，我的腰前年在厂里受过工伤，你让我下岗，我出去能干什么？腰又不能吃力了，啥也不能干，家里俩孩子，我老婆也没正经工作，这上有老下有小的，我要是下岗全家就都没法活了。"

一番话字字千金重，让陆琛和陆爸听得一阵叹息。送走了小张，生产车间的尹大发又来了。他屁股还没坐稳，就从口袋里拿出一个红包，笑嘻嘻地把红包塞到了可儿手里。陆琛拿了出来，毫不犹豫地还给了他。

尹大发搓了搓手："琛，可不能把你这老大哥给裁了啊！"

陆琛很为难："这是公司的规定，我也没有办法。"

尹大发涨红了脸看向陆爸，亲切地叫了声："大舅！"

一下子把陆爸给叫蒙了，心想："这'舅'从何而来呢？"尹大发套近乎地解释道："其实咱们还是老亲戚呢。"接着他摆了很多关系，盘根交错的，绕了一大圈，把人都说晕了。说完之后又说了些家里的情况，"我孩子今年刚考上大学，一年学费生活费不少钱呢！我还有两个老人，吃饭看病都需要花钱。我老婆精神抑郁，不能外出工作。你要是裁了我，这家就塌了啊！"

说得陆爸和陆琛心里又是一阵难受，他们表示理解和同情。临走，陆琛向他解释："尹大哥，我也是给人打工的，端谁碗看谁脸，你也得理解我。你的情况我会向公司汇报的，你放心吧。"

这时叶赛君看到尹大发偷偷又把钱塞到了沙发缝里："这红包我们不能要。"

"这钱得收下，你不收下，我心里不踏实。"

"这钱我坚决不能收。"陆琛把红包再一次给他递了回去。

尹大发走了。叶赛君把汤热了又热，一家人重新吃饭，她不禁感慨道："富人的生活过得都差不多一个样，而穷人的日子则各有各的苦。"

陆琛喝了口汤："真的都太不容易了，到现在我心里都疙疙瘩瘩的难受。"

陆爸皱起眉："人工智能真有这么好吗？科技改变人的生活，不应该是让大家生活得更好些吗？怎么变得让大家连饭都吃不上了？"话音刚落，这时敲门声响起，一家人心里一阵紧张和焦虑。

进来的是齐强，溜肩塌背还顶着鸡窝头："小陆啊，你可不能让我下岗，要下岗也得是那王大宝。我揭发他，他手脚不干净，老是偷公司的东西。"

陆琛觉得还是先把饭吃完，不然没力气消化这些人间疾苦。于是他边吃饭边点头应承："好好，这事我知道了。"

送走了齐强，接着王大宝便来了，两人的套路一模一样："陆琛，我告诉你，最该下岗的就是那齐强！我现在就揭发他，他有

第十章 人间有情

偷偷摸摸的毛病,这种人就是厂里的蛀虫啊。"这俩人一个半斤一个八两,平时都爱喝大酒,都是光棍,四十多了还没娶上媳妇。

陆琛哭笑不得,同样应承着:"好好,这事我知道了。"

送走了两位,一家人勉强吃完饭。叶赛君收拾桌子:"爸,你推妈去卧室里休息会儿吧,害你们饭都没吃好。"

陆爸一脸忧虑:"饭能吃好吗?眼看二百口子工人没了饭碗,这可真要人命啊!不行,明天我得找老领导去!这还让不让工人活了?"

"爸,这事您就别管了。您那么大年纪了,身体再有个好歹,那可怎么办!"陆琛担心陆爸身体。

陆爸气急:"这时代不管怎么发展,总得让人有饭吃吧?厂里光搞一刀切,不管工人的死活,这也太说不过去了!"

"人工智能是大趋势,这是董事会的决定,一个月前公司就已经和广徽的'先锋科技'达成合作协议了。"

陆爸惊奇:"什么?广徽?"

说着话又有人敲门,叶赛君无奈道:"估计今晚不会消停了。"说着,她推陆妈先回了房间。

陆琛去开门,进来的是周大叔两口子,也是提着礼品来相求:"琛,你可不能让我和你婶子下岗啊!我们都是这厂里的,俩人都下岗了,我们就得饿死了。年龄又大,又不会什么技术,这不要我们的命吗?"

周大婶焦虑地看向陆爸:"陆大哥,您可是咱们厂里的老员工了,还是模范代表,在群众中很有威信,这事您可不能看着不管啊！工人都不容易，您得为我们说句话啊！"

陆爸深深地叹了口气："他婶子，你太抬举我了，我就是一个退休的糟老头子，恐怕我说话也不管用了。"

周大叔着急了，脱口而出："现在有人说……"可往下他不好意思说了，便犹豫起来。

"说什么？"陆琛问。

"说……"周大叔犹疑着。

"还是我说吧！"周大婶是个急脾气，"现在有人说，就是因为嫂子当初跳河自杀，救她的苏医生没了命，所以时继海的手术临时换了医生，就没下来手术台。他家那小子时广徽被王会计逼得回国，他这一回国，搞来了机器人，让我们多少工人都失业了！所以，陆大哥，不论从哪方面说，您都得管这事！"

陆爸听得有些堵心，急了："你要这么说，我还就不管了！"

周大婶脸红了，知道自己说得有些过分了。

周大叔赶紧打圆场："陆大哥，你也别生气，这也不是我们说的，是外面都这么传。大家被下岗这事弄得又气又害怕，都糊涂了。"

陆爸是个通情达理的人，换位思考了一下，心里的疙瘩多少消解了一些。

陆琛接过话来："说实话，我爸听了公司'机器换人'的计划，也是很上火。就在你们来之前，他还说明天去找领导呢！"

周大婶连忙说："我们就知道陆大哥肯定会管的！"

陆琛看向陆爸，又看向周大叔夫妇，他建议道："爸，这事你们先别着急,明天我先去和领导谈,看能不能商量出一个妥善安置工人的好办法。这时候千万别把矛盾搞激化了,最好能想出一个两全其美的解决办法。"

陆爸点头同意,周大叔夫妇也连连感谢。他们前脚刚走,陆爸的手机就响了,是战友李中华打来的,他仔细一听,原来也是人情托人情的电话。随后陆爸挂断电话,对陆琛说:"你李叔叔一好朋友的女儿是粽子车间的,叫江木兰,让帮忙照顾着点。"

此时陆琛的头有两个大,正要说话,敲门声又响起,陆琛简直要崩溃了。

门开了,一个陌生的中年妇女大大咧咧地说道:"您好,这里是陆经理的家吧?我是粽子车间的江木兰。"言语间,她自来熟地走进屋一屁股坐在沙发上,一脸悠然自得的样子。

叶赛君接着电话从卧室里出来:"好好,我知道了,我这就给陆琛说。"说着她收起电话,对陆琛说,"我妈打来的,说粽子车间有个叫江木兰的,是我妈好朋友的儿媳妇,希望能帮忙照顾下。"说完,她发现陆琛的表情有些令人费解。

这时沙发上的江木兰站了起来:"你好,我就是江木兰。"

叶赛君这才发现家里来了客人:"哦哦,你好,坐坐。"

陆琛的手机也响了,是大头打来的,还是人情电话:"……琛哥,她叫什么江兰。"

"粽子车间的话,应该是叫江木兰吧?"陆琛说着看向沙发上的江木兰。

"对对,就是她。"

"好好，我知道了。"陆琛挂断了电话。

江木兰走后，陆爸左思又想，和陆琛商量："我想去找下广徽。"

"爸，你先别管，明天我去找他谈。"陆琛憔悴不堪地揉着太阳穴说道。

同样一晚上没消停的还有时广徽家，也是一些工人找上门来求情，时妈王秀兰这才知道儿子和公司要搞的"机器换人"计划。时广徽的手机一直响不停，有朋友的，有亲戚的，搞得他很头疼，正要关机时，苏扣扣来电话了。

"帮小卷毛顺利入学的牛大爷还记得吧？是他求你个人情。"

时广徽明白了："牛大爷也有亲戚在'满口香'公司上班？"

苏扣扣听了咯咯笑："看来今晚为这事找你的人不少啊！"

"都快成热线了。不过这事我帮不上忙，裁人的事不归我管，你该找陆琛去。"

"我不找他，你看着办吧，反正你欠牛大爷一个人情。"说着，苏扣扣便挂断了电话。

时广徽正无可奈何时，时妈过来了，她举着手机兴师问罪："刚才是你大舅打来的，他亲家公也在厂里上班，你瞧瞧你要得罪多少人！"

时广徽要崩溃了："又是中国式人情！真是太烦人了！！万万没想到科技改革竟然会遭到人情关系的阻碍，这也就是在中国才会出现的吧？实在太可笑了！"话音刚落，"砰"的一声，娘儿俩

第十章 人间有情

回头看，只见一个鸡蛋碎在了玻璃上。

"这些工人真是疯了，竟然往家里扔鸡蛋！我要报警！"时广徽气得拿出手机准备拨打110。

"不行！"时妈不允许。

"妈，您糊涂了？都这样了还不报警？"

"儿子，我没糊涂，你搞那个计划，把工人的饭碗都砸了，他们能不急吗？别忘了你妈我也是从那厂里退休的，那些人都是我的同事！从小到大，你一直都是我的骄傲，可这次你让妈丢脸了！我以后还怎么出门？还怎么能在厂里抬得起头来？"

"Oh, my god！"时广徽不理解地连连摇头，"It's incredible！（这太让人难以置信了）"

"你给我好好说中国话！我和你爸辛辛苦苦送你去国外留学，不是让你把学来的科学技术用来对付中国老百姓！你得想着怎么造福他们才对！"

"妈，您说的这都是些什么？"时广徽哭笑不得，"我们无法正常对话，这事暂时不要再谈了。"

"妈是没文化，懂的也不多，不谈也行，"时妈口气加重，命令道，"但我希望你放弃和厂里搞的那个'机器换人'计划！"

时广徽很无奈地长叹了口气："妈，您让我真的很无语！"

小卷毛一直在自己房间里玩机器人，玩得正欢什么都不知道，他遥控着机器人高兴地冲到客厅里："机器人莱昂降临小镇，姥姥、舅舅鼓掌欢迎哟！"

时广徽敷衍地鼓了鼓掌，小卷毛见姥姥耷拉着脸："姥姥，你怎么了?"

时妈看着机器人有些生气:"想不到机器人也会吃人!"

小卷毛不明白,笑了起来:"姥姥,机器人都没有牙齿怎么会吃人呢?"

时广徽不想再和妈妈吵下去,便赶紧溜回了房间。他没想到,第二天陆琛竟然也持反对意见跳了出来,一大早他接到夏虹的电话,让他赶紧来公司议事。

办公室里,陆琛对夏虹和时广徽说:"我觉得'机器换人'计划需要再考虑下。"

"不用考虑了,这是董事会的决定,你尽管执行!"夏虹明确告诉他。

"如果计划非要实施的话,我们是不是要考虑给下岗工人些补助和其他安置措施?"陆琛问。

夏虹回得很干脆:"不可能!我们是做企业的,不是搞慈善的。"

时广徽帮腔:"陆琛,你该多看看书,多学习学习了。你现在和我妈一个思路,把人工智能当作对人类就业的威胁,这是一种短视。其实不光是工厂,现在人工智能已经在倒逼教育改革了,它要求学校培养出更能适应社会发展新需求的人才。"

"是,我眼光没你那么长远,懂的也没你多,可我知道,这么一来,倒霉的是老百姓!"

"这么给你讲,人工智能从来不是对人类的挑战,而是以技术带动生产力发展,以技术为核心突破现在的营销困境,打造全

第十章 人间有情

新的经济发展路径，是时代的大势所趋。人类不需要战胜人工智能，而是应该用好这种力量，让它来为我们服务，未来依然是人的时代……"

陆琛打断他："我不想听你讲这些长篇大论，咱们就说眼下。厂里好几百口子工人怎么办？很多是夫妻俩都在这厂里上班，没了生活来源，你让他们怎么办？有的工人就像我爸妈一样，从年轻时就在这厂里工作了，现在半老不老的被下岗了，没技术没能力，你让他们去哪儿找饭吃？家家都上有老下有小的，你这不是要人命吗？"

"说得我就像一个恶人似的！我不知还要再对你讲些什么，你才能理解。"

见两人激烈争执，夏虹接话了："广徽说得对，陆琛，这是公司的决定，谁都改变不了，你只管去执行就好！"她的手机一直在响，她看了眼，对他们说，"我有事要出去下。"

"我真觉得我们需要再好好考虑一下！"

夏虹有些生气了："你什么意思，陆琛？我请你来是让你干活的，不是让你来指挥我的！"

时广徽耸了耸肩："裁人这事确实有难度，我想你一定也是遭遇了各种人情关系困扰，不好展开工作，所以才强烈反对的吧？"

"确切地说，并不是，"陆琛说着看向夏虹，"夏经理，你先别急着走，听我说完。我仔细考虑了，我觉得'机器换人'计划不适合我们企业，我们企业是做传统食品的，只有用手的温度才能呵护它的生命力！你们有没有想过，那些铁机器包出来的米香粽子、肉丁水饺、饸面馒头能好吃吗？经手的食物才是最好吃的，它给予了温度和情怀，让很多人都能吃出家的味道。在什么都追求速度的今天，其实人们还是愿意吃一些经手的、花费时间的、像妈妈做的手工食品！"

夏虹带着一丝嘲笑："说得太感人了，但对我没用。陆琛，你太感性了，不适合经营企业，当不了一个好的决策者。咱们虽是同龄人，但我经历的事要比你多，所以我很清楚，这个计划是对的，也是有必要的！"

陆琛着急上火："你能不能再考虑考虑？"

正在这时，外面突然人声喧闹，夏虹走到窗前一看，原来是陆爸和时妈集合着工人前来抗议了，她气得脸色红涨："好！今天就一次解决完！"

时广徽赶紧跑了出去，拉住时妈："妈，你怎么也跟着瞎胡闹？！"

时妈说得大义凛然："我丢不起这人！"

时广徽皱着眉头，拿他妈妈真是一点办法都没有。

陆爸开口说话："夏经理，你别生气，今天我们来不是闹事的。"

"陆叔，这么大个阵仗还不是闹事啊？"

"我和王会计都是厂里的老员工，对厂子有感情，肯定也是希望它越来越好的！只不过你那计划……"

夏虹打断他："陆叔，你什么都不用说了，计划是不会变的！"

"你先听我说，你说全换成机器疙瘩来做食品，它好吃不好吃

第十章 人间有情

啊？"陆爸耐心地问。

时广徽忍不住插言："陆叔，食材是不会变的，味道当然也不会变，机器取代的只是重复性的简单生产。"

陆琛不赞同："这不见得，我经常做菜，我知道同样一道菜，用柴火烧的和用煤气烧的，做出来的味道就不一样！咱们企业是做食品的，所以一定要谨慎！"他看着这些工人，"看看这些工人，他们每天都在包水饺、粽子，做馒头，对这些食物都有感情了，有了感情，相信吃到的人是会感受到的！"

夏虹长舒了口气："我可以明确告诉大家，就算是你们说破了天也没有用，'机器换人'计划坚决不能改变！"她看着这些工人，"今天出现在这里的，全都被开除了！"说着她看向陆爸和时妈，"我还有事，就不陪你们了。"

时妈气急之下，大声嚷道："既然这样，那厂里就该多给员工些遣散费！"

"没有！一分钱都没有！"夏虹说得斩钉截铁。

陆爸觉得太不合理："工人都没饭吃了，给点遣散费是应该的！"

"谁替公司想过？公司有公司的困难，新投资的那家钢铁企业还需要不少资金，我们真是无能为力！"夏虹说着走向她的车，准备离开这是非之地。

这时一名女员工哭着跑上前："求求你，夏老板，开开恩，不要开除我！我是单亲妈妈，我需要这份工作，我要养活孩子！"

夏虹触电般地甩开她的手："糟了糟了，你眼泪落到我衣服上了，我这衣服是顶级大牌的，不能沾到水，快滚！"

陆琛赶紧上前搀扶起哭泣的女员工，向夏虹怒目而视："你这样也太过分了！"

陆爸也气得不行："小虹子，你简直太不像话了！"

工人们更是义愤填膺，嘴里也都骂骂咧咧的："这是不拿我们当人了啊！你有什么了不起的?！"

女员工恼羞成怒，趁夏虹不注意，把满脸的泪水全都蹭到了她衣服上。

"穷鬼！"夏虹暴怒，伸手要打女员工，被陆琛拦下。这时工人响起一片叫好声，大家同心同德起来："不干就不干了！我们走！"

"对，这样的老板简直太没人味儿了！"

"哪里找不到一碗饭吃？何必跪着求这种人！"

走了一拨有志气的人，年轻点的准备外出打工了，剩下一拨年老的，天天来厂门口盼着能等来份希望，眼见大门一直紧闭，他们就慢慢绝望了。对于那些找上门来的各路人情，陆琛一视同仁，全部裁掉，得罪人的活全让他干了，最终"机器换人"计划得以顺利实施。

这段时间苏扣扣忍辱负重，嬉笑如常地周旋在王兵身边，终于，她掌握了关于王兵违纪、严重贪腐行为的证据，她一并举报给了超市总部，同时也递交了辞职报告。从超市走出来的那一刻，她身心轻松，痛快极了！

当晚，她约时广徽出来喝酒庆祝，恰好时广徽也想约她出来，一起庆祝"机器换人"计划的顺利实施。

一落座,时广徽以为她要兴师问罪,质问他为什么没给牛大爷一个面子。其实他早把这事给忘记了,就算没忘,他也给不了牛大爷这个面子。

苏扣扣摆了下手:"没关系,这事不提了。今天我太高兴了,辞职了,还把王兵那王八蛋给举报了!"

"干得好!他没伤害到你吧?"时广徽问。

"没有。"

"我早就说过,不让你在那里干了,那店长我见第一面就觉得他不是好人。"

"我知道。我一直都在收集他的罪证,这种人就该被好好惩罚下!"苏扣扣很解气地说。

时广徽端起酒杯:"来,我也有好消息,'机器换人'计划顺利实施了。"

"恭喜!"苏扣扣和他碰杯。

两人吃完饭,时广徽去吧台结账,苏扣扣去卫生间补妆,却正和一人撞了个满怀。她定睛一看,眼睛大放光彩,一脸惊喜道:"马总监,你可出现了!"

马总监笑了下:"扣扣啊,我们刚从日本回来,一直没空联系你呢。真巧,没想到在这里见到了。"

苏扣扣激动地问:"马总监,你看我还有希望吗?"

"放心,有我在,咱们的合同就还算数。"

"真的吗?那太谢谢马总监了!"苏扣扣欢欣雀跃。她见马总监不时地往外张望,看上去神色慌张,就问道:"马总监,你怎么了?"

"有一家公司和我们争歌手,他们太卑鄙了,竟然找来些地痞流氓,追我追到这儿了!看来你要帮帮我了!"情急之下,马总监握住她的手,"你帮了我,我就无条件帮你成为大歌星!"

于是在苏扣扣的一番乔装打扮下,马总监戴上苏扣扣的红帽子,再用围巾遮挡住脸,让苏扣扣挽着他的胳膊,护送他离开。

刚走出酒店门口,三四个男的便围了上来。领头的高个子说:"你以为这样我们就认不出你来了吗?给他铐上!带走!"

苏扣扣被这阵势吓住了,她的声音发颤:"你们这些痞子竟然有手铐?赶紧离开这儿,不然我报警了啊!"说着,她伸开双臂护着马总监。

"我们是便衣警察!"另一个人亮出了工作证,"小姑娘赶紧离开,不要妨碍公务!带走!"

"马总监,这是怎么回事?"苏扣扣回头迟疑地看着他。

马总监没有说话,高个子民警告诉她:"什么马总监?!看来你也是受害者,也跟我们一块儿走吧,协助调查!"

苏扣扣惊呆了,脑袋嗡嗡的。就在这时,马总监突然勒住她,一把寒光闪闪的匕首抵在了她的脖颈处,马总监向警察要挟道:"放我走!不然我杀了她!"

民警大喝一声:"劝你别干傻事!放下刀,有话好好说!"

"放我走!不要逼一个山穷水尽的人!我可什么事都干得出来!"马总监穷凶极恶起来。

第十章 人间有情

就在此刻,时广徽追了出来,眼前的景象让他惊惶不已:"怎么会这样?!!"

"时广徽!"苏扣扣看到他便哭了。

"你别害怕,有我呢!"说着时广徽往前靠近,试图去救她。

马总监警觉道:"你别过来!不然我这刀可就刺进去了!"

苏扣扣感觉到疼痛,吓得哇哇直哭。

"好好,你放开她,我来当你的人质,好不好?"时广徽和他商量。

"时广徽,你别管我,我可能要死了,我想说,其实我一点也不讨厌你,还挺喜欢你的!"苏扣扣哭着诉说着心事,她不想给自己留遗憾。

时广徽脱口而出:"我也喜欢你!你不会死的!我救你!"说着他便要冲上去。

"你退后!我这刀可是不长眼睛的!"马总监大声嚷着。

这时警察商量出施救措施了,他们把时广徽拉到一边:"我们是警察,"说着向他出示了工作证件,"你先控制下情绪,放心,我们会救出人质的!"

时广徽连连点头:"谢谢!拜托你们了!"

警察回到现场和马总监谈判:"我们答应你的要求,会放你走,但你不能伤害到人质!"

"我要一辆车!"

"好好,答应你。"警察说着给时广徽递了个眼色。

"车钥匙在这儿!"时广徽说着,慢慢向前递给他。

这时站在马总监侧后方的民警看准时机,飞跃上前,一脚踢向马总监的腰部。没想到马总监被踢倒后仍紧紧攥着刀,气急败坏地向人群胡乱甩刀,试图做困兽之斗。时广徽护着已经被吓瘫软的苏扣扣往外突围,混乱中被刀尖狠狠地扎在了手臂上,顿时鲜血直流。

医院里,医生很快对时广徽的伤口做了处理,所幸并无大碍。惊魂一刻已经过去了,一切都变得安静了,两人四目相对,气氛却变得微妙起来,因为那危急时刻的真情告白仍声声在他们耳边回响,响得他们的脸都臊臊的。苏扣扣微低着头,不敢看时广徽的眼睛:"对不起,我怎么老是害你受伤……"她的双手无措地绞着衣角。

"也许上辈子你救过我的命,这辈子我来报恩了。"时广徽宽慰地笑了下,"别客气,这条命拿去。"

"讨厌。"苏扣扣也笑也哭。

时广徽抬头看向天空,月光皎洁,繁星清寒,夜空幽深如海。他的初恋是暗恋,他觉得叶赛君像月光下的一朵小花,他从来都是远远观赏她,从没想过要去破坏,把她据为己有。所有的爱都是让人难受的,喜欢才刚刚好,他现在清楚地觉得他爱上了苏扣扣,爱让人难受,更让人幸福。

"马总监"被警察抓到后,坦白了一切罪行。原来他不姓马,姓罗,广州人,之所以骗得那么多人上当,是因为他曾经在深圳一家音乐公司当保洁员,因此掌握了一些工作流程和内容,在受害人面前说得头头是道,所以大家也就很相信他。他的诈骗对象

第十章 人间有情

就是像苏扣扣这样有着明星梦的人,他不断地给他们梦想和希望,让他们脑中的明星梦更加着魔,以此诈骗更多的钱财。

从公安局出来,苏扣扣像从梦里醒来,耳边回响着马总监,哦不,是罗骗子的声音:"其实在收到最后一笔 20 万块钱时,我还有些于心不忍。当我知道这是陆爸留给陆妈看病救急用的钱后,我也想到了我家里的老母亲。唉,可我收不住手了,财迷了心窍,我真是太缺德了!"

苏扣扣心如刀绞,想着这段时间以来,她对陆琛、陆家的各种误会,尤其自己还抢了陆琛的工作,她真的很痛恨自己的所作所为。

"马总监"被抓的消息,陆琛是从警方那里得知的。正当他要去公安局时,突然收到了苏扣扣的信息——"琛哥、赛君姐,我误解了你们,对不起,我错了!我实在没脸见你们,欠你们的钱,用我的房子来抵吧,真的对不起了。"

陆琛看完心里"咯噔"一下,这时叶赛君给他打来电话,表示她也收到了同样的信息,她也感觉不妙。

陆琛立刻给苏扣扣回拨电话,可手机处于关机状态,这让他有些着急。他正要问时广徽,时广徽的电话打了过来,他也收到了苏扣扣的信息——"广徽,要开心,要快乐,我会永远祝福你的!"这条信息让他觉得很奇怪,再加上手机关机,大家都预感情况不妙,便立即赶到了苏扣扣的住处。敲门无人应,时广徽用密码打开智能门锁后,看到屋内干干净净的,各个房间都找了,都没有苏扣扣的踪迹。

陆琛一脸焦虑,拿出手机要再次拨打苏扣扣的电话,时广徽见状,举了举手机:"我刚打了好几个了,还是关机!"

叶赛君一脸恐慌,提醒道:"咱们赶紧报警吧。"

报警之后,他们商量着分头出去找,把能想到的地方都找了一遍。特别是时广徽,每去一个地方,脑中都会浮现出和苏扣扣在那儿聊了什么,她或生气或大笑的表情,甚至她那些尖酸刻薄的话都令他无比怀念。"苏扣扣,你到底在哪儿?"

他站在一家甜品店前,服务员发着卡片:"店内出新品了,买一赠一,欢迎光临!"

时广徽一脸悲痛地拿出手机,给苏扣扣发语音留言:"苏扣扣你出来好不好!你爱喝的奶茶店里又出新品了,买一赠一,以后赠品全我喝,你出来好不好?"想到之前苏扣扣喝的全是赠品,他也觉得理所当然,现在却觉得对她很愧疚、很心疼,以后要把最好的都留给她——这就是爱吧!

可惜,自己还没来得及当面对她讲……

路过夜市,他跑到了和苏扣扣常去吃的小吃摊前找寻,结果又是失望。他想着跟她第一次吃小吃摊的情景,多年不吃大蒜的他,在她的"威逼利诱"下也吃了……远处露天KTV还在,那天他也曾高歌一曲,把人都唱跑了……想着这些,他情不自禁地笑了,自己这么无趣的人,跟着她确实体验到了生活中各种美好和有趣的事物。

找过一个又一个地方,全都无果,他第一次真切地体会到什

第十章 人间有情

么叫"心痛",真的就像心脏深处被人剜了一块。"苏扣扣,你到底在哪儿?"风一吹,他觉得脸上凉凉的,才知道自己流泪了。

黄叶公墓,苏扣扣来看爸爸。若在以往,这大晚上荒郊野岭的,她是不敢来这里的,现在已然不同,她带着一颗将死的心,不觉一点害怕。她跪在墓碑前痛哭流涕:"爸爸,对不起!女儿不孝,我最终还是违背了您的意愿,我放弃了医学,一心想当歌星,没想到让陆家人也跟着一起受磨难,琛哥为了支持我这歌星梦,不得不把陆妈妈的救命钱都拿了出来,可这些钱都被骗子骗去了!更让我痛恨我自己的是,我还误解了琛哥,把他的职位抢走了,害他失业。爸,我怎么变成这个样子了?我现在恨死我自己了,真的,一想到这些事,我真的觉得没脸活了。"她用袖子擦拭着墓碑,"爸,今晚我们就要相见了,到时你狠狠痛骂我一顿吧。"她搂着墓碑哽咽道,"爸,我也真的想你了。"

"墓地!"陆琛和叶赛君猛然想到了这个地方,两人异口同声地说。当他们赶到黄叶公墓时,只看到了苏医生的墓碑前放着的一束鲜花。

"原来她真的来过!"陆琛看着花说道。

叶赛君急忙说:"也许她刚离开不久,我们或许还能追得上!"

匆忙间,陆琛对着苏医生的墓碑鞠躬:"苏医生,对不起,我没能照顾好扣扣。"

站在身后的叶赛君也鞠了一躬:"苏医生,我们一定把她找回来！"说着两人便去追寻苏扣扣的身影。

一路开出去好几公里，一个人影儿都不见。已经是晚上八点了，能去的地方都去了，该问的人也都问了，一点线索都没有。这时陆琛接到公安局的电话，说是警方让他们去外环路石坞桥下辨认无头女尸。这通电话让陆琛和叶赛君吓得腿都发软了，他们急急赶往石坞桥，并给时广徽打电话，让他也绕路赶往石坞桥。

时广徽惊惶万分，大脑一片空白，嘴里不停念叨着："这不是真的，这不是真的。"他大口喘气，手也发抖起来。

半小时后，在石坞桥下，时广徽的车刚停稳，陆琛也到了。他让叶赛君待在车里，他和时广徽前去现场辨认尸体。

时广徽大叫着："扣扣，你不能死！"声音透着撕心裂肺。

离现场越来越近，陆琛的腿像灌了铅一样迈不动了，心也哆嗦起来。只见时广徽鼓足勇气跑上前，陆琛差点被他撞倒，紧接着，他听到时广徽又哭又笑的声音："陆琛，不是苏扣扣，不是！"

民警拉住他："你确定吗？"

"确定！"时广徽自信地说。

这时陆琛也走到了跟前，他又辨认了下，不论从衣着、身高还是体形来看，完全都不像苏扣扣。民警这才放心，让他们离开现场。

转身的同时，他们两人都庆幸地长舒了口气，这虚惊一场，让两人紧绷的神经有所缓和。

陆琛若有所思起来，想到时广徽刚才那不同寻常的状态，他

第十章　人间有情

疑惑地问："苏扣扣是不是欠你很多钱？"

"没有啊。"时广徽不明就里。

陆琛觉得不太对劲，揉着一只肩膀："刚才那会儿你差点把我撞一跟头，那样子真是莫名其妙，你什么时候对苏扣扣变得这么上心了？"

时广徽这才回过味儿来，想到刚才陆琛问的问题，莫名想笑："和你一样，都是她的朋友嘛，关心也是理所当然啊。"其实说这话时，他心虚得不行。

"不对，你和我不一样，"陆琛说着朝他身上闻了闻，"我好像嗅到了爱情的味道。"

时广徽脸红了："我可真服你了。"

"我想起来了，你还给她送过一个礼品盒，还有一束鲜花，对不对？"

"你俩怎么还在闲聊？！"叶赛君从车里下来了，她很担心苏扣扣的安危，急着跑来询问情况。

陆琛和时广徽面面相觑。

"不是苏扣扣吧？"

"别担心了，不是！"时广徽回得十分干脆。

"那也够让人担心的，她人到底在哪儿呢？"叶赛君蹙着眉，一脸焦急。

时广徽的心又是一沉，叹了口气："真是急人，我们一点消息都没有！"

陆琛转过身，安慰地拍了下他的肩："也许，也许她去旅行了呢？说不定哪天就会笑着出现在我们面前的。"他安慰着大家，同时也在安慰着自己。

苏扣扣看过爸爸后，一路向西，走到了白云大桥。湖边两岸有树，被彩灯一照，似满树花开，静美安然地立在那儿。水里还倒映着小星星，水波荡漾，星影摇曳。她一时觉得这里的风景很好看，很梦幻……正当她准备从桥上跳下去时，突然不远处传来一阵刺耳的刹车声，紧接着一辆客车侧翻在公路中间。苏扣扣看到这一切，有些愣神和害怕，紧接着脑中闪现一个念头："救人要紧！"

苏扣扣赶紧拿出手机报警，边拨号边向侧翻的客车跑去。透过玻璃窗户，她看到司机已经昏迷了，男女老少都被困在车里，大家都被吓蒙了，哭声、喊声响成一片。他们向她伸手求救，她拍着车玻璃回应他们："别着急，我来砸玻璃！"她立刻跑到路边花丛里，搬来一块大石头，举起猛地向玻璃砸去。十几下之后，玻璃终于有了一点点裂纹，此时她已经累得气喘吁吁，但看到被困在车里的那些人，她又有了力气，一下又一下，终于，玻璃被砸碎了！她为1名司机和39名乘客打通了逃生路。

"年轻人都过来帮帮忙！帮忙抬一下受伤人员！"苏扣扣招呼其他人，帮忙一起把腿部受伤动弹不得的伤员抬到一边。

这时，一对夫妻焦急地站在苏扣扣跟前："看样子你是医生吧？求求你了姑娘，看看我家孩子没事吧？"

苏扣扣看到面前这个五六岁的小姑娘的额头有一道正在渗血

第十章 人间有情

的伤口,应该是翻车摔到头部导致的。因为没有仪器,她看不出情况严不严重,只能先用干净的纸巾按住伤口止血。她柔声道:"小可爱,别害怕,深呼吸。"她手扶孩子头,"对,仰头看,是不是有很多星星?"小姑娘听话地"嗯"了下,但手里不松手,使劲攥着红气球的绳子,尽管气球早就不见了踪影。

"星星都在看你呢,夸你好坚强,对不对?"苏扣扣微笑着哼起了《隐形的翅膀》。

不同程度受伤的乘客不少,苏扣扣在人群里跑来跑去,因为她穿的是红衣服,所以在大家眼里,她就像红日、像彩霞、像希望。这时突然有人晕倒了,她赶紧跑上前,只见一中年男子晕倒在地。她试着去摸男子的脉搏,已经摸不到了,她立刻对他进行心肺复苏,此时旁边有个老奶奶说:"我以前是省医院的医生,我可以替换你,我来!"苏扣扣感激地笑了下,于是她们交替救护,一直到急救车赶来。

交警和医护人员都来了,把事故中的所有受伤人员送往医院治疗,就在这时,大家发现,救护他们的红衣姑娘不见了。

这个晚上,陆琛、叶赛君还有时广徽,他们不知是怎么熬过来的,担心、焦虑伴随着他们挨过了漫漫长夜。第二天,正当他们准备在微博、朋友圈发寻人启事时,夏虹一个电话打来,让他们又惊又喜。

"这里有苏扣扣的消息,你们看下,现在全城都在寻找她呢。"
"怎么回事?"叶赛君赶紧打开夏虹发来的小视频,标题是

《寻找最美红衣姑娘》。视频是当时被救的一位乘客拍下的,陆琛和时广徽也看了,他们确定,在事故现场跑来跑去帮助救人的红衣姑娘,正是苏扣扣。他们很是激动,感到欣慰的同时也跟大家一样,很想知道她到底在哪儿!很快他们发现电台、报纸、微博、朋友圈,大家都在寻找"最美红衣姑娘"。

后来,最先发现苏扣扣的是时广徽。他正拿着印好的一摞《寻人启事》准备去张贴,突然有人在背后拍了他一下。他回过头,看到正是苏扣扣!阳光很好,金黄金黄的,苏扣扣背着一身的光,轮廓毛茸茸的,正冲他羞赧地笑着,喜悦来得太猛烈了,让他感觉像梦一样。

"苏扣扣!"

"是我。"

"你可回来了!"时广徽满怀欣喜地一把将她搂在怀里,那种激动和喜悦,苏扣扣从他身上结结实实地感受到了。这一刻,她觉得自己好幸福、好甜蜜,好爱身边这个男人。接着时广徽放开她,狠狠地责怪道:"我们都在找你!陆琛和赛君一晚上都没睡,你吓死我们了!"

"对不起,对不起。"苏扣扣很是愧疚,突然她觉得这三个字好无用。

时广徽见她无辜又可怜的样子,很是心疼地重新把她抱在怀里,生怕她再跑掉。

"人都看咱们呢。"苏扣扣羞羞地提醒他。

两人都笑了,时广徽不好意思地放开了她,两人含情脉脉四

第十章 人间有情

目相望,彼此心里都甜甜蜜蜜的。苏扣扣感觉头顶似有五彩烟花在炸开,漫漫流丽,时广徽也觉得一切都万物可爱,目光所及之物似乎都在闪着光。虽是深冬,却让人觉得如春天般美好——爱情真是一件美妙的事情。

这时一位保洁大妈走过来,眼神钝钝地不乐意道:"年轻人注意下素质,看把这里搞的。"

时广徽这才发现一摞《寻人启事》散落在地,被风吹得到处都是。

"对不起,我们来打扫。"苏扣扣这才看到纸张上的内容,逗趣道,"你就不能放一张我好看点的照片啊?"

"我哪还有心思挑照片!你真的快把我们给急死了,我们都生怕你出意外。"时广徽嗔怪着。

保洁大妈瞅了下苏扣扣,略略沉思,拿出手机划拉了几下,恍悟道:"你不就是大家都在找的'最美红衣姑娘'嘛!"

"什么?"苏扣扣一时间没有反应过来,对于昨晚救人的事,她根本没放在心上。

时广徽笑而不语地冲她竖个大拇指,恍然间,苏扣扣明白是怎么回事了。

"别收拾了,一会儿我来扫!"保洁大妈有些激动,"小姑娘你可真厉害,一下救了那么多人。简直是英雄啊!真好,终于找到你了!我得发个朋友圈。"说着,她对着苏扣扣就要拍照。

"您别这样。"苏扣扣害羞地躲闪,单手捂着脸,拉起时广徽仓皇逃离。进了时广徽的车里,两人忍不住笑了起来。之后,苏扣扣想到了他给她的微信留言，于是笑着冲他晃了晃手机："我想喝奶茶了。"

时广徽领会地点点头："好，我喝赠品，以后赠品都归我喝。"

苏扣扣脸上泛起红晕一片，两人望着彼此傻傻地笑。

爱情，让人冒傻气，让人变得黏黏糊糊。不过还好，他们总算是想起了还处在焦虑不安中的陆琛和叶赛君，时广徽赶紧给陆琛打电话报了平安。当听说苏扣扣已经找到并平安归来时，陆琛和叶赛君的心情立刻大放光明起来，激动和喜悦随之而来。他们约定在时广徽的工作室聚合。

当苏扣扣见到陆琛和叶赛君时，她真的觉得自己无颜面对，内心里满是愧疚和自责："琛哥、赛君姐，我对不起你们。"

说着她便要下跪，陆琛赶忙拉她起来："别说这样的话，回来就好，一切都过去了。"

叶赛君握着她的手："我们是一家人，没有什么对不起的。你平安回来，我们真的很高兴！"见苏扣扣哭得厉害，叶赛君伸手帮她抹泪，"好了，快别哭了。"

苏扣扣泪眼婆娑地看着他们俩："你们越对我好，我心里越难受。我真希望你们狠狠打骂我一顿，这样我心里还好受点。"

"我们可舍不得打你呢。"叶赛君笑着捏捏她的小脸。

"就是，"陆琛眉飞色舞地看了眼时广徽，打趣道，"有人会心疼的，对吧？"

时广徽的脸一下子红了起来，笑着一拳擂在陆琛的肩上："你这家伙！"说着他和苏扣扣相视一眼，两人都低下头含着笑。

叶赛君笑得眉眼弯弯，指着两人对陆琛说："看他们情投意合的样子，哟哟，红脸了啊！想不到我们扣扣同学还会害羞呢！"

"赛君姐——"苏扣扣拉着长音，羞得捂脸求饶。

"好好，我不说了。"叶赛君都笑出眼泪了。

"其实她这样子，我还真有些不适应呢。"时广徽憨声憨气道。

这话惹得陆琛和叶赛君更是大笑不已。

苏扣扣抓狂地跺脚，她又好笑又好气，挥拳捶打时广徽："你还补刀呢，真是猪队友！气死我了！"

时广徽嘿嘿一笑，一脸享受地舒展了下肩膀。

陆琛调侃道："打得你看上去好享受啊！"

"对，这才是苏扣扣！刚才她那含羞带怯的盗版淑女样，真让我以为她人回来了，魂却丢了！"

苏扣扣白了他一眼："你怎么挨呲儿没够啊?！"

大家又都笑了起来。叶赛君揉着腮帮："让你们笑得我嘴都疼了。对了，你俩什么时候擦出火花来的？"

"真挺让人大吃一惊的。"陆琛附和道。

苏扣扣打着哈哈："我俩总是锵锵的，火星子一直不断啊。"

陆琛替她解释给叶赛君听："这就叫时候到了，自然锵出火花来了。"

"你俩就别老取笑我们了，"时广徽机智地赶紧岔开话题，"咱们也该吃饭了，去吃火锅吧。"

"好，今天好好庆祝下。"陆琛赞同。

大家一起吃完饭后,时广徽接到电视台打来的电话,原来那保洁大妈拍下了他们上车的照片,发在了朋友圈,网友纷纷转发,电视台通过车牌号找到了时广徽的联系方式。他们希望"最美红衣姑娘"能来节目中做客,全城人都想见见她,特别是那些被她救过的人,想当面向她表示感谢。

苏扣扣一听,当即拒绝,可电视台栏目负责人打了好多电话,说得实在是让人无法推却。于是在大家的鼓励下,无奈的她只好硬着头皮答应了。

第二天晚上六点,节目现场直播。第一次上节目,看到现场的观众有很多,苏扣扣顿时有些紧张,当她看到台下还坐着陆琛、叶赛君还有时广徽,心里终于稍许放松。

主持人聊了几句热场话后,便问她:"那天那么冷,你怎么会出现在那座桥上?是夜跑刚好路过那儿吗?"

苏扣扣坦言道:"不是,我本想在那儿自杀来着。"

台下一片惊奇声响起。苏扣扣讲起了她自己的故事,她和陆家人的故事……随后,她眼含泪水,站起身,真诚地向陆琛和叶赛君表示歉意和感谢:"对不起,谢谢你们!"台下响起一片热烈的掌声。

在主持人的邀请下,陆琛也站起身说了几句话:"要说对不起,是我们对不起你,让你失去了爸爸。这天大的恩情,我们一辈子都还不完。"说着陆琛哽咽起来,无法继续说下去。他把话筒给了叶赛君,叶赛君也是泪光闪闪的:"还是那句话,扣扣,我们是一家人!"

第十章 人间有情

观众被感动了,大家都热烈地鼓掌。

主持人也很激动:"真好,人间自有真情在。希望我们整个社会都充满爱,充满人情味儿。祝你们这一家人永远幸福快乐!"

苏扣扣羞答答地小声说道:"我还有一位家人在场呢——是我的男朋友。"

主持人笑了:"好,有请苏扣扣的男朋友和大家招一下手。"

时广徽羞赧地站起身,和大家笑着打了个招呼:"谢谢大家。"

"对女朋友说句话吧。"主持人俏皮地眨眨眼睛。

时广徽很不好意思:"今天你很美!我喜欢!"

苏扣扣笑了,像花儿开在春风里。

观众鼓掌,掌声送给他们这对有情人。接着主持人调侃时广徽:"忘带花了吧?没关系,有人要献花给苏扣扣。来,话筒交给台下黄衣服的阿姨!"

阿姨站了起来,未说话泪先流:"姑娘,我真的要谢谢你!我对我的亲戚朋友说过,我一定要找到你,谢谢你救了我老公,救了我们全家!"

这时阿姨旁边的一位中年男子站了起来:"就是我,谢谢你,姑娘。"

苏扣扣想了起来,当时他突发心脏病了。于是她笑着摆手:"不用谢。"

阿姨激动得泪流满面:"我们家上有老下有小,两个孩子,大的六岁,小的才三岁,我老公是家里的顶梁柱,真不敢想象,若是没有你出现,我家里的天就真是要塌了……"她声音哽咽,"真的谢谢你,今天我们全家老小都来了!"

两个孩子跑到台上来献花。苏扣扣太感动了,她接过花,眼里闪着泪花:"谢谢!"她想到了爸爸曾经说过的一句话:医学,是一门以心灵温暖心灵的科学。

"事发一瞬间,真情暖人间!"主持人问台下观众,"那晚被救的乘客,台下来了多少?"

这时,台下一位戴眼镜的男士站了起来,唱着一首《隐形的翅膀》,接着一个又一个,人们呼啦啦地全都站了起来。大家都拍手唱着同一首歌,他们都是来向"最美姑娘"表示感谢的。

"没想到现场来了这么多人。"主持人说着看向苏扣扣,"没想到吧?"

"真的没想到,谢谢大家的到来。人家都在找我,我很过意不去,其实我只是做了件举手之劳的小事而已,谢谢大家的心意!"说着,苏扣扣向大家鞠躬。

主持人问大家:"你们为什么同唱这首歌?"

一个小姑娘拿过话筒:"这是姐姐在救我们时唱的歌,她当时告诉大家不要害怕。"

苏扣扣解释:"这是我很喜欢的一首歌。当时是晚上,又很冷,大家突遭意外,都很恐慌无助,所以我想唱给大家听,给大家一些温暖和力量。"

"真好。"主持人说。

苏扣扣由衷地说道:"说实在的,我也要真诚地谢谢大家。我明白了,其实我在救人的同时,更是在救我自己。我打算重新回医院,继续完成实习医生的课业。我要做个好医生,像我爸爸一样救助更多的病患。谢谢你们!"说着,她再次向大家深深鞠躬。

台下响起一片经久不息的掌声。

几天后,苏扣扣提着水果来看望陆爸和陆妈。刚一进门,陆妈看到了她,便推着轮椅过来了,惊讶地瞪大了眼睛:"你是灵灵吧?"说着便情绪激动地哭了起来,"我的孩子!你可回来了,妈太想你了!"

一时间苏扣扣有些蒙:"伯母这是?"说着她抬头看向大家,只见陆爸稍稍扭过脸,忍不住地叹了口气,而陆琛和叶赛君也是一脸忧心忡忡的神色。

叶赛君走到苏扣扣跟前,难过地咬了下嘴唇:"我妈得了失智症,她把你当成陆琛的妹妹了。"

苏扣扣猛然想了起来,她听陆琛说过妹妹的事,他觉得是自己把妹妹给弄丢了,这成了他一辈子的痛。这时陆妈用那只灵活的手拉住苏扣扣,含含糊糊地说:"灵灵,别怪你哥。你走丢后,你哥心里也不好受,我和你爸心里都明白。你回来就好,可别埋怨你哥,听话。"说着她转身寻找陆琛,"你哥呢?哦,我想起来了,你哥去山上种茄子了。"

这时陆可儿从房间里探出头来:"种茄子?"她觉得奶奶胡言乱语得有些好笑,便不禁捂嘴偷笑了一下。但她看见大人们一个个都是伤心难过的样子,赶紧重新缩回了房间。

陆妈的胡言乱语像根针一样直扎陆琛的心,大家也是跟着心里一阵难受。陆琛抱着陆妈痛哭起来："妈，我对不起你和爸，是我把妹妹弄丢了。我知道你和爸从不在我面前提起妹妹，怕我自责难过，我知道，我什么都知道！妈，我一直都有在寻找妹妹，可我没找到啊！"他跪着抱住陆妈，越哭越伤心，"……妈，你等我，我一定会把妹妹找回来的……妈……"

此情此景，在一旁的叶赛君和苏扣扣都跟着直掉眼泪。

"琛，我的儿。"陆爸老泪纵横，他过去想拉儿子起来，叶赛君和苏扣扣见状，赶紧合力把陆琛拉起。陆爸抹了把眼泪："你别这样为难自己，我和你妈从来没有埋怨过你。"

"爸！"陆琛愧疚又感激地抱住了爸爸。

陆妈眼神奇怪地看着大家，然后她自己笑了起来，嘴里又胡言乱语："我儿子到南山种茄子去了，一会儿就回来了。"

看到陆妈这样，苏扣扣心里真的很难受。之后，她开始利用业余时间看些中医针灸类的书，希望所学能对陆妈中风偏瘫的病情有所帮助。她真的想力所能及地帮陆家做些事情。

"机器换人"计划经过反复试验后成功实施，车间里全是无人化自动生产线，陆琛跟在夏虹和时广徽后面，和他们一起来到饺子车间查看生产情况。只见机械臂从和面、放馅再到捏饺子一气呵成，气动抓手把成型的饺子准确地码放整齐，再经过X光和金属检测仪把不合格的饺子剔除掉，整套工序进行得有条不紊。

夏虹不住地赞叹："真不错！简直完美！"

时广徽对自己的成果也很满意："机器可以24小时不间断工

作,这样大大提高了生产效率。咱们来算笔账,如果一天设备不停,这个'无人车间'24小时能生产约240万个饺子,也就是一个小时能包10万个饺子,这比人工来包,可多出不少呢!"

"简直没法比,人工智能就是高产。"夏虹转头问陆琛,"目前来看,机器没有什么问题吧?"

"目前还没发现。"陆琛说。

"如果以后出现什么问题,陆琛你直接和我联系。"时广徽说。

夏虹向车间外走去:"以后我们把钱都用来改进设备和提升技术,要打造一流的智能化工厂。"

时广徽笑了下,伸手与她相握:"多多合作!"

夏虹紧紧握住:"共创双赢!"说完,她春风得意地看着陆琛,"怎么样,陆琛,后悔当初反对项目上马了吧?"

没等陆琛说话,时广徽笑着插言道:"要解放思想,要与时俱进。"

"对,与你时广徽俱进。"陆琛开了个小玩笑,"不过你俩可真是抬举我,我就是个打工的,只是提提意见而已,最终做决定的还是领导。"

正说着话,夏虹的手机响了:"……您都开口说话了,我还能怎么着啊,只要陆琛同意,我没意见。"

陆琛隐约猜到可能是超市总部的袁经理打来的电话,前段时间,他接到过袁经理打来的两个电话,想让他重新回超市上班。挂断电话,夏虹摇摇手机,笑问:"怎么办?你应该也知道了吧,袁经理想让你回去当店长。"

"'机器换人'计划已经实施了,现在公司好像也没我的用武之地了,如果夏老板没意见,我还是想回超市。"陆琛讪笑了一下。

夏虹点点头:"也好,毕竟超市是你熟悉的领域,做起事来更得心应手。"

时广徽拍了下陆琛的肩膀:"琛,谢谢你这段时间的努力。"

"是的,辛苦你了。"夏虹也向他表示感谢。

下班回家的路上,伴着美丽的晚霞,有一种神圣而肃穆的仪式感,温馨而又隆重。许是知道春姑娘已经在路上了,风儿也收了它的暴脾气,变得轻柔温暖了许多。陆琛把他要回超市的决定告诉了叶赛君,叶赛君表示支持他的选择,他紧紧把赛君抱在怀里。这段时间他们经历了太多,许久没这么开心过了。分享幸福,共担困苦,只要拥有一份美好的爱情,无论生活多么狼狈不堪,日子依然值得欢喜和热爱。

陆琛办好了离职手续,准备去超市报道,就在这个节骨眼,公司出事了!生产车间的机器突然出现大面积瘫痪,正值节日来临之际,公司接到了大量订单,如果不能按时完成,公司将面临违约,而且要赔付高额违约金。

夏虹忧心忡忡地看着那一条条瘫痪的生产线,急得如热锅上的蚂蚁。时广徽也是心急如焚,他不知问题出在了哪里。

客户催单的电话不停地打来,夏虹气急,冲着时广徽嚷了起来:"如果问题解决不了,那我们只好按合同来办了!"当初夏虹

第十章 人间有情

和时广徽的公司约定好了合作条件,即一个月内机器运转良好,支付余下的三分之一尾款。如果一个月内机器出现故障,致使公司遭受损失,那么时广徽的科技公司也要承担相应的连带责任和赔偿损失。

时广徽也急了起来:"放心,我们不会推卸责任的!"

陆琛劝两人赶紧冷静下来。时广徽便先回了公司,召集团队,寻找故障原因。这时夏虹眼前一黑,差点晕倒在地,幸好陆琛扶住了她。他把她扶到办公室,倒了杯水:"你先好好休息下。"

夏虹喝了口水,颓丧地双手抱着头:"我哪敢休息啊!现在公司的真实情况我都没敢告诉我爸!公司在外投资的钢铁企业不景气,加上这个'机器换人'计划,现在公司账面上已经没有多少钱了。如果再完不成订单,光违约金就会直接要我的命!"

陆琛倒吸一口凉气,这一刻他体会到了当企业家的不容易:"你别着急上火,困难总会克服的。"

"今天是你去超市报到的日子,你走吧。这是咱们之前就约定好的,我不怪你。"

"你说的这是什么话!咱们是同学也是朋友,公司都这样了,我怎么能拍拍屁股一走了之?"

夏虹听到这话,眼泪一下子涌了出来,带着哭腔说道:"谢谢你,陆琛。"

两人坐下来,好好思考怎么扭转局面,把当下的损失降到最低点。经过推演和论证,他们终于想出了一个办法,那就是让其他食品公司帮忙代加工,利润全部转让,只求能按时完工,免于违约金的处罚。随后,夏虹急急忙忙地开车出去找几家公司洽谈,陆琛留在这里,安抚上门提货的客户。

真是祸不单行,不久苏扣扣急急打来电话,说夏虹竟在慌乱中遭遇了车祸!原来,夏虹去找了好几家食品公司,但对方都表示无能为力,她心急火燎,没顾上看红灯,结果被一辆呼啸而过的大货车撞了个正着。

医院停车场上,时广徽的车刚停稳,陆琛和叶赛君也赶到了。苏扣扣看到他们便迎了上去:"琛哥、赛君姐,你们怎么也来了?"

陆琛急忙问:"夏虹现在情况怎么样?"

"她刚做完手术。"苏扣扣说。

"伤得不严重吧?"时广徽担心地问。

"倒是没伤到头,就是腿伤得有些严重,"苏扣扣摇头惋惜道,"可能会落下残疾。"

"啊?!"叶赛君倒吸一口凉气。

眼见夏虹术后一直没有醒过来,陆琛觉得大家不能把时间耗在这里。他让时广徽想尽办法去抓紧修复机器,而自己和陆爸则去说服那些被裁掉的工人,希望他们能再回到厂里,帮公司渡过这次危机。

时广徽见时妈也要加入动员的队伍,他很不赞成:"妈,劝回员工这事,有陆琛和陆叔去就行了,您就别去了。"

"不行,我必须得去!"时妈说得毫不含糊,说着就要出门。

时广徽快走一步,堵住了门:"妈,您干嘛非要这样啊?"

第十章 人间有情

"广徽啊,现在还想着面子干嘛?危机要过不去,你们公司不是也跟着赔偿损失吗?"时妈急了。

时广徽脱口而出:"我是担心万一他们冲您说了难听的话,您这么大年纪了,受得了吗?!"

"儿啊,他们就是骂我也没有关系!如果厂子因此倒闭了,我可不想听别人说是因为我儿子倒闭的,更不想让别人来戳我儿子的脊梁骨!"说着,时妈眼含泪花。

时广徽懂了,比起妈妈的面子,其实她更想维护的是他的面子。

在大家的共同努力下,终于请回了那些被裁掉的工人。机械无情,人有情,工人们和工厂有感情,都不希望它破产倒闭,即使在工资不能如数发放的情况下,工人们也全都挺身而出,不计前嫌地来帮助工厂。

陆琛把这个好消息立刻告诉了夏虹,她听说后感动地哭了,决意要出院。

叶赛君不同意:"医生说了,你还不能出院呢!"

"不行,我必须要当面感谢我的工人师傅们!"夏虹很激动,说着,她拄着双拐就急急往外走。

刚好这会儿苏扣扣也在,她拦住夏虹:"夏虹姐,你让琛哥转达你的谢意就好了,相信工人们会体谅你的。"

"不行,我必须去!我就是爬,也一定要见一见我们的工人,不然我心里真过意不去,本来就是我对不起他们的。"夏虹说着哽咽起来。

没办法,他们只好陪她一起去了。夏虹拄着双拐,在厂里见到了工人师傅们,她先给大家鞠了一躬:"谢谢大家!首先,我要向大家道歉,说声'对不起'。以前我对大家太刻薄了,对此我真的很愧疚。其次,我也要感谢大家对我的包容,谢谢你们能出手相助,帮公司渡过危机,我真的很感动!你们的恩情我永远铭记在心!"说着话,眼泪在她脸上肆意流淌。

一番话让大家很是动容,人群里响起了一片热烈的掌声,大家推选陆爸作为工人代表讲话。陆爸一脸激昂:"大家非让我说几句话,那我就实实在在地把大家的心声说给夏总。当时我们工人听说厂里遇到困难了,都决定来帮忙,我们铆足了劲儿,就一个信念,不能把'满口香'的牌子给砸了!我们一定要看着它成长下去!"说到这儿,陆爸的声音有些哽咽,"毕竟……毕竟我们这些工人和厂子是有感情的!"话音刚落,经久不息的掌声再次回荡在车间里。

此时浓浓的人情味儿感动着在场的每一个人。夏虹再次深深鞠躬:"谢谢陆叔,谢谢大家!我一定把工厂办好,不让大家失望!"

时广徽终于找到了机器故障的原因,经过修复的生产线又开始高效地运转起来了。而工人们也在夜以继日、加班加点地生产。在"人工+智能"的协同下,总算是如期把所有订单全部完成了。所有人都非常高兴,并都被在艰难时刻共渡难关的情谊深深打动。

现在机器恢复了生产,一切回归正常,而对于如何安置这些返岗的工人，陆琛又有了新想法。原来就在昨天，公司收到一封来自台湾客商的信，他说他吃了厂里纯手工制作的饺子以后，吃出了像妈妈做的那种亲切的味道，他想给员工及海外合作客户订购一批，把妈妈的味道分享给他们。陆琛读完信后，觉得公司可以保留部分手工生产线，以满足不同订单客户的多样化需求。把纯手工食品包装成高档礼盒，这样利润有所提高，还能让部分员工保留了工作。

夏虹听了这个建议后表示非常赞同，随即在员工大会上宣布："公司决定，保留部分手工生产线，满足不同订单、客户的多样化需求。我们把纯手工食品包装成礼盒，在品种花样、包装和经营方式上进行创新改造，争取把它打造成美食文化的特色品牌！"

大家士气高昂，拍手叫好。一位大姐颇有信心地大声说道："放心吧，我们一定把它做好！"陆琛定睛一看，不由得哆嗦了一下，原来说话的人正是粽子车间的江木兰。

夏虹看向陆琛，感激地说道："谢谢大家！同时，我还要特别感谢陆琛。在厂里最危难的时刻，是他挺身而出、力挽狂澜，其实他本应去超市报到，走马上任新店长的。"说着她向陆琛鞠躬，"谢谢了！"

陆琛连连摆手："不用谢，我和厂子也是有感情的。"

夏虹又看向站在她右边的时广徽："我也要谢谢广徽。人工智能是科技进步，要相信科技永远是第一生产力，只是没想到会出现这么个意外，不过我很感谢这个意外，让我一下子明白了很多道理。"

时广徽百感交集:"我先向大家表示感谢,真的被大家浓浓的情谊感动了。这次意外同样也让我收获很多,今后我会给厂里设计出其他的智能设备,以减轻工人的劳动强度,让科技发挥它更有价值的作用,让它更好地为我们服务!谢谢大家!"

大家再次鼓掌,时广徽在人群里看到了时妈。时妈脸上露出了灿烂笑容,为儿子竖起了大拇指。

很快,车间里又恢复了往日紧张繁忙的景象。智能化生产线有条不紊地生产,纯手工产品也在火热制作中,工人们用手的温度呵护传统食物的生命力,让"满口香"食品多了一份美味,也让吃到的人多了一份回味。

人生似瓦盆,打破了,方见浩宇。也许只有病痛才能让人冷静思考,都说商人重利轻情,夏虹仔细地剖析了自己,觉得以前她真的把钱看得比什么都重要,所有的人际关系都是围绕着利益来的,她不相信有什么真正的朋友,她也不需要,觉得只要有足够的钱就万事大吉了。可现在,一场意外让她明白了友情的珍贵,她也真真切切地感受到了纯真的友情和温暖。

在经历了这些事后,她的心智变得更加成熟,眼睛也通亮起来。她突然看清楚了周围的许多事,更重要的是,她还收获了爱情。他叫钟万里,是名建筑设计师,这两年来一直在追求夏虹,可她是不相信爱情的,所以对他的真情告白根本没放在心上。没想到这次出事后,她的腿残疾了,他依然陪伴在她左右,给了她无微不至的体贴和照顾。现在夏虹只要一想到他,就生出一股让她站起来的力量,这种力量大概就是爱情吧。她想到了叶赛君在

第十章　人间有情

乔园园婚礼上说过的话："总有一天，你会相信这世上是有爱情存在的。"这一天终于来了。

苏扣扣感觉恋爱真是太美好了，走在路上她都情不自禁地想笑、想哼歌。还总是将手机捧在手里，时刻期待着恋人的信息，而收到信息时的那份怦然心动，简直令她幸福得要眩晕。来来回回地读着信息，反反复复揣测手机那头恋人的语气和表情，一会儿变成了福尔摩斯，一会儿又变成了大笨蛋。

时广徽也沉浸在恋爱的幸福当中，出差一周后，他的思念如潮。刚一回来，就兴冲冲地直奔医院，控制不住地想和苏扣扣去看夜景。

两人来到龙山塔，拾级而上，一层一层的，不知迈了多少层。当他们终于气喘吁吁地爬到了龙山塔入口处，没想到门锁了！他们又不得不走下这长长的阶梯，两人往下看着，都有些发怵。苏扣扣想了个有趣的主意："我们玩个游戏吧？"

"怎么玩？"

"剪刀石头布，谁赢了就前进两层。"

"好，看谁先到终点。"

苏扣扣狡黠地一笑："你可小心哟，这可是我的强项。"

时广徽拱了拱手："那请多指教了。"

不多时，时广徽已经领先苏扣扣一段距离了，苏扣扣哭笑不得："不应该啊！"

"要不我让让你？"

"不行，愿赌服输。"说着苏扣扣裹了裹衣领，"好冷啊。"

"那要不我背你吧。都怪我，今天你挺累的，早该让你回家休息。"

"我才不想就这么认输，不信就你脑子聪明。"苏扣扣不服气。

接下来，她越战越勇，逐步缩小了距离，她振臂欢呼："哇，我终于靠近你了！"突然脚下没站稳，一下子歪倒在时广徽怀里。两人深情对视，时广徽小心翼翼温柔地吻了下去，苏扣扣只觉满脑子在放烟花，一下子眩晕了……

苏扣扣眼里闪着泪花："谢谢让我遇见你。"

时广徽用大衣把她裹进了怀里，下巴抵着她的额头轻轻摩挲，深情款款道："以后让我来爱你、保护你。"

苏扣扣点点头："快要春天了，我也想在春天里谈一场恋爱。"说着，她用力地抱紧了他。

时广徽背起苏扣扣走下一层又一层，长长的阶梯，此刻却又嫌短了。

"今天是我爸的生日，我给他烧了些东西，还买了最新款的苹果手机呢！"

"他不会用怎么办？"

"我给他打印了一份详细的操作手册，也一起烧了。"苏扣扣说得一本正经。

时广徽听了连连称赞："很好！很严谨！看来，你已经具有工程师的思维和习惯了。"

苏扣扣打了他一下："讨厌！还不是跟你学的……"她眨眨

眼，眼神亮晶晶的，"不过我也跟我爸说了，如果不会用，就去找一个叫时广徽的家伙问问。"

两人沉醉在这甜蜜的喜悦中，旁边的山林发出飒飒的声响，如同在给他们伴奏着一曲春之声。

没过几天，时广徽把苏扣扣约到公园的草坪上，又送给她一个礼盒。她想到上次他送过双节棍，以为这次会是把偃月刀呢！时广徽笑着示意她打开，幸好不是，不然她真的会削他。这次的礼物是一个可爱的机器人，苏扣扣正端详着，突然里面传来了爸爸的声音："扣扣，我的女儿，你好吗？"

苏扣扣一听，瞬间泪崩："爸爸？"

"我知道你长大了，也变得坚强懂事了，爸爸很高兴。"

"爸爸，我想你！"苏扣扣的眼泪汹涌而出，一下子抱住了这个有着爸爸声音的机器人。

"爸爸也想你，我的好女儿。你要好好努力，成为一名出色的医生，要比爸爸更优秀、更有能力。"

"爸爸，你放心吧，我会努力的。"

"要开心，好吗？"

"好，我会的。"苏扣扣捂住脸，泪水从指缝中滴落。

时广徽怜爱地抱住了苏扣扣，帮她擦掉脸上的泪水。苏扣扣破涕为笑，转头问道："爸爸，你觉得我的男朋友怎么样？"

"时广徽这人相当好啊，也很优秀，要好好珍惜你们的缘分，祝你们幸福白头。"

两人深情相望，苏扣扣感激地说："谢谢你的机器人礼物，我很开心,就像爸爸一直陪伴在我身边一样。"

时广徽轻抚着她柔顺的秀发:"是我该谢谢你,是你提醒了我,让我了解到可以赋予机器人感情。在没遇到你之前,我是个很无趣的人,是你给了我丰富的情感和有趣的体验,让我的生活不再枯燥无味,让我感受到了世间美好和人情温暖。于是我搜集了你爸爸在世时的许多声音资料,经过编码和设计,制作出了这款情感陪护型智能机器人。正如你所期盼的那样,我让机器人有了人情味儿。"

苏扣扣靠在他怀里紧紧地抱着他,想象着他搜集资料、编程制作的样子,确认自己真的找到了可以相伴一生的知心爱人。

突然音乐声响起,好多彩色气球飞向天空,呼啦啦一下子冒出了好多人。苏扣扣看着陆琛和叶赛君,有些不好意思了,陆可儿和小卷毛则欢快地围着他们撒花瓣。大头也来了,看着这俩人亲密地手牵手,忍不住笑着说:"你俩还真是一对欢喜冤家!不过我也算是你们的半个媒人吧?当初要不是因为我……"话说到这儿,时广徽和苏扣扣哈哈大笑起来,他们当然记得第一次相遇时,掐架直接掐进了派出所的情景。

正说着话,一头打扮得花枝招展的大奶牛出现了,牛身上用黑色毛笔写着:嫁给我吧!这让苏扣扣哭笑不得,要说这IT精英的脑子就是与众不同,拉奶牛一起来求婚,还真是别出心裁啊!

时广徽从怀里掏出一枚亮闪闪的钻戒,"扑通"一声面对苏扣扣端端正正地双膝跪好。这下可把大家逗乐了,陆琛在一旁提醒他:"这又不是上坟,求婚是要单腿下跪的!"

时广徽紧张得擦了把汗："第一次没经验。"

苏扣扣捂着嘴笑，脸颊上像蒙了层红霞。

接着时广徽继续表白："我中毒了，你就是剧毒，让我毒入骨髓却甜在心头。感谢上天让我遇见你！"他举起戒指，"这是款创意智能型钻戒，是我专门为你做的。它真的是独一无二的，就像你对我来说，也是独一无二的。"

"哎哟，没想到广徽谈了恋爱，人都变得能说会道起来了。"陆琛在一旁调侃。

叶赛君笑了："你就别打趣他了。"

苏扣扣看着特制钻戒："快说说怎么个智能法啊？"

"这戒指会通过蓝牙与智能手机相连，并会在手机接到来电或信息时亮起或振动。还有，我在内侧装有一个隐藏按钮，当你遇到危急情况时，只要按下按钮，我就能接收到信号和位置信息，及时赶来保护你。"

苏扣扣既高兴又感激："谢谢，我很喜欢。"

"广徽，说完了吗？再说下去，就像科技产品的发布会了。赶紧讲正事！"叶赛君戏谑道。

"说完了，说完了。"时广徽赶紧切入正题，"嫁给我吧，让我给你幸福。"

"好，我愿意！希望我们互敬互爱，幸福一生。"

"抱歉，我们来晚了。"不远处传来了夏虹的声音。她挽着钟万里的胳膊向这边走来，许是走得有些急，她走路跛得很厉害，但两人的笑容丝毫没受影响。同时，大家看到他们后面还跟着一位衣着华贵的女士,戴着墨镜,看不出这是谁。夏虹走到大家跟前,笑着问:"看看,我把谁带来了?"

这时,有着富贵气质的女士摘下了墨镜,大家又惊又喜,原来是乔园园!

"满口香"投资的钢铁厂陷入了困境,导致资金链断裂。夏虹四处求人融资,都惨遭碰壁,好不容易才找到了一家金融公司肯向他们施与援手,而这家公司的老板正是乔园园!夏虹怎么也没有想到,当初自己是那么瞧不起她,觉得她没有任何交往价值,不料在今天,现实给了她一记耳光,而且非常响亮。正是在乔园园不计前嫌的真诚援助下,夏虹的公司走出了困境,而她也重新收获了来自老同学的温暖友谊。

叶赛君和乔园园高兴地抱在一起:"欢迎回来!"

"谢谢,赛君。"接着乔园园看向时广徽:"也恭喜我男神。"

苏扣扣看了眼时广徽,忍不住笑了:"就你还男神啊?"

"当然啊,学霸能不是男神吗?恭喜你,被你抢到了。"乔园园笑着冲苏扣扣眨了下眼,"祝你们永远甜甜蜜蜜!"

时广徽和苏扣扣含笑致谢,时广徽情真意切地说道:"园园,谢谢你,我也要祝你幸福。"

这时陆琛憋着坏笑:"蛋饼,当年你男神画的确实不是你,我向你道歉。这小子画的是我们家赛君。"

乔园园笑了起来,追着陆琛打:"我就知道不是我,都怪你胡说……什么?赛君?!"

这时,陆可儿和小卷毛吃着糖果跑了过来,他们说"贵妃"

奶牛自己溜达走了。

"快去追!我还想跟它合个影呢。哎,你到底是怎么想的啊?为什么会拉个奶牛来求婚?"苏扣扣不解地问道。

时广徽扶了一下眼镜,趴在她耳边说:"奶牛到位了,将来孩子饿不着了……"

苏扣扣的脸倏地红了,举起小拳头擂在他身上,时广徽闪身一笑,拉起苏扣扣一起追"贵妃"去了。

这世间总有一个人,和对方有着生生死死的缘,遇见了便是幸福圆满,走丢了便生无可恋。苏扣扣想和时广徽永远漫游在这个春天里,他骑单车带着她,她坐在自行车前杠上,像依偎在他怀里一般。她一身淡黄色的纱裙,蓬松的头发带着香味儿,他的下颌抵在她发间,她只要稍稍回头就能看见他的笑脸。他们驰过一片丰茂的麦田,驰过一镜澄澈的湖面,驰过月光清亮的原野,驰过花香饴甜的春夜……春天因为爱情,变得漫长且美好。

这个周末,陆家组织聚会,姥姥也来了。陆琛拿出了一本装帧精美的外国诗集送给她,姥姥很是开心。快要吃饭时,叶赛君接到文学编辑的电话,说她的小说要出版了,还有影视公司要购买小说的影视版权,准备拍成电视剧,届时将邀请她参与剧本创作。叶赛君听了简直不敢相信,她高兴得不得了,而陆琛知道这消息后,比她还要开心!他激动不已地抱过叶赛君:"老婆,你太了不起了!祝贺你实现了人生愿望!"

陆可儿也跑过来抱住她:"妈妈,你好厉害哦!"

陆爸自然也很高兴:"今天有喜事,我去拿瓶好酒来,大家都喝点!"

"不用太好,过期的茅台一瓶就好。"姥姥揶揄道。

"还真有一瓶!大妹子,你也喝点,朗诵起诗歌来,晕乎乎的更容易陶醉其中。"

姥姥被逗笑了,接着她伸开双臂抱向叶赛君:"妈妈为你感到骄傲,我女儿是最棒的!"

"谢谢妈,永远爱你!"叶赛君也紧紧抱着妈妈。想到不知哪天,妈妈就会猝然离她而去,她心里就难过得要命。她觉得喉头一紧,努力不让眼泪流出来。

"妈也爱你!"姥姥其实心里也很难受,但她不想让女儿看到。她强颜欢笑,最后还摆了个迷人造型,"赛君,有合适我的角色,推荐我来参演一下。"

大家都笑了起来,在一旁的陆妈见大家都这么开心,她也乐着拍手:"收茄子喽,茄子熟了……"

陆琛把消息分享给了朋友,时广徽和苏扣扣第一时间打来电话表示祝贺。苏扣扣调侃道:"琛哥,以后你就负责给赛君姐拎包吧!"

"我看快了。"陆琛笑得合不拢嘴。

时广徽真心为叶赛君感到高兴,叶赛君也非常感谢他的鼓励和支持。搁浅的梦想就像那未熄的炉火,底层埋着若暗若明的微光,只要坚持努力,就有热烈复燃的那一天。

吃完饭后,姥姥拿出陆琛送她的那本诗集,朗诵了其中几首,大家都静心听着,没有人再觉得是像念悼词了。特别是叶赛君,她把每一个字都听进了心里,觉得这是世间最美、最动听的声音。

时广徽设计的情感陪护型机器人已推广上市了,和预料的一样,受到很多客户的喜欢。被温暖人情包裹住的时广徽很想把这种幸福传递给需要的人,于是他将机器人赠送给小区里需要陪伴的老人和留守儿童,希望能给他们带去一些抚慰和愉悦。当看到他们脸上的笑容时,时广徽深深地觉得这就是科技带来的力量、价值和欢乐。

苏扣扣边工作边苦学针灸术,希望学成能帮助陆妈缓解病痛。陆妈每次见她,都把她当灵灵叫着,陆可儿每次都会纠正:"奶奶,她是扣扣姐姐。"

"可儿,从今天起,我就是灵灵。"苏扣扣说着抱住陆妈的肩膀,"我是灵灵,灵灵回来了,再也不走了。"

陆妈看着她,乐呵呵地笑了,含混不清地说着:"不哭,柜子里有饼干,你最爱吃了。"她只是一个平凡的母亲,她失智了,忘记了所有,甚至忘记了自己,但她从来没忘记过那个走丢的女儿,也从来没有忘记过爱她。

陆琛回到超市工作,走马上任店长一职。他觉得叶赛君说得对,他需要给自己充充电,需要继续学习、更新知识。他准备自考管理专业,更好地实现人生价值。

好的爱情,一定是能够负重的。长情入骨,两人彼此携手,走过流年的山高水长;也如春光,激发彼此,唤活能量,促使二人共同进步和成长。好的爱情,一定是让彼此成为更好的人。

人间有情,三春日暖。在大家的帮助下,大头的妈妈开了一家成衣订制网店,街坊邻里的都来捧场,生意很是红火。铜匠刘大爷也用上了智能手机,自从苏扣扣把他的"捧瓷"作品上传到网络后,刘大爷收获了不少粉丝,甚至收了徒弟,其中还有个外国人。他也正在逐步得偿所愿——留住手艺,传承匠心,让民间传统技艺发扬光大,走向世界。

浓浓邻里情,人情暖如春。大家互相帮助,和谐共处,自立自强,努力追求美好生活。幸福里小区举行联欢庆新年,小区公园里歌声飞扬、舞姿蹁跹,欢声笑语不绝于耳。陆爸和姥姥笑呵呵地轮流推着一脸兴奋的陆妈到处看看,时妈和老同事们也正喜气洋洋地聊着天,陆琛和叶赛君高兴地随着人群扭起了秧歌,苏扣扣也拉着时广徽加入了秧歌队里。大家都开心地扭了起来,幸福洋溢在每个人的脸上。

(全书完)